Het Golgotha

Philipp Vandenberg

Het Golgotha-dossier

Karakter Uitgevers B.V.

Oorspronkelijke titel
Die Akte Golgatha

Vertaling
Studio Imago, Jolanda te Lindert

Omslag
Hesseling Design, Ede

ISBN 978 90 6112 197 8
NUR 332

Vliegangst

Het was een van die afgrijselijke vluchten waardoor je wenste dat je nooit geboren was. En het was allemaal nog wel zo onschuldig begonnen. Op die zonnige herfstdag was vlucht LH 963 precies om tien over drie opgestegen, en de vlucht over de Alpen naar Rome beloofde heel plezierig te worden. In Tivoli, hoog in de Albaanse bergen, had ik een hotelkamer geboekt om in de afzondering van dit schilderachtige stadje over mijn nieuwe boek na te denken. Ik liep al zeker twee jaar rond met het idee ervoor. Maar het liep anders.

We waren nog maar net over de hoogste bergen van de Alpen gevlogen, toen het toestel van Lufthansa – een Airbus van het nieuwste type – opeens begon te schokken en te schudden. De lampjes 'gordels vastmaken' boven de stoelen lichtten op en de gezagvoerder zei door de intercom: 'Dames en heren, ik verzoek u onmiddellijk naar uw plaats terug te keren en uw gordels vast te maken. Boven Noord-Italië ligt een extreem lagedrukgebied en we verwachten hevige turbulentie.'

In een vliegtuig ben ik nu niet bepaald een van de moedigsten; ik heb namelijk het een en ander meegemaakt in Afrika en Azië. Daarom heb ik me aangewend om tijdens een vlucht altijd mijn gordel om te houden. Een beetje ongerust keek ik uit het raampje en zag een bizar grijs wolkenlandschap, maar het uitzicht werd al snel geblokkeerd door vochtige mistflarden. De hemel werd donker, het vliegtuig begon steeds heviger te schudden en ik zou liegen als ik zei dat ik niet ongerust was. In dit soort situaties pas ik altijd een trucje toe dat een Amerikaanse psychiater me jaren geleden heeft geleerd toen we naar Californië vlogen: ik knijp zo hard mogelijk in het eerste het beste object dat ik te pakken kan krijgen, tot het pijn gaat doen. Doordat ik me dan op de pijn concentreer, vergeet ik mijn vliegangst. Het vliegtuig begon weer te schokken. Ik kon nog net mijn creditcard uit de binnenzak van mijn colbertje halen. Ik legde hem op mijn vlakke hand en kneep. Even leek het alsof ik een scheermesje in mijn rechterhand had, maar dankzij de pijn dacht ik niet langer aan de bijzonder onprettige situatie waarin ik me bevond.

Als vanuit de verte zag ik dat de glazen, de dienbladen en het bestek zich van de zwaartekracht hadden bevrijd en een eigen leven waren gaan leiden. Ze knalden tegen het plafond en bleven daar hangen, alsof het de normaalste zaak van de wereld was. Achter me hoorde ik angstkreten. Een luchtzak – het vliegtuig maakte een vrije val.

Ik heb geen idee hoe lang deze gewichtloze toestand duurde. Ik zat roerloos in mijn stoel met mijn creditcard in mijn hand. Maar toen ontwaakte ik uit mijn vrijwillige lethargie. Mijn rechterbuurman, aan wie ik tot op dat moment nog geen aandacht had geschonken, greep me opeens bij mijn rechterarm en omklemde hem alsof hij houvast zocht in deze angstaanjagende toestand van gewichtloosheid. Ik keek naar hem, maar de onbekende staarde strak voor zich uit. Zijn gezicht was asgrauw, zijn mond stond een beetje open en zijn grijze snor trilde.
Onze vrije val heeft tien, misschien vijftien seconden geduurd – het leek een eeuwigheid – en toen ging er een heftige schok door het vliegtuig, gevolgd door een knal. Daarna vielen alle objecten die vlak daarvoor nog aan het plafond hadden gehangen naar beneden. Een paar passagiers die geraakt werden, gilden. En meteen daarna was de nachtmerrie voorbij. Kalm, alsof er niets was gebeurd, gleed het vliegtuig verder.
'Excuses voor mijn ongepaste gedrag,' zei mijn buurman nu. Hij had mijn onderarm losgelaten. 'Ik dacht echt dat we zouden neerstorten.'
'Het is al goed,' antwoordde ik vriendelijk en verborg mijn hand die nog steeds pijnlijk mijn creditcard omklemde.
'U hebt dus geen last van vliegangst?' zei mijn buurman na een pauze waarin hij net als ik naar de geluiden van het vliegtuig luisterde of er niet weer turbulentie zat aan te komen.
U hebt geen idee, wilde ik spontaan antwoorden. Maar om te voorkomen dat we elkaar de rest van de vlucht zouden vermoeien met verschrikkelijke vliegverhalen, antwoordde ik kortaf met: 'Nee.' Toen ik hem nog een keer bemoedigend toeknikte, zag ik dat hij met zijn andere hand een manuscript of aantekeningen tegen zich aan drukte... als een kind dat bang is dat iemand hem zijn speeltje afpakt. Ten slotte wenkte hij de stewardess, een bijzonder knap meisje met donker haar, stak zijn wijs- en middelvinger op en bestelde twee whisky. Hij vroeg: 'U wilt er toch ook wel eentje?'
'Ik drink geen whisky,' zei ik afwerend.
'Geeft niet. Na deze ervaring lust ik er wel twee.'
Toen mijn rechterbuurman bedachtzaam, maar niet in één teug zoals ik had verwacht, de beide glazen whisky leegdronk, kon ik hem wat beter bekijken.
Zijn intelligente gezicht en zijn dure schoenen waren in tegenspraak met zijn ietwat verwaarloosde uiterlijk. Ik vond dat even intrigerend als zijn zonderlinge gedrag. Een man van middelbare leeftijd, onzeker, met een gevoelig gezicht en nerveuze gebaren, een man aan wie de tijd niet onge-

merkt voorbij was gegaan. Hij leek mijn taxerende blik te voelen, want na een korte stilte draaide hij zich weer naar me toe, ging rechtop in zijn stoel zitten en maakte een lichte buiging; dat gebaar had iets grappigs. Toen zei hij uiterst beleefd: 'Mijn naam is Gropius, professor Gregor Gropius, maar dat is voorbij. Neem me niet kwalijk.' Hij boog voorover en stopte het manuscript in een bruinleren aktetas die onder zijn stoel stond. Beleefdheidshalve noemde ook ik mijn naam en uit louter nieuwsgierigheid vroeg ik: 'Wat moet ik daaruit opmaken, professor. Wat is voorbij?'
Gropius maakte een wegwerpgebaar, alsof hij wilde zeggen: Ik wil er niet over praten. Maar toen ik hem verwachtingsvol bleef aankijken, zei hij uiteindelijk: 'Ik ben chirurg. Of liever gezegd: ik was chirurg. En u? Wacht even, laat me raden...'
Ik begon me wat ongemakkelijk te voelen. Maar het gesprek was nu eenmaal op gang gekomen en ik zat nog altijd vastgesnoerd in de gordel op mijn stoel bij het raam. Daarom ging ik er maar voor zitten, alsof hij een foto van me wilde maken, en keek hem grijnzend aan.
Opeens vroeg Gropius: 'Bent u schrijver?'
Verbijsterd vroeg ik: 'Ja, hoe weet u dat? Hebt u een van mijn boeken gelezen?'
'Eerlijk gezegd niet, maar ik heb uw naam al eens gehoord.' Gropius glimlachte. 'En wat gaat u in Rome doen? Een nieuw boek?' De man die zojuist nog asgrauw en halfdood naast me had gezeten, leefde opeens weer op. Uit ervaring wist ik wat hij nu zou zeggen. Hetzelfde wat negen van de tien mensen zeggen die een schrijver tegenkomen, namelijk: 'Als ik u over mijn leven zou vertellen – daar zou je een boek over kunnen schrijven!' Maar dat zei hij niet. En de vraag van de professor was nog niet beantwoord.
'Ik ga helemaal niet naar Rome,' antwoordde ik dus naar waarheid, 'op het vliegveld staat een huurwagen voor me klaar en daarmee rijd ik naar Tivoli.'
'Aha, Tivoli,' zei Gropius waarderend.
'Kent u Tivoli?'
'Alleen maar van foto's. Tivoli schijnt schitterend te zijn.'
'In deze tijd van het jaar vooral rustig. Ik weet daar een hotelletje, San Pietro, vlak bij de Piazza Trento. De eigenaresse, een typisch Italiaanse mamma, maakt de allerlekkerste *spaghetti alla pescatore* en vanaf het hotelterras heb je een overweldigend uitzicht. Daar zal ik proberen me aan mijn nieuwe boek te wijden.'
Gropius knikte peinzend. 'Een prachtig beroep!'

'Ja,' antwoordde ik, 'ik zou geen mooier beroep weten.'
Eigenlijk had ik toen al achterdochtig moeten worden, want de professor scheen zich absoluut niet voor de inhoud van mijn nieuwe boek te interesseren. Maar misschien was hij beledigd, omdat ik geen enkele interesse toonde voor de reden van zijn reis en voor zijn persoonlijke omstandigheden. In elk geval brak hij ons gesprek en een verdere kennismaking abrupt af, want hij zei nog eens: 'Ik hoop dat u het me niet kwalijk neemt dat ik me daarnet zo aan u heb vastgeklampt.'
'Het is al goed,' zei ik geruststellend. 'Als het u geruststelde...'
Uit de luidsprekers kwam de mededeling dat we over een paar minuten op de luchthaven Leonardo da Vinci zouden landen. Even later kwam het vliegtuig voor de glazen terminal tot stilstand.
In het gebouw van het vliegveld scheidden onze wegen zich. Ik had het idee dat Gropius het gebeurde vrij pijnlijk vond. Maar de volgende ochtend was ik het voorval al bijna vergeten. Bijna, omdat de woorden van de professor, dat alles nu voorbij was, me aan het denken hadden gezet. Meteen na het ontbijt ging ik met een stapel wit papier, de schrik van elke auteur, aan een groengeverfde houten tafel zitten die door signora Moretti, de eigenaresse van het hotel, tegen de balustrade van het terras was geschoven. Van hieruit keek je over de daken van Tivoli naar het westen, waar Rome zich in de herfstnevel verschool.
Ik schoot lekker op met mijn werk, dat ik alleen onderbrak met lange wandelingen. Op de vijfde dag – ik zat net in de middagzon de laatste bladzijde van mijn exposé te schrijven – hoorde ik opeens voetstappen achter me op het terras. Ze kwamen aarzelend dichterbij en hielden toen stil. Ik vóélde gewoon dat er iemand naar me keek en om een einde aan deze vervelende situatie te maken, draaide ik me om.
'Professor? U?' Verrast legde ik mijn pen neer. Waarschijnlijk maakte ik een verwarde indruk op mijn onverwachte bezoeker: ik was ver weg geweest met mijn gedachten, zat helemaal in het verhaal van mijn boek. In elk geval probeerde Gropius me met een paar onbeholpen gebaren te kalmeren. Na enkele beleefdheidsfrasen zoals alleen een welopgevoede man dat kan, kwam hij ten slotte ter zake.
'U vraagt zich wellicht af waarom ik u zomaar kom opzoeken,' zei hij, nadat ik hem een stoel had aangeboden waarin hij stijfjes was gaan zitten.
Ik haalde mijn schouders op, alsof het me niet veel uitmaakte; een gebaar dat ik niet veel later betreurde. Geen wonder, op dat moment had ik immers nog geen idee wat me allemaal te wachten stond.

Voor het eerst sinds we elkaar een paar dagen geleden hadden leren kennen, keek de professor me met vaste blik aan. 'Ik zoek iemand die ik in vertrouwen kan nemen,' zei hij zacht, maar des te indringender. Door de toon waarop hij dat zei, kregen zijn woorden iets geheimzinnigs.
'In vertrouwen?' vroeg ik verbaasd. 'En waarom denkt u dan juist aan mij?'
Gropius keek om zich heen, als om te zien of er geen ongewenste getuigen van ons gesprek waren. Hij was bang, dat werd me al gauw duidelijk, en hij vond het kennelijk moeilijk een antwoord te formuleren. 'Ik weet dat we elkaar amper kennen; eigenlijk kennen we elkaar helemaal niet. Maar dat kan ook een voordeel zijn, gezien de situatie waar ik me in bevind.'
'O ja?' Ik geef toe dat mijn reactie achteraf bezien nogal ongepast kan zijn overgekomen. En ik ben blij dat ik niet zo spontaan heb gereageerd als ik eigenlijk van plan was. De geheimzinnige opmerkingen van de professor begonnen op mijn zenuwen te werken en het lag me voor op de tong om te zeggen: Beste professor, u berooft me van mijn tijd. Ik ben hier om te werken. Tot ziens.
Maar dat zei ik niet.
'Ik heb me een hele tijd afgevraagd of ik u met mijn verhaal zou lastigvallen,' zei Gropius. 'Maar u bent schrijver, een man met fantasie. En om je te kunnen voorstellen wat ik te vertellen heb, is veel fantasie nodig. Maar alles wat ik zeg, is waar, hoe ongelooflijk het misschien ook klinkt. Misschien dat u me helemaal niet gelooft, misschien denkt u dat ik gek ben of een alcoholist in een vergevorderd stadium van verslaving. Eerlijk gezegd zou ik een jaar geleden net zo hebben gereageerd.'
De indringende woorden van de professor namen me alle wind uit de zeilen. Ik merkte opeens dat mijn nieuwsgierigheid was gewekt, en mijn aanvankelijke wantrouwen veranderde in belangstelling voor wat deze merkwaardige professor te vertellen had. Ik hoorde mezelf opeens zeggen: 'Weet u, de beste verhalen worden door het leven zelf geschreven. Ik weet waar ik het over heb. Geen auteur kan zulke idiote verhalen verzinnen als het leven zelf schrijft. Trouwens, een van mijn weinige goede eigenschappen is dat ik goed kan luisteren. Ik leef per slot van rekening van verhalen. Om eerlijk te zijn ben ik dol op verhalen. Dus wat hebt u te vertellen?'
De professor begon omslachtig zijn colbertje los te knopen. Een handeling die me niet bijster interesseerde, tot er opeens een stapel papier zichtbaar werd.
Ik heb al heel wat meegemaakt, maar dit was wel het vreemdste wat ik

ooit had beleefd. En hoeveel fantasie ik er ook op losliet, ik vond geen verklaring voor het gedrag van de professor. Ik moet bekennen dat ik minder verbaasd was geweest als Gropius een pistool had getrokken en met een onzinnige eis de loop op me had gericht. Maar de professor sloeg met een gebalde vuist op de stapel papier en zei niet zonder trots: 'Dit is een soort dagboek van de tweehonderd verschrikkelijkste dagen van mijn leven. En als ik het teruglees, herken ik mezelf niet eens.'
Verbaasd, radeloos zelfs, keek ik afwisselend naar de papieren en naar het gezicht van de professor. Hij leek te genieten van mijn onzekerheid, als een duellist die zijn tegenstander heeft verslagen. Daardoor duurde het een tijdje voordat ik hem de voor de hand liggende vraag stelde: 'En wat staat er in dat manuscript?'
Ondertussen was het al middag en op het terras, dat op het westen lag, verschenen de eerste zonnestralen. Vanuit het hotel, waarin slechts drie kamers bezet waren, hoorde ik de signora. Met een eindeloze woordenstroom bood ze aan mij en mijn gast pasta te serveren. Spaghetti alla pescatore natuurlijk.
Nadat signora Moretti was vertrokken, herhaalde ik mijn vraag. Gropius gaf geen antwoord en stelde een tegenvraag die ik eerst niet begreep: 'Bent u eigenlijk gelovig?'
'God, nee,' antwoordde ik, 'als u bedoelt te vragen of ik naar de kerk ga.'
De professor knikte. 'Dat bedoelde ik.' En na een korte aarzeling: 'Het zou namelijk kunnen dat mijn verhaal u in uw diepste wezen kwetst en zelfs uw geloof aan het wankelen brengt, en dat u de wereld daarna met heel andere ogen zult bezien.'
Ik begon een beetje wanhopig te worden – dit was wel een bijzonder vreemde professor – en ik probeerde uit zijn manier van praten en uit de weinige aanwijzingen die hij gaf, iets op te maken. Maar eerlijk gezegd zonder veel resultaat. Hoe langer ik naar Gropius luisterde, hoe raadselachtiger ik zijn gedrag vond. Toch luisterde ik steeds gefascineerder naar hem. Ik had geen flauw idee waar hij naartoe wilde, maar als Gropius niet gek was – en die indruk wekte hij echt niet – dan moest hij wel een uiterst explosieve ontdekking hebben gedaan.
'Ze hebben me tien miljoen euro zwijggeld aangeboden,' zei de professor op een toon waarin amper emotie doorklonk.
'Ik hoop dat u dat geld hebt aangenomen,' zei ik enigszins ironisch.
'U gelooft me niet,' zei de professor. Hij klonk teleurgesteld.
'Ja hoor, toch wel,' verzekerde ik hem snel. 'Maar ik zou nu heel graag willen weten waar het allemaal om gaat.' Zijn vraag hoe gelovig ik was,

wees immers al in een bepaalde richting. Maar in de loop van mijn leven zijn me al verschillende schandalen over de kerk toevertrouwd. Enkele daarvan had ik al op de een of andere manier in mijn boeken verwerkt, zoals financiële schandalen bij de Vaticaanse bank, kloosters voor zwangere nonnen en een postorderbedrijf met speciale kleding voor masochistische monniken. Ik keek heus nergens meer van op!
Zonder op te staan strekte Gropius zijn hals en keek over de balustrade in de richting van de Piazza Trento. Toen draaide hij zich naar mij toe en zei: 'Excuses voor mijn vreemde gedrag. Ik heb nog altijd een beetje last van achtervolgingswaan. Maar als u mijn verhaal hebt gehoord, zult u me dat niet meer kwalijk nemen. Ziet u die twee mannen daar beneden?' Gropius knikte even naar de straat beneden, waar twee donker geklede mannen voor een onopvallende Lancia met elkaar stonden te praten. Toen ik over de balustrade heen boog en even naar de straat keek, draaiden de mannen mij schijnbaar toevallig de rug toe.
Ons gesprek werd even onderbroken doordat de signora met een brede glimlach en de gebruikelijke opmerkingen van een Italiaanse kokkin ons de spaghetti serveerde. We dronken er frascati bij, zoals gebruikelijk in Italië aangelengd met water, en daarna, zoals het hoort, een bittere, zwarte espresso.
Het was stil geworden; in de huizen in de buurt werden de hoge, meestal groengeschilderde vensterluiken gesloten: siësta. De beide mannen waren uit elkaar gegaan; ze stonden nu, rokend en honderd meter bij elkaar vandaan, op straat. Een driewielige bestelwagen ratelde over het plaveisel. Ergens kraaide een schorre haan, als in doodsangst. Vanuit de benedenverdieping, waar de keuken was, waren de geluiden van de afwasmachine te horen.
De man naast me bleef me raadsels vertellen, en ik had echt geen idee hoe ik me tegenover hem moest gedragen. Tijdens het eten hadden we het over onbelangrijke onderwerpen gehad, maar in feite had Gropius me nog helemaal niets over zijn leven verteld. En daarom vroeg ik met tegenzin – *híj* was per slot van rekening degene die naar *míj* toe was gekomen om me iets belangrijks toe te vertrouwen – na een lange stilte: 'Wie bent u, professor Gropius? Ik weet niet eens of dat uw echte naam wel is. Maar wat ik vooral wil weten, is wat u me wilt vertellen. Dus zegt u het maar!'
Toen zette Gropius er vaart achter. Je kon gewoon zien hoe hij alles wat hem tot nu toe had gekweld, van zich afschudde. Hij legde het manuscript voorzichtig voor ons op tafel neer en bedekte het met zijn handen.

'Ik heet echt Gropius, Gregor Gropius,' zei hij zo zachtjes dat ik voorover moest buigen om hem te kunnen verstaan. 'Op mijn vierentwintigste werd ik doctor in de medicijnen en toen ik achtendertig was, werd ik professor bij een groot ziekenhuis in het zuiden van Duitsland. Tussendoor heb ik twee jaar in het buitenland doorgebracht, in gerenommeerde ziekenhuizen in Kaapstad en Boston. Kortom, een geweldige carrière. O ja, en dan was Veronique er nog. Ik heb haar ontmoet tijdens een congres in Salzburg waar zij gastvrouw was. Eigenlijk heet ze Veronika en haar ouders, die buiten de stad een koetsverhuurbedrijf hebben, noemen haar Vroni. Maar daar wilde ze niet aan worden herinnerd. We trouwden vier weken nadat ik mijn doctorstitel op zak had, in kasteel Mirabell en in een koets met vier schimmels ervoor. In het begin van ons huwelijk ging alles goed. Veronique was bijzonder aantrekkelijk. Ik aanbad haar en zij beschouwde mij als een soort superman; dat streelde me natuurlijk. Achteraf moet ik zeggen dat die beide feiten onvoldoende basis waren voor een huwelijk. Ik dacht alleen maar aan mijn carrière en Veronique zag in mij niet zozeer een partner als wel een springplank naar de hogere kringen. Incidenteel of als ze veel geld nodig had, deed ze net alsof ze van me hield, en daar moest ik het dan weer zes weken mee doen. Kinderen waren trouwens niet bespreekbaar. Kinderen, zei ze altijd, moesten dankbaar zijn als ze niet op deze verschrikkelijke wereld werden gezet. In feite maakte Veronique zich zorgen om haar figuur, dat weet ik heel zeker. Nadat we tien jaar getrouwd waren, was ons huwelijk afgelopen, ook al wilden we dat geen van beiden toegeven. We woonden weliswaar nog steeds in hetzelfde huis in de voornaamste wijk van de stad, maar gingen elk onze eigen weg. Geen van ons beiden heeft ooit moeite gedaan om ons huwelijk te redden. Om zich eindelijk zelf te kunnen ontplooien – zo zei ze dat altijd – richtte Veronique een reclamebureau op. Ze bedacht campagnes voor bedrijven, uitgeverijen en acteurs. Dat ze me met haar eerste grote opdrachtgever meteen al bedroog, vond ik verachtelijk. Uitgerekend met een fabrikant van zuurkool in blik. Goed, hij had geld als water en overlaadde haar met dure cadeaus, maar bij mij had het Veronique ook nooit aan iets ontbroken. Ik nam op mijn eigen manier wraak door een lieftallige röntgenassistente mee naar huis te nemen. Ze was bijna twintig jaar jonger dan ik, en toen Veronique ons betrapte – ze kwam onverwachts terug van een zakenreis – sloeg de jarenlange onverschilligheid van de ene op de andere dag om in haat. Ik zal nooit vergeten hoe haar ogen fonkelden toen ze siste: 'Dit is zo smakeloos; hier krijg je nog spijt van! Ik maak je kapot!' Ik moet toegeven dat ik haar dreigement toen niet erg serieus heb genomen. Maar daarna, nog geen drie weken later – het was 14 september; die dag zal ik nooit vergeten omdat hij mijn leven heeft veranderd – dacht ik opeens weer aan Veroniques dreigement en ik probeerde...'

Op dat moment viel ik de professor, die steeds geanimeerder ging vertellen, in de rede omdat ik me vreemd onrustig begon te voelen. Ik was al lang tot de conclusie gekomen dat deze man absoluut niet van plan was me iets op de mouw te spelden. In elk geval interesseerde zijn verhaal me heel erg en mijn ervaring (of was het mijn zesde zintuig?) in de omgang met mensen zei me dat er veel meer achter dit verhaal stak dan een doodgewone echtelijke ruzie. Gropius was niet iemand die een onbekende, en ik was voor de professor nog steeds een onbekende, zonder reden meesleurde in zijn ontspoorde privéleven. Ook was hij niet zo'n naar medelijden snakkende egoïst die jammert dat hij is getroffen door het ergste lot ter wereld. Daarom vroeg ik de professor of hij het goed vond dat ik aantekeningen maakte.

'Dat is niet nodig,' zei de professor. 'Ik heb u opgezocht om u mijn aantekeningen te geven. Ik denk dat ze bij u in goede handen zijn.'

'Begrijp ik u goed, professor, dat u geld voor uw verhaal wilt hebben?'

'Geld?' vroeg Gropius met een bitter lachje. 'Ik heb geld genoeg. Zoals ik al zei hebben ze mij met tien miljoen euro het zwijgen willen opleggen – tenminste, toen nog niemand een idee had hoe het allemaal zou aflopen. Nee, het enige wat ik wil, is dat de waarheid aan het licht komt en u kunt die vast veel beter verwoorden dan ik.'

'De waarheid?'

Nu begon Gropius zonder omhaal te vertellen, eerst met horten en stoten, maar toen steeds sneller en met verwijzingen naar dwarsverbanden in een ongelooflijke wirwar van avonturen en intriges. Toen hij uitverteld was, was het al bijna middernacht. We zaten elkaar een hele tijd aan te kijken. Gropius dronk zijn glas leeg en zei: 'Dank u dat u zo lang naar me hebt geluisterd.' Toen stond hij op. 'Ik verwacht niet dat we elkaar in dit leven weer zullen zien.'

Ik glimlachte. 'Misschien in een volgend leven.'

Gropius gaf me een hand en verdween in de nacht. Ik huiverde. Wat vreemd, dacht ik. Reis ik naar Italië om een nieuw boek te schrijven, en dan krijg ik een waar gebeurd verhaal in de schoot geworpen dat alles wat je kunt bedenken overtreft.

1

Zestienhonderd gram bruin, trillend, menselijk weefsel in een koude kristalloïde oplossing: een menselijke lever in een hoge aluminium koffer met het opschrift 'Eurotransplant' onderweg van Frankfurt naar München. Die nacht, om half drie, had de chauffeur in het ziekenhuis van de Johann Wolfgang von Goethe-universiteit aan de Theodor-Stern-Kai het voor transplantatie bestemde orgaan ingeladen. Nu vloog de snelle auto over de autobaan richting München.

Normaal gesproken worden donororganen per helikopter vervoerd, maar omdat nachtvluchten rondom München verboden waren, had men gekozen voor de autobaan. De computer van ELAS, het levertoewijzingssysteem van Eurotransplant, had archeoloog Arno Schlesinger als mogelijke ontvanger aangewezen. Een commissie bestaande uit drie artsen van het Münchense ziekenhuis ging akkoord met deze keuze. Schlesinger, zesenveertig jaar oud, stond al vier maanden op de wachtlijst, sinds zes weken met de urgentiegraad T2. Zijn lever had door een ongeval aanzienlijke schade opgelopen.

Net als altijd bleef de naam van de donor onbekend. Dit was het enige dat bekend was: een fataal ongeluk. Hersendood rond 23.00 uur. Bloedgroep van de donor AB resusfactornegatief, soortgelijk antigenenmonster als A. Schlesinger in het ziekenhuis van München. Dat had de database van ELAS bliksemsnel vastgesteld.

Professor Gregor Gropius, ondanks zijn jonge leeftijd al een autoriteit op het gebied van orgaantransplantatie, was rond half zes 's ochtends door de dienstdoende arts-assistent uit bed gebeld. Hij had zich gedoucht, een kopje oploskoffie gemaakt, een grijs colbert aangetrokken, er voor de spiegel een bijpassende stropdas bij omgedaan, en nu reed hij in zijn donkerblauwe Jaguar van het villadorp Grünwald naar het noorden.

De straten waren vochtig, hoewel het niet geregend had. De bewolkte lucht kondigde een nevelige dag aan. Dit was de zestiende of zeventiende levertransplantatie in zijn korte, succesvolle carrière. Toch was Gropius gespannen. Hij lette amper op het beginnende vrachtverkeer, reed zonder het te merken door een rood licht en zette de autoradio uit toen de nieuwslezer nieuwe aanslagen in Israël meldde.

De dienstdoende arts had het operatieteam al bij elkaar geroepen. Voor dit soort gevallen was er een spoedplan dat, eenmaal in gang gezet, met secuur automatisme werd uitgevoerd. De nachtzuster had Schlesinger rond zes uur wakker gemaakt, de dienstdoende afdelingsarts liep nog één keer met de patiënt de operatie door en de anesthesiste gaf hem alvast een injectie met een kalmerend middel.

Een paar minuten na elkaar sloegen de chauffeur van Eurotransplant en professor Gropius af, de Lindenallee in. Gropius reed naar de personeelsparkeerplaats achter het ziekenhuis. De chauffeur uit Frankfurt leverde de aluminium koffer met het donororgaan af bij de afdeling Spoedgevallen. Hij werd al verwacht.

Tussen de ontvangst van het donororgaan in het ziekenhuis en het begin van de operatie verlopen in de regel niet meer dan vijfenveertig minuten. Ook deze ochtend namen de laatste onderzoeken en het prepareren van het donororgaan niet meer tijd in beslag. Om tien over zeven lag het orgaan al klaar voor transplantatie in OK 3.

Gropius had in het koffiehoekje van Afdeling 3 nog een sober ontbijt genuttigd: twee broodjes met kaas, een yoghurt en een paar koppen koffie. Daarna liep hij naar de voorzaal om zich om te kleden en te wassen. Hij had last van een ochtendhumeur, maar zijn medewerkers wisten dat en hielden er rekening mee door alleen maar kort 'goedemorgen' te zeggen.

Een team, bestaande uit vijf artsen, twee anesthesisten en vier verpleegkundigen, stond al klaar toen de professor om kwart over zeven de OK betrad. De patiënt lag onder een groen laken. Met een handgebaar gaf Gropius de anesthesiste het sein te beginnen. Een paar minuten later knikte ze, de professor maakte de eerste incisie.

Even voor twaalf uur verliet professor Gregor Gropius als eerste de operatiekamer en liep de voorzaal binnen. Hij had zijn mondmasker naar beneden getrokken en hield zijn armen omhoog als een gangster die door de politie is aangehouden. Zijn groene operatiejas was besmeurd met bloed. Een verpleegkundige kwam naar hem toe en bevrijdde de professor van zijn rubberhandschoenen en zijn OK-kleding. Toen verschenen ook de andere leden van het operatieteam de een na de ander in de voorzaal. Er heerste nu een ontspannen sfeer.

'Mijn patiënt en ik willen het complete team bedanken voor de voortvarende medewerking!' Gropius maakte met zijn hand een militair gebaar naar zijn voorhoofd. Toen verdween hij, uitgeput en met kringen onder zijn ogen, naar zijn kamer.

Gropius had de laatste dagen maar weinig geslapen en als hij al sliep, sliep hij slecht. Dat had niet zozeer te maken met zijn verantwoordelijke baan, maar met Veronique, die hem het leven zuur maakte. De laat-

ste dagen had hij zich erop betrapt dat hij erover nadacht om haar te vermoorden, op de een of andere manier. Artsen kennen immers allerlei manieren omdat te doen. Maar toen, toen hij weer helder kon nadenken, had hij spijt gehad van die gedachte. Vanaf dat moment was hij behoorlijk van slag, had last van nachtmerries en van de wetenschap dat slechts één van hen deze strijd heelhuids zou doorstaan – Veronique of hij.
Achttien jaar huwelijk was een lange tijd; de meeste huwelijken hielden tegenwoordig niet zo lang stand, en nu was het echt afgelopen. Maar was het daarom noodzakelijk dat ze elkaar op leven en dood bevochten? Was het nodig dat ze op alle mogelijke manieren probeerden elkaars leven te vernietigen? Het had veel moeite gekost om zijn carrière op te bouwen, en ook veel geld. En nu was Veronique van plan om alles op alles te zetten om zijn carrière te verwoesten?
Gropius nam een captagon in en wilde net de telefoon pakken om zich een kop koffie te laten brengen, toen het groene toestel voor hem luid begon te piepen. De professor nam de hoorn op: 'Ik wil het komende halfuur niet gestoord worden...' Hij zweeg. En na een lange geschrokken stilte zei hij zacht en met een stem waarin radeloosheid doorklonk: 'Dat kan toch niet! Ik kom eraan.'

Ongeveer op datzelfde moment stapte Veronique een bistro in de buurt van de Engelse Tuin binnen. Ze was zo'n vrouw waar iedereen naar keek zodra ze ergens binnenkwam, en niet alleen de mannen. Zelfs nu ze tegen haar gewoonte in eigenlijk vrij bescheiden gekleed was, trok haar bijzondere verschijning in het donkere mantelpakje de aandacht. In de bistro, een plek waar vooral studenten en intellectuelen elkaar ontmoetten, waren rond dit middaguur maar een paar tafeltjes bezet. Daardoor zag Veronique de kale, magere man meteen. Hij zat aan een tafeltje midden in het vertrek. Hij zag er precies zo uit als hij via de telefoon had gezegd, maar zeker niet zoals men zich een privédetective voorstelt. Hij stond op en vroeg: 'Madame Gropius?' Deze aanspreekvorm was ongewoon, maar paste heel goed bij deze elegant geklede, goed verzorgde man. 'Meneer Lewezow?' vroeg Veronique op haar beurt.
Lewezow knikte en schoof voorzichtig een stoel voor de dame achteruit. Gedurende een pijnlijk moment bekeken ze elkaar, toen zei Veronique fijntjes lachend: 'Zo ziet een privédetective er dus uit. U wordt toch niet boos als ik zeg: heel anders dan op de televisie.'
Lewezow knikte: 'U verwachtte waarschijnlijk een pijp rokende, smoezelige kerel met een leren jasje en een spijkerbroek aan.' Toen hij dit zei, trok

hij vol walging zijn wenkbrauwen op. 'Ik doe dit werk ook nog niet zo heel erg lang. Maar de kwaliteit van mijn onderzoeken is daar niet minder om, hoor, integendeel zelfs. Ik kan u', Lewezow haalde onder de tafel een dunne map tevoorschijn, 'ik kan u een paar referenties geven.'
Veronique Gropius nam vluchtig de opdrachten, de dankbetuigingen en de prijslijst die in de map zaten door (inderdaad, er zaten een paar prijzenswaardige prestaties tussen). Ondertussen vroeg ze om tijd te winnen: 'Hoe lang doet u dit werk al? Ik bedoel, je wordt immers niet geboren als privédetective.'
'Vier jaar,' antwoordde de kale man. 'Daarvoor was ik danstherapeut en daarvoor danser bij de Staatsopera. Na het overlijden van mijn vriend ben ik letterlijk de grond onder mijn voeten kwijtgeraakt. Ik kon geen pirouette en geen sprong meer maken. Maar ik wil u niet vervelen met mijn levensverhaal.'
'O, maar dat doet u niet!' Veronique glimlachte en gaf Lewezow de map weer terug.
'U maakte een toespeling aan de telefoon,' zei de detective om ter zake te komen.
Veronique haalde eens diep adem. Ze rommelde in haar platte, zwartleren handtas en begon te vertellen. Haar uitdrukking veranderde van de ene seconde op de andere. Het zojuist nog ontspannen gezicht werd nu streng, hard zelfs. Toen haalde ze een foto uit haar tas en gaf die aan de kale man. 'Dit is professor Gregor Gropius, mijn man... ex-man zou ik eigenlijk moeten zeggen. Onze relatie bestaat al heel lang alleen nog maar op papier, ons huwelijk verloopt alleen nog telefonisch.'
'Mag ik u iets vragen, madame? Waarom gaat u niet van hem scheiden?'
Veronique vouwde haar handen, waardoor haar knokkels wit werden. 'Er is een probleem. Wij zijn achttien jaar geleden op huwelijkse voorwaarden getrouwd. Weet u wat dat inhoudt, meneer Lewezow?'
'Ik kan me er wel iets bij voorstellen, madame.'
'Mijn man zal na onze scheiding geen enkele verplichting hebben en ik kan weer van voren af aan beginnen.'
'U werkt niet?'
'Jawel. Twee jaar geleden heb ik een reclamebureau opgericht. Mijn bedrijf draait niet slecht, maar vergeleken met het vermogen dat Gregor inmiddels heeft vergaard...'
Lewezow kneep zijn ogen tot spleetjes. 'Ik vrees dat er als u gaat scheiden vrijwel geen legale middelen zijn om het geld van uw man, of een deel ervan, in handen te krijgen.'

Veronique viel de detective in de rede: 'Daar ben ik me van bewust, dat hoor ik ook van mijn advocaten. Zoals u al zei, zijn er geen *legale* middelen. We zullen Gregor dus zover moeten krijgen dat hij zich vrijwillig bereid verklaart met me te delen – min of meer vrijwillig, bedoel ik dan natuurlijk.'
'Nu begrijp ik het. Ook in het leven van een professor zitten, net als bij ieder mens, wel een paar donkere vlekjes die hij liever niet openbaar gemaakt wil zien. Bedoelt u dat?'
Meteen klaarde Veroniques gezicht op en gleed er een ingehouden lachje over haar gezicht. 'Dat bedoel ik precies. In dit speciale geval zou het Gregor zelfs zijn kop kunnen kosten. Het enige probleem is dat ik geen bewijzen heb.'
'Bewijzen waarvoor?'
Veronique keek om zich heen om te zien of hun gesprek niet werd afgeluisterd en zei toen zacht: 'Gropius is als professor verbonden aan het universiteitsziekenhuis. Hij verricht elk jaar enkele tientallen orgaantransplantaties. Gregor transplanteert nieren, levers en longen van de ene mens naar de andere. De donoren zijn meestal al dood.'
Lewezow slikte.
'Maar de behoefte aan donororganen is veel groter dan het aanbod. Om die reden worden organen op de zwarte markt verhandeld, net als tweedehandsauto's of antiquiteiten, waarbij de prijzen kunnen oplopen tot honderdduizend euro.'
Lewezow begon aantekeningen te maken, ten slotte keek hij op en zei: 'Als ik het goed begrijp, vermoedt u dat uw ex-man samenwerkt met orgaanhandelaren.'
Veronique zat Lewezow roerloos aan te kijken.
'En als ik het verder goed begrijp,' ging de man verder, 'bent u van plan, ervan uitgaande dat uw vermoedens waar blijken te zijn, Gropius met uw kennis...'
'...te chanteren! Zegt u het maar gewoon, hoor. Ik wil niet dat mijn man mij na achttien jaar huwelijk als een dienstmeid afscheept met een bedrag van drie keer een maandsalaris, begrijpt u wel?'
Lewezow wreef met zijn vlakke hand over zijn verzorgde kale schedel en keek naar de aantekeningen die voor hem op tafel lagen. 'Geen gemakkelijke klus,' bromde hij peinzend. 'Ik moet u erop wijzen dat dit niet onaanzienlijke uitgaven met zich meebrengt.'
'Aan het geld hoeft het niet te liggen,' antwoordde Veronique, 'de inzet is immers heel hoog.'

Lewezow knikte zonder iets te zeggen.
'U mag de foto wel houden.' Ze haalde een opgevouwen stuk papier uit haar handtas en zei: 'En hierop heb ik alle namen en adressen geschreven van de mensen met wie mijn man omgaat. Inclusief die van dat sletje uit het ziekenhuis met wie hij twee keer per week naar bed gaat.'
Met verbazing bekeek Lewezow de gegevens en zei waarderend: 'Zeer professioneel, madame! Echt waar, zeer professioneel!'
Veronique maakte een wrevelig gebaar, alsof ze wilde zeggen: Bespaar me uw complimentjes alstublieft. In plaats daarvan schoof ze over tafel een ingevulde cheque naar hem toe en zei: 'Vijfduizend. Dat zou voorlopig voldoende moeten zijn. We rekenen later wel af.'
Er was vrijwel niets dat Lewezows depressieve stemming beter kon verdrijven dan geld. Het was al heel lang zijn gewoonte om cheques te kussen. Dat deed hij nu ook, voordat hij verdween met de woorden: 'Madame, ik ben er zeker van dat ik u kan helpen.'

Toen professor Gropius de intensive care binnenkwam, was Arno Schlesinger al dood. Uit het ecg-apparaat kwam een onafgebroken hoge pieptoon. Gropius schoof de priester, die een hoog gesloten zwarte toog met een wit boordje droeg en een onverstaanbaar gebed prevelde, aan de kant.
'Hoe heeft dit kunnen gebeuren?' snauwde hij tegen de hoofdarts, dr. Fichte.
Dr. Fichte, een jongensachtige man met een donkere krullenbos van ongeveer dezelfde leeftijd als Gropius, schudde zijn hoofd. Hij keek radeloos naar Schlesinger, die met zijn ogen halfgesloten, zijn mond open en zijn hoofd opzij lag met een wirwar van kabels en slangen om zich heen. Zacht, bijna onhoorbaar zei hij: 'Plotseling optredende tachycardie, kortdurende pulsus dicrotus en vlak daarna een hartstilstand. Ik heb hier geen verklaring voor.'
'Waarom hebt u me niet eerder laten komen?' zei Gropius tegen de verpleegkundige die Schlesinger in de gaten had gehouden.
De verpleegkundige, een welgevormde blondine die al veel patiënten had zien sterven, antwoordde bijna onverschillig: 'Het spijt me, professor. Het ging allemaal zo snel.' En niet minder onaangedaan en met een gebaar naar de kabels die nog steeds op de patiënt waren aangesloten, zei ze: 'Dan kan ik hem nu zeker wel ontkoppelen.'
Terwijl de verpleegkundige het ecg-apparaat uitschakelde en de kabels verzamelde, liepen Gropius en de hoofdarts naar het raam en keken naar

buiten. Zonder zijn collega aan te kijken vroeg de professor: 'Wat is uw mening, Fichte?'
De hoofdarts aarzelde.
'U hoeft me niet te ontzien,' zei Gropius aanmoedigend.
'Waarschijnlijk een bloeding in de varix oesofagus.'
Gropius knikte. 'Dat zou kunnen, maar ik geloof er niets van. Dan zou ik mezelf iets te verwijten hebben.'
'Ik wil u in geen geval de schuld...' voegde de hoofdarts er snel aan toe. Maar Gropius viel hem in de rede.
'Het is al goed, u hebt helemaal gelijk. Een bloeding ligt voor de hand. En daarom zal ik een sectie laten uitvoeren.'
'U wilt...'
'Dat ben ik aan mijn reputatie verplicht. Ik zou niet willen dat ooit het gerucht de wereld in komt dat Gropius een keer slordig werk heeft afgeleverd. Ik eis een sectie.'
Toen de blonde verpleegkundige begreep dat het gesprek diepgaander werd, verliet ze het vertrek. Jarenlange ervaring had haar geleerd dat een dergelijk gesprek tussen twee artsen meestal nergens op uitliep. Nooit zou gezegd worden waar het eigenlijk om ging: een medische fout.
Door een sectie te eisen wilde Gropius eventuele geruchten van tevoren de kop in drukken. Hij wist heel zeker dat hij geen fouten had gemaakt. Maar waar was Schlesinger dan zo plotseling door overleden?
Deze vraag bleef Gropius bezighouden; morgen in de loop van de dag zou hij worden beantwoord. Iemand die gebukt gaat onder de dood van een patiënt, zei hij vaak, moet geen arts worden. Dat had niets met harteloosheid of onmenselijkheid te maken, maar een ziekenhuis was nu eenmaal een groot economisch, dienstverlenend bedrijf waarin niet altijd alles goed ging.
Ondanks deze kalme houding ten opzichte van het lot van één enkel mens werd de professor onverklaarbaar onrustig door het geval Schlesinger. Het was een routineoperatie geweest die zonder enige complicatie was verlopen en toch was de patiënt overleden. Zijn gevoel zei Gropius dat er iets niet klopte.
Gropius kwam 's avonds om een uur of acht thuis. Sinds Veronique hem had verlaten, maakte het huis een lege indruk op hem, hoewel ze alleen de meubels uit haar eigen kamer had meegenomen. Hij was daarna niet meer in die kamer geweest, hij wist zelf niet eens waarom. Zonder te kijken zette hij de tv aan, schonk zichzelf in de keuken een glas rode wijn in, liet zich uitgeput in een leunstoel vallen en staarde voor zich uit.

Tegenover vrienden noemde hij zijn eenzaamheid sinds zijn vrouw hem had verlaten schertsend DT, de D van *delirium* en de T van *tremens*. Maar hij zei het echt voor de grap; volgens hem voelde elke man van wie de vrouw was weggelopen zich zo.

Gropius nam een slok wijn en zette zijn glas neer toen de telefoon ging. Hij keek naar de klok en besloot niet op te nemen. Hij had geen zin om met iemand te praten en voor het geval het Rita was, de röntgenassistente, al helemaal geen zin in seks.

Nadat de telefoon eindeloos was overgegaan, werd het eindelijk stil. Maar na een korte pauze begon het toestel opnieuw zijn zenuwen te kwellen. Hij nam geïrriteerd op. 'Ja?' blafte hij in de hoorn.

Niemand antwoordde. Gropius wilde net ophangen, toen hij een stem hoorde.

'Wie is dit?' blafte hij nogal verstoord.

'Een bericht voor professor Gropius,' zei een kille, enigszins vervormde stem. 'Het gaat over de dood van Schlesinger.'

Gropius was opeens klaarwakker. 'Wie bent u? Wat weet u over deze patiënt? Vertel op!'

'Schlesinger is overleden aan een levercoma. U treft geen blaam. Daarom moet u elk nader onderzoek stopzetten. Dat is in uw eigen belang.'

'Verdomme, wie bent u?' riep Gropius opgefokt.

De beller had al neergelegd.

Gropius was helemaal in de war en legde de hoorn weer op het toestel alsof hij wilde voorkomen dat de beller zich opnieuw zou melden. Wie was deze vreemde beller? Radeloos liep Gropius in gedachten alle stemmen langs die hij kende. Dat deed hij een paar minuten, maar moest het toen opgeven. Hij greep zijn glas, dronk het in één keer leeg en deed de tv uit. Normaal gesproken was hij niet bepaald een lafaard, maar nu werd hij opeens bang. Hij voelde zich bekeken en liet met een druk op de knop de rolluiken van het huis neer.

Wie was er in vredesnaam op de hoogte van de dood van Schlesinger? En wie kon een zo nauwkeurige en waarschijnlijke doodsoorzaak noemen? Daar was maar één verklaring voor: het moest een van zijn collega's zijn. De concurrentiestrijd tussen artsen wordt alleen overtroffen door die tussen Hollywood-acteurs. 'Fichte, hoofdarts Fichte,' mompelde hij zachtjes. Maar meteen daarna verwierp hij deze gedachte al. Als Fichte de poten onder zijn stoel wilde wegzagen, had hij er alle belang bij om de dood van Schlesinger op te helderen. In elk geval zou het dan belachelijk zijn om te eisen dat hij elk nader onderzoek naar de doodsoorzaak stopzet.

Gropius ijsbeerde als een rusteloos roofdier – niet-begrijpend, hoofdschuddend en met zijn handen op de rug – door de woonkamer. Veronique! Ze had hem al vaak genoeg recht in zijn gezicht verteld dat ze hem haatte! De eerste keer had het pijn gedaan; ze hadden immers ooit van elkaar gehouden. Maar na een paar keer had zelfs deze opmerking geen effect meer. Veronique was zeer zeker in staat een ingewikkeld complot te smeden. Dat had ze immers zelfs aangekondigd. Maar zou ze in staat zijn de dood van een patiënt in scène te zetten? Veronique kende bijna niemand in het ziekenhuis. Ze stelde geen prijs op contact met artsen. 'Allemaal bekrompen mannetjes,' had ze een keer gezegd, 'die denken alleen maar aan ingewanden en aan hun carrière. Walgelijk!' Nee, ook Veronique kwam niet in aanmerking als aanstichtster van deze aanslag. En in dat verband was dat geheimzinnige telefoontje nog minder logisch.
Met dit onbevredigende inzicht ging Gropius naar bed, maar hij lag nog lang wakker. De dood van zijn patiënt had hem meer gedaan dan hij eerst had gedacht. Hij lag maar een beetje te doezelen, tot het licht werd.
De volgende ochtend in het ziekenhuis verwelkomde zijn assistente, een moederlijke vrouw van een jaar of vijftig – iets anders had Veronique niet goed gevonden –, hem zoals gebruikelijk in een goed humeur en met de mededeling dat de uitkomst van de sectie op Schlesinger bekend was. Professor Lagermann had gevraagd of hij hem terug wilde bellen.
Lagermann! Hoewel hij hem nog helemaal niet had gesproken, kon hij zich zijn stem onmiddellijk voor de geest halen. Lagermann zou de geheimzinnige beller kunnen zijn! Met voorgewende kalmte liep Gropius zijn kamer in en sloot de deur. Hij zag dat zijn hand trilde toen hij het nummer van de patholoog draaide.
'Het zal u niet verbazen, collega, als ik u vertel wat de doodsoorzaak is van het geval Schlesinger,' zei Lagermann zonder omhaal. 'Het resultaat van de sectie wijst op levercoma.'
Gropius kon geen woord uitbrengen en Lagermann vroeg: 'Bent u er nog?'
'Ja, ja,' stamelde Gropius. Hij probeerde uit alle macht, maar tevergeefs, een logische conclusie te trekken uit deze mededeling.
'Wat u wel zal verbazen, is de histologische uitkomst: het donororgaan was niet schoon. Ik heb een grote dosis chlorphenvinphos gevonden. Waarschijnlijk een injectie in het geprepareerde orgaan. De patiënt had geen enkele overlevingskans. Onder de gegeven omstandigheden was het mijn plicht om de officier van justitie te waarschuwen. Mijn sectieverslag volgt.'

'Lagermann!' mompelde Gropius toen hij had opgelegd. Hij had het koude zweet in zijn nek staan. 'Lagermann?'

In de dagen daarna volgden de gebeurtenissen elkaar in zo'n hoog tempo op dat Gropius later amper meer wist in welke volgorde ze hadden plaatsgevonden. Het begon met een pijnlijke situatie als gevolg van een aaneenschakeling van ongelukkige omstandigheden die niet onzaliger hadden kunnen eindigen.

Gropius had zijn werk die dag als in een droom uitgevoerd. Hij had zich er een paar keer op betrapt dat hij zich bij iedereen die hij tegenkwam wantrouwig afvroeg of hij al van het gebeurde op de hoogte was. Daarbij kreeg hij de indruk dat de meeste collega's hem expres meden.

Laat in de middag zat Gropius in zijn vergaderkamer, een zakelijke ruimte met roestvrijstalen tafels en zwartleren stoelen. Voor hem op zijn bureau lag het transplantatiedossier van Schlesinger en hij pijnigde zijn hersenen met de steeds terugkerende vragen: Hoe heeft dit kunnen gebeuren? Wie zou er belang bij hebben om een donororgaan te vergiftigen? Bijna had hij het klopje op de deur niet gehoord. Onzeker riep hij: 'Kom binnen.'

Opeens stond Rita voor hem, de röntgenassistente, ongeveer half zo oud als hij. Ze had een knap snoetje en geloofde heilig in horoscopen; een zeldzame combinatie, omdat iemand vaak vanwege zijn tekortkomingen zijn heil bij horoscopen zoekt. Sinds zij elkaar beter kenden – jazeker, ze hadden een verhouding – wist hij in elk geval dat hij Maagd was, ascendant Leeuw, met de zon in het eerste huis. Maar ook daar had hij nu niets aan.

Toen Gropius het roodharige meisje in haar witte uniform zag, sprong hij verschrikt overeind en liep haar tegemoet. Hij siste zachtjes: 'Ik heb je toch gezegd dat we elkaar in het ziekenhuis niet kennen.'

'Dat weet ik,' antwoordde Rita, 'maar op de afdelingen wordt gefluisterd dat er iets afschuwelijks gebeurd is, een moord!' Ze sloeg haar armen om zijn hals.

Hij weerde het meisje af en greep haar bij haar polsen. 'Zo, er wordt dus geroddeld,' zei hij ontstemd.

'Wat is er waar van die geruchten?' riep het meisje met een hoog stemmetje.

'Niets. Nou ja, er is wel iets gebeurd. Er is een donororgaan vergiftigd. De patiënt is vlak na de operatie overleden. Zo, nu weet je het!' Zijn stem klonk boos en geïrriteerd.

In hun opwinding hadden ze niet gemerkt dat er nog twee mensen waren binnengekomen. Voor hen stonden als bij toverslag de secretares-

se van Gropius en een man die de professor niet kende. En nog steeds hield Gropius de armen van het meisje tegen zijn borst aan gedrukt.
'Ik heb geklopt,' zei de secretaresse verontschuldigend en keek met een bestraffende blik naar de compromitterende houding van haar baas.
'Het is al goed,' zei Gropius. Hij liet het meisje los en zei tegen haar: 'We spreken later nog wel over uw probleem.' Rita verdween.
'Dit is officier van justitie Renner,' zei de secretaresse met een gebaar naar de onbekende.
Gropius keek naar de officier van justitie. Het was een jonge, magere man met een randloos brilletje en stekeltjes. Terwijl hij naar de man keek, realiseerde hij zich dat zijn opmerking tegen Rita ongeloofwaardig was. 'Ik verwachtte u al,' zei hij tegen de jongeman. 'Gaat u zitten alstublieft.'
Markus Renner stond nog maar aan het begin van zijn carrière, maar zijn houding had niets gereserveerds. Hij viel met de deur in huis: 'U weet waar het over gaat. Welke verklaring hebt u voor het gebeurde? U hoeft geen verklaring af te leggen die voor u bezwarend kan zijn, en u kunt altijd weigeren een verklaring te geven, maar ik onderzoek een dood door schuld. Waarschijnlijk zal ik een aanklacht indienen. Wilt u een verklaring afleggen?'
De zinnen van de officier vlogen als pijlen door het vertrek, rechtdoor en doelgericht, en ze raakten Gropius in zijn ziel. 'Ik heb geen enkele verklaring voor dit voorval,' antwoordde hij aarzelend, 'en u mag ervan uitgaan dat ik als eerste geïnteresseerd ben in de oplossing van dit mysterieuze gebeuren. Het gaat per slot van rekening om mijn reputatie als arts.'
Renner knikte tevreden. 'Dan verzoek ik u mij het transplantatiedossier te overhandigen. Ik heb de naam nodig van de chirurg die het donororgaan heeft verwijderd, de naam van iedereen die betrokken is geweest bij het vervoer van het orgaan van Frankfurt naar München en de naam van iedereen die hier in het ziekenhuis met het orgaan in aanraking is geweest of kan zijn geweest.'
Met een zuur glimlachje schoof Gropius het dossier over de tafel naar de officier van justitie toe. 'Hierin vindt u alle stukken.'
Bijna onverschillig en met een koelbloedigheid die niet bij een man van zijn leeftijd paste, nam Renner het dossier in ontvangst. Alsof het een reclamefolder was, liet hij de verschillende pagina's door zijn vingers glijden. Hij ging rechtop zitten en zei: 'Professor, ik verzoek u zich beschikbaar te houden voor het openbaar ministerie. Ik mag er toch van uitgaan dat u de stad de komende dagen niet zult verlaten?'

Gropius knikte met tegenzin en met niet minder tegenzin knorde hij: 'Als het moet.'
Met een beleefde opmerking en zonder een handdruk vertrok officier van justitie Renner. Hij had nog maar net de deur achter zich gesloten, toen Gropius hem zachtjes achterna riep: 'Vlerk!' Hij was woedend. Boos wreef hij met de rug van zijn hand over zijn voorhoofd, als om zijn sombere gedachten te verdrijven. Ten slotte begon hij op een stukje papier vakken en lijnen te tekenen. Toen pijlen die als een gek door een doolhof liepen: de weg die het donororgaan had afgelegd, vanaf de aankomst in het ziekenhuis tot aan de operatiekamer. Op diverse plaatsen zette hij een X, op andere een vraagteken. Het laboratorium op de derde verdieping, waar een laatste histologisch onderzoek was uitgevoerd, omcirkelde hij. Vanaf hier tot aan de OK markeerde hij elke deur met een uitroepteken. De laboratoriumuitslag had alle waarden bevestigd en geen afwijkingen gesignaleerd; het moest hierna dus zijn gebeurd.
Gropius wachtte tot de verpleegkundige overdracht om acht uur. Daarna werd het op alle afdelingen rustig. Zonder geluid te maken ging hij met zijn tekening op pad. Hij had nooit verwacht dat hij ooit nog eens als een dief over zijn eigen afdeling zou sluipen om aantekeningen te maken. Uit angst dat hij tijdens dit merkwaardige tochtje zou worden ontdekt, slenterde hij regelmatig doelloos over de gangen en wekte daarbij de indruk dat hij een belangrijk dossier bestudeerde. In werkelijkheid noteerde hij elke deur en schreef op welk vertrek zich erachter bevond, inclusief toiletten en bezemkasten.
Opgelucht omdat hij niemand tegen was gekomen die argwaan had kunnen krijgen, liep hij net naar de lift toen er een man de hoek om kwam die hij hier, op dit tijdstip, absoluut niet had verwacht.
'U, meneer de officier?'
Markus Renner grijnsde vals en zette zijn bril recht. Hij keek met half toegeknepen ogen naar de schetsen die Gropius in zijn hand hield en merkte langs zijn neus weg op: 'Kennelijk dachten we hetzelfde.'
Gropius zei maar niets. Wat de officier ook bedoeld had te zeggen, hij had geen zin om uitleg te geven. Dit was per slot van rekening nog altijd zijn ziekenhuis. Hij had deze carrièrejager, deze vlerk, meteen al onsympathiek gevonden – en niet alleen omdat ze door een sterfgeval tegenstanders waren geworden. Het overdreven stoere gedrag van deze man beviel hem niet. Daardoor eindigde deze onaangename ontmoeting in zwijgen en ging ieder zijns weegs.

Toen Gropius even voor tien uur 's avonds thuiskwam, stond Rita voor zijn deur te wachten. Hij was niet eens verbaasd. Het was gaan regenen en het meisje was helemaal doorweekt.
'Ik dacht dat je op een dag als vandaag wel een beetje opgevrolijkt mocht worden. Maar ik kan ook weer weggaan, als je dat liever hebt.'
Dat had iets ontroerends. 'Nee, nee, kom maar binnen!'
Op dit soort momenten vroeg Gropius zich af of hun verhouding niet meer was dan alleen maar seks. Want dat had hij Rita onverbloemd duidelijk gemaakt. Hij had geen enkele behoefte aan een serieuze relatie. Natuurlijk, hij was dol op haar, maar van liefde kon geen sprake zijn. Dat had Rita niet al te erg geschokt. Op zijn oprechte woorden had ze gereageerd met de opmerking dat ze wel kon wachten.
'Je moet het begrijpen,' zei Gregor Gropius toen ze binnen waren, 'het heeft niets met jou te maken, maar op dit moment heb ik nu niet bepaald zin om te vrijen.'
'Hm.' Rita trok een pruillip als een klein meisje. Ook in dit soort situatie wist ze de aandacht naar zich toe te trekken.
'Je zou een warm bad moeten nemen en je kleren even ophangen zodat ze kunnen drogen,' zei Gregor en nam het meisje in zijn armen.
Rita ging voor hem staan en trok haar kleren uit. Maar deze avond werd hij er niet warm of koud van. Ze hing haar natte kleren over de radiator in de gang.
Wat is ze mooi, dacht Gropius. Verder kwam hij niet. De telefoon bracht hem terug in de realiteit. Nog voor hij zijn naam had gezegd, hoorde hij een stem die hij al eerder had gehoord.
'Een bericht voor professor Gropius,' zei een kille, enigszins vervormde stem. 'Het gaat over de dood van Schlesinger. Schlesinger is overleden aan een levercoma. U treft geen blaam. Daarom moet u elk nader onderzoek stopzetten. Dat is in uw eigen belang.' Toen werd de verbinding verbroken.
Gropius verstijfde en keek naar het naakte meisje. Hij dacht aan het eerste telefoontje. Dit waren precies dezelfde woorden. Een bandopname!
'Iets vervelends?' vroeg Rita.
'Ja,' antwoordde Gropius afwezig.
'Wil je dat ik ga?'
Gropius keek opzij en knikte.

Ongeveer op hetzelfde moment hingen professor Lagermann en hoofdarts dr. Fichte aan de bar in een kroeg in het centrum. De kroeg heette Extra Editie. Het was de rokerige en geliefde ontmoetingsplaats van journalisten, omdat de belangrijkste kranten op een paar minuten afstand lagen. Lagermann en Fichte zouden nooit bevriend zijn geraakt; daarvoor verschilden ze te veel van elkaar. Het lot had hen echter min of meer samengebracht, doordat Fichtes vader en Lagermanns moeder broer en zus waren, wat hen tweeën tot neven maakte. Dit verzwegen ze in het ziekenhuis; elk om een andere reden.

Fichte was dol op vrouwen en werd daarom ook wel Stuivertje genoemd, terwijl Lagermann het andere geslacht al lang geleden had afgezworen. Of hij dit uit overtuiging of uit noodzaak had gedaan, wist niemand, ook Fichte niet. Lagermann noemde zichzelf knipogend een potente gelovige. Overigens had hij zich in het bijzijn van zijn neef eens hardop afgevraagd welke vrouw zich vrijwillig zou inlaten met een lijkensnijder. Hij kon zich ook niet voorstellen dat een vrouw 's avonds na een werkdag zou vragen: 'En, hoe was het vandaag op je werk?', en dat hij dan tussen een kom soep en een bord pasta door zou antwoorden: 'Vandaag had ik weer eens een keer een hart en nieren en een volle maag op de tafel'.

Lagermann beschouwde zijn vak als een broodwinning en zeker niet als een roeping. Hij was er, net als de meeste pathologen, min of meer ingerold; iemand moest dat werk immers doen? Daarom was hij ook niet bijzonder eerzuchtig. Verder dronk hij meer alcohol dan goed was voor het organisme van een volwassen man.

Fichte was precies het tegenovergestelde. Hij was niet bijzonder groot, maar stond open voor de wereld, was opgewekt, had een aantrekkelijke vrouw en twee allerliefste dochters, en zijn carrière was het belangrijkste doel in zijn leven. En hoewel Gropius deze carrière eigenlijk belemmerde, leek Fichte Gropius wel te mogen; dat beweerde hij althans regelmatig.

Walter Lagermann maakte echter geen geheim van zijn afkeer van Gropius, zonder hier redenen voor op te geven. Toen Daniel Breddin, een journalist van het dagblad *Bild* met wie hij al vaker te maken had gehad, hem opbelde en om een onderhoud verzocht, stemde hij hier dan ook meteen in toe. Dat Fichte hierbij aanwezig was, was geen probleem, tenminste niet volgens Lagermann. Ze dronken om de paar weken een biertje met elkaar en Lagermann zag geen reden om van dit onschuldige pleziertje af te zien.

Daniel, die 'Danny' Breddin werd genoemd, zag er sloom en dikkig uit, wat sterk contrasteerde met zijn schrandere, scherpe verstand. Hij kwam meteen ter zake: 'Het Duitse persagentschap DPA heeft vanoch-

tend melding gemaakt van een mysterieus overlijden in het universiteitsziekenhuis. Wat is er aan de hand, professor?'
'Dat was moord,' zei Lagermann op zakelijke toon. Fichte viel hem meteen in de rede: 'Maar Walter! Zo kun je dat niet zeggen!'
Lagermann hief kalmerend zijn handen op: 'Goed dan, dan zal ik het anders formuleren: een patiënt heeft een levertransplantatie slechts één uur overleefd. Tijdens de daaropvolgende sectie heb ik in de getransplanteerde lever een hoge dosis insecticide gevonden. Met andere woorden: dat orgaan was vergiftigd!'
Breddin zette grote ogen op, dit was een sensationeel verhaal! 'Het overlijden is dus niet te wijten aan een medische fout?' vroeg hij.
Lagermann haalde met een theatraal gebaar zijn schouders op, waardoor zijn brede schedel bijna op gelijke hoogte met zijn schouders kwam. 'Gregor Gropius heeft in feite een uitstekende naam!' antwoordde hij op een toon die zijn uitspraak leek tegen te spreken.
Daarop mengde Fichte zich in het gesprek en zei tegen de journalist: 'Weet u, mijn neef Walter Lagermann en Gregor Gropius mogen elkaar niet, of liever gezegd: Walter mag Gropius niet, begrijpt u? Het is zo dat het getransplanteerde orgaan geprepareerd was, waarschijnlijk door een injectie. We kunnen alleen maar gissen naar de dader en naar zijn motieven. Hoe dan ook is deze zaak niet bepaald goed voor de naam van ons ziekenhuis. Ik verzoek u dan ook om mijn naam niet te noemen in uw artikel. Ik zou het bijzonder pijnlijk vinden als men dacht dat ik Gropius in zijn rug wil aanvallen. Volgens mij valt Gropius niets te verwijten.'
Lagermann grijnsde breeduit, sloeg in één teug een borrel achterover en bulderde terwijl hij Breddin en Fichte om de beurt aankeek: 'Gropius was de verantwoordelijke leidinggevende tijdens de operatie, dus moet hij ook voor de gevolgen instaan als er iets gebeurt. Of zie ik dat verkeerd? En ik begrijp trouwens niet waarom je Gropius wilt sparen. Ik ben ervan overtuigd dat hij, als hij een manier wist, de verantwoordelijkheid op jou zou schuiven.'
'Je bent helemaal gek!' Fichte zette met een klap zijn bierglas op de bar, boog zich naar Lagermann over en siste hem toe, zodat Breddin het niet kon horen: 'Je moet niet meer drinken, Walter. Je komt nog eens lelijk in de problemen!'
Lagermanns gezicht vertrok en hij duwde Fichte van zich af: 'Onzin! Ik zeg wat ik wil en tegen wie ik wil!'
Toen haalde Fichte een bankbiljet uit zijn zak, legde het op de bar en zei tegen Breddin: 'U moet niet alles geloven wat mijn neef vanavond alle-

maal vertelt. Soms drinkt hij een beetje te veel en dan weet hij de volgende ochtend niet meer wat hij heeft gezegd. En nu moet u mij verontschuldigen.'

Het was niet de eerste keer dat Fichte zijn neef gewoon liet staan. Na een bepaalde hoeveelheid alcohol was zijn woordenvloed vaak niet meer te stuiten en werd hij ook snel agressief.

Fichte was nog maar net vertrokken, toen Breddin zijn kans schoon zag. Hij probeerde nog meer informatie van Lagermann los te krijgen dan hem achteraf lief zou zijn. Daarom vroeg hij op de man af: 'Heeft professor Gropius eigenlijk vijanden?'

Lagermann slikte eens. 'Vijanden?' Hij was al zo ver heen dat hij nog maar met moeite een verstandig antwoord kon geven. Nadat hij kennelijk een tijdje had zitten nadenken, barstte hij uit: 'Ja, ik natuurlijk. Ik zou hem in elk geval geen vriend noemen.' Toen begon hij te lachen, zo langdurig en gemaakt dat de andere gasten al naar hem keken.

'En behalve u?'

Lagermann maakte een wegwerpgebaar. 'Weet u, onder de artsen in een ziekenhuis breekt elke ochtend de Derde Wereldoorlog uit. De redenen daarvoor zijn voor een buitenstaander lachwekkend: een betere parkeerplek, een duurdere auto, een beter gesitueerde kamer, de mooiere secretaresse, de prominentere patiënten. Concurrentiestrijd en begeerte naar roem nemen de meest bizarre vormen aan. Dit blijft een arme patholoog als ik gelukkig meestal bespaard. Ik heb geen concurrentie en niemand kan me mijn faam betwisten, want die heb ik niet. Of kent u soms een beroemde patholoog? Ik hoef mijn patiënten niet met veel omzichtigheid te behandelen – die zijn allemaal al dood. En of het nu een dakloze is of een beroemd iemand, het enige verschil is het naamkaartje aan hun kleine teen.'

Lagermann zat met zijn ogen half dicht naar de bar te staren en zei zonder de journalist aan te kijken: 'Weet u eigenlijk wel hoe afzichtelijk een mens er vanbinnen uitziet? De mens heeft duizenden jaren aan zijn uiterlijk gewerkt; hij werd steeds mooier, steeds begerenswaardiger. Denk alleen maar aan de Discuswerper van Myron of de David van Michelangelo! Maar onder onze huid zijn we nog even lelijk en onvolmaakt als miljoenen jaren geleden. Hebt u wel eens het hart van een mens gezien, zo'n met geel vet omringde vormeloze spierklomp, of een lever met het aanzicht van een verschimmelde paddenstoel in het bos, of verkalkte aderen die eruitzien als een onderwateroerwoud in een poel? En dat elke dag weer, van ontbijt tot lunch!' Lagermann prikte met zijn wijsvinger in zijn borrelglaasje en zei jammerend: 'Ik zal u één ding zeggen, Breddin, dit hou je alleen maar vol met een bepaalde hoeveelheid alcohol. Breddin?'

Lagermann keek op en vroeg zich verward af waar zijn metgezel was gebleven. Maar Breddin was al lang vertrokken.

De volgende ochtend kopte *Bild*: 'Mysterieuze dood in universiteitsziekenhuis'. Professor Lagermann werd als volgt geciteerd: 'Deze zaak is slecht voor de goede naam van ons ziekenhuis! Het is te hopen dat de schuldige snel wordt vervangen.'

Toen Gropius die ochtend naar het ziekenhuis reed, sprong die krantenkop hem op elke straathoek tegemoet. Hij had het gevoel dat de voetgangers die op het groene licht stonden te wachten hem aanstaarden en velen van hen, dacht hij, wezen naar hem en grijnsden vol leedvermaak. Om dit niet langer te hoeven aanzien legde hij zijn voorhoofd op het stuur. Toen het licht weer op groen sprong, werd hij daar met ongeduldig getoeter op geattendeerd. Terwijl hij een stuk langs de oever van de Isar reed, overwoog hij serieus om met zijn Jaguar over de hoge kademuur heen de rivier in te rijden. Maar het was helemaal niet zeker of hij door een val in de rivier zou sterven. En zou het niet eerder als een bekentenis worden opgevat?

Door dergelijke gedachten achtervolgd sloeg hij zoals gewoonlijk de weg naar het ziekenhuis in, als een oude ezel die zelfs blind zijn stal weer vindt. Later wist hij niet meer hoe hij was gereden. Hij wist ook niet waarom hij deed wat hij daarna deed.

Want tegen zijn gewoonte in ging Gregor Gropius, nadat hij zijn auto had geparkeerd, niet met de lift naar boven maar naar beneden, naar de afdeling Pathologie. Als een geest verscheen Lagermann, gekleed in een lange witte jas, aan het einde van de gang die naar de sectieruimte leidde. Toen Gropius de lift in stapte, was hij van plan geweest om Lagermann ter verantwoording te roepen, meer niet. Maar nu, in het felle neonlicht waardoor hun ogen in donkere kassen verdwenen, stonden ze opeens als duellisten tegenover elkaar, als aartsvijanden die zich afvroegen wie als eerste naar het wapen zou grijpen. Gropius versnelde zijn pas toen hij Lagermann herkende. Gewoon niet laten merken dat je bang bent. Maar Lagermann dacht er net zo over. En zo kwam het dat Gropius en Lagermann vastbesloten als twee bronstige herten met zware stappen naar elkaar toe liepen, zonder te weten hoe deze ontmoeting zou aflopen.

Toen haalde Gropius uit en sloeg zijn tegenstander met zijn rechtervuist in het gezicht. Lagermann, die door zijn lange jas moeite had om overeind te blijven, verloor zijn evenwicht, knalde met zijn hoofd tegen de muur en viel als een zak meel op de grond.
Gelukkig voor Gropius waren er geen getuigen en hield Lagermann er geen ernstige verwondingen aan over. Maar Gropius werd door de ziekenhuisdirectie met onmiddellijke ingang geschorst, tot het transplantatieschandaal zou zijn opgehelderd.

Het artikel in *Bild* trok de aandacht en Breddin, die schandalen gewoon kon ruiken, vermoedde dat er achter de feitelijke misdaad een heel ander verhaal zat. Gropius, die hij telefonisch om een interview had verzocht, had dit geweigerd. Nu zocht hij een nieuw aanknopingspunt.
Dat bleek echter een stuk moeilijker te zijn dan hij had verwacht. De mensen van Eurotransplant zwegen als het graf over de orgaandonor, en het ziekenhuis had na de provocerende koppen in zijn krant een informatiestop ingesteld. Zelfs Lagermann, die hij nog diezelfde dag aan de telefoon kreeg, was chagrijnig. Hij zei dat hij de vorige avond echt te veel had gedronken en dat hij trouwens absoluut niet had verwacht dat Breddin hem woordelijk zou citeren. Dat zou hem, Lagermann, in grote problemen kunnen brengen.
Ondertussen had de dagelijkse telefonische redactievergadering, waarbij alle redacties met elkaar in verbinding stonden, besloten de zaak warm te houden door de lezers elke dag een nieuw artikel over het transplantatieschandaal voor te schotelen.
Met zijn voeten op zijn bureau hangend in zijn draaistoel keek Breddin naar het beeldscherm van zijn computer waarop de krantenkop van vandaag oplichtte. Hij bewoog zijn pen zomaar een beetje heen en weer op een stuk wit papier, alsof hij hoopte dat hij een eigen leven zou gaan leiden en helemaal uit zichzelf de achtergrond van deze mysterieuze zaak zou opschrijven.
Voorzover hij nu kon beoordelen, waren er volgens Breddin twee mogelijke theorieën. De eerste was natuurlijk dat het de bedoeling was dat de patiënt werd gedood. Maar dat zou zonder twijfel de vreemdste moord in de geschiedenis zijn; er zijn immers duizenden eenvoudiger manieren om een vijand naar de andere wereld te helpen. En verder zou hiervoor de medewerking van ten minste één ziekenhuismedewerker nodig zijn geweest, wat een niet te voorspellen risico was. De tweede mogelijkheid leek veel overtuigender. Volgens alles wat Lagermann hem had verteld,

bestond er een bittere concurrentiestrijd tussen de in het wit geklede halfgoden. Wat was dan waarschijnlijker dan dat de ene arts de andere op de beschreven manier in de val zou laten lopen? Een doortrapt plan dat voor een insider niet bijster veel risico en inspanning inhield.
Breddin was een oude rot in het vak. Hij wist dat een onderzoek in een ziekenhuis bijzonder moeilijk uit te voeren is, slechts vergelijkbaar met een onderzoek in het Vaticaan waar zwijgen als een van de Tien Geboden geldt. Terwijl hij zich afvroeg hoe hij Lagermann alsnog tot praten kon verleiden, in gedachten al zijn vrienden en kennissen naging – van wie een journalist min of meer afhankelijk is – en zich bij elke naam afvroeg of de betrokkene mogelijk contacten had in het ziekenhuis, kwam het toeval hem te hulp in de persoon van een aantrekkelijke jonge vrouw.
Ze had golvend rood haar en haar weelderige boezem was zelfs onder haar sportieve jasje zichtbaar. Ze zag er bijzonder opgewonden uit toen ze Breddins kantoor binnenkwam en vroeg woedend: 'Hebt u dat artikel over het transplantatieschandaal geschreven?'
'Ja,' antwoordde de journalist. 'Mijn naam is Danny Breddin en wie bent u?'
'Dat is niet belangrijk,' antwoordde het meisje, 'ik heet Rita, dat is voldoende.'
'Goed dan, Rita. Wat kan ik voor je doen?'
'Het gaat om professor Gropius.'
'Ken je hem dan?'
'Ja,' antwoordde Rita. 'Het is gewoon schandalig om professor Gropius te beschuldigen! Dat is pure laster! Gropius is het slachtoffer van een complot!' zei ze met schrille stem.
Tot op dit moment was Breddin alleen maar onder de indruk geweest van het uiterlijk van deze onbekende vrouw, maar nu begon hij zich te interesseren voor wat ze zei. 'Een complot? Dat moet je me eens uitleggen!'
'Er is niet zoveel uit te leggen. De professor woont sinds een paar maanden gescheiden van zijn vrouw. Dat is op zich niet zo bijzonder, maar zijn vrouw heeft gedreigd dat ze hem te gronde zal richten. En voorzover ik Veronique Gropius ken, zal ze daarbij zelfs over lijken gaan!'
Breddin verbaasde zich. Wie was deze vrouw met dat rode haar en waarom vertelde ze hem dit allemaal? Een echtelijk drama als onderliggende reden voor het schandaal was een buitenkansje voor de krant. Dit soort dingen gebeurde niet elke dag.

Hij begon met veel overtuiging op haar in te praten. 'Rita, ik ben heel blij dat je bij me bent gekomen. Zo te horen weet je meer over deze zaak. Is het niet beter als je me alles vertelt, zodat de waarheid boven water komt?'
Rita schudde haar hoofd en onwillekeurig verscheen er even een grijns op haar gezicht die meteen overging in een blik waarin pijn doorschemerde. 'Ik wil alleen maar,' zei ze bijna jammerend, 'dat u mijn woorden serieus neemt en de professor niet zonder bewijzen veroordeelt.'
'Dat heb ik niet gedaan!'
'U hebt Lagermann geciteerd en iedereen weet dat hij Gropius het liefst naar zijn strot zou vliegen. Lagermann verspreidt zelfs het gerucht dat Gropius zou hebben samengewerkt met de orgaanmaffia. Dat is absoluut niet waar. En als u het míj vraagt...'
'Dat doe ik.'
'...ik zie de ex-vrouw van de professor er wel voor aan dat ze een collega van de professor voor zich heeft ingenomen, misschien zelfs twee of drie, wie de roem die de professor zich heeft verworven een doorn in het oog is. Maar volgens mij heb ik al veel te veel gezegd. Vaarwel, meneer Breddin.' En als de schaduw van een zeldzaam visioen verliet Rita het vertrek.
Peinzend staarde Breddin naar de krantenkop op zijn beeldscherm. Hij glimlachte tevreden. Er waren een aantal aanwijzingen dat de zaak een geheel nieuwe wending zou nemen. Hij twijfelde er niet aan dat het roodharige meisje de minnares van de professor was, en misschien zelfs de oorzaak van zijn scheiding. In drie van de vijf gevallen heeft de oorzaak van de scheiding van een man rood haar. Maar wat hem nog meer had verbaasd, was het gerucht dat de orgaanmaffia hierachter zou zitten. Het onderwerp orgaanmaffia was al vaker in zijn krant besproken. Er stonden duizenden vertwijfelde patiënten op de wachtlijsten van de grote ziekenhuizen, en elke vierde patiënt op die wachtlijsten overleed vóór zijn levensreddende operatie. Gehaaide zakenlui, vooral uit Rusland, boden organen aan tegen waanzinnige prijzen, honderdduizend euro inclusief operatie. In het aangezicht van de dood zijn mensen bereid elke prijs te betalen. Was Gropius verstrikt geraakt in deze orgaanhandel? Of had hij geweigerd ermee samen te werken?
Het was inmiddels twaalf uur geworden, het tijdstip van de dag waarop Breddin weer helder kon denken.

2

Felicia Schlesinger had het bericht dat haar man dood was rustig opgenomen, bijna als in trance. De schok kwam pas de dag daarna, toen ze in de krant las dat haar man het slachtoffer van een aanslag was geweest. Het werd nog erger, want de officier van justitie had haar kalmpjes meegedeeld dat het lijk van haar man voorlopig niet zou worden vrijgegeven. Toen pas drong het tot haar door dat Arno nooit meer thuis zou komen. De uren en dagen daarna schoten haar allerlei onbelangrijke dingen te binnen: dat ze niet eens afscheid van hem had genomen toen hij met zijn oude Citroën naar het ziekenhuis was vertrokken, dat hij een geblokt overhemd had gedragen met een gestreepte stropdas en dat ze vergeten was hem de huissleutel mee te geven. Ze hadden het sinds dat ongeluk in Jeruzalem nooit over de dood gehad, ondanks het feit dat Arno maanden op een donororgaan had moeten wachten. En waarschijnlijk waren ze juist daardoor gelukkiger geweest. Arno had haar steeds afgewimpeld als ze vragen stelde over de toedracht van het ongeluk. Een ongeluk, zei hij, kon iemand overal overkomen.
Nu zat Felicia in haar huis aan het meer, de Tegernsee, met stapels oude foto's, brieven en paperassen, en wroette in haar verleden alsof ze hierin de oorzaak van Arno's dood zou kunnen vinden. Ze waren pas vier jaar geleden getrouwd, in Las Vegas. Het adres kende ze net zo goed als haar verjaardag: Las Vegas Boulevard 1717, Chapel of the Flowers.
Nog maar drie maanden daarvoor hadden ze elkaar ontmoet, in Parijs, bij een kunstverzamelaar voor wie zij werkte. Het was zeker geen liefde op het eerste gezicht, meer een soort nieuwsgierigheid en aantrekkingskracht. Ze waren namelijk alle twee egoïstisch en veeleisend. Nu was ze veertig en weduwe; een afschuwelijk idee, omdat het woord weduwe al gauw het beeld oproept van iemand die oud is en verbitterd.
Over haar toekomst hoefde Felicia Schlesinger zich geen zorgen te maken. Ze stond al heel lang op eigen benen en had als kunstmakelaar een goede naam opgebouwd. Dat ze hiermee soms meer verdiende dan Arno had met zijn professie te maken: geleerden werden zelden rijk.

Maar deze vrijdagochtend werd haar wereldbeeld aan het wankelen gebracht. Ze had geen idee waar ze eigenlijk naar op zoek was, want ze hadden geen geheimen voor elkaar gehad. Maar toen ze de post die was

blijven liggen doornam, had ze opeens een bruine envelop in haar hand: er stond UBS op, verder niets. Vrij ongeïnteresseerd maakte ze de envelop open en haalde er een rekeningafschrift van de Schweizerische Bankgesellschaft uit. Felicia moest twee keer kijken voor ze begreep wat het tiencijferige getal betekende: 10 327 416,46, tien miljoen driehonderdzevenentwintigduizend vierhonderdzestien euro. Het was het saldo van een bankrekening op naam van Arno Schlesinger.
Vol ongeloof schudde Felicia haar hoofd. Wat was dit? Tien miljoen driehonderdzevenentwintigduizend vierhonderdzestien euro! Een vermogen. Hoe kwam Arno in vredesnaam aan zoveel geld? Hij was immers absoluut geen big moneymaker, geen coole zakenman die zomaar eventjes een miljoen verdiende.
Onzeker, bijna radeloos legde Felicia het bankafschrift aan de kant en keek weer naar de oude foto's: Arno en Felicia in New York, op Mauritius of voor een hotel in Ravello. Opeens had ze het gevoel alsof de man op de foto's iemand anders was. Opeens veranderde haar verdriet in boosheid, werd ze boos op zichzelf, omdat ze zo dom was geweest hem te geloven, te naïef in elk geval om te merken dat Arno zich met lucratieve zaakjes bezighield. Waarom, waarom had hij haar niets over dit geld verteld?
Terwijl ze naar een foto van Arno op het strand van Hurgadah keek, vroeg Felicia zich opeens af wie deze man in zijn zwembroek met wie ze vier jaar getrouwd was geweest eigenlijk was. Een oplichter? Een bedrieger? Gelaten moest ze toegeven dat ze haar man kennelijk niet echt had gekend. Nou ja, we hielden van elkaar, dacht ze, ons seksleven was redelijk en we maakten zelden ruzie; maar konden we daarom zeggen dat we elkaar kenden?
Objectief gezien hadden ze veel te weinig tijd voor elkaar gehad. Arno verbleef maandenlang in het Verre Oosten, leidde opgravingen in Syrië en Israël, en als hij dan weer thuis was, dicteerde hij eindeloze verslagen of zat hij te broeden boven een van zijn boeken. Haar eigen leven zag er niet veel anders uit. Ze was altijd onderweg: ze bemiddelde bij de aankoop van kostbare schilderijen, beelden en meubels voor verzamelaars in heel Europa. Men waardeerde haar discretie en betaalde daar goed voor. Met Felicia's hulp konden de verzamelaars anoniem blijven, belasting ontduiken en besparen op de kosten van dure veilinghuizen die voor hun bemiddeling tot wel 24 procent van de geschatte prijs in rekening brachten. Zij werkte zelf voor 7 procent van de geschatte prijs en werd daarom in bepaalde kringen ook wel 'Miss Seven Percent' genoemd.

Deze vrijdagochtend realiseerde ze zich dat zij en Arno getrouwde individualisten waren geweest. Ze hadden wel vrienden, maar hun eigen. Zij kon die van hem niet uitstaan en hij mocht de hare niet. Ze vond zijn vrienden maar saaie pieten die alleen voor hun vakgebied leefden, vóór hun vakgebied wel te verstaan, want ván hun vakgebied konden ze maar amper het hoofd boven water houden. Hij noemde haar vrienden overspannen lui die niet wisten wat ze met hun geld moesten doen. Het was een wonder dat ze over dit onderwerp – waarop al menig huwelijk was gestrand – nooit ruzie hadden gemaakt. Maar toch was dat zo. En dat zette haar aan het denken.
Opeens bezag ze de dood van Schlesinger in een ander licht.

Gropius' leven stond op zijn kop. Hij zat in zijn huis maar een beetje voor zich uit te staren en realiseerde zich steeds sterker hoe hulpeloos, ja, hoe machteloos hij was.
Toen ging de telefoon.
'Officier van justitie Renner.'
Ach ja, dat ontbrak er nog aan, wilde Gropius zeggen, maar toen bedacht hij zich en vroeg beleefd: 'Wat kan ik voor u doen? Is er al meer bekend?'
'Meer? Hebt u de ochtendkranten nog niet gelezen, professor?'
'Nee,' antwoordde Gropius, 'ik wil die rotzooi niet lezen.'
'Dat kunt u beter wel doen, voor uw eigen bestwil. Wat vindt u van deze kop: "Patiënt slachtoffer orgaanmaffia"?'
Het bleef even stil.
'Hebt u me gehoord?' vroeg Renner na een bijna eindeloze stilte.
'Ja,' antwoordde Gropius aarzelend. Hij wist dat hij elk woord zorgvuldig moest afwegen.
'En wat zegt u daarvan, professor?'
'Het lijkt mij domweg onmogelijk. Niet in ons ziekenhuis! Bovendien zie ik er de zin niet van in om een donororgaan te prepareren en een patiënt te doden.'
'Dat ben ik niet met u eens. Ik kan allerlei motieven bedenken voor deze eerbiedwaardige heren.'
'U maakt me nieuwsgierig, meneer de officier!'
'Deze achterbaks veroorzaakte dood van een patiënt kan bijvoorbeeld een waarschuwing zijn voor u om met hen samen te werken.'
'Maar dat meent u toch niet, meneer de officier. U gaat er toch niet van uit dat ik samenwerk met de maffia?'

'Ik ga helemaal nergens van uit, professor Gropius! Kent u ene dr. Prasskov?'
Gropius schrok. De waanzin die zijn hersenen nu al een paar dagen teisterde, maakte hem bang.
'Prasskov?' vroeg hij onzeker. 'Wat heeft Prasskov hiermee te maken?'
'Ik vroeg of u een zekere dr. Prasskov kent!'
'Ja, vluchtig. We hebben regelmatig samen gegolft en na afloop wel eens samen wat gedronken.'
'Zo! Ze zeggen dat er belangrijke zaken worden gedaan tijdens het golfen.'
'Wat bedoelt u met zaken? Prasskov is plastisch chirurg. Hij verdient zijn geld door bij rijke dames zorgenrimpels uit hun gezicht te spuiten en op bepaalde plaatsen siliconen in te brengen. Hij doet zijn werk en ik het mijne. Ik begrijp uw vraag niet. Wat zou Prasskov te maken kunnen hebben met mijn zaak?'
'Dat zal ik u vertellen, professor. De Russen hebben de orgaanmaffia stevig in handen. Volgens stukken van de federale recherche zijn er in West-Europa drie rivaliserende bendes actief, die voor veel geld voor elk gewenst orgaan zorgen. Een hart of een lever op bestelling, leverbaar binnen twee weken. Voor moord draaien ze hun hand niet om; ze gaan letterlijk over lijken.'
'Dat is misschien wel zo, maar niet elke Russische arts in Duitsland is een maffioso!'
'Natuurlijk niet,' beaamde Renner. Met een triomfantelijke stem zei hij toen: 'Maar dan kunt u me misschien vertellen waarom dr. Prasskov opeens van de aardbodem is verdwenen.'
'Hoe bedoelt u, Prasskov is verdwenen?'
'Hij is weg, zomaar. Vanochtend hebben we zijn praktijkruimte in Grünwald uitgespit. Geweldig, de mooiste apparatuur en inrichting, maar geen dossiers, geen documenten, niets wat ook maar iets zegt over zijn werkzaamheden. Wat zegt u daarvan, professor?'
Gropius snakte naar lucht. 'Dat is inderdaad heel vreemd...' Opeens dacht hij aan de geheimzinnige telefoontjes, de stem op het cassettebandje, de herhaalde dreiging; dat droeg inderdaad het stempel van de eerbiedwaardige firma. Maar Alexej Prasskov een maffioso? In zijn ogen was Prasskov een aardige vent, een stevige drinker, onderhoudend, vaak zelfs grappig en geestig. Maar misschien was dat juist wel het masker waar een maffioso zich achter verborg. Zelden ziet een moordenaar eruit zoals je denkt dat een moordenaar eruitziet. Persoonlijke drama's, dat

had Gropius altijd al geweten, waren niet logisch of waarschijnlijk. Ze vallen over iemand heen als een onweer tijdens de zomer, onberekenbaar en onafwendbaar. 'Ik ben helemaal in de war,' zei Gropius, alleen om zijn langdurige zwijgen te doorbreken.
'Dat zou ik ook zijn als ik u was,' zei de officier van justitie ijskoud. 'U staat er in elk geval niet goed voor, professor. Maar u kunt uw situatie verbeteren als u een bekentenis aflegt...'
'Bekentenis?' Gropius' stem sloeg over. 'Wat voor bekentenis? Ze duwen me een vergiftigd orgaan in handen en dan eist u van mij dat ik een bekentenis afleg? Wat wilt u in vredesnaam horen?'
'Ik weet het niet. Misschien dat men heeft geprobeerd u te chanteren, dat men heeft geprobeerd u over te halen om met deze mensen samen te werken, weet ik veel!'
'Maar niemand heeft geprobeerd me te chanteren! Ik zou niet eens weten hoe ik de orgaanmaffia van dienst kan zijn. Het systeem van Eurotransplant staat open voor iedereen die ermee te maken heeft. Elk dossier, elke donor, elke ontvanger is continu vanuit elke plaats via internet op te vragen. Bovendien is er een team van specialisten voor nodig om een orgaan te verwijderen, en een ander team van specialisten om een orgaan bij iemand te implanteren.'
Renner grinnikte vals. 'U vertelt me niets nieuws, professor. U vergeet echter dat het om veel geld gaat, om heel veel geld zelfs, en bij de bedragen waar het hier om gaat, worden ook specialisten zwak. Vooral als ze uit Polen of Rusland komen. Van Berlijn tot aan de Poolse grens is het maar honderdtwintig kilometer, en nog eens driehonderd kilometer verderop ligt Rusland. Daar kan een hartchirurg met één enkele orgaantransplantatie meer verdienen dan met vijf jaar regulier werk in een ziekenhuis. In die situatie vervliegen morele twijfels sneller dan een goedkoop parfum.'
'Alles goed en wel, maar kunt u me vertellen wat mijn rol hierin zou zijn?'
Voor het eerst leek het alsof Renner het moeilijk vond een antwoord te formuleren. Ten slotte antwoordde hij: 'Sta me toe dat ik een tegenvraag stel, professor. Kunt u zweren dat alle patiënten die in uw ziekenhuis zijn gestorven, het ziekenhuis met al hun organen hebben verlaten?'
Gropius begreep meteen wat Renner bedoelde en werd ontzettend boos. Deze jonge vlegel, deze carrièrejager had successen nodig; hij zocht een zaak waarin hij kon schitteren. Waarschijnlijk haatte hij alle medici als gevolg van een traumatische ervaring of misschien had hij zelf graag arts willen worden. (Iedereen weet toch dat medici ofwel worden verafgood

ofwel veracht. Daartussen bestaat niets wat in de relatie tussen arts en de rest van de wereld als normaal kan worden aangemerkt.) Natuurlijk was hij geïrriteerd, bijzonder geïrriteerd zelfs, maar wie zou hem dat kwalijk nemen in deze situatie en met een dergelijke tegenstander?
In elk geval slingerde hij de fanatieke officier van justitie een paar woorden naar het hoofd die zijn zaak bepaald geen goed deden, maar hem genoegdoening verschaften en zijn humeur verbeterden. Gropius brulde, ja, hij brulde in de telefoon: 'Renner, je bent een idioot en ik hoef me je schandalige beschuldigingen niet te laten welgevallen!' Toen knalde hij de hoorn op de telefoon. Hij dacht dat het toestel in duizend stukken zou vallen.
'Prasskov,' mompelde hij en schudde zijn hoofd.

Vol onbegrip keek Felicia Schlesinger naar de nieuwste krantenkop van *Bild*. De mededeling dat haar man mogelijk slachtoffer was geworden van de orgaanmaffia kwam als een klap in haar gezicht. De hele dag en de daaropvolgende nacht probeerde ze de brokstukken van het leven van Arno die iets met zijn dood te maken konden hebben, tot één geheel te smeden. Maar net zoals bij een legpuzzel waar steeds een stukje van ontbreekt, kwam ze niet verder, omdat juist dát stukje de doorslaggevende schakel voor het totaalbeeld bleek te zijn.
Vooral door het geld, die tien miljoen euro, was ze zo van slag dat ze niet meer logisch over de zaak kon nadenken. Natuurlijk was het mogelijk dat Arno het slachtoffer was geworden van bepaalde criminele praktijken en inderdaad had de moordaanslag wel iets maffia-achtigs. Ja, dat zou ze hebben geloofd, als ze die geheime bankrekening niet had ontdekt. Maffiosi betalen zelden tien miljoen voor een dienst om vervolgens de ontvanger van dit vermogen te vermoorden, en al helemaal niet op een dergelijke omslachtige manier, met zo'n grote kans op ontdekking. Arno was er ook de man niet naar om zich met de maffia in te laten. Door een akkefietje met de belastingdienst dat slechts om duizend euro ging, had hij al talloze slapeloze nachten gehad. Nee, geld zei Arno weinig en als ze zelf niet goed had verdiend, zou hun levensstandaard veel bescheidener zijn geweest.
Voor de zoveelste keer haalde Felicia het bankafschrift uit de envelop en las zacht het saldo op, alsof ze het bedrag wilde onthouden: tien miljoen driehonderdzevenentwintigduizend vierhonderdzestien. Dit was voor een archeoloog een dusdanig onzinnig en irreëel bedrag dat zijn dood wel iets met dat geld te maken móést hebben.

Misschien, dacht Felicia, was het beter als ze de zaak liet rusten. Misschien moest ze een waardige begrafenis voor Arno regelen en een nieuw leven beginnen met die miljoenen. Maar een pijnlijke nieuwsgierigheid zette haar ertoe aan de geldbron die zijn dood had veroorzaakt op te sporen. Zelfs – en daarvan was ze zich van het begin af aan bewust – als ze daardoor zelf in gevaar zou komen te verkeren.
Op het grote raam met uitzicht op het meer na waren de wanden van Arno's werkkamer helemaal bedekt met boekenkasten. In een niet afgesloten dossierkast bevond zich, vastgelegd op dichtbeschreven vellen papier, de neerslag van het werk waaraan hij zijn halve leven had gewijd. Ze had het nooit aangedurfd er zelfs maar één pagina uit te halen of te informeren naar de inhoud van deze of gene aantekening. Daarvoor had ze veel te veel ontzag voor Arno's werk. Zijn onderzoeken hadden haar nooit onverschillig gelaten, integendeel: Felicia had meer dan eens gewenst dat ze meer aan zijn fascinerende werk kon bijdragen.
Slechts een heel enkele keer vertelde hij iets over zijn opgravingen of over de theorieën die voortkwamen uit bepaalde vondsten. Als hij dat deed leek hij wel iemand anders, iemand uit een andere wereld. Zij had dan met glanzende ogen naar hem geluisterd, als een kind naar iemand die een sprookje vertelt.
Felicia glimlachte toen haar te binnen schoot wat Arno, toen ze nog niet zo lang getrouwd waren, had gezegd. 'Archeologen,' had hij met een ernstig gezicht verklaard, 'kunnen van gisteren zijn, of van morgen, maar zeker niet van vandaag.' Het had toen even geduurd voor ze begreep wat hij had bedoeld, maar langzaam maar zeker was het tot haar doorgedrongen wat hij daarmee had willen zeggen en had ze zijn vaak vreemde gedrag geaccepteerd.
De wanorde die uit de stapels papier leek te spreken, was bedrieglijk. Net zoals een mierenhoop ogenschijnlijk een chaos is. In werkelijkheid was Arno ontzettend pietluttig; dat bleek wel uit het feit dat elk negentiende-eeuws object op zijn bureau precies daar en nergens anders moest liggen. Arno had met zijn ogen dicht precies het juiste dossier uit zijn dossierkast kunnen halen en dat bewonderde Felicia in haar man.
Felicia dacht dat het zinloos zou zijn om de dossiers door te nemen, vooral omdat elke lade zorgvuldig van een opschrift was voorzien en de stapels papier van plakbriefjes. De tekst was alleen begrijpelijk voor ingewijden, zoals 'Jebel Musa' of 'Sinaï' of 'Qumran' of 'Boğazköy'. Felicia kon zich niet voorstellen dat de tien miljoen juist hier tussen die sta-

pels papier een spoor zouden hebben achtergelaten. Trouwens, ze had geen idee hoe een dergelijke verwijzing eruit zou zien.
De eerste die licht in de duisternis zou kunnen brengen, was de Schweizerische Bankgesellschaft in Zürich die het miljoenenvermogen beheerde. En dus vloog Felicia naar de stad aan het gelijknamige meer die ze goed kende, omdat verscheidene van haar klanten er woonden. De glitterwereld van de Bahnhofstrasse, waar Cartier, Ferragamo en Louis Vuitton zich verdrongen tussen de paleizen waar de banken en verzekeringsmaatschappijen gevestigd waren, had haar altijd minder gefascineerd dan het feit dat er onder het plaveisel goud en deviezen lagen, genoeg om de halve wereld te kopen.
De hal van de voorname UBS leek meer op een balzaal dan op de lokettenhal van een bank, en de voorkomendheid waarmee de bankiers hun klanten tegemoet traden, was in overeenstemming met de omzet van het bedrijf. Felicia zat tegenover een oudere heer met een randloze bril, een donker pak en een zilverkleurige stropdas. Je zou bijna gaan denken dat hij in werkelijkheid de dirigent was van een kamerorkest, maar op het naamplaatje op zijn revers stond 'Nebel'. Felicia gaf deze op en top voorname heer haar identiteitsbewijs en overhandigde hem de overlijdensverklaring van haar man en stukken waaruit bleek dat zij zijn erfgenaam was. De dirigent ging zich te buiten aan allerlei frasen en vroeg of ze even geduld had. Toen verdween hij, nog voordat Felicia ook maar één vraag had kunnen stellen of de reden van haar bezoek had kunnen geven, met de stukken die ze hem had overhandigd.
Vijf minuten later keerde de bankier terug en gaf haar de documenten terug. Met een zekere schuchterheid, die helemaal niet bij zijn uiterlijk paste, zei hij in zwaar Zürichs dialect: 'Er is iets heel merkwaardigs gebeurd, als u me deze opmerking toestaat.'
Felicia viel hem in de rede: 'Het geld is weg!'
Meneer Nebel vouwde zijn handen en zei glimlachend: 'Ach, wat denkt u wel! In een Zwitserse bank gaat nog geen centime verloren, maar er is een envelop afkomstig van de rekeninghouder die, indien hij zou komen te overlijden, zou moeten worden overhandigd aan zijn echtgenote Felicia Schlesinger – dat bent u. Dat is merkwaardig, niet...'
'Merkwaardig?' Felicia wist niet hoe ze reageren moest.
'Ja, merkwaardig, hoewel het mij natuurlijk niets aangaat. Je zou gaan denken dat de rekeninghouder verwachtte dat hij zou sterven, vindt u niet? Ik mag u deze envelop dus overhandigen en als u dat wenst, laat ik u een paar minuten alleen.'

Felicia's handen trilden toen ze de envelop aannam. In Arno's handschrift stond erop: 'Indien ik mocht overlijden s.v.p. overhandigen aan mevrouw Felicia Schlesinger.'
Wat had dat allemaal te betekenen? Felicia voelde dat het bloed naar haar hoofd schoot. Omslachtig, bijna teder, maakte ze de envelop met een lange nagel open. Ondertussen keek ze om zich heen om te controleren of niemand haar bespiedde.
Op het briefpapier van de bank stonden wat haastig geschreven zinnen:

Felicia, mijn kind!
Als je deze regels onder ogen krijgt, heb je waarschijnlijk hectische dagen en weken (misschien zelfs maanden) achter de rug. Dat, mijn kind, kon ik je helaas niet besparen. Ik heb zelfs een slecht geweten. Vroeg of laat moeten we allemaal sterven. Jij bent jong en kunt een nieuw leven beginnen, en daarbij kan dit geld je helpen. Ik wist zeker dat je deze bankrekening ooit een keer zou vinden. Vraag niet waar het geld vandaan komt. Het is er en is alleen van jou. Vaarwel. Ik hou van je, A.

Voor haar ogen liepen de zinnen in elkaar over als waterdruppels in een regenton.
Felicia wreef heimelijk een paar tranen weg. Ze wilde niet dat iemand in de hal zag dat ze huilde.
Toen Nebel terug was op zijn plaats, vroeg hij zakelijk: 'Hoeveel geld mag ik u ter hand stellen, mevrouw? Honderdduizend, een half miljoen?'
Felicia hoorde hem niet. Zij interesseerde zich niet voor het geld, maar voor de manier waarop het op de rekening was terechtgekomen. Ze vroeg: 'Kunt u me vertellen van wie het geld afkomstig is? Ik bedoel, kunt u nagaan wie dit bedrag op deze rekening heeft gestort?'
Nebel ging met zijn computer in de weer alsof het toetsenbord een klavecimbel was. 'Dat zou wel moeten kunnen,' zei hij geïnteresseerd. Na een tijdje zei hij: 'Die tien miljoen euro zijn op 19 juli van het vorige jaar contant door Arno Schlesinger ingelegd. De echtheid van de bankbiljetten is gecontroleerd. U hoeft zich dus geen zorgen te maken.'
Toen Felicia de bank verliet en de Bahnhofstrasse op stapte, scheen de zon, maar er waaide een koude wind. Dat deed haar goed; ze had het gevoel alsof haar hoofd op barsten stond. De bedrijvigheid om haar heen was ver weg; ze hoorde alleen maar zachte geluiden en zag alles als door een okergele sluier. 'Waarom?' mompelde Felicia zachtjes voor zich heen, 'waarom doet Arno me dit aan?' Waarom had hij haar de waarheid niet verteld? En ook al had ze zojuist nog van hem gehouden, nu werd

ze woedend op hem, woedend omdat hij zelfs nu hij dood was nog een spelletje met haar speelde.

Bij thuiskomst vond Felicia een brief van professor Gropius waarin hij om een onderhoud verzocht. Door omstandigheden waren ze beiden in een situatie verzeild geraakt die dringend moest worden opgehelderd. En omdat hij dit voorstel met meelevende woorden omkleedde, kon Felicia geen reden bedenken om niet op zijn verzoek in te gaan.
Ze maakten telefonisch een afspraak om elkaar te ontmoeten in het Palmenhaus in de Kasteeltuin van Nymphenburg. Gropius had deze gelegenheid aan de andere kant van de stad voorgesteld omdat hij dacht dat het beter was als men hen niet samen zou zien, en zij was het direct met hem eens geweest.

Als in de herfst de bladeren geel en rood kleuren, begint in de Kasteeltuin van Nymphenburg het mooiste seizoen. Japanners, Amerikanen en Italianen laten de stilte in het goed onderhouden park weer over aan de inheemsen. Alleen de zwanen in de gracht treuren om het vertrek van de vreemdelingen, omdat ze nu weer zelf voor hun voedsel moeten zorgen.
Nadat hij zijn Jaguar voor de linker zijvleugel van het park had geparkeerd, betrad Gropius door het kunstig gesmede hek het park en realiseerde zich dat hij zich al een beeld had gevormd van de weduwe van Schlesinger. Na hun korte telefoongesprek verwachtte hij een door het noodlot getekende, in zichzelf gekeerde vrouw met behuilde ogen en in rouwkleding.
Daarom was hij verbaasd toen er – hij had nog maar net plaatsgenomen aan een tafeltje in het café van het Palmenhuis – een beschaafd opgemaakte vrouw met loshangend donker haar, een grijze rok en een rood jasje naar hem toekwam en met een vriendelijk glimlachje zei: 'U moet professor Gropius zijn. Ik ben Felicia Schlesinger.'
'U?' De professor schaamde zich duidelijk voor zijn domme reactie en verontschuldigde zich meteen: 'Neem me niet kwalijk, mevrouw, maar ik was ver weg met mijn gedachten en ik had eerlijk gezegd ook gedacht dat u er anders zou uitzien. Gaat u zitten alstublieft!'
Felicia lachte fijntjes, nam zijn uitnodiging aan en antwoordde vriendelijk: 'Omdat ik niet in rouwkleding ben gekomen? Ach, weet u, volgens mij is verdriet een zaak van het hart en niet van kleding.'
Verblindende zonnestralen schenen door de glazen wanden van de oranjerie en de veelpuntige palmenbladeren wierpen grillige schaduwen op de

wit gedekte tafels. Zo zaten deze twee mensen, die zo onverwachts en noodlottig op elkaars weg waren gekomen, enige tijd zwijgend tegenover elkaar. Ten slotte zei Gropius: 'U moet weten dat ik het hele gebeuren betreur. Ik leef heel erg met u mee en wilde dat ik alles terug kon draaien. Ik heb u om dit gesprek gevraagd in de hoop dat wij samen aan de opheldering van dit probleem kunnen werken. In elk geval wil ik u nu alvast bedanken voor het feit dat u gekomen bent.'
Zonder iets te zeggen haalde Felicia haar schouders op en nadat ze beiden een cappuccino hadden besteld, ging Gropius verder: 'Ik wil u alleen maar vragen om niet alles te geloven wat de kranten schrijven. Tot nu toe is niets, maar dan ook helemaal niets bewezen, behalve dan dat het orgaan dat ik in uw man heb geïmplanteerd, vergiftigd was. De bijzonderheden, over hoe dat heeft kunnen gebeuren en de motieven van de dader, worden op dit moment onderzocht door de officier van justitie. De suggestie dat de orgaanmaffia er de hand in heeft gehad, is pure speculatie en nergens op gebaseerd.'
Felicia tuitte haar lippen, keek opzij en zweeg. Haar zwijgen kwetste Gropius meer dan woorden hadden kunnen doen. Felicia wist zonder enige twijfel welk effect haar zwijgen had en ze buitte het uit. Toch was ze helemaal niet van plan geweest zich zo te gedragen en Gropius met zwijgen te bestraffen. Haar terughoudendheid kwam eerder voort uit een soort verlegenheid tegenover de man die verantwoordelijk was voor de dood van haar man. Maar was hij dat wel?
Haar zwijgen leek eindeloos te duren. En nog voordat Felicia een gedachte had kunnen formuleren die een einde had kunnen maken aan dat pijnlijke moment, was Gropius haar al voor. Hij zei: 'Het is natuurlijk geen excuus, maar u weet toch dat uw man zonder transplantatie nog slechts een maand of twee geleefd zou hebben?'
Felicia keek Gropius aan. 'Dat wist ik niet. Arno heeft het ongeluk en zijn verwondingen altijd gebagatelliseerd. Hij wilde me niet ongerust maken.'
'Ongeluk? Hoezo ongeluk? Maar mevrouw, volgens mij is uw man het slachtoffer van een aanslag geweest!'
'Wat wilt u daarmee zeggen? Arno heeft me verteld dat hij onder een terreinwagen is gekomen, en nu beweert u dat het een aanslag is geweest? Ik weet niet wat ik moet geloven.'
'Ja, dat is een merkwaardige zaak. Schlesinger probeerde ons in het ziekenhuis ook wijs te maken dat zijn inwendige verwondingen door een ongeval waren veroorzaakt. Daar heb ik van het begin af aan al aan getwijfeld. Zijn weefselbeschadiging wees op een explosie. In de stuk-

gescheurde lever vond ik uiteindelijk een bevestiging van mijn vermoeden: een granaatscherf, of misschien wel een bomscherf. Interessant dat hij niet wilde dat u dat wist.'
Zichtbaar van slag antwoordde Felicia: 'Begrijp me goed, professor, ik hield van mijn man. Maar hij was nu eenmaal – hoe zal ik het zeggen – eenzelvig. Ik heb me vaak afgevraagd of hij nu met mij of met zijn vakgebied was getrouwd.'
Gropius snoof beleefd, roerde in zijn koffie, keek Felicia strak aan en zei: 'Ik wil natuurlijk niet beweren dat de levensbedreigende verwondingen door die explosie en het vergiftigde donororgaan met elkaar in verband staan. Maar u moet toegeven dat het wel verdacht is allemaal.'
Felicia steunde met haar kin op haar gevouwen handen en keek door het glazen dak naar de lucht alsof die haar kon vertellen wat er aan de hand was. Maar helaas. In plaats daarvan kreeg ze een merkwaardig gevoel van saamhorigheid. Haar houding was haar eerst ingegeven door wantrouwen, maar die argwaan verdween door de uitspraak van de professor dat hij haar ook in zijn eigen belang misschien kon helpen licht in de duisternis van Schlesingers verleden te brengen.
Ongeduldig ging Gropius verder: 'Mag ik u iets vragen, mevrouw? Zijn er achteraf bezien nog meer toevalligheden of bijzonderheden in het leven van uw man?'
Spontaan wilde Felicia zeggen: Dat kun je wel stellen!, maar ze was niet zo'n vrouw die sneller praat dan denkt. En hoewel ze inwendig behoorlijk van slag was door alles wat ze had gehoord, had ze zichzelf goed in de hand en antwoordde: 'Door hetgeen u me net hebt verteld, krijg ik een compleet nieuwe kijk op de zaak. Om uw vraag te kunnen beantwoorden moet ik eerst nog wat langer nadenken.'
Gropius knikte. Deze ontmoeting was beter verlopen dan hij had verwacht. Felicia Schlesinger had hem ook afwijzend of met ernstige verwijten tegemoet kunnen treden. Maar nu nam hij afscheid van haar met een handkus en met de belofte elkaar nog een keer te ontmoeten.
Gropius noch Felicia merkte dat ze vanaf een afstandje werden gadegeslagen en met een telelens gefotografeerd.

'U zult versteld staan,' zei Lewezow trots, 'maar in elk geval hebt u uw geld niet voor niets uitgegeven.' Veronique Gropius en de detective hadden afgesproken in dezelfde bistro als de eerste keer.
'Vertel,' zei Veronique ongeduldig. 'U suggereert nogal wat.'
Lewezow hield een grote envelop in zijn handen en durfde Veronique

niet aan te kijken. Hij wilde iets belangrijks zeggen, iets wat híj belangrijk vond. Uiteindelijk zei hij omstandig: 'Het is gebruikelijk om een detective die iets uitzonderlijks ontdekt, extra te belonen. Mag ik ervan uitgaan...'
'Aha, daar gaat het u om!' Uit Veroniques nerveuze gedrag bleek wel dat ze erg opgewonden was en terwijl ze in haar handtas naar haar chequeboekje zocht, zei ze geïrriteerd: 'Lewezow, ik heb u toch al gezegd dat ik niet kinderachtig zou zijn als u succes zou hebben. Dus wat wilt u?'
De detective vroeg zich af of dit een retorische vraag was of dat ze echt een bedrag wilde horen. Maar omdat het hem alleen maar om het geld ging en omdat hij overtuigd was van het belang van zijn ontdekking, antwoordde hij: 'Nog eens vijfduizend.'
Veronique trok haar donkere wenkbrauwen op zodat ze twee halve cirkels vormden en zei: 'Nou goed dan, als uw ontdekking tot resultaat leidt, ben ik bereid dat bedrag extra te betalen. Maar eerst wil ik weten wat u hebt ontdekt.'
Toen haalde Lewezow zes foto's van 18 bij 24 uit de envelop en legde ze één voor één voor Veronique op tafel. Op de foto's stond Gropius met een vrouw in de Nymphenburger Kasteeltuin.
Veronique keek Lewezow argwanend aan en zei toen: 'Gregor is nu eenmaal een vrouwenman, hij kent veel vrouwen, maar deze kende ik nog niet. Nou ja, in dit geval kun je niet zeggen dat hij een slechte smaak heeft.' Teleurgesteld schoof ze de foto's weer terug naar Lewezow.
Deze dacht nu dat zijn grote ogenblik was gekomen en zei met een superieur glimlachje: 'Het was niet gemakkelijk om uit te zoeken wie de vrouw op de foto's is. Maar na enige inspanning ben ik daar ten slotte wel in geslaagd.' Uit zijn jaszak haalde hij een krantenartikel over het transplantatieschandaal en wees naar een foto: 'Hier, ziet u wel, deze vrouw is dezelfde als de vrouw in de Kasteeltuin.'
Veronique las het foto-onderschrift: 'Felicia Schlesinger, de weduwe van de op mysterieuze wijze gedode patiënt.'
'Dat is toch niet waar!' mompelde Veronique een paar keer, terwijl haar blik onrustig heen en weer schoot tussen de krantenfoto en de foto's van Lewezow.
'We weten allebei wel waar dit op wijst,' zei de detective ernstig.
'Ik kan het niet geloven.' Veronique schudde haar hoofd; ze achtte Gregor tot veel in staat, maar zou hij ook een moord kunnen plegen? Toch, als je alles bij elkaar optelde: Gregor had een verhouding met Schlesingers vrouw en hij had gezocht naar een geraffineerde manier om haar

man uit de weg te ruimen. Dit plan paste wel bij zijn intelligentie. Hij was er de man niet naar om een brute moord te plegen. Gregor was een kille analyticus die zelden rechtstreeks op zijn doel afging. Hij was slim genoeg om te weten dat alleen in de wiskunde een rechte lijn de kortste weg tussen twee punten vormt en dat het leven deze wetmatigheid herhaaldelijk logenstraft. Alleen een man als Gregor, dacht Veronique, kon een dergelijk duivels plan bedenken.
Lewezow haalde haar weer terug naar de werkelijkheid: 'Ik bedoel, deze foto's bewijzen natuurlijk niet dat de professor Schlesinger heeft vermoord. Maar het kan toch geen toeval zijn dat die twee elkaar blijkbaar goed kennen. Daar komt nog eens de ongewone ontmoetingsplaats bij, plus het feit dat Gropius via een omweg naar Nymphenburg is gereden, alsof hij eventuele achtervolgers wilde afschudden.'
'En hij heeft u niet gezien?'
'Onmogelijk. Tijdens de achtervolging was ik maar zelden binnen zijn gezichtsveld.' Lewezow haalde een zilverkleurig knoopje uit zijn broekzak en hield het met zijn magere vingers voor Veroniques gezicht. 'Dit is een peilzender. Het is me gelukt zo'n dingetje onder de bumper van zijn auto te plakken toen de Jaguar voor het huis stond. Met behulp van een ontvanger in mijn auto weet ik steeds waar hij zich bevindt.'
Veronique knikte goedkeurend, schreef een cheque uit en overhandigde hem aan Lewezow met de woorden: 'Goed werk, echt waar. Maar ik ga ervan uit dat niemand, ik herhaal niemand, hier iets over hoort.'
'Maar natuurlijk.' Lewezow stopte de foto's weer in de envelop en gaf die aan Veronique. 'Wat u daarmee doet, is uw zaak. Maar als u mijn hulp nog een keer nodig hebt, ik sta altijd voor u klaar.'
Toen stond hij op en verliet snel de bistro.

Veronique had nooit verwacht dat de homofiele detective haar in zo korte tijd materiaal in handen zou geven waarmee ze Gregor Gropius een behoorlijke regeling kon afdwingen. Ze had lang gewacht op een gelegenheid om hem op de knieën te krijgen. Nu was het zover. Hij moest, als hij de rest van zijn leven niet in de gevangenis wilde zitten, wel op al haar eisen ingaan. En haar eisen zouden niet gering zijn.
Gregors stem klonk kortaf en onzeker toen ze hem thuis opbelde en een onderhoud eiste. Hun laatste telefoongesprek was al zes of zeven weken geleden en natuurlijk ging het toen alleen maar over geld. Gregor wist heel zeker dat het ook dit keer nergens anders over zou gaan. Daarom wees hij Veroniques verzoek af met de mededeling dat hij nu veel

omhanden had en geen zin had om over geld te praten. En dat alles trouwens al was gezegd.
Hij wilde de verbinding net verbreken, toen hij Veronique hoorde roepen: 'Je kunt maar beter niet ophangen, maar op mijn eis ingaan. Als je tenminste niet de rest van je leven achter de tralies wilt zitten.' Toen wachtte Gregor even en Veronique voegde eraan toe: 'Je hebt dat met Schlesinger allemaal slim uitgevogeld, maar niet slim genoeg! Nu heb ik je te pakken!'
Normaal gesproken zou Gropius het gesprek hebben beëindigd; hij zou de verbinding gewoon hebben verbroken en dan zachtjes hebben gevloekt. Maar nu voelde hij zich net een geslagen hond en klappen die hij vroeger zwijgend zou hebben geïncasseerd, brachten hem nu uit zijn evenwicht. In elk geval reageerde hij op wat Veronique zei en antwoordde met gespeelde kalmte: 'Ik heb geen idee waar je het over hebt.'
Toen begin Veronique hartelijk te lachen. Maar ze was een slechte actrice en haar zogenaamde lachje klonk iel en onaangenaam. 'Ik heb hier foto's voor me liggen die niet alleen het einde van je carrière betekenen, maar ook het einde van je vrijheid.'
'Foto's?'
'Ja, 18 bij 24 en heel scherp.'
Gropius dacht na. Hij kon met de beste wil van de wereld niet bedenken wat foto's in verband met Schlesingers dood konden bewijzen. Maar juist door die onzekerheid werd hij onrustig. Hij zag dat de hand waarmee hij de telefoon vasthield, trilde. 'Goed dan,' zei hij en terwijl hij die woorden uitsprak had hij er alweer spijt van, 'over een uur in hotel De Vier Jaargetijden.'
De foyer van De Vier Jaargetijden, in het centrum van de stad aan de voorname Maximilianstrasse, was 's middags een geliefd trefpunt van de chic. Agenten en acteurs van de omliggende theaters onderhandelden daar over contracten en de mondaine demi-monde gaf hier voorafgaand aan een operabezoek rendez-vous. Toen Veronique vijftien minuten te laat in de draaideur verscheen, keek Gropius demonstratief op zijn horloge. Te laat komen was niet de enige slechte gewoonte van zijn vrouw. Gregor had koffie besteld en voor Veronique een pernod. Hij was lang genoeg met haar getrouwd om te weten waar ze rond deze tijd zin in had. Ze begroetten elkaar koel. Gropius deed alsof hij wilde opstaan, maar bleef toch zitten. Veronique trok haar mondhoeken tot een gemaakt glimlachje waaruit slechts verachting sprak, en ging pas daarna tegenover hem zitten.

Omdat hij van plan was de zaak zo snel mogelijk af te handelen, zei Gregor: 'Oké, wat wil je?'
Veronique keek langs hem heen. Hoewel ze naar haar overtuiging alle troeven in handen had, voelde ze zich nog altijd een beetje onzeker in het bijzijn van haar man. Jarenlang had ze hem bewonderd, zoals een kind zijn ouder bewondert. Ze had zijn intelligentie en ambitie gewaardeerd, en ze had altijd een voorbeeld genomen aan de soevereine manier waarop hij met mensen omging. Nu realiseerde ze zich dat je deze gevoelens niet simpelweg kon uitschakelen, zelfs niet nu ze hem haatte. In tegenstelling tot Gregor had zij zich op deze ontmoeting voorbereid, ze had de geschikte woorden bedacht en zich voorgesteld hoe hij hierop zou reageren. Maar van al die woorden had ze maar één zin onthouden, en deze ene zin sprak ze uit alsof ze een bankovervaller of een gijzelnemer was: 'Ik wil een miljoen.'
Gregor knikte begrijpend, zonder zich verder op te winden, en Veronique had eigenlijk niets anders verwacht. Ze wist dat hij haar eis niet serieus zou opvatten, en daarom dreef ze de zaak op de spits door hem zelfgenoegzaam toe te snauwen: 'Natuurlijk bovenop de al door onze advocaten gesloten overeenkomst.'
Terwijl ze dit zei, haalde Veronique Lewezows foto's uit haar handtas en legde ze voor Gregor op tafel.
Zonder er iets van te begrijpen keek Gropius naar de foto's. Hoewel hij erin slaagde zijn gevoelens niet te tonen, flitsten er duizenden gedachten door zijn hoofd. Hoe kwam Veronique in vredesnaam aan deze foto's? Hoe lang werd hij al geschaduwd? Of zouden Felicia Schlesinger en Veronique onder één hoedje spelen?
Terwijl hij nog over die laatste mogelijkheid zat na te denken, hoorde hij Veronique zeggen: 'Je hebt een verhouding met Schlesingers vrouw, en jullie samen hebben beraamd hoe jullie haar man konden vermoorden. Geen slecht idee om je rivaal tijdens een operatie dood te laten gaan. En een buitenkansje voor de officier van justitie.' Ze lachte triomfantelijk zonder dat ze wist dat haar woorden bijna iets bevrijdends hadden voor haar man.
Gropius zweeg. Het duurde lang voor hij zijn gedachten weer op een rijtje had. En Veronique interpreteerde zijn zwijgen als een overwinning.
'Als ik je goed begrijp, wil je deze foto's samen met je stilzwijgen voor één miljoen verkopen,' zei Gregor ten slotte. Zijn stem klonk bijzonder afstandelijk.

'Als je het zo wilt formuleren, ja. Ik wist wel dat we elkaar zouden begrijpen.'
Tot nu toe hadden ze zachtjes gepraat. Nu werd Gregors stem opeens luid en doordringend: 'Denk je eigenlijk wel eens aan iets anders dan alleen maar aan geld, geld, geld?'
'Je hebt gelijk,' antwoordde Veronique met koket getuite lippen. 'Geld is op dit moment mijn voornaamste interesse. Als alleenstaande vrouw moet je voor jezelf zorgen.'
En met zo'n vrouw ben je achttien jaar getrouwd geweest, dacht Gropius. Toen antwoordde hij, met de bedoeling haar te kwetsen: 'Je hysterische gedrag begint me zo langzamerhand de keel uit te hangen. Als ik met alle vrouwen die ik de laatste jaren heb ontmoet een verhouding had gehad, zou ik nu niet meer leven. Dan zou ik van uitputting zijn gestorven.' Hij gaf haar de foto's terug en zei: 'Alleen iemand met een smerige fantasie of iemand die niet goed bij zijn hoofd is, ziet in deze foto's het bewijs voor een intieme relatie. En wat je moordtheorie betreft, dat idee is zo belachelijk dat ik er niet eens over wil praten.'
Gropius wenkte de ober, een voorname man met wit haar die de indruk wekte alsof hij in een zwart pak ter wereld was gekomen, en rekende af. Veronique zag er uiterst gespannen uit en in haar ogen blonk felle haat. 'Ik zal ervoor zorgen dat deze foto's in de krant komen,' siste ze, 'dan ben je voor de rest van je leven geruïneerd!' En op een huilerig toontje voegde ze eraan toe: 'Eén miljoen en je kunt gelukkig worden met die slet!' Maar dat hoorde Gropius al niet meer; hij was zonder een groet opgestaan en marcheerde naar de draaideur van de foyer.

3

Heilmannstrasse 30. Achter dit onopvallende adres in de Münchense buitenwijk Pullach verschuilt zich een bijzonder explosieve organisatie, de Duitse inlichtendienst BND. Deze organisatie is na de Amerikaanse CIA de grootste geheime dienst van de westerse wereld. Van buitenaf gezien ziet het gebouw er nogal provinciaal uit. Achter hoge grijze betonnen muren met de rijksadelaar en een zware ijzeren poort die op wisselende tijden opzij glijdt om donkere limousines te laten passeren, zijn uitgewoonde gebouwen uit de jaren zestig verstopt. En vrijwel niemand vermoedt dat hier spionnen en agenten uit de hele wereld in- en uitlopen, telefoongesprekken in Alaska worden afgeluisterd, faxen en e-mails uit Latijns-Amerika worden onderschept en geanalyseerd om te worden beoordeeld op hun politieke, economische en militaire belang.

Bij een spion denkt men al gauw aan een knappe vent met in zijn rechterhand een pistool en zijn linkerarm om een welgevormde blondine geslagen. De man die even voor achten zijn rijtjeshuis in de genoemde wijk verliet en in zijn donkerblauwe BMW stapte, deed daar dan ook in het geheel niet aan denken. Ook had hij geen welluidende naam; hij heette eenvoudig Meyer, met een y. Tenminste, dat stond op het naambordje bij de keurige voordeur. Meyer reed de Margarethenstrasse op en sloeg af, de Heilmannstrasse in. Na een minuut of zeven bereikte hij de enorme poort die zich bereidwillig, als door een onzichtbare hand gedreven, opende.

Meyer, voornaam Heinrich, was vijfenvijftig jaar oud en hoofd van Afdeling 2 van de BND. Hij had meer dan duizend specialisten onder zich – computerspecialisten, elektronicamonteurs en telecommunicatiedeskundigen – die zich door niets wat er tussen de noord- en zuidpool onzichtbaar door de lucht zoemt lieten afschrikken. Hij bevoorraadde Afdeling 5, de afdeling Strategisch onderzoek, een van de in totaal zes onderafdelingen van de Bundesnachrichtendienst. Deze afdeling richtte zich op de georganiseerde misdaad, de internationale drugshandel, illegale migratie, het witwassen van geld en het internationaal terrorisme, een tak die na 11 september 2001 bijzonder belangrijk was geworden.

SIGINT, de codenaam van Meyers afdeling en afgeleid van Signal Intelligence, werkte met de duurste technische apparatuur en werd daarom

niet zelden benijd door de medewerkers van de andere afdelingen, die zich bezighielden met 'menselijke bronnen' oftewel de beoordeling van de publieke media.
Niemand had Meyer ooit iets anders zien dragen dan een grijs pak uit de jaren vijftig en een keurige stropdas. Met zijn vijfenvijftig jaar was hij een van de ouderen in zijn branche; een oude rot die niemand iets wijs kon maken. Zijn kantoor op de bovenste verdieping van een gebouw met een plat dak had betere tijden gekend en vertoonde geen spoor van hightech, een plat beeldscherm naast het grijze bureau was de enige concessie aan de moderne techniek. Toen Meyer zijn kantoor binnenliep, knipperde er onder in het beeldscherm van zijn computer een led. Meyer toetste een codewoord in, waarna het woord 'DRINGEND' op het beeldscherm verscheen en een paar seconden later een tekst:

E-mail 4 uur 37 mobilofoon westelijk deel Middellandse Zee Ziekenhuis MUC. Je hebt heel goed werk verricht, maar dit is natuurlijk nog maar een eerste stap. Dus bij de les blijven en laatste sporen uitwissen. Indien nodig C4 inzetten. IND.

Meyer las de tekst nog een keer door. Toen greep hij de telefoon, toetste een nummer in en noemde toen er werd opgenomen zijn naam. De medewerker aan de andere kant van de lijn heette Hoveller. Meyer vroeg op barse toon: 'Over die e-mail aan het ziekenhuis. Waarom krijg ik geen uitgebreidere informatie over afzender en geadresseerde?'
De man antwoordde omslachtig: 'Chef, we hebben een probleem. De afzender heeft de e-mail via een mobiele telefoon verzonden, en de ontvanger bevindt zich in een bijgebouw van het universiteitsziekenhuis. Volgens mij is dit het werk van beroeps, van alle markten thuis.'
'Daar lijkt het op,' bromde Meyer peinzend. 'Zo te zien hebben de heren het niet eens nodig gevonden om hun boodschap te coderen. Amerikaanse kneedbare explosieven worden al heel lang niet meer aangeduid met de codenaam C4. Deze fijne heren weten toch heel precies dat niets van hun communicatie ons ontgaat? Maar wat betekent IND in vredesnaam?'
'Negatief, chef. Code IND zit niet in ons systeem. Ons tekstherkenningssysteem reageerde alleen op de code C4.'
'Dat maakt de zaak er niet eenvoudiger op.'
'Ik weet het. Volgens mij hebben we hier te maken met nieuwe klanten. Het zijn ofwel ongelooflijke knoeiers ofwel deze heren gaan bijzonder geraffineerd te werk.'

Meyer vertrok zijn gezicht tot een grimas, alsof de gedachte aan dit probleem hem pijn deed. Toen zei hij: 'Nou ja, deze noot zullen we ook wel kraken. In elk geval moeten we snel te werk gaan volgens mij.'
Meyer nam een kopie van het onderschepte bericht mee naar de stafvergadering. Elke ochtend om negen uur precies kwamen de hoofden van de verschillende afdelingen in het hoofdgebouw bijeen voor een briefing om de activiteiten van dat moment te bespreken en te coördineren.
Meyers ontdekking veroorzaakte onrust. Ulf Peters, drieëndertig jaar, met openstaand overhemd en een leren jasje, was ondanks zijn jeugdige leeftijd hoofd van Afdeling 5, Strategisch onderzoek, en als zodanig verantwoordelijk voor deze zaak. Na kort overleg besloot hij de geadresseerde Veiligheidsniveau 1 toe te kennen, waarna een complexe procedure in gang werd gezet.
Omdat de BND onder het Kanzleramt valt, het ministerie van Algemene Zaken van de deelstaat, bracht Peters de minister op de hoogte. Hij informeerde hem over het Veiligheidsniveau 1 met de restrictie dat meer informatie nog niet beschikbaar was. Omdat de ontvanger zich in het ziekenhuis bevond, gaf het Kanzleramt het bericht door aan het ministerie van Binnenlandse Zaken van de deelstaat Beieren, dat op zijn beurt het Landeskriminalamt, de deelstaatrecherche, inschakelde.
In het Landeskriminalamt LKA was men inmiddels op de hoogte van het transplantatieschandaal in het ziekenhuis. Daarom sloot men niet uit dat er een verband zou kunnen bestaan tussen de geheimzinnige dood van Schlesinger en deze niet minder geheimzinnige e-mail. De minister van Binnenlandse Zaken van Beieren en het hoofd van het Landeskriminalamt besloten tijdens een overleg om een Sonderkommission te formeren. Deze Soko, die uit acht man zou bestaan, kwam onder de leiding van Wolf Ingram, een potige kerel met een brede schedel en kortgeknipt donker haar. Door zijn postuur en zijn gedrag zou je denken dat het een onbehouwen vent was, maar onder de ruwe bolster zat een bijzonder fijngevoelige man. In ieder geval had Ingram, plaatsvervangend hoofd van Afdeling 13 (Georganiseerde misdaad), al eerder zulke speciale recherchebijstandsteams geleid en bewezen dat hij een neus had voor ingewikkelde zaken.
Ingram had niet veel tijd om zich in de zaak te verdiepen en zijn acht ondergeschikten, nog vrij jong allemaal, bleken hierbij van weinig nut. Toch leek het nodig om snel en preventief te handelen. Daarom verzocht Ingram om een hondenbrigade van zes dieren die waren getraind in het opsporen van kneedbare explosieven. Hij verdeelde zijn mensen over

acht afdelingen van het ziekenhuis met de opdracht de namen te noteren van iedereen, zowel personeelsleden als patiënten, die in de afgelopen 24 uur binnen was geweest.
Hoewel de aan een dependance van het ziekenhuis geadresseerde e-mail Gropius eerder ontlastte dan belastte – per slot van rekening was hij al meer dan een week niet meer in het ziekenhuis geweest – beschouwde Ingram de in het transplantatieschandaal verwikkelde professor toch als een sleutelfiguur. Zijn instinct en ervaring versterkten zijn vermoeden dat schijnbare toevalligheden in een zaak zelden echte toevalligheden zijn.
Terwijl Ingram met de beschikbare middelen een persoonlijkheidsprofiel van professor dr. Gregor Gropius begon op te stellen, escaleerde de zaak. In Crypto City in de Amerikaanse staat Maryland had de National Security Agency dezelfde e-mail met de verwijzing naar kneedbare explosieven C4 onderschept en alarm geslagen. De NSA is de geheimste geheime dienst ter wereld, met 38 000 medewerkers, 120 satellieten en verdeeld over alle continenten honderden afluisterposten in de vorm van gigantische schotelantennes. De verantwoordelijke afdeling had vijftig minuten later een mededeling gezonden aan het Counter Terrorism Center op het hoofdkantoor van de CIA in Langley, Virginia. Omdat het de in de e-mail genoemde code IND niet kon decoderen, stuurde het CTC de e-mail door naar de BND in Pullach met de aantekening ‘dringend ingrijpen gewenst’.
Toen de tip uit Virginia bij de BND binnenkwam, braken experts van Afdeling 3, Analyse, zich al het hoofd over een geïntegreerde situatiebeschrijving. Ze probeerden alle beschikbare informatie samen te voegen tot één geheel – voorlopig natuurlijk nog met veel gaten. Men hoopte op basis hiervan een strategie te kunnen bedenken om een eventuele terroristische aanslag te voorkomen.
De belangrijkste, en daarom ook moeilijkste vraag die de experts van de BND en het LKA probeerden te beantwoorden, was die van het motief. Waarom zou uitgerekend dit ziekenhuis, dat in de hele wereld goed bekendstond – een organisatie zonder symbolisch belang, behalve dan natuurlijk dat er mensen van alle rassen werden gered en genezen –, waarom zou uitgerekend dit ziekenhuis het doelwit van een terroristische aanslag moeten zijn?
’s Nachts hadden bomexperts met behulp van honden het ziekenhuis doorzocht; zonder opzien te baren, maar met onbevredigend resultaat. Het bleek dat in een ziekenhuis talloze geurtjes hangen die de speurneuzen van de honden buiten gevecht stellen. De rechercheurs hadden hun

onderzoek verklaard door te verwijzen naar het transplantatieschandaal. Daarom nam men niet aan dat hun werk, dat zich over alle afdelingen van het ziekenhuis uitstrekte, paniek zou veroorzaken. Van hogerhand was opdracht gegeven om de woorden 'terroristische aanslag' niet eens terloops te laten vallen.
Ondertussen werd professor Gropius 24 uur per dag geobserveerd. Op de tweede dag had Gropius dat al gemerkt. In een buitenwijk als Grünwald is het voor een man met een normaal waarnemingsvermogen bijna onmogelijk om niet te merken dat hij wordt geschaduwd. Overigens had de professor minder last van de grijze Audi en de beige BMW die elkaar elke zes uur aflosten dan de andere bewoners van de straat; die vreemde auto's namen hun parkeerplaatsen in beslag. Hij moest er dus wel van uitgaan dat men op de hoogte was van zijn afspraak met Veronique, en misschien zelfs van zijn afspraak met Felicia Schlesinger. Gropius dacht dat men geen betekenis zou hechten aan zijn afspraak met Veronique. Zijn afspraak met de weduwe van Schlesinger kon echter wel eens tot irritatie leiden. En de gebeurtenissen van de dagen daarna droegen er ook niet aan bij om die irritatie weg te nemen.

Het begon met een telefoontje van Felicia Schlesinger, vier dagen na hun eerste ontmoeting. Gropius had er geen goed gevoel over toen Felicia haar naam noemde; hij moest er immers van uitgaan dat zijn telefoon werd afgeluisterd.
Felicia's stem klonk anders dan tijdens hun gesprek een paar dagen eerder. Toen had hij zich erover verbaasd hoe kalm deze vrouw zich met haar lot leek te verzoenen, zonder dat ze kil of onverschillig overkwam. Maar nu, nu ze vroeg of ze elkaar weer konden treffen, meende Gropius ongerustheid of zelfs vertwijfeling in haar stem te horen. De vorige keer had ze de indruk gewekt dat ze hem wel vertrouwde. En op zijn vraag of haar in het leven van haar man bepaalde vreemde zaken waren opgevallen, had ze eerst geen antwoord gegeven. Achteraf bezien, zei ze, riep Arno's leven niet minder raadsels op dan zijn dood.
Als Gropius had vermoed dat zowel de BND als het LKA een onderzoek naar hem instelde, had hij meteen opgelegd. Maar door de toespelingen van Felicia Schlesinger laaide er een nieuw sprankje hoop in hem op dat hij de verdenking van zich af kon wentelen. Misschien was een kleine aanwijzing al genoeg om een beetje licht in het duister van deze zaak te brengen. Daarom vond hij het ook geen enkel probleem toen Felicia hem vroeg of hij haar thuis aan de Tegernsee wilde opzoeken.

Het huis lag hoog boven het meer en kon vanaf de kustweg alleen worden bereikt via een smalle, kronkelende, steile weg. Gropius had er grote moeite mee om zijn zware auto door de haarspeldbochten te manoeuvreren. Eenmaal boven had hij een spectaculair uitzicht over het meer en de bergen eromheen. Als je hier een huis bezat, behoorde je niet tot de armere inwoners van het land.

Gropius verbaasde zich erover dat hij onderweg naar de Tegernsee niet werd gevolgd. Toen hij aanbelde bij de deur met het bescheiden naambordje 'Schlesinger' keek hij nog één keer goed om zich heen, maar zag niets verdachts.

Felicia ging haar bezoeker voor naar een groot vertrek met een schuin houten plafond en een hoog raam dat uitzicht bood over het dal.

Ze schonk hem koffie in op een rond tafeltje. 'U moet begrijpen,' zei ze, 'ik vind het niet eenvoudig om aan deze nieuwe situatie te wennen. Daarom was ik ook wantrouwig toen u zei dat u me wilde ontmoeten. Maar inmiddels heb ik de indruk dat u bijna net zo gebukt gaat onder Arno's dood als ik. Hoe dan ook, ik kan me niet voorstellen dat juist u verstrikt bent geraakt in de orgaanhandel met de maffia.'

Verbaasd en bijna overmoedig vroeg Gropius: 'En waarom bent u daar zo zeker van, mevrouw?'

Felicia keek een beetje verlegen naar buiten. Het begon te miezeren. 'Zeker?' herhaalde ze. 'Ik ben nergens zeker van. Het is meer mijn instinct en dat wordt door bepaalde zaken beïnvloed.'

De professor keek Felicia Schlesinger vragend aan.

'Ach, weet u, een paar dagen geleden ben ik begonnen de papieren, documenten, kortom de hele nalatenschap van mijn man uit te zoeken. Ik deed dat met enige tegenzin, voelde me een indringer in het leven van iemand anders, maar toen zei ik bij mezelf: Arno was je man, vroeg of laat moet je zijn nalatenschap regelen. Zodoende wroette ik nachtenlang in zijn leven, en hoe meer papieren en documenten ik doornam, hoe vreemder ik de man met wie ik vier jaar getrouwd ben geweest begon te vinden. Ja, ik ben getrouwd geweest met een onbekende. Niet omdat we beiden ons eigen beroep hadden, elk ons eigen geld verdienden en elkaar regelmatig wekenlang niet zagen... We vonden beiden dat een relatie zo moest zijn dat ieder ruimte had voor zichzelf. Het was meer dat ik opeens ontdekte dat Arno een heel ander leven leidde dan hij pretendeerde.'

'Een andere vrouw?' Gropius schrok van zijn eigen vraag en haastte zich eraan toe te voegen: 'O, dat was tactloos, neem me niet kwalijk!'

Felicia roerde geconcentreerd in haar koffiekopje en zei zonder op te kijken: 'Een andere vrouw? Wie weet, het zou me in elk geval niet verbazen als ik ook op dat gebied nog iets zou ontdekken.'
'Bedoelt u dat uw man een dubbelleven leidde? Op diverse plaatsen, met verschillende mensen? Andere interesses?'
'Zo kun je het denk ik wel stellen.'
'En zijn dood zou daar iets mee te maken kunnen hebben?'
'Dat is in elk geval mijn verklaring.'
Gropius trok een gekweld gezicht, alsof hij wilde zeggen: Ik zou u heel graag willen geloven...
Op dat moment stond Felicia Schlesinger op en verdween even in de kamer ernaast. Toen ze terugkwam, had ze een map met paperassen in haar hand. Ze wilde net iets zeggen, toen de bel ging. Felicia legde de ordner op het ronde tafeltje en liep naar de voordeur.
'De pakketdienst,' zei ze verontschuldigend toen ze terugkwam en legde een geel pakje neer. Toen pakte ze de ordner en zei: 'Hier, ziet u, ik heb dit min of meer toevallig gevonden. Een Zwitserse bankrekening op naam van Arno Schlesinger met een saldo van 10,3 miljoen euro.'
Gropius floot zachtjes, wat helemaal niet zijn gewoonte was, maar er zijn situaties die ongebruikelijke reacties oproepen. Dit was zo'n situatie en de professor vroeg: 'En u wist daar helemaal niets van af? Ik bedoel, tien miljoen is eigenlijk genoeg om al jong met pensioen te gaan. Weet u zeker dat deze rekening echt bestaat?'
Felicia hief haar beide handen op en knikte: 'Dat heb ik al uitgezocht. Alles is in orde met die rekening. Ook heb ik kunnen achterhalen hoe het geld op die rekening is terechtgekomen. Arno heeft het contant ingelegd, zomaar, uit een koffer!'
'En uw man heeft nooit laten doorschemeren dat u eigenlijk steenrijk bent? Vergeef me die uitdrukking.'
'Nooit. Anders dan ik leefde Arno eigenlijk heel bescheiden. Ik geef veel geld uit aan kleding en schoenen, maar ik verdien ook goed. Moet ik het soms op de bank zetten en elke dag mijn bankafschriften aaien?'
'Dat heeft uw man kennelijk wel gedaan!'
'Daar lijkt het op,' beaamde Felicia, 'maar dit is nog niet alles.'
Ze pakte de rekeningafschriften en verdween in de kamer waar ze de documenten vandaan had gehaald.
Onwillekeurig keek Gropius naar het gele pakje. Door de gebeurtenissen van de afgelopen dagen stond hij nu argwanend tegenover alles en iedereen. De feiten die hem net ter ore waren gekomen, maakten zijn

argwaan er bepaald niet minder op. Daarom tuurde hij naar het pakje, las op het etiket dat het aan Felicia was geadresseerd en dat de afzender een bekend postorderbedrijf was.
Met de woorden: 'Er zijn nog meer raadsels in dit huis!' kwam Felicia uit de andere kamer. Ze had een aantal vliegtickets in haar hand. 'Allemaal op naam van Arno Schlesinger, de meeste van vorig jaar: Rome, Parijs, Turijn, Londen, Tel Aviv, een naar Miami en door naar Key West, en nooit gebruikt. Maar in deze periode was Arno zogenaamd bij opgravingen in Israël.'
'Weet u dat zeker?' Gropius keek Felicia onderzoekend aan.
'Zeker, wat is zeker,' mompelde Felicia boos, en nu zag Gropius voor het eerst een donkere ader op haar voorhoofd opzwellen. 'We hebben regelmatig met elkaar gebeld, en af en toe kwam er een brief uit Israël. Waarom zou Arno me op zo'n manier voor de gek hebben moeten houden? Ons huwelijk was niet slecht, dat dacht ik in elk geval tot hij doodging. Maar misschien ben ik wel te lichtgelovig en te goed van vertrouwen geweest, misschien was ik gewoon te dom.' Haar stem klonk woedend en huilerig, want niets is kwetsender voor een vrouw dan misleid te worden.
Gropius leek helemaal niet meer naar haar te luisteren. 'Verwachtte u dit pakje?' vroeg hij opeens.
Ze keek haar bezoeker aan, ver weg met haar gedachten. Toen nam ze het pakje in haar handen en antwoordde: 'Nee, geen idee. Het is van een postorderbedrijf of zo.'
Felicia merkte wel dat de professor nerveus was. Ze had Gropius leren kennen als een kundig man die in elke situatie de juiste woorden wist te vinden. Nu zag ze dat er zweet op zijn voorhoofd stond en dat zijn handen trilden.
'Wat is er met u, professor?' vroeg Felicia en maakte aanstalten om het pakje te openen. Maar Gropius stortte zich op haar, pakte het gele ding uit haar handen en zette het voor het raam op de grond. Toen greep hij Felicia bij de polsen en keek haar doordringend aan. 'Felicia! Dit is een bom! Je mag dit pakje in geen geval openmaken.' Felicia keek hem ontzet aan. 'Wat moeten we doen?'
'Dat ding moet naar buiten! Weg ermee!'
'Maar waar naartoe?' vroeg Felicia, nu ook ongerust.
'Weg hier vandaan! Hoe dan ook weg!' Gropius rende naar de voorkant van het huis, opende de achterklep van zijn auto, bracht het pakje naar buiten en legde het in de kofferbak.

'Moeten we de politie niet waarschuwen?' riep Felicia, terwijl Gropius instapte en gas gaf.
'Later!' hoorde ze hem nog net zeggen. Toen was de auto om de eerstvolgende bocht verdwenen.
Verlamd van de zenuwen reed Gropius met zijn Jaguar over de smalle bergweggetjes naar het dal. Zijn doel was een afgelegen grindgroeve. Op dit moment wist hij niet zeker meer of hij wel het juiste deed. Misschien, dacht hij, maak je je belachelijk met deze actie. Misschien is alles wat je de laatste dagen is overkomen domweg te veel geweest, te veel om dit zonder psychische schade te doorstaan. Misschien was dit wel het domste wat hij kon doen, met een bom in de kofferbak door de omgeving scheuren, kansloos als het ding achter zijn rug ontplofte. Hij werd misselijk van angst. Hij wilde overgeven, maar zijn keel zat dicht. In de motregen leek de straat te vervagen. Hij lachte, Gropius lachte hardop en schaamteloos, zoals je lacht als je doodsbang bent. Hij lachte omdat hij zich realiseerde dat hij in zijn paniek misschien een zeer explosief pakje vervoerde en zijn leven bij de volgende boom kon eindigen, onnodig en zonder resultaat te hebben geboekt.
Nu was hij op de kustweg aangekomen en sloeg rechtsaf. Hij wist dat er een paar kilometer naar het noorden, in Gmund, een weg afboog naar de Schliersee. Vlak na deze afslag was een grindgroeve, waar hij de Jaguar met zijn gevaarlijke vrachtje wilde neerzetten en dan de politie inschakelen.
Gropius was nog maar net bij de afslag, toen Felicia hem opbelde. Haar stem sloeg over: 'Gropius, er heeft net iemand gebeld die ik niet ken. Hij vroeg of ik het pakje had gekregen. Ik zei ja, en toen zei hij dat ik het huis zo snel mogelijk verlaten moest, als mijn leven mij lief was. Om vier uur precies zou het pakje met huis en al in de lucht vliegen.'
Gropius had elk woord gehoord, maar was niet in staat iets terug te zeggen. Hij stuurde zijn auto met hoge snelheid rechtdoor.
'Gropius!' hoorde hij Felicia nadrukkelijk zeggen. 'Gropius, hebt u me verstaan?'
'Ja,' zei Gropius angstig. 'Hoe laat is het?'
'Precies vier uur.'
Gropius trapte op de rem. Rechts van hem zag hij de onverharde weg die naar de grindgroeve leidde. Hij volgde een onverklaarbare ingeving, stuurde de auto die kant op, bracht hem halverwege tot stilstand, zette de motor af, stapte uit, vroeg zich af of hij de auto zou afsluiten, maar besloot toen zich uit de voeten te maken. Gropius rende, hij vloog in de

richting waaruit hij gekomen was, stak de weg over en rende verder door drijfnat kreupelhout. Toen hij zijn auto al lang niet meer kon zien, schoot er een lichtflits door de schemering. Hij hoorde een doffe knal en werd door een luchtdrukgolf op de grond geworpen. Instinctief beschermde hij zijn hoofd met zijn handen, en zijn gezicht verdween in een laag vochtig mos. Hij dacht dat hij bewusteloos was geraakt, maar het feit dát hij dit dacht bewees al dat dat niet het geval was.

Na een tijdje, hij had geen idee hoe lang, durfde hij zijn hoofd op te tillen. Voor hem uit zag hij een gigantische vuurgloed. Toen begon hij als een klein kind te huilen. De zelfverzekerde professor, die niemand ooit nerveus of zelfs maar van streek had meegemaakt, lag te snikken en liet zijn tranen de vrije loop.

Gropius zat op zijn knieën met zijn handen op de grond en staarde, niet in staat iets te doen, naar de vuurgloed achter de bomen. Het geknetter van het vuur dat door kleinere explosies werd onderbroken, klonk onheilspellend.

'Professor Gropius!' Gregor schrok toen hij naast zich een stem hoorde. Verward en zonder van houding te veranderen keek hij opzij. Als uit het niets stonden er in de druilerige schemering opeens twee mannen met donkere jassen aan voor hem.

'Bent u in orde?' vroeg de ene man. De andere haalde iets uit zijn jaszak, hield het Gropius voor en zei: 'Recherche. U hebt geluk gehad, zeg!'

Hij liep naar de man die nog steeds op de grond lag en hielp hem overeind.

'Geluk, hoezo geluk?' vroeg Gropius, duidelijk helemaal in de war.

De beide rechercheurs waren wel gewend aan dit soort situaties en negeerden Gregors woorden.

'Het vuur!' mompelde Gropius en wees met gestrekte arm naar de vlammen, alsof de beide mannen dit nog helemaal niet hadden gezien.

De ene greep Gropius bij zijn arm om hem weg te trekken. 'Het is wel goed, hoor,' zei hij overredend, 'de brandweer is al gewaarschuwd. Wees maar blij dat u die aanslag hebt overleefd. Kom mee!'

Alsof het belangrijk was om te weten hoe laat het was, keek Gropius op zijn horloge. De wijzers stonden op 4 uur 19. Zwijgend liep hij achter de mannen aan naar de weg. Daar stond een beige BMW, een van de onopvallende auto's die hem al dagen achtervolgden. Maar dat viel hem nu niet op.

Het zijportier van de auto stond open, alsof de auto haastig was verlaten. Gropius werd verzocht achterin te gaan zitten. Toen keerde de auto en reed naar de snelweg. Tijdens de rit telefoneerde de bijrijder met verschillende instanties. Er kwamen hen auto's met blauw zwaailicht en brandweerwagens met gillende sirenes tegemoet. Toen de BMW op de snelweg de afslag naar München nam, kwam Gregor weer een beetje tot zichzelf. Nu pas kon hij weer helder denken.

Hij wist absoluut niet meer wat er allemaal was gebeurd nadat hij Felicia zo overhaast had verlaten. In gedachten zag hij alleen dat gele pakje met Felicia's adres en de naam van het postorderbedrijf. 'Een geel pakje,' zei hij zachtjes, 'een geel pakje.'

'Wat zei u?' De bijrijder draaide zich om.

'Ach, niets. Ik probeer me alles weer te herinneren. De bom was verstopt in een geel pakje. Ja, het was een geel pakje, geadresseerd aan Felicia Schlesinger.'

De beide rechercheurs keken elkaar veelbetekenend aan. Toen greep de bijrijder de telefoon en speelde die informatie door. Gropius luisterde zwijgend toe, alsof hij er niets mee te maken had.

Maar opeens vroeg hij: 'Hoezo was u eigenlijk zo snel ter plaatse?'

Zonder zijn blik van de weg af te wenden – de auto reed heel snel – antwoordde de bestuurder: 'Er zat al een paar dagen een peilzender op uw auto. We wisten steeds waar u was. Hebt u enig idee wie u dat geflikt kan hebben?'

'Wat zegt u?' vroeg Gropius verbijsterd. 'Wilt u daarmee zeggen dat die peilzender door iemand anders aan mijn auto is bevestigd?'

De chauffeur, een jonge man met lang vettig haar, lachte geforceerd. 'Ja, dat wil ik daarmee zeggen. Een goedkoop dingetje met niet veel bereik dat met elke simpele scanner te lokaliseren is.'

'Waar brengt u me eigenlijk naartoe?' vroeg Gropius nadat hij een tijdje had nagedacht, maar daar niet veel mee was opgeschoten.

'Naar ons bureau,' antwoordde de ene rechercheur. 'Volgens mij bent u ons een paar verklaringen schuldig!'

'Verklaringen?' Gropius schudde zijn hoofd en verzonk in gepeins.

Het gebouw in de buurt van het hoofdstation was beklemmend, kil en afwijzend. Maar Wolf Ingram, hoofd van de Soko Schlesinger, was beleefd en vriendelijk tegen Gropius. In elk geval gedroeg hij zich heel anders dan officier van justitie Renner, aan wie hij een bijzonder onaangename herinnering had.

Routineus wees Ingram professor Gropius op zijn rechten en vroeg hem of het gesprek vastgelegd mocht worden. Zijn eerste vraag was: 'Welke relatie hebt u met mevrouw Schlesinger?'

Dit was een logische vraag en Gropius had hem verwacht. Daarom reageerde hij gelaten en antwoordde: 'Geen enkele, als u dat bedoelt. U bent op de hoogte van de ongelukkige omstandigheden die ons bij elkaar hebben gebracht. Ik heb mevrouw Schlesinger een paar dagen geleden voor het eerst ontmoet. Ik dacht dat de weduwe misschien wat licht in de duisternis rondom de dood van haar man zou kunnen brengen. Meteen al vanaf het begin dacht ik dat de redenen voor zijn dood bij de man zelf gezocht moeten worden. Vandaag hadden we voor de tweede keer met elkaar afgesproken.'
'Wie wist daarvan?'
'Niemand, behalve mevrouw Schlesinger en ik.'
'En hoe is die bom in uw auto terechtgekomen?'
'Ik heb het pakje zelf in de kofferbak gelegd.'
Ingram, die tegenover de professor achter zijn bureau zat, keek hem scherp aan. 'Dat moet u me eens uitleggen.'
'Nou ja, we praatten met elkaar en mevrouw Schlesinger vertelde dat haar man zijn eigen leven had geleid. Met permissie, een beetje een vreemd leven dat veel vragen opwerpt. Maar daar heb ik niets mee te maken. Opeens werd er aangebeld. Een pakketdienst bezorgde een geel pakje, ongeveer 20 bij 30 centimeter, geadresseerd aan Felicia Schlesinger en afkomstig van postorderbedrijf Fontana.'
'Dan is het nog veel verbazingwekkender dat u dat pakje in uw auto hebt gelegd.'
'Dat heb ik niet meteen gedaan! Toen ik haar vroeg of ze een pakje van dit bedrijf verwachtte, antwoordde ze van niet. Daardoor werd ik wantrouwend. Ik had er geen goed gevoel over en u gelooft me vast niet, maar een stemmetje zei me: Er zit een bom in dit pakje.'
Ingram keek Gropius strak aan.
'Ik weet wat u nu denkt,' zei Gropius, 'u denkt dat ik gek ben of dat ik het een of andere interessante verhaaltje heb verzonnen, net zo verdacht als humor in de bijbel.'
Ingram viel hem in de rede: 'Integendeel! Het onderzoek in een geval als dit levert een serie verdachte zaken op, die echter samen een logisch geheel vormen. Daarom geloof ik u, professor. En als ik u goed begrijp, was u van plan dit pakje waarvan u vermoedde dat er een bom in zat, zo snel mogelijk het huis uit te krijgen. Hoe reageerde mevrouw Schlesinger daarop?'
Gropius dacht na. 'Dat weet ik niet meer. Hier houdt mijn herinnering op. Ik had maar één gedachte: weg ermee!'

'En waarom stapte u uit uw auto, vlak voordat die de lucht in vloog?'
Gropius haalde zijn schouders op.

Urenlang probeerde Felicia Schlesinger tevergeefs om Gropius op zijn autotelefoon te pakken te krijgen. Maar ze hoorde steeds maar weer dezelfde synthetische stem zeggen: 'Deze abonnee is tijdelijk niet bereikbaar.' Ongerust liep ze in haar grote woonkamer met haar armen over elkaar te ijsberen. Soms bleef ze even voor het hoge raam staan en keek dan naar beneden naar het meer. Aan de overkant zag ze de lichtjes van de promenade. Ze bleef maar aan dat gele pakje denken waar Gropius zo overhaast mee was vertrokken en aan de telefonische bedreiging van die onbekende. Alles wat er die middag was gebeurd, leek nog steeds onwerkelijk, maar de beide kopjes op het tafeltje bewezen overduidelijk dat deze nachtmerrie echt was. Hoe meer tijd er verstreek waarin ze Gropius niet kon bereiken, hoe zekerder ze ervan was dat hem iets verschrikkelijks was overkomen.
Om een uur of zeven zette ze de tv aan. Het gebruikelijke nieuws: een ongeluk met een tanker voor de kust van West-Afrika, een zelfmoordaanslag in Israël en ten slotte de mededeling: 'Op een provinciale weg langs de Tegernsee is vanmiddag laat een auto geëxplodeerd. Volgens de politie was er sprake van een bomaanslag. De ontploffing was zo krachtig dat delen van het voertuig meer dan honderd meter verderop terechtkwamen. Van de passagiers ontbreekt tot nu toe ieder spoor.'
Felicia staarde naar de duisternis buiten. Secondenlang begreep ze helemaal niets. Langzamerhand, terwijl ze naar haar spiegelbeeld in het raam keek, drong de gruwelijke realiteit tot haar door. Om niet te struikelen drukte ze haar beide handen tegen het raam. Gropius was dood. Maar eigenlijk, dacht ze, was de bom voor haar bedoeld! Haar maag kwam in opstand, alsof ze tientallen sprinkhanen had opgegeten. Felicia staarde voor zich uit, sleepte zich naar een leunstoel en viel er als een zandzak in neer. Er schoten onsamenhangende gedachten door haar heen: geld maakt niet gelukkig en geld van onbekende herkomst al helemaal niet. Iemand die één moord pleegt, pleegt ook een tweede! Wat had Schlesinger voor haar verzwegen?
Opeens voelde Felicia zich vreemd en alleen in het grote huis. Ze rilde. Angst bekroop haar, een vaag visioen van mannen die haar achternazaten kwam bij haar op. Ze stond doodsangsten uit, als in een droom, wanneer je benen door een onverklaarbare oorzaak zwaar worden zodat je niet weg kunt lopen.

Na een hele tijd, toen de spanning eindelijk verminderde, haalde ze bevend adem en stond op. In haar slaapkamer stopte ze wat ondergoed en kleren in een weekendtas, trok een lichte jas aan en liep via de hal de garage in. Nadat ze haar weekendtas op de voorstoel van haar rode Golf had gezet, drukte ze op een knopje waardoor de garagedeur langzaam omhoogging. Ze wilde net instappen toen er vanaf de straat twee mannen op haar afliepen.
'Mevrouw Schlesinger?'
'Ja?' antwoordde ze aarzelend.
'Mijn naam is Ingram, ik heb de leiding over het recherchebijstandsteam dat de dood van uw man onderzoekt. Dit is mijn collega Murau. Er heeft zich een nieuwe ontwikkeling voorgedaan...'
Felicia viel hem in de rede: 'Is hij dood?'
'Wie?'
'Gropius!'
'Nee. Professor Gropius heeft zijn auto vlak voordat de bom ontplofte verlaten. Hij kwam, zoals ze zeggen, met de schrik vrij.'
Om te voorkomen dat ze zou vallen, leunde Felicia tegen de motorkap van haar auto. Ze duwde haar gevouwen handen tussen haar knieën en staarde naar de grond.
Ingram begreep waarom ze zo reageerde. Hij wachtte even voor hij vroeg: 'Wilt u op reis gaan?'
'Op reis?' Felicia keek op. 'Ik moet hier weg! Luister, ik ben bang, bang, bang!'
'Dat begrijp ik,' zei Ingram kalm, 'maar toch moet ik u vragen een paar vragen te beantwoorden. Dat is belangrijk. In dit geval ook voor u.'
Felicia liep met de beide mannen haar huis weer in en bood hun een stoel aan.
'We hebben uitgebreid met professor Gropius gesproken,' zei Ingram. 'Hij heeft ons verteld wat er volgens hem is gebeurd. Nu zou ik graag uw versie willen horen.'
'Dus Gropius is echt ongedeerd?' vroeg Felicia nog een keer.
'Volledig,' antwoordde Murau. 'Toen we hem vonden, zat hij op zijn hurken in het bos, met zijn gezicht in het mos, ongeveer honderd meter van het brandende autowrak vandaan.'
'U begrijpt,' vervolgde Ingram, 'dat de professor uw leven heeft gered?'
Felicia zag er gespannen uit. Ze probeerde met gespreide vingers haar bijeengebonden haar glad te strijken, hoewel dat overbodig was. 'Dan weet u alles al,' zei ze opgewonden.

Ingram bewoog zijn hoofd heen en weer. 'Geloof me, ik ben een oude rot in het vak: als twee mensen iets hebben gezien, zijn er drie versies van wat er is gebeurd. Hebt u enig idee wie deze aanslag op zijn geweten kan hebben? Ik moet u dit vragen: hebt u vijanden die u hiertoe in staat acht?'
De beide mannen zagen dat Felicia, terwijl ze hierover nadacht, haar gebalde vuisten tegen elkaar aan drukte alsof ze er een geheim in had verstopt. 'Nee,' antwoordde ze ten slotte, 'ik heb te maken met mensen die kunst verzamelen; ik bemiddel voor hen. In die wereld wordt een concurrentiestrijd eerder met het chequeboekje dan met bommen beslecht. Wie meer betaalt, is de winnaar.'
'En uw man, had hij vijanden?'
'Arno? Hij was archeoloog en hield zich bezig met inscripties op oude ruïnes. Daar waren wel de gebruikelijke geschillen onder collega's, maar zijn dat vijanden? Vijanden die je naar het leven staan?'
Ingram haalde een aantekenboekje uit zijn zak. 'Kunt u de chauffeur beschrijven die het pakje bij u heeft afgeleverd? In wat voor auto reed hij?'
Felicia perste de lucht tussen haar lippen door naar buiten. 'Dat heb ik me ook al afgevraagd. Het enige wat ik nog weet, is dat hij groot was en een grijze of blauwe overall droeg. Zijn auto, een bestelwagen, stond een eindje van het huis af geparkeerd. Ik heb er gewoon niet op gelet.' En nadat ze een tijdje had nagedacht, voegde ze hieraan toe: 'Wat ik niet begrijp, is dat telefoontje!'
'Telefoontje? Welk telefoontje?'
'Gropius was nog maar net met dat pakje het huis uit, toen de telefoon ging. Iemand zei dat het pakje om vier uur zou ontploffen en dat ik zo snel mogelijk het huis moest verlaten.'
'Wanneer was dat?'
'Eén of twee minuten voor vier! Waarom zou die onbekende me waarschuwen? De een of andere gek stuurt een bom naar mijn huis en dan waarschuwt hij me ervoor! Daar begrijp ik helemaal niets van!'
Ingram ging niet op Felicia's bedenkingen in. Als expert op het gebied van terrorisme bekeek hij de zaak vanuit een ander gezichtspunt. 'Toen wist u dus,' zei hij na een tijdje, 'dat er een bom in het pakje zat. Maar u wist ook dat professor Gropius met dat ding in zijn auto ergens naartoe reed. Dat moet u toch een afschuwelijk gevoel hebben gegeven!'
'Gevoel?' riep Felicia Schlesinger opgewonden. 'Er was helemaal geen tijd voor gevoel. Ik had maar één gedachte: je moet Gropius waarschuwen. Ik had zijn visitekaartje ergens. Het leek uren te duren voor ik het vond, in mijn handtas, maar waarschijnlijk heeft het maar een minuut

gekost. Daarna kreeg ik Gropius te pakken op zijn autotelefoon.'
'U kon de professor waarschuwen?' Ingram was verbijsterd. 'Daar heeft Gropius niets over gezegd.'
Heel even leek Felicia in de war. Natuurlijk had ze Gropius opgebeld! Of toch niet? Door deze absurde situatie begon ze aan zichzelf en aan haar eigen handelen twijfelen. Maar toen herinnerde ze het zich weer: 'Gropius vroeg nog hoe laat het was. Precies vier uur, zei ik. Toen werd de verbinding verbroken.'
Ingram en Murau keken elkaar aan met een blik waar Felicia niets uit kon afleiden. Een paar seconden lang heerste er een beklemmende stilte en Felicia vroeg zich verbaasd af welke conclusie de rechercheurs getrokken konden hebben.
'Ik ben nog steeds behoorlijk in de war,' zei ze na een tijdje. 'Dat begrijpt u natuurlijk wel. Daarom wil ik vannacht ook liever niet in dit huis blijven, maar in een hotel in de stad. De eerstvolgende dagen kunt u me bereiken in het Park-Hilton in München.'
Terwijl ze dit zei, ging haar telefoon over. Felicia kromp in elkaar. Ook Ingram keek bezorgd.
'Hebt u er bezwaar tegen als ik meeluister?' vroeg hij bijna fluisterend.
Felicia ging hiermee akkoord en nam de telefoon op. Ingram kwam naar haar toe en luisterde mee.
Het was Gropius.
'Lieve help!' riep Felicia uit. 'U hebt me goed laten schrikken, zeg!'
Toen Ingram de stem van Gropius herkende, nam hij discreet afstand.
'Ik vreesde al het ergste, toen ik u telefonisch niet kon bereiken,' zei Felicia. Haar woorden klonken stijf en onnatuurlijk. 'Twee rechercheurs hebben me net verhoord en nu wil ik hier weg. Vannacht ben ik in het Park-Hilton, maar eigenlijk weet ik wel zeker dat ik geen oog dicht zal doen. En hoe gaat het met u, professor?'
De mannen deden net alsof het gesprek hen helemaal niet interesseerde, maar in werkelijkheid probeerden ze uit Felicia's gedrag op te maken welke relatie er was tussen haar en Gropius. Daarom ontging het hun ook niet dat de twee afspraken elkaar diezelfde avond nog te ontmoeten.

Even voor tien uur 's avonds liep Gropius de gedempt verlichte hal in van het Hilton Hotel bij de Engelse Tuin. Ondanks het relatief late uur was het er nog heel druk. Een Japans reisgezelschap en een wagonlading bagage stonden in de weg, zodat Gropius zijn armen moest gebruiken om zijn doel, een zithoek onder twee gigantische groene planten, te

bereiken. Hij wilde net gaan zitten, toen Felicia uit het oerwoud tevoorschijn kwam.
Hij vond dat ze er klein, bleek en kwetsbaar uitzag; heel anders dan de zelfverzekerde vrouw die hij zich herinnerde. Het was goed te merken dat deze dag haar diep had geschokt. Het spijt me, scheen haar onzekere blik te zeggen, dat ik u bij deze zaak heb betrokken. Maar misschien betekende die blik ook wel: U hebt mijn leven gered. Hoe kan ik u bedanken?
In dit soort situaties is elk woord te veel; daarom zwegen ze. Ze keken elkaar alleen maar aan. Zonder erbij na te denken zette Gropius een stap naar Felicia toe. En met een abrupte beweging omhelsden ze elkaar opeens. Gropius bedekte Felicia's gezicht met kussen, heftig en hartstochtelijk, en Felicia beantwoordde zijn emoties door zich hartstochtelijk tegen hem aan te drukken. Beiden vergaten helemaal dat diverse mensen in de hal naar hen keken.
Gropius was de eerste die zichzelf weer in de hand had. Verward en onhandig, alsof hij iets onbehoorlijks had gedaan, schoof hij Felicia opzij. Toen kwam ook zij weer tot bezinning. Verlegen schikte ze haar kleren en vertrok haar gezicht, als een vrouw die zich voor de spiegel opmaakt. Toen hoorde ze Gropius zeggen: 'Mijn excuses voor mijn ongepaste gedrag. Ik weet niet wat me opeens bezielde.'
Eerst vond Felicia deze opmerking bijna beledigend. Nog nooit had een man zijn excuses aangeboden nadat hij haar had gekust, en al helemaal niet nadat ze die kus zo hartstochtelijk had beantwoord. Maar toen realiseerde ze zich onder welke bijzondere omstandigheden de hartstochtelijke omhelzing had plaatsgevonden en ze zei: 'Ik moet me ook verontschuldigen.'
Toen ze daarna op de zwartleren banken tegenover elkaar zaten, met hun ellebogen op de armleuningen en hun handen gevouwen, zagen ze er beiden gespannen en beheerst uit. Geen van beiden kon iets zinnigs bedenken.
'Ik moest weg,' zei Felicia ten slotte, 'ik kon het thuis niet langer uithouden.'
Gropius knikte zonder iets te zeggen.
'Het spijt me dat u betrokken bent geraakt bij iets waar u duidelijk buiten staat. Ik heb zitten denken, en na ons gesprek en die bomaanslag heb ik begrepen dat u echt niets te maken hebt met de dood van mijn man.'
Gropius, die zijn blik onafgebroken op de neuzen van zijn ongepoetste schoenen had gericht, keek op. Hij wilde Felicia maar al te graag gelo-

ven, maar ondertussen was híj juist van het tegendeel overtuigd geraakt. Volgens hem was het niet logisch dat iemand zich eerst op zo'n bijzonder riskante, ongewone manier van Arno Schlesinger wilde ontdoen, om vervolgens op een niet minder ongewone manier zijn vrouw te vermoorden. Na het verhoor bij de recherche had hij weliswaar de indruk gekregen dat zelfs Ingram hem niet meer als een sleutelfiguur in deze mysterieuze zaak beschouwde, maar zelf kon hij niet langer geloven dat het allemaal maar toeval was. De peilzender op zijn auto, die stem aan de telefoon die erop aangedrongen had zijn onderzoek te staken en de chantagepoging van Veronique.

Zijn gedachten werden onderbroken door een praatlustige ober. Gelukkig maar, want nu hoefde Gropius niet te reageren op de woorden van Felicia.

'Champagne?' vroeg Gropius uitnodigend. 'We hebben beiden iets te vieren.'

Felicia knikte.

Gropius bestelde een fles Veuve Cliquot, en om zichzelf en Felicia af te leiden vertelde hij dat je in de kelder van de weduwe Cliquot uitstekend kon dineren, dat er bij elke gang een andere soort champagne werd geserveerd.

Felicia interesseerde zich absoluut niet voor Gropius' culinaire aanbeveling. Ze onderbrak zijn uitvluchten: 'Hebt u enig idee waarom die iemand me telefonisch voor de bom heeft gewaarschuwd? Het is toch met elkaar in tegenspraak om eerst zo'n hels ding bij mijn huis af te leveren en tegelijkertijd te zeggen: Pas op, hier is een bom!'

Peinzend keek Gropius hoe de ober de champagnefles opende en de glazen vulde.

'Ze willen u zo bang maken dat u al hun eisen zult inwilligen. Wordt u gechanteerd?'

'Nee.'

'Of die boeven wilden alleen maar uw huis opblazen, omdat ze denken dat zich daarin bepaalde bewijzen tegen hen bevinden.'

'En waarom zouden ze mij dan ontzien?'

Gropius grijnsde: 'Misschien vanuit christelijke naastenliefde. Wie weet? Of...'

'Of?'

'Ik weet niet zeker of de aanslag niet voor míj bedoeld was. Er zat een peilzender aan mijn auto. Kennelijk niet door de politie aangebracht. Zodoende wist men altijd waar ik was.'

‘Hebt ú vijanden, professor?’
Gropius maakte een wegwerpgebaar. ‘Kennelijk meer dan ik had gevreesd. Maar nu moeten we proosten: op ons nieuwe leven!’
Hun glazen maakten een jammerend geluidje.

4

De aanslag op Gropius, die eigenlijk voor Felicia Schlesinger was bedoeld, zette alle bij het onderzoek betrokken afdelingen onder zware druk. Door bomexperts van het LKA werden in de wrakstukken van de Jaguar van Gropius sporen van de springstof C4 aangetroffen, waarmee de zaak een nieuwe dimensie kreeg.

De laatste keer dat C4 in Duitsland was gebruikt, was zeker tien jaar geleden. Het feit dat deze gevaarlijke stof in handen van georganiseerde criminelen was gekomen, deed daarom alle alarmbellen rinkelen. Bij de BND in Pullach hield een team van vier man zich bezig met de decodering van de code IND, omdat men dacht dat zich daarachter de afzender van de e-mail verschool. De decodeurs maakten gebruik van de nieuwste zelfontworpen computerprogramma's. Hiermee kon men binnen enkele seconden lettersystemen omzetten in getallensystemen, en door de getallenrijen te verschuiven en weer terug te converteren naar letters kon men nieuwe lettercombinaties uitwerken.

Met gebruikmaking van de factor +2 veranderde IND bijvoorbeeld in KPF of met de factor -3 in FKA. En hoewel de experts hun systeem vergeleken met het Russische en het Amerikaanse alfabet, stuitten ze in hun computers niet op nieuwe lettercombinaties die een betekenis hadden of de afzender aanduidden.

Men ging ervan uit dat de aanslagen op Arno Schlesinger en professor Gropius door dezelfde dader waren gepleegd. Daarom maakte een *profiler* van het Landeskriminalamt aan de Maillingerstrasse een daderprofiel. Mewes, de profiler, een rechercheur met de ervaring van zeker drie levens, was volgens zijn collega's helderziend. Twee jaar geleden had hij het gedrag van een beestachtige kindermoordenaar, van wie ze drie maanden na zijn daad nog geen enkel spoor hadden, zo precies beschreven dat ze hem een paar dagen later al konden arresteren. Bovendien had Mewes toegang tot de databank VICLAS, waarin geweldplegers en seriedaders zijn opgenomen. In dit geval echter bleek deze databank nutteloos te zijn. Vergelijkbare zaken hadden nog niet eerder plaatsgevonden.

Ook het recherchebijstandsteam van Wolf Ingram tastte tot nu toe in het duister. Het spreekwoordelijke zoeken naar de speld in de hooiberg was eenvoudig vergeleken met de zoektocht naar de verdachte pakketdienst en de chauffeur. Van hem was alleen bekend dat hij lang was en

een grijze of blauwe overall droeg; in feite onbruikbare aanwijzingen voor een rechercheur. Volgens Ingram konden ze daarom alleen maar uit deze impasse komen door het persoonlijke leven van Felicia Schlesinger en professor Gropius onder de loep te nemen.
Na de eerste verhoren had de leider van de Soko de indruk gekregen dat Gropius heel graag wilde dat de zaak werd opgelost, terwijl Felicia Schlesingers gedrag wat terughoudend was. Alsof ze helemaal niet wilde weten wie haar man had vermoord. Daardoor ging de verdenking veel minder uit naar de professor, die goed meewerkte, en veel meer naar de terughoudende weduwe. Ingram gaf opdracht om haar huis aan de Tegernsee dag en nacht te bewaken.

Gropius zelf realiseerde zich pas veel later dat er een aanslag op zijn leven was gepleegd. Wat hem van deze veelbewogen dag veel meer was bijgebleven was de onverwachte passie van Felicia. Hij had geen idee of haar gedrag was ingegeven door echt verlangen of door de pure opluchting dat ze aan de dood was ontsnapt. Zijn hoofd tolde van de sombere gedachten, waardoor er geen plaats meer was voor echte emoties. Al vanaf hun eerste ontmoeting was hij Felicia tegemoet getreden met de gereserveerdheid van een priester; hij had haar als een lotgenote beschouwd. Het was hem natuurlijk wel opgevallen dat ze mooi was, maar hij had haar zeker niet beschouwd als aantrekkelijk of begerenswaardig.
De vraag hoe het tot die gevoelsuitbarsting tussen hen had kunnen komen, hield hem veel meer bezig dan de oorzaak die hen tot elkaar had gebracht en de omstandigheden die tot deze korte heftige intimiteit hadden geleid. Aan de ene kant had hij er spijt van dat hij zich zo had laten gaan, maar aan de andere kant moest hij aarzelend bekennen dat hij het fijn had gevonden haar vast te houden en te liefkozen.
Natuurlijk deed deze onverwachte en domme actie hun zaak – als je die zo mocht noemen – niet bepaald goed; Gropius wist immers al vanaf dat hij was verhoord dat men hem in de gaten hield. Natuurlijk hadden Ingrams mensen hen in de lobby van het hotel champagne zien drinken en vroegen ze zich nu af welke conclusies ze uit het hele gebeuren moesten trekken. Op dit soort momenten kon Gropius ook wel iets positiefs ontdekken in de nare situatie waarin hij zich bevond. Af en toe overwoog hij zelfs een kat-en-muisspel met zijn achtervolgers te spelen en bedacht hij manieren om die onopvallende heren te slim af te zijn. Maar dan stond hij weer met beide benen op de grond en vreesde hij dat de oplossing van

deze zaak nog wel eens heel lang kon duren, waardoor zijn terugkeer naar het ziekenhuis kon worden belemmerd of na een bepaalde tijd zelfs onmogelijk gemaakt.
Gropius was niet iemand die de dingen maar gewoon op zich af liet komen, en al helemaal niet als het om zijn bestaan ging. En daar ging het om! Hij wist niet dat inmiddels vier afdelingen zich met zijn zaak bezighielden; hij zag ook geen verband tussen de operatie en de bomaanslag, hoewel hij heel goed wist dat deze samenloop van omstandigheden amper op toeval kon berusten.
Felicia had hem inmiddels gezegd dat ze lang niet alles wat belangrijk kon zijn voor de oplossing van deze zaak aan de recherche had verteld. Dat ze de tien miljoen euro op de Zwitserse bankrekening verzweeg, begreep Gropius maar al te goed in verband met de belastingaanslag die haar dan zou worden opgelegd. Maar dat ze niets zei over het feit dat Schlesinger kennelijk een dubbelleven had geleid, daarvoor had Gropius minder begrip, omdat hij dacht dat daar de oplossing van de zaak gezocht moest worden.
Gropius probeerde tevergeefs de persoonlijke feiten die Felicia hem had toevertrouwd in verband te brengen met de criminele gebeurtenissen, maar hij kon er geen lijn in ontdekken die tot eventuele conclusies kon leiden. Na een dag intensief nagedacht te hebben moest hij erkennen dat hij in een kringetje ronddraaide zonder ook maar een stap verder te komen.
Het was al avond toen hij vermoeid de papieren waarop hij alle mogelijkheden had genoteerd en geschetst opzijschoof en Rita opbelde. Rita was er altijd als je haar nodig had, en dit was zo'n avond.
Ze droeg een donker pakje met een schandalig kort rokje en zwarte kousen. Ze maakte een opmerking over het feit dat Mercurius en Venus op dat moment in een bepaalde conjunctie stonden en dat dat bevorderlijk was voor de seks die ze met elkaar zouden hebben. Daarop dronken ze een barolo van een uitstekend jaar.
Het gesprek kwam onvermijdelijk op de stemming in het ziekenhuis, en Rita kletste er onbekommerd op los. Volgens de geruchten had hoofdarts dr. Fichte naar de positie van Gropius gesolliciteerd, hoewel die voorlopig nog helemaal niet vacant kwam.
Fichte? Uitgerekend Fichte? Gropius beschouwde Fichte als een loyale medewerker. Fichte was beter dan wie ook op de hoogte van de omstandigheden die tot zijn schorsing hadden geleid. En beter dan wie ook wist hij dat de dood van Schlesinger door criminele handelingen was veroorzaakt en dat hij er dus niet verantwoordelijk voor was.

‘Kom op, Gregor, dat zijn toch maar praatjes. Er is waarschijnlijk helemaal niets van waar,’ zei Rita toen ze zag dat Gropius somber begon te kijken. Ze had er al spijt van dat ze Gregor had verteld wat er in het ziekenhuis allemaal werd gefluisterd. Ze had moeten weten dat hij daar nu niet bepaald vrolijk op zou reageren en had achteraf het liefst haar tong afgebeten. Hoe dan ook, de avond die zo plezierig was begonnen, was nu afgelopen.

Gropius knikte afwezig, beet op zijn lip en dacht na. Hij moest Fichte ter verantwoording roepen en overwoog hem later op te bellen. Maar toen bedacht hij dat zijn telefoon werd afgeluisterd en besloot hij Fichte nog diezelfde avond een bezoek te brengen.

Na een vluchtig afscheid van Rita liep Gropius een eindje terug naar de taxistandplaats aan de hoofdweg. Fichte woonde in een tussenbungalow aan de overkant van de Isar, niet ver van het ziekenhuis. Ze hadden een of twee keer bij Fichte thuis afgesproken, maar doordat hun vrouwen ontzettend jaloers op elkaar waren, waren ze geen kennissen en zeker geen vrienden geworden.

De huizen in deze straat leken allemaal op elkaar en waarschijnlijk, dacht Gropius met een vleugje humor, zaten zelfs de lichtschakelaars op dezelfde plek. Gropius liet de taxi zomaar ergens stoppen omdat hij niet precies wist waar Fichte woonde. Op dat moment kwamen er, nog geen twintig meter verderop, twee mannen een huis uit. Hij herkende Fichte meteen omdat die zo klein was, maar ook de andere man kwam hem bekend voor! Gropius vroeg de chauffeur de lichten uit te doen en keek toe hoe de beide mannen naar een auto liepen die onder een straatlantaarn stond. Daar namen ze afscheid en gaven elkaar een hand. Daarbij viel het licht op het gezicht van de andere man die een hoofd groter was dan Fichte.

‘Prasskov!’ siste Gropius zacht en wilde uit de taxi springen, maar was zo verstandig dat niet te doen.

Prasskov en Fichte? Wat hadden die twee met elkaar te maken? Gropius had durven zweren dat ze elkaar niet eens kenden. Nu schoten er duizenden gedachten door zijn hoofd, gedachten die hij een paar minuten geleden nog als absurd, irrealistisch en fantastisch zou hebben afgedaan. Prasskov, die door de politie werd gezocht, liep bij Fichte het huis in en uit!

Gropius wist niet goed wat hij moest doen. Hij zag dat Fichte zijn huis weer in liep en dat Prasskov zijn auto startte, een zware oude Mercedes. Gropius was diep in gedachten en niet in staat een beslissing te nemen. Als verlamd zag hij hoe de auto voor hem wegreed in de richting van de stad.

De taxichauffeur bracht hem terug in de realiteit: 'Wilt u nu dan eindelijk uitstappen of hebt u iets anders besloten?' zei hij met de aangeboren charme van de Münchense huurkoetsiers.
'Ja,' antwoordde Gropius afwezig.
'Wat ja?' vroeg de man achter het stuur.
Gropius zag de achterlichten van de oude Mercedes voor hem steeds kleiner worden. 'Volg die auto!' zei hij opeens.
En de taxichauffeur zei cynisch: 'Zoals u wenst.' Hij zag nog net dat de Mercedes bij de eerstvolgende kruising rechts afsloeg. Toen hij daar aankwam en keek of hij de Mercedes zag, was de auto spoorloos verdwenen.

Midden in de nacht werd Gropius wakker. Hij had onrustig geslapen: hij had steeds nare dromen gehad waarin hij met een metalen koffer vol menselijke organen, vormeloze harten, slappe levers en vettige nieren achterna werd gezeten. Hij herkende zijn achtervolgers niet, maar alleen al hun schaduwen waren bedreigend. Ook bleef onduidelijk wat hij met dat vreemde koffertje wilde gaan doen, zodat hij, zij het badend in het zweet, blij was dat hij die griezelige beelden van zich af kon schudden.
Steeds maar weer dacht hij aan Prasskov. Had hij zich zo vergist in de sympathieke plastisch chirurg? Misschien had Prasskov alleen maar bevriend met hem willen zijn om hem op een later moment te gebruiken voor zijn eigen doel? Maar wat voor doel kon dat dan zijn? Hoe dan ook, het feit dat Prasskov kennelijk gemene zaak maakte met Fichte, bracht hem helemaal van zijn stuk. Hij wist niet meer wat hij ervan moest denken, maar ondertussen vond hij het niet meer zo'n vreemd idee dat hij en Schlesinger in de voorste gelederen van de orgaanmaffia zouden zijn terechtgekomen.
Als verdoofd en alleen maar bezeten van deze ene gedachte sloop Gropius naar de keuken op de benedenverdieping. Hij haalde een flesje bier uit de koelkast en dronk het leeg, niet zozeer omdat hij dorst had maar uit pure wanhoop. Toen ging hij weer naar bed, waar hij met zijn handen onder zijn hoofd gevouwen naar de baan licht lag te staren die vanaf de straat zijn kamer in viel en een geometrische figuur op het plafond vormde. Tegen zijn verwachting in viel hij in slaap.
Het felle licht van de opkomende zon wekte Gropius en hij verbaasde zich erover dat hij toch nog had geslapen. Nadat hij even een bad had genomen, maakte hij zijn ontbijt klaar. Als je een kop oploskoffie met twee aangebrande geroosterde boterhammen tenminste een ontbijt wilt noemen. Ondertussen vroeg hij zich wanhopig af of hij de gebeurtenissen van de vorige avond bij de politie moest melden. Prasskov werd per slot van reke-

ning gezocht. Maar door de stiekeme ontmoeting tussen Prasskov en zijn loyaalste medewerker waar hij onvrijwillig getuige van was geweest, was hij zo van slag geraakt dat hij domweg niet de moed had om Fichte te verraden. Bovendien had hij niet het geringste bewijs voor zijn bewering. En hoe langer hij over zijn onverwachte ontdekking nadacht, hoe meer Gropius zich realiseerde dat die meer vragen opwierp dan beantwoordde.

Het zal een uur of tien zijn geweest toen de voordeurbel hem uit zijn gepeins rukte. Gropius schrok. Sinds een paar dagen joeg elke onverwachte gebeurtenis hem schrik aan. Voor de deur stond een magere kale man, goed gekleed en met een innemend gezicht, zodat Gropius zonder aarzelen opendeed.

'Mijn naam is Lewezow. Het spijt me dat ik u onaangekondigd bezoek,' zei de onbekende met een beleefde buiging. Nog voordat de professor kon vragen wat de onbekende van hem wilde, zei deze: 'Ik zou u graag willen spreken. Het gaat om uw ex-vrouw en om de bomaanslag. Daar heb ik in de krant over gelezen.'

'Stuurt Veronique u?' vroeg Gropius afwijzend.

'O nee, integendeel zelfs,' zei de onbekende. 'Uw vrouw vervloekt me als ze dit te weten komt. Nee, ik kom uit mezelf en omdat ik er behoefte aan heb.'

Gropius bekeek de man van top tot teen en zei ten slotte: 'Goed dan, kom maar binnen. Ik hoop alleen dat het niet te lang duurt.'

Nadat ze waren gaan zitten, begon Lewezow te vertellen. Eigenlijk viel hij met de deur in huis toen hij zei: 'Die foto's waarop u samen met mevrouw Schlesinger staat, heb ik gemaakt. Maar voordat u me aanvliegt, vraag ik u dringend naar me te luisteren. Ik ben privédetective, ik leef ervan andere mensen te bespioneren, ik word ervoor betaald om mensen informatie te geven die vaak veel geld waard is. Er zijn fatsoenlijker beroepen, maar hoe zei de Romeinse keizer Vespasian het ook alweer tegen zijn zoon Titus die kritiek had op de toiletbelasting van zijn vader? Geld stinkt niet. Hoe dan ook, uw ex-vrouw belde me kort geleden op en vroeg me u te schaduwen. Ik moest haar materiaal verschaffen waarmee ze u kon chanteren. Zij denkt dat u Schlesingers dood met opzet hebt veroorzaakt, omdat u een verhouding hebt met zijn vrouw.'

'En wat heeft u van het tegendeel overtuigd, meneer...'

'Lewezow. Niets. Maar toen ik van die bomaanslag hoorde, vroeg ik me af of uw ex-vrouw daar iets mee te maken kon hebben.'

'Acht u Veronique daartoe in staat?'

Lewezow wreef verlegen in zijn handen. 'Ze is een bijzonder kille, berekenende vrouw. In elk geval heb ik haar zo leren kennen. En als ik zo vrij mag zijn, ze haat u ontzettend.'

Gropius wreef met duim en wijsvinger over zijn neus, een teken dat hij onder grote spanning stond. Dat is nogal wat op een zonnige ochtend, dacht hij, zonder antwoord te geven. Maar waarom vertelt hij me dit?

Alsof hij gedachten kon lezen, zei Lewezow: 'U vraagt zich natuurlijk af waarom ik u dit allemaal vertel. Weet u, ik ben nog niet genoeg afgestompt voor dit beroep. Het idee dat ik verwikkeld ben in een moordzaak geeft me een ongemakkelijk gevoel, sterker nog, ik ben bang. Wie een misdaad gedoogt, maakt zichzelf medeplichtig. Ik werk niet meer voor uw vrouw.'

Gropius was wantrouwig. De woorden van Lewezow klonken hem te edelmoedig in de oren. Waarom zou hij hem geloven? Detectives leven van de slechtheid van mensen en slechtheid is net een besmettelijke ziekte. Hij zweeg.

Lewezow trok een gekweld gezicht. 'In verband hiermee wil ik u iets vertellen: u dient te weten dat ik een peilzender aan uw Jaguar heb bevestigd.'

Gropius keek Lewezow verbijsterd aan. 'U?'

'Al dagenlang wist ik steeds waar u was. Dus ook op de dag waarop u mevrouw Schlesinger in haar huis aan de Tegernsee bezocht. Ik stond in de buurt van haar huis en zag de koerier die het pakje kwam brengen. Om precies te zijn, het waren er twee, de ene bleef in de auto zitten, terwijl de andere het pakje afleverde. Dat wekte mijn argwaan. Ik heb nog nooit gezien dat een pakketdienst twee bestellers in een auto zet. Maar ik kon natuurlijk niet weten dat het om een aanslag ging.'

Gropius was enthousiast. 'Kunt u de man of de auto van de daders beschrijven?'

'Ja natuurlijk, het is immers mijn werk om dergelijke observaties te doen. De man was lang, droeg een zwarte overal en een pet met een klep. De auto was een Ford Transit met de opdruk GT-German Transport. Toen ik in de krant over de pakjesbom las, probeerde ik meer te weten te komen over dit bedrijf.'

'En? Kom op, vertel!'

Lewezow knikte en lachte gewichtig. 'Een firma met deze naam bestaat niet en heeft ook nooit bestaan. Als u het mij vraagt, waren dit beroeps.'

Gropius dacht na en zei na een tijdje: 'Hebt u uw observaties aan de politie gemeld?'

'Nee, waarom zou ik?'
De professor stond op en liep naar het raam. 'Begrijp ik u goed, wilt u betaald worden voor uw verklaring?' vroeg hij zonder Lewezow aan te kijken.
'Laten we het zo zeggen: u bevindt zich in een hachelijke situatie, en misschien kan ik u een handje helpen.'
Lewezows voorstel kwam onverwachts; Gropius dacht er even over na of het verstandig was om deze ondoorgrondelijke man te vertrouwen. Aan de andere kant wist Lewezow meer over zijn zaak dan iemand anders en zou hij een goede hulp kunnen zijn.

Gregor Gropius en Felicia Schlesinger hadden afgesproken samen te lunchen in een restaurant tegenover het operagebouw. Na hun heftige gemoedsuitbarsting in de hotellobby hing er tussen hen beiden een vreemde spanning, absoluut niet onplezierig, maar hun onbevangenheid – voor zover je in hun geval van onbevangenheid kon spreken – had plaatsgemaakt voor een bepaalde onzekerheid ten opzichte van de ander. Misschien zou het beter zijn geweest als ze elkaar een paar dagen niet hadden gezien, maar de situatie waarin ze zich bevonden, was daarvoor veel te explosief. Felicia was nog een keer verhoord en had de agenten vrijwel geen nieuwe informatie gegeven. Hun hoop dat ze haar eerdere verklaringen nu zou tegenspreken, ging ook niet in vervulling. Bovendien kwam ze tot de ontdekking dat ze, hoe meer ze over Arno en zijn ondoorzichtige leven werd ondervraagd, steeds bozer op hem werd. Daar schrok ze van en ze vertelde Gropius over haar ontaarde gevoelens. Hij stelde haar gerust met de vaststelling dat de shock door de dood van iemand die je na staat, ertoe kan leiden dat je gevoelens omslaan in het tegendeel. Het kwam niet zelden voor dat een echtgenoot zijn overleden partner opeens ging haten.
Toen ze klaar waren met eten en de kelner hun tafel had opgeruimd, haalde Felicia een agenda uit haar tas en schoof hem over de tafel naar Gropius toe. 'Zijn agenda,' zei ze min of meer terloops, 'die kreeg ik van het ziekenhuis samen met zijn portefeuille, zijn horloge en enkele kledingstukken.'
Gropius keek Felicia vragend aan.
'Begrijp me alstublieft niet verkeerd,' zei Felicia, 'ik wil gewoon niet weten wat erin staat. Misschien vindt u een aanwijzing naar iets wat ons verder kan brengen.'
De professor vond het moeilijk om het zwarte boekje aan te nemen en in het leven van Schlesinger te gaan bladeren. Maar toen realiseerde hij

zich dat Schlesingers dood en zijn eigen verdere leven nauw met elkaar verbonden waren. Hij liet de dagen en weken stuk voor stuk door zijn vingers glijden. Terwijl Felicia demonstratief naar buiten keek, waar de gevel van het operagebouw oplichtte in het zonlicht, probeerde Gropius enkele notities te ontcijferen. Dat was niet eenvoudig, want Schlesingers aantekeningen waren heel slecht leesbaar en voor een groot deel zelfs in Griekse of Hebreeuwse tekens opgetekend.

'Uw man was zeer ontwikkeld; sprak hij verschillende talen?' vroeg Gropius.

Felicia knikte. 'Een stuk of zeven, acht. Soms vond hij het grappig mij briefjes te geven met onbekende lettertekens of de Arabische schrijfwijze te hanteren. Dat maakte me woedend, maar hij vond dat leuk.'

De aantekeningen op de dag waarop Schlesinger naar het ziekenhuis was gekomen, waren accuraat en behoorlijk leesbaar. Zelfs de tijd waarop de transplantatie zou plaatsvinden was aangegeven. Daarna hielden de aantekeningen op. Gropius stopte even.

'Hier staat nog iets: 23 november, vier uur, hotel Adlon, prof. de Luca. Zegt die naam u iets?'

Felicia dacht even na, toen schudde ze haar hoofd en zei: 'Nooit van gehoord. Zoals ik al zei, bemoeide ik me zelden met Arno's afspraken. Eerlijk gezegd interesseerden die me ook niet.'

Even zwegen ze, elk bezig met dezelfde vraag: Wie was deze professor de Luca? Wist hij meer over Schlesingers dubbelleven?

'We zouden het hem gewoon moeten vragen,' zei Gropius opeens en schijnbaar zonder enige samenhang.

Felicia keek Gropius aan.

'Ik bedoel,' zei Gropius, 'dat is misschien de enige kans die we hebben. Vandaag is het 21 november. Als u het goed vindt, vlieg ik overmorgen naar Berlijn om de Luca te ontmoeten.'

'Zou u dat willen doen? Natuurlijk betaal ik alle onkosten!'

'Onzin!' zei Gropius ontstemd. 'Vergeet niet dat ik er evenveel belang bij heb om deze onverkwikkelijke zaak uit te zoeken als u.'

Gropius was blij dat hij zijn gewone omgeving een paar dagen kon ontvluchten. Hij had een kamer gereserveerd in hotel Adlon en wilde die avond naar de opera. Hij had gewoon wat afleiding nodig.

Het toestel dat die middag van München naar Berlijn-Tegel vloog, zat maar half vol en de zonnige vlucht boven de dikke mist die al dagen over het noorden van Duitsland lag, was plezierig. Gropius nam een taxi vanaf het vliegveld naar het centrum van Berlijn. De taxichauffeur was een typische Berlijner die zijn hart op de tong droeg. Hij vertelde Gropius waar een man in zijn positie zich allemaal over opwond: de hoge huren ondanks de duizenden leegstaande huizen, de eindeloze omleidingen en het feit dat de stad eigenlijk failliet was.

In hotel Adlon, het beste hotel van de stad, had Gropius een kamer op de vijfde verdieping met uitzicht op de Brandenburger Tor, die na de jarenlange restauratie okergeel schitterde. Bij de roomservice bestelde hij een clubsandwich en koffie, waarmee hij een halfuurtje lekker zat te soezen in een luie stoel. Daar nam hij in gedachten nog één keer het plan door dat hij voor zijn ontmoeting met professore de Luca had gemaakt. Toen ging hij naar de foyer op de begane grond, een zonderlinge moderne constructie met een entresol en een grote jugendstilachtige glazen koepel. Links van de receptie nam Gropius bij een van de tafeltjes plaats in een paarse stoel van waaruit hij een goed uitzicht had op de entree, en wachtte wat er zou gebeuren.

Een kwartier lang, het was al ruim na vieren, gebeurde er niets. Gropius keek naar het komen en gaan van bekende en onbekende gezichten, acteurs, televisiefiguren en nobody's met veel geld. Met een vriendelijk glimlachje baande een vrouwelijke page in een donkerrode livrei en een plat hoedje op haar gladgekamde blonde haar zich een weg door de foyer. Het meisje had handschoenen aan en hield een bord omhoog met een koperen lijst eromheen. Gropius sprong op: op het bord stond met krijt geschreven: 'De heer Schlesinger, a.u.b.'

De Luca had dus geen weet van Schlesingers dood en hij, Gropius, was degene die hem daarvan op de hoogte moest stellen. Hij meldde zich bij de receptie. 'U bent op zoek naar de heer Schlesinger?'

Met een uitnodigend gebaar wees de receptionist naar een dame met donker haar en een randloze bril die naast Gropius bij de balie stond. Gropius kon zijn verwarring niet verbergen. Maar voordat hij iets kon zeggen, was de dame hem al voor en zei tegen hem: 'Meneer Schlesinger? Ik ben Francesca Colella. Ik ben hier in opdracht van professore de Luca. De professore vond het beter niet zelf te komen. Hij laat zich verontschuldigen en laat u hartelijk groeten.'

Heel even overwoog Gropius om net te doen alsof hij Schlesinger was, maar hij bedacht zich. Vooral omdat hij eigenlijk geen enkele reden kon bedenken om verstoppertje te spelen. Hij zei: 'Neem me niet kwalijk, maar ik heet Gropius. Ik ben hier in opdracht van Schlesinger.'

De Italiaanse keek ernstig; de situatie beviel haar helemaal niet. Uitein-

delijk antwoordde ze in perfect Duits, maar met een duidelijk Italiaans accent en op strenge toon: 'Ik hoop dat u een volmacht hebt.'
Deze woorden maakten Gropius wantrouwend, maar hij werd pas echt onrustig nadat ze waren gaan zitten. Dat kwam niet zozeer door de perfect gevormde benen van de signora, maar door het feit dat ze met haar linkerhand een zwart attachékoffertje vasthield dat met een ketting aan haar pols was bevestigd.
'Ik heb geen volmacht nodig,' zei Gropius zogenaamd onverschillig en voegde er in een opwelling aan toe: 'Ik ben Schlesingers zwager en zijn beste vriend.'
De signora knikte, hield daar toen mee op en vroeg: 'Wat is dat, een zwager?'
'Ik ben de broer van Schlesingers vrouw.'
'Ah, *cognato*!'
Het Italiaans van Gropius was net voldoende voor drie dagen Florence of vijf dagen Rome, en daarin kwam het woord *cognato* niet voor. Maar om een einde te maken aan de onaangename situatie zei hij beamend: 'Ja, ja, *cognato*. Heeft Arno Schlesinger het nooit over mij gehad?'
Francesca Colella legde de verzorgde vingers van haar rechterhand op haar borst en met een overdreven gebaartje, zoals alleen Italiaanse vrouwen dat kunnen, zei ze: 'Ik ken meneer Schlesinger helemaal niet. Professore de Luca heeft me alleen voor deze klus ingehuurd. Ik werk bij VIGILANZA, een beveiligingsfirma in Turijn die zich bezighoudt met het transport van kunstvoorwerpen en antiquiteiten.'
Onwillekeurig dwaalde Gropius' blik van haar linkerpols naar haar indrukwekkende boezem die maar amper door een zwarte blazer in bedwang werd gehouden. Hij vroeg zich af of haar borsten echt zo groot waren of dat ze daar een groot kaliber pistool verborg. 'O, zit het zo,' zei Gropius en kon maar met moeite zijn teleurstelling verbergen. Antiquiteiten en kunstvoorwerpen dus. Wat lag meer voor de hand dan dat Schlesinger zijn rijkdom had verworven met het smokkelen van waardevolle vondsten uit de opgravingen? Waarschijnlijk was de zaak Schlesinger toch niet zíjn zaak.
'U wilt natuurlijk eerst de spullen zien,' zei Francesca Colella alsof dat heel normaal was, en Gropius antwoordde verward: 'Ja, natuurlijk.'
'Is hier een ruimte waar we niet gestoord worden? Hebt u hier een kamer?'
'Ja,' antwoordde Gropius verbijsterd.
'Nou, waar wachten we dan nog op!' De signora stond op.

Gropius had hier geen goed gevoel over; hij had het idee dat hij in duistere zaken verstrikt was geraakt. En die zelfverzekerde Italiaanse vertrouwde hij ook niet. Hij had gehoopt iets over Schlesinger te weten te komen, en nu werd hij kennelijk betrokken bij een duistere antiquiteitensmokkel. Maar hij was nu eenmaal aan dit spelletje begonnen en moest het op de een of andere manier uitspelen.
Zwijgend liepen ze dwars door de foyer naar de liften aan de rechterkant en gingen naar de vijfde verdieping. Toen ze in de kamer van Gropius waren aangekomen, ontdeed Francesca zich met een sleuteltje van de ketting die om haar pols zat en zette het koffertje op het bureau voor het raam.
'Hebt u het geld?' vroeg de signora.
'Hoeveel?' vroeg Gropius alleen maar.
'Zoals afgesproken: twintigduizend!'
Gropius kromp onwillekeurig ineen; daarna zei hij met een pokerface: 'Laten we zeggen tienduizend!'
'Dat is niet volgens afspraak!' antwoordde Francesca fel en haar donkere ogen achter de randloze glazen fonkelden dreigend. 'Ik heb opdracht de waren alleen tegen betaling van twintigduizend euro af te geven. Ik dacht dat alles al geregeld was.'
Gropius vond de situatie tamelijk belachelijk. Hij onderhandelde over een object dat hij nog nooit had gezien en waarvan hij niet eens wist hoeveel het waard was. En dat allemaal alleen op grond van een aantekening in Schlesingers agenda.
De professor kon zijn nieuwsgierigheid naar wat er in het koffertje van de signora zat maar amper beteugelen. In haar eigen jargon vroeg hij haar: 'Mag ik de waren even zien?'
Gropius had geen enkele ervaring met duistere zaakjes; hij had dan ook verwacht dat de nuchtere signora zou aarzelen en zou zeggen: eerst het geld en dan de waren, of zoiets. Daarom was hij verbijsterd door haar antwoord. 'Maar natuurlijk', zei ze. 'U wilt immers geen kat in de zak kopen!'
Met een tweede sleuteltje opende Francesca Colella de springslotjes van het koffertje. In tegenstelling tot Gropius toonde ze hierbij geen enkel teken van opwinding. In de koffer lag een matmetalen cassette, ongeveer twintig bij dertig centimeter, die wel wat leek op een geldcassette zoals banken die gebruiken. De cassette was afgesloten met een cijferslot van zes cijfers dat aan de dunne voorkant vastzat. Gropius keek de signora vragend aan.

'De cijfercode is de geboortedatum van signor Schlesinger, voor de zekerheid, zeg maar. Op die manier heb zelfs ik geen toegang tot de waardevolle inhoud. U kent de geboortedatum van uw *cognato* toch wel?' De signora glimlachte ondeugend.
'Ja, ik bedoel nee, in elk geval niet precies,' stamelde Gropius. Hij voelde zich overvallen en vreselijk onzeker. Ja, hij begon zich nu voor het eerst af te vragen of hij wel in staat zou zijn de zaak Schlesinger in zijn eentje en zonder hulp van anderen op te lossen. Op de een of andere manier dacht hij hierdoor weer aan de gebeurtenissen thuis, waar de ene na de andere vreemde gebeurtenis plaatsvond. Maar, zei een inwendig stemmetje, was dat nu niet juist het bewijs dat al die gebeurtenissen met elkaar te maken hadden?
Besluiteloos stonden Gropius en de Italiaanse tegenover elkaar. Van het ene op het andere moment was er tussen hen een muur van wantrouwen gerezen. Toen nam signora Colella het initiatief, greep de telefoon en gaf de hoorn aan Gropius: 'Dan belt u uw *cognato* toch even op!'
Gropius knikte. Nu moest hij tijd winnen. Hij voelde zich in het nauw gedrongen en kwam op een idee: hij toetste zijn eigen nummer in en wachtte ogenschijnlijk geduldig. Na een tijdje zei hij: 'Het spijt me, maar er wordt niet opgenomen.' Ondertussen had hij iets bedacht en zei: 'Ik stel voor dat we onze deal naar morgen verschuiven. Dan weet ik met welke code het cijferslot kan worden geopend en dan neem ik intussen nog even contact met professore de Luca over de prijs.'
Met getuite lippen en haar ogen naar het plafond gericht, alsof dat wat ze net had gehoord haar hoofdbrekens bezorgde, antwoordde Francesca Colella: 'Dat is weliswaar tegen de afspraak, maar aan de andere kant zie ik nu ook geen andere mogelijkheid.'
'Logeert u in een ander hotel?' vroeg Gropius voorzichtig.
De Italiaanse knikte en glimlachte: 'Een hotel zoals dit is veel te duur voor een koerier van waardevolle zaken! Ik hoop dat u begrijpt dat ik u de naam van mijn hotel niet vertel. Uit veiligheidsoverwegingen, uiteraard.'
Heel professioneel, dacht Gropius en keek hoe de signora de cassette weer in de attachékoffer opborg en deze weer aan haar pols bevestigde.
'Dan mag ik u zeker ook niet uitnodigen om vanavond met me te dineren... uit veiligheidsoverwegingen? Dat zou ik bijzonder prettig vinden...'
'Natuurlijk niet!' zei Francesca Colella verontwaardigd. 'Zoiets mogen we absoluut niet doen!'

Ze zei dit op een toon alsof hij haar een oneerbaar voorstel had gedaan, maar hij had echt alleen maar aan een gezellig etentje gedacht. Natuurlijk, de Italiaanse had een bepaalde geheimzinnige, strenge uitstraling die de oerinstincten van een man opwekken, maar Gropius was slim genoeg om te weten dat dergelijke vrouwen hun rol meestal niet spelen, maar leven. En wat deze strenge signora Colella betreft, die sliep vast met het koffertje aan haar pols geketend.
'Dan kan ik u alleen nog maar een prettige avond wensen,' zei hij. Daarna spraken ze af elkaar de volgende dag te ontmoeten – uit veiligheidsoverwegingen – in een gelegenheid waarvan Francesca het adres op een stuk papier krabbelde.

Gropius had helemaal geen zin meer om naar de opera te gaan. Zelfs de cabaretvoorstelling in het Europacenter die hij nooit oversloeg als hij in Berlijn was, kon hem niet verleiden zijn hotelkamer te verlaten. In plaats daarvan belde hij Felicia Schlesinger op om haar van de vorderingen op de hoogte te brengen.
Felicia had het hotel inmiddels alweer verlaten. Hij kreeg haar te pakken in haar huis aan de Tegernsee; ze huilde bijna van woede. Wolf Ingram, de baas van de Soko, had samen met een team van acht man haar huis overhoopgehaald, elk hoekje onderzocht, zelfs de badkamer en de stookkelder. Arno's werkkamer leek wel een slagveld: boeken, dossiers, losse papieren en binnenstebuiten gekeerde dozen. Ze had nooit voor mogelijk gehouden dat negen volwassen mannen zich zo konden misdragen. Bovendien was ze uitdrukkelijk akkoord gegaan met de huiszoeking, nadat Ingram haar ervan had overtuigd dat degene die achter de bomaanslagen zat het niet op haar of Gropius had gemunt. Hij had het huis in de lucht willen laten vliegen, omdat hij dacht dat daar bepaalde sporen of bewijzen van een andere misdaad te vinden zouden zijn. Geen van beide redeneringen kon haar geruststellen. Negen uur later waren ze met vijf kisten – voornamelijk dossiers en archiefmateriaal uit Arno's werkkamer – vertrokken met achterlating van een kwitantie waarop 74 objecten stonden. Ze kon zich echt niet voorstellen dat er in zijn papieren een aanwijzing voor de moord op Arno te vinden kon zijn. Of hij zelf nog succes had gehad, vroeg ze aan het einde van haar woordenvloed.
Felicia dacht dat Gropius haar voor de gek wilde houden toen hij vertelde dat hij geen positief resultaat had geboekt doordat hij de geboortedatum van Schlesinger niet kende. Toen vertelde hij haar over de gebeurtenissen van die dag, over de geheimzinnige vrouwelijke koerier

en de metalen cassette waarvan het cijferslot alleen geopend kon worden met de geboortedatum van Schlesinger. Hoewel hij het niet kon bewijzen, vermoedde hij dat Schlesinger in een gigantische antieksmokkel verwikkeld was, waarin enorme bedragen omgingen.
Terwijl ze naar zijn vertrouwde stem luisterde, probeerde Felicia Gropius' woorden in overeenstemming te brengen met gesprekken, opmerkingen en ongerijmdheden uit het verleden. Het was niet vreemd dat hij deze verdenking koesterde. Ze wist maar al te goed welke bedragen er op de kunstmarkt werden betaald en dat er een grijze markt bestond voor door de nazi's onteigend cultuurgoed en een zwarte markt voor hete objecten afkomstig van inbraken. Zelf had ze ook al eens een schilderij van Rafaël aangeboden gekregen dat twintig jaar eerder nog in een museum in Dresden had gehangen en sinds die tijd vermist was. Op elke markt zijn zwarte schapen. Waarom dan niet op de markt van opgravingen en verzamelaars van kunstvoorwerpen uit de Oudheid?
Gropius was inmiddels kennelijk in een heuse speurdersroes geraakt. Als een speurhond die een geur had opgevangen, was hij niet meer te stuiten. Toen hij vertelde over de eis van twintigduizend euro voor de cassette, probeerde Felicia hem over te halen de zaak te laten rusten of de informatie aan de politie door te spelen. Maar Gropius wees dat verontwaardigd van de hand. Ze had toch zelf gezien wat het politieonderzoek had opgeleverd: niets! Hij, Gregor Gropius, zou het bewijs vinden dat de dood van Schlesinger het werk van georganiseerde misdadigers was en dat hij daarvoor dus niet verantwoordelijk kon worden gesteld. Daarvoor was de inzet van twintigduizend euro niet te hoog.
Zo eindigde het gesprek met een lichte wanklank. Toch legde Gropius de telefoon tevreden neer. Hij had de code waarmee hij de geheimzinnige cassette kon openen: 12.10.57.

Al voor het afgesproken tijdstip verscheen Gropius de volgende dag in het restaurant dat Francesca Colella voor hem had opgeschreven. Het bevond zich onder de bogen van de S-Bahn in de Friedrichstrasse, tussen talrijke antiekwinkels van verschillende kwaliteit. Hier waren antieke boeken en tijdschriften en oud hang- en sluitwerk voor meubels te koop, maar ook kostbare jugendstillampen, oude schilderijen, historische valiezen en dito golfbenodigdheden.
In een andere situatie zou Gropius hier een halve dag hebben doorgebracht; hij hield van allerlei soorten antiek. Maar nu gaf hij er de voorkeur aan de weg te vragen tot hij het restaurant had gevonden. Het res-

taurant, een geliefde ontmoetingsplaats, was bijzonder origineel ingericht. Aan de muren en zelfs aan het plafond hingen talloze oude spiegels en reclameborden die Nivea, Persil, Maggi en 4711 aanprezen. Witte bolle lampen uit de vorige eeuw wierpen een gedempt licht op de ouderwetse tafels en stoelen. Er zaten bebaarde mannen in eigenzinnige kleding op wie de tijd duidelijk zijn sporen had gedrukt. Alsof ze iets belangrijks te verkondigen hadden, zaten ze met opvallend mooie meisjes die hier als verkoopster werkten, luidkeels te praten over voordelige nieuwe aankopen of goede zaken die ze hadden gedaan. Het rook er naar oude rook en naar de knoflook die de boleten waar het restaurant beroemd om was het juiste aroma gaf.

Gropius ging zitten aan een langwerpige blankhouten tafel helemaal achterin. Hij bestelde een Berliner Weisse mit Schuss, Waldmeister natuurlijk. Hij vroeg zich af waarom de Italiaanse uitgerekend dit restaurant had gekozen. Om de paar minuten begon de zaak te schudden alsof er een aardbeving met een kracht van 4 of 5 plaatsvond, wanneer de trams van de S-Bahn over de bogen denderden. Maar dat leek de figuren die hier hun dagen doorbrachten niet te storen. Francesca Colella was voor hem sowieso een raadsel. Op een bepaalde manier had hij respect voor haar gedrag. Terwijl hij zich hoogst ongemakkelijk voelde in zijn rol en zijn wantrouwen tegenover een wildvreemde die zijn leven binnendrong moest intomen, leek de Italiaanse gewend aan dit soort situaties. Ze bezat de kalmte van een postbode die zich totaal niet interesseert voor de inhoud van zijn post. Maar waarschijnlijk wist ze heel goed wat er in haar koffertje zat, en dit was zeker niet haar eerste opdracht. Gropius vroeg zich zelfs af of de signora echt voor die veiligheidsdienst werkte en of ze niet toch een nauwere relatie had met professore de Luca.

De naam van de professore in de agenda van Schlesinger was de enige aanwijzing die hij had. Kennelijk hadden de Luca en Schlesinger een overeenkomst gesloten. Maar waarom kwam de professore niet zelf en stuurde hij in plaats daarvan een wereldwijze, aantrekkelijke vrouw?

Hoe langer hij over de vorige dag nadacht, hoe meer hij zich realiseerde dat hij zich niet zo gepast gedragen had. Waar was zijn zelfverzekerdheid, zijn ongedwongen manier om met mensen om te gaan? Deze koele signora had hem behoorlijk geïntimideerd. Nu ergerde het hem dat hij zo onzeker, verward en aarzelend had gereageerd.

Er was ongeveer een halfuur verstreken. In die tijd had hij onrustig zitten wachten, elke vrouw die binnenkwam bekeken en geschrokken gereageerd als de telefoon achter de bar overging. De pikante geur van boleten die al enige tijd in het restaurant hing, maakte hem hongerig. Hij bestelde twee frikadellen met aardappelsalade. Het meisje dat zijn bestelling opnam, had lang blond haar tot op haar billen en een lang wit schort tot op haar enkels. Gropius keek haar na en vroeg zich af of ze mooie benen had. Zenuwachtig speelde hij met het briefje waarop hij de cijfercode had geschreven om de geheimzinnige cassette te openen. Toen kwam het meisje weer naar zijn tafel toe en vroeg: 'Bent u meneer Gropius?'

Hij keek geërgerd op. 'Ja, waarom?'

De blondine met haar lange schort legde een vel papier voor hem op tafel. 'Een fax voor u!'

'Voor mij?' Verbaasd pakte Gropius het papier op en las:

Signore! Ik geloof niet dat u bent wie u voorgeeft te zijn. Als de heer Schlesinger nog steeds in deze deal geïnteresseerd is, dan kan hij rechtstreeks contact opnemen met professore de Luca. Francesca Colella.

Er waaide een koude wind over Unter den Linden, waardoor de ahornbladeren die de herfst midden op de grote laan had achtergelaten opvlogen van de grond. Gropius gaf er de voorkeur aan om te voet terug te gaan naar zijn hotel. Hij vond de wind wel prettig om zijn hersens op te frissen; alweer waren zijn gedachten op een dood spoor geraakt. Zo langzamerhand begreep hij dat hij te maken had met een macht waar hij nauwelijks tegenop kon. Bovendien werd hij overvallen door een onbehaaglijk gevoel, de vrees dat hij door zijn solotrip nog dieper in duistere praktijken verstrikt zou raken.

Met zijn handen diep in zijn jaszakken slenterde Gropius over de zanderige middenberm, toen de wind een stofwolk in zijn gezicht blies. Met de rug van zijn hand probeerde hij de tranen die hierdoor in zijn ogen sprongen weg te vegen. De cafés en de chique winkels aan weerszijden van de schitterende straat vervloeiden als weerspiegelingen in een waterput. Daardoor had hij niet meer dan een vaag beeld van de man die al een tijdje rechts van hem liep. Ook het feit dat hij steeds op dezelfde hoogte bleef lopen, stoorde hem niet. Tot de man opeens iets zei: 'Professor Gropius? Nogal koud vandaag, vindt u niet?'

Hoewel ietwat onzeker geworden doordat de man hem plotseling aansprak, liep Gropius door. Hij wist niet wat hem overkwam en ook niet hoe hij moest reageren. De ene vraag na de andere vloog door zijn hoofd: Hoe kende deze onbekende zijn naam? En als hij hem kende, waarom koos hij dan voor deze ongebruikelijke manier om contact met hem te leggen? Hoe wist deze man trouwens dat hij, Gregor Gropius, op dit moment over Unter den Linden slenterde? Werd hij dag en nacht geschaduwd? Door wie en met welke bedoeling? Was datgene waar hij bang voor was geweest, soms al aan de gang?

Zonder te blijven staan keek Gropius de onbekende van opzij aan: een kleine, gedrongen man met dun, maar lang donker haar dat hij zorgvuldig naar één kant had gekamd. Zijn gezicht was opvallend bleek en contrasteerde sterk met zijn zwarte kleren. Voor een man van zijn lengte droeg hij een veel te lange jas, wat zijn manier van lopen een bijna grappige statigheid verleende. Hij wekte geen onsympathieke indruk, maar hij was zeker geen man aan wie Gropius op straat de weg zou hebben gevraagd.

'Wat wilt u?' vroeg hij ten slotte, nadat hij het uiterlijk van de man had geregistreerd, en om niet de indruk te wekken dat de man hem bang had gemaakt.

'Ach, niets bijzonders,' antwoordde de onbekende, 'ik heet trouwens Rodriguez.'

'Ik hoop niet dat u nu verwacht dat ik zal zeggen: prettig kennis te maken!' mompelde Gropius geïrriteerd en versnelde zijn pas als om Rodriguez af te schudden.

Maar de kleine, in het zwart geklede man hield opgewekt gelijke tred met hem en zei boven de wind die van de Brandenburger Tor in hun richting waaide uit: 'Ik wil u waarschuwen, professor Gropius. U moet stoppen met uw onderzoek in de zaak Schlesinger. Zijn dood heeft niets met u te maken en uw kans om de zaak op te helderen is vrijwel nihil.'

Eerst had Gropius het niet gemerkt, maar nu wist hij het heel zeker: die donkere stem en die langzame manier van praten – precies zo had die onaangename stem geklonken die hem vlak na de dood van Schlesinger telefonisch had gewaarschuwd. Het liefst was hij het mannetje naar de strot gevlogen. Hij wilde weten voor wie hij werkte en waarom Schlesinger dood moest, maar een schijnbaar bijkomstige gedachte hield Gropius tegen: tot nu toe had hij gedacht aan toeval, maar nu verwierp hij die gedachte. Al een tijdje, sinds deze Rodriguez naast hem dribbelde, reed er op de rechterrijstrook van de laan een donkere limousine met verduisterde ramen stapvoets naast hen. Gropius deed net alsof hij die auto niet zag en liep doelbewust door, maar hij had een onbehaaglijk gevoel.

'Deze zaak zal nooit worden opgehelderd,' zei de onbekende en keek ondertussen vrij onaangedaan voor zich uit.

Gropius kon zijn woede amper verbergen. 'Wilt u daarmee zeggen dat ik de smet die mijn naam aankleeft, nooit zal kwijtraken? Luister eens, wie u ook bent, u noch een of andere organisatie kan mij beletten mijn onschuld te bewijzen!'
De man keek Gropius met een medelijdend glimlachje aan. 'Wist ik maar hoe ik u dat uit uw hoofd kon praten. Anders bent u zo verstandig, maar nu gedraagt u zich als een Don Quichot.'
'Die vocht tegen windmolens, voorzover ik weet!'
'Juist. En u weet hoe die strijd is afgelopen.'
Inmiddels hadden ze hotel Adlon bereikt, waar op dat moment een ouder wordende popster door een groep krijsende meisjes werd ontvangen. Gropius draaide zich om; maar Rodriguez was al verdwenen. Hij kon nog net zien dat de donkere limousine snelheid meerderde en wegreed.
Op weg naar zijn kamer op de vijfde verdieping kreeg Gropius een naar voorgevoel. De lift had ongelooflijk veel tijd nodig om zijn doel te bereiken. Gropius liep met snelle passen door de gang naar zijn kamer, duwde de sleutel in het slot, drukte de deur opende en deed het licht aan. Hij aarzelde om zijn kamer in te gaan. Al dagenlang beeldde hij zich dingen in, dingen die meer dan eens bewaarheid waren. Nu beeldde hij zich in dat er tijdens zijn afwezigheid iemand zijn kamer was binnengekomen. Natuurlijk waren zijn zenuwen gespannen, natuurlijk was het moeilijk om de ongerijmdheden die sinds kort zijn leven bepaalden te plaatsen. Beheers je! zei hij tegen zichzelf en hij liep zijn hotelkamer in.
Nu het licht aan was, zag de kamer er behaaglijk uit, zonder schaduwen, zonder iets angstaanjagends. Gropius bleef staan en luisterde. De herfstwind blies tegen het raam en in de badkamer hoorde hij de verlichting zoemen. Met een ruk duwde hij de deur naar de badkamer open. Er was een handdoek van het rek gegleden. Een verraderlijk spoor? Gropius deed de muurkast open. Hij vroeg zich af of hij het overhemd niet andersom had opgehangen, maar wist het niet zeker. Ook de pilotenkoffer, waarin hij zijn spullen had gepakt, vertoonde geen sporen.
Gropius ademde diep in en perste de lucht met kracht weer uit zijn longen. Hij huilde bijna, niet van verdriet maar van vertwijfeling. Hij had zich veilig gewaand in Berlijn, in deze stad met drie miljoen inwoners, ver weg van de geschiedenis die hem zo aangreep. Nu voelde hij zich meer bespied dan ooit tevoren. Hij pakte de telefoon en zei zacht: 'Wilt u mijn rekening opmaken? Ik vertrek, nu meteen.'

5

Gropius reed vanaf het vliegveld van München rechtstreeks naar Felicia aan de Tegernsee. Hij leefde nu al zevenentwintig dagen onder hoogspanning. Hij wist al helemaal niet meer hoe het zonder deze continue angst en onrust ging. Soms leek het wel alsof er een spijker in zijn hoofd werd rondgedraaid, waardoor herinneringen, gebeurtenissen en vermoedens samenvloeiden tot een stroperige brij.

Toen Gropius arriveerde, had Felicia de ergste sporen van de huiszoeking al opgeruimd. In de portefeuille van haar man die ze van het ziekenhuis had gekregen, had ze ook een briefje met een telefoonnummer gevonden. Omdat er geen naam bij stond, had ze eerst geen bijzondere aandacht aan dat briefje geschonken, maar toen had het telefoonnummer uit Monte Carlo haar nieuwsgierigheid gewekt. En ze had opgebeld. Ze zweeg veelzeggend.

'En?' vroeg Gropius ongeduldig. Na twee behoorlijk frustrerende dagen in Berlijn, die hem radeloos hadden gemaakt in plaats van een bijdrage te leveren aan de oplossing van dit raadsel, waren zijn zenuwen niet meer tegen een langdurige foltering opgewassen. 'En, wie nam er op?'

'Het dienstmeisje van ene dr. Fichte.'

'Fichte? Onze Fichte? Dan kan niet.'

'Het dienstmeisje zei dat dr. Fichte in München was. En of ik mevrouw wilde spreken. Ja, zei ik, graag. Toen kwam er een vrouw aan de telefoon. Ik vroeg weer naar dr. Fichte en de vrouw antwoordde in slecht Duits, ze was waarschijnlijk een Française, dat dr. Fichte in München bereikbaar was en gaf me een telefoonnummer in München. Toen heb ik opgelegd. Ik heb dat nummer gekozen en raad eens wie er opnam?'

'Geen idee!'

'Mevrouw Fichte! Tenminste, ze beweerde dat ze mevrouw Fichte was. Dit is het nummer.'

Gropius wreef met zijn hand over zijn gezicht en kreunde. Dit was een beetje veel allemaal tegelijk, nee, het was domweg té veel!

Nadat hij even had nagedacht, schudde Gropius zijn hoofd en zei: 'Hoofdarts dr. Fichte? Die voorbeeldige man, dat brave burgermannetje par excellence, die bekrompen muggenzifter? Nee, dat geloof ik niet.'

Felicia haalde haar schouders op. 'In elk burgermannetje schuilt een levensgenieter!'

'Maar Fichte toch niet! Fichte in Monte Carlo, dat is zoiets als een Eskimo in Copacabana of een kardinaal in een bordeel. Hoewel...'
'Hoewel?'
'Nou ja, als ik eraan denk dat ik Prasskov en Fichte samen heb gezien en dat er kennelijk verband bestaat tussen Prasskov en de orgaanmaffia, dan begin ik toch aan mijn overtuigingen te twijfelen. Heb ik me dan zo in Fichte vergist?'
Het kostte Gropius de grootste moeite om zich te verzoenen met het idee dat zijn hoofdarts misschien een heel andere rol speelde dan hij tot nog toe had gedacht. In elk geval leidde hij een dubbelleven. Zelfs voor een kunstenaar was het moeilijk om het gezicht van een brave ziel om te toveren tot een duivelstronie. Dus toch? Fichte een handlanger van de orgaanmaffia?
Felicia volgde de gedachtegang van Gropius alsof ze de rimpels in zijn voorhoofd lezen kon. Na een kort stilzwijgen vroeg ze: 'Maar bij Arno is toch een legaal ter beschikking gesteld orgaan geïmplanteerd? Vertel me de waarheid, professor!'
'Ja natuurlijk, wat denkt u wel!' antwoordde Gropius geïrriteerd. 'In mijn positie is het helemaal niet nodig om me in te laten met duistere zaakjes. Nee, uitgesloten. Dat is absoluut absurd!'
'Nou ja, ik vroeg het me alleen af,' zei Felicia verontschuldigend. 'Zoals we nu weten, had Arno genoeg geld. Hij had op de zwarte markt een lever kunnen kopen, zelfs als die een miljoen had gekost. Dat had ik hem niet kwalijk genomen, gezien het tekort aan donororganen. Hij wilde leven.'
Gropius zei boos: 'Zoiets is ondenkbaar in een Duits ziekenhuis. Arno Schlesinger is geselecteerd door het toewijzingssysteem ELAS, de weefselkenmerken van donor en ontvanger waren bekend en hij had de noodzakelijke urgentiegraad.'
Felicia voelde zich terechtgewezen en zweeg.
Daar was het weer, het wantrouwen dat steeds weer tussen hen opdook zodra er problemen waren. Eigenlijk hadden ze bondgenoten moeten zijn, samengebracht door een gezamenlijk probleem. Maar de onzekerheid over de vraag in hoeverre ze de ander echt konden vertrouwen, zorgde voor een verwijdering. Zo liet elk zijn gedachten de vrije loop. Felicia wilde niet begrijpen dat Gropius onverrichter zake uit Berlijn was teruggekeerd; ze vermoedde dat er toch iets was wat hij voor haar verzweeg. En Gropius vond het moeilijk te accepteren dat hij geen resultaten had geboekt. Hij baalde ervan dat Felicia met het vinden van één enkel telefoonnummer meer had bereikt dan hij met zijn uitgebreide naspeuringen.

Nog vol zelfmedelijden, een eigenschap die hem tot dan toe volledig vreemd was geweest en die hij bij anderen steeds had veracht, schoot hem iets te binnen. Helemaal bezeten door zijn inval stond hij op, mompelde een korte groet en reed naar huis.

Bij de inlichtingendienst in Pullach heerste een gespannen sfeer. Laat in de middag had SIGINT weer een e-mail onderschept waarvan de tekst normaal gesproken zeker niet de aandacht van Afdeling 2 zou hebben getrokken. Maar de code IND waarmee ook dit elektronische bericht was ondertekend en die Heinrich Meyer, de baas van Signal Intelligence, inmiddels in zijn zoekmachine had opgenomen, deed de alarmbellen rinkelen.

Meyer, zoals altijd gekleed in een grijs pak, kon zich niet inhouden en grijnsde zelfvoldaan toen hij even na vijf uur 's middags de onderschepte e-mail naar de monitor van Ulf Peters stuurde. Peters, de baas van Afdeling 5, Strategisch onderzoek, was officieel verantwoordelijk voor deze zaak en had zijn tanden al stukgebeten op de code IND. Hij had alle mogelijke sporen onderzocht, van bedrijfsspionage via drugshandel tot internationaal terrorisme. Peters was echt een taaie, iemand die het er niet zo snel bij liet zitten, maar in deze zaak had hij het bijna opgegeven, ontmoedigd, vertwijfeld bijna. Hij had er domweg geen zin meer in om zich bezig te houden met een probleem dat later misschien gewoon onschuldig zou blijken te zijn. Hij hoopte stiekem dat de zaak zou doodbloeden, net als twee derde van alle onderschepte berichten.

Maar zijn hoop kwam niet uit. Mismoedig op zijn ellebogen leunend las hij de volgende tekst op zijn beeldscherm:

E-mail 16 uur 20. IND *Ziekenhuis* MUC
Wachten nog steeds op gereedmelding. Hebben de indruk dat er te veel speurders op de wereld zijn. Wellicht zinvol die met zacht geweld te verwijderen. Het doel heiligt de middelen. IND

Peters trommelde met zijn nagels op het tafelblad. 'IND, IND,' herhaalde hij fluisterend, terwijl hij onafgebroken naar het beeldscherm bleef staren.

Vlak daarna stak Meyer zijn grijzende hoofd om het hoekje van de deur.

'En?' vroeg hij uitdagend, nadat hij de deur achter zich had gesloten.

'Hoezo "en"?' vroeg Peters gespannen.

'Ik bedoel, hebt u al een spoor, een aanknopingspunt?'

Peters las de tekst op zijn beeldscherm voor de zoveelste keer, langzaam, woord voor woord, als een gebed, alsof hij de tekst uit zijn hoofd wilde leren. Ten slotte wees hij met zijn wijsvinger naar de woorden 'zacht geweld'.
Meyer knikte. 'Het is mijn werk natuurlijk niet, maar het is ook niet verboden... om mee te denken, bedoel ik. De woorden "zacht geweld"...'
Peters viel hem in de rede: 'Ik weet het. Die formulering wijst inderdaad op de eerbiedwaardige firma.'
'De maffia dus.'
'Vroeger noemden de heren het "omleggen"; tegenwoordig zijn ze veel voornamer en hebben ze het over "zacht geweld", maar ze bedoelen hetzelfde. Ik heb het gevoel dat we onze borst wel nat mogen maken!'
'En de code IND?'
'Dat is geen code, tenminste niet in de zin van een geheime organisatie. Door middel van computeranalyse hebben we een lijst gemaakt van alle denkbare, vooral alle logische woordcombinaties in het Duits en het Engels. De uitkomst was buitengewoon: van de meer dan duizend mógelijke combinaties meldde het systeem ongeveer honderd combinaties waarvan de betekenis bekend is: onderverdeeld in de categorieën terrorisme, drugs, handel en economie bleef er niet één zinvolle afkorting over. Sorry, misgegokt!'
Meyer keek bijna walgend naar zijn beeldscherm; hij kneep zijn ogen tot spleetjes en trok zijn neus op. 'En net als bij de eerste e-mail is het woordgebruik in deze kringen absoluut ongebruikelijk. Dit lijkt meer op het telegram van een boze schoonmoeder.'
'Maar dat is het zeker niet!'
'Natuurlijk niet. Het moet hier gaan om een organisatie die zich absoluut veilig waant. De afzender is, net als de eerste keer, een mobilofoon of een mobiele telefoon in het westelijk deel van de Middellandse Zee, en de ontvanger een dependance van het ziekenhuis.'
Peters lachte verbitterd. 'Zoals ik al zei, dit zijn ijskoude profs. Die plegen een totaal nieuwe soort misdaad.'
'Hebt u het over meer mensen, Peters?'
'Nou ja, in de eerste e-mail stond geen persoonlijk voornaamwoord waaruit je kon concluderen of er sprake was van één of meer afzenders. Maar de geadresseerde werd met "jij" aangesproken. Hier,' Peters wees naar zijn beeldscherm, 'in dit geval is het precies andersom. De geadresseerde wordt helemaal niet aangesproken, terwijl de afzenders het hebben over "wachten" en "hebben de indruk", de meervoudsvorm dus. Met

andere woorden, we hebben in het ziekenhuis vermoedelijk te maken met één slaper die waarschijnlijk wordt aangestuurd door een organisatie die in Spanje is gevestigd.'
'Nou ja, in elk geval iets nieuws,' zei Meyer lichtelijk sarcastisch. 'Hoe wilt u dit verder aanpakken?'
'Allereerst zullen we het woordgebruik van de nieuwe mail analyseren en met de eerste vergelijken. En daarna gaan we samen bidden, opdat die fijne heren nog veel e-mails versturen die ons op hun spoor brengen.'
'Laat me dan weten hoe laat.'
'Wat bedoelt u?'
'Het tijdstip waarop u gaat bidden, Peters! Ik wil graag meedoen!'

Rita was er gewoon altijd als je haar nodig had. Vaak schaamde Gropius zich dan ook voor zijn egoïstische gedrag. Natuurlijk, hij was altijd eerlijk tegen haar geweest en had haar geen hoop gegeven dat hun verhouding ooit nog eens een serieuze relatie kon worden. Maar het roodharige meisje van de röntgenafdeling leek tevreden met de situatie zoals die was en als hij haar 'the sexiest girl in the world' noemde, was ze gelukkig. Misschien hoopte ze ook dat ze Gropius na een tijdje van mening kon doen veranderen. Er zijn nu eenmaal vrouwen die geen man ter wereld verdient.
Toen Rita na zijn telefoontje bij Gregor thuis kwam, had ze eigenlijk verwacht dat ze samen de nacht zouden doorbrengen. Daarom kon ze haar teleurstelling niet verbergen toen Gropius haar inwijdde in zijn plannen. Hij had een kopie nodig van de wachtlijst van ELAS, het Eurotransplant Liver Allocation System, en in het bijzonder een lijst van urgentiegraad T2 tot en met T4, die betrekking had op het zuidelijke deel van Duitsland. Dat klonk ingewikkeld, maar kon eenvoudig op elke computer van het ziekenhuis worden opgeroepen met de code PUGH. Toch vroeg hij Rita deze opdracht zo onopvallend mogelijk uit te voeren.
De volgende dag kwam Rita bij Gropius, gekleed in een adembenemend strak groen truitje, dat een normale man helemaal gek zou maken. Maar Gregor was al een hele tijd niet meer normaal en had dan ook – wat Rita natuurlijk niet ontging – alleen maar oog voor de computeruitdraai. Hierop stonden ongeveer driehonderd namen, adressen, telefoonnummers, urgentiegraden en punten. Driehonderd verschillende mensen van wie velen een afschuwelijk lot zouden ondergaan, omdat er te weinig donororganen beschikbaar waren.
Er waren maar twee manieren om van deze lijst geschrapt te worden, en die hadden niet meer van elkaar kunnen verschillen. Manier één: door

een succesvolle transplantatie. Manier twee: door overlijden omdat er geen orgaan beschikbaar was.
Gropius wist dat hij maar een kleine kans had, maar het idee leek ook niet onmogelijk. Hij liep de alfabetische lijst door, tot zijn blik opeens bleef steken bij nummer 27: Werner Beck, geboren in 1960, adres: Wiesensteig 2 in Starnberg, urgentiegraad T2. Werner Beck? Gropius bleef even verbaasd zitten: de fabrikant van zuurkool-in-blik en minnaar van Veronique?! Gropius wist dat Beck een gigantische villa bewoonde aan de Starnberger See. Het verbaasde hem niet alleen dat Becks naam op de wachtlijst stond, maar vooral dat hij urgentiegraad T2 had. T2 betekende acute decompensatie, dus dat de lever helemaal niet meer functioneerde. Een man met T2 was slechts een halve man of zelfs dat niet. En met zo iemand had Veronique een verhouding?
Inmiddels had Gropius een neus voor ongerijmdheden ontwikkeld, en dit was een situatie die een hele serie vragen opwierp. Dus stapte hij in de oude Japanse terreinwagen die Veronique aan hem had overgelaten en nam de snelweg in zuidelijke richting. De late herfst liet zich nog één keer van zijn goede kant zien en deed de Alpen oplichten. Na een rit van tien minuten verliet Gropius de snelweg, sleepte zich door de file in de drukke plaats die meer miljonairs telt dan welke andere Duitse stad ook, en vond na even zoeken de Wiesensteig. Het was een voorname straat met schitterende landhuizen en meteen aan het begin huisnummer 2.
De hoge smeedijzeren poort stond open en op het gazon dat, onderbroken door hekken en lage bomen, het huis van één verdieping omzoomde, stond een oude, voornaam geklede butler. Hij was bezig de witte tuinmeubels te verzamelen en voor de kelderdeur op te stapelen. Op de oprit stond een groene Bentley Azure geparkeerd, een auto die zelfs in deze omgeving bewonderende blikken trok.
Ook Gropius vond die zware wagen prachtig en daardoor merkte hij niet dat de eigenaar achter hem opdook: 'Pardon, u wenst?'
De professor schrok toen hij de man zag die zonder twijfel Beck was. Hij schrok, omdat hij een sportieve jongeman had verwacht, zelfs een paar jaar jonger dan hijzelf. Maar voor hem stond een vroeg oud geworden, afgetobde man met weinig haar, een gegroefd gelaat en een ingevallen borstkas; een man getekend door een ernstige leverkwaal. Hij lette niet op hem en zette zijn golftas op de achterbank van de Bentley. Gropius zei tegen hem: 'Meneer Beck? Ik ben Gregor Gropius.'
Beck verstijfde; het duurde een hele tijd voordat hij het openstaande portier van zijn auto dichtsloeg en toen bot vroeg: 'Ja, en?'

Nu pas realiseerde Gropius zich dat hij op geen enkele manier was voorbereid op een gesprek met de minnaar van zijn vrouw. Daarom antwoordde hij even ongepast als hulpeloos: 'Ik heb het genoegen gehad mijn vrouw aan u af te staan.'
'Ach,' antwoordde Beck en hij bekeek Gropius van top tot teen. 'Die had u beter kunnen houden, echt!' Niet onder de indruk sloeg hij het zijportier dicht en liep naar de andere kant van de auto.
Gropius zei verbluft: 'Ik begrijp u niet.'
'Wat is daaraan te begrijpen?' zei Beck grimmig. 'Het is uit. En niet pas sinds gisteren!' Toen barstte hij opeens los: 'Toen het ontzettend slecht met me ging, toen de dokters me niet meer dan een halfjaar gaven, deed Veronique net alsof ik haar grote liefde was. Helaas begreep ik veel te laat dat het haar alleen om de erfenis te doen was. Misschien had ik vaker in de spiegel moeten kijken, dan had ik wel begrepen dat ze niet mij wilde maar alleen mijn geld. En toen mijn nieuwe leven begon, was het al snel afgelopen met de liefde...'
'Wat bedoelt u met "toen mijn nieuwe leven begon"?'
Beck kromp in elkaar en zei toen ongegeneerd: 'Ik zou niet weten wat u dat aangaat. We hebben niets met elkaar te maken. Hou me niet langer op, ik moet naar de golfbaan!'
Gropius kon zich heel goed voorstellen dat hun onverwachte ontmoeting pijnlijk was voor Beck. Hij nam het hem niet eens kwalijk toen Beck zonder te groeten in zijn Bentley stapte en met loeiende motor wegreed. Auto's moeten het vaak ontgelden als hun bezitters zich gekwetst voelen.
In de tuin was de butler nog steeds bezig. Hij had hun gesprek vanuit de verte bekeken, zonder te horen waar het over ging. In de hoop van hem meer over zijn baas te weten te komen liep Gropius naar de oude man toe en begon een nietszeggend praatje. De butler gaf plichtsgetrouw beleefd antwoord, tot hij ten slotte vroeg: 'Kent u meneer Beck?'
'Ja, via een gemeenschappelijke kennis. Ik heb gehoord dat het nu weer goed met hem gaat, ik bedoel qua gezondheid!'
'Gelukkig wel! Het was afschuwelijk om meneer Beck elke dag meer af te zien takelen.'
'Zijn lever, hè?'
De butler knikte peinzend en zei met zijn blik naar de grond gericht: 'Een zware operatie, maar het is allemaal goed gegaan. Meneer Beck is tenslotte nog jong.'
'En duur!'
'Wat bedoelt u?'

'Nou ja, niet alleen een zware operatie, maar ook een dure.'
Toen lachte de butler, legde zijn hand plat op zijn buik en zei: 'Meneer Beck klopt altijd met zijn hand op zijn buik en zegt dan: Carl – ik heet Carl – hier heb ik een half huis zitten.'
'Zo duur?' vroeg Gropius verbaasd.
De butler maakte een afwijzend gebaar. 'Gelukkig was hij geen arme man; meneer Beck kon zich wel een nieuwe lever permitteren. Maar een arme sloeber als ik zou ellendig aan mijn einde komen. Zo is het leven.'
Carl maakte aanstalten om weer aan zijn werk te gaan. 'Neem me niet kwalijk.'
'Weet u waar meneer Beck geopereerd is?' vroeg Gropius toen.
De butler bleef staan, draaide zich om en keek Gropius argwanend aan. 'Waarom wilt u dat weten?'
'Het interesseert me gewoon, verder niets.'
De zojuist nog zo vriendelijke man wierp zijn hoofd naar achteren, liet zijn oogleden zakken en zei afwijzend: 'Mijnheer, het is me niet toegestaan over het privéleven van meneer Beck uit te wijden. Ik heb al te veel gezegd. En nu verzoek ik u dringend het terrein te verlaten.'
'Al goed,' zei Gropius kalmerend, 'het is ook niet zo belangrijk.'
Gropius draaide zich om en vertrok. Hij had genoeg gehoord... meer dan genoeg zelfs. Veronique was een op geld beluste vrouw.

Er heerste een opgewonden stemming bij het recherchebijstandsteam in de Bayernstrasse. Ingrams kantoor leek wel op het stoffige archief van een geleerde. In de hoek stond een ficus en voor het raam een paar cactussen. Alle 74 stukken die ze uit Schlesingers werkkamer hadden meegenomen – dossiers, tekeningen, plannen en papieren – lagen verspreid over tafels en de vloer of waren met punaises op muren en kasten geprikt. Daaronder hing een krantenknipsel met de kop: 'Geheimzinnige dood in universiteitsziekenhuis'. Een stuk of zes volwassen mannen probeerden, deels onverstaanbare woorden mompelend, iets uit de veelheid van paperassen te weten te komen dat antwoord gaf op de vraag: Waarom was Arno Schlesinger op zo'n ongebruikelijke manier vermoord?
Wolf Ingram, de baas van de Soko Schlesinger, verdween bijna achter de stapels papier die zich op zijn bureau hadden opgestapeld. Hij had een bijzonder slecht humeur; hij was tot de conclusie gekomen dat deze papieren hen geen stap verder brachten. Bovendien hadden ze voor het schiften van de in beslag genomen dossiers dringend een specialist nodig

gehad, die hun had kunnen vertellen dat veronderstelde afkortingen of codes als Jabrud of Karatepe onschuldige opgravingssteden waren en hun zodoende veel tijd had kunnen besparen. Het feit dat Schlesinger bij verschillende natuurwetenschappelijke instituten vondsten had laten analyseren, maakte de archeoloog ook niet bepaald verdacht. Daarom beperkte Ingram zich ertoe om uit de zee van dossiers een geografisch profiel samen te stellen waarbinnen Schlesinger zich had bewogen.
Officier van justitie Markus Renner had dus geen slechter tijdstip kunnen kiezen om gekleed in zijn donkere jas en met een zwart attachékoffertje in zijn hand de Soko te bezoeken en naar de stand van zaken te informeren. 'De minister van Binnenlandse Zaken van Beieren heeft een tussentijdse rapportage geëist!' zei hij min of meer trots, terwijl de glazen van zijn randloze brilletje dreigend glommen.
'Zo, is dat zo!' mopperde Ingram verstoord. 'Dan mag u meneer de minister vertellen dat we waarschijnlijk vier schedelfragmenten van een mens hebben gevonden!'
De jonge officier van justitie keek geïnteresseerd. 'Schedelfragmenten, dat is toch afschuwelijk!'
'Hier, kijk maar!' Wrevelig wapperde Ingram een vel papier voor Renners neus heen en weer. 'De mens van wie deze schedelfragmenten afkomstig zijn, leefde in Galilea. Schlesinger hield zich bezig met de vraag of de oorspronkelijke bezitter van deze schedel een Neanderthaler was of toch al een homo sapiens. Deze schedel kan hij trouwens bekijken in het Archeologisch Museum in Jeruzalem, onze meneer de minister!'
De mannen van de Soko barstten in lachen uit en Renner kreeg een rood hoofd. Hij zei verwijtend: 'Mijne heren, ik zou het op prijs stellen wanneer u deze zaak ernstiger opvat. Het gaat niet alleen om moord. Als zou blijken dat Schlesinger in een terroristisch netwerk was verstrikt en dat wij maar een beperkt onderzoek hebben ingesteld, zijn u en ik onze baan kwijt.'
Toen ging Ingram met zijn honderd kilo voor Renner staan en zei met zijn armen over elkaar geslagen: 'Meneer de officier van justitie! Ik heb de afgelopen dagen meer oude botten gezien dan levende mensen. U bent de eerste levende mens sinds dagen. Ik zou als opgraver in het Nabije Oosten aan de slag kunnen. U zult zich erbij neer moeten leggen dat het inbeslag-nemen van deze dossiers een schot in het duister was.'
'Het was een poging.'
'Een poging,' herhaalde Ingram verbitterd. 'Een poging die ons een halve week heeft gekost! De zaak Schlesinger heeft vanaf het begin al

dusdanig ongewone kenmerken gehad, dat de oplossing ook alleen met ongewone middelen te bereiken is.'
'Zo, en wat stelt u dan voor?' vroeg Renner hautain.
Ingram knikte alsof hij wilde zeggen: Ja, dat zou ik ook graag willen weten. Maar hij zei niets.
'Ziet u wel,' zei Renner op een arrogant toontje. Hij zette zijn bril af en begon met een witte zakdoek de glazen te poetsen. 'Ziet u wel,' zei hij triomfantelijk.
Ingram ging weer achter zijn bureau zitten en staarde naar het beeldscherm van zijn computer, een antiek model. Opeens stond hij als door de bliksem getroffen op, boog naar voren en las vanaf het beeldscherm de e-mail die hij net had ontvangen:

BND – SIGINT, *Afdeling 5 aan Soko Schlesinger, Wolf Ingram. Vanochtend om 06.50 uur werd de volgende e-mail met de code* IND *uitgefilterd. Afzender: een dependance van het Universiteitsziekenhuis München. Gericht aan Spanje, nadere gegevens onbekend. Tekst: Helaas zijn onze plannen mislukt. Dossiers en documenten in verkeerde handen. Nu moeten we rekening houden met het ergste. Nieuwe instructies s.v.p.* IND.

Ingram keek Renner met een ondefinieerbare blik aan en draaide het beeldscherm in zijn richting.
Nadat hij het bericht had gelezen, fronste de officier van justitie zijn voorhoofd en zei op zijn gewone arrogante toontje: 'Ingram, nu moeten u en uw mensen echt uw best doen. Ik wens u veel succes!'
Ingram, normaal gesproken een ingetogen, beleefde man – ook al zou je dat niet meteen denken – werd bleek. En Murau, die hem beter kende dan een van de andere collega's, wachtte angstig zijn reactie af. Hij wist wat het betekende als Ingram lijkbleek werd en nu was het niet anders.
'Jongeman,' begon Ingram, zinspelend op het jeugdige uiterlijk van zijn opponent, om meteen daarna driftig uit te vallen: 'Al sinds de samenstelling van dit Soko-team tien dagen geleden werken we ons hier uit de naad om deze zaak zorgvuldig uit te zoeken. We hebben het halve ziekenhuis overhoopgehaald, in oude matrassen zitten wroeten, kasten leeggetrokken en afvalbakken doorzocht. Geen van ons kan de geur van carbol nog verdragen. Wij hebben', hij haalde vijf dikke kartonnen dossiermappen uit zijn bureau en knalde ze voor Renner neer, 'wij hebben bijna tweehonderd personeelsleden van het ziekenhuis nagetrokken die ons heel misschien iets over het gebeurde konden vertellen. Wij hebben

de weg die het donororgaan heeft afgelegd, vanaf het moment dat het werd uitgenomen in Frankfurt tot aan het moment waarop het bij Schlesinger is geïmplanteerd, minutieus gereconstrueerd en met iedereen gesproken die met de orgaanbox in aanraking heeft kunnen komen. En nu komt u mij hier fris geschoren en in uw Boss-jasje eventjes vertellen: nu moeten u en uw mensen echt uw best doen! Wat denkt u dat wij de afgelopen tien dagen hebben gedaan, terwijl u uw dossiers van de ene kant van uw bureau naar de andere hebt geschoven? Deze zaak is nu eenmaal hoogst ongebruikelijk en niet te vergelijken met een andere. En laten we eerlijk zijn: tot nu toe weten we eigenlijk helemaal niets, niets, behalve dan dat er op een vreemde manier een man is vermoord, een man die ook met minder risico en ophef vermoord had kunnen worden. En laat ons nu met rust, we hebben het druk.'

Terwijl Ingrams mensen een halve cirkel om de officier van justitie vormden en grijnzend naar de uitval luisterden, stond de officier erbij als een poedel die een emmer water over zich heen kreeg. Maar Ingram was nog niet uitgesproken, of hij greep zijn attachékoffertje, draaide zich om en stampte naar de deur. Voordat hij die achter zich dicht knalde, zei hij zacht en met samengeperste lippen waaruit bleek hoe opgewonden hij was: 'Dit zal nog een staartje hebben! Ik ben officier van justitie en geen domme schooljongen!'

Het huis in de Hohenzollernstrasse had dringend een likje verf nodig. De gele kleur waarin het huis decennia geleden was geschilderd, was nog maar amper te zien. Het pleisterwerk rond de ramen met brede lisenen eromheen brokkelde af. Kortom, het was geen geweldig huis dat Gropius deze donderdag bezocht, maar hier woonde Lewezow.

De professor vond zijn naambordje, uit een visitekaartje geknipt en boven ongeveer dertig andere bellen naast de zijne geplakt. Er was geen intercom en dus beklom hij de acht uitgesleten trappen naar boven. Het trappenhuis was vochtig, de muren waren met gele olieverf beschilderd en uitstekende koperen schroeven op de trapleuning moesten voorkomen dat iemand die als glijbaan zou misbruiken.

Toen Gropius op de vierde verdieping op de bel drukte, hoorde hij achter de voordeur – die de Eerste Wereldoorlog had overleefd en waarin op ooghoogte een smal melkglazen ruitje zat – de wijs van 'Für Elise' tinkelen. Geen bijzonderheid trouwens, want tweederde van alle deurbellen in Duitsland speelt deze melodie, hoewel vrijwel niemand de titel kent.

Lewezow had Gropius verwacht. Zijn kleine woning bestond uit twee vertrekken met schuine wanden die in elkaar overliepen en twee zolderramen die uitkeken op de achterplaats. Het stond er vol zonderlinge meubels, zoals ze te koop worden aangeboden op de vlooienmarkten in het oosten van München. Gropius ging zitten in een grote fauteuil die hoger was dan een volwassen man met een hoed op, en stak zonder omhaal van wal.

'Zoals ik u aan de telefoon ook al heb gezegd, kom ik terug op uw aanbod om voor mij te werken!'

'Dat doet me genoegen, professor!' Lewezow maakte een lichte buiging. Hoewel het niet meer zo vroeg op de dag was, droeg hij een glanzende zijden ochtendjas en een bijpassende blauw gespikkelde sjaal. 'Als ik u behulpzaam kan zijn; dit is mijn tarievenlijst.'

Gropius keek niet naar de prijslijst; hij vouwde het papier in de lengte op en stopte het in zijn jaszak. Hij haalde een ander stuk papier uit zijn binnenzak en schoof het over de hoge tafel naar Lewezow toe. 'Dat is een lijst van ongeveer driehonderd mensen die op een donororgaan wachten. Ik verzoek u deze lijst zeer vertrouwelijk te behandelen. Ik realiseer me heel goed dat we ons hier enigszins buiten de legale paden begeven. Maar het is misschien de enige manier om uit te vinden wie er achter dit transplantatieschandaal zit. '

Lewezow hief als een slechte acteur zijn handen op: 'U kunt op mijn discretie vertrouwen, professor, en u zult tevreden zijn. Wat moet ik doen?'

'Dat is, moet ik u bekennen, niet erg eenvoudig. In eerste instantie is het de bedoeling dat u uit deze lijst die mensen zoekt die financieel in staat zijn voor een nieuwe lever een half miljoen euro te betalen. Ik neem aan dat dat er niet al te veel zullen zijn. Maar uw feitelijke opdracht is uitzoeken of iemand van hen al een transplantatie achter de rug heeft en zo ja, waar dat is gebeurd.'

Lewezow verborg zijn gezicht in zijn handen, alsof hij zich wilde verstoppen. Toen hij weer tevoorschijn kwam, zei hij peinzend: 'Dat is inderdaad geen eenvoudige opdracht. Hoeveel tijd heb ik?'

Gropius haalde zijn schouders op. 'Het gaat me er in eerste instantie om te bewijzen dat de tentakels van de orgaanmaffia tot in ons ziekenhuis reiken. Daarvoor hoeft maar één patiënt te bekennen: Ja, ik heb een orgaan gekocht en dat is daar en daar bij mij geïmplanteerd.'

'Ik begrijp het. Maar...' Terwijl hij dit zei, wreef Lewezow de duim en wijsvinger van zijn rechterhand over elkaar en zette grote ogen op. Hij was een van die mensen die elke waardigheid verliezen als het om geld gaat.

'Ja, natuurlijk!' Gropius haalde een envelop tevoorschijn en overhandigde die met een enigszins minachtende blik aan Lewezow.
'Erg vriendelijk,' zei deze onderdanig, 'zeer vriendelijk!' Gropius' geringschattende toon was hem niet ontgaan, maar het leven was geen pretje en had hem geleerd dit soort stoten onder de gordel te negeren.
'Het zal u wel lukken,' zei Gropius, maar in dit geval was de wens de vader van de gedachte. Het klonk bijna als een bezwering. Toen hij vertrok, zei hij: 'De naam Werner Beck kunt u trouwens doorhalen. Die zaak is al opgelost.' Hij verbeterde zichzelf: 'Die zaak heb ík al opgelost!'
Toen hij het huurhuis verliet, scheen de zon. Hij had zijn terreinwagen geparkeerd aan de overkant van de straat, voor een bloemenwinkel. Er dreunde een tram voorbij naar de Kurfürstenplatz en er dwarrelde een koude stofwolk achteraan. De grond trilde onder het geratel van de ijzeren wielen. Er zijn aantrekkelijker straten dan deze, dacht Gropius, in elk geval doet hij geen recht aan zijn veelzeggende naam. Hij was al bijna aan de overkant en rommelde in de zak van zijn oude regenjas naar de autosleutel, toen hij vanuit een ooghoek een donkere limousine snel op hem in zag rijden. Instinctief sprong hij opzij om de loeiende auto te ontwijken, maar slaagde daar maar ten dele in. Het voorspatbord raakte zijn dijbeen, waardoor hij achteruit tegen zijn geparkeerde auto werd gesmeten. Heel even verloor hij het bewustzijn.
Het ging allemaal zo snel dat er niet meer tot Gropius doordrong dan dit. Zijn benen trilden en hij klampte zich vast aan de buitenspiegel van zijn terreinwagen, terwijl hij voorzichtig probeerde of al zijn ledematen nog heel waren. Toen zijn hoofd weer helder was, keek hij om zich heen naar de donkere auto – natuurlijk tevergeefs. Over de straat met zijn hoogdravende naam reed het verkeer voorbij alsof er niets was gebeurd. Uitgeput ging Gropius in zijn auto zitten en liet zijn hoofd op het stuur zakken. Hij ademde zwaar; hij had het gevoel dat hij niet genoeg lucht kreeg. Zijn gedachten dwarrelden door zijn hoofd, zonder dat hij er ook maar één kon voltooien. Maar één ding wist hij heel zeker: dit ongeval was geen toeval.
Met trillende vingers draaide Gropius het contactsleuteltje om en reed weg. Hij lette niet op het drukke verkeer. Zijn rug deed pijn en zijn linkerbeen kon hij amper bewegen. Als in een droom nam hij de weg door het centrum naar huis, naar het zuiden.
Tevergeefs probeerde hij een verklaring voor het gebeuren te vinden. In gedachten liep hij verschillende keren de namen langs van degenen die

er belang bij konden hebben hem te vermoorden. Maar elk bewijs ontbrak. Hij draaide al veel te lang rond in een kringetje van verdachtmakingen, vermoedens en radeloosheid. Een toestand waar hij langzamerhand ziek van werd, onzeker, angstig, bijna hysterisch.
Achteraf wist Gropius niet meer hoe hij bij zijn huis in Grünwald was aangekomen. Hij wist alleen nog dat hij een fles bourbon aan zijn mond zette. Toen werd het zwart voor zijn ogen.

Toen hij weer bij bewustzijn kwam, had hij geen enkel besef meer van tijd. Hij had het idee dat hij in zijn slaap de telefoon of de voordeurbel had gehoord, maar misschien, dacht hij, had hij dat alleen maar gedroomd. Zijn lichaam deed pijn en het leek alsof er een ijzeren band om zijn hoofd zat. Vaag zag hij de whiskyfles voor zijn bed op de grond liggen. Dat stemde hem tot nadenken. Toen hoorde hij de voordeurbel. Dat geluid klonk afschuwelijk schril. Hij krabbelde met moeite overeind en kreunde; hij had een stekende hoofdpijn. Toen het bellen luider werd, besloot hij op te staan. Dat bleek nog niet zo eenvoudig; nu pas merkte hij dat hij volledig gekleed had geslapen. De voordeurbel rinkelde steeds harder.
Gropius liep met moeite de trap af en mopperde: 'Ik kom toch al.' Toen hij de deur opendeed, zag hij Felicia staan. Ze was buiten zichzelf.
'Waar was u al die tijd?' vroeg ze opgewonden. 'Ik probeer u al vanaf gisteren te pakken te krijgen!' Nu pas zag ze hoe afschuwelijk de professor eruitzag.
Gropius maakte een uitnodigend gebaar, maar dat mislukte enigszins: hij leek wel een zwerver die zich keurig probeerde te gedragen. 'Bourbon,' zei hij verontschuldigend, omdat hij voelde dat Felicia naar hem keek. 'Het was misschien wel iets te veel van het goede, maar er was een reden voor!'
Zo had Felicia de professor nog nooit meegemaakt, zelfs niet die keer toen hij maar net aan die bomaanslag was ontsnapt. 'Wat is er gebeurd?' vroeg ze voorzichtig. 'U ziet er echt niet goed uit.' Ze keek hem ongerust aan.
Gropius bleef maar met zijn hoofd schudden. Hij begreep zelf niet eens wat er gisteren was gebeurd. En toen begon hij, als een wild dier in de woonkamer heen en weer lopend, te vertellen: hoe hij Lewezow opdracht had gegeven de zaak van de orgaanmaffia uit te zoeken, hoe hij de straat overstak naar zijn auto en er een auto met hoge snelheid op hem afreed, hoe hij tegen zijn terreinwagen was gesmakt en even het bewustzijn had verloren.

Ontzet luisterde Felicia naar zijn verhaal. Gregors ongerustheid maakte ook haar bang, maar toch probeerde ze een manier te vinden om hem gerust te stellen. 'Eigenlijk ben ik hier gekomen om mijn excuses aan te bieden,' zei ze om hem af te leiden.

'Excuses? Waarvoor?' Gropius bleef midden in de kamer staan en keek Felicia aan op een manier waardoor je medelijden met hem kreeg.

'Eergisteren, uw overhaaste aftocht! Ik begrijp wel dat u geïrriteerd was omdat ik u niet vertrouwde. Het moet u bijzonder hebben gekwetst toen ik u vroeg of alles volgens de regels is gegaan tijdens de operatie van mijn man. Neem me niet kwalijk!'

Felicia liep naar Gropius toe, nam zijn handen in de hare en keek hem ernstig aan. Net zoals die keer in het hotel, toen ze onverwachts in elkaars armen waren gevallen, voelde Gropius opeens een elektriserende aantrekkingskracht van haar uitgaan. Maar in tegenstelling tot die keer durfde hij haar niet te omarmen. Hij had nog niet in de spiegel gekeken, maar kon zich wel voorstellen hoe hij eruitzag. Verlegen wendde hij zijn hoofd af.

'Het is al goed,' mompelde hij. 'Ik was niet boos op u, echt niet. En nu moet u me even verontschuldigen, want ik moet dringend onder de douche.'

Terwijl Gropius probeerde zijn kater te verdrijven met afwisselend koud en heet water, ging Felicia in de keuken op zoek naar iets eetbaars waarvan ze een soort ontbijt zou kunnen toveren. Zowel de keuken als de voorraad vertoonden de typische kenmerken van een verlaten echtgenoot: een paar blikjes, maar vooral ontbrekende zaken. Het was dan ook bijna echt tovenarij wat Felicia binnen korte tijd in de eetkamer op tafel zette.

De koffie rook heerlijk, net als het geroosterde brood. Verder stonden er twee gekookte eieren, een pot honing en cornedbeef uit blik klaar toen Gropius fris gedoucht en weer vol energie uit de badkamer kwam. Gregor kon zijn enthousiasme niet verdoezelen en kuste Felicia op haar wang. Het was al heel lang geleden sinds hij aan een gedekte tafel zo'n heerlijk ontbijt had genuttigd.

Even zaten ze zwijgend tegenover elkaar. Toen begon Felicia voorzichtig: 'Denkt u dat ze u wilden vermoorden?'

Deze rechtstreekse vraag zo aan de ontbijttafel klonk bijna bot en Felicia voelde onmiddellijk dat ze te ver was gegaan. Daarom voegde ze er vlug aan toe: 'Ik bedoel, kan die aanslag niet gewoon een waarschuwing zijn, zodat u stopt met uw onderzoek?'

'Dat weet ik wel zeker!' antwoordde Gropius. 'Deze lui wilden me niet vermoorden. Ze wilden me alleen een lesje leren, een schot voor de boeg bij wijze van spreken, om hun eisen kracht bij te zetten. Als ze van plan waren me te vermoorden, hadden ze dat al vaker dan één keer kunnen doen. Nee, zo langzamerhand begin ik te vermoeden dat deze figuren me nodig hebben.'

Felicia lachte gekweld: 'Wat een raar idee!'

'Ja, dat is zo, maar heeft u een andere verklaring voor dit merkwaardige gedrag? Steeds als ik een nieuw aanknopingspunt heb gevonden, vindt er weer een onverwachte ontmoeting plaats die me duidelijk moet maken dat ik geen schijn van kans heb om deze lui te ontmaskeren. Achteraf gezien denk ik dat de aanslag van gisteren tot doel had al mijn botten te breken om me in mijn bewegingen te beperken.'

'U zegt dat zo laconiek!' Felicia keek Gropius aan, die er nu weer beter uitzag. Toen zei ze: 'De officier van justitie heeft het stoffelijk overschot van mijn man vrijgegeven. Ik heb een crematie geregeld zonder veel poeha.'

Gropius knikte pijnlijk getroffen. Zolang hij zijn onschuld niet had kunnen bewijzen, bleef hij zich schuldig voelen.

'En de dossiers die ze in beslag hadden genomen, heb ik ook teruggekregen. Kennelijk is er niets gevonden waar de politie iets aan had.'

Peinzend at Gropius een stukje toast. Het was te zien dat hij ver weg was met zijn gedachten. Opeens vroeg hij: 'Heeft professor de Luca eigenlijk contact met u opgenomen?'

Felicia keek verbaasd op. 'Nee, ik heb helemaal niet meer aan de Luca gedacht!'

Gropius drukte zijn lippen op elkaar en zei toen: 'Vreemd, vindt u ook niet? Het ging toch om twintigduizend euro. Geen brief, geen fax, geen telefoontje?'

'Het spijt me.' Felicia wreef over haar neus. Dat deed ze meestal als ze nadacht en Gropius vond dat grappig. 'Ik zou heel graag willen weten,' zei ze toen, 'wat voor kostbaars er in die cassette zat. Diamanten misschien? Mijn man had eigenlijk helemaal geen verstand van edelstenen. Deze ring', ze legde haar rechterhand met een ring met een briljant op tafel, 'deze ring heb ik mezelf cadeau gedaan. Arno zou waarschijnlijk een sieraad met glazen parels hebben gekocht. Hoewel...'

Gregor keek Felicia vragend aan. 'Hoewel?'

'Als ik eraan denk wat er tot nu toe over zijn dubbelleven bekend is geworden, kan ik niet eens uitsluiten dat hij ook in diamanten heeft gehandeld en alleen maar deed alsof hij er niets van wist.'

'Waarom zou hij dat hebben gedaan?'
Felicia schoof haar onderlip naar voren. 'Waarmee heeft hij tien miljoen verdiend zonder daar iets over te zeggen?'
'Daar hebt u gelijk in. In vergelijking daarmee zijn die twintigduizend euro bij dat zaakje in Berlijn natuurlijk peanuts. Toch is het een raadsel waarom die signora Colella zomaar in het niets is verdwenen en waarom de Luca niets van zich laat horen!'
'Hij zit op een telefoontje van Arno te wachten!'
'Misschien.'
Gropius zat uit het raam te staren en Felicia keek hem eens goed aan. 'Ik denk dat ik wel weet waar u aan denkt,' zei ze met een gezicht waaruit duidelijk haar afkeuring sprak.
'Zo? Is dat zo?' Gropius glimlachte bitter.
En Felicia antwoordde: 'Hoe lang wilt u eigenlijk nog in uw eentje doorgaan? Het zou beter zijn om het aan de politie over te laten. Vindt u ook niet?'
De professor haalde diep adem. Hij was het min of meer met haar eens. Er waren ongetwijfeld bezigheden die zinvoller waren dan zich te meten met een onbekende tegenstander die een onbekend doel nastreefde. Maar hij was al zo ver gegaan met zijn onderzoek dat het amper nog mogelijk was ermee op te houden zonder zichzelf verdacht te maken. Opeens zei hij: 'Morgen vlieg ik naar Turijn.'
Felicia keek Gropius aan alsof hij iets ongehoords had gezegd. Desondanks had ze wel vermoed dat hun gesprek hierop zou uitdraaien. 'U geeft het ook nooit op,' zei ze berustend.
'Nee, nooit!' antwoordde Gropius. 'En in dit geval al helemaal niet!'
Felicia dacht even na en zei toen vastbesloten: 'Goed dan, als ik u niet kan tegenhouden, dan ga ik met u mee. Per slot van rekening is het in eerste instantie mijn zaak!'
'Dat weet ik nog niet zo net,' antwoordde Gropius. 'Volgens mij gaat deze zaak ons alle twee aan. Ik vind het trouwens geen goed idee om samen naar Turijn te gaan. Vroeg of laat komt dat uit en dat zou een verkeerde indruk kunnen wekken.'
Daar wist Felicia niets tegenin te brengen. 'Maar u houdt me wel op de hoogte, hoor!' bezwoer ze de professor voordat ze zijn huis verliet.

6

Vlucht LH 2760 vertrok om 10.35 uur vanuit München. Het was een vliegtuig van Canada Air met 48 stoelen en één enkel toilet, helemaal achterin. Gropius had de pest aan dit toestel voor korte afstanden, omdat het vanwege zijn geringe spanwijdte onstabiel vloog en op de kleinste turbulentie reageerde met een val die je maaginhoud naar boven bracht. Het scheelde niet veel of Gropius had gebruik moeten maken van het grijze zakje dat voor hem in het bagagenetje zat. Anderhalf uur later landde het toestel, iets te vroeg, op het vliegveld van Turijn, Caselle. Gropius nam een taxi naar Lingotto, dat een minuut of tien rijden van het centrum af lag.
Zoals de meeste steden in het noorden van Italië begroette Turijn de buitenlandse bezoeker met gigantische industrieterreinen en enorme flatgebouwen in de buitenwijken. De taxichauffeur onderstreepte met fanatieke gebaren dat hij, ondanks zijn Germaanse uiterlijk met blond haar en blauwe ogen, een geboren en getogen Turijner was. Hij vertelde met een knipoogje naar Gropius dat hij rekening moest houden met een rit van zeker een uur, ondanks een paar doorsteekjes die alleen hij kende. Gropius was naast de taxichauffeur gaan zitten. En de man had gelijk.
Ze waren al meer dan een uur onderweg en reden op de Corso Vittorio Emanuele, toen de chauffeur de Via Nizza indraaide. Le Meridien Lingotto, het grootste hotel van de stad, zag er vanbuiten niet bepaald uit als een luxehotel. Maar dat kwam misschien doordat het was gevestigd in het gebouwencomplex van de oude FIAT-fabriek. De bovenste verdieping van het rechthoekige bouwwerk werd vroeger gebruikt als testbaan voor auto's. Tegenwoordig kunnen hotelgasten er sporten.
Gropius boekte voor twee dagen een zonnige, comfortabel ingerichte kamer met uitzicht op de binnenplaats. Binnen die tijd dacht hij de Luca te kunnen opsporen en te ontdekken wat er in de cassette die twintigduizend euro waard was, verstopt zat. Dat hij van de Luca niet eens de voornaam kende en geen telefoonnummer of adres had, maakte de zaak er niet eenvoudiger op. Ook zijn verzoek aan de portier om in het telefoonboek het telefoonnummer van professore de Luca op te zoeken, had geen resultaat.
Maar ook Francesca Colella was er nog, van de beveiligingsfirma VIGILANZA. In het telefoonboek vond Gropius drie verschillende Colella's.

Eén aansluiting bleek opgeheven toen hij het nummer koos, bij de tweede nam niemand op en de derde klopte niet. De benzinepomphouder van wie het nummer was, bezwoer namelijk bij de Heilige Maria en alle Italiaanse heiligen dat hij noch een echtgenote noch een dochter met de naam Francesca had en zelfs geen schoonmoeder die zo heette; die heette al vierenzestig jaar Clara. Toen bleef alleen VIGILANZA nog over.
Gropius had het beeld van Francesca Colella voor ogen toen hij het zescijferige telefoonnummer van VIGILANZA koos. In Berlijn was hij gefascineerd geraakt door de manier waarop de koele brunette zich had gedragen. De zelfbewuste blik achter haar randloze brillenglazen deed hem denken aan zijn biologielerares op wie hij – hij was toen een jaar of dertien, veertien – vreselijk verliefd was geworden toen zij aan de hand van de wilde tulp, door haar *Tulipa silvestris* genoemd, de voortplanting door middel van bestuiving uitlegde. Zijn interesse ging toen echter vooral uit naar de jarretelgordeltjes van zijn lerares, die duidelijk te zien waren onder haar korte zwarte rokje. Helaas merkte juffrouw Lankwitz, zoals de draagster van deze zondige gordels heette, dat hij ervan onder de indruk was. Ze zei weliswaar niets, maar de blik die zij hem door haar glimmende brillenglazen toewierp en die hem te kennen gaf dat zij zijn onbeschaamdheid zeer zeker had gezien, joeg een aangename rilling door zijn lichaam. Het resultaat van dit, door zijn medeleerlingen niet opgemerkte voorval was dat juffrouw Lankwitz nooit meer jarretelgordels droeg. In elk geval niet naar school. Maar sinds die tijd had hij een zwak voor vrouwen die zich even ongenaakbaar gedroegen als Francesca Colella.
'*Pronto*!' zei Francesca op strenge toon door de telefoon.
Toen Gropius zijn naam had genoemd, volgde er eerst een lange stilte. 'Volgens mij bent u me nog een verklaring schuldig,' zei hij na een tijdje. 'Wij hadden een afspraak, maar u bent niet op komen dagen.'
'Ik heb u een fax gestuurd,' antwoordde Francesca kortaf. 'U hebt uw rol te slecht gespeeld. Ik geloofde meteen al niet dat u Schlesingers *cognato* was, en toen wist u ook niet de cijfercode van de cassette. En dat was nog wel het afgesproken wachtwoord. Nee, meneer Gropius of hoe u ook maar heet, onze opdrachtgever was van mening dat ik goed heb gehandeld. Wat wilt u eigenlijk van mij?'
'Het adres van de Luca!'
Signora Colella begon te lachen. 'Als u in opdracht van signor Schlesinger werkt, moet u signor de Luca's adres toch weten! Dus wat wilt u?'
Nee, dacht Gropius, met een simpele leugen kwam hij er niet bij deze vrouw. En dus probeerde hij een andere strategie. 'Signora,' begon hij

vleiend, 'ik wil u graag uitnodigen om vanavond met mij te dineren. Wijs mijn uitnodiging niet af alstublieft.'
Toen begon Francesca weer luid te lachen. Het leek alsof ze haar gelach als schild gebruikte, in elk geval klonk het niet overtuigend. 'Nee, bedankt!' antwoordde ze kortaf.
'Waarom niet?' vroeg Gropius.
'Elk persoonlijk contact met een van onze cliënten is ons uit veiligheidsoverwegingen verboden. VIGILANZA is een gerenommeerd bedrijf en ik kan het me niet veroorloven om voor een warme maaltijd mijn baan op het spel te zetten. En nu moet u me verontschuldigen.' Toen verbrak ze de verbinding.
Verdorie! Gregor Gropius kneep zijn vuist om de hoorn, alsof hij hem in elkaar wilde drukken. Signora Colella was de enige persoon in deze onbekende stad die hem verder zou kunnen helpen. Hij moest haar ompraten. En hij wist ook al hoe. In het telefoonboek stond het adres van VIGILANZA Art Logistics, Via Foligno, in het noordwesten van de stad.
Het bedrijf, gevestigd in een onopvallend gebouw uit de jaren zestig waarvan de entree duidelijk door videocamera's werd bewaakt, zag er vanbuiten net zo serieus en saai uit als een pastorie. Alleen de witte neonverlichting achter de brede ramen duidde op enige bedrijvigheid.
Toen Gropius bij de entree kwam, ging de deur als vanzelf open. Binnen was een ruime ontvangsthal, op de vloer lagen schaakbordachtige marmeren tegels, aan de rechterkant was een ontvangstbalie met zes of acht beeldschermen. Een zeer correct geklede receptioniste met een zwartzijden sjaaltje onder de revers van haar rode blazer vroeg Gropius wat ze voor hem kon doen.
De professor vertelde haar zijn naam en vroeg signora Colella te spreken. Ze wees hem een plaats op de leren bank die links tegenover de balie stond.
Er waren nog geen twee minuten verstreken, toen Francesca Colella op de witte marmeren trap verscheen. Ze keek streng en zei zachtjes tegen Gropius: 'Ik verzoek u nadrukkelijk me hier niet meer lastig te vallen. U brengt me echt in de grootste problemen!' Ondertussen overhandigde ze Gropius een papiertje met een naam en een adres. Gropius dacht eerst dat het de gegevens van de Luca waren. Pas toen Francesca zich omdraaide en, terwijl ze al wegliep, zei: 'Om zeven uur!', herkende hij de naam van een restaurant: Osteria Tre Fontane, Corso Lombardia. Verbluft keek hij de signora na die op het bovenste trapportaal verdween.

De straat met de hoogdravende naam Corso Lombardia zag er in het donker niet bijster uitnodigend uit. Ook de bar, in het souterrain van een hoekhuis, maakte voordat je binnen was niet bepaald een goede indruk. Daarom was Gropius bijzonder verrast door de degelijke, smaakvolle inrichting, de met hout beklede muren en de landelijke meubels.

Gropius betrad de osteria met gemengde gevoelens. Hij wist nog maar al te goed hoe de afspraak in de Friedrichstrasse in Berlijn was verlopen. Maar deze keer verraste Francesca hem, want ze was er al en ze leek anders, ontspannen, bijna opgewekt.

'Om eerlijk te zijn,' zo begon Gropius het gesprek, 'was ik er helemaal niet zeker van dat u zou komen. Na wat ik in Berlijn heb meegemaakt...'

Francesca wendde haar blik af, alsof ze de herinnering pijnlijk vond. Toen zei ze met een ingehouden grijns: 'In Berlijn heb ik puur om zakelijke redenen geweigerd te verschijnen. Nu ben ik hier privé. Dat wil ik van tevoren duidelijk maken. Uw bezoek aan het bedrijf leek wel chantage trouwens.'

'Het spijt me als u dat zo hebt ervaren. Maar toch had ik succes!'

'Als u het als een succes beschouwt dat u mosselen met me moet eten – trouwens, u móét de mosselen hier proberen –, bent u wel erg snel tevreden te stellen. Maar ik weet dat u hier niet zonder bijbedoelingen bent. Toch moet ik u nu al teleurstellen. Van mij zult u het adres van de Luca niet te horen krijgen.'

'Dan wordt het alleen maar een prettige avond,' antwoordde Gropius charmant, ook al was hij niet van plan zijn poging om de signora het adres te ontfutselen op te geven. Francesca reageerde verbaasd. Een ober met een kaalgeschoren schedel nam hun bestelling op. Ze dronken witte soave.

'U moet dat begrijpen,' zei Francesca, terugkomend op hun gesprek. 'Ik heb mijn baan nodig en ben blij dat ik hem heb. Ik heb er lang voor moeten vechten. Vroeger heb ik iets heel anders gedaan.'

Gropius durfde er niet naar te vragen. Hij bekeek de vrouw die tegenover hem zat met plezier. Francesca droeg op haar blote huid een groen, zacht leren jasje. Daardoor vroeg hij zich, net als tijdens hun eerste ontmoeting in Berlijn, weer af of een schouderholster of een pistool of beide verantwoordelijk waren voor de niet te miskennen rondingen.

'Ik werkte bij een bank,' vertelde de signora, alsof Gropius haar naar haar vorige werkzaamheden had gevraagd.

'En dat vond u te saai!'

'Absoluut niet.' Francesca zweeg even en zei toen: 'Ze hebben me eruit gegooid, van de ene op de andere dag, op staande voet. Het was mijn eigen schuld. Ik had een journalist informatie verstrekt over de schulden van een vooraanstaande cliënt. De zaak werd ontdekt en ik werd ontslagen. Nu begrijpt u misschien waarom u niets van mij te horen zult krijgen. Ik kan het me domweg niet permitteren om nog een keer op straat te komen staan. Ik moet niet alleen voor mezelf, maar ook nog voor twee andere mensen zorgen.'
'Bent u getrouwd?'
'Nee, ik bedoel ja, ach, daar wil ik het niet over hebben, begrijpt u?'
'Ik begrijp het.'
'U begrijpt niets!' Francesca zag er nu voor het eerst verlegen uit. 'Neem me niet kwalijk, signore, maar dat is een onderwerp waar ik niet graag over praat.'
Gropius knikte. 'Ik wilde zeggen dat ik het begrijp, omdat het bij mij net zo is.'
'Bent u getrouwd, signore?'
'Nee, ik bedoel ja.' Hij haalde zijn schouders op.
Beiden lachten. Maar Francesca's lachje klonk een beetje weemoedig.
De kale ober serveerde mosselen en Francesca bewonderde het gemak waarmee Gropius de schaaldieren te lijf ging. 'En u?' vroeg ze terloops. 'Wat doet u? Of is dat geheim?'
'Ik ben chirurg bij het ziekenhuis van München. Ik transplanteer organen, harten, nieren, levers. Maar dat is misschien niet het meest geschikte onderwerp tijdens een maaltijd als deze.'
'Maar nee, ik vind dat heel interessant!' antwoordde Francesca. 'Vertel me over uw werk, professore!'
Eigenlijk was Gropius helemaal niet van plan geweest om over zichzelf te vertellen, maar de sfeer in deze kleine osteria nodigde ertoe uit zijn hart uit te storten. Evenals de mooie signora die aandachtig naar hem luisterde. En dus vertelde Gropius over zijn werk, over de geheimzinnige dood van Schlesinger en zijn vergeefse inspanningen om de zaak op te helderen. Francesca was verbijsterd.
'Ik geef toe,' zei hij toen hij uitverteld was, 'dat het allemaal nogal ongelooflijk klinkt, maar het is de waarheid. Zonder het te willen ben ik in een zaak verwikkeld geraakt waar ik maar met de grootste moeite weer uit kom. Dat lukt alleen als ik ontdek waar het allemaal om gaat. Bovendien ben ik chirurg en geen geheim agent.' Hij schudde zijn hoofd en zag er hulpeloos uit.

Terwijl de osteria langzamerhand voller werd – kennelijk had de zaak een goede naam – bekeek Francesca de professore, alsof ze nog aan zijn verhaal twijfelde. Gropius zag haar kritische blik en herhaalde zijn bewering: 'Het is de waarheid.'
Peinzend zat de signora haar mosselen te eten. Gefascineerd keek Gropius toe hoe zij de geelbruine schaaldieren met haar lippen naar binnen zoog. Dat een vrouw die mosselen at zo erotisch was, had hij niet voor mogelijk gehouden. 'U denkt dus dat de cassette die ik in opdracht van de Luca naar Berlijn heb gebracht iets met uw zaak te maken heeft?' vroeg ze nu en zette haar wijnglas aan haar lippen.
Gropius betrapte zich erop dat hij de vrouw die tegenover hem zat, opeens veel belangrijker vond dan de reden die hen bij elkaar had gebracht. Hij merkte dat zijn fantasie op hol sloeg; maar de kans dat hij deze koele schoonheid kon ontdooien, leek even onwaarschijnlijk als het voornemen om met een potkacheltje Antarctica te laten smelten. Daarom gaf hij beleefd antwoord op haar vraag: 'Ik heb geen andere keus dan dat te geloven. Ik moet elk spoor nalopen.'
'Maar professore, is dat niet het werk van de politie?'
'Natuurlijk, maar als ik het aan de politie overlaat, ben ik aan mijn pensioen toe voordat de zaak is opgelost. Dat is bij ons niet anders dan in Italië. De politie heeft een recherchebijstandsteam ingesteld dat niets liever doet dan dossiers bestuderen, en de verantwoordelijke officier van justitie is voornamelijk bezig de dagen tot aan zijn pensionering af te tellen. Hij is een jaar of dertig. Ik ben bang dat ik én mijn baan én mijn professoraat kwijtraak als ik er niet in slaag te bewijzen dat de georganiseerde misdaad verantwoordelijk is voor de dood van Schlesinger.'
Francesca boog zich over de tafel naar Gropius toe tot hun neuzen elkaar bijna raakten. 'Het is goed dat u dat ene woord niet hebt uitgesproken, professore. Niemand durft het in de mond te nemen, tenzij hij er zelf lid van is.'
Gropius begreep wat ze bedoelde en knikte.
Ze glimlachte. Toen zei ze zachtjes: 'Luciano de Luca is hoofd van het Onderzoeksinstituut aan de overkant van de rivier. Hij is een vriendelijke, nogal gezette man met dun haar. De Luca draagt een zwarte bril met bijzonder sterke glazen waardoor zijn ogen zo klein lijken als varkensoogjes. Een aardige, oudere heer, prettig in de omgang. Zijn instituut is gevestigd in een zijstraat van de Corso Chieri. Dit is zijn telefoonnummer. Als u mij verraadt, zit ik overmorgen zonder werk.'
Toen schoof ze een visitekaartje over de tafel heen naar Gropius toe.

Verbluft greep de professor Francesca's hand en kuste die. Deze vrouw was een groot raadsel en hij was verbijsterd door haar gedrag. Hij pakte het visitekaartje en stopte het in de zak van zijn colbertje.
'Maar u moet me niet vragen wat er in de cassette zat,' zei Francesca nadat ze even hadden gezwegen. 'Ik weet het echt niet.' En toen ze Gregor ongelovig zag kijken, zei ze nog: 'In het afgelopen jaar heb ik eens opdracht gekregen om een dergelijke cassette van Milaan naar Londen te brengen. De inhoud kende ik niet, alleen de verzekerde waarde: een half miljoen. De ontvanger was veilinghuis Sotheby's. Een maand later las ik in de krant wat ik had vervoerd: een oude envelop met een Blauwe Mauritius erop. Hij werd voor een miljoen verkocht, een miljoen pónd! Ik word nog duizelig als ik eraan denk!'
Onder de tafel schoof Gregor zijn been tussen die van haar. Het kan me niets schelen of ze me nu een klap geeft, dacht hij en keek haar uitdagend aan.
Francesca voelde heel goed wat hij deed, maar toch liet ze zich niet uit het veld slaan. Integendeel, ze zei met een ondoorgrondelijke uitdrukking op haar gezicht: 'Signor Gropius, wilt u me naar huis brengen?'
Dat klonk alsof ze wilde zeggen: Nu is het afgelopen, laten we gaan! Maar het kon evengoed betekenen: Kom, laten we naar mijn huis gaan! Zijn antwoord was daarom even dubbelzinnig: 'Ik kan niets prettigers bedenken, signora!'
Toen hij dit had gezegd, wenkte hij de ober en betaalde de rekening. Terwijl ze naar de uitgang liepen die naar boven leidde, merkte Francesca op: 'U moet u maar niet storen aan mijn woonsituatie. U bent vast iets beters gewend. Huizen zijn duur in Turijn, en zoals ik al zei heb ik niet alleen mezelf om voor te zorgen. Maar mijn moeder slaapt nu al. Trouwens, het is niet ver hiervandaan, maar twee straten.'
Op de Corso Lombardia was op dit uur van de avond, tien uur, veel verkeer. Alsof het de gewoonste zaak van de wereld was, gaf Francesca Gropius een arm. Het was kil geworden en ze hadden het koud. Toen ze bij een smalle zijstraat waren aangekomen, trok Francesca Gropius naar rechts en wees naar een oud gebouw van zeven verdiepingen. Ze zei: 'We zijn er. Kom!'
Het trappenhuis was betegeld met kobaltblauwe tegels en klonk hol als een kerk. Middenin was een lift, een ijzeren kooi bespannen met draadgaas. De herrie die het openen van de deur, een ijzeren schuifhek, veroorzaakte, weerklonk door het trappenhuis. Francesca drukte op het knopje voor de vijfde verdieping en glimlachte naar Gropius. Deze

beschouwde haar gebaar als uitnodigend en ging zo dicht tegen haar aan staan dat hij haar warme lichaam kon voelen. Francesca wendde haar hoofd van hem af, maar liet Gregor zijn gang gaan.
'Je maakt me gek, Francesca,' mompelde Gropius.
Francesca reageerde niet. Ze zei alleen: 'Alsjeblieft!' En met een heftige ruk schoof ze het schuifhek opzij.
Een spaarzaam verlichte, lange gang leidde naar een witgeverfde voordeur en zonder iets te zeggen gebaarde Francesca dat Gropius naar binnen kon gaan. 'Mama?' riep ze zacht, vragend. Ze wendde zich tot Gropius en zei: 'Op dit uur is ze meestal niet meer wakker. Ga zitten.'
De woonkamer had slechts één raam, maar vier deuren, twee aan elke kant, zodat er niet veel ruimte overbleef voor meubilair. In het midden stonden twee banken tegenover elkaar, en ertussenin een laag tafeltje met een glasplaat.
'Je zei dat jullie met z'n drieën in dit huis woonden,' zei Gropius in de stilte die in de kamer heerste.
'Ja,' antwoordde Francesca, 'mijn moeder, ik en mijn man.'
Gropius kromp onmerkbaar ineen. Toen zei hij verontschuldigend: 'Ik dacht dat je...'
'Wat dacht je, professore?' Ze liep naar Gropius toe, en deze liet zich gewillig naar een van de deuren aan de rechterkant leiden. Francesca opende de deur. In de kleine kamer brandde licht. Gropius schrok.
In een bed aan de wand aan de overkant lag, half opgericht, een man met donker haar en een bleek gezicht. Hij bewoog zich niet. Zijn ogen waren wijd open, net als zijn mond, en zijn armen lagen gestrekt op de witte deken.
'Mijn man Constantino,' zei Francesca toonloos, en zonder Gropius aan te kijken zei ze: 'Hij heeft een halfjaar geleden een auto-ongeluk gehad en verkeert sindsdien in een waakcoma. Wat dat betekent, hoef ik denk ik niet uit te leggen.' Ze zei dit zonder enige bitterheid.
Gropius snakte naar adem. Deze vrouw maakte hem helemaal gek. Nog maar even geleden had hij haar begeerd. Hij was onbekommerd met haar meegegaan naar huis, van plan met haar te vrijen. En Francesca, had hij gedacht, was ook niet vies van een avontuurtje. En nu?
Gregor Gropius voelde zich afschuwelijk. Hij realiseerde zich dat Francesca deze situatie zorgvuldig in scène had gezet om hem zich voor eens en voor al van het lijf te houden. Nu werd zijn lust overschaduwd door een gevoel van schaamte. 'Mijn excuses voor mijn ongehoorde gedrag,' stamelde hij zachtjes, amper verstaanbaar.

'Je kunt rustig hardop praten,' zei Francesca, 'hij kan ons niet horen, tenminste, dat beweren de artsen.'
Gropius wendde zich af, stak zijn handen diep in zijn zakken, en met zijn blik op het donkere raam gericht zei hij: 'Ik weet niet wat je nu van mij denkt, maar ik kon toch niet weten...'
Francesca viel hem in de rede: 'Natuurlijk niet. Ik neem je niets kwalijk. Er zijn situaties die elk gevoel voor realiteit wegwissen.' Ze wilde de deur sluiten, maar voor ze hem echt dichtdeed, keek ze nog even door het kiertje.
Gropius wist zich geen houding te geven en stond daar maar, niet in staat iets te beslissen. Francesca had hem duidelijk afgewezen. Ze had hem een draai om de oren gegeven zonder hem zichtbaar te verwonden. Maar ze wist donders goed dat een draai om de oren die geen pijn doet, inwendig veel meer pijn kan doen; een pijn die je vaak jarenlang met je meedraagt. Hij had behoefte om te praten, aan Francesca te vertellen welk effect ze op hem had gehad, enzovoorts. Maar elke uitleg leek hem ongepast. En door deze radeloosheid, door dit gevoel dat hij niet tegen deze situatie was opgewassen, reageerde Gropius onbeholpen, onhandig als een puber: 'Ja, dan is het misschien beter dat ik nu wegga,' stamelde hij.
Francesca keek hem alleen maar aan en zweeg.
Als verdoofd ging Gropius met de steunende lift naar beneden. Het korte stukje tot aan de Corso Lombardia legde hij in looppas af. Hij had het gevoel dat hij wegrende voor zichzelf. Op de hoek nam hij een taxi en liet zich naar zijn hotel rijden.

De volgende ochtend. Heel even, terwijl hij langzaam wakker werd, had Gropius een aangename herinnering aan Francesca. Maar toen werkte zijn geheugen weer en de herinnering aan de vorige nacht was een drukkende last. Hij was woedend op zichzelf, wat hem normaal nooit overkwam.
Het ontbijt, sober zoals gebruikelijk in Italië, gebruikte Gropius op zijn kamer. Hij wilde niemand zien. Terwijl hij met een lepel de perzikjam op de geroosterde witte boterham smeerde, bekeek hij Francesca's visitekaartje. Nou ja, hij bekeek de achterkant, waarop ze de naam, het adres en het telefoonnummer van de Luca had geschreven.
Gropius vroeg zich af of hij Luciano de Luca zou opbellen en zijn bezoek zou aankondigen, maar toen besloot hij de professore voor een voldongen feit te stellen. Hij wist immers niet of ze elkaar wel zouden begrijpen en hoe hij zou reageren op het bericht van Schlesingers dood.

De chauffeur die hem naar de Luca's instituut aan de andere oever van de Po reed, was in een goed humeur. Hij bestuurde een oude Fiat uit de jaren tachtig, wat hem niet verhinderde te geloven dat hij in een racewagen reed. In elk geval scheurde hij bij ieder verkeerslicht met gierende banden weg en riep dan steeds in extase: 'O lala, Ferrari!'

Nadat ze de Po waren overgestoken, reed hij een stuk stroomafwaarts over de Corso Casale. Toen sloeg hij rechts af de Corso Chieri in en bracht de auto voor het juiste adres tot stilstand. Het instituut was een villa van twee verdiepingen, verborgen achter een niet al te hoge muur en veel struiken. Op een gecorrodeerde koperen plaat stond 'Istituto Prof. Luciano de Luca', zonder verdere aanwijzing over de werkzaamheden die de Luca achter de muur uitoefende.

Toen Gropius naar de entree liep, die zich achter een houten poort bevond, begon er een hond te blaffen. Dat was het laatste wat Gropius gedurende lange tijd zou horen. Want nog voordat hij op de bel kon drukken, werd hij door een krachtige nekslag uitgeschakeld. Hij verloor zijn evenwicht en zijn bewustzijn. Als vanuit de verte hoorde hij driftige bevelen, en hij had het gevoel dat hij een zak over zijn hoofd kreeg geschoven en hij in een auto werd gesleurd.

Ook later was Gropius niet in staat te vertellen hoe lang hij zich in deze toestand van machteloosheid had bevonden. Hij dacht alleen dat Francesca naast hem zat toen hij, vastgebonden als een pakketje, op de achterbank een paar seconden bij bewustzijn kwam. Hij had geen idee waarom hij dit dacht, want hij had haar niet gezien. Het was alleen maar een gevoel. Vanuit de verte hoorde hij een vreemde, doordringende pieptoon. Toen zakte hij weer weg in een diepe duisternis.

Na hij wist niet hoeveel tijd kwam Gropius weer bij bewustzijn. Hij zat te rillen in een vierkante ruimte zonder meubels. Door het geblindeerde raam drong vaag daglicht naar binnen. Het enige bijzondere aan het vertrek was de blauwgroene olieverf die op talrijke plaatsen van de muren bladderde.

Zijn poging om zich op zijn zitplaats te bewegen mislukte. Gropius was vastgebonden op een knoestige houten stoel. Zijn onderbenen waren met stevige brede leren riemen aan de stoelpoten vastgemaakt. Zijn borstkas zat met een gordel tegen een kaarsrechte rugleuning gesnoerd. Zijn schouders deden pijn, omdat zijn polsen achter de rugleuning waren vastgebonden. Gropius kon amper ademhalen. Hij luisterde naar de stilte.

Terwijl zijn hersenen langzaam weer begonnen te werken en hij probeerde te bedenken hoe en waarom hij naar deze wildvreemde plek was gebracht, viel zijn blik op een oud krukje. Dat had hij nog niet eerder gezien, omdat het schuin voor hem stond en hij zich amper kon bewegen. Op het krukje stond een plastic flesje en er lag een gebruikte injectiespuit naast. Toen hij goed keek, kon Gropius het rode opschrift op het flesje lezen: CVP.

Nee! Hij weigerde te geloven wat hij zag, hij verzette zich tegen deze afschuwelijke ontdekking en een inwendige stem schreeuwde gillend: Nee, nee, nee! Arno Schlesinger was vermoord met behulp van CVP. Binnen een paar seconden zweette Gropius over zijn hele vastgesnoerde lichaam. Tegen alle logica in en met veel pijn probeerde hij zich uit de riemen te bevrijden, maar gaf het al snel op.

Dat was het dan, dacht Gropius, en hij staarde versuft voor zich uit. Hij begon de tekst te formuleren – met de dood voor ogen doet een mens soms vreemde dingen – die over een paar dagen onder het kopje Gemengde berichten in de Duitse kranten zou staan: 'In de omgeving van Turijn hebben wandelaars het lijk van een man gevonden. Het blijkt te gaan om de de 42-jarige chirurg professor Gregor Gropius, wiens naam in verband wordt gebracht met de orgaanmaffia. De autopsie wees uit dat Gropius met een insecticide is gedood.'

Wat een vreselijke afgang.

Gropius kreeg bijna geen lucht. Er hing een penetrante geur, het rook naar brem. Het leek wel alsof zijn organisme het leven al had beëindigd. Zijn longen weigerden dienst. Al een paar keer had hij nagedacht over zijn dood, zich voorgesteld hoe het zou zijn als hij de laatste adem uitblies. Hij had zich ingebeeld dat hij het niet zou merken als het zover was. Sterven, had hij gedacht, was een onschuldige aangelegenheid, een soort inslapen en ophouden, en dan een permanente leegte. In tegenstelling tot de meeste van zijn collega's had hij niet voor zijn beroep gekozen uit angst voor de dood, maar uit nieuwsgierigheid. Maar nu voelde hij net als iedereen vrees, een ellendige, gruwelijke vrees.

Op een bepaald moment, al binnen een paar minuten, zo beeldde hij zich in, zou er een man deze kale ruimte binnenkomen met een kous of een bivakmuts over zijn hoofd... zoals je in films ziet. Hij zou de injectienaald vullen, de naald tegen zijn bovenarm drukken... afgelopen!

Maar het ging anders. In het lege huis waren opeens stemmen te horen, stemmen die Gropius in zijn opwinding niet verstond. Het kon hem ook helemaal niets schelen welke woorden hij naar het eeuwige nirwana, die toestand van vrijheid van al het wereldse lijden, mee zou nemen.

Achter hem werd een deur opengeduwd. Er liepen twee mannen naar hem toe, de ene van rechts en de andere van links. Maar geen van beiden verborg zijn gezicht, zoals Gropius had verwacht. Hun opkomst leek meer op een spontane theatervoorstelling. De man rechts was klein en dik en droeg de keurig gestreken dracht van een monsignore met een lila buiksjerp. Zijn rode gezicht verried een chronisch hoge bloeddruk van 190 om 110. Hij grijnsde gemeen. De andere man zag er minder geestelijk uit, hoewel zijn witte priesterboord duidelijk boven zijn zwarte pak uitkwam. Hij was jong en sterk, en had lang zwart haar alsof hij nog in de jaren zeventig leefde.

Heel even voelde Gropius hoop, hoewel de maskerade van de beide mannen hem vooral in verwarring bracht. De twee mannen gingen met hun armen over elkaar voor Gropius staan en keken naar hem, naar zijn hulpeloosheid. Gropius hoorde zijn hartslag in zijn oren. Verwachtten die twee dat hij zich tegenover hen rechtvaardigde? Wat wilden ze van hem? Gropius besloot te zwijgen. Trots... het laatste wat hem restte.

Twee, misschien drie eindeloze minuten bleven de beide mannen roerloos voor hem staan, totdat de jongste als op een onhoorbaar commando opeens uit zijn gezichtsveld verdween. Meteen daarna liep de monsignore naar de injectiespuit op het krukje af. Met wijd opengesperde ogen, niet in staat te gillen of te smeken, zag Gropius hoe de dikke man het plastic flesje opende en de injectienaald oppakte. Aan de manier waarop hij ermee omging, was te zien dat hij dit niet voor het eerst deed. Nadat hij 5 cc uit het flesje had opgezogen, hield hij de spuit loodrecht naar boven en drukte er een dun straaltje uit. Toen liep hij naar Gropius toe. Lieve help, dacht deze, 5 cc, daar kun je een olifant mee vellen. Gropius trilde over zijn hele lichaam, alles aan hem vibreerde. Hij sloot zijn ogen, wachtte op de fatale steek waardoor alles zou eindigen en vroeg zich nog even af hoe lang het zou duren voor hij het bewustzijn zou verliezen.

Het wachten duurde eeuwig. Nog even en hij zou overgeven. Zijn ingewanden kwamen in beweging alsof hij een gigantische slang had ingeslikt. Toen hoorde hij een stem. Hij klonk verschrikkelijk hoog, als van een castraat, en toen hij zijn ogen opende, zag hij vlak voor zijn eigen gezicht het rode gezicht van de monsignore. Deze vroeg in het Duits, maar met een vreemd accent: 'Waar is het dossier?'

Het dossier? Het dossier! Er schoten onsamenhangende, flarden van gedachten door zijn hoofd. Het dossier? Lieve help, over welk dossier had deze vetzak het? Op dit moment wist hij niet eens zeker of hij, Gropius, of Schlesinger de hoofdrolspeler in dit onzekere spelletje was. Maar

opeens bedacht hij met welke strategie hij misschien zijn leven kon redden.
'Het dossier?' antwoordde hij, niet in staat het trillen van zijn stem te onderdrukken. 'U verwacht toch niet dat ik het dossier bij me heb.'
'Natuurlijk niet!' antwoordde de monsignore. De kordate reactie van de professor maakte wel indruk. Om de ernst van zijn vraag te benadrukken zwaaide de monsignore de injectienaald voor Gropius' gezicht heen en weer. 'Ik wil weten waar het dossier is verstopt. Als u het ons vertelt, bent u een vrij man! Zo niet...' Hij grijnsde vals.
Onmiddellijk begreep Gropius dat dit dossier, wat er ook maar in stond, dat dit vervloekte dossier waarvan men dacht dat hij het in zijn bezit had, hem van de dood kon redden. Ze zouden, ze konden hem niet vermoorden zolang ze dat dossier niet hadden gevonden. Zijn levensmoed, die hem zojuist had verlaten, keerde opeens weer terug. Hij probeerde zelfs superieur te glimlachen toen hij zei: 'Meneer, wie u ook bent en waarom u deze merkwaardige maskerade ook opvoert, u denkt toch niet serieus dat ik u zal vertellen waar het dossier verstopt is. Dan is mijn leven immers geen cent meer waard!'
De monsignore leek verbaasd door de slimme opmerking van de professor. 'Nou, dan zegt u maar hoeveel u wilt,' piepte hij onwillig. 'Nog eens tien miljoen?'
Gropius wist niet waar hij meer van schrok, van het aanbod op zich of van het inzicht dat het verschafte: deze mannen hadden Schlesinger dus vermoord. Maar dat wierp weer een nieuwe vraag op: Waarom hadden ze Schlesinger eerst onder geld bedolven? Was Schlesinger een van hen, die zich later van hen had afgekeerd?
'Ik wil geen geld,' antwoordde Gropius gemaakt kalm. Met die injectienaald voor zijn gezicht was hij echt niet zo rustig. 'Het enige wat ik wil, is mijn rehabilitatie als chirurg. Dan krijgt u het dossier. Ik hecht daar geen belang aan.'
'Dat zal niet mogelijk zijn,' antwoordde de monsignore scherp.
'Dan zal het mij ook niet mogelijk zijn u te vertellen waar het is verstopt. Dan kunt u niets anders doen dan mij doden. Waar wacht u nog op? Trouwens, om geen misverstand te laten bestaan: mevrouw Schlesinger weet van dit alles niets af. Ze kent de betekenis van het dossier niet en weet ook niet waar het verborgen is.'
De monsignore smeet de injectienaald woedend tegen de muur en verliet het kale vertrek. In de ruimte ernaast hoorde Gropius opgewonden stemmen. Twee of drie, dacht hij. Zo verstreek een korte tijd van onze-

kerheid. Gropius vroeg zich af of hij het spel te hoog had gespeeld; dit waren immers geen amateurs. Hij durfde bijna niet te ademen en probeerde flarden van het gesprek op te vangen, maar tevergeefs. De mannen spraken een taal die hij niet kende, geen Duits, geen Engels, geen Italiaans.

Gropius verwachtte niet veel goeds van de heftigheid waarmee de deur werd opengestoten. Met één ruk werd de zak waarmee hij al eerder kennis had gemaakt, weer over zijn hoofd geschoven; toen bevrijdden ze hem van zijn boeien. Een sterke man greep hem bij zijn bovenarmen en tilde hem op. Een klap met een knots of een honkbalknuppel, precies op de eerste bult, liet Gropius onderuitgaan, en opnieuw verloor hij het bewustzijn.

Luid geclaxonneer, als babygehuil, wekte Gropius weer tot leven. Hij durfde amper zijn hoofd te bewegen; dat ontplofte bijna door het ongeduldige getoeter. Hij lag op zijn rug, steunde op zijn ellebogen en probeerde zich te oriënteren: hij bevond zich midden op een smalle landweg, zo'n weg tussen de boerderijen in het noorden van Italië. Voor hem stond zo'n driewielig gevaarte waarmee de groentetelers hun waren vervoeren, stationair te draaien. De chauffeur dacht dat het een dronkaard was die daar midden op straat lag, en probeerde hem met zijn getoeter te wekken.

Slechts met inspanning van al zijn krachten slaagde Gropius erin overeind te krabbelen. Daarna waggelde hij naar de chauffeur van de bestelwagen en probeerde hem duidelijk te maken dat hij niet dronken was, maar het slachtoffer van een overval. Deze poging stuitte op taalproblemen, omdat het Italiaans van de professor gebrekkig was en het dialect van de boer onverstaanbaar voor een buitenlander. Maar het gezicht van de landbouwer lichtte op toen hij een bankbiljet zag. En toen Gropius een tweede tevoorschijn haalde, bood de man zelfs aan deze vreemde buitenlander mee te nemen tot aan de rand van de stad. Hij vertelde dat dit ongeveer twintig kilometer verderop was. Het zou hun ruim een halfuur kosten.

Tijdens de rit door een woest en heuvelachtig landschap kwam Gropius erachter dat zijn kidnappers hem zuidwaarts in de richting van Asti hadden gebracht. Daar stonden leegstaande boerderijen kilometers van elkaar af. De rit naar de rand van de stad duurde wel een uur. Daar stapte Gropius in een taxi waarna hij tegen zes uur in zijn hotel arriveerde. Hij was totaal uitgeput en bestelde wat te eten op zijn kamer. Toen nam hij een heet bad. Het water deed zijn gekwetste lichaam goed en hij lag te doezelen in de weldadige warmte. Langzaam, heel langzaam maar zeker realiseerde hij zich wat er was gebeurd. Nee, zei hij bij zichzelf, je hebt dat allemaal niet gedroomd, dat was geen film, dat was de realiteit: ze wilden je vermoorden en het is je op het laatste moment gelukt je hoofd uit de strop te trekken.

Hij begreep niet welke rol Francesca speelde. De koele signora had zijn passie opgewekt; maar nu was hij vooral wantrouwig. Waarom had ze eerst geaarzeld en hem toen zonder meer het adres van de Luca gegeven? Was het echt toeval dat zijn kidnappers hem voor het instituut van de Luca stonden op te wachten? Ook in Berlijn had iemand van de eerbiedwaardige firma hem aangesproken na die mislukte ontmoeting met Francesca. Het was net als altijd in het leven: bij de mooiste figuren zit er een addertje onder het gras.

Gropius was bijna in het bad in slaap gevallen, toen hij iets hoorde bij zijn kamerdeur. Weer ervoer hij die angst voor het onbekende, een gevoel dat hij tot een paar weken geleden niet had gekend. Hij ging rechtop zitten en zorgde er angstvallig voor dat hij geen geluid maakte. Stilletjes gleed hij in zijn badjas en tuurde door het kiertje van de deur de kamer in. Zijn zenuwen begaven het bijna. Niet vandaag! Hij was vergeten de veiligheidsketting op de deur te doen. Nu maakte hij zichzelf verwijten. Hij had geen zin in weer een klap in zijn nek. Voorzichtig duwde hij de badkamerdeur open en staarde naar de kamerdeur. Er lag een briefje op de grond: een briefje van het hotel was onder de deur door geschoven.

Gropius pakte het papiertje op: 'Boodschap 17.30 uur: Telefoontje van signora Colella. Terugbellen s.v.p.'

Het bericht was al meer dan twee uur oud; dat wist Gropius van andere hotels. Wat had dat in vredesnaam te betekenen? Wilde Francesca hem voor schut zetten, hem vernederen? Of moest ze een tweede keer voor lokaas spelen?

Volledig van slag en hondsmoe ging Gropius in bed liggen. Toen zoemde de telefoon. Gropius bedekte hem met het kussen. Hij wilde niets meer met Francesca te maken hebben. Hij wilde alleen nog maar naar huis. De eerstvolgende vlucht ging 's ochtends om 9.10 uur. Vlucht LH 5613.

7

Weer terug in München was Gropius de vertwijfeling nabij. Hij deed zijn uiterste best, maar slaagde er niet in zich te concentreren op de taak die zichzelf had gesteld. Hoe moest hij Schlesingers dood, Prasskovs intriges, het kennelijke dubbelspel van Fichte, de Luca's onopgehelderde rol, de walgelijke chantagepogingen van Veronique en niet in de laatste plaats de zoektocht naar een geheimzinnig dossier die hem bijna het leven had gekost, onder één noemer brengen?
Ons leven is de optelsom van toevallige gebeurtenissen, het kruispunt van biografieën en belevenissen. Als deze stelling een bewijs nodig had, dan was hij dat wel. Gropius had al lang begrepen dat het de kunst was om, uitgaande van alle kruispunten, alle draden vanaf hun uitgangspunt op te rollen. Een bijna onmogelijke opgave voor één persoon. En voor het eerst sinds hij met zijn naspeuringen was begonnen, speelde Gropius serieus met de gedachte om het op te geven.
Hij had de bomaanslag nog met een zekere koelbloedigheid van zich afgeschud, omdat hij geloofde dat die niet tegen hem was gericht. Maar nu wist hij wel beter, na de aanslag voor Lewezows huis en vooral de ontvoering in Turijn. Angst was een continue metgezel geworden.
Maar zelfs als hij ermee ophield, als hij van vandaag op morgen al zijn naspeuringen zou staken, was dat nog geen garantie voor gemoedsrust. Hij zou doorleven met dat onbehaaglijke gevoel, en met die angst. Als student had hij, omdat dat in was, Sartre verslonden. Deze beweerde dat angst de vrees was voor jezelf, voor je eigen onvoorspelbare gedrag. Pas nu zag hij in hoe waar deze woorden waren. Nee, hij zou het niet opgeven!
Gropius werd in zijn overtuiging gesterkt door een telefoontje van Lewezow: hij was iets heel groots op het spoor en hij, Gropius, was verstrikt geraakt in een zaak die zijn voorstellingsvermogen te boven ging. Lewezow was heel opgewonden.
Gropius vroeg de privédetective bij hem te komen. Nog geen twintig minuten later stond Lewezow voor de deur.
'Dat was geen gemakkelijke opdracht,' begon Lewezow, nog voordat Gropius hem een stoel had aangeboden. 'Waar ik ook maar kwam, botste ik tegen een muur van stilzwijgen en afwijzing. Maar een goede detective geeft nooit op!'
'Bij het begin beginnen, meneer Lewezow! Wat hebt u gedaan?'

'Ik heb me eerst aan uw instructie gehouden en uit de lijst van potentiële orgaanontvangers een stuk of tien patiënten geselecteerd die niet bepaald arm zijn: een aannemer uit Stuttgart, de eigenaar van een steenfabriek uit Niederbayern, een beursspeculant, een hoteleigenaar, enzovoorts; allemaal mensen met geld.'
Gropius knikte ongeduldig. 'Ik kan me voorstellen dat deze mensen niet bepaald loslippig waren toen u hun vroeg naar de toestand van hun inwendige organen.'
Lewezow maakte een nerveus gebaar met zijn hand. 'De eerste die ik wilde ondervragen, een aannemer, gooide me eruit en hitste zijn honden tegen me op. Daardoor besloot ik dat het beter was als ik mijn oor te luisteren zou leggen in hun omgeving. Maar ook dat bracht me niet verder en ik stelde me al in op een langdurige opdracht toen ik, eigenlijk toevallig, aan de praat raakte met het dienstmeisje van de eigenaar van een brouwerij die ook op de lijst staat. Het was een forsgebouwd meisje van het platteland met een dikke bos haar en ze bleek zeer loslippig te zijn. Ja, zei ze, Gruber – zo heet de man – had nog niet zo lang geleden een nieuwe lever gekregen. De oude, zei ze, deed het niet meer. Maar het was best duur geweest en ook een beetje illegaal. En ze draaide met haar ogen toen ze dit zei.'
Gropius werd onrustig: 'En bent u nog meer aan de weet gekomen? Toe, vertel op!'
Lewezow genoot van dit soort momenten. Momenten die hem, de armzalige speurder die van indiscreties leefde, een bepaald soort belangrijkheid gaven en het gevoel dat men hem nodig had. Daarom praatte hij bewust langzaam toen hij verder vertelde: 'Ik heb net gedaan alsof ik ook op een levertransplantatie wachtte. Ik schold op de alcohol en liet weten dat ik, als nummer 85 op de wachtlijst, ten dode opgeschreven was. En toen vroeg ik hoe de brouwer aan zijn orgaan was gekomen. Het meisje keek naar links en naar rechts – ons gesprek vond in de gauwigheid plaats – en fluisterde dat er in München een professor was die elk gewenst orgaan kon regelen en transplanteren. Natuurlijk wel voor veel geld, en de patiënten moesten een verklaring ondertekenen dat ze hun mond erover zouden houden. Het adres van het ziekenhuis wist ze niet, maar de naam van de professor had ze wel onthouden: Fichte.'
Gropius sprong op. Dat had hij al gedacht. Die ellendige kleine Fichte die ze liefderijk Stuivertje noemden, werkte samen met de orgaanmaffia! De professor stampte, met zijn armen over elkaar, door het vertrek heen en weer. Hij kookte van woede; hij was boos op zichzelf omdat hij deze achterbakse vent nooit had gewantrouwd en ongerijmdheden ten aanzien van

zijn persoon altijd had genegeerd. Nu zag hij de overuren die Fichte altijd bereidwillig had gemaakt en de vrije dagen die hij in ruil daarvoor regelmatig opnam, in een ander licht. Fichte leidde een dubbelleven als arts. Hier de eerzame hoofdarts in salarisgroep C3, daar de geheimzinnige transplantatiechirurg die gigantische bedragen voor zijn werk incasseerde. Ik benijd hem, dacht Gropius, om zijn stalen zenuwen; want alles kon slechts werken zolang er zich geen complicaties voordeden. Eén enkele operatie die verkeerd afliep, zou voor Fichte het einde hebben betekend. Nu begreep hij ook waarom Schlesinger dood was gegaan. Kennelijk was het Fichte te heet onder de voeten geworden. Misschien had hij, Gropius, in zijn onwetendheid een opmerking gemaakt die bij Fichte ongerustheid had opgewekt. En had hij daarom deze duivelse oplossing bedacht om hem van zijn plaats te verdringen. Natuurlijk, voor Fichte was het eenvoudig om een voor transplantatie bestemde lever te vergiftigen met een injectie! Dat juist Schlesinger eraan moest geloven, een man die zelf in duistere zaakjes verwikkeld was, was toeval of een bewijs voor het feit dat ieder van ons in de loop van zijn leven altijd wel een keer iets op zijn kerfstok heeft.

'U zegt helemaal niets!' zei Lewezow zachtjes. 'Dit is toch wat u wilde weten?'

'Ja, ja,' antwoordde Gropius afwezig. 'Dat hebt u echt heel goed gedaan, Lewezow. Goed werk! Maar u kunt dus niet ontdekken waar Fichte zijn transplantaties uitvoert?'

'Het spijt me. Volgens mij wist dat dienstmeisje het echt niet. Als u wilt, kan ik nog meer namen van de lijst natrekken.'

De professor dacht even na en zei toen: 'Volgens mij is het beter om Fichte te schaduwen. Maar ga daarbij zo discreet mogelijk te werk. Fichte heeft geen idee dat ik het weet. Hij moet denken dat hij veilig is, ook al omdat zijn plannetje schijnbaar is gelukt. En hou me op de hoogte van elke nieuwe ontwikkeling!'

Lewezow was nog maar net vertrokken toen Gropius zich begon af te vragen of hiermee alle gebeurtenissen tot nu toe waren opgelost. Fichtes dubbelspel was natuurlijk angstaanjagend genoeg, maar daarmee was nog niet de helft van alles wat er gebeurd was te verklaren. De Luca's cassette en zijn eigen ontvoering leken hier in de verste verte niets mee te maken te hebben. En dan was er ook nog eens zo'n achterlijk dossier, waar bepaalde mensen tien miljoen euro voor overhadden.

En als Lewezow hem nu eens voor de gek hield? Die vent was net zo belust op geld als de duivel op een ziel! Misschien had hij het hele verhaal wel uit zijn duim gezogen om hem in de stemming te houden en hem nog een paar cheques te ontfutselen. Op de een of andere manier werkte Lewezow te goed. Hij kreeg een opdracht, en een paar dagen later bereikte hij het gewenste resultaat. En toch had hij niet te maken met een folkloristische vereniging, maar met uitgekookte maffiosi. Hij moest het zeker weten en Lewezow daarom uittesten.

De volgende dag al bood zich daarvoor een gelegenheid aan. Lewezow zelf was degene die de aftrap gaf.

Lewezow belde op: 'Ik moest u toch vertellen wanneer er nieuwe ontwikkelingen waren, professor? Ik weet niet of dit belangrijk is, maar wist u dat Fichte een eigen vliegtuig heeft?'

Gropius slikte eens. 'Na alles wat u tot nu toe over Fichte te weten bent gekomen, verbaas ik me nergens meer over. Hoe komt u aan die informatie?'

'Dat vertel ik u later nog wel. Fichtes tweemotorige Piper staat op vliegveld Jesenwang, veertig kilometer ten westen van München. Hij heeft voor vandaag om 14.00 uur een vlucht naar Nice aangemeld. Daar mag u zelf uw conclusies uit trekken, professor! Ik meld me weer.'

Gropius bedankte hem en verbrak de verbinding. Ook het bericht dat Fichte een vliegtuig bezat, kon hem niet meer van zijn stuk brengen. Toch stapte hij in zijn terreinwagen en reed de weg op naar het westen. Als iemand hem had gevraagd waarom hij dat deed, zou hij hebben geantwoord: Ik heb geen idee.

Even voor negenen reed Gropius de A96 op. De koude decemberwind dreef de eerste sneeuwvlokken over het voorgebergte van de Alpen. Na dertig kilometer verliet hij de snelweg en reed over een drukke provinciale weg naar het noorden.

Jesenwang, een doorsneedorp in Oberbayern, zou een onbelangrijk dorp zijn zonder het vliegveld, de thuishaven voor de privévliegtuigen van sportvliegers, zakenlieden en welvarende inwoners van München. Gropius parkeerde zijn auto naast de hangar; van daaruit kon hij de hele start- en landingsbaan zien. Een eenmotorige Cessna, een oudere Beechcraft en een tweemotorige Piper die juist werd bijgetankt, stonden voor de verkeerstoren te wachten. Een stuk of twintig andere vliegtuigjes waren een eindje van het grasveld af geparkeerd. Geen spoor van de hectiek die je normaal op een vliegveld ziet.

Gropius had zeker al een minuut of twintig gewacht, het bijtanken van de Piper Seneca II was net voltooid, toen Fichte het vliegveldgebouwtje uitkwam, gevolgd door een vrouw. Beiden begaven zich in looppas naar

de wachtende Piper. Fichte droeg een donker leren jack en een kleppet en had een elegante pilotenkoffer bij zich. De vrouw droeg een hoofddoek, tegen de sneeuwregen, en een lichte regenjas.
Toen Fichte de rechterdeur opende en de vrouw hielp instappen, rukte een ijzige windvlaag haar hoofddoek af. Gropius verstijfde. Hij kon niet bevatten wat hij zag. Zijn verstand weigerde te geloven wat hij zag: de vrouw die Fichte vergezelde was Veronique.
Ademloos en als door een waas keek Gropius naar het starten van de motoren en hoe het vliegtuigje de korte afstand naar de startbaan aflegde. Hij hoorde het gedreun van de motoren, zag hoe de vogel na een korte aanloop opsteeg; toen was het stil, de nachtmerrie voorbij.
Niets. Gropius voelde niets, geen drift, geen woede, niet eens zelfmedelijden. Alleen een grote leegte. Hij wist het niet meer; hij wist het echt niet meer. Ongeëmotioneerd keek hij toe hoe een klein vliegtuigje onbeholpen landde en twee keer opsteeg voor het uiteindelijk aan de grond bleef. Toen stopte er vlak bij hem een oude Volkswagen: Lewezow.
Lewezow stapte uit en Gropius draaide zijn raampje naar beneden. 'Ik had u hier niet verwacht,' zei de detective. 'Hebt u gezien wie er samen met Fichte is ingestapt?'
Gropius knikte zonder iets te zeggen. Wat was er te zeggen?
'Nogal vochtig hier,' zei Lewezow en hield zijn hand beschermend boven zijn ogen. 'Komt u mee, er is hier een pilotenbar. Iets warms zou ons nu goed doen.'
Bijna alle tafels in het restaurant, de 'Fly in', waren bezet. Alleen vlak bij het achterste raam, dat door de warmte beslagen was zodat je niet naar buiten kon kijken, waren nog twee stoelen vrij. Ze bestelden hete thee met rum. Gropius verbeterde: 'Rum met een beetje thee.'
'Een oude vriend van me is hier vluchtleider,' zei Lewezow, 'en we kregen het eigenlijk toevallig over vliegtuigen en de bekende eigenaars ervan. Toen viel de naam van dr. Fichte. Ik was natuurlijk meteen alert en probeerde meer over hem te weten te komen. Tevergeefs helaas. Peter Geller, zo heet mijn vriend, wist alleen dat het vliegtuigje ruim een miljoen had gekost en op Fichtes naam staat. Als u wilt, kunt u zelf ook wel even met Geller praten. Kom maar mee, professor!'
Gellers kantoor bevond zich op de bovenste verdieping van de verkeerstoren en was ontzettend smal. Toen Lewezow en Gropius het kleine vertrek hadden betreden, was het er vol. Geller, een nonchalant geklede en jeugdig uitziende man van halverwege de veertig, zat achter een beeldscherm en drie telefoons en keek amper op.

Hij snoof: 'Nee hè, jij bent het weer!' Tegen de professor zei hij: 'We maken altijd stekelige opmerkingen tegen elkaar, weet u. Wat kan ik voor u doen?'
Lewezow stelde de professor voor en Gropius zei dat het om Fichte ging en of de ander al van Lewezow had gehoord waar het om ging.
'Fichte?' vroeg Geller verbaasd. 'Die is net vertrokken!' Daarbij maakte hij een gebaar naar de lucht.
'Dat weet ik,' antwoordde Gropius, 'met mijn vrouw! Ex-vrouw,' verbeterde hij zichzelf.
'Ah juist, dat spijt me voor u, professor!'
Als Gropius ergens niet tegen kon, dan was het medelijden. Daarom haastte hij zich te zeggen: 'Dat hoeft u echt niet te spijten.'
Geller knikte. 'Ik begrijp het.'
'Vertel eens,' zei Gropius voorzichtig, 'hier worden toch alle starts en landingen in de computer opgeslagen?'
'Ja.'
'En elke piloot moet aangeven waar hij naartoe vliegt?'
'Alleen al om veiligheidsredenen, ja.'
'Dan kunt u me dus vertellen waar Fichte in de afgelopen, laten we zeggen, drie maanden naartoe is gevlogen.'
Geller keek Lewezow vragend aan en Lewezow knikte.
Enigszins ontstemd mompelde Geller: 'Nou goed dan, als ik u daarmee een plezier kan doen. Maar u hebt het niet van mij!' De vluchtleider toetste vlug een paar dingen op zijn toetsenbord in en al snel daarna braakte de printer een vel papier met rijen getallen en namen uit. Een van de telefoons begon zachtjes te zoemen en meteen daarna een tweede.
Lewezow nam de computeruitdraai van Geller aan, Gropius bedankte hem en toen gingen ze weer naar beneden.
Hun tafeltje in de pilotenbar was inmiddels bezet, maar bij het raam was nu een ander tafeltje vrij. Lewezow en Gropius bekeken de computeruitdraai. De gegevens gingen terug tot september en bevatten in totaal zesentwintig vluchten: twaalf naar Nice en veertien naar Praag.
Lewezow hief zijn hoofd op en keek Gropius vragend aan: 'Begrijpt u dat, professor? Ik bedoel, Nice is logisch. Nice is het vliegveld voor Monte Carlo. Als ik een appartement in Monte Carlo had, zou ik daar ook elk vrij ogenblik doorbrengen. Maar Praag? Wat heeft Fichte binnen een periode van drie maanden veertien keer in Praag gedaan?'
'Dat zou ik ook graag willen weten,' zei Gropius peinzend, 'dan waren we al een heel stuk verder.' Zijn hoofd tolde: argwaan, verdenkingen en

de ergste vermoedens wisselden elkaar af. En dat Fichte juist met zijn ex-vrouw een verhouding moest hebben – op papier was hij nog steeds met haar getrouwd –, dat was toch wel het toppunt.
Op de start- en landingsbaan werd het langzamerhand druk. Kort na elkaar landden er twee eenmotorige machines, een derde werd uit de hangar getrokken en bijgetankt. Met de mouwen van zijn jasje veegde Gropius de beslagen ramen schoon. 'Vaak, op dit soort momenten,' zei hij naar buiten kijkend, 'zou ik wel in zo'n vogel willen stappen en gewoon wegvliegen, ver weg, en mijn verleden achter me laten.'

Gropius probeerde al twee uur lang Rita te bereiken. Zijn stemming was tot het nulpunt gedaald en hij kon aan niets anders denken dan aan haar zinnelijke lichaam. Hij móést haar hebben, vandaag nog. Eindelijk, na zijn vierde of vijfde poging, nam Rita op. Het was al tien uur 's avonds.
'Ik kom eraan,' zei Rita, zoals altijd als hij erom vroeg, eenvoudig. 'Ik kom eraan.'
Een halfuur later. Met wapperende haren en een innemend glimlachje stond Rita voor zijn deur. Gropius kuste haar met een zekere vrijblijvendheid, zoals altijd, en net zo geroutineerd vroeg hij: 'Wat wil je drinken?'
Rita schudde haar hoofd en Gropius keek haar vragend aan.
'Ik wil met je naar bed,' zei Gropius op de man af. Hij was geïrriteerd omdat Rita haar jas aanhield en met twee handen de kraag vastklemde. Ook haar blik, anders altijd uitdagend, was nu afwerend. Rita was gewoon anders, voor de eerste keer sinds ze elkaar kenden.
'Ik weet het,' zei Gropius, 'de laatste tijd heb ik me niet netjes gedragen. Maar je weet waarom. Dat had niets met jou te maken.'
Nog steeds met haar jas aan ging Rita in de woonkamer zitten. Ze sloeg met een abrupte beweging haar benen over elkaar en zei toen kalm: 'Gregor, ik moet je iets zeggen!'
Gropius ging tegenover haar zitten en zei zachtjes: 'Ik luister.'
Rita schraapte haar keel. Toen zei ze met vaste stem: 'Ik ga trouwen.'
Haar mededeling bleef dreigend in de lucht hangen; dat gevoel had Gropius in elk geval. Hij had geen idee hoe hij moest reageren. Per slot van rekening gebeurt zoiets niet elke dag: de vrouw met wie je naar bed wilt, verrast je met de mededeling dat ze gaat trouwen.
'Gefeliciteerd!' zei hij in een poging beleefd te blijven. 'Ik ben blij voor je!' Maar aan zijn stem was te horen hoe erg hij zich gekwetst voelde. 'En waarom hoor ik dat nu pas?'

'Omdat ik het pas vorige week heb besloten.'
'Aha!' Gropius haalde zijn schouders op en keek verontwaardigd opzij. Nee, het was zijn dag niet. Eerst die geduchte klap die Veronique hem had toegebracht en nu dit!
'En wie is de gelukkige?' vroeg Gropius zogenaamd geïnteresseerd.
'Hij is landmeter bij gemeentewerken. Ik maakte een thoraxfoto van hem, toen is het gebeurd.'
'Sinds wanneer word je verliefd op de inwendige organen van een mens?' mopperde Gropius geërgerd.
Rita schoot in de lach. 'Het was eerst zijn uiterlijk, zijn hartelijke manier van doen. Pas later gaf hij zijn innerlijk prijs. Ik begrijp dat je teleurgesteld bent, Gregor, vooral nu je het zo moeilijk hebt. Maar we weten allebei dat onze verhouding niet verder ging dan het bed.'
'Maar het ging ongelooflijk goed in bed! Of denk je daar inmiddels anders over?'
'Absoluut niet. Ik durf niet eens uit te sluiten dat ik ooit nog eens zal terugverlangen naar een van onze nachten samen. Maar toch kan ik de rest van mijn leven niet alleen maar een bereidwillige minnares zijn die op afroep beschikbaar is.'
Natuurlijk had Rita gelijk, dacht Gropius, en eigenlijk kon hij haar deze stap niet kwalijk nemen. Maar moest dat nu? Op een moment waarop zijn leven toch al helemaal op zijn kop stond en hij elke andere vrouw wantrouwde? Nu hij Rita aankeek, kwamen er als in een film hartstochtelijke scènes in hem op, gebeurtenissen die met Veronique, zelfs in hun beste periode, onvoorstelbaar zouden zijn geweest. Zoals toen tijdens die vlucht naar Hamburg, toen ze op de achterste rij met elkaar hadden gevreeën. Of in dat hotel in Parijs, toen ze een hele dag niet van hun kamer waren geweest en hun plannen maar moeizaam aan het Marokkaanse kamermeisje kenbaar hadden kunnen maken. Of toen op de snelweg tussen Florence en Verona, toen hij zijn Jaguar bijna tegen de vangrail had gereden, omdat Rita het per se tijdens de rit had willen doen.
'Misschien kunnen we vrienden blijven.' Rita bracht hem terug in de realiteit.
'Ja, misschien,' zei Gropius zacht. Hij had de pest aan die clichématige zin uit goedkope films. Trouwens, op dit moment was hij veel te ontgoocheld om het echt te menen.
Er vielen zelfs een paar afscheidstranen en er volgde een tedere omhelzing. Toen was er een einde gekomen aan zijn verhouding met Rita.

Na een vlucht van twee uur landde Felicia Schlesinger goedgehumeurd op het vliegveld van München. Ze kwam uit Amsterdam en had een succesvolle transactie afgerond: de verkoop van twee Nederlanders uit de zeventiende eeuw uit de verzameling van een diamanthandelaar aan een fabrikant uit Keulen. Deze transactie had haar, behalve een provisie van honderdvijftigduizend euro, een goede naam op de kunstmarkt opgeleverd.
Felicia nodigde Gropius uit voor de thee aan de Tegernsee. Ze wilde weten wat de professor in Turijn van professore de Luca te weten was gekomen.
Nog voordat ze iets kon vragen, zei Gropius: 'De Luca was op reis, in elk geval ben ik er niet in geslaagd hem te spreken te krijgen.' Hij had zich voorgenomen Felicia niets over zijn ontvoering te vertellen om haar niet nog ongeruster te maken.
'Dan bent u dus helemaal voor niets in Turijn geweest!' Felicia keek ernstig.
'Dat zou ik niet willen zeggen,' antwoordde Gropius. 'In elk geval weet ik nu dat de Luca een bijzonder twijfelachtig persoon is en dat signora Colella, die ik al in Berlijn heb leren kennen, met hem onder één hoedje speelt.'
'Die tien miljoen euro was dus van de Luca afkomstig?'
'Dat weet ik niet, nu nog niet. Tot nu toe zit het allemaal veel te ingewikkeld in elkaar. En verder is er inmiddels een heel nieuwe situatie ontstaan die geen enkel verband lijkt te hebben met de Luca. Misschien ken ik de moordenaar van uw man!'
Felicia's gezicht verstrakte. Ze keek Gropius zwijgend aan.
'Nou ja,' zei Gropius verlegen, omdat hij zich realiseerde dat hij een beetje had overdreven, 'ik zei misschien. In elk geval zijn er bepaalde aanwijzingen, maar er is nog geen bewijs.'
'Vertel het dan, professor!'
'Fichte! Mijn eigen hoofdarts. Kennelijk voert hij transplantaties uit op eigen rekening. Dat kan ik in twee gevallen bewijzen.'
'Maar voor een transplantatie moet toch heel veel gebeuren. Ik bedoel, zoiets kun je toch niet in een normale doktersspraktijk doen! En Arno is overleden na een operatie in uw ziekenhuis! Ik begrijp het verband niet.'
Gropius keek toe hoe Felicia de thee inschonk. Ten slotte antwoordde hij: 'Er is een heel duidelijke verklaring voor. Fichtes aanslag op uw man was tegen mij gericht. Met andere woorden, Fichte nam de dood van Schlesinger op de koop toe om mij uit mijn functie te verdringen.'

'Denkt u dat Fichte zoiets zou doen?'
'Dat niet alleen!' Gropius sloeg zijn blik neer. Hij overwoog heel even of hij dat wat hij op het vliegveld had gezien, voor haar verborgen moest houden. Toen realiseerde hij zich dat Felicia het vroeg of laat toch wel te weten zou komen. Daarom zei hij: 'Kennelijk helpt het hem bij het opkrikken van zijn zelfbewustzijn dat hij een verhouding heeft met mijn vrouw, ik bedoel ex-vrouw.'
Felicia keek Gropius ongelovig aan. 'En hoe weet u dat?'
'Hoe?' Gropius lachte zuur. 'Ik heb met mijn eigen ogen gezien hoe ze met Fichte in een vliegtuig stapte, zijn eigen vliegtuig trouwens. Hij ging naar Nice, dat ligt op een halfuur van Monte Carlo. Die 'madame' die u in Monte Carlo aan de telefoon hebt gehad en die zo slecht Frans sprak, is waarschijnlijk Veronique geweest. Nu begrijp ik ook waarom ze opeens niet langer Veronika genoemd wilde worden, maar Veronique.'
Felicia zweeg even. Ze zocht wanhopig naar een plausibel verband tussen Fichte en haar man. Maar hoe langer ze daarover nadacht, hoe onwaarschijnlijker het haar voorkwam en hoe waarschijnlijker de theorie van Gropius haar leek.
'Heeft Arno Schlesinger toch geprobeerd op de zwarte markt een nieuwe lever te krijgen?' vroeg Gropius. 'Het telefoonnummer van Fichte in Monte Carlo zat immers in zijn portefeuille. Ik bedoel, waarvoor had hij Fichtes telefoonnummer nodig?'
Met een hulpeloos gebaar hief Felicia haar handen op. 'Arno had het niet vaak over zijn toestand. Hij liet ook niet doorschemeren hoe slecht het ervoor stond. Ik hoorde pas een paar dagen voor de operatie dat hij een levertransplantatie zou ondergaan.'
'Maar waarom al die geheimzinnigheid?'
'Zo was hij nu eenmaal. Arno was niet iemand die toegaf dat het niet goed met hem ging. Hij liet zich niet graag in de kaart kijken en deed graag geheimzinnig. Nu denk ik dat het zijn manier was om macht uit te oefenen. Hij vond het geweldig als hij meer wist dan iemand anders. Vermoedelijk is hij daarom ook archeoloog geworden: hij wilde dingen ontdekken die niemand voor hem kende.'
Gropius knikte en vroeg toen min of meer terloops: 'Heeft Schlesinger het ooit over een dossier gehad, een dossier dat heel belangrijk was of heel waardevol?'
'Dat kan ik me niet herinneren,' zei Felicia onzeker. 'Ja, hij had altijd wel wat dossiers bij zich waarin hij zijn onderzoeksresultaten bijhield, tekeningen, foto's en verslagen. Maar dat is heel gewoon voor een archeoloog.'

Met een hoofdbeweging wees ze naar het vertrek ernaast. 'U hebt zijn dossierkasten gezien. Arno beweerde zelf dat er een goed geordend systeem achter zat. Ik vond het meer een chaos. Maar waarom vraagt u dat?'
'Waarom?' Gropius voelde zich betrapt. Hij vertrok zijn gezicht alsof hij geen antwoord wilde geven. Ten slotte zei hij: 'In Turijn werd mij gevraagd naar een belangrijk dossier dat Schlesinger kennelijk in bezit had. Helaas is het me niet gelukt uit te vinden waar het om ging. De inhoud lijkt buitengewoon explosief te zijn.'
Felicia hield haar hoofd schuin en trok haar wenkbrauwen op. 'Wat zou een archeoloog nu voor buitengewoon explosiefs in bezit kunnen hebben?'
'Hoe dan ook, men bood me tien miljoen euro voor dat dossier.'
'Tien miljoen? Wie?'
'De Luca en zijn handlangers.'
'Zei u niet dat de Luca er niet was?'
'De Luca niet, maar zijn afgevaardigde, signora Colella, een achterbakse vrouw!'
'Ach,' zei Felicia uitdagend, alleen maar 'ach', maar dit 'ach' klonk zo hatelijk, bijna spottend, dat Gropius dacht dat er wantrouwen in doorklonk. En alweer twijfelde hij eraan of hij eigenlijk wel kón liegen.
Hij zat daar nog over na te denken toen Felicia zonder iets te zeggen naar Schlesingers werkkamer liep. Ze kwam terug met een brief en zei: 'Deze kwam een paar dagen geleden met de post. Ik heb er eerst niet veel aandacht aan besteed, maar nu weet ik het niet meer.' Ze haalde de brief uit de envelop en gaf hem aan Gropius.
De afzender was Bank Austria, Hoofdkantoor, Wenen. Deze financiële instelling stuurde een aanmaning voor de jaarhuur voor kluis nr. 1157. Wanneer dit bedrag niet werd voldaan, zou de kluis na een periode van drie maanden met geweld worden geopend en de inhoud worden verkocht. Met vriendelijke groeten.
'Wist u van het bestaan van deze kluis af?' vroeg Gropius voorzichtig.
'Nee,' antwoordde Felicia, 'daar wist ik net zomin iets van af als van die miljoenen in Zürich.'
'Dan rest de vraag wat erin zou kunnen zitten en ook de vraag waarom Schlesinger uitgerekend in Wenen een kluis had.'
Felicia knikte zwijgend; ten slotte zei ze: 'Toen u over dat dossier begon...'
Gropius viel haar in de rede: 'Volgens mij denken we allebei hetzelfde.'
'Zijn we dan ook hetzelfde van plan?' Felicia keek Gropius onderzoekend aan. 'Ik bedoel, we zouden samen naar Wenen kunnen gaan om dit uit te zoeken.'

Gropius zei voorzichtig: 'Neem me niet kwalijk, hoor, maar volgens mij is dat geen goed idee.'
'En waarom niet?'
'Nou ja, volgens mij worden we nog steeds geschaduwd.'
'Door de politie bedoelt u? Die is daar al lang mee opgehouden.'
'Nee, die bedoel ik niet.'
'Door wie dan?'
Gropius slikte. 'Toen ik in Berlijn was, merkte ik dat ik geschaduwd werd. In Turijn zat er een stel louche figuren achter me aan. Denkt u dan dat we ongemerkt naar Wenen kunnen?'
'Dan moeten we bepaalde voorzorgsmaatregelen nemen!'
'Ja, ja,' antwoordde Gropius afwezig. Hij vond Felicia's voorstel zowel naïef als geraffineerd. Naïef, omdat ze niet te maken hadden met een stelletje amateurs, maar met doorgewinterde gangsters. Geraffineerd, omdat hij zelf tot nu toe niets had gedaan om te ontsnappen aan de aandacht van de eerbiedwaardige firma of om die voor de gek te houden. En hoe langer hij erover nadacht, hoe zekerder hij wist dat hij Felicia in deze situatie niet alleen kon laten.
'Waarom ook niet?' zei hij ten slotte met een vaag glimlachje dat superioriteit moest uitstralen. Maar hij had zelf nog geen enkel idee wat ze moesten doen als dat geheimzinnige dossier echt in die bankkluis zou zitten.
De volgende tweeënhalf uur waren ze bezig met de voorbereidingen voor hun reis waar niemand getuige van mocht zijn. Felicia bleek daarbij onverwachts creatief en geraffineerd.
Reizen, meende ze, werd in het algemeen 's ochtends gedaan. Dus moesten zij 's avonds vertrekken en net doen alsof ze samen naar een avondvoorstelling zouden gaan. In de Staatsopera stond voor zeven uur 's avonds de *Zauberflöte* van Mozart op het programma.
De volgende avond om ongeveer half zeven passeerden Felicia Schlesinger en Gregor Gropius in zijn terreinwagen de slagbomen van de ondergrondse parkeergarage van het operagebouw. Gropius parkeerde zijn auto naast een grijze Volkswagen met een kentekenplaat uit Hamburg. Ze hadden donkere kleren aan, zodat niemand eraan zou twijfelen dat ze echt de opera gingen bezoeken. Nog geen tien minuten later was het behoorlijk druk geworden in de parkeergarage. Gropius en Felicia keerden temidden van deze drukte terug naar hun auto. Ze haalden er twee kleine koffers uit en laadden die in de grijze Volkswagen, een huurauto van Avis. Met deze auto verlieten ze de parkeergarage via dezelfde route

die ze een halfuur eerder hadden gereden. Eén uur later zaten ze al op de snelweg naar Wenen.

Gropius was dol op Wenen, op de pleinen en de steegjes waarin het leek alsof de tijd honderd jaar had stilgestaan, op de rijen Weense huizen waarin pracht en praal en decadentie hand in hand gingen, op de elegantie van de Kärntnerstrasse en de sjofele buitenwijken, en natuurlijk op de koffiehuizen, waar je bij je koffie één, twee of drie glazen wijn kreeg plus de laatste editie van de krant, en waar niemand er bezwaar tegen maakte als je, aldus tevredengesteld, daar de hele middag bleef hangen. Felicia had vanuit een telefooncel twee eenpersoonskamers gereserveerd in hotel Interconti. Even voor middernacht kwamen ze aan in hun tussen het Stadtpark en een ijsbaan gelegen hotel en vielen doodmoe in bed.
Tijdens het ontbijt dat ze de volgende ochtend samen nuttigden, betrapte Gropius zich erop dat hij elke gast – het waren er niet zoveel, want in deze tijd van het jaar, begin december, was het hotel nog niet eens half vol –, dat hij elke persoon bekeek en aan een grondig onderzoek onderwierp. Maar de andere gasten waren vooral met zichzelf of met de uitgestalde ochtendkranten bezig, waardoor Gropius de dag met een gerust gevoel tegemoet trad.
Om een uur of tien liepen ze het pompeuze bankgebouw aan de Opernplatz binnen. De loketten zagen er allemaal zo gedegen uit dat zelfs een welvarende cliënt het gevoel kreeg dat hij hier als bedelaar kwam. Voordat Felicia naar een van de loketten ging, zei Gropius ernstig: 'Goed, nog één keer: wat er ook in dat dossier staat, we leggen het terug in de kluis. En geen discussies, want die vertrekken worden bewaakt met beveiligingscamera's en met microfoons.'
'Ja, zoals afgesproken,' antwoordde Felicia even ernstig.
Felicia legitimeerde zich en overlegde het overlijdenscertificaat van Schlesinger en het bewijs van erfgenaamschap. Ondertussen bekeek Gropius de scène van een veilige afstand. Het duurde ongeveer vijftien minuten voor Felicia Gropius wenkte. Ze wees naar een keurig geklede vrouwelijke bankbediende met zwart haar en een rode bril en zei: 'Deze jongedame zal ons naar de kluis begeleiden.'
Via een marmeren trap die naar ontsmettingsmiddelen rook en eruitzag alsof hij naar een operatiezaal leidde, bereikten ze het souterrain van de bank. Bij een ijzeren hek bleven ze staan. Beveiligingscamera's in alle hoeken wekten de indruk dat hier elke stap en elke beweging werd bekeken en vastgelegd.

Gropius was opgewonden en had daardoor geen aandacht voor Felicia's gemoedsgesteldheid. Hij had zich het hoofd gebroken over de inhoud van het dossier en de rol van de bewaarplaats Wenen daarbij. Maar hij had niets bruikbaars kunnen bedenken. Nadat ze het ijzeren hek gepasseerd waren, sloeg de bankbediende linksaf. Aan het einde van een smalle gang opende zich een felverlichte kluis van zes bij acht meter met honderden kluisjes erin. Gropius kreeg het benauwd.

Kluis 1157 bevond zich achterin op schouderhoogte. De bankbediende met het zwarte haar trok zich discreet terug nadat ze het deurtje had geopend. Gespannen keek Gropius toe hoe Felicia een aluminium cassette tevoorschijn haalde en op een plank zette. Niet zonder reden had deze cassette een formaat waarin een dik dossier paste.

Felicia leek beheerst, in elk geval veel minder opgewonden dan Gropius toen ze het deksel dat achteraan met een scharnier vastzat, opende en in de cassette keek. In een witte gewatteerde doek gewikkeld kwam er iets heel bijzonders tevoorschijn, dat bij nadere beschouwing bestond uit een hoefijzer, ongeveer zo groot als de palm van een hand, gemaakt van ivoor, geelachtig bruin en gedeeltelijk vergaan.

'Wat is dat?' vroeg Felicia radeloos en zonder een antwoord te verwachten.

'Waarschijnlijk een archeologische vondst. Archeologen kunnen hele boeken volschrijven over dit soort dingen.'

'Maar waarom heeft hij dit in een kluis bewaard? En waarom juist hier?'

'Wat er in onze ogen onbelangrijk uitziet, kan voor een onderzoeker als Schlesinger wel heel waardevol zijn. Een hoefijzer!' Hij schudde zijn hoofd. 'Een hoefijzer.' Teleurgesteld wendde Gropius zijn blik af. Vanuit de verte hoorde hij een boosaardig gelach, alsof Schlesinger stiekem naar hen keek en hen voor de gek had gehouden. Hij voelde het bloed naar zijn hoofd stijgen. 'Is dat alles?' mompelde hij boos. 'Is dat echt alles?'

'Daar lijkt het wel op.' Felicia doorzocht de verpakking van het hoefijzer en zei mopperend: 'U had er ook meer van verwacht. Ja toch, professor? Of weet ú wat we ermee moeten doen?'

Gropius trok zijn wenkbrauwen op. 'Nee,' antwoordde hij, 'absoluut niet. Kom mee!'

Snel sloot Felicia de cassette en schoof hem terug in het vak.

De decembermist hulde de schilderachtige Opernplatz in een somber grijs waas, waar hier en daar de feestelijke kerstverlichting doorheen schemerde. Om daaraan te ontvluchten begaven ze zich naar Café Sacher, waarvan de ingang links van de hotelingang was. Een onwaar-

schijnlijk voorname chef de réception, die er achter de glazen deur voor waakte dat alleen geschikte cliëntèle het beroemde etablissement betrad, begeleidde hen met veel strijkages naar een van de felbegeerde tafeltjes aan het raam. Een tweede nam hun bestelling op: twee melange. Volgens de oude Weense cafétraditie is dit een kop sterke koffie met een schuimlaag van opgeklopte melk.
Felicia zag er neerslachtig uit. Het duurde in elk geval een paar minuten voordat haar verstarde gezichtsuitdrukking plaatsmaakte voor een dromerig glimlachje dat Gropius in deze situatie absoluut niet thuis kon brengen. Maar nog voordat hij kans zag om haar te vragen waarom haar stemming zo plotseling was omgeslagen, zei Felicia hoofdschuddend: 'Het is toch wel een beetje vreemd: we hebben onze actie op een James Bond-achtige manier voorbereid om eventuele achtervolgers af te schudden, en wat vinden we? Een oud, verweerd hoefijzer van ivoor!'
Gropius zat peinzend in zijn kopje te roeren en zei toen zonder Felicia aan te kijken: 'Het is waarschijnlijk meer waard dan je eraan afziet. Maar wie zal het zeggen? En wat Wenen betreft: misschien heeft Schlesinger wel op dezelfde manier gedacht als wij en wilde hij zijn sporen uitwissen.'
Gropius zat peinzend voor zich uit te staren. Aan het tafeltje naast hen was een keurig geklede, oudere heer in gevecht met de ochtendkrant. Hij besteedde minder tijd aan het lezen van de nieuwsberichten dan aan het luidruchtig omslaan van de pagina's. Tussendoor becommentarieerde hij de krantenkoppen zo luid dat men het wel móést horen, met gegrom of gesis, afhankelijk van het feit of hij het ermee eens was of niet. Hij zat met zijn rug naar het raam; daaruit mocht je concluderen dat hij het uitzicht goed kende. Zonder dat erom gevraagd was, kwam de ober al met een derde kopje naar de ijverige lezer toe en zei elke keer onderdanig: 'Alstublieft, professor!' Maar goed, in een Weens café word je al zo aangesproken als je een bril draagt...
Nadat hij de kranten vluchtig had bekeken, legde de 'professor' de krant op een stoel. Daarbij viel Gropius' blik op een kop in de *Kronenzeitung*. Eerst dacht hij er niet verder over na, maar opeens drong de ware betekenis als een bliksemflits tot hem door.
'Mag ik?' Zonder het antwoord van zijn tafelbuur af te wachten pakte Gropius de krant en las: 'Geheimzinnige maffiamoord in Turijn. Op de plek waar de rivieren de Stura en de Po samenvloeien, werd vrijdag een auto met daarin het lijk van de biochemicus Luciano de Luca uit het water gehaald. De auto was dwars door de borstwering langs de rivier

gereden en in de monding van de rivier beland. In eerste instantie ging de politie ervan uit dat professore de Luca, die in Turijn de leiding had over een genlaboratorium, tijdens het rijden een hartinfarct had gekregen. Maar uit het autopsieverslag dat gisteren is gepubliceerd, blijkt dat de Luca is gedood door een injectie met het insecticide CVP. Het gefingeerde ongeluk draagt de signatuur van de Italiaanse maffia. Een sporenonderzoek zal moeten uitwijzen hoe het ongeluk in zijn werk is gegaan.'

Sprakeloos en lijkbleek gaf Gropius de krant aan Felicia.

'Lieve help,' zei ze zacht nadat ze het bericht had gelezen. 'Is dat niet dezelfde de Luca met wie Arno in Berlijn een afspraak had?'

'Dezelfde de Luca die ik in Turijn niet heb gezien! Maar dat is nog niet alles: de Luca werd met dezelfde stof vermoord als Schlesinger: CVP!'

'Wat betekent dat?' Felicia keek Gropius doordringend aan. 'Wat betekent dat?' herhaalde ze zachtjes.

'Ik heb geen idee,' antwoordde Gropius toonloos, 'het enige wat ik weet, is dat ik bijna gek word. Een paar minuten geleden dacht ik nog dat de Luca de touwtjes in handen had, en nu is hij zelf slachtoffer geworden. Ik begrijp er helemaal niets van. Tot nu toe meende ik op mijn verstand en op de wetten van de logica te kunnen vertrouwen, maar dat blijkt nu een vergissing te zijn. Wie zijn deze mensen en wat willen ze?'

Over de tafel heen greep Felicia Gregors hand, maar die was met zijn gedachten zo ver weg dat hij dit ontroerende gebaar niet eens opmerkte. 'Een beetje afleiding zou goed voor ons zijn,' zei Felicia aarzelend. 'In de Staatsopera wordt *Nabucco* opgevoerd. Houdt u van Verdi?'

Gropius staarde nog steeds naar de krant die voor hen op de tafel lag. 'Of ik van Verdi hou?' vroeg hij geïrriteerd. 'Ja, natuurlijk.'

'Goed, dan zorg ik voor kaartjes. We zien elkaar dan in het hotel.'

Later kon Gropius zich niet meer zoveel herinneren van die avond in de Staatsopera, en daar was een logische verklaring voor. Terwijl zijn ogen en oren lusteloos het gebeuren op het podium volgden – over de slavernij van de Israëlieten in Babylon en de rivaliteit tussen twee vrouwen van koning Ismaël – draaide hij in gedachten steeds weer de gebeurtenissen van de afgelopen weken af. Als in quick motion plakte hij de gebeurtenissen achter elkaar, in de hoop daardoor tot een bepaalde conclusie te komen, maar helaas. Nabucco, de koning van Babylon, en zijn dochters Fenena en Abigail slaagden er niet in zijn gedachten af te leiden van Luciano de Luca en de louche Francesca Colella.

'Dat bezoek aan de opera was dus toch niet zo'n goed idee,' zei Felicia zachtjes toen ze weer terug waren in hotel Interconti en aan de bar een slaapmutsje namen.
Gropius viel haar in de rede: 'Nee, nee. Ik moet mijn excuses aanbieden; het viel me echt zwaar om me op de opera te concentreren. De moord op de Luca heeft me te erg aangegrepen.' Voor het eerst die avond bekeek hij Felicia eens goed. Ze droeg een eenvoudig zwart jurkje met een brede zijden kraag. Van voren was het diep uitgesneden, waardoor er een diepe V tussen haar stevige borsten ontstond. Gedreven door zijn angst en nieuwsgierigheid had hij er geen moment bij stilgestaan dat Felicia ook een vrouw was, een bijzonder aantrekkelijke vrouw. Minutenlang heerste er een beklemmende stilte.
De pijnlijke situatie met Francesca in Turijn – hij was toen het liefst door de grond gezakt – en het feit dat Rita het zo onverwachts had uitgemaakt, waren niet erg gunstig voor zijn zelfvertrouwen ten opzichte van vrouwen. En daarom zou deze avond in Wenen een niet noemenswaardig einde hebben gehad, als Felicia niet onverwachts het initiatief had genomen.
Even na middernacht, Gropius lag al wel in bed maar kon nog niet slapen, klopte er iemand op de verbindingsdeur tussen zijn en Felicia's kamer. Toen hij niet reageerde, werd het kloppen dringender. Gropius sprong zijn bed uit, schoot zijn badjas aan en schoof de grendel van de deur. Voor hem stond Felicia in een dun wit T-shirt, dat maar net tot aan haar schaamhaar reikte; meer droeg ze niet.
'Ik ben bang,' zei ze zachtjes en liep Gropius' kamer in.
'Bang waarvoor?' vroeg Gropius, veel te verbijsterd om meteen te begrijpen dat het maar een smoesje was.
'Er staat iemand bij mijn deur. Dat kon ik duidelijk horen!'
Gropius liep moedig naar de kamer naast de zijne, trok met een heftige ruk de deur open en stapte de gang op. Niets.
'U hebt u vast vergist,' zei Gropius toen hij zijn eigen kamer weer binnenkwam. En pas toen, toen hij Felicia in zijn eigen bed zag liggen, begreep hij het.
Hoewel hij zijn uiterste best deed om de situatie de baas te blijven, had ze waarschijnlijk wel gezien dat hij bijna glimlachte, want ze klopte uitnodigend op het bed en zei: 'Vindt u me niet een heel klein beetje aantrekkelijk, professor Gropius?'
Jazeker, wilde hij zeggen, en ook: Wat dacht je?; maar beide mogelijkheden vond hij in deze situatie nogal dom klinken. Hij besloot om zonder iets te zeggen naast Felicia onder de deken te kruipen.

Felicia leunde met haar hoofd op haar linkeronderarm en keek Gregor met grote ogen aan. Deze paste zijn houding aan bij de hare, en terwijl hij onder de dekens met zijn linkerhand naar haar borsten reikte die hem vanaf hun eerste ontmoeting hadden gefascineerd, beantwoordde hij haar uitnodigende blik.
Felicia genoot van zijn zachte en tedere aanraking en haar lichaam begon golvende bewegingen te maken, vanaf haar schouders tot aan haar tenen. Opeens voelde hij dat haar rechterhand over zijn buik naar beneden gleed en hem toen – hij had het wel kunnen uitschreeuwen – beheerst vastgreep. Gregor voelde zich in haar hand goed, maar ook gevangen.
'En ik dacht nog wel dat je een homo was!' zei Felicia glimlachend.
'Ben ik ook,' antwoordde Gregor ad rem. 'Ben jij soms een meisje?'
'Ik? Hoe kom je daar nu bij?' riep Felicia overmoedig, trok haar T-shirt uit en ging op Gregor zitten, die net deed alsof hij volkomen overrompeld was, alsof hij zoiets nooit had verwacht.
Gregors lichaam begon te trillen toen hij de warmte van haar schaamlippen voelde die zijn penis wel leken op te zuigen. Hij zag dat ze zo opgewonden was dat ze haar ogen sloot. Ze kruiste haar armen achter haar hoofd en wiegde haar bovenlichaam heen en weer. Hij werd bijna gek toen hij zag hoe haar borsten daarbij bewogen, als zonnebloemen in de herfst. Hij keek wellustig naar haar grote, donkere tepels.
'Je vindt het fijn!' fluisterde Felicia en bleef opeens stil zitten. 'Zeg het, je vindt het fijn!'
'Ja, ik vind het fijn,' zei Gregor snel. Hij had alles willen zeggen, als ze maar door bleef gaan met haar hartstochtelijke dans op zijn lichaam.
Alsof ze zijn gedachten had geraden, ging Felicia verder met haar frivole spel en bewoog met het zachte ritme van een slangenbezweerder. Ze was heel stil. Alleen haar ademhaling verraadde hoezeer ze er zelf van genoot. Als in extase sloot Gregor zijn ogen. Ver weg, vergeten waren de gebeurtenissen van de afgelopen weken, het abrupte einde van zijn carrière en de continue angst. En juist die gebeurtenissen hadden hen bij elkaar gebracht.
Hun hartstochtelijke samenzijn duurde wellicht een halfuur of misschien maar vijf minuten. Hoe dan ook, zijn passie was zo heftig en zo overweldigend dat Gregor nergens anders meer aan dacht, en al zeker niet aan de factor tijd. Toen hij eindelijk klaarkwam en het gevoel had dat hij in haar explodeerde, schreeuwde hij even alsof hij door een pijl was geraakt, richtte zich op en zakte slap weer neer.

Felicia's lichaam trilde van opwinding. Ze steunde op zijn bovenarmen, boog zich naar hem over, likte met haar tong over zijn lippen en bewoog haar bekken zachtjes heen en weer, tot ze onderdrukt kreunde en gelukkig over hem heen zakte.
Toen Gropius wakker werd, duurde het even voordat hij begreep dat hij dit niet had gedroomd. Felicia lag naast hem, op haar rug, met de deken tussen haar benen, met blote borsten, gebogen armen en verwarde haren. Gropius tilde zijn hoofd een beetje op en bekeek haar welgevormde lichaam in het vale ochtendlicht dat door de brede ramen naar binnen viel. Eerder had hij nog niet de kans gehad om haar beter te bekijken; hij had haar lichaam alleen maar gevoeld en zich overgegeven aan zijn gevoelens. Nu verslond hij haar met zijn ogen, als een voyeur die zich onbespied waant, en zich bewust van het feit dat het object van zijn begeerte zich niet kon verweren.
Felicia was een mooie vrouw. Ze had de sierlijkheid van haar jeugd achter zich gelaten en was in de bloei van haar leven. Haar dijen waren gewelfd, haar heupen mooi gevormd en haar borsten waren vol belofte. Haar huid was donker en zijdeachtig en nodigde uit tot tedere aanrakingen.
'Verlustig je je altijd aan weerloze, naakte vrouwen?' vroeg Felicia opeens zonder haar ogen open te doen.
Gropius voelde zich betrapt en het duurde even voor hij een antwoord paraat had. 'Alleen als ze zo opwindend zijn als jij!'
Toen deed Felicia haar ogen open en Gregor kuste haar op haar mond. Ze keken elkaar een hele tijd aan.
'Ik zou willen,' zei Gropius, 'dat we elkaar op een andere manier hadden ontmoet.'

8

Vrouwen gedragen zich heel verschillend na de eerste nacht met een man. Voor Felicia Schlesinger was de onverwachte gebeurtenis in Wenen aanleiding om zich te ontdoen van de spullen van Arno Schlesinger. Hij was nog steeds aanwezig in het huis dat ze vier jaar met hem had gedeeld, althans dat deel ervan waarin hij niet toevallig in het buitenland zat. Ze kon geen kast opendoen zonder zijn kleren of ondergoed tegen te komen. Persoonlijke spullen, foto's, cadeautjes die hij voor haar had meegebracht en boeken die ze niet kende, hielden de herinnering aan hem levendig. Eigenlijk voelde ze zich bespied door al die kleine dingen en ze begon zich er steeds onbehaaglijker onder te voelen. Kerst en Oud en Nieuw waren voorbij. Felicia had deze feestdagen samen met Gropius doorgebracht. Nu wilde ze alle banden met het verleden doorsnijden, in elk geval die banden die haar hinderden bij een nieuw begin.

Dat was niet gemakkelijk. Felicia wist niet of ze medelijden moest hebben met Arno's lot of dat ze haar boosheid om zijn geheime leven de vrije loop moest laten. Toen vond ze een envelop. Ze ontdekte hem toen ze de kleren van haar man in zes grote dozen stopte, uitgerekend in het witte pak dat hij tijdens hun huwelijk in Las Vegas had gedragen. Er zat een Israëlische postzegel op en het poststempel kon Felicia niet ontcijferen. De afzender was Sheba Yadin. Geen plaatsnaam, geen straatnaam. Sheba Yadin? Die naam had Felicia nog nooit gehoord.

Heel even twijfelde ze of ze de brief uit de envelop zou halen of hem ongelezen zou vernietigen. De brief zou vast niet prettig voor haar zijn. Hij had deze brief niet voor niets in de zak van een van zijn pakken verstopt. Maar toen kreeg haar nieuwsgierigheid de overhand. Felicia wilde duidelijkheid, ze wilde weten wat er achter al die ongerijmdheden zat die ze na Schlesingers dood had ontdekt. Want dat Arno nog een ander, een tweede leven had geleid, daar was Felicia inmiddels van overtuigd. Ze haalde de brief met gehaaste bewegingen uit de envelop. Hij was geschreven met groene inkt in een eenvoudig meisjeshandschrift. Onder aan de brief stond een rode lippenafdruk. Felicia verslond de stuntelig geschreven zinnen met haar ogen.

Tel Aviv, 3 maart.
Mijn allerliefste molletje! Het is nu al zeven dagen geleden, zeven dagen waar-

in ik je niet meer in me heb gevoeld, en ik weet niet hoe lang ik dat nog kan volhouden. Er gaat geen minuut voorbij waarin ik niet aan je denk en aan de uren die we samen in Jeruzalem hebben doorgebracht. Waarom laat je me zo lijden? Heb je niet diezelfde behoefte om van me te houden? Of heb je je plannen inmiddels veranderd? Is je vrouw soms beter dan ik? Vertel het me als dat zo is. Ik wil alles voor je doen. We zouden met die miljoenen een nieuw leven kunnen beginnen, ergens in Europa of Amerika. Geloof me, ik kan zwijgen als het graf. Maar als je je niet aan je belofte houdt en teruggaat naar je vrouw, moet ik wel nieuwe afwegingen maken. Je weet wat deze kennis waard is. Maar daar wil ik helemaal niet aan denken. Ik hou van je en wil je hebben.
Jou, jou, jou! Love, shalom, Sheba.

De groene zinnen begonnen voor Felicia's ogen te dansen. 'Mijn allerliefste molletje!' siste ze zachtjes voor zich heen. En even later voegde ze er met veel haat in haar stem aan toe: 'Die smerige, kleine Israëlische hoer!'
Ze was zo boos dat ze de brief verfrommelde, maar even later streek ze hem weer glad als een kostbaar stuk. Toen las ze hem nog een keer.
Je bent een stomme trut, zei ze tegen zichzelf toen ze klaar was, waarom heb je Schlesinger vertrouwd? Een man die de helft van zijn leven niet thuis is, verdient niet zoveel vertrouwen! De inhoud van de brief kwetste haar, niet omdat dit het schriftelijke bewijs was dat Arno haar had bedrogen, nee, haar eigen goedgelovigheid en naïviteit deden haar fysiek pijn. En als ze nog moeite had gehad met de gedachte dat Arno onder Gregors handen was gestorven, dan ruimde deze brief alle bedenkingen uit de weg. Nu beschouwde Felicia Gregor als wreker.
Ze werd opgeschrikt uit haar sombere gedachten door het gerinkel van de telefoon. Het was een man met een jeugdige stem die zich voorstelde als dr. Rauthmann van het Archeologisch Instituut van de Humboldt Universiteit in Berlijn. Hij begon met zich beleefd te verontschuldigen voor het feit dat hij haar stoorde, vervolgens condoleerde hij Felicia met de dood van Schlesinger die hij en alle collega's erg hadden bewonderd. Felicia onderbrak de hoogdravende woorden van de man: 'En waarom belt u mij op?'
De man bleef een hele tijd zwijgen en zei ten slotte: 'Ik hoef u natuurlijk niet te vertellen dat uw man een van de meest gerenommeerde onderzoekers op zijn vakgebied was. Hij gold als een excentriekeling zoals je die tegenwoordig in de wetenschap niet veel meer tegenkomt. Maar excentriekelingen, mannen die hun doel najagen zonder rekening

te houden met de conventies, zijn de echte helden van de wetenschap. Uw man had, zoals u vast wel weet, veel vijanden, vooral vanwege zijn financiële mogelijkheden. Hierdoor was hij in staat projecten op te starten die door overheidsinstanties op de lange baan waren geschoven. Daar hebben we hem allemaal om benijd. Want terwijl de meesten van ons hun werk achter hun bureau verrichtten, was uw man aan het werk als archeoloog in het veld. Hij kende het Nabije en Midden-Oosten als zijn broekzak en bezocht plaatsen die de meesten van ons alleen maar uit de literatuur kennen. Benijdenswaardig, echt benijdenswaardig! Hij had de onderzoeksopdrachten en de instellingen waarmee hij samenwerkte maar voor het uitzoeken. Maar wat zit ik nu te kletsen, dat weet u immers wel.'

De lofzang op haar man verbaasde Felicia. Arno had haar, als hij het al over zijn werk had, eerder het tegenovergestelde verteld. Hij had zich meer dan eens negatief uitgelaten over de bestuurders van wetenschappelijke instellingen, zich zelfs vrolijk gemaakt over hun eenzijdige denkpatroon en hun beperkte mogelijkheden.

'En wat kan ik voor u doen, dr. Rauthmann?' vroeg Felicia nadrukkelijk.

Rauthmann kuchte verlegen en zocht naar een diplomatiek antwoord. 'Zoals u weet, werkte uw man op het laatst aan een onderzoeksproject voor de universiteit van Jeruzalem. Tot nu toe is daarover niets gepubliceerd. Wij, dat wil zeggen ons instituut, interesseren ons heel erg voor het onderzoeksmateriaal. Uw man heeft hier waarschijnlijk veel van nagelaten. Wat bent u van plan daarmee te doen?'

'Daar heb ik nog niet over nagedacht,' antwoordde Felicia.

'Dat begrijp ik. Het spijt me dat ik me zo opdring, maar wij willen met ons verzoek eventuele andere instellingen voor zijn die ook nog contact met u zullen opnemen. Daar ben ik zeker van. Mag ik misschien een keer naar de wetenschappelijke nalatenschap van uw man komen kijken?'

De onbekende man maakte haar wantrouwig, maar ze werd ook wel nieuwsgierig. Kennelijk wist deze dr. Rauthmann meer over het werk van haar man dan ze had vermoed.

'Ja natuurlijk,' antwoordde Felicia, 'zegt u maar wanneer.'

'Kan het morgenmiddag om twee uur?'

'Morgen?' vroeg Felicia verbaasd.

'Ik moet morgen toevallig in München zijn, dus dat zou mooi uitkomen. Ik wil u ook helemaal niet lang ophouden, maar eerst gewoon even

rondkijken. Ik kan me voorstellen dat uw man een aanzienlijke hoeveelheid documentatie heeft nagelaten. Tot morgen dan. U bent heel vriendelijk, dank u wel!'
Meteen nadat ze had opgelegd, begon ze eraan te twijfelen of ze deze dr. Rauthmann wel kon vertrouwen. Bij de telefoondienst informeerde ze naar het telefoonnummer van het Archeologisch Instituut in Berlijn. Ze draaide het en vroeg naar dr. Rauthmann. Toen hij zich meldde, verbrak ze de verbinding. Toen belde ze Gropius op.
'Hoe gaat het met je? Is er nieuws?' vroeg Gropius toen hij Felicia's stem hoorde.
'Heel veel!' zei Felicia. 'Arno was een klootzak!'
'Wat is er in hemelsnaam gebeurd?' Gropius hoorde wel aan haar stem dat ze bijna moest huilen.
'Hij had een verhouding met een Israëlische hoer!'
'Hoe weet je dat?'
'Ik was zijn kleding in dozen aan het doen en uitgerekend in het pak dat hij droeg toen we in Las Vegas trouwden, vond ik een liefdesbrief van ene Sheba Yadin. "Mijn allerliefste molletje"... Wat onnozel!'
'Dat spijt me,' zei Gropius.
'Hoeft niet, hoor!' zei Felicia. 'Als er nog een reden was om om Arno te rouwen, dan is dat nu voorbij. Hij heeft me bedrogen waar ik bij stond en ik was zo stom om hem te vertrouwen. Hoe heb ik zo naïef kunnen zijn!'
'Hoe kan ik je troosten?' vroeg Gropius teder.
'Wil je hier naartoe komen en blijven slapen? Ik zou het fijn vinden als je hier morgen bent. Een archeoloog uit Berlijn heeft gezegd dat hij zou komen. Hij is geïnteresseerd in Arno's wetenschappelijke nalatenschap. Hij heet dr. Rauthmann. Ik heb het nagevraagd: die man bestaat echt. Toch vertrouw ik hem niet helemaal, hoewel hij veel wist van Arno's werk.'
'Ik kom eraan,' zei Gropius.

Toen Gropius de volgende ochtend wakker werd in Felicia's bed, duurde het even voor hij zich herinnerde waar hij was. Toen glimlachte hij. Het was al een hele tijd geleden dat hij wakker was geworden in het bed van een onbekende vrouw. Vanuit de keuken hoorde hij het zachte gesis van het koffiezetapparaat, en de aangename geur van geroosterd brood drong de slaapkamer binnen. Gregor had zich lange tijd niet meer zo prettig gevoeld. Het lot had hem en Felicia onder afschuwelijke

omstandigheden bij elkaar gebracht, maar nu leek het alsof ze beiden iets positiefs uit deze situatie haalden.
Het uitzicht over het terras naar de andere oever van de Tegernsee was fantastisch. De ochtendzon stond laag en wierp haar stralen door de bladerloze bomen op de bergkam. Het was koud, hoewel er dit jaar amper sneeuw was gevallen; maar dat vond Gregor noch Felicia heel erg. Geen van beiden gaf veel om wintersport.
Met een dienblad zo groot dat ze het amper kon vasthouden en gekleed in een wit T-shirt, kwam Felicia de slaapkamer binnen. 'Goedemorgen, de hoteldirectie is zo vrij u het ontbijt samen met het kamermeisje op te dienen!'
Gropius schoot in de lach. En zag toen pas dat Felicia onder het dienblad niets aan had.
'Dit adres moet ik onthouden,' zei Gropius schertsend en keek hoe Felicia het dienblad op een bijzettafeltje zette. Overmoedig strekte hij zijn hand naar haar uit, maar Felicia weerde hem af met de woorden: 'Het is het personeel van dit hotel ten strengste verboden om privécontacten met de gasten te onderhouden.'
Gropius en Felicia ontbeten in bed. Eigenlijk vond Gropius het vreselijk om in bed te ontbijten vanwege de kruimels. Maar met Felicia samen was alles anders. Het leek wel alsof hij een nieuw leven leidde. Op dit soort momenten probeerde hij het verleden te vergeten, maar dat lukte niet langer dan vijf minuten. Daarna dacht hij weer aan die kwellende vragen die hem al wekenlang achtervolgden en waar hij geen antwoord op had. Dan staarde hij, zoals nu ook, uitdrukkingsloos voor zich uit en probeerde zijn gedachten op een rij te krijgen.
'Waar denk je aan?' vroeg Felicia die al een tijdje zwijgend naar hem had gekeken.
Gregor kromp ongemerkt in elkaar. Hij voelde zich betrapt. Daar zat hij dan, in bed met een prachtige, halfnaakte vrouw, te genieten van een uitgebreid ontbijt en met een sprookjesachtig uitzicht op de Tegernsee, maar ver weg met zijn gedachten... in Turijn.
'Ik blijf maar steeds denken aan de dood van de Luca,' zei hij zonder Felicia aan te kijken. 'Ik had durven zweren dat hij lid was van de eerbiedwaardige firma. In elk geval wees alles daarop, en nu is hij zelf op een afschuwelijke manier vermoord. Wat is daar aan de hand? Ik begrijp het niet!'
'Misschien hadden die keurige heren ruzie of waren ze het gewoon niet met elkaar eens. Iedereen weet toch dat deze mannen niet lang treuzelen.'

'Dat is misschien wel zo, maar in dit soort gevallen verdwijnen mensen meestal spoorloos. Dan hoor je nooit meer iets van hen. De Luca's dood was spectaculair. Niet voor niets hebben alle kranten over zijn dood geschreven. Ik weet zeker dat de Luca's dood een waarschuwing is.'
'Voor wie?'
Gropius keek Felicia aan. 'Misschien wel voor mij. Het zou niet de eerste waarschuwing zijn.'
Bang, alsof ze hem wilde beschermen, pakte Felicia Gregors rechterhand met beide handen vast. 'Hoe lang wil je eigenlijk nog doorgaan? Ik heb vaak het idee dat je jezelf per se ten gronde wilt richten. Waarom geef je het niet op en laat je alles aan de politie over?'
'De politie?' Gropius lachte verbitterd. 'Je ziet toch zelf hoever de politie is gekomen. Voor die agenten ben ík nog steeds een hoofdverdachte. Ik zou al lang achter de tralies zitten als ze ook maar een greintje bewijs hadden. Ik krijg het idee dat ze bij de politie tijd zitten te rekken. Ze hebben hun hoop gevestigd op commissaris Toeval die de helft van alle zaken oplost. Maar tot het zover is, is mijn carrière geruïneerd en kan ik, net als veel andere artsen die betere tijden hebben gekend, mijn dagen slijten als vertegenwoordiger van geneesmiddelen om plattelandsdokters de voordelen van een nieuw laxeermiddel van Bayer of Schering aan te prijzen.'
'Als je net als de Luca dood uit de rivier wordt opgevist, kun je ook dat niet meer doen!' zei Felicia. 'Alsjeblieft, word toch eens verstandig!'
'Maar Felicia, deze mensen hadden me al wel tien keer kunnen vermoorden, maar dat hebben ze niet gedaan. Waarom? Omdat ze me nodig hebben. Om de een of andere reden ben ik levend voor hen meer waard dan dood.'
'Dat klinkt nogal bemoedigend!'
Gropius haalde zijn schouders op en keek uit over het meer. 'Ze hadden me al wel tien keer kunnen vermoorden,' herhaalde hij peinzend.

Dr. Rauthmann arriveerde stipt volgens afspraak om twee uur. Zijn kleding was even keurig als zijn manieren: grijs pak, wit overhemd en – wat overmoedig – een rood-met-zwart gestreepte stropdas. Zijn donkere krullerige haar en zijn snor deden hem er ouder uitzien dan hij waarschijnlijk was. Felicia schatte hem op een jaar of vijfenveertig.
Hij overhandigde haar met een lichte buiging zijn visitekaartje en Felicia stelde Gropius voor als een huisvriend die haar hielp bij het afhandelen van alle zaken die te maken hadden met de dood van haar man.

Rauthmann bood nogmaals zijn excuses aan dat hij zo snel na het overlijden van Arno Schlesinger op bezoek kwam. 'Maar,' zei hij met een ernstig gezicht, 'het wetenschappelijke materiaal dat uw echtgenoot heeft nagelaten, is zo belangrijk voor het onderzoek dat men het niet aan anderen kan overlaten. Overigens is ons instituut bereid en gerechtigd om ingeval van een schenking of donatie hiervoor een belastingverklaring af te geven.'
Gregor en Felicia keken elkaar verbaasd aan. 'Wacht eens even,' zei Gropius, 'u weet nog helemaal niet wat Arno Schlesinger heeft nagelaten!'
'Maar natuurlijk wel!' Rauthmann hief beide handen op. 'Wij weten waar hij zich mee bezighield. En zijn incidentele publicaties waren van uitzonderlijk belang!'
'Waar heeft Schlesinger zich dan op het laatst mee beziggehouden?' wilde Gropius weten.
Rauthmann bleek gereserveerd. Met een grijns die noch Gropius noch Felicia begreep, antwoordde hij: 'Nou ja, Schlesinger hield zich bezig met de beginperiode van het Nabije Oosten, maar hij heeft naam gemaakt als bijbelarcheoloog. Nietwaar, mevrouw Schlesinger?'
Felicia knikte snel. Dat Arno zich voornamelijk op bijbelarcheologie had gericht, was nieuw voor haar. In elk geval had Schlesinger het daar nooit over gehad.
'U moet weten,' ging Rauthmann verder tegen Gropius, 'Palestina en de gebieden waar het Nieuwe Testament zich afspeelt, waren tot aan het einde van de negentiende eeuw archeologisch gezien absoluut onontgonnen gebied. Tegenwoordig is het eerder het tegendeel. Op dit moment zijn Israël en Palestina de landen die archeologisch gezien het meest worden onderzocht. En Arno Schlesinger heeft hieraan een niet onaanzienlijke bijdrage geleverd. Daarvoor heeft hij natuurlijk ook een hoge prijs betaald.'
'Een hoge prijs?' Gropius keek Rauthmann vragend aan. 'Hoe bedoelt u, hij heeft een hoge prijs betaald?'
Rauthmann keek Felicia hulpzoekend aan alsof hij Gropius' vraag liever niet beantwoordde. 'Nou ja,' zei hij toen aarzelend, 'dat ongeluk. Eerst zeiden ze dat Schlesinger met een jeep op een landmijn was gereden. Maar dat kan mevrouw Schlesinger u beter vertellen.'
'Nee hoor!' protesteerde Felicia. 'Weet u, mijn man heeft het nooit over de toedracht van dat ongeluk gehad. Hij zei dat hij me achteraf niet nog eens ongerust wilde maken. Het was dus geen ongeluk?'
Rauthmann stond zenuwachtig aan zijn stropdas te friemelen en zei toen zacht: 'Het was een bomaanslag. Dat heb ik gehoord van Pierre

Contenau, een Franse collega die de leiding heeft over de opgravingen in Beersheba. Hij was in de buurt toen het gebeurde.'
'Een bomaanslag?' Gropius vertrok zijn gezicht. 'In dat deel van de wereld ontploft elke dag wel een bom. Dat hoeft toch niet per se iets met Schlesinger te maken te hebben?'
'Geloof me, wat ik zeg is waar. Daar waar Schlesinger met zijn opgravingen bezig was, is nog nooit een bom ontploft,' zei Rauthmann nadrukkelijk.
Gropius dacht na. 'Maar dat zou dan betekenen dat die aanslag echt tegen Arno Schlesinger gericht was!'
'Of tegen zijn werk.'
'Of tegen beide!' Gropius zweeg even. Dat had geen zin! Wie zou er in vredesnaam belang bij kunnen hebben om een Duitse archeoloog op te blazen? Tenzij...
'Mag ik u een serieuze vraag stellen?' zei Gropius omzichtig. 'Is er op uw vakgebied sprake van een soort concurrentiestrijd? Ik weet waar ik het over heb. Ik ben arts en naar mijn mening is er geen vakgebied met zo'n grote onderlinge concurrentie als in de medische wereld!'
'Natuurlijk komt dat voor! Het wetenschappelijk leven is hard, de meeste formatieplaatsen zijn bezet, het zou dwaas zijn om dat te ontkennen.'
Gropius knikte en wendde zijn blik af. Toen vroeg hij aan Rauthmann: 'Was Arno Schlesinger geliefd in archeologische kringen?'
Rauthmann wierp even een blik op Felicia. Zij beantwoordde zijn blik en zei: 'Spreek vrijuit, dr. Rauthmann, u hoeft me niet te ontzien!'
Rauthmann slikte eens. 'Om eerlijk te zijn: Arno Schlesinger werd door zijn collega's zowel geacht als gehaat. Geacht vanwege zijn kennis en zijn heldere verstand. Gehaat omdat hij – neem me niet kwalijk dat ik het zo onomwonden formuleer – zeer veel geld inzette om licenties te verkrijgen voor opgravingen waar andere archeologen een half leven op hadden moeten wachten.'
'Denkt u dan ook dat het mogelijk is...'
Rauthmann viel hem in de rede: 'Nee! Ondanks alle rivaliteit zie ik geen enkele archeoloog ertoe in staat een moord te plegen. Geen enkele!' En tegen Felicia zei hij: 'Als ik u nu mag herinneren aan de reden voor mijn bezoek...'
'Natuurlijk.' Felicia stond op en vroeg of dr. Rauthmann haar wilde volgen. Op korte afstand, zodat de bezoeker niet het gevoel zou krijgen dat hij continu in de gaten werd gehouden, liep Gropius met hen mee.

Rauthmanns ogen begon te glimmen toen hij de honderden dossiers zag die in de werkkamer lagen opgestapeld. De meeste waren gemarkeerd met vergeelde papiertjes die verwezen naar de inhoud. Behalve geografische aanduidingen als Salamis, Tyrus en Tell al-Fuhar waren er verwijzingen naar bepaalde tijdvakken, zoals Myceens IIIA, Villa Nova-cultuur of Badari-cultuur.
'Veel hier is overhoop gehaald,' zei Felicia toen ze Rauthmanns verbaasde blik zag. 'De politie heef tijdelijk een aantal dossiers in beslag genomen, maar ze weer snel teruggebracht. Waarschijnlijk zeiden de archeologische begrippen de rechercheurs niet zoveel.'
Hier en daar pakte Rauthmann een dossier, bladerde er even in en knikte dan goedkeurend. Daarna legde hij ze weer terug. Het viel Gropius op dat Rauthmann Felicia's mededeling dat de politie een aantal dossiers in beslag had genomen, zonder vragen accepteerde. Hij liet zich nergens door uit zijn evenwicht brengen en interesseerde zich schijnbaar willekeurig voor het een en het ander. Hij had een leesbril die zijn ogen vergrootten als de ogen van een uil.
'U drinkt toch wel een kopje koffie met ons?' vroeg Felicia en verliet het vertrek zonder op antwoord te wachten.
'Tragisch dat Schlesinger zo aan zijn eind moest komen,' zei Rauthmann toen ze alleen waren.
Gropius vroeg zich af of de bezoeker wist welke relatie híj met Schlesinger had gehad. Hij liet de zin zonder te reageren in het vertrek zweven. In plaats daarvan vroeg hij terloops: 'Mag ik vragen of u op zoek bent naar iets specifieks?'
'Jazeker,' antwoordde Rauthmann zonder op te kijken. 'Ons instituut is geïnteresseerd in het levenswerk van een belangrijke onderzoeker.' En nadat hij even had nagedacht: 'Kunt u niet een goed woordje voor ons doen? Als mevrouw Schlesinger bereid is de nalatenschap van haar man in een stichting onder te brengen, zou dat voor haar een niet onaanzienlijk belastingvoordeel opleveren!'
'Ik begrijp het,' antwoordde Gropius, zonder echt te begrijpen wat Rauthmann bedoelde. 'Ik zal zien wat ik voor u kan doen. Maar mag ík ook wat vragen? Die Franse archeoloog...'
'Contenau. Pierre Contenau!'
'...die Contenau. Denkt u dat het mogelijk is dat hij meer weet over de vermeende aanslag op Schlesinger?'
'Dat denk ik wel,' antwoordde Rauthmann zonder aarzelen. 'Maar ik kreeg het idee dat hij niet bereid was er iets over te zeggen. Contenau

maakte alleen maar toespelingen, die mij eerlijk gezegd verder niet interesseerden. Een ietwat vreemde man, Contenau, zoals alle archeologen.'

'En waar woont Contenau?'

'Voorzover ik weet de helft van het jaar in Jeruzalem; 's zomers is hij meestal bij zijn vrouw en dochter in Parijs. Om jaloers op te worden.'

'En u? Neem me niet kwalijk dat ik zo nieuwsgierig ben.'

'Ik ben getrouwd met de wetenschap, als u dat bedoelt. Die neemt me volledig in beslag. Helaas heeft ons instituut niet genoeg geld voor opgravingsprojecten in het buitenland, zodat mijn onderzoek zich beperkt tot een terrein van één bij twee meter: mijn bureau!' Hij lachte een beetje weemoedig.

Felicia kwam met de koffie en Rauthmann stopte met zijn werk. Tegen Felicia zei hij: 'Uw man heeft niet onbelangrijke onderzoeksresultaten nagelaten. Als u het goedvindt, zal ons instituut u de komende dagen een schriftelijk aanbod doen toekomen over hoe en onder welke omstandigheden deze nalatenschap in een stichting kan worden ondergebracht. Deze vorm heeft voor u het voordeel dat de naam Arno Schlesinger gepaste waardering zal vinden. En ten tweede zal dit u jarenlang belastingvoordeel opleveren. U hoeft natuurlijk niet meteen te beslissen.'

'Wat vond je van hem?' vroeg Felicia toen de bezoeker was vertrokken.

'Moeilijk te zeggen,' antwoordde Gropius. 'Eerst maakte hij op mij een onbetrouwbare indruk, alsof hij niet wist wat hij eigenlijk wilde.'

'En nu?'

Gropius haalde zijn schouders op. 'Toen we met elkaar praatten, kwam hij wel oprecht over. Rauthmann heeft gelijk, in deze dossiers zit het werk van een half mensenleven en kennelijk was Schlesinger echt een bijzonder gewaardeerde wetenschapper.'

'Hij was een klootzak!'

'Het een sluit het ander niet uit. Ook Schliemann was een smeerlap, maar tegelijk een briljant archeoloog. Napoleon was als mens een klootzak, maar toch een uitstekend veldheer. Of Klaus Kinski, was dat geen mispunt en desondanks een begenadigd acteur?'

Met haar armen over elkaar keek Felicia uit het raam. Ze zei zacht: 'Welke reden kan Arno hebben gehad om te verzwijgen dat het een gerichte bomaanslag was en geen ongeluk?'

Gropius ging naast haar staan en sloeg zijn arm om haar heen. 'Als we dat wisten, waren we al een heel stuk verder.'

Even voor tien uur 's avonds reed Gropius van de Tegernsee terug naar München. Een onbestemd gevoel had hem ervan weerhouden nog een nacht met Felicia door te brengen. Al van veraf zag hij de auto die met zijn parkeerlichten aan naast zijn oprit geparkeerd stond. Heel even overwoog hij om te keren en weer weg te rijden. Maar toen herkende Gropius in de wachtende auto Dirk Lewezow. Hij had al dagen niets meer van hem gehoord.
Toen Lewezow Gropius zag, stapte hij uit zijn auto en liep hem tegemoet.
'Ik probeer u al de hele dag te pakken te krijgen, professor. Het is dringend!'
'Kom binnen,' zei Gropius. Inmiddels kende hij de privédetective goed genoeg om te weten dat hij de dingen maar al te graag overdreef. Waarschijnlijk ging het ook nu alleen maar om geld en nergens anders om. 'Wat is zo dringend?'
'Ik heb geld nodig!' antwoordde de detective eisend.
'Dus u hebt geld nodig,' zei Gropius spottend, 'en ik maar denken dat u iets belangrijks had ontdekt wat me verder zou kunnen helpen.'
Lewezow glimlachte superieur en ging op de bank zitten. Toen zei hij, en benadrukte het belang van zijn woorden: 'Uw collega dr. Fichte heeft voor overmorgen een vlucht naar Praag aangemeld. Mijn vriend Geller heeft me dat verteld. Fichte wil rond tien uur starten met zijn Piper Seneca II.'
'Interessant!' Gropius keek nadenkend.
'Ik wilde u voorstellen dat ik morgen naar Praag vlieg om hem te volgen zodra hij aankomt.'
'Geen slecht plan, Lewezow, een briljant plan zelfs. Hoeveel hebt u nodig?'
'Vijfduizend?' vroeg de detective voorzichtig. 'Ik weet immers niet wat me in Tsjechië te wachten staat en de hotels in Praag zijn niet bepaald goedkoop!'
Gropius schreef een cheque uit en gaf hem aan Lewezow.
'Ik wil dat u me op de hoogte houdt van elke stap die Fichte in Praag zet. Ieder detail kan van belang zijn. Ik vertrouw u. Hou me alstublieft op de hoogte. Wat ik vooral wil weten is wanneer mijn waarde collega weer terugkomt!'
'U kunt op mij vertrouwen, professor. Het zal me genoegen doen om te zien hoe de strop om Fichtes hals steeds verder wordt aangehaald.'

Lewezow vloog de volgende ochtend via Wenen naar Praag. Het luchthavengebouw van Ruzyně, veertien kilometer ten westen van Praag aan de weg naar Kladno, is een lelijk gebouw, net als de meeste gebouwen uit de communistische tijd. Maar het is wel erg overzichtelijk, waardoor de kans op verdwalen veel kleiner is dan in Frankfurt of Paris Charles de Gaulle. Daardoor had Lewezow niet veel tijd nodig om de gate te vinden die door piloten en passagiers van privévliegtuigen wordt gebruikt. Bij PRAGOCAR huurde hij een auto, een onopvallende beige Skoda. Lewezow reed via Brevnov naar het centrum van Praag en toen verder naar het zuiden naar het cultuurpaleis in Vyšehrad. Daar vlakbij bevindt zich hotel Corinthia Towers, een complex bestaande uit twee tegen elkaar gebouwde glazen torens met vijfhonderd kamers en een station van de ondergrondse. In elk opzicht ideaal dus voor een privédetective.
Hij was al vaker in Praag geweest en daarom bracht hij de middag door in de beroemde cafés in het centrum: het Kajetánka aan het Hradschinerplein, het Slavia met uitzicht op het Nationale Theater, Hradshin en de Karlsbrug, en het Alfa aan het Wenceslasplein. Bij Vlek, in het Tsjechisch U Felku genoemd, een vijfhonderd jaar oud bierhuis aan de Křemencova met berookte hokjes en een unieke sfeer, at hij een kleinigheidje en dronk een glas donker bier. Toen trok hij zich terug op zijn hotelkamer, nadat hij de portier opdracht had gegeven om hem precies om zeven uur te wekken.
Het was maar goed dat hij dat had gedaan, want het sterke Tsjechische bier had veel effect. In elk geval moest de telefoniste van het hotel twee keer bellen om de slapende hotelgast te wekken.
Rond half elf arriveerde Lewezow per taxi op vliegveld Ruzyně. Het was er niet al te druk en dat kwam de detective goed uit. Lewezow liep het hele terrein nog één keer over, liep elk pad dat de bezoeker uit Duitsland na aankomst kon nemen na en verzekerde zich ervan dat er geen liften of deuren waren die konden voorkomen dat hij Fichte schaduwde.
Om tien voor twaalf arriveerde er een man in een zwarte jas van dure stof, groot en met een obscure blik. Het leek wel alsof hij dezelfde uitgang in het oog hield als Lewezow, terwijl hij zogenaamd verveeld heen en weer liep. Lewezow kende de man niet en wist dus ook niet of zijn aanwezigheid toeval was of te maken had met zijn opdracht. Vanaf een veilig afstandje haalde Lewezow zijn camera met telelens uit zijn jas en maakte een paar foto's van de onbekende.
Hij wilde zijn camera net weer in zijn zak doen, toen dr. Fichte samen met een andere man de gate uitkwam die hij al zo lang in de gaten hield, en

rechtstreeks op de man in de donkere jas toe liep. Lewezow was zo alert om nog een paar foto's te maken en deed zijn camera toen weer in zijn jaszak. De drie mannen praatten opgewonden met elkaar, liepen naar de uitgang en vervolgens naar een parkeerplaats. Lewezow wenkte een taxi en gaf de taxichauffeur met behulp van een biljet van twintig euro te verstaan dat hij de drie mannen achterna wilde. Na een tijdje stapten de drie mannen in een donkere Mercedes. 'Volg die auto!' zei Lewezow tegen de chauffeur.

De taxichauffeur met zijn verwarde haar en gerimpelde gezicht had duidelijk plezier in de achtervolging. Hij was helemaal enthousiast over zijn opdracht, wisselde regelmatig van rijstrook, negeerde een paar rode verkeerslichten en reed vlak achter de zwarte Mercedes aan, totdat deze op het Wenceslasplein stopte voor hotel Europa, een schitterend gebouw met een weelderige jugendstilgevel.

Vanaf een veilige afstand keek Lewezow toe hoe een hotelbediende de bagage van de nieuwe gasten het hotel in droeg. Toen liep hij de hal in en nam plaats in een van de leren stoelen van waaruit hij de receptiebalie kon zien. Fichte en zijn reisgenoot vulden het inschrijfformulier in, maar de derde man niet. Of hij logeerde dus al langer in dit hotel of hij hoefde de beide anderen hier alleen maar naartoe te brengen.

Lewezow voelde zich veilig; hij wist dat Fichte hem niet kende en ook de beide andere mannen had hij nog niet eerder gezien. Daarom stond hij op en liep met zijn handen op zijn rug door de foyer alsof hij op een hotelgast wachtte. In werkelijkheid probeerde hij flarden van het gesprek tussen de drie mannen op te vangen.

Maar hij had zich waarschijnlijk toch wat onhandig gedragen, want de portier sprak hem opeens in het Duits aan. 'Meneer, kan ik u misschien helpen?'

Lewezow schrok, hij voelde zich betrapt, maar al snel had hij de situatie weer onder controle en antwoordde: 'Nee hoor, dank u wel, ik wacht op iemand.'

Op datzelfde moment namen de drie mannen afscheid van elkaar en gingen naar hun kamer. Ze zagen er zenuwachtig uit. Lewezow ving nog net op dat ze afspraken elkaar om drie uur die middag weer te treffen om samen naar Pode... (de precieze naam kon hij niet goed verstaan) te rijden. Toen stapten ze de lift in.

Wat kon hij nu het beste doen? Lewezow dacht na. Ten slotte liep hij naar de portier die hem zojuist had aangesproken. Hij deed dit werk weliswaar nog maar een paar jaar, maar Lewezow wist heel goed wat de

beste manier was om iets te weten te komen: nooit via een rechtstreekse vraag, altijd eerst een bewering. Daarom zei hij tegen de portier: 'In uw hotel is zojuist een dr. Fichte uit München aangekomen. Wie zijn eigenlijk die beide mannen in zijn gezelschap?'
'Natuurlijk, meneer!' antwoordde de portier, nadat hij even op het beeldscherm van zijn computer had gekeken. 'Zal ik zijn kamer voor u bellen?'
'Nee hoor, dank u wel,' antwoordde Lewezow. 'Ik interesseer me alleen maar voor de namen van de twee mannen die zojuist bij hem waren.'
'Ik mag u de namen van onze gasten...'
Lewezow viel de plichtsgetrouwe portier in de rede: 'Dat weet ik', haalde een bankbiljet uit zijn zak en schoof het over de balie.
Vijftig euro is heel veel geld voor een portier van een Praags hotel, in elk geval voldoende om regels en discretie te vergeten. 'Gaat u alstublieft even zitten,' fluisterde de portier vanuit zijn mondhoek en gebaarde met zijn hoofd naar de zithoek achter in de foyer.
Lewezow gehoorzaamde en het duurde niet lang of de portier verscheen met een briefje dat hij zwijgend aan Lewezow gaf.
'Wacht even!' Lewezow greep de portier bij zijn arm. 'Kent u een plaats die Pode... of zo heet?'
'U bedoelt Poděbrady, meneer!'
'Ja, Poděbrady.'
'Elk kind kent Poděbrady, een van de beroemdste badplaatsen, ongeveer veertig kilometer ten oosten van hier aan de Elbe. Die stad moet u echt gaan bekijken, meneer!'
Lewezow knikte vriendelijk en de hotelportier liep weg. Toen keek Lewezow even op het briefje. De portier had er drie namen op gekrabbeld: dr. Fichte, dr. Alexej Prasskov, Thomas Bertram. En daaronder: Als u geïnteresseerd bent, ik ben bijna elke avond na zeven uur te vinden in de Zlatého, oftewel de Gouden Tijger, Husova 17.
Lewezow reed drie haltes met de ondergrondse tot aan station Vyšehrad naar zijn hotel, liet zijn huurauto uit de parkeergarage halen en reed via de Legerovastraat de stad in, terug naar het Wenceslasplein. Daar vond hij vlak bij hotel Europa een parkeerplekje. Over het stuur van zijn auto gebogen hield hij de entree van het hotel goed in de gaten. De zwarte Mercedes stond er nog steeds.
Zoals afgesproken kwamen de drie mannen even na drie uur het hotel uit: Fichte, die Lewezow al in München had gezien, Prasskov, die Gropius al had beschreven, en Bertram, die op de transplantatielijst stond. Prasskov reed over de brede stadssnelweg Wilsonova in noordelijke

richting, en sloeg vlak na busstation Florence af, de Sokolovskastraat in, een lange uitvalsweg in oostelijke richting. Het was kennelijk niet de eerste keer dat Prasskov deze route aflegde, in elk geval kostte het Lewezow veel moeite om de grote auto te volgen.
Na een rit van nog geen halfuur over de snelweg nam de Mercedes de afslag naar Poděbrady en reed naar het centrum. Ondertussen had Lewezow tevergeefs geprobeerd Gropius op zijn mobiele telefoon te bereiken. In de winter wekte deze dromerige badplaats met zijn oude romantische huizen en het verlaten park een slaperige indruk. Alleen in de cafés die zich als de parels van een ketting aan elkaar regen, heerste bedrijvigheid. Op veilige afstand volgde Lewezow de zwarte auto.
De Mercedes stopte voor een deftig gebouw, een straatlengte van het park af. De zware ijzeren poort ging met een zacht gezoem open; toen reed de auto de oprit op.
Lewezow parkeerde zijn Skoda, pakte zijn camera en liep de ongeveer vijftig meter tot aan de villa waar de auto was verdwenen. Toen hij aan de overkant van de straat stond, zag hij een bord met het opschrift: Kurklinik Dr. Prasskov.
'Kijk eens aan!' zei Lewezow zachtjes en keek door de zoeker van zijn camera. Het gebouw stamde uit de vorige eeuw en zag er goed onderhouden uit. Aan weerszijden van de ingang, ondersteund door vier gigantische zuilen met een architraaf erop, lag een gelijkvloerse vleugel met driedelige ramen waarvan er maar één was verlicht. Het hele ziekenhuis zag er uitgestorven uit, helemaal niet alsof er patiënten aanwezig waren.
Omdat het al begon te schemeren en Lewezow al heel veel foto's had gemaakt, besloot hij terug te rijden naar Praag.
Op de snelweg tussen Poděbrady en Praag maakte Lewezow zich zorgen over het briefje dat hij van de portier had gekregen. Hij had de namen van de drie mannen in zijn geheugen geprent, maar wat hem onrustig maakte, was de opmerking die de portier eraan had toegevoegd: Als u geïnteresseerd bent, ik ben bijna elke avond...
Toen hij terug was in Praag ging Lewezow naar een fotowinkel om zijn filmpje te laten ontwikkelen en afdrukken. Een uurtje later liep hij met de foto's terug naar zijn hotel, vroeg bij de receptie om een envelop, stopte de foto's erin evenals het briefje met de namen dat de portier van het Europa hem had gegeven, en schreef het adres van Gropius erop. Hij gaf de man een aanzienlijke fooi en vroeg hem de envelop de volgende ochtend vroeg te posten.
Dat was het laatste levensteken van Dirk Lewezow.

9

Nadat Gregor Gropius al zeker drie dagen niets meer van Lewezow had gehoord, werd hij onrustig. Als hij het nummer van zijn mobiele telefoon draaide, hoorde hij alleen de stem van een vrouw die op slaapverwekkende toon meedeelde dat de abonnee tijdelijk niet bereikbaar was. Hij maakte zichzelf verwijten omdat hij Lewezow met deze brisante opdracht had belast en speelde zelfs al met de gedachte om alles aan de politie over te laten. Maar toen realiseerde hij zich in welke situatie hij zich bevond en zag ervan af. Zoals de zaken er nu voor stonden, zou de plotselinge verdwijning van een privédetective die voor hem werkte hem nog verdachter maken.

Toen ontving hij op de vierde dag een brief uit Praag. Gropius las de naam van de afzender: Hotel Corinthia Towers, Kongresová 1, Praha 4. In de envelop zaten een stuk of twintig foto's en een briefje met de tekst: dr. Fichte, dr. Alexej Prasskov, Thomas Bertram. En daaronder: Als u geïnteresseerd bent, ik ben bijna elke avond na zeven uur te vinden in de Zlatého, oftewel de Gouden Tijger, Husova 17.

Gropius bekeek de foto's: Prasskov in de hal van het vliegveld, Prasskov begroet Fichte op het vliegveld, Prasskov, Fichte en een onbekende in een niet nader te herkennen omgeving. Wie was de derde man? Wie was Thomas Bertram?

Op de foto stond een weldoorvoede man met een vol gezicht en een dikke rand donker haar om zijn kale schedel. Vergeleken met Fichte en Prasskov zag hij er onzeker uit, bang bijna. Bertram... die naam kwam Gropius bekend voor. In verband waarmee had hij die naam gehoord? Nee, niet gehoord, gelezen! En wel op een lijst. Nu schoot het hem weer te binnen, het was de computeruitdraai van de voor transplantatie in aanmerking komende patiënten die Rita – hoe zou het met haar gaan? – hem had gegeven. Opgewonden haalde hij de lijst uit zijn bureaula. Op nummer 56 stond: Thomas Bertram.

Gropius mompelde de naam een paar keer achter elkaar. Maar natuurlijk: Bertram Hochtief, een bouwgigant met filialen in heel Duitsland! Thomas Bertram paste precies in het plaatje van rijke patiënten die alles overhadden voor een nieuw orgaan.

Voor de zoveelste keer probeerde Gropius Lewezow te bereiken, en voor de zoveelste keer tevergeefs. Spontaan besloot hij zelf naar Praag te gaan.

De vlucht van München naar Praag met Czech Airlines duurde één uur en vijf minuten. In Praag zocht Gropius hotel Corinthia Towers op, waarvandaan Lewezow hem die foto's had opgestuurd. Toen hij zich inschreef en informeerde naar Lewezow, stond Gropius een nare verrassing te wachten. De receptioniste, een ongenaakbare, rijzige schoonheid die eruitzag als een bankbediende, bracht Gropius, alsof ze hem had verwacht, naar een zakelijk ingerichte ruimte van de hoteldirectie en vroeg hem even te wachten. Toen verdween ze.
Kort daarna verscheen er een forse, gladgeschoren jongeman, gekleed in een donker pak met vest, die zich voorstelde als de hoteldirecteur. Zijn naam was Hollar. Hollar sprak Duits met een Tsjechisch accent.
'Bent u familie van meneer Lewezow, alstublieft?' vroeg hij beleefd, maar zeer nadrukkelijk.
'Nee,' antwoordde Gropius, 'waarom vraagt u dat?'
'Had u afspraak met meneer Lewezow?'
'Ook niet. Lewezow weet helemaal niet dat ik hier ben. Hij werkt voor mij. Ik zie echter geen enkele reden om u in te lichten over mijn privézaken. Wilt u me nu eindelijk eens vertellen wat dit verhoor te betekenen heeft?'
Hollar, met zijn armen gewichtig op zijn rug, liep naar Gropius toe en zei zacht: 'Meneer Lewezow is drie dagen verdwenen. Staat zijn bagage in de kamer en zijn huurauto in de garage. Ziet er niet naar uit alsof het om bedrieger van hotelrekening gaat.'
'Hebt u de politie op de hoogte gebracht?'
'Nog niet, meneer Gropius. U begrijpt, is niet goed voor naam van hotel als politie in- en uitloopt.'
'Dat begrijp ik,' antwoordde de professor. 'Dit is mijn creditcard. Zet Lewezows rekening maar op mijn naam.'
'Maar waarom als u geen familie?' Hollar leek dit geen prettige oplossing te vinden.
Gropius haalde eens diep adem en zei toen: 'Luister, Lewezow is een privédetective en werkt in opdracht van mij in Praag. Het is niet ongewoon dat een detective een keer twee of drie dagen onderduikt om een zaak op te lossen.'
'Nu ik begrijp!' zei Hollar opgelucht. 'Hoef ik politie dus niet te informeren.'
'Nee,' antwoordde Gropius beslist.
Gropius voelde zich niet op zijn gemak toen hij nog diezelfde avond naar de oude stad ging om de Gouden Tijger te zoeken, het café op het geheimzinnige briefje dat Lewezow bij de foto's in de envelop had

gedaan. Dat hij de naam noch het gezicht van de schrijver kende, maakte de zaak er niet eenvoudiger op.
Gropius liet zich door de taxi afzetten bij het oude raadhuis met zijn beroemde astronomische klok. Het laatste stuk ging hij te voet, nadat de taxichauffeur hem precies had uitgelegd waar het was. Vooral 's nachts lijken de straten van de Praagse binnenstad onnavolgbaar op het decor van een theaterstuk, waarin af en toe voetstappen en stemmen door de nauwe stegen galmen. Auto's leken hier niet op hun plaats, en toen hij de Husovastraat inliep zou het Gropius niet hebben verbaasd als de golem of dr. Caligari uit de gelijknamige stomme film hem tegemoet was gekomen.
In café U zlatéto tygra – de Gouden Tijger – wordt het beste pilsener bier van de stad geschonken, daarover zijn de inwoners van Praag en de toeristen het eens. Daardoor is er meestal geen enkel plekje meer vrij voor een vreemde bezoeker. Deze avond had Gropius geluk. In de grote zaal, tegenover de entree, vond hij een leeg tafeltje, ideaal om het komen en gaan van de gasten te bekijken. Bij een ober met een witte voorschoot bestelde hij 'Kachna se zelim a knedlikem' – eend met kruiden en deegballetjes – en een groot glas pils.
Hij zat er nog niet zo lang toen er een elegant geklede dame met een witte jas over een kort pakje, zwarte kousen en laarzen met hoge hakken binnenkwam, een zitplaats zocht en op hem afstevende.
In het Engels vroeg ze of er nog een plaatsje vrij was aan zijn tafeltje. Toen Gropius haar met een uitnodigend gebaar vroeg te gaan zitten, ging ze in het Duits verder: 'Hoe bevalt het u in Praag?' En zonder op antwoord te wachten: 'Bent u hier alleen? Zakelijk?'
'Dat zijn drie vragen tegelijk.' Gropius glimlachte en hielp haar uit haar jas. 'Mijn antwoord op uw eerste vraag is: Goed, hoewel ik nadat ik in mijn hotel Corinthia Towers heb ingecheckt nog niet veel van de stad heb gezien. Op de tweede vraag antwoord ik: Ja, en op de derde met: Nee. Wat wilt u nog meer weten?'
Een beetje verlegen, zo moest het tenminste overkomen, hield de mooie vrouw haar hand voor haar mond. Toen antwoordde ze: 'Neem me niet kwalijk, ik ben nu eenmaal ontzettend nieuwsgierig, vooral als het om mannen gaat.'
Gropius trok zijn wenkbrauwen op. 'Hoe komt het dat u zo goed Duits spreekt?'
'Nou ja, mijn Engels is beter dan mijn Duits. Ben ik lerares', en na een pauze, 'geweest.'

Gregor keek haar aan. Deze jonge vrouw was veel te mooi om lerares te zijn. Ze had zich niet al te bescheiden opgemaakt, haar verzorgde blonde haar had ze hoog opgestoken, misschien om er zo groter uit te zien, en wat onder het jasje van haar mantelpak zat, was niet te negeren. Met een nonchalant gebaartje waarbij ze haar rode nagels liet zien, wenkte ze de ober en gaf haar bestelling op zonder op de menukaart te kijken.
'Komt u hier vaker?' vroeg Gropius aan zijn aantrekkelijke tafeldame.
Ze haalde koket haar schouders op en antwoordde: 'Ja, heel vaak!'
'Wat bedoelt u met dat u lerares bent geweest?'
De vrouw peuterde een pakje sigaretten uit haar kleine handtasje en stak er een op. 'Het stoort u toch niet dat ik rook?'
Hoewel hij sigarettenrook afschuwelijk vond en hoewel de ober op datzelfde moment zijn eten serveerde, schudde hij zijn hoofd. Normaal gesproken zou Gropius verbolgen hebben gereageerd, ze moest die smerige rook maar ergens anders uitblazen, maar deze vrouw interesseerde hem. Ze had in elk geval zijn nieuwgierigheid gewekt.
'Ik ben met dat werk gestopt,' zei ze na een tijdje. De manier waarop ze de sigaret tussen het topje van haar wijs- en middelvinger hield en met haar duim op de filter klopte, verried een bepaalde nervositeit. 'Voor omgerekend driehonderd euro per maand ga ik niet meer voor die snotjongens staan die toch niets willen leren. Ik zoek veel liever een paar keer per week een deftige man. Dat is leuk en je leert nog eens mensen kennen.' Ze lachte een beetje bitter. 'Trouwens, ik heet Milena Plečnikowa.'
'Gregor Gropius,' zei Gropius onthutst. Haar directheid paste niet bij haar elegante uiterlijk.
'Voor het geval u zich verveelt in Praag.' Bij die woorden haalde ze een zwart visitekaartje uit haar handtasje en gaf het aan Gropius. 'Vanaf honderd euro,' voegde ze er kil en zakelijk aan toe.
Dat had je moeten weten, dacht Gropius. Zo'n aantrekkelijke vrouw gaat niet zomaar bij jou aan tafel zitten te kletsen. Heel jammer. Hoewel...
'Waar denk je aan, Gregor?' Milena haalde hem terug in de realiteit. 'Je vraagt je af wat een hele nacht met mij kost, ja toch?'
'Nee, nee,' reageerde Gropius in verwarring. En voegde er opeens aan toe: 'Zou je het erg vinden om me nu een kus te geven, nu meteen?'
Milena deed dat met een ironisch glimlachje. Ze boog zich over de tafel heen en stipte Gregors lippen even aan met haar mond.
'Genoeg zo?' vroeg ze na een korte tedere kus. 'Ben ik geslaagd?'
Gropius keek links langs haar heen en hield haar hoofd in beide handen. 'Mag ik alsjeblieft nog een kus?'

Geamuseerd door de rare Duitser deed Milena flink haar best, tot Gregor de ongewone situatie beëindigde met een zakelijk 'Dank je, zo is het genoeg!'
Milena keek hem verbaasd aan.
'Ik ben je een verklaring schuldig,' zei Gropius verlegen. 'Je hebt me geweldig geholpen. Er zijn net twee mannen binnengekomen en die mogen me niet zien. Dit leek me de enige manier om niet gezien te worden.'
'O, echt waar?' Milena keek hem ongelovig aan. 'Zo'n originele reden heb ik nog niet vaak gehoord. Knap hoor!'
'Nee, heus. Als je je voorzichtig omdraait, die beide mannen, daar achterin...'
Milena keek voorzichtig naar links. 'Je bedoelt dr. Prasskov en die andere vent?'
'Ken je Prasskov?'
'Natuurlijk,' zei Milena en ze legde haar handen met gespreide vingers op haar borst. '*Made by Prasskov*,' zei ze met een overmoedig lachje. 'Hij staat bekend als een van de beste plastisch chirurgen in Tsjechië en als een van de rijkste. Maar hij schijnt zijn geld verdiend te hebben met dubieuze zaakjes. Men zegt dat hij contacten heeft met de orgaanmaffia. Maar hij heeft in de hogere juridische regionen zulke goede relaties dat er nooit een aanklacht tegen hem is ingediend. Prasskov runt verschillende klinieken in de omgeving van Praag. Officieel heten ze *Kurklinik* of Instituut voor esthetische chirurgie. Wat er echt gebeurt in deze klinieken blijft geheim.'
'En die man naast hem?' Gropius maakte een hoofdbeweging naar achteren.
'Niet eerder gezien!' antwoordde Milena lusteloos.
Terwijl de ober haar de 'Švestkové knedliky' bracht – pruimennoedels met kwark en boter – haalde Gropius het briefje uit zijn zak dat Lewezow hem had gestuurd. Hij liet het aan Milena zien.
'Heb jij dit briefje geschreven?' vroeg hij haar toen de ober was verdwenen.
'Ik?' riep Milena verontwaardigd uit. Gropius legde vermanend zijn wijsvinger op zijn lippen.
Sussend zei hij: 'Ik vroeg het alleen maar. Dit briefje is me gestuurd door een privédetective, Lewezow, die hier voor mij aan het werk is. Ik weet niet zo goed wat ik ermee moet.'
'Ben je soms bij de politie?' Milena's stem klonk opeens schril en griezelig hard.

'Nonsens!' verzekerde Gropius haar en keek angstig om zich heen om na te gaan of hun gesprek al opzien baarde. Maar gelukkig was het geroezemoes in het café zo luid dat niemand zich voor hun gesprek leek te interesseren. 'Ik heb deze detective ingeschakeld, omdat mijn vrouw vreemdgaat.'
'Ach, ik begrijp het!' Zijn antwoord leek Milena te kalmeren. 'En je rivaal heet Prasskov. Heel goed mogelijk! Prasskov schijnt veel in Duitsland te zijn. Maar als je vrouw jou bedriegt, waarom bedrieg je haar dan niet ook gewoon? Vandaag heb je de kans!' Ze duwde haar respectabele borsten onder haar colbertje recht. 'Over de prijs worden we het heus wel eens.' Ze keek hem veelbelovend aan en Gropius knikte beleefd.
'Later misschien. Nu staat mijn hoofd daar niet zo naar. Mijn privédetective is een paar dagen geleden spoorloos verdwenen. Als je mij was, waar zou je dan naar hem zoeken? Maar dan moet ik je nog iets vertellen: Lewezow is namelijk, nou ja, hij is homoseksueel.'
'Zo, is dat zo?' Milena's stem klonk opeens koud en afwijzend. 'En jij? Ben jij ook zo'n getrouwde homo die tijd steelt van het andere geslacht?' Met de trots van een ervaren prostituee haalde Milena een bankbiljet uit haar tasje, wierp het nonchalant op tafel, greep haar jas en nog voordat Gropius iets kon zeggen, zei ze: 'Nou, veel succes dan, homoseksuele papieren tijger.'
Gropius kreeg niet eens de tijd om op te staan, zo verbluft was hij door wat de vrouw met haar blond geverfde haar had gezegd. En trouwens, hij moest zorgen dat hij niet opviel.
Nadat Milena was vertrokken, bleef Gropius Prasskov en Fichte in de gaten houden. Ze waren opgewonden met elkaar in gesprek. Gregor zat bestudeerd verveeld voor zich uit te staren. Toen hij dacht dat de twee mannen aanstalten maakten om de Gouden Tijger te verlaten, betaalde hij zijn rekening om hen op de voet te kunnen volgen.
Prasskov en Fichte liepen door de schemerige steegjes van de oude binnenstad. De winter, die in deze tijd het leven doorgaans stillegt, was ver te zoeken. Door de straten waaide de benauwde geur die uit de kroegen kwam. Uit verschillende gelegenheden drongen flarden muziek naar buiten. Gropius achtervolgde de beide mannen op een veilige afstand.
Na ongeveer een kwartier kwamen ze bij het Wenceslasplein en verdwenen toen een paar honderd meter verderop in hotel Europa.
Door de glazen deur zag Gropius dat Prasskov en Fichte even met de portier stonden te praten. Ten slotte liepen ze de lift in en gingen de deuren achter hen dicht.

Aan de overkant liep Gropius, met zijn blik op de hotelingang gericht, heen en weer. Een halfuurtje later kreeg hij het koud en besloot hij met de taxi terug te gaan naar zijn hotel.

De volgende ochtend werd Gropius gewekt doordat iemand driftig op zijn kamerdeur klopte. Hij schrok op. Volgens de klok op het nachtkastje was het tien over acht.

'Meneer Gropius, doe de deur open, alstublieft!' Het was de stem van de hoteldirecteur.

Snel schoot hij zijn kleren aan en streek met zijn vingers door zijn haar. Toen deed hij de deur open. Hollar stond op de gang, samen met twee mannen in slordige kleding die een schril contrast vormde met de nette kleding van de hoteldirecteur.

'Deze heren zijn van de recherche,' zei Hollar met een decent gebaar.

'Ja, en?' vroeg Gropius verbaasd.

Hollar hield een opgevouwen krant omhoog. 'Kent u deze man?'

Lieve help, ja. Dat was het opgezwollen gezicht van Lewezow! Hollar wees naar de tekst boven de foto en vertaalde stotterend: 'Onbekend lijk uit de rivier de Moldau opgehaald!'

'Ja natuurlijk, dat is Lewezow!' En tegen de rechercheurs: 'Ik ben naar Praag gekomen om Lewezow te zoeken. Wat is er gebeurd?'

Een van hen, hij droeg een goedkoop leren jasje, een ribfluwelen broek en schoenen met dikke profielzolen, stelde zich voor als Mucha en vroeg in verzorgd Duits: 'Bent u meneer Gropius?'

Gropius corrigeerde hem: 'Professor Gregor Gropius!'

'Nou, goed dan, professor Gropius. Kunt u bevestigen dat dit de heer Dirk Lewezow is?'

'Ja natuurlijk, dat weet ik heel zeker!'

'En in welke relatie staat of stond u met de heer Lewezow, professor?'

'Wat heet relatie, helemaal geen relatie. Lewezow was privédetective en was in opdracht van mij in Praag.'

'En u vond het nodig om zijn hotelrekening te betalen? Is dat niet, wat zal ik zeggen, ongewoon?'

'Dat lijkt misschien zo, maar als ik u de zaak uit de doeken doe, zult u dat zeker begrijpen.'

Mucha knikte met tegenzin, alsof hij wilde zeggen: Er valt niets te begrijpen, u hebt u verdacht gemaakt, maar zei toen: 'Ik verzoek u met ons mee te komen. U moet de dode identificeren. Overigens zou het handig zijn als u bepaalde zaken inpakt, voor het geval het wat langer duurt!'

Ze willen je arresteren, schoot het door Gropius heen. Ze willen je een moord in de schoenen schuiven. Ze willen je kapotmaken. Hij voelde paniek in zich opkomen en heel even dacht hij erover te vluchten, door de gang, naar het trappenhuis, elf verdiepingen naar beneden, door de foyer naar de vrijheid. Maar toen realiseerde hij zich dat hij zich daardoor alleen maar nog meer verdacht zou maken en daarom pakte hij de noodzakelijkste zaken maar in zijn handige pilotenkoffer.

Niemand zei iets tijdens de rit in een oeroude Skoda door trieste, mistige straten naar het Forensisch Instituut. Mucha was naast hem op de achterbank van de auto gaan zitten. De chauffeur reed zo traag als een slome ambtenaar, waardoor Gropius helemaal wanhopig werd. Hij was opgewonden, zenuwachtig, wilde dat alles maar achter de rug was, maar de auto gleed provocerend langzaam van het ene verkeerslicht naar het andere.

Eindelijk, na een rit van bijna een halfuur door een voor hem onbekende omgeving, stopte de Skoda voor een groot, oud en angstaanjagend gebouw. Gropius kende het tafereel alleen uit films, als familieleden in een fel verlichte kelderruimte een dode moeten identificeren. Opeens waande hij zich in zo'n film. Pas toen de lijkschouwer, een onaantrekkelijke vijftiger zonder hoofdhaar en zonder wimpers, het verfrommelde laken van de dode wegtrok, kwam hij weer terug in de realiteit. De dode lag op een van de drie ontleedtafels die in het midden van de witbetegelde ruimte stonden.

'Ja, dat is Dirk Lewezow,' verklaarde Gropius zonder zichtbare opwinding.

'Kom mee!' Mucha greep Gropius bij zijn arm en duwde hem het vertrek uit.

Ze brachten Gropius van het Forensisch Instituut naar het politiebureau, een gebouw met een paar honderd deuren en kilometerslange gangen en de geur van de negentiende eeuw. Mucha bood Gropius een stoel aan in een kaal vertrek op de derde verdieping. Zelf ging hij achter een door talrijke verhoren versleten bureau zitten. Met een gezicht waaruit duidelijk bleek dat hij zijn werk met grote tegenzin deed, schoof hij een paar dossiers aan de kant en verdiepte zich zwijgend in een document. Hij trok een geërgerd gezicht, alsof hij met de hele zaak niets te maken wilde hebben. Eindelijk keek hij op en zei: 'Een rare zaak is het, begrijpt u?'

Gropius knikte en vroeg: 'Zijn er bepaalde aanwijzingen hoe dit heeft kunnen gebeuren? Ik bedoel, is Lewezow verdronken? Zat er alcohol in zijn bloed?'

Mucha stond op, trok zijn leren jasje uit en hing het over zijn stoelleuning. Toen ging hij weer zitten en schoof het sectierapport gedachteloos over de tafel naar Gropius toe. 'De dood is ingetreden door één enkele, doelgerichte nekslag. Waarschijnlijk met een speciaal wapen dat het ruggenmerg doorboorde. Er is geen bloed gevloeid, niets. Toen hebben ze hem in de Moldau gegooid. Geen aanwijzingen over de moordlocatie of de toedracht. Zeer professioneel werk.'
Gropius rilde toen hij de zakelijke woorden van de inspecteur hoorde. Daarbij kwam nog dat hij zich op een bepaalde manier schuldig voelde aan Lewezows dood; híj had de man immers naar Praag gestuurd. Waarom, dacht hij, interesseerde deze Mucha zich niet voor de opdracht die hij Lewezow had verstrekt? Het zou hem niets hebben verbaasd als Mucha hem had beschuldigd. Maar dat gebeurde niet.
In plaats daarvan vroeg Mucha: 'Wat voor professor bent u eigenlijk, meneer Gropius?'
'Ik ben arts in het universiteitsziekenhuis van München,' antwoordde Gropius.
Mucha keek uit het raam, alsof hem niets nieuws werd verteld. Meer uit beleefdheid antwoordde hij: 'Ach ja, u bent dus arts? En sinds wanneer bent u in Praag, professor Gropius?'
'Sinds gistermiddag. Hier is mijn vliegticket!' Gropius haalde zijn ticket uit de binnenzak van zijn colbertje en hield het Mucha voor.
'En hoe lang wilt u blijven?'
'Ik heb de terugvlucht voor morgen geboekt. Maar als het nodig is, ben ik natuurlijk bereid om langer te blijven.'
Mucha knikte begrijpend en zweeg. Na een tijdje zei hij: 'Volgens mij zal dat niet nodig zijn, professor. Integendeel, u kunt maar beter zo snel mogelijk naar huis gaan. Dank u wel.'
'Betekent dat...'
'U kunt gaan, meneer Gropius, neem me niet kwalijk, professor Gropius!'
Gropius was helemaal in de war. Hij had al met het ergste rekening gehouden, en nu dit! Hij stond snel op, pakte zijn koffertje dat hij naast het bureau had gezet, mompelde een kort 'tot ziens' en verliet snel het politiebureau.
Tijdens de rit naar hotel Corinthia Towers tuimelden Gropius' gedachten door elkaar heen. Hij was nog maar vierentwintig uur in Praag en alweer leek het alsof alles tegen hem samenspande. Dat is onzin, probeerde hij zichzelf wijs te maken, je bent gewoon op van de zenuwen.

Misschien was Lewezows dood wel gewoon dom toeval. Maar meteen daarna twijfelde hij daar alweer aan. Waarom, dacht hij, maakte Mucha geen woord vuil aan Lewezows opdracht? Waarom leek het alsof hij geen zin had om de moord op Lewezow op te helderen? Had hij niet bijna goedkeurend gesproken over de toedracht van de moord?
Toen hij weer in zijn hotel was, vond Gropius in zijn colbertjasje het visitekaartje dat Milena hem de vorige avond had gegeven. Ook al was ze niet bijzonder vriendelijk tegen hem geweest, toch was Milena de enige die hem misschien verder kon helpen. Ze kende Prasskov en was op de hoogte van zijn duistere zaakjes. Hij wist niet goed hoe ze zou reageren, maar toch toetste hij haar nummer in.
'Dit is de homoseksuele papieren tijger,' zei Gropius toen ze de telefoon opnam.
Een overmoedig lachje aan de andere kant. 'Neem me niet kwalijk, maar ik was gisteren niet in zo'n goede bui. De zaken gaan slecht. De concurrentie is groot, allemaal goedkope hoertjes uit Rusland. En als je dan een man van stand vindt en die wijst je af, dan draai je wel eens door.'
'Excuses aanvaard,' antwoordde Gropius. 'Ik wil je graag nog eens zien.'
'O? Ben je zo'n schuchtere man die eerst over alles na moet denken? Maakt ook niet uit, wanneer?'
'Nu!'
'Hé, ik vind alles goed. Hoe lang denk je?'
'De hele middag.'
'Goed dan. Vijfhonderd. De middag en de hele nacht... papieren tijger!'
'Afgesproken. Heb je ook een auto?'
Eerst bleef het lang stil. Toen antwoordde Milena: 'Ach, ik begrijp het, je wilt het in de auto doen. Ja, dat heeft wel wat.'
'Goed, dan zien we elkaar over een halfuur in de foyer van hotel Corinthia Towers.'
'Ik kom op tijd!'

Toen Milena hotel Corinthia Towers binnenliep, droeg ze een wijde jas van imitatiebont en een diadeem in haar loshangende haren. Niets, maar dan ook helemaal niets verried haar pikante beroep. Daar was Gropius blij om.
Het kostte hem veel moeite om Milena ervan te overtuigen dat hij niet van plan was met haar te slapen. Eerst betrok haar gezicht en Gropius vreesde net zo'n woede-uitbarsting als de vorige avond. Maar toen hij vijf groene 100-eurobiljetten uit zijn zak haalde, ze twee keer dubbel-

vouwde en discreet in haar jaszak stopte, vloog er een bevrijdend glimlachje over haar gezicht. Ze zei: 'Ik vind het best, papieren tijger. Als jij er vijfhonderd euro voor overhebt om naar mij te staren, vind ik het best.'
'Geen sprake van!' antwoordde Gropius lachend. Hij liet zijn blik over haar volle boezem glijden en zei: 'Wacht maar, het gaat mij om Prasskov. Je zei dat je al eens met hem te maken hebt gehad en zijn klinieken kent.'
'Ik ken er in elk geval twee, een in Mlada Boleslav in het noorden, en een in Poděbrady in het oostelijk deel van Praag. En jij bent dus echt geen politieman?'
'Nee, ik ben geen politieman!' zei Gropius met nadruk. 'Ik ben alleen maar geïnteresseerd in het werk van dr. Prasskov.'
Milena keek hem lang aan. 'Ah, nu begrijp ik het. Je hebt je vrouw helemaal niet laten schaduwen,' zei ze na een lange stilte, 'je wilt een nieuw... hoe heet dat?'
'Orgaan?'
'Ja. Hart, lever, nieren, alles wat er maar in een mens zit. Wist ik niet. Is in elk geval heel duur! En wat kan ik voor je doen?'
'Ik wil die klinieken van dr. Prasskov graag eens beter bekijken.'
'Als dat alles is.'
'Voorlopig wel, ja.'
'En geen van dattem?'
'Voorlopig niet.'
'Goed dan, waar wil je eerst naartoe?'
'Waar is het mooier?'
'In Poděbrady natuurlijk. Is een kuuroord. In Mlada Boleslav vind je alleen maar Skoda, oude huizen en veel stank.'
'Dan rijden we naar Poděbrady.'

De kleine Toyota-sportwagen was niet bepaald comfortabel, maar wel supersnel, en Milena joeg hem met zichtbaar genoegen over de snelweg.
'Is dat niet gevaarlijk?' vroeg Gropius gereserveerd toen de snelheidsmeter honderdvijftig kilometer per uur aangaf. 'Ik bedoel, in verband met de maximumsnelheid.'
'Ach wat!' wimpelde Milena af. 'In dit land kun je iedereen omkopen. Voor een paar dollar of euro knijpt elke politieagent een oogje dicht.'
Gregor bleef stilletjes zitten. Lewezows dood liet hem maar niet los. Die paste natuurlijk naadloos in het plaatje van alle eerdere gebeurtenissen

met betrekking tot de orgaanmaffia, maar was Lewezow niet veel te onbelangrijk om hem al zo snel uit de weg te ruimen? Gropius wist natuurlijk niet wat Lewezow in zijn laatste dagen allemaal had gedaan. Misschien, dacht hij, had Lewezow de eerbiedwaardige heren zo dicht op de hielen gezeten dat hij zijn eigen doodvonnis had getekend.
Gropius voelde zich er helemaal niet goed bij. Opeens realiseerde hij zich dat hij nu zelf ook een gevaarlijke weg insloeg.
Milena doorbrak de stilte waarin ze al een kilometer of twintig hadden gereden: 'Hoeveel maanden heb je nog te leven?'
Deze vraag trof Gropius als een klap op zijn hoofd. 'Wat zeg je?' stamelde hij.
Milena perste haar lippen op elkaar en zei toen: 'Neem me niet kwalijk, mag zoiets natuurlijk niet vragen.'
Gropius zweeg.
'Vraag het daarom,' zei Milena, 'omdat orgaan duurder is als dringender.'
'Hoe weet je dat?' Deze informatie verbaasde hem.
'Goed dan!' Milena ging langzamer rijden en zei: 'Ik vind je aardig, papieren tijger. Ik zal je de waarheid vertellen. Maar moet je zweren niemand vertellen dat je van mij weet. Ik ken Prasskov vrij goed en weet wat in zijn klinieken gebeurt.'
Gropius voelde opwinding en keek Milena van opzij aan: 'Ik zal niemand iets vertellen, dat zweer ik!'
Milena keek strak voor zich uit. Toen begon ze te vertellen, eerst stokkend maar steeds sneller: 'Ik was Prasskovs minnares. Niet ik van hem hield, hij mijn type helemaal niet. Hij wilde excentrieke seks en betaalde veel. Na halfjaar begon hij tegen me te zeuren: hij vond dit en dat niet mooi. Hij vond mijn lippen te dun, mijn borsten te slap, mijn achterste te dik. Hij zei: "Maak ik een schoonheid van jou." Zie maar wat daarvan is gelukt. Het grappige was, toen ik was klaar, toen lippen vol, boezem groot, kont dun, had Prasskov geen zin meer in mij. Van ene dag op andere. Kun jij begrijpen ik hem haat?'
Gropius knikte. 'Ja, dat kan ik me voorstellen. Maar wat weet je over Prasskov?'
Milena haalde diep adem, alsof ze een aanloop nodig had voor haar antwoord: 'Prasskov is goede schoonheidschirurg. Maar dat is maar één kant. Hij is ook hoofd orgaanmaffia, hij bezit verschillende klinieken met modernste apparatuur en betaalt hele serie transplantatieartsen, voornamelijk uit Duitsland, die operaties uitvoeren.'

'En hoe komt hij aan die organen?' Gropius schuifelde onrustig heen en weer op zijn stoel.
'Het is niet ver van Praag naar Polen of Rusland. Daar gaan elke dag honderden mensen op straat dood en niemand vraagt of dode bij begrafenis nog hart heeft of lever.'
'Dat betekent dus dat hun familie helemaal niet weet dat...'
Zwijgend schudde Milena haar hoofd. 'Ambulanceartsen, kliniekartsen, worden allemaal door Prasskov betaald. Spelen allemaal onder één hoedje.'
Milena verliet de snelweg en reed naar het centrum van Poděbrady. Gropius vroeg: 'En hoeveel vraagt Prasskov voor een orgaan?'
'Verschilt. Minstens honderdduizend euro. Als het is dringend, dan een veelvoud. Soms ze maken auto's onklaar en zetten ongelukken in scène om aan organen te komen.'
'Daar heb ik over gehoord!'
'Is waar, zowaar ik heet Milena Plečnikowa. Maar heb je beloofd te zwijgen!' Met een ernstig gezicht legde ze haar rechterwijsvinger op haar lippen en Gropius zei: 'Erewoord!'
De lucht was inmiddels dichtgetrokken en geen zonnestraal drong door de melkachtige nevel toen Milena de straat vlak bij het Kurpark inreed waar Prasskovs kliniek stond. Milena wilde er een eindje vandaan parkeren. 'Wil ik niet gezien worden,' zei ze, 'voor geval Prasskov er is.'
Het parkachtige terrein om de villa heen was fel verlicht, net als het gebouw zelf. Voor hen kwam een donkere limousine aanrijden, en Milena trok Gropius achter een van de knoestige bomen die langs de straat stonden. Heel even omarmden ze elkaar en Gropius vond dat zeker niet onaangenaam. Maar omdat hij een blik in de zwarte auto wilde werpen, bevrijdde hij zich uit de omhelzing en tuurde vanuit de beschutting van de boom naar de entree van de kliniek. De auto had even stilgestaan en toen gleed het zware ijzeren hek vanzelf open. Gropius zag Prasskov en Fichte voorin zitten; de man op de achterbank kende hij uit de krant: het was de bouwgigant Thomas Bertram.
Opeens vormden alle losse stukjes die hij in de afgelopen weken had ontdekt, één logisch geheel. 'Fichte, die klootzak!' siste Gropius tussen zijn tanden door. Toen de ijzeren poort weer dichtschoof, kwamen Gropius en Milena van achter de boom tevoorschijn.
'Ik had het moeten weten!' raasde Gropius. Eindelijk had hij het bewijs: Fichte had het op zijn baan voorzien, omdat hij bang was dat zijn activiteiten buiten het universiteitsziekenhuis vroeg of laat ontdekt zouden

worden. De afschuwelijke enscenering van Schlesingers dood was eenvoudig opgezet en psychologisch gezien toch bijzonder geraffineerd. Fichte kende hem, Gropius, heel goed. Fichte wist dat hij niet zou willen accepteren dat er een patiënt na een transplantatie stierf, dat hij alles op alles zou zetten om achter de oorzaak te komen. De aanslag moest dus wel worden onthuld, maar de dader niet. Niemand buiten Fichte was in staat het orgaan te vergiftigen met de fatale injectie. En niemand buiten Fichte had zoveel mogelijkheden om alle sporen uit te wissen of helemaal geen sporen te maken! En zijn plan was dus geslaagd. Tenminste, tot vandaag.
'Hé, papieren tijger!' Milena greep Gropius bij zijn arm en trok hem mee naar haar auto. 'Er is iets met je,' zei ze onzeker terwijl ze naast elkaar liepen, 'langzamerhand maak ik me zorgen.'
'Nonsens!' zei Gropius afwerend en probeerde te glimlachen. 'Er gaat gewoon te veel om in mijn hoofd. Dat moet je begrijpen.'
'Oké, papieren tijger, ik probeer het! Zullen we nu rijden naar Mlada Boleslav, naar Prasskovs andere kliniek?'
Gropius schudde zijn hoofd. 'Nee, ik wil terug naar mijn hotel. Ik heb genoeg gezien.' Hij keek nog een keer achterom naar het felverlichte gebouw en zei: 'Kom!'

10

Toen Gropius de volgende dag op het vliegveld van München aankwam, werd er al op hem gewacht.
'Ah, professor, ook weer in het land?' vroeg Wolf Ingram, de baas van de Soko Schlesinger op spottende toon. 'Hoe was het in Praag? Een korte vakantie?'
Gropius keek de man met zijn kortgeknipte haar verbluft aan. 'Hoe weet u dat?'
'Nou ja!' Ingram dwong zichzelf tot een moeizame grijns. 'U bent toch slim, professor, u moet niet denken dat de politie dommer is dan ze is.'
'Neem me niet kwalijk, meneer Ingram, dat was absoluut niet mijn bedoeling. Ik ben maar om één reden naar Praag gereisd, namelijk om een bijdrage te leveren aan mijn rehabilitatie, en volgens mij ben ik daar zelfs een beetje in geslaagd.'
'Interessant,' zei Ingram, nu minder geniepig en meer met een zekere arrogantie. 'Dat moet u me uitleggen. Wilt u met me meekomen naar het hoofdbureau?'
'Betekent dit dat ik gearresteerd ben?' vroeg Gropius ontdaan.
'Nee hoor,' antwoordde Ingram zakelijk. 'Zoals u zegt, hebt u een plausibele verklaring voor uw verblijf in Praag.'
Gropius knikte en samen liepen ze naar Ingrams auto, die hij op de parkeerplaats voor kort parkeren had gezet.
Het was laat in de ochtend en dus bereikten ze hun doel snel en zonder files op de toegangswegen.
'Dacht u nu echt dat we u tijdens ons onderzoek niet in de gaten hielden?' vroeg Ingram toen ze eindelijk tegenover elkaar zaten in zijn kantoor.
Gropius bleef maar denken aan Lewezows dood. Wist Ingram daarvan? En zo ja, was hij op de hoogte van de details? En had hij, Gregor, zich op de een of andere manier strafbaar gemaakt, omdat hij de politie niet had ingeschakeld en er daarom misschien wel een moord was gepleegd? Hij besloot de zaak voorzichtig aan te pakken. 'U moet dit niet verkeerd opvatten, maar ik heb om de dood van Schlesinger op te helderen, een privédetective ingeschakeld. En deze man is een stuk dichter bij de oplossing gekomen.'
'Maar helaas is hij nu zelf dood.'
'Dat weet u dus al?'

'Zoals ik al zei, is het een vergissing om te denken dat de politie dom is en traag. Natuurlijk, onze molens malen vaak wat langzaam, maar daardoor wel een stuk grondiger.'
'Het is zeker niet mijn bedoeling om kritiek te leveren op uw werk.'
Ingram keek hem wantrouwend aan en na een tijdje begon hij met zijn vingers op zijn bureau te trommelen. Toen zei hij tegen Gropius: 'U hebt die privédetective dus naar Praag gestuurd om voor u naspeuringen te doen. Kunt u me dan uitleggen waarom u drie dagen later zelf naar Praag bent gegaan?'
'Ik had al drie dagen niets meer van hem gehoord en maakte me zorgen. Is dat zo moeilijk te begrijpen?'
Ingram knikte zwijgend. 'En toen u bij het hotel kwam, hebt u allereerst Lewezows rekening betaald, alsof u wist dat de privédetective dat zelf niet meer zou kunnen doen.'
'Dat is toch onzin!' brieste Gropius. 'Lewezow was daar in opdracht van mij. Vroeg of laat zou ik die hotelrekening toch hebben betaald. En trouwens, de man heeft goed werk verricht.' Gropius haalde de foto's uit zijn pilotenkoffer en legde ze voor Ingram op tafel. 'Voor het geval u deze heren niet kent: dit is mijn hoofdarts dr. Fichte bij aankomst in het vliegveldgebouw van Praag. De man die bij hem is, heet Thomas Bertram. En ze worden afgehaald door dr. Alexej Prasskov. Reisdoel van deze drie mannen was een privékliniek in een badplaats in de buurt van Praag.'
Ingram pakte de ene foto na de andere en knikte instemmend. 'Goed werk. Echt waar. En wat wilt u met deze foto's bewijzen, professor?'
Gropius kon zijn opwinding niet verbergen. Hij haalde een opgevouwen stuk papier uit zijn koffer en hield het onder Ingrams neus: 'Dit is een lijst van Eurotransplant. Hierop staan de namen van patiënten die dringend een nieuw orgaan nodig hebben. En kijk nu eens naar nummer 56!'
Ingram las: 'Thomas Bertram.'
'Dezelfde Bertram die samen met Fichte naar Praag vloog!' Gropius hield de foto als een triomfkaart omhoog. 'Toeval? Nee! Ik heb met eigen ogen gezien hoe Fichte, Prasskov en Bertram samen een privékliniek in Poděbrady binnengingen.'
'Wanneer was dat?'
'Gisteren!'
'En u weet heel zeker dat die man Thomas Bertram was?'
'Wat heet zeker, ik ken Bertram niet persoonlijk, maar zijn foto staat al jarenlang in de roddelrubrieken. Waarom vraagt u dat, inspecteur?'

'Bertram is dood. Hij is gisteren in de buurt van Praag aan een hartinfarct overleden.'
'En hoe weet u dat?'
Er verscheen een glimlachje op Ingrams gezicht. 'Van Interpol uit Wiesbaden. Wat u me zojuist aan de hand van deze foto's hebt verteld, is niets nieuws voor mij, professor. Het zal u verbazen, maar we schaduwen Prasskov en Fichte al geruime tijd, ook in het buitenland. Prasskov is een van de leidende figuren van de orgaanmaffia en uw hoofdarts, dr. Fichte, werkt voor hem tegen een bepaald honorarium. Het honorarium dat hij met zijn operaties verdient, is vorstelijk. Of dacht u soms dat het ons niet was opgevallen dat Fichte een appartement in Monte Carlo bezit en een eigen vliegtuig en ook verder het dure leventje van een playboy leidt? Volgens mij, professor, moet u uw mening over de politie herzien.'
Ingram sprong op en stampte driftig heen en weer. 'Dat is het afschuwelijke aan ons werk,' siste hij zonder Gropius aan te kijken. 'De mensen denken dat we achterlijk zijn als we drie dagen na een moord de moordenaar nog niet te pakken hebben. Nu hebt u zelf eens ervaren hoe lastig het is, hoeveel minutieus werk ervoor nodig is om een zaak op te lossen. En in uw zaak zijn we trouwens nog net zover als in het begin.'
'Wat zegt u?' Gropius keek woedend naar Ingram. 'Wat bedoelt u daarmee, inspecteur? Ik weet wel zeker dat Fichte Schlesinger vermoord heeft. Hij wilde mij kwijt om mijn baan te kunnen overnemen. Zodat hij minder risico loopt als hij zijn duistere zaakjes uitvoert. En zoals u ziet, is hij daar ook in geslaagd. Hij heeft alleen een inschattingsfout gemaakt, hij dacht dat ik me zonder meer zou overgeven.'
'Dat is uw hypothese, professor. U hebt geen enkel bewijs voor deze theorie die – neem me niet kwalijk – een beetje onlogisch is. Als uw hoofdarts u echt en voor altijd onschadelijk had willen maken, was het veel eenvoudiger geweest om die patiënt op zo'n manier te laten sterven dat het er echt als een beroepsfout had uitgezien. Waarom dan al dat gedoe met dat vergiftigde orgaan? Dat wijst toch meteen naar het criminele circuit. En u zei zojuist immers zelf dat Fichte ongestoord wilde werken.'
'Akkoord, maar als u het bewijs niet aandraagt en eindelijk eens verder komt met uw onderzoek, moet ik wel op eigen houtje onderzoek doen om eindelijk weer eens een normaal leven te kunnen leiden.'
'Dat mag, professor, zolang u maar binnen de wet blijft. Maar volgens mij is het beter als u de zaak aan ons overlaat, want zoals u hebt gezien,

valt er met deze mensen niet te spotten. Dr. Fichte staat zonder enige twijfel op de loonlijst van de orgaanmaffia, maar we hebben geen enkel bewijs dat hij ook verantwoordelijk is voor de dood van Schlesinger.'
Gropius dacht na. 'Zei u niet dat Thomas Bertram aan een hartinfarct is overleden?'
'Dat is de officiële doodsoorzaak. Tenminste, volgens onze collega's van Interpol.'
'Volgens mij is er tijdens de transplantatie is misgegaan. Bertram is tijdens of na die operatie overleden. Er zou een sectie moeten worden verricht.'
'Daarvoor hebben we toestemming van de familie nodig.'
'Die zullen ze niet geven. Ze wisten immers dat die operatie illegaal was.'
'Dan moeten we de officier van justitie inschakelen! Als ik officier van justitie Renner goed inschat, zal hij daar zeker toestemming voor geven. Hij laat geen kans onbenut om sporen te verdienen.'

De hele volgende dag bleven Gregors gedachten in een kringetje ronddraaien. De vermeende overwinning door de ontmaskering van Fichte bracht weliswaar enig licht in de duisternis, maar niet de oplossing. Daarvoor waren er nog veel te veel dingen onduidelijk.
Door zijn woede op Fichte had hij het spoor dat hij in Turijn had gevolgd, helemaal buiten beschouwing gelaten, evenals zijn eigen ontvoering en de geheimzinnige dood van professore de Luca.
En na de ontdekking van de liefdesbrief had Felicia een pure haat voor haar man opgevat. In een mengeling van gekwetste trots en irritatie over haar eigen naïviteit nam ze elke kans waar om op hem te schelden; ze noemde hem een hoerenloper en nog veel meer, en beweerde dat ze helemaal niet meer wilde weten wie haar man had vermoord.
Daarover maakten zij en Gregor zelfs ruzie, omdat hij weigerde zijn onderzoek te staken. Hij ergerde zich eraan dat Felicia zo weinig begrip voor zíjn situatie kon opbrengen. Hij kon zijn goede naam immers alleen maar terugkrijgen als de zaak totaal werd opgehelderd. Maar zover was het nog lang niet, dat zou de volgende dag al blijken.

De volgende dag stond, onaangekondigd en behoorlijk opgewonden, journalist Daniel Breddin bij Gregor Gropius voor de deur. Hij groette kort en kwam daarna meteen ter zake.
'Wat vindt u van de nieuwste ontwikkelingen in deze zaak?' Hij keek Gropius verwachtingsvol aan.

Deze, nog in zijn badjas en ongeschoren, mompelde iets over een overval vroeg in de ochtend. Maar toen kreeg zijn nieuwsgierigheid de overhand en realiseerde hij zich dat het onverstandig zou zijn de relatie met de journalist van een grote krant te verstoren. Dus nodigde hij Breddin uit binnen te komen.

'Fichte,' zei Breddin, struikelend over zijn eigen woorden, 'Fichte is ontsnapt. Hij is er met zijn vliegtuig vandoor gegaan. Hij wordt in heel Europa gezocht. Officier van justitie Renner heeft een opsporingsbevel uitgevaardigd. Wat vindt u daarvan, professor?'

Het duurde een paar seconden voordat Gropius dit nieuws had verwerkt. Wantrouwen, twijfel en zekerheid vochten om voorrang.

Toen antwoordde hij: 'Ik ben niet al te zeer verrast. Ik heb ten slotte zelf geholpen hem te ontmaskeren.'

'U wist al langer dat Fichte betrokken was bij de kuiperijen van de orgaanmaffia?'

'Ik vermoedde dat al heel lang, inderdaad, maar ik kon het niet bewijzen.'

'Was dr. Fichte eigenlijk in staat op deskundige wijze orgaantransplantaties uit te voeren?'

'Absoluut. Hij heeft me al heel vaak geassisteerd en een paar operaties zelfstandig uitgevoerd. Fichte is geen slechte transplantatiechirurg. Ik neem dan ook aan dat dit de reden was waarom Prasskov en de orgaanmaffia zich tot hem hebben gewend.'

'En wanneer begon u Fichte voor het eerst te verdenken?'

Gropius keek naar de grond. 'Helaas veel te laat. Ik heb hem domweg vertrouwd, in elk geval tot aan de geheimzinnige dood van Schlesinger.'

'Wilt u daarmee zeggen dat u nog steeds denkt dat dr. Fichte Schlesinger heeft vermoord?'

'U dan niet?' Gropius keek verbaasd. 'Waar hebben we het dan de hele tijd over?'

Breddin trok geïrriteerd aan het puntje van zijn neus. 'Dat zijn twee verschillende zaken, de moord op Schlesinger en Fichtes contacten met de orgaanmaffia.'

'Wat?' Gropius was zichtbaar in verwarring. 'Fichte had een duidelijk motief voor zijn daad. Maar het was hem niet zozeer om Schlesinger te doen als wel om mij. Ik was degene die hem voor de voeten liep bij zijn duistere zaakjes!'

'Professor, dat klinkt wel heel logisch, maar de jongste ontwikkelingen in deze zaak spreken dat tegen.'

'Ik weet niet wat u bedoelt. Kunt u misschien wat duidelijker zijn, Breddin?'
'Officier van justitie Renner heeft vanochtend het sectierapport van Thomas Bertram openbaar gemaakt,' zei Breddin bedachtzaam. 'Bertram is overleden na een levertransplantatie. En de doodsoorzaak was dezelfde als bij Schlesinger: het orgaan was vergiftigd door een injectie met het insecticide CVP. '
Gropius sprong op uit zijn stoel. Hij hapte naar adem. Zachtjes, bijna onhoorbaar stamelde hij: 'Maar dat zou betekenen...'
'In elk geval zou het zeer onwaarschijnlijk én vrij zinloos zijn als Fichte eerst úw patiënt vermoordt en vervolgens die van hem, en beide keren op dezelfde manier en met hetzelfde gif. Wat zegt u er nu van, professor?'
Gropius schudde zijn hoofd, alsof hij niet kon geloven wat hij net had gehoord. Toen sloeg hij zijn handen voor zijn gezicht. Weer hadden de zaken vlak voor de eindstreep een nieuwe wending genomen, en weer bevond hij zich op een doodlopende weg.

Een nieuwe e-mail met de onbekende afkorting IND erin zette het hele raderwerk bij de inlichtingendienst BND in Pullach weer in gang. Net als de meeste doelen die om de een of andere reden de interesse van de speurders hadden opgewekt, was ook de zoektocht naar de geheimzinnige code IND op niets uitgelopen. Maar vanochtend verscheen Heinrich Meyer, hoofd van SIGINT, Afdeling 2, vergezeld van Wolf Ingram en met een computeruitdraai op de stafvergadering. Hij zwaaide er onbeholpen mee in het rond, smeet het papier op de tafel midden in de vergaderzaal en riep: 'Ik hoopte dat deze zaak zich op een bepaald moment zelf zou oplossen en in de vergetelheid zou raken. Nu begint het feest opnieuw. "Opdracht uitgevoerd. IND." Niemand hoeft me wijs te maken dat dit bericht geen crimineel tintje heeft! Peters, het is uw beurt!'
Ulf Peters, hoofd van Afdeling 5, Strategisch onderzoek, zoals altijd met een zwartleren jasje aan, grijnsde zoals hij altijd deed als hij niet lekker in zijn vel zat. Deze ochtend voelde hij zich wel heel beroerd. Hij had er de pest aan als Meyer hem in het bijzijn van iedereen de les las, ook al was Meyer twintig jaar ouder dan hij. Meestal reageerde hij erop met een woede-uitbarsting. Maar deze ochtend bleef hij redelijk kalm toen hij antwoordde: 'Ik hoef er toch niet op te wijzen dat het probleem in dit geval bijzonder ingewikkeld is, een vergelijking met drie onbekende grootheden. Ten eerste hebben we die verdomde code IND, waar we niet achter komen, hoewel hij – dat moet ik toegeven – naar een terro-

ristische organisatie lijkt te verwijzen. En verder is er sprake van een onbekende afzender en een onbekende ontvanger. Ik kan echt wel klussen bedenken die eenvoudiger zijn.'
Meyer keek zuur. 'Geen resultaat dus.'
'Geen resultaat,' knorde Peters, 'in elk geval niet bij de afdeling Strategisch onderzoek.'
'Dan moet u eens luisteren naar wat Wolf Ingram, hoofd van de Soko Schlesinger, te vertellen heeft!' Meyer gaf Ingram een vriendelijk knikje.
Ingram schraapte zijn keel en zei: 'Mijne heren! Zoals u weet, is de eerste e-mail met de geheimzinnige afkorting IND vanaf een mobiele aansluiting bij een dependance van het ziekenhuis verzonden. Dat leek erop te wijzen dat er een verband bestond met de ongeveer op hetzelfde moment gepleegde moordaanslag. De tweede e-mail werd verzonden van een dependance van het ziekenhuis naar een onbekende mobiele aansluiting, vermoedelijk op zee. Dat gebeurde direct na een bomaanslag op Schlesingers echtgenote, respectievelijk op professor Gropius. Verdere bijzonderheden zijn bekend. Uit ons onderzoek is gebleken dat een hoofdarts van het ziekenhuis, Fichte, contacten heeft met de internationale orgaanmaffia die in de omgeving van Praag verschillende klinieken runt. Fichte is na nog een moord in het orgaanmaffiamilieu, die overigens dezelfde kenmerken vertoont als de moord op Schlesinger, naar Monte Carlo vertrokken. Je zou de nieuwe e-mail absoluut in verband kunnen brengen met de dood van Bertram, als een soort mededeling dat de missie is geslaagd. Maar op de een of andere manier klopt het allemaal niet. Fichte zou zijn eigen patiënt toch niet vermoorden! En daaruit kunnen we concluderen...'
'...dat Schlesinger en Bertram niet door dezelfde moordenaar zijn gedood!' Meyer trok zijn wenkbrauwen op.
Ingram ging verder: 'En dat betekent weer dat dit twee verschillende zaken zijn.'
Meyer knikte instemmend en keek rond. Hij vroeg aan Ingram: 'En die privédetective? Hoe heette hij ook alweer?'
'Lewezow!'
'Die Lewezow is toch omgekomen toen hij de orgaanmaffia op de hielen zat? Waar moeten we die zaak volgens u plaatsen?'
Ingram glimlachte superieur. 'We zijn er natuurlijk eerst van uitgegaan dat Lewezow door die orgaangangsters te pakken was genomen en vermoord. Dat leek logisch. Maar zoals u weet, mijne heren, is logica bij

onze naspeuringen vaak alleen maar lastig. Moordenaars handelen zelden logisch, die moorden meestal emotioneel. Dat was ook hier het geval. Drie dagen na de moord kreeg de recherche van Praag een homoseksuele portier te pakken die de camera, de creditcard en veel geld van Lewezow in zijn bezit had. Inmiddels heeft hij bekend. Het was een gewone moord in het homowereldje.'

'Goed werk!' mompelde Peters. 'Echt heel goed werk!' Hij realiseerde zich dat het vandaag zijn dag niet was. Natuurlijk ergerde het hem dat iemand van de Soko hier de show stal. Daarom probeerde hij de resultaten te relativeren: 'Wat die nieuwe e-mail betreft, collega, brengt uw informatie ons helaas geen stap verder.'

'Maar dat is Ingrams taak ook helemaal niet!' zei Meyer. 'Als ik goed geïnformeerd ben, is dat een zaak van de Bundesnachrichtendienst, dus van ons!'

De mannen rond de tafel reageerden met een ontstemd gemompeld op de ongezouten kritiek van het afdelingshoofd. Peters besloot te reageren: 'Het spijt me, maar ik kan de betekenis van die afkorting niet uit mijn duim zuigen. Deze organisatie, als het daar tenminste om gaat, heeft zich in elk geval tot nu toe niet bekendgemaakt.'

Nu was Meyers geduld op. 'Lieve help!' riep hij. 'Als die afkorting algemeen bekend was, zouden we de geheime dienst niet te hulp hoeven te roepen. Dan hoefden we alleen maar naar het rijksarchief te gaan en in plaats van een leger hooggekwalificeerde agenten een paar archivarissen met mouwbeschermers en een pensioen in te schakelen. En neem me niet kwalijk, mijne heren, ik heb nog veel te doen!'

Meyer gaf Ingram een teken en samen verlieten ze de vergaderzaal.

De oude vuurvreter was er dol op zo te vertrekken. Hij was gepokt en gemazeld door meer dan twintig jaar ervaring, en cynisch geworden.

'Betweter!' snauwde Peters tegen zijn rug.

Ondanks alles is het een prachtvrouw, dacht Gregor toen hij de volgende ochtend met zijn terreinwagen van de Tegernsee terugreed naar München. Boven het voorgebergte van de Alpen was de hemel diepblauw en de laatste sneeuw op beschaduwde plekjes verdedigde zich hardnekkig tegen de zachte temperaturen van de naderende lente.

De nachten met Felicia waren bijzonder intens, beter dan alles wat hij ooit met Veronique had meegemaakt. Ze hadden uitgebreid gedineerd in een restaurant aan de zuidelijke oever van het meer, het vroegere woonhuis van zanger en acteur Leo Slezak. Ze hadden rode wijn gedron-

ken en voor even hun meningsverschillen vergeten. En natuurlijk hadden ze met elkaar geslapen. Wat heet geslapen... Felicia kende de diepste wensen van een man, en een korte blik, een kleine beweging was genoeg om zijn dromen waar te maken.
Waar hij nooit aan dacht als ze samen waren, was dat ze nooit een verhouding zouden hebben gehad als Schlesinger niet was vermoord. Vreemd genoeg raakte hij hierdoor in een euforische stemming. Niet voor het eerst vroeg hij zich af wat er zou zijn gebeurd als Schlesinger een fatsoenlijke man – of hoe je dat ook maar wilt noemen – was geweest en geen dubbelleven had geleid. Gropius, de realist die zijn leven altijd had gepland en beheerst, had op dat soort momenten het gevoel dat hij in een droom leefde. Een droom, maar zowel een nachtmerrie als een modern sprookje.

Voor zijn huis in Grünwald stond een grijze bestelwagen te wachten. Gropius had de afgelopen weken te veel meegemaakt om te geloven dat dit toeval was. Al vanaf een veilige afstand zag hij dat hij een Italiaans kenteken had. Gropius gaf gas en reed snel langs de geparkeerde auto heen. Hij sloeg twee keer linksaf, keek in zijn achteruitkijkspiegel of hij niet werd gevolgd en ging de weg naar München op.
Hij had zich niet vergist: na een paar honderd meter keek hij in zijn spiegel en herkende de Italiaanse bestelwagen. Deze kwam hem razendsnel en met knipperende lichten achterop. Gropius' hart klopte als een gek. Hij negeerde een rood verkeerslicht, maar slaagde er niet in zijn achtervolger af te schudden. Integendeel, de auto kwam steeds dichterbij.
Wat moest hij doen? Gropius zag een file voor zich. Op het laatste moment trapte hij op de rem. De auto achter hem had hem al ingehaald. Gregor gaf het op. Er schoten talloze gedachten door zijn hoofd. Volgens hem konden er elk moment gewapende mannen uit de auto stormen die hem uit zijn auto zouden sleuren.
Uitgeput liet hij zijn hoofd op het stuur zakken en verstijfde van angst. Hij schrok op van een klopje op het raam. Dat klonk niet bepaald alsof iemand hem straks uit de auto zou trekken. Gropius keek op.
Hij herkende het gezicht van Francesca. Ze had haar donkere haren onder een gebreide muts gestopt en haar ogen fonkelden verwijtend achter haar brillenglazen. Gropius keek achterom om te zien of er nog andere gangsters in haar auto zaten, maar de auto was leeg. Opgelucht haalde hij diep adem. Nog steeds vol wantrouwen draaide hij zijn raampje naar beneden.
'Wat heeft dat te betekenen?' snauwde hij Francesca toe.

'Neem me niet kwalijk,' zei Francesca buiten adem. 'Je dwingt me tot een achtervolging zoals je in gangsterfilms ziet en vraagt me dan wat dat te betekenen heeft! Ik wil met je praten, Gregor, alsjeblieft!'
'Ik zou niet weten waar we nog over moeten praten. Wat me in Turijn is overkomen, vond ik niet bepaald prettig. In elk geval kon ik mezelf wel slaan omdat ik me door jou voor de gek had laten houden. Ik had het kunnen verwachten.'
'Wat had je kunnen verwachten?'
'Dat je op me af was gestuurd. En verdwijn nu alsjeblieft, ik wil je nooit meer zien!'
Ondertussen was de file opgelost en de rij auto's kwam weer in beweging. Achter hen begon men driftig te toeteren. Gropius trok op, maar Francesca liet zich niet afschudden.
'Waar heb je het over? Hoezo zou ik op je afgestuurd zijn?' riep Francesca. Ze klampte zich aan Gregors auto vast en bleef ernaast lopen. 'Wil je me nu eindelijk eens vertellen wat er aan de hand is?'
'Ha!' riep Gropius uit zonder te remmen. 'Alweer een smoesje! Nee, daar trap ik niet nog een keer in. En laat mijn auto nu eindelijk eens los!'
Gropius ging sneller rijden, maar Francesca liet de auto niet los. Ze kon elk moment worden meegesleurd, dus remde Gropius af.
'Alsjeblieft, luister toch eerst naar me!' hijgde Francesca buiten adem. 'Daarna kun je me altijd nog wegsturen!'
Gropius keek de Italiaanse argwanend aan. Hij vertrouwde haar niet. De herinnering aan de schok in Turijn was nog te vers. Zijn leven lang zou hij zich blijven herinneren hoe het voelde toen hij, vastgebonden aan zijn stoel, dat plastic flesje CVP voor zich zag, en die injectienaald. Hij werd al beroerd als hij er alleen maar aan dacht.
'Echt, het is heel belangrijk!' drong Francesca aan. 'Alsjeblieft!'
Hij kostte hem moeite om haar blik te ontwijken. Gropius zuchtte en zweeg een tijdje, zonder te horen dat er nog steeds druk werd getoeterd omdat Francesca's auto in de weg stond. Eindelijk gaf hij toe: 'Nou goed dan. Zie je die pizzeria daar aan de overkant? Haal je auto op, dan wacht ik daar op je.'
Francesca rende terug naar haar auto en Gropius parkeerde zijn terreinwagen voor het restaurant.
Net zoals overal ter wereld leek ook deze pizzeria 's ochtends op de wachtkamer op een station. De helft van de stoelen stond nog omgekeerd op de tafels, zodat de in het zwart geklede *mama* de betegelde vloer sneller kon schoonmaken. Het rook er naar zeepsop en versgemalen koffie.

Met tegenzin onderbrak de ober zijn ontbijt en bromde dat ze eigenlijk nog gesloten waren, maar omdat hij nu toch al zat, kon hij een kop koffie krijgen.
Gropius bestelde twee koffie en op datzelfde moment kwam Francesca binnen. Zonder iets te zeggen ging ze tegenover hem zitten. Even zwegen ze allebei, Francesca met haar ogen neergeslagen, Gropius zenuwachtig in zijn kopje roerend. Toen begon Francesca aarzelend te praten: 'Je had Turijn zo snel verlaten dat ik niet meer de kans had om mijn excuses aan te bieden. Het spijt me dat alles zo ongelukkig is verlopen.'
'Ach, het spijt je? Ben je daarom gekomen, om mij te vertellen dat het je spijt? Luister eens, wat er ook allemaal is gebeurd: jij hebt me aan die criminelen overgeleverd, en het is een wonder dat ik nog leef!'
Gregor praatte zo hard dat de ober al alert werd en Francesca fluisterde bijna bezwerend: 'Gregor, wat is er gebeurd? Hoe kun je mij met criminelen in verband brengen? Juist mij!'
Woedend greep Gropius Francesca bij haar pols en trok haar naar zich toe: 'Nu moet je eens goed luisteren, meisje,' zei hij opgewonden. 'Jíj hebt me de Luca's adres gegeven, jíj hebt me naar de Luca gelokt en toen ben ik voor zijn instituut in elkaar geslagen en naar een verlaten boerderij gebracht waar ze me met een dodelijke injectie naar het hiernamaals wilden sturen. Of wil je soms beweren dat je nergens van wist?' Gropius liet haar pols abrupt los en leunde geïrriteerd naar achteren.
'Dat... dat wist ik echt niet,' stamelde Francesca. 'Je moet me geloven!'
Gregor glimlachte woedend. 'Ach wat! Er was maar één mens die wist dat ik professore de Luca wilde bezoeken en dat was jij!'
'De Luca is op geheimzinnige wijze vermoord.'
'Dat weet ik. Het stond in alle kranten dat hij door de maffia is vermoord.'
'Maar daar heb ik niets mee te maken, integendeel. Die lui hebben mij ook te pakken genomen.'
Daar keek Gropius van op. Hij keek Francesca onderzoekend aan en zag haar donkere ogen fonkelen. Die ogen herinnerde hij zich nog maar al te goed en die herinnering maakte hem onrustig. Je moet die vrouw uit je hoofd zetten, dacht hij.
Maar toen zei Francesca: 'Constantino is dood.'
'Je man?'
'Hij is vermoord, één dag nadat professore de Luca uit het water was gehaald.' Francesca keek naar buiten. Ze wilde niet dat hij haar ogen kon zien.

'Dat begrijp ik niet,' stamelde Gropius. 'Je man lag in coma, die kon geen vlieg kwaad doen.'
Francesca haalde haar schouders op. 'Wil je het hele verhaal horen?' vroeg ze en keek hem met grote ogen aan.
'Ja, natuurlijk.'
'Jij was niet de enige die continu in de gaten werd gehouden. Diezelfde lui hielden mij kennelijk ook in het oog. Waarom? Dat weet ik niet. In elk geval wisten ze heel goed dat ik die dag op stap was en dat mijn moeder een uurtje weg zou zijn. Dat uurtje was genoeg om mijn huis binnen te dringen en alles overhoop te halen. Kennelijk zat Constantino hun in de weg; ze hebben hem met een kussen gesmoord.'
Onthutst sloeg Gropius zijn blik neer. 'Dat spijt me.'
Francesca knikte en zei toonloos: 'Wie weet, misschien was het voor Constantino wel een verlossing!'
'Maar het was moord!'
'Zeker weten.'
'En de politie?'
'Zoals altijd bij ons in Italië: driftige naspeuringen met veel ophef, maar geen resultaat.'
'Geen enkel spoor? Geen enkele aanwijzing wie de daders zijn?'
'Niets. De zaak zal wel als roofmoord worden gearchiveerd.'
'Wat is er dan gestolen?'
'Niets! Toch hebben de inbrekers alle meubels doorzocht, kasten omgegooid, lades uitgetrokken en bekleding opgesneden, maar ze hebben niets meegenomen. Ze hebben zelfs een klein geldkistje met vijfhonderd euro van mijn moeder laten staan.'
'En je hebt geen idee wat ze zochten?'
Francesca schudde haar hoofd en zweeg.
'En de politie denkt niet dat er een verband is tussen de moord op Constantino en die op de Luca?'
'Denk jíj dat dan?' vroeg Francesca verwijtend. En opeens barstte ze uit: 'Verdorie, ik wil weten wat hier aan de hand is! Waar ben ik bij betrokken geraakt? Gregor, wat is dit voor een afschuwelijke zaak?'
Francesca's woorden klonken vertwijfeld en daardoor geloofwaardig. Gropius vond het nu het juiste moment om een verklaring voor zijn afwerende houding te geven. 'Ik was ervan overtuigd,' zei hij, 'dat die lui jou als lokaas hadden ingezet. Kennelijk heb ik me vergist. Maar mijn leven bestaat al een hele tijd alleen maar uit vergissingen. Sorry! Misschien was het beter geweest als we elkaar nooit hadden ontmoet.'

'Ja... misschien wel.' Francesca's blik was ondoorgrondelijk.
'Dan zou Constantino waarschijnlijk nog leven.'
Francesca vertrok haar gezicht. 'Wat je leven noemt, alleen een verschrikkelijk vegeteren, meer niet. Volgens de artsen was de kans dat Constantino weer wakker zou worden, één op een miljoen. En ik ben nu niet bepaald iemand die vaak mazzel heeft. Dat bleek ook wel uit onze ontmoeting in Turijn.'
'Wat bedoel je daarmee, Francesca?'
Ze glimlachte schuchter. 'Dacht je soms dat ik toen niet net zo naar jou verlangde als jij naar mij? Ik heb me de halve avond af zitten vragen hoe ik je duidelijk kon maken dat ik thuis een halfdode man had. Ik was te laf om het je gewoon te vertellen. Maar je hebt me er ook geen kans voor gegeven.'
'Wat had ik dan moeten doen?'
'Dat maakt nu niets meer uit.' Francesca steunde met haar ellebogen op de tafel en liet haar kin op haar gevouwen handen rusten. 'Maar we dwalen af. Het lijkt er nu op dat we dezelfde tegenstander hebben. En ik zou graag willen weten wat dat te betekenen heeft.'
De ober zette hun derde kop caffè latte voor hen neer en Gropius vertelde haar alles, vanaf het begin. Over Schlesingers dood, de geheimzinnige kluis, de ontdekking dat zijn eigen hoofdarts samenwerkte met de orgaanmaffia en de raadselachtige verbanden met een dossier met onbekende inhoud waar bepaalde mensen miljoenen voor overhadden.
Francesca riep uit: 'Maar welke rol speel ik hier dan in?'
Gropius keek Francesca onderzoekend aan. 'Ik weet het echt niet, maar misschien heeft het te maken met je connectie met de Luca en met mij.'
Francesca snoof luidruchtig en zei licht verwijtend: 'Ik had geen relatie met de Luca. Ik heb een opdracht uitgevoerd, dat was alles. De professore heb ik twee keer gezien; de eerste keer toen ik die cassette in ontvangst nam en de tweede keer toen ik hem weer afleverde. Tussendoor hebben we één keer met elkaar getelefoneerd. Ik vertelde hem dat Schlesinger niet was gekomen, maar iemand anders. Toen liet hij me terugkomen naar Turijn. Dat is alles.'
'En je had geen idee wat er in die cassette zat?'
'Geen enkel.'
'En als het radioactief materiaal zou zijn geweest?'
'Maak me niet bang! Aan zoiets heb ik nog helemaal niet gedacht!'
'Wat voor iemand was die professore de Luca?'
Francesca dacht even na en zei toen: 'Hij zag er precies zo uit als je verwacht van een wetenschapper die de laatste natuurwetenschappelijke

geheimen op het spoor is. Klein, gedrongen, met een ronde schedel en pluizig haar, perfect gekleed, verstrooid en op de een of andere manier niet bij de tijd. Maar over het geheel genomen sympathiek, heel aardig zelfs.'
'En waar hield deze aardige professore zich mee bezig?'
'Af en toe verscheen er een krantenartikel over hem. Volgens mij deed hij aan genonderzoek en had hij een goede naam. Maar zijn werk interesseerde me niet zo.'
Gropius dacht na. Het sloeg allemaal nergens op. Maar niets van wat er de afgelopen weken was gebeurd, sloeg ergens op. Zijn gedachten waren één grote warboel. Niet alleen zijn gedachten, maar ook zijn emoties. Hij had de nacht met Felicia doorgebracht en voelde zich tot haar aangetrokken. Maar een korte ontmoeting met Francesca vroeg in de ochtend in een smerig ruikende pizzeria bracht zijn gevoelens aan het wankelen. Francesca trok hem aan als een magneet, als een onzichtbare kracht trok ze hem naar zich toe. Zelfs nu ze in de put zat, had ze meer sexappeal dan welke vrouw ook. Je moet die vrouw uit je hoofd zetten, dacht hij, eigenlijk wil je alleen maar met haar naar bed, en je leven is zo al ingewikkeld genoeg. En trouwens, dacht hij met een vleugje humor, misschien is ze wel zo saai als een muis. Vergeet het dus maar!
'Waarom ben je eigenlijk hier? Heb je een opdracht van VIGILANZA?' vroeg hij.
'Nee,' zei Francesca kortaf. Het klonk beledigd. 'Ik ben hier naartoe gekomen om je op de hoogte te brengen van de ontwikkelingen in mijn privéleven. Je moest weten dat Constantino dood is. Ik bedoel, dat verandert immers alles.'
Gropius keek geïrriteerd; hij begreep wel wat ze bedoelde, maar er kwam nu te veel op zijn pad. 'Volgens mij kun je nu maar beter weer naar huis gaan,' zei hij voorzichtig, in de hoop dat hij haar niet kwetste.
De teleurstelling was van Francesca's gezicht af te lezen. 'Als jij dat vindt,' zei ze zachtjes.
'Begrijp me niet verkeerd,' begon Gropius.
Francesca viel hem in de rede: 'Ik heb het al begrepen!'
Ze dronk haar kopje leeg en stond op. 'In elk geval wens ik je alle goeds toe. Jammer. Vaarwel.'
Gropius zag dat haar ogen vochtig waren toen ze hem vluchtig een kus op de wang gaf en het restaurant verliet.

De begrafenis van bouwgigant Thomas Bertram werd een waar mediaspektakel. In alle kranten was over het transplantatieschandaal geschre-

ven. Breddin had in zijn krant zijn vermoeden geuit dat de zaak Bertram slechts het topje van de ijsberg was en dat er misschien nog wel veel meer patiënten door illegale orgaantransplantaties waren overleden.
Tijdens zijn leven had Bertram openlijk genoten van zijn rijkdom en omdat geld een magische aantrekkingskracht uitoefent en hij ook nog eens gul was, had hij niet te klagen over een gebrek aan sociale contacten. Uitnodigingen voor de Thanksgiving-party's op zijn landgoed in Kitzbühel waren net zo in trek als kaarten voor de Oscar-uitreiking en een buitenkansje voor de roddelpers.
Zijn vrouw Kira, een Zuid-Afrikaanse met onberispelijke manieren, van wie niemand wist hoe ze hem had leren kennen, was zeker twintig jaar jonger dan hij en – dat was niet te ontkennen – ook veel knapper dan Bertram. Bovendien dronk ze veel minder gin dan hij, wat niet moeilijk was omdat Bertram afhankelijk was van de fles, om het eufemistisch uit te drukken.
Om deze en andere redenen, waar we het uit respect voor de dode niet over zullen hebben (behalve dan dit: tot groot genoegen van de roddelpers had Bertram een open huwelijk), was het huwelijk kinderloos gebleven. En zo kwam het dat op deze zonnige maar frisse voorjaarsochtend vier indrukwekkende weduwen, met een sluier voor en in zwarte designerkleding, bij het open graf stonden en hun tranen de vrije loop lieten. Dit maakte de priester radeloos, omdat hij niet wist wie van de vier mogelijke weduwen hij troostend moest toespreken.
Een paar televisieteams en een handjevol journalisten van een krant vochten om het beste plekje. De priester sprak over het hemelrijk, waarbij zijn stem helaas deed denken aan Erich Honecker. In de knoestige kale bomen die het kerkhof aan de Perlacher Forst veel minder treurig maakten dan de meeste andere kerkhoven, zaten kraaien die de preek van de priester af en toe onderbraken.
Er waren zeker tweehonderd rouwenden; de meesten waren uit nieuwsgierigheid gekomen of beroepsmatig aanwezig. Ze schaarden zich rond het open graf. Een eindje daar vandaan, en achter een boom verscholen, stond Wolf Ingram, hoofd van de Soko Schlesinger.
Ingram ging vanwege zijn beroep wel vaker naar begrafenissen. Niet omdat hij, zoals in slechte films, verwachtte de moordenaar bij het graf van het slachtoffer tegen te komen maar, zoals hij vaak zei, omdat je hem toch kon ruiken. Wat zijn reukzin betreft, werd hij deze keer teleurgesteld. Hoewel hij voorzover dat van deze afstand mogelijk was elke aanwezige goed bekeek, zag hij niemand die licht in de zaak zou kunnen brengen.

Na een halfuur en de gebruikelijke gebeden die, God mag weten waarom, onveranderlijk werden afgesloten met de zin 'in de eeuwen der eeuwen' verspreidden de aanwezigen zich, ook de priester en de journalisten; de laatsten in looppas, de anderen in een plechtig tempo. De rust keerde weer. Over de hoge muur van de nabijgelegen gevangenis heen waren af en toe onverstaanbare commando's te horen.
Ingram keek geïnteresseerd naar de kransen en boeketten aan de rand van het graf, en naar de met goud bedrukte strikken. Hierop brachten vakbonden en medewerkers, familieleden en vrienden evenals diverse dames de dode een laatste groet. Omdat hij de namen wilde opschrijven, haalde hij een aantekenboekje uit zijn zak. Toen hoorde hij iemand achter zich zeggen: 'Nog steeds aan het werk? Heel goed!'
Ingram draaide zich om: 'U bent wel de laatste die ik hier had verwacht, meneer de officier. Drijft het mooie weer u uit uw trieste kantoor?'
Markus Renner keek afwijzend, daarbij als weinig begaafd toneelspeler geholpen door het glimmen van zijn brillenglazen. 'En u?' vroeg hij. 'Waarom bent u hier?'
'Ik was net van plan om de namen op de kransen te noteren. Je weet nooit...'
Op dat moment greep Renner de inspecteur bij de arm en trok hem naar de rechterkant van het graf, waar de stapel kransen lag. Hij bukte zich en streek een lila strik glad die bevestigd was aan een krans van oranjeblauwe paradijsvogelbloemen. Gouden letters vormden de woorden: REQUIESCAT IN PACE – IND.
'Wat zegt u daarvan?' vroeg Renner met de arrogantie die hem zo gehaat maakte. En op dezelfde toon zei hij: 'Het zou uw werk zijn geweest om dat te ontdekken!'
Dat weet ik, wilde Ingram zeggen, daarom ben ik hier immers en ik wilde net alle teksten op de strikken opschrijven. Maar hij zag niet in waarom hij zich tegenover dat streberige joch zou moeten rechtvaardigen. Daarom negeerde hij zijn opmerking en zei: 'Dat is geweldig!'
Renner gaf niet op. 'Weet u wat die tekst betekent? U kent toch wel Latijn?'
'Als ik Latijn zou kennen,' snauwde Ingram, 'hoefde ik niet bij de begrafenis van onbekenden rond te hangen, maar zou mijn door het vele zitten dikke achterste zich warmpjes ophouden in een of ander ministerie.'
'Het betekent,' zei Renner zonder op Ingrams opmerking in te gaan, 'rust in vrede. Dat is cynisch, mijn beste Ingram!'

Ingram fronste zijn voorhoofd. 'Ten eerste ben ik uw beste Ingram niet, meneer de officier. En ten tweede is elke moord cynisch.'
In dit geval gaf Renner hem gelijk, want hij knikte instemmend. Toen Ingram de strik met de 'cynische' tekst los wilde maken, zei Renner: 'U moet onmiddellijk uitzoeken waar de krans met deze strik is besteld.'
Ingram pakte de strik en stond op. 'Waarom denkt u dat ik dit ding eraf heb gehaald? Maar heel erg bedankt voor de tip!'
Ze konden gewoon niet met elkaar opschieten. En omdat de kans groot was dat hun ontmoeting in een handgemeen zou eindigen, nam Renner kort afscheid: 'Goedendag.'
Op dat moment ging Ingrams mobiele telefoon.
'Ja?' Ingram luisterde naar wat zijn collega hem te vertellen had.
'Dat kan toch niet waar zijn!' zei hij toen zachtjes en deed zijn telefoon in zijn zak.
'Meneer de officier!' riep hij Renner achterna.
Die deed alsof hij Ingram niet hoorde.
'Meneer de officier!' riep Ingram zo hard dat zijn stem over het kerkhof schalde.
Renner draaide zich om en Ingram gebaarde dat hij hem iets belangrijks te vertellen had.
'Dit zal u misschien interesseren,' zei Ingram toen hij Renner had ingehaald. 'Ik hoorde net dat in het transplantatiecentrum van de universiteit van Kiel een patiënt na een harttransplantatie is overleden. Uit de sectie is gebleken dat de dood is ingetreden doordat het donororgaan met CVP is vergiftigd.'

11

Teleurgesteld keerde Francesca Colella terug naar haar hotel in de buurt van het Centraal Station. De naam van het hotel was Richard Wagner en de componist zou zich waarschijnlijk omdraaien in zijn graf als hij had gehoord dat het pand zijn naam droeg. Het was een typisch vertegenwoordigershotel midden in de stad, met goedkope kleine kamers en een parkeergarage in de directe omgeving. Francesca was hier al twee dagen en had op Gregor gewacht, en nu dit...

Francesca was verschrikkelijk teleurgesteld. Ze had gehoopt dat Gregor door het bericht dat ze niet meer gebonden was weer even hartstochtelijk zou worden als toen in Turijn, voordat ze hem met de vreselijke waarheid had geconfronteerd. Ze was steeds aan hem blijven denken en was met de dag gekker op hem geworden. Ze kon zich niet meer herinneren wanneer ze voor het laatst met een man naar bed was geweest. Ze wist alleen dat het al veel te lang geleden was en dat ze zo snel mogelijk een einde moest maken aan deze gedwongen onthouding. Ze was vanaf het begin al dol op Gregor geweest... een aantrekkelijke man, met een openhartigheid die haar bijzonder had aangesproken. Het had haar moeite gekost om haar gevoelens te bedwingen. Maar nu, na de emoties van de afgelopen uren die afschuwelijk teleurstellend hadden uitgepakt, kon ze zich niet meer beheersen. Toen ze weer terug was in haar troosteloze derderangshotelkamer, liet ze zich op het bed vallen, sloeg met haar vuisten op het kussen en liet haar tranen de vrije loop.

Tranen hebben iets bevrijdends en na een fikse huilbui die zeker een halfuur duurde, stond ze op, sleepte zich naar de badkamer en bette haar gezicht met ijskoud water. Daar knapte ze van op. Vervolgens zette ze haar bril recht en bekeek zichzelf van top tot teen in de staande spiegel.

Ze zei tegen zichzelf: Ben je echt zo onaantrekkelijk dat je geen man meer kunt krijgen? Of had de afwijzende houding die ze sinds Constantino's ongeluk had aangenomen, haar zo veranderd dat men ervan uitging dat ze een blauwkous was? Lieve hemel, ze had zich verplicht gevoeld tegenover Constantino en deze last gedragen, maar nu hij dood was, wilde ze vooral vergeten. Ze had recht op een nieuw leven, op seks, op liefde.

Gregor, dacht ze, was precies de man aan wie ze zich vol liefde had willen geven. Zijn afwijzende houding had haar diep gekrenkt. Ze bekeek zichzelf aandachtig. Je ziet er nog goed uit voor je leeftijd, zei ze tegen zichzelf, in elk geval hoef je niet bang te zijn voor jongere concurrenten. Je hebt een volle bos haar, je borsten zijn stevig en niet zo petieterig als bij de meeste jonge dingen, en je taille meet zestig centimeter. Verdorie, wat wil die man nog meer?

Francesca nam een bad en terwijl ze naar het stromende water luisterde en haar ledematen strekte in het weldadig warme water, nam ze een besluit. Ze wilde het weten, ze zou een man versieren, zoals je dat noemt, en als het moest dan maar voor één nacht. Ze zou wel zien. Op die manier kon ze zich wreken op Gregor. Deze keer zou zíj het zijn die de regels vaststelde. Die gedachte wond haar op.

Ze moest in bad in slaap zijn gevallen, want toen ze zich weer bewust werd van de wereld om haar heen, was het water koud geworden en zij ook. Ze droogde zich af met een handdoek met een ingeweven foto van Wagner tot haar huid rood was, föhnde haar haren en maakte zich op, oogschaduw en lippenstift, van allebei iets meer dan gebruikelijk. Voor de spiegel trok ze zwarte kousen aan, gleed in een strak zwart rokje en trok hetzelfde groenleren jasje aan waarmee ze, dat wist ze nog goed, Gregor in Turijn helemaal gek had gemaakt. Haar hoge pumps leken uitstekend bij deze outfit te passen.

Tegen de avond informeerde ze bij de portier, die net als het hotel zijn beste tijd had gehad, waar een vrouw alleen naartoe kon gaan. Hij vertelde haar – wat achteraf bleek te kloppen – dat ze in de Bayerischer Hof veilig terecht zou kunnen.

Zo gezegd, zo gedaan. Even na negen uur liep Francesca de bar in die zich in een kelder bleek te bevinden. Er stonden kleine vierpersoonstafeltjes en er was een dansvloer. De muziek was gedempt. Francesca ging op een kruk bij de bar zitten, bestelde een martini, *shaken not stirred*, zoals ze dat van James Bond-films kende, en keek met gespeelde verveling uit naar een mogelijk slachtoffer.

Het was er nog niet druk. Eén enkel paartje danste met elkaar, vol toewijding en innig verstrengeld en zonder op de muziek te letten. Meer dan vijf tafeltjes waren onbezet en de man achter de bar was blij dat hij in elk geval één gast had met wie hij kon praten. Toen een halfuur later alle onderwerpen die je aan een bar bespreekt, zoals het weer, werk, voetbal en auto's, waren besproken en zich geen nieuwe gesprekspartners aandienden, betaalde Francesca haar rekening en wilde gaan. Toen kwam er een man van middelbare leeftijd op haar af die tot dan toe alleen in een hoekje voor zich uit had zitten staren. Hij was klein, had lang donker haar en was bleek. Die indruk werd nog versterkt door zijn zwarte pak.

'Wilt u al gaan?' vroeg hij met een opvallend diepe stem en in het Engels, maar met een hard accent dat verried dat hij geen Engelsman was.
'Niet veel te doen hier,' antwoordde Francesca, 'misschien kom ik later nog wel terug.'
De man met zijn donkere pak gedroeg zich bijzonder beleefd. Hij zei met een uitnodigend gebaar: 'Als men ooit dansen had geleerd, dan zouden wij u graag ten dans vragen. Maar nu kan ik hierover slechts mijn spijt betuigen. Ik heet Ramón.'
Francesca moest lachen. Hij drukte zich omslachtig en stijf uit. 'Komt u uit Spanje?' vroeg ze.
'Nee, uit Catalonië. Dat is iets anders!' antwoordde Ramón. 'En u?'
'Italië.'
'Milaan?'
'Waarom denkt u dat?'
'In Milaan vind je de mooiste Italiaanse vrouwen. Ze verenigen in zich de charme van het Zuiden en de elegantie van het Noorden. Net zoals u, señorita!' Hij staarde onafgebroken naar haar borsten terwijl hij dit zei.
'Ik kom uit Turijn,' zei Francesca lachend, 'en daar komt noch charme noch elegantie voor. Helaas ken ik geen Spaans. Bijna geen enkele Italiaan kent Spaans.'
'Wij weten, er zijn ook maar weinig Spanjaarden die Italiaans spreken.'
Zonder dat ze zich hiervan bewust waren, gingen Francesca en de Spanjaard over op Duits.
'Mag men u tot een glas champagne uitnodigen?' vroeg Ramón beleefd.
Nu was de Spanjaard niet bepaald iemand die een vrouw het hoofd op hol bracht, maar hij kwam vriendelijk en aardig over en Francesca zag geen reden om zijn uitnodiging af te wijzen.
'Ik heet Francesca,' zei ze toen ze met elkaar proostten.
'Wij weten,' zei Ramón met een gemaakt knipoogje.
Francesca begreep zijn antwoord niet en zijn knipoogje ook niet, maar gaf er de voorkeur aan dit te negeren.
Zo langzamerhand werd het drukker in de bar. Maar hoe goed ze ook bleef uitkijken naar de eenzame wolf aan wie ze zich zou willen geven, ze werd hevig teleurgesteld. Ze zag alleen maar stelletjes, en eenzame vrouwen die net als zij op hun sprookjesprins zaten te wachten.
Een prettige eigenschap van Francesca was dat ze grote hoeveelheden alcohol kon drinken zonder dronken te worden. Maar Ramón begon haar, nadat hij tijdens hun gesprek over ditjes en datjes het ene glas na het ande-

re had gedronken, met schunnige complimentjes te overladen. Ze was, fluisterde hij met de gelukzalige blik van een pilaarheilige, even opwindend als Maria Magdalena en even mooi als de Madonna van Rafaël en hij zou, beweerde hij, voor haar elke zonde begaan.
Francesca had de pest aan ordinaire praatjes en daarom had ze de pest aan Ramón, die haar met zijn ogen verslond zonder echter dichter bij haar te komen. Ze werd woedend en zei tegen de gefrustreerde, wellustige Spanjaard: 'Ramón, je praat als een priester!'
Als een kind dat was betrapt bij het snoepen, sloeg Ramón zijn blik neer en zei met afgewend gelaat en een dikke tong: 'Helemaal goed, ik bén priester.'
'Je bent...?' Francesca wierp onzeker een blik om zich heen. Toen keek ze Ramón eens goed aan.
Die bleke huid, dat zwarte pak en zijn zalvende stem... geen twijfel aan; ze had het meteen moeten zien.
'Iedereen komt wel eens in verzoeking. Ook iemand die tot priester is gewijd.' Hij vouwde zijn handen en Francesca was al bang dat hij op luide toon een gebed naar de hemel zou sturen of de Allerhoogste hem uit de klauwen van een zondige vrouw wilde bevrijden. Maar hij zei iets heel anders.
'Mijn meisje,' mompelde hij, zwaard ademend, 'wat heb je met die Gropius te maken? Die is niet geschikt voor jou. Vertel ons, wat wil hij van jou?'
'Gropius?' Francesca begreep er niets van. 'Zei je Gropius?'
Ramón drukte zijn hand tegen zijn mond alsof hij wilde voorkomen dat hij nog meer prijsgaf. Maar de werking van de alcohol was sterker. 'Wij zitten al heel lang achter hem aan,' zei hij en hij deed zijn best om nuchter over te komen.
'Maar wat wil je van Gropius? Wat heeft hij je aangedaan?'
'Dat moet je horen, mooi meisje. Gropius heeft iets in zijn bezit waar hij geen recht op heeft. Jij weet dat. Hij speelt met vuur, deze professor Gropius! En wat jou aangaat, meisje: waar is het spul?'
Er schoten duizenden gedachten door Francesca's hoofd. Welk spul? Had hij het over drugs? Kennelijk wist deze dronken, gefrustreerde vent die tegenover haar zat en met zware oogleden naar haar borsten staarde iets over de geheimzinnige dingen die Gropius op het spoor was. Had hij misschien zelfs iets met de moord op Constantino te maken? Met een mengeling van ontzetting en afschuw keek Francesca naar de dronken man tegenover haar die zich aan haar borsten zat op te geilen.

Je moet je hoofd koel houden, zei ze bij zichzelf en ze glimlachte naar Ramón. Dit was dé kans om Gropius voor zich te winnen. Ze moest deze geheimzinnige priester, als hij er echt een was, uithoren. Ze moest alle vrouwelijke listen benutten om te weten te komen voor wie Ramón werkte en waar hij naar op zoek was. De gelegenheid was gunstig en waarschijnlijk zou een dergelijke kans zich niet weer voordoen.
Terwijl Ramón nog een glas champagne achteroversloeg, boog Francesca zich naar hem over om de geile priester een diep inzicht in haar decolleté te gunnen. Daarbij vroeg ze recht op de man af: 'Logeer je hier in het hotel?'
'Waarom wil je dat weten?' vroeg Ramón alsof hij niet begreep waar Francesca op doelde.
'Zomaar. We kunnen het ons toch wel een beetje gemakkelijk maken? Ik bedoel... je moet me niet verkeerd begrijpen, hoor, maar het is hier nogal rokerig en de muziek mag ook wel een beetje zachter.'
'Kamer 231,' mompelde de man, '231!'
Ramón klemde de steel van zijn champagneglas in zijn rechtervuist. Zijn gezicht, dat inmiddels knalrood was geworden, was opgezwollen. Het was hem aan te zien dat hij nadacht, waarschijnlijk voerde hij een strijd met de verzoekingen van de duivel. Toen zei hij theatraal en met een verheerlijkte uitdrukking op zijn gezicht: 'Als ik zwak ben, ben ik sterk!'
Francesca keek hem niet-begrijpend aan. 'Wat?'
'...schrijft de apostel Paulus in de tweede brief aan de Corinthiërs!'
'Een slimme man. Dus waar wachten we op?'
Ramón smeet zijn creditcard op tafel. 'De rekening!' snauwde hij tegen de barkeeper.
Stiekem keek Francesca naar de naam die op de creditcard stond: Ramón Rodriguez. Gropius had de naam Rodriguez één keer genoemd. Ze was op het juiste spoor.
'Waar is het spul?' herhaalde Ramón Rodriguez toen ze, op elkaar leunend, de brede marmeren trap opliepen die naar de lobby van het hotel leidde.
'Laten we het daar later maar over hebben,' zei Francesca alert en daar nam Ramón voorlopig genoegen mee. Het kostte haar veel moeite om de dronken man boven te krijgen. Maar wat er daarna gebeurde, gebeurde allemaal zo snel dat ze het zich later maar vaag kon herinneren.
Toen ze boven aan de trap waren aangekomen, sprongen er van twee kanten twee donker geklede mannen op hen af, grepen Rodriguez bij zijn armen beet en trokken hem door de draaideur naar buiten. De

overval vond in alle stilte plaats en Ramón bood geen enkele weerstand.
Eerst bleef Francesca verstijfd staan en pas later begreep ze wat er zojuist was gebeurd en werd ze bang. Voorzichtig om zich heen kijkend liep ze de draaideur door naar een van de taxi's die op straat stonden te wachten.
De rit van de Bayerischer Hof naar hotel Richard Wagner duurde vijf angstige minuten, waarin Francesca, die achterin was gaan zitten, onrustig in de binnenspiegel keek of ze werden gevolgd. Toen ze bij haar hotel waren, drukte ze de chauffeur een bankbiljet in de hand en vroeg of hij met haar mee wilde lopen naar de ingang van het hotel. De chauffeur, een gedrongen Zuid-Europese man, had voor minder geld wel eens minder aangename karweitjes opgeknapt en liep dus graag met de mooie lady mee.
De hal van hotel Richard Wagner was leeg. Pas nadat Francesca op de handbel had gedrukt die op de balie stond, kwam er vanuit een vertrek achter het sleutelbord een bebaarde oude man aan die haar haar sleutel overhandigde.
Ze had een onplezierig gevoel dat ze, nadat ze op de derde verdieping uit de lift was gestapt, probeerde te verdringen. Het gesprek met Ramón Rodriguez had Francesca in een gevaarlijke situatie gebracht. Ze twijfelde er niet aan dat haar ontmoeting met de priester was opgemerkt en was beëindigd om de geheimzinnige Rodriguez het zwijgen op te leggen. Volgens haar was ze nu in gevaar, omdat Rodriguez' strijdmakkers wel moesten denken dat hij haar in zijn dronken toestand te veel had verteld.
Toen ze haar kamer binnenstapte, zag ze meteen de openstaande kastdeuren. Kledingstukken lagen verspreid over de grond. Ze had al zoiets vermoed. Zonder verder rond te kijken sloeg ze de deur weer dicht, rende via de trappen naar beneden en liep op de bebaarde nachtportier af.
'Heeft er iemand naar me gevraagd?' vroeg ze aan de oude man.
Die had even tijd nodig om zich dat te herinneren. Toen antwoordde hij: 'Nee, mevrouw. Maar er is wel gebeld. Een man vroeg of u op uw kamer was en toen ik zei van niet, vroeg hij uw kamernummer. Dat was alles. Is er iets niet in orde?'
Zonder antwoord te geven stormde Francesca het hotel uit, stak de straat over en haastte zich naar een taxihalte vlak bij het station. 'Naar Grünwald,' hijgde ze.
Even na middernacht stopte de taxi voor Gregors villa. Er brandde geen

licht in het huis. Wat moest ze doen als hij niet thuis was? Uit voorzorg vroeg ze de taxichauffeur te wachten tot ze binnen was.
Er gebeurde niets toen ze aanbelde. De tijd verstreek, hoeveel wist ze niet. Vertwijfeld en zich niets aantrekkend van de chauffeur die nog steeds op haar wachtte, ging ze tegen de koude voordeur aan zitten en leunde met haar voorhoofd op haar onderarmen die ze op haar knieën had gelegd. Ze had het al niet meer verwacht, toen het licht opeens aanging. Francesca hief haar hoofd op en op datzelfde moment hoorde ze vanuit het huis de stem van Gregor, vrij chagrijnig, wat niet verwonderlijk was.
'Wie is dat?'
Ze gaf de chauffeur een teken dat hij weg kon rijden en zei toen zacht: 'Ik ben het, Francesca.'
Even gebeurde er niets, toen hoorde ze een sleutel in het slot. Dat geluid ervoer ze als een opluchting. Even later ging de deur open en verscheen Gregor op de drempel.
'Ben je gek geworden?' snauwde hij. 'Weet je eigenlijk wel hoe laat het is? Wat heeft dit te betekenen?' Hij wilde de deur al weer sluiten, maar zag toen dat Francesca helemaal zat te trillen en maakte een uitnodigend gebaar. 'Nou, kom maar binnen,' zei hij grootmoedig. Hij zou nog spijt krijgen van zijn arrogante optreden.
Dankbaar glipte Francesca het huis binnen. 'Je hebt het toch eens over ene Rodriguez gehad, die jou in Berlijn na onze eerste ontmoeting achtervolgde?'
'Ja? Wat is er met hem?'
'Hij is hier.'
'Wat heb jij daarmee te maken? Je kent die vent niet eens!'
'Ik heb in een bar champagne met hem gedronken. Hij zei dat hij Ramón heette en op zijn creditcard stond de naam Ramón Rodriguez.'
'Heeft hij zich aan je opgedrongen?'
'Onze ontmoeting was heus geen toeval! Hoe dan ook, Rodriguez wist hoe ik heette en heeft me gewaarschuwd dat jij geen geschikt gezelschap voor me bent.'
Gropius had al liggen slapen en was nog niet helemaal wakker. Het kostte hem moeite om te begrijpen wat Francesca hem vertelde. Ondertussen keek hij haar onderzoekend aan. Ze droeg dezelfde kleren als toen in Turijn en zag er ongelooflijk sexy uit. Maar net zo snel als die herinnering opkwam, duwde hij hem weer weg. Francesca leek van slag.
'Vooruit, nu in de goede volgorde,' zei Gropius met voorgewende kalmte en duwde Francesca in een stoel in de woonkamer. 'Deze Rodriguez

sprak je zomaar op straat aan en vroeg of je een glas champagne wilde drinken...'
Francesca viel hem in de rede: 'Niet op straat. Ik wilde er een leuke avond van maken en ging naar de bar in de Bayerischer Hof. Toen stond hij opeens voor me. Hij moet me gevolgd zijn. Gelukkig kon hij niet goed tegen drank en begon hij er al na een paar glazen van alles uit te flappen wat hij nuchter nooit zou hebben gezegd. Zijn beroep bijvoorbeeld...'
'Niet interessant.'
'Hij is priester.'
'Wat?' Gropius keek Francesca ongelovig aan.
'Hij ziet er niet alleen uit als een priester, hij citeert zelfs in dronken toestand de brieven van de apostel Paulus aan de Corinthiërs.'
'En wat wilde Rodriguez van jou?' Gropius' blik bleef even rusten op Francesca's ruime decolleté. 'Dat kan ik me wel voorstellen.'
'Ja, dat ook.' Francesca glimlachte verlegen. 'Maar volgens mij dacht hij dat ik een drugskoerier was, want hij vroeg om 'spul'. En zijn hele gedrag wijst erop dat hij verslaafd is.'
'En hoe is de avond verder verlopen?' Gropius grijnsde.
Francesca merkte zijn denigrerende houding wel op, maar trok zich er niets van aan en antwoordde: 'Opeens stortten zich twee mannen op Rodriguez en sleurden hem mee. Ik heb niet gezien waar ze hem naartoe brachten. Toen ik op mijn hotelkamer kwam, was mijn kamer overhoopgehaald. Gregor, ik ben bang. Mag ik vannacht hier blijven?'
'Natuurlijk,' gromde Gropius afwezig. Hij dacht na: een drugsverslaafde priester die hem al een tijdje achtervolgde, die naar het leek ook Francesca in de gaten hield en die graag wilde dat hij stopte met het onderzoek naar de dood van Schlesinger? Er leek geen touw aan vast te knopen. Volgens hem was het inmiddels bijna onmogelijk dat de moorden op Schlesinger, de Luca, Bertram, Constantino en die nieuwste zaak in Kiel dezelfde opdrachtgever zouden hebben, want voor elke moord was er een ander motief. En nog steeds spookte dat verdomde dossier door zijn hoofd, waarvan hij niet wist wat erin stond en waar Schlesinger het had verstopt.
Gropius schudde zijn hoofd.
Hij liep naar Francesca toe, greep haar bij haar bovenarmen en vroeg nadrukkelijk: 'Wat ben je nog meer over die Rodriguez te weten gekomen? Denk na, het kleinste detail kan belangrijk zijn!'
Het kostte Francesca enige moeite om zich te herinneren wat er de laatste drie uren precies was gebeurd. Want de champagne had natuurlijk

ook wel effect op haar gehad. Nadat ze even had nagedacht, zei ze: 'Hij praatte op een vreemde manier en sprak steeds in de meervoudsvorm over zichzelf, alsof hij het moeilijk vond het woord "ik" uit te spreken.'
'Echt heel vreemd. Ga door!'
'Toen we weggingen, noemde hij me zijn kamernummer: 231. Hij betaalde met een gouden creditcard van Visa. Verder irriteerde hij me omdat hij steeds maar bleef vragen naar spul.'
Gropius liet Francesca los en ging weer zitten. 'En jij,' vroeg hij, 'heb je Rodriguez zelf iets verteld?'
'Wat denk je wel!' riep Francesca boos. 'Ik wil niet beweren dat ik helemaal nuchter was, maar ik wist precies in welke situatie ik me bevond. Nee, van mij is Rodriguez niets te weten gekomen. Geloof me!'
Gropius was onrustig en verliet het vertrek. De keuken bevond zich naast de voordeur. Gropius deed het licht niet aan. Hij keek door het getraliede raam naar buiten. Alle geparkeerde auto's kende hij, verder zag hij niets verdachts. Gropius keek op de klok. Het was net één uur geweest. Besluiteloos liep hij weer terug naar de woonkamer.
Francesca had het zich gemakkelijk gemaakt op de bank. 'Neem me niet kwalijk,' zei ze hees, 'ik ben ontzettend moe.'
'Het is wel goed,' zei Gropius en verdween. Hij kwam terug met een deken en een pyjama, maar Francesca sliep al.
'Hé, wakker worden!' riep Gropius zachtjes. 'Je kunt toch niet in die kleren slapen!' Voorzichtig zette hij haar bril af.
Francesca deed heel even haar ogen open en draaide zich toen kreunend om.
'Hé,' zei Gropius weer en streek even over haar wang, 'ik heb een pyjama voor je. Trek die aan! Kom!'
Met veel moeite en met haar ogen halfdicht krabbelde Francesca overeind en begon zich zittend uit te kleden, en voor hij het doorhad, zat ze naakt en met haar benen wijd voor hem met haar hoofd slaperig opzij. Ze had een perfect lichaam, wat heet perfect: haar lichaam, haar volle borsten, haar smalle taille en haar strakke kuiten – pure verleiding.
Hij voelde dat hij een erectie kreeg en overwoog even toe te geven aan zijn verlangen om naast haar te gaan liggen. Maar hij begon te twijfelen. Misschien deed Francesca alleen maar alsof ze moe was, misschien maakte ze misbruik van de situatie om hem te verleiden?
Misschien krijg je hier nog spijt van, zei een stemmetje, maar een tweede stemmetje zei: of niet. Gropius pakte het pyjamajasje, trok Francesca's slap hangende armen erin en knoopte het dicht. Toen trok hij haar de broek aan, dekte haar toe en deed het licht uit.

Hij was behoorlijk van slag toen hij de trap op liep naar zijn slaapkamer op de bovenverdieping.

De volgende ochtend hoorde Gropius niet dat Francesca al lang wakker was. Hij had tot aan de vroege ochtend in bed liggen woelen en bleef maar denken aan twee verschillende vrouwen. De ene was Felicia, een rijpere, mooie vrouw, zelfbewust en toch aanhalig. Aan de andere kant Francesca, op het oog koel, bijna onbereikbaar, maar naar hem toe zacht als was. Elke centimeter van haar lichaam was een uitdaging; zelfs haar slanke vingers en haar neus vond hij opwindend. Met die gedachten was hij tegen de schemering eindelijk ingeslapen.
Nadat ze had gedoucht, gleed Francesca weer in haar kleren. Ook zonder make-up was ze bijzonder aantrekkelijk. Ze kon eerst niets vinden in Gregors keuken, maar wist toen het koffiezetapparaat en de broodrooster aan te krijgen.
In huis rook het naar ontbijt toen er werd aangebeld. Francesca deed de deur open alsof het de gewoonste zaak van de wereld was. 'Ja?' vroeg ze.
De goed geklede vrouw die voor de deur stond, leek verbaasd, sterker nog, ze leek in verwarring. 'Wie bent ú, als ik zo vrij mag zijn?'
Nu pas realiseerde Francesca zich in welke situatie ze Gregor had gebracht en haar aanvankelijke onbevangenheid maakte plaats voor nervositeit: 'Ik ben Francesca Colella,' zei ze en knoopte de bovenste knoopjes van haar leren jasje dicht. 'En u?'
'Felicia Schlesinger,' zei Felicia gepikeerd. 'Als ik had geweten dat u hier was, was ik natuurlijk niet gekomen. Waar is Gregor?'
'Volgens mij slaapt hij nog,' antwoordde Francesca en realiseerde zich toen dat die opmerking alles nog erger maakte. 'Ik bedoel... het is niet wat u denkt. Gregor zal u alles wel uitleggen. Maar wilt u niet binnenkomen?'
'Nee, nee, niet nodig! Misschien een andere keer!'
Felicia wilde al weggaan, toen Gropius achter Francesca opdook, gekleed in een kamerjas. Felicia keek hem hulpzoekend aan alsof ze wilde zeggen: Het spijt me.
'Hé, ben jij het?' zei Gropius, omdat hem niets beters te binnen schoot. Meteen vroeg hij zich af welke gevolgen deze onverwachte ontmoeting zou hebben.
'Je verwachtte me niet, merk ik,' zei Felicia met een laatdunkend glimlachje.

'Nee,' antwoordde Gropius en hij kuchte verlegen. 'Maar kom toch binnen! Er is weer iets gebeurd!'
Aarzelend nam Felicia de uitnodiging aan en omdat ze dacht dat ze Gropius had betrapt, zei ze toen ze naar binnen liep: 'Je hoeft je tegenover mij niet te verantwoorden, Gregor.' Maar het klonk alsof ze precies het tegenovergestelde bedoelde.
Gropius liep voor Felicia uit en toen riep Francesca: 'Ik ga nu maar. Ik ben in mijn hotel te bereiken.'
Gropius wilde haar tegenhouden, maar toen hij bij de voordeur kwam, was Francesca al verdwenen.
'Goed dan, wat is er gebeurd?'
En Gropius vertelde over Rodriguez en zijn vreemde ontmoeting met Francesca en dat hij er steeds meer van overtuigd raakte dat er achter de chaotische gebeurtenissen rond Schlesingers dood nog iets anders speelde dan de mensonterende capriolen van de orgaanmaffia. Dat Schlesinger misschien toch niet met de hulp van Fichte was vermoord. Dat zijn dood een heel andere reden kon hebben gehad.
'En... hoe was ze?' vroeg Felicia nadat ze onbewogen naar hem had geluisterd. Haar ontmoeting met Francesca scheen haar meer te interesseren dan de moord op haar man. Vanaf het moment waarop ze had geweten dat hij een dubbelleven had geleid en een verhouding had gehad met die Israëlische, deed ze haar best om niet meer aan hem te denken.
'Er is niets gebeurd!' zei Gropius. 'Francesca's hotelkamer is doorzocht terwijl ze er niet was. Ze was bang.'
'En zo bang als ze was, kwam ze naar jou toe en vroeg of ze met je kon slapen.'
'Bíj me, Felicia, bíj me. Dat is heel wat anders!'
'Ph!' Felicia perste de lucht tussen haar lippen door, alsof ze wilde zeggen: Dat geloof je toch zelf niet! Ten slotte zei ze minachtend: 'Als ik niet toevallig was langsgekomen, zou je me dit nooit hebben verteld. Ach, wat geeft het ook, jullie mannen zijn toch allemaal hetzelfde!' Ze stond op, liep naar de deur en zei: 'Ik had gehoopt dat jij anders was, maar ik heb me vergist. Jammer. Bedankt, maar ik kom er zelf wel uit.'
Toen de deur in het slot viel, had Gropius het gevoel alsof hij een klap had gekregen. Hij wreef verward over zijn kaak. Felicia was trots, een eigenschap die hij wel in vrouwen waardeerde, maar gekrenkte trots kan gevaarlijk zijn. De meeste relaties strandden door gekrenkte trots.
De mooie momenten die ze samen hadden gehad, schoten door hem heen. Maar nu ervoer hij tegenstrijdige gevoelens. Was Felicia ook

slechts een tussenstop? Of was dit gewoon een crisis zoals die in elke relatie voorkomt? Hoe dan ook, hij voelde zich onheus behandeld door Felicia en als hij ergens niet tegen kon, was het onrechtvaardigheid. In een vlaag van cynisme schoot Gropius even in de lach, omdat hij moest denken aan het oude spreekwoord: geluk in het spel, pech in de liefde. Nee, wat de liefde betreft had hij in zijn leven maar weinig geluk gehad en dus werd het tijd om zijn geluk in het spel te beproeven.
Hij dacht op datzelfde moment ook aan Rodriguez en aan wat Francesca over hem had verteld. Gropius wist niet of het verstandig van hem was, maar hij besloot de geile priester ter verantwoording te roepen.
Via de golfbaan kende hij de manager van hotel Bayerischer Hof, ene Bob Kusch. Ze waren geen echte vrienden, maar ontmoetten elkaar af en toe en noemden elkaar bij de voornaam.
Gropius ging naar Bobs kantoor. Bob voldeed met tegenzin aan Gregors vraag om het adres waarmee Rodriguez zich in het hotel had ingeschreven. Volgens hem zou het hem zijn baan kosten als iemand het te weten zou komen. Gropius zwoer een dure eed dat hij zou zwijgen. Bob toetste wat gegevens in op de laptop voor hem op zijn bureau. Zonder iets te zeggen schoof hij het beeldscherm zo dat Gregor kon lezen wat er stond en deze schreef op een briefje: Ramón Rodriguez, Carrer Caralt 17, Barcelona.
Gropius trok zijn wenkbrauwen op en keek verbaasd.
'Die kamer,' zei Kusch min of meer terloops, 'is met een bedrijfscreditcard betaald.'
'Wat? Is Rodriguez hier niet meer?'
Kusch was weer even met zijn laptop in de weer en na een blik op het beeldscherm zei hij: 'Señor Rodriguez heeft het hotel vannacht om tien over twee verlaten. Zijn rekening is voldaan met een geldige creditcard. Meer hoef ik niet te weten.'
'Bob,' zei Gropius opgewonden, 'vind je het niet een beetje vreemd dat een hotelgast midden in de nacht vertrekt?'
Kusch keek onbewogen. 'Weet je, Gregor, er logeren allerlei vreemde figuren in een groot hotel. Zoiets als dit is vrij gebruikelijk. Wat ik wel weer vreemd vind, is het feit dat deze gast toen hij een kamer reserveerde, per se kamer 231 wilde hebben. Kamer 231 is namelijk niet een van de beste kamers van dit hotel, eerlijk gezegd is het eigenlijk de slechtste: tussen de linnenkamer en de goederenlift met uitzicht op de binnenplaats. We verhuren hem niet vaak, alleen als we helemaal vol zitten.'
Je kon zien dat Gropius diep nadacht. 'Kun je dat verklaren?' vroeg hij na een tijdje.

Bob Kusch haalde zijn schouders op en lachte: 'Er zijn verschillende redenen waarom hotelgasten een bepaalde kamer willen. Veel mensen zijn bijgelovig en eisen een bepaalde cijferreeks of dat de som van alle cijfers een bepaalde uitkomst heeft. Anderen brengen het kamernummer in verband met een bijzondere gebeurtenis die herinneringen oproept en weer anderen willen domweg in hetzelfde hotel altijd dezelfde kamer. Maar ik weet niet of dat voor jou van belang is, Gregor.'
'Zeker wel,' zei Gropius. 'Kun je ook nagaan of deze Rodriguez die kamer al eens eerder heeft gehad?'
'Natuurlijk, heel eenvoudig!' Kusch kon goed met zijn computer overweg en Gropius keek bewonderend toe. Na een paar klikken toverde Kusch een lijst op het scherm met alle hotelgasten die het afgelopen halfjaar in kamer 231 hadden overnacht. 'Maar dat moet je voor je houden!' herhaalde hij.
Gropius hief zijn rechterhand op. 'Erewoord, Bob, je kunt me vertrouwen!'
Gropius las aandachtig regel na regel die over het beeldscherm rolde.
'Stop!' Gropius kon zijn ogen niet geloven. Op het beeldscherm stond de naam Sheba Yadin, Beit Lechem-straat, Tel Aviv, Israël. Verblijfsduur: 7 dagen.
'Wat is er, Gregor?' Kusch had gezien hoe het gezicht van Gropius van het ene op het andere moment grijs wegtrok. 'Voel je je niet goed, Gregor? Toe, zeg iets!'
'Het is al goed,' stamelde Gropius, maar het was duidelijk te horen dat de naam op het beeldscherm hem een schok had gegeven.
'Ken je die dame?' vroeg Kusch voorzichtig.
'Nee, ik bedoel ja, eigenlijk niet,' stotterde Gropius als een betrapte inbreker. De verwarring omtrent Rodriguez en zijn handlangers had voor hem een nieuw hoogtepunt bereikt. Het kon geen toeval zijn dat de naam van de minnares van Schlesinger hier opdook.
Kusch haalde een fles uit een wandkast, schonk wat cognac in een bol glas en gaf het aan Gropius. 'Het gaat me natuurlijk niets aan,' zei hij toen Gregor het glas in één teug leegdronk, 'maar je ziet er helemaal niet goed uit. Wil je me niet vertellen wat voor relatie je met deze dame hebt?' en hij tikte tegen het beeldscherm.
Gropius haalde het briefje uit zijn zak waarop hij zojuist het adres van Rodriguez had geschreven. Met samengeknepen ogen zette hij Sheba Yadins adres erbij. 'Je moet het me maar niet kwalijk nemen,' zei hij zonder op te kijken, 'maar dat is een veel te lang verhaal. En trouwens, dan zou je denken dat ik gek ben.'

'Nog eentje?' Kusch hield de fles omhoog en Gropius knikte. Toen staarde hij weer stil voor zich heen naar een denkbeeldig punt op de muur tegenover hem. Kusch had graag doorgevraagd, maar wilde niet nieuwsgierig lijken. Sinds het schandaal in het ziekenhuis had plaatsgevonden, was Gropius toch al aan het einde van zijn krachten en had hij zich amper nog op de golfbaan laten zien.
Minuten verstreken tot Kusch zonder erbij na te denken met zijn vingers op zijn bureau begon te trommelen.
'Sorry, Bob,' zei Gropius, die dat gebaar als een teken opvatte. 'Als je het niet erg vindt, zou ik kamer 231 graag eens bekijken.'
Kusch keek op de klok. 'Volgens mij is die kamer nog niet schoongemaakt.'
'Geeft niet,' antwoordde Gropius. 'Integendeel.'
'Goed, kom dan maar mee, Gregor.'
De ligging van kamer 231 was inderdaad niet geweldig en toen ze er aankwamen, was het er een bende. Het kamermeisje, een donkerharige Portugese, was net bezig het bed te verschonen. Carlo, de elektricien, was bezig de telefoon te repareren.
Kusch keek de hijgende elektricien vragend aan en deze legde uit dat de etagemanager hem had opgebeld omdat de telefoon stuk was.
'Omruilen!' zei Kusch.
Maar Carlo maakte een afwijzend gebaar. 'Niet nodig, baas. De schade is al gerepareerd. Een stukgetrokken draadje in de hoorn. Dus als u het mij vraagt...'
De hotelmanager snoerde Carlo de mond: 'Maar ik vraag je niets!'
Gropius greep Kusch bij zijn arm, alsof hij hem wilde tegenhouden en vroeg aan de elektricien: 'Wat wilde u zeggen?'
Carlo keek wantrouwend naar Gropius en toen naar Kusch, alsof hij wilde vragen: Mag het?, en toen hij geen protest hoorde, zei hij: 'Als u het mij vraagt, heeft er een afluisterapparaatje in de hoorn gezeten. Ik weet hoe je zoiets doet. En tijdens het verwijderen ervan heeft de dader de draad beschadigd. Anders begrijp ik niet hoe dit kan zijn ontstaan. Nu is het in orde, baas.'
Bob Kusch probeerde de zaak niet op te blazen en zei tegen Carlo: 'Maar dat is maar een vermoeden. Ik moet je verzoeken wat voorzichtiger te zijn met het uiten van dit soort vermoedens. Dit is een chic hotel en hier komt zoiets niet voor. Bedankt, je kunt nu wel gaan.'
De elektricien mompelde iets onverstaanbaars dat klonk als: Daarom juist!, pakte zijn gereedschapskoffer en vertrok.

Er tolden allerlei gedachten door Gregors hoofd. Hij stond tegen de kamerdeur geleund en kon zich maar met moeite concentreren. Als een computer, maar dan veel langzamer, liep zijn geheugen alle mogelijke verklaringen voor deze zaak door. Kennelijk hadden Arno en Sheba samen een week in München doorgebracht en werden ze beiden geschaduwd. Bepaalde mensen vonden hun gesprekken zo belangrijk dat ze een afluisterapparaatje in Sheba's kamer hadden geïnstalleerd. Het was wel zeker dat Rodriguez deel uitmaakte van deze bende. Waarom de afluisterapparatuur maandenlang in deze kamer was gelaten of waarom Rodriguez die juist nu had gedemonteerd, wist Gropius niet.
'Dat met dat afluisterapparaatje moet je niet al te serieus opvatten!' Kusch bracht hem terug in de werkelijkheid. 'Carlo is een knutselaar en denkt van vroeg tot laat alleen maar aan elektronische foefjes. Onder ons gezegd: zijn opmerking over die afluisterapparatuur heeft niets te betekenen. Sinds agenten van de CIA en de NSA twee jaar geleden het hotel overhoop hebben gehaald, ziet Carlo in elke bloempot een tijdschakelaar en in elke telefoon een afluisterapparaatje. Ik hoop dat ik je heb kunnen helpen, Gregor!'
Hij duwde Gropius zacht maar nadrukkelijk de hotelkamer uit.
'Wat ik nog wilde vragen,' zei Gropius toen ze met de lift naar beneden gingen. 'Alle telefoonnummers die vanuit de kamers worden gebeld, worden toch opgeslagen in de computer?'
Kusch antwoordde aarzelend, omdat hij bang was dat Gropius alle telefoonnummers wilde hebben die vanuit kamer 231 waren gebeld. 'Luister eens, Gregor,' zei hij toen ze terugliepen naar zijn kantoor, 'zo breng je me echt in een heel precaire situatie. Als iemand dit hoort...'
'Ik weet het,' antwoordde Gropius, nadat Kusch de deur van zijn kantoor had gesloten. 'Je kunt die informatie toch op het beeldscherm tevoorschijn roepen en dan je kantoor even verlaten? Je hebt geen enkele invloed op de dingen die dan gebeuren.'
'Niet slecht,' antwoordde Kusch instemmend en toetste snel wat op zijn laptop in. 'Je slimme plan kan helaas niet worden uitgevoerd. Telefoongesprekken worden maar twee maanden opgeslagen en dan wist de computer ze automatisch. Hier, kijk zelf maar, Gregor!'
Gropius keek even naar het beeldscherm, waarop kamernummer 231 en de naam Sheba Yadin oplichtten. Daaronder knipperde de tekst: 'Gegevens gewist'.
'Ik heb nog een laatste vraag,' zei Gropius teleurgesteld, 'echt, de allerlaatste. Je zei dat de hotelrekening van Rodriguez vannacht niet door hemzelf is betaald. Door wie dan?'

Na een blik op het beeldscherm antwoordde Kusch: 'Een bedrijfscreditcard ten name van IND S.A.'
'IND?' vroeg Gropius. 'Nooit van gehoord.'

12

In het vliegtuig naar Tel Aviv dacht Gropius aan Sheba Yadin. Hij had Sheba nog nooit gezien, er was niet eens een foto van haar, maar hij was een paar jaar geleden samen met Veronique naar een congres in Tel Aviv geweest en hij kon zich de donkerharige Israëlische vrouwen nog goed herinneren. Sheba, dat wist hij heel zeker, speelde een centrale rol in dit complot. Zij wist hoe Schlesinger aan zijn tien miljoen euro was gekomen en waarschijnlijk wist ze nog veel meer. Hij móést haar vinden.
Het voorjaar was rond de Middellandse Zee al begonnen en het reisje kwam hem dan ook niet ongelegen. Misschien kon hij daardoor een paar dagen de frustratie vergeten die zich in hem samenbalde, evenals de angst die hij nu al maandenlang bij zich droeg. Sinds dat ongelukkige treffen met Francesca had Gropius ervoor gekozen haar met ijzig stilzwijgen te bestraffen. Francesca was na het voorval in haar hotel overhaast vertrokken.
Na een vlucht van vier uur onder een inktblauwe hemel landde het vliegtuig van El Al op vliegveld Ben Gurion van Tel Aviv. Een zwijgzame taxichauffeur bracht hem in twintig minuten naar de Hayarkonstraat, waar de meeste hotels van de stad staan. Gropius had een kamer gereserveerd in hotel Tel Aviv van waaruit hij een adembenemend uitzicht had over de zee en over het strand, waar de eerste badgasten zich al lieten zien. Hij stond op zijn balkon uit te kijken over de zee waar het licht en donker van de lucht en de zee met elkaar versmolten en ademde de warme voorjaarslucht diep in.
De volgende ochtend begon hij aan zijn zoektocht naar Sheba Yadin. De Beit-Lechem-straat lag in een bijzonder deftige buurt. Wat Gropius vooral opviel, was het feit dat er bij veel huizen zoveel deurbellen en naambordjes hingen. De meeste naambordjes kon hij niet eens ontcijferen. Hij vond een in het zwart geklede jonge chassied met een baard en een keppeltje die Engels sprak en bereid was hem naar het huis te begeleiden.
Op de derde verdieping van een groot huurhuis belde de chassied aan en nam afscheid met een beleefd *shalom*.
Een vrouw van middelbare leeftijd en met haar lange, donkere haar in een wrong deed de deur open. Ze bekeek de bezoeker wantrouwend van top tot teen. Pas toen Gropius had verteld wie hij was en in onbeholpen Engels uitlegde dat hij op zoek was naar Sheba Yadin, lichtte haar

gezicht een beetje op en vroeg ze: 'Bent u Duitser? U ziet er zo Duits uit.'
Tot zijn verbazing sprak de vrouw Duits.
'Ja,' antwoordde Gropius en vroeg toen: 'Spreekt u Duits?'
'Mijn vader was Duitser,' antwoordde de vrouw bitter. 'Maar daar moeten we het maar niet over hebben. Bent u een vriend van Schlesinger?'
Gropius schrok. Hoe moest hij reageren? 'Weet u dat Schlesinger dood is?'
'Ik weet het,' zei de vrouw. 'Maar wilt u niet binnenkomen?'
'En u bent...?' vroeg Gropius terwijl hij plaatsnam in een kaal, spaarzaam gemeubileerd vertrek met een tegelvloer.
'...Sheba's moeder,' antwoordde de vrouw en knikte. 'Wat wilt u van Sheba, meneer...?'
'Gropius. Wist u dat uw dochter een eh, nou ja, een verhouding had met Schlesinger?'
'Daar ben ik altijd op tegen geweest!' zei mevrouw Yadin opgewonden. 'Maar dat kind laat zich door haar moeder niets vertellen. Sinds haar vader dood is, doet ze wat ze zelf wil. Maar nu is de zaak vanzelf opgelost.'
'Woont Sheba hier bij u?' vroeg Gropius.
'Ze komt nog maar heel zelden thuis. Sinds ze heeft gehoord dat Schlesinger dood is, is ze helemaal van slag. Eerst overwoog ze zelfs haar beroep eraan te geven, omdat ze dagelijks aan die Schlesinger wordt herinnerd.'
'Is uw dochter archeologe?'
'Zelfs een heel goede, schijnt het. Tot ze Schlesinger ontmoette. Vanaf dat moment denkt ze alleen nog maar aan die man. Ik voor mij, meneer Gropius, ik vind het niet zo erg dat Schlesinger dood is.'
'Kende u Schlesinger?'
'Nee, ik heb hem nooit ontmoet, hoewel hij kennelijk met Sheba wilde trouwen.'
'Schlesinger wás getrouwd!'
'Dat weet ik, maar hij was kennelijk van plan te scheiden. Dat beweerde Sheba.'
'En waar is Sheba nu?'
'Ergens in de woestijn bij Beersheba, ruim honderd kilometer ten zuiden van hier. Een afschuwelijke plaats aan de rand van de Negev, maar wel een stad met een belangrijk verleden. Ze is daar aan het graven samen met een Franse archeoloog, Contreau of zoiets.'
'Contenau, Pierre Contenau?'

'Ja, zo heet hij volgens mij. Kent u hem?'
'Ik heb van hem gehoord. Hij schijnt een drieduizend jaar oude Israëlitische stad te hebben ontdekt.'
'Ik weet niet waar het goed voor is, maar Sheba vindt het gewoon leuk om in de modder te wroeten. Nou ja, mij kan het niets schelen, zolang ze er maar voor betaald wordt. Wat doet u eigenlijk, meneer Gropius?'
Om niet al te belangrijk over te komen zei hij: 'Ik houd me bezig met de gezondheid van mensen.'
'Ach, bent u dokter? Hebt u een echte praktijk?'
'Ja,' antwoordde Gropius verlegen.
'En waarom vraagt u naar Sheba, dokter Gropius? Ze is toch niet ziek?'
Gropius probeerde de temperamentvolle vrouw gerust te stellen: 'Nee hoor! Het zit zo: ik ben een vriend van de familie, en na de dood van Schlesinger zijn er een paar vragen onbeantwoord gebleven die alleen uw dochter kan beantwoorden. U hoeft u nergens zorgen over te maken.'
Mevrouw Yadin keek sceptisch. Waarschijnlijk, dacht Gropius, ben je een slechte toneelspeler of een slechte leugenaar of, wat nog erger was, beide. Hij vond het maar pijnlijk allemaal.
De vrouw verbrak het zwijgen en vroeg opeens: 'En bent u daarom van Duitsland naar Israël gevlogen?'
Gropius haalde zijn schouders op.
Nieuwsgierig vroeg mevrouw Yadin: 'Waar gaat het over? Misschien kan ík u wel verder helpen, dokter Gropius?'
'Nee, dat denk ik niet,' zei Gropius. 'Het gaat om een paar feitelijke problemen die Schlesinger misschien met Sheba besproken heeft.'
'Over de opgravingen bij Jeruzalem?'
'Ja, daarover.'
Toen werd het open gezicht van de vrouw opeens gesloten en ze zei: 'Ja, dan kan ik u echt niet helpen. Het spijt me.' Ze stond op om Gropius voor te gaan naar de deur.
'Ze zeggen dat het geen ongeluk was, dat van Schlesinger, maar een bomaanslag,' zei Gropius terwijl hij met haar meeliep.
'Mensen kletsen veel,' zei mevrouw Yadin. 'U weet toch dat joden uitstekende verhalenvertellers zijn. Ík weet er in elk geval niets van.'
Gropius wees naar een foto in een zilveren lijst die op een dressoir stond.
'Is dat uw dochter Sheba?'
'Ja,' antwoordde haar moeder zonder er verder op in te gaan.
'Ze is heel mooi,' zei Gregor, en niet alleen uit beleefdheid. Sheba was een schoonheid. Ze had lang zwart haar en donkere ogen, en haar hoge

jukbeenderen gaven haar een exotische charme die nog werd verhoogd door een moedervlekje op haar linkerwang.
Peinzend nam Gropius afscheid.
Hij liep naar de dichtstbijzijnde taxistandplaats voor een hotel twee straten verderop. De zon scheen aangenaam in zijn gezicht en hij dacht na. Zijn wantrouwen ten opzichte van Sheba's moeder was zeker zo groot als de argwaan die zij tegenover hem had gevoeld. Natuurlijk wist ze veel meer over de relatie tussen Sheba en Schlesinger, ook al had ze hem nog nooit ontmoet. Ook had ze het gesprek niet zo maar afgebroken toen hij over het geheimzinnige ongeluk was begonnen. Hoe dan ook, nu wist hij waar hij Sheba kon vinden en hij besloot om nog diezelfde dag naar Beersheba te gaan.
Gropius huurde in zijn hotel een witte Chrysler met airco en reed in zuidelijke richting over de A1 die Tel Aviv en Jeruzalem met elkaar verbindt. Hij nam vervolgens de A4 naar Gaza en kwam na een kilometer of dertig op autoweg 40, die vanaf hier door een steppenlandschap voert dat af en toe wordt onderbroken door mals groen. Ongeveer twintig kilometer voor Beersheba verandert het landschap in het karstlandschap van de Negev-woestijn. Hier zijn okergeel en bruin de meest voorkomende kleuren, tenzij gigantische irrigatiewerken de woestijn veranderen in een paradijs.
Het was donderdag en vanwege de bedoeïenenmarkt was het in Beersheba een drukte van belang. Op dit illustere evenement komen mensen uit heel Israël af. In de binnenstad, die honderd jaar geleden door Duitse architecten vanachter hun tekenbord is ontworpen zodat alle straten kaarsrecht lopen, vond Gropius nog een kamer in hotel Hanegev. Dit kleine hotelletje lag niet ver van het museum in de Ha'atzmaut-straat dat in een oude Turkse moskee is gevestigd.
De hotelportier, een Oekraïense jood die Vladimir heette en die elke hotelgast in zijn eigen taaltje – een mengeling van Jiddisch, Russisch en Engels – aansprak, beweerde dat hij in zijn voormalige woonplaats Sebastopol theaterdirecteur was geweest. Van deze academisch geschoolde hotelmedewerker hoorde Gropius dat Pierre Contenau en zijn medewerkers te vinden waren aan de noordrand van de stad bij de Tell Be'er Sheva, maar pas morgen weer. Hij keek op de klok en verkondigde met opgeheven wijsvinger dat de professor de werkzaamheden in verband met de grote hitte 's middags afbrak.
Gropius stond de volgende ochtend vroeg op. Dat kostte niet veel moeite, want het hotel was lawaaierig en de stad leek al bij de eerste zonne-

stralen te ontwaken. Het ontbijt was karig en bestond voornamelijk uit stukjes vis, kwark en witte kaas, maar het luchtige witbrood smaakte heerlijk.
De portier met zijn theaterverleden vertelde Gropius breedsprakig en met veel gezwaai van zijn armen hoe hij naar Tell Be'er Sheva moest rijden, ten oosten van autoweg 60 richting Hebron.
Toen Gropius de brede heuvel had bereikt, die doorsneden werd door oude vestingmuren en kanalen, parkeerde hij zijn auto langs een ongeplaveide, stoffige straat. De zon stond nog laag en wierp lange schaduwen over het opgravingsterrein. Een bord wees de weg naar een klein museum en uit een houten hut, die schijnbaar doelloos midden in het karstige landschap stond, kwam een man in Palestijnse kledij die iets tegen Gropius schreeuwde. Toen de man dichterbij was gekomen, zag Gropius dat hij het verweerde donkere gezicht had van een zoon van de woestijn en zilverkleurige baardstoppels. In zijn linkervuist hield hij een geweer met een ouderwetse loop; eerder een rekwisiet dan iets om mee te schieten.
Maar de man sprak Engels en Gropius kon hem duidelijk maken dat hij uit Duitsland kwam en op zoek was naar Sheba Yadin. Toen hij de man vroeg hem naar haar toe te brengen, wees hij dit gedecideerd van de hand. Hij beval Gropius bij zijn auto te blijven wachten, dan zou hij gaan kijken wat hij voor hem kon doen. En hield ondertussen zijn geweer dreigend op Gropius gericht.
Hoewel het nog vroeg in de ochtend was, begon de lucht al te trillen boven de restanten van een muur die met veel moeite waren opgegraven. Een irrigatiewerk produceerde kunstmatige regen. Het rook er naar vochtig stof. Gropius keek ongeduldig in oostelijke richting, waar de Palestijn achter een aarden wal was verdwenen.
Toen de man na eindeloos wachten weer in de felle zon opdook, riep hij al vanuit de verte dat juffrouw Yadin hier al heel lang niet meer werkte en dat meneer Contenau niet gestoord wilde worden. Gropius zag vanuit zijn ooghoek dat iemand vanuit de houten hut door een verrekijker naar hem keek.
Gropius deed alsof hij dit niet merkte. Toch nam hij geen genoegen met de mededeling van de Palestijn en hij droeg de oude man op om aan Contenau door te geven dat professor Gropius uit München hem wilde spreken. De Palestijn liep weer weg, maar nu een andere kant op.
Na een paar minuten kwam er vanuit de richting waarin de oude man was verdwenen, een man naar hem toe. Waarschijnlijk Contenau, gezien

zijn kakikleurige linnen pak en tropenhelm. 'Welkom bij Tell Be'er Sheva!' zei hij in het Frans en Gropius antwoordde in diezelfde taal: 'Dank u wel, monsieur. Het kostte veel overredingskracht voordat uw waakhond mij wilde aankondigen!'
Contenau lachte. 'Ja, Yussuf overdrijft vaak een beetje. Neem me niet kwalijk dat ik het vraag, maar zijn wij collega's?'
'Nee,' antwoordde Gropius, 'ik ben arts, maar ik kom in verband met een collega van u.'
'Schlesinger?'
Opeens hing de naam als een dreiging in het zinderende landschap. Gropius kreeg de indruk dat Contenau er spijt van had dat hij Schlesingers naam zo spontaan had genoemd.
'Ja, Schlesinger,' antwoordde hij. 'Kende u hem?'
Contenau wreef met zijn arm over zijn voorhoofd en sloot even zijn ogen. 'Ach, wat heet kennen,' zei hij na een tijdje, 'we oefenden hetzelfde vak uit, bijbelarcheologie. We waren eerder concurrenten dan vrienden. Maar dat sloot niet uit dat we, als we elkaar zagen, ook wel eens samen iets gingen drinken. Begrijpt u?'
'Maar natuurlijk!' zei Gropius. Ondertussen was Yussuf naar hen toe gekomen en in de schaduw van Gropius' Chrysler op de grond gaan zitten. Hij staarde ongeïnteresseerd in de verte met zijn geweer rechtop tussen zijn gevouwen benen. Gropius zei ernstig: 'Ze zeggen dat Schlesingers auto-ongeluk helemaal geen ongeluk was.'
Contenau kwam iets dichterbij en vroeg: 'Maar?'
'Een aanslag, een aanval, in elk geval een gerichte actie!'
'Wie zegt dat?'
'U onder anderen, monsieur. In elk geval is dat wat dr. Rauthmann van het archeologisch instituut van de Berlijnse Humboldt Universiteit beweert.'
'*Laveuse* noem je iemand als Rauthmann, een kletskous.'
Gropius keek Contenau met samengeknepen oogleden aan, deels vanwege de felle zon en aan de andere kant wilde hij de man duidelijk maken dat hij hem niet meteen geloofde. Toen zei hij: 'U weet dus niets van een aanslag op Schlesinger?'
Wrevelig schudde Contenau zijn hoofd. 'Bent u daarom hier naartoe gekomen, monsieur Gropius, om iets over Schlesinger te weten te komen? Schlesinger is dood, laat hem met rust.'
'Hoe weet u eigenlijk dat Schlesinger dood is?' Gropius keek de Fransman verwachtingsvol aan.

Deze wreef weer over zijn voorhoofd, deze keer echter niet vanwege de hitte, maar eerder uit verlegenheid. Hij zei enigszins boos: 'Van Sheba Yadin, denk ik. Die kenden elkaar al langer.'
'Haar moeder vertelde me dat ik Sheba hier zou vinden. Ze bedoelde dat Sheba voor u werkt.'
'Voor mij?' vroeg Contenau verontwaardigd. 'Luister eens, monsieur, uw vragen beginnen me op mijn zenuwen te werken. Ik krijg het gevoel dat ik word verhoord. Wat heeft dit te betekenen? Ik heb niets te maken met Schlesinger noch met Sheba Yadin. En als u me nu wilt verontschuldigen!' In het Arabisch snauwde hij iets tegen de Palestijn, waarop deze opstond en naar de opgraving liep.
'U moet het echt laten rusten,' zei Contenau en hij draaide zich nog even naar Gropius om. 'Geloof me, dit is niet goed voor u...'

Hier klopte iets niet. Toen Gropius weer terug was in zijn hotel, was hij nog even op bed gaan liggen om wat slaap in te halen. Hij werd wakker met een droge keel en met de wetenschap dat Contenau er belang bij had om Sheba bij hem uit de buurt te houden. Tegen de dorst haalde hij een flesje Eden uit het restaurant, een mineraalwater zonder koolzuur dat hij met enige tegenzin opdronk.
Beersheba, een stad met honderdduizend inwoners uit alle delen van de wereld, is niet bepaald uitnodigend voor iemand die de stad niet kent. De oude stad in het zuiden doet denken aan een goudgraversstadje uit een oude cowboyfilm. Maar Gropius had het te druk met zijn eigen problemen en kwam niet op het idee om de stad te bezichtigen. Hij wilde veel liever weten waar hij Sheba kon vinden. Aan opgeven dacht hij niet eens.
Gropius had een bondgenoot gevonden in Vladimir, de theaterdirecteur uit Sebastopol. Hij had de oude man tot tranen toe ontroerd toen hij een paar zinnen uit de Faust-monoloog citeerde:

Van ijs bevrijd zijn rivier en beek
door de lieflijke blik van de lente.
In het dal ontspruit optimistisch geluk.
De oude winter in zijn zwakheid
trok zich in de ruige bergen terug.

Dat was trouwens de enige monoloog die hij zich nog uit zijn schooltijd kon herinneren.

Gropius vroeg Vladimir hem te helpen bij zijn zoektocht naar Sheba Yadin, een jonge archeologe uit Tel Aviv. Vladimir was optimistisch gestemd; hij kende veel mensen in Beersheba. Maar de volgende dag was Gropius al minder hoopvol, omdat Vladimir na intensief onderzoek had ontdekt dat er nooit een archeologe met deze naam in Tell Be'er Sheva had gewerkt.

Gropius zat moedeloos en lusteloos te dineren in een restaurant aan het einde van de straat van zijn hotel toen er een man naar hem toe kwam. Hij herkende hem meteen, ook al droeg de man nu andere, moderne kleren. Het was Yussuf, de bewaker uit Tell Be'er Sheva. Yussuf vroeg beleefd of hij plaats mocht nemen en Gropius bood hem een stoel aan.

De beide mannen zaten geruime tijd zwijgend tegenover elkaar. Slechts af en toe keek Yussuf vriendelijk naar Gropius en als ze elkaar aankeken, knikte de Palestijn. Dat gebeurde een paar keer, tot Yussuf begon te praten en zei: 'Koel vanavond, vindt u niet?'

'O ja, maar heel prettig,' antwoordde Gropius.

Toen zwegen ze opnieuw. De Palestijn haalde pistachenoten uit zijn zak en begon erop te kauwen.

Gropius wist niet wat hij ervan moest denken, of deze ontmoeting puur toeval was of dat de Palestijn hem iets wilde vertellen. Hij voelde bijna opluchting toen Yussuf hem vroeg: 'Wat wilde u van miss Yadin?'

'Kent u haar?' vroeg Gropius opgewonden.

De Palestijn trok even met zijn gezicht zonder antwoord te geven.

'Ik moet haar spreken,' zei Gropius. 'Sheba Yadin was bevriend met Arno Schlesinger, een Duitse archeoloog die helaas is overleden. Ik ben een vriend van de familie en probeer iets te weten te komen wat alleen miss Yadin kan weten.'

'O ja, meneer Schlesinger,' zei Yussuf met een zucht en knikte.

Zo langzamerhand begon Gropius te denken dat deze ontmoeting geen toeval was, dat het de oude man om geld te doen was en dat hij zich voor zijn informatie wilde laten betalen. Gropius haalde uit zijn binnenzak twee lichtpaarse 50-sjekelbiljetten en schoof ze discreet onder zijn hand over de tafel.

Vanuit de hoogte, met zijn handen rustend op zijn wandelstok, keek de Palestijn bijna walgend naar het geld. Hij spuugde een noot op de grond, alsof die ontzettend bitter was. Hij wendde zich half van Gropius af.

'Goed dan, hoeveel wilt u?' Gropius kon zijn opwinding maar amper verbergen.

Met zijn blik op de overkant van de straat gericht en met de gelatenheid van een patriarch zei de Palestijn: 'Tienduizend.'
'Tienduizend sjekel?' Gropius begon te rekenen. Dat was drieduizend euro, ontzettend veel geld voor een man als Yussuf. 'En wat krijg ik voor dat geld?' vroeg hij.
De Palestijn boog zich naar Gropius over en siste: 'Alles wat ik over miss Yadin weet. En dat is veel meer waard dan tienduizend sjekel. Geloof me maar.'
Gropius lachte zuur. 'Luister eens, Yussuf, ik weet dat die twee een verhouding hadden en dat Schlesinger getrouwd was.'
De Palestijn viel hem in de rede: 'Dat bedoel ik niet. Ik heb het over Schlesingers opgravingen in Jeruzalem. Schlesinger heeft al zijn mensen niet voor niets veel geld betaald, zodat ze hun mond zouden houden. Hij wist heel goed wat zijn ontdekking voor bepaalde lieden waard was. U bent trouwens niet de eerste die informeert naar het werk van Schlesinger. Een paar Spanjaarden hebben Contenau veel meer geld geboden dan ik van u vraag. Maar Contenau wist alleen maar wat ik hem heb verteld, en ik heb het belangrijkste voor me gehouden. Nu wil ik ook een stuk van de taart!' Hij tikte boos met zijn stok op de grond.
Gropius knikte. Hij begreep opeens waarom de zaak Schlesinger zo verwarrend was: omdat de sporen van twee misdaden elkaar daarin kruisten. Hij had het raadsel nog lang niet opgelost, maar Gropius voelde zich gesterkt in zijn voornemen om nieuwe wegen in te slaan.
Van het ene moment op het andere verdween de wantrouwige uitdrukking van Gropius' gezicht. Hij keek opeens vriendelijk. 'Goed dan,' zei hij, 'ik doe u een voorstel: de helft van dat bedrag nu meteen en de andere helft als uw uitspraken echt nieuw voor me zijn.'
Yussuf dacht even na en legde toen zijn geopende hand op tafel. Gropius begreep het gebaar en zei: 'Ik zal het geld morgen meteen ophalen.'
De Palestijn knikte. 'Ik vertrouw u, meneer Gropius.'
'Hoe weet u eigenlijk hoe ik heet? En hoe hebt u me gevonden?'
Yussuf kneep zijn beide ogen dicht waardoor er honderden rimpels op zijn gezicht verschenen en zei: 'Beersheba is niet zo groot dat een vreemdeling onvindbaar is. Er zijn maar vier hotels in Beersheba. Eerst dacht ik dat een voorname Europeaan zoals u wel in de Desert Inn zou logeren. Maar toen zag ik uw Chrysler voor het Hanegev staan en Vladimir wist waar u was.'
Verder weigerde de Palestijn nog iets los te laten. Ook over Sheba Yadin wilde hij niets zeggen. Hij stond erop dat ze elkaar de volgende dag in

Jeruzalem zouden ontmoeten en daar apart van elkaar naartoe zouden gaan.
'Om twaalf uur 's middags op het busstation, in de eerste rij. En vergeet het geld niet, meneer Gropius!' En voordat hij wegliep naar de oude stad, mompelde hij nog: 'Blijf maar rustig zitten. Het zou niet goed zijn als men ons samen zag, begrijpt u!'
Gropius begreep helemaal niets. Hij keek radeloos naar zijn lege bord waarop tijdens hun gesprek een heerlijke *of sumsum* was gereserveerd, in olie gebakken stukjes kip in een jasje van sesamzaad. Onopvallend nam hij de gasten aan de andere tafeltjes op. Hij voelde zich bekeken, hoewel daar niet de minste aanleiding toe was. Maar de zelfverzekerde houding van de Palestijn had hem heel onzeker gemaakt. Hij was beslist niet onontwikkeld en het was, net als bij alle oosterse mensen, moeilijk te zeggen wat er achter het vriendelijke gezicht schuilging. Als Yussuf hem nu eens in de val lokte? En waarom wilde hij hem uitgerekend in Jeruzalem hebben? Een stad waarin het altijd al heel gemakkelijk was geweest om onder te duiken?

Diezelfde dag nog reed Gropius naar Jeruzalem, een rit van een kleine twee uur in noordelijke richting. Het King David Hotel in de gelijknamige straat straalde de lichte decadentie uit van het begin van de twintigste eeuw. Gropius nam een kamer op de vijfde verdieping met uitzicht over het park en het oude deel van Jeruzalem.
Hij had slecht geslapen en had geen idee wat hem te wachten stond. Toch bleef hij hopen dat hij iets belangrijks over Schlesinger te weten zou komen. Daarom nam hij bij de bank van het hotel het bedrag op dat hij nodig had om Yussuf aan het praten te krijgen. Omdat hij niet vertrouwd was met het drukke verkeer in de stad nam hij een uur voor de afgesproken tijd een taxi naar het busstation. Hoewel de chauffeur, een Poolse jood, niet de kortste weg nam (Gropius dacht dat hij een paar gebouwen vaker dan één keer langs zag komen), kwam hij een halfuur te vroeg op het busstation aan.
Hij liep tussen herrie makende mensen, handelaren, boeren, arbeiders uit de Palestijnse gebieden en grootfamilies door op zoek naar Yussuf. Op dat moment drong het tot hem door hoe ondoordacht hij handelde. Hij drukte de beide enveloppen met geld die hij in zijn binnenzak had verstopt stevig tegen zich aan. Hij wist niet eens hoe Yussuf verder heette. Misschien had hij zich nog wel bedacht, als er niet juist op dat moment een gammele auto naast hem was gestopt. Yussuf zat op de

achterbank, opende het portier en verzocht Gropius in te stappen. Yussuf kwam meteen ter zake en vroeg zonder meer: 'Hebt u het geld, meneer Gropius?' Hij hield zijn hand op. Aarzelend overhandigde Gropius een van de enveloppen aan de Palestijn die hij in zijn nette kleding amper herkende. Yussuf gebaarde naar de chauffeur, die daarop wegreed. Ze reden door de Yafo-straat via de King George V naar het zuiden; daarna verloor Gropius elk gevoel voor richting.
'Waar gaan we naartoe?' vroeg hij na een tijdje, net toen de chauffeur, ook een Palestijn, een uitwijkmanoeuvre maakte.
'Wacht maar af,' zei Yussuf en rolde met zijn ogen.
Voor hen doemde de oude stadsmuur op en op de plek waar de muur van richting verandert en met een rechte hoek naar het oosten afbuigt, gaf Yussuf de chauffeur een teken om te stoppen.
'Kom mee, meneer Gropius,' zei hij en hij wees met zijn wandelstok naar de berg Zion waarop de toren en de koepel van een kerk en een klooster stonden. Een smalle weg liep langs de berg naar boven. Het was middag en de voorjaarszon brandde genadeloos.
Gropius nam al niet meer de moeite om de eigenzinnige Palestijn iets te vragen. Hij liet alles maar gebeuren.
Hij hoefde niet lang te wachten. Al snel verliet Yussuf het pad en beende met grote stappen door kreupelhout en over rotsachtig terrein. Gropius volgde hem.
Hij bleef voor een stenen muur staan, prikte met zijn stok in de rotsachtige grond alsof hij een markering wilde aanbrengen en zei: 'Dit is de laatste plek waar meneer Schlesinger heeft gegraven. Ik was zijn voorman. Hier kende ik elke steen; er was geen rotsformatie of aardkluit die ik niet kende. En hier is het gebeurd.'
'Het ongeluk met Schlesinger?'
Yussuf negeerde Gregors vraag en vertelde verder: 'Schlesinger had van de Israel Antiquity Authorities toestemming voor twee opgravingen. Officieel was hij op zoek naar de fundamenten van het huis van moeder Maria, die in uw geloof een grote rol speelt. Maar volgens mij was hij, toen hij ermee begon, iets heel anders van plan. Schlesinger heeft waarschijnlijk een aanwijzing gevonden waardoor hij juist op deze plek ging graven!' Bij deze woorden beschreef Yussuf met zijn stok een cirkel en Gropius zag de aarden wal met een doorsnede van ongeveer tien meter.
'Mijn mensen,' zei Yussuf, 'waren net vier dagen aan het graven, toen we op een diepte van tweeënhalve meter op een grof bewerkte trog van krijtsteen stootten. Hij was nog geen meter lang en er zat een stenen

deksel op. Meneer Schlesinger droeg me op om met een breekijzer het deksel op te lichten. De inhoud was nogal teleurstellend, voor mij tenminste: menselijke botten. Nou ja, bij elkaar misschien wel het skelet van een mens, maar het was nou niet bepaald spannend. Daar dacht meneer Schlesinger heel anders over: hij leek bijzonder opgewonden en gaf opdracht om de stenen trog onmiddellijk weer te sluiten. En verder moest ik mijn mannen van de ene op de andere dag ontslaan. We kregen allemaal een redelijke vergoeding. Ik kreeg bevel om mijn mond te houden. De dag daarna namen de zaken een dramatische wending.'
Gropius schuifelde zenuwachtig over de rotsachtige grond en zei zacht: 'Vertel verder!'
'Ik had niet gezien dat er op de voorkant van de trog schrifttekens gebeiteld waren. Maar al had ik ze wel gezien, dan had ik ze nog niet kunnen lezen. Ook meneer Schlesinger was niet zeker van zijn zaak. Hij nam een grafoloog in de arm en die stelde vast dat het een Aramese inscriptie was.'
'En? Hoe luidde die inscriptie?'
Yussuf ging vlak bij Gropius staan en antwoordde zachtjes: 'Jezua, zoon van Jozef, broer van Jacob.' Zijn ogen flikkerden toen hij het zei.
Gropius bleef de Palestijn een hele tijd aankijken. Het kostte hem moeite om de betekenis van de woorden te begrijpen. Heel langzaam, alsof er uit de nevel van de geschiedenis een voorval opdook dat alle bestaande inzichten overhoophaalde, begreep hij wat deze inscriptie betekende.
'Als ik u goed begrijp,' zei Gropius, 'dacht Schlesinger dat hij het skelet van Jezus had gevonden.'
'Dat dacht hij niet,' zei Yussuf, 'hij was ervan overtuigd! Meneer Schlesinger zette alles op alles om zijn theorie te bewijzen. Want aanvankelijk was iedereen het met hem oneens: archeologen, theologen en bijbelonderzoekers. De archeologen dachten dat de stenen trog een slechte vervalsing was. De theologen beweerden dat het gebeente van Jezus van Nazareth onmogelijk op deze aarde gevonden kon worden omdat Jezus ten hemel gevaren was. En de bijbelonderzoekers zeiden dat de naam Jezua of Jezus in die tijd heel gangbaar was geweest en dat het daarom de botten konden zijn van elke willekeurige man die tweeduizend jaar geleden was gestorven.'
Yussufs woorden wekten de bewondering van Gropius op. Voor iemand van zijn stand was hij bijzonder ontwikkeld, en hij wist zich beschaafd uit te drukken. Gropius twijfelde er zelfs aan of deze man echt wel de eenvoudige zoon van de woestijn was die hij voorgaf te zijn.

'En hoe reageerde Schlesinger daarop?' vroeg Gropius.
'Wat de naam Jezus betreft, zei meneer Schlesinger, waren er waarschijnlijk maar weinig die een vader hadden die Jozef heette en dan ook nog eens een broer die Jacobus heette. Maar beide namen worden in het Nieuwe Testament genoemd in samenhang met Jezus. Op het verwijt dat het een vervalsing zou zijn, reageerde meneer Schlesinger met natuurwetenschappelijke onderzoeken die hij in Europa liet uitvoeren. De grootste twijfels kwamen natuurlijk van de zijde van de christelijke kerken, maar ook van islamitische geestelijken. In beide religies is Jezus immers met zijn fysieke lichaam naar God in de hemel opgestegen. Pijnlijke zaak als zijn botten opeens opduiken!' Yussuf grijnsde en knipoogde. 'De volgende dag,' zei hij, 'liet meneer Schlesinger de groeve samen met de stenen trog erin weer sluiten.'
Gropius wist niet of zijn nek begon te zweten door de middaghitte of door het verhaal van de Palestijn. Wat was er aan de hand met Schlesingers vondst? Was het een hersenspinsel, een avontuurlijke theorie of moest hij Yussufs verhaal toch serieus nemen? Yussuf kon wel meer vertellen. Misschien was hij een begenadigd sprookjesverteller, vooral als hij er geld voor kreeg. Aan de andere kant sloot Yussufs verhaal perfect aan bij alles wat hij tot nu toe over Schlesinger wist.
Nadat hij een tijdje had nagedacht, vroeg hij: 'Schlesinger heeft met zijn theorie zeker wel een paar vijanden gemaakt?'
'Een paar?' De Palestijn hield zijn hand voor zijn gezicht. 'Meneer Schlesinger had alléén maar vijanden. En diegenen die niets slechts over hem zeiden, verklaarde hij zelf tot zijn vijand. Na zijn vondst was hij behoorlijk geïsoleerd. Onder zijn collega's circuleerde het gerucht dat hij gek was geworden. Kranten die hij van zijn vondst op de hoogte had gesteld, publiceerden er helemaal niets over. Dat kwetste hem. Hij heeft eens tegen me gezegd: 'Ik zet het hun allemaal nog een keer betaald!' Ik had geen idee wat hij daarmee bedoelde, maar toen hij dat zei, leek hij wel een ander mens. Toen ik hier op een maandagochtend een onverwachte ontdekking deed, veranderde zijn open, vriendelijke karakter opeens in het tegendeel. In uw ogen, meneer Gropius, zien alle stenen er misschien gelijk uit, maar voor mij heeft elke steen een eigen gezicht en ik ontdekte onmiddellijk de onbekende gezichten op deze plek. Ik vertelde dit aan meneer Schlesinger en trommelde mijn mensen op. Het kostte nog geen halve dag voordat we de stenen trog weer hadden opgegraven. Toen ik het deksel opende, werd mijn vermoeden bevestigd. De botten waren verdwenen.'

'Verdacht Schlesinger iemand?'
Yussuf haalde zijn schouders op en liet ze langzaam weer zakken. Toen zei hij: 'Zoals ik al zei, hij veranderde door deze gebeurtenis. Meneer Schlesinger praatte bijna niet meer en als hij iets zei, waren zijn woorden hatelijk en boosaardig. '
'Maar daar hield het toch niet mee op!' riep Gropius. 'Hoe is het gegaan met die explosie?'
De Palestijn sloot even zijn ogen toen hij daaraan dacht. 'Het gebeurde zo onverwachts en met zoveel kracht,' zei hij, 'dat ik heel even bewusteloos ben geweest en vlak daarna kon ik me er niets van herinneren. Pas na een tijdje, in de loop van een paar weken, kwamen mijn herinneringen weer naar boven.'
'Vertel dan!' drong Gropius aan. Zijn zenuwen waren gespannen. 'Wat is er toen in feite gebeurd?' drong hij aan.
Aarzelend, bijna bang, beschreef Yussuf wat er de volgende dag was voorgevallen: 'Ik stond op meneer Schlesinger te wachten onder aan de stadsmuur waar hij zijn jeep meestal parkeerde. Hij was van plan om die ochtend de inscriptie in de stenen trog te fotograferen. Vroeg in de ochtend is het licht daarvoor het meest geschikt. De zon stond laag en de inkervingen van de inscriptie wierpen duidelijke schaduwen zodat ze goed leesbaar waren. Maar er verstreek kostbare tijd voordat meneer Schlesinger zijn camera in de kuil had opgesteld, en de positie van de zon was inmiddels niet meer zo gunstig. Daarom beval meneer Schlesinger mij om spiegelfolie uit zijn auto te halen die het zonlicht zou reflecteren. Maar ik kon de folie niet vinden, hoewel ik de halve lading uit de jeep haalde. Ondertussen was meneer Schlesinger ongeduldig geworden. Hij klom uit de krater en was nog maar net boven, toen een felle explosie de berg Zion deed trillen. Hoewel ik bijna honderd meter verderop stond, dacht ik dat mijn longen zouden scheuren door die knal. Voor me steeg er een gigantische stofwolk op. Ik wist niet wat er was gebeurd. Ik rende er als in een droom naartoe en riep zijn naam, maar door het stof kon ik niets zien. Toen de stofwolk eindelijk was gaan liggen, vond ik hem, half begraven onder zand en losse stenen. Hij leek niet gewond. Zijn armen en benen trilden heel erg. Pas toen ik het zand en de stenen van hem had afgehaald, zag ik zijn buikwond. Ondertussen hoorde ik al de sirene van een ambulance. Ze hebben hem naar het St. John's Hospital gebracht, waar hij is geopereerd. Zijn lever was gescheurd door een scherf.'
Gropius keek naar de aarden wal waar de aanslag had plaatsgevonden. Niets, maar dan ook helemaal niets wees erop dat er op deze plek een

bom was ontploft. En als hij Schlesingers wond niet met eigen ogen had gezien, zou hij Yussuf niet hebben geloofd.
'Vertel eens, Yussuf,' zei Gropius peinzend, 'hoe kwam het dat u noch meneer Schlesinger had gezien dat er een bom verstopt was onder de stenen trog?'
De Palestijn keek geïrriteerd. 'Gelooft u me niet, meneer Gropius?' Gejaagd haalde Yussuf de envelop met geld tevoorschijn die Gropius hem onderweg had gegeven, gooide die op de grond en maakte aanstalten om weg te gaan.
Gropius greep hem bij de arm. Het kostte hem veel overredingskracht en nog meer excuses voordat de Palestijn was gekalmeerd.
'Waarom zou ik tegen u liegen?' vroeg hij, nog steeds beledigd. 'Wat heb ik eraan om u zomaar een verhaal te vertellen? Of u gelooft me of u vergeet dat we elkaar hebben ontmoet, meneer Gropius.'
Nu hij zo terecht was gewezen, stelde Gropius maar liever geen vragen meer.
Pas nadat hij een hele tijd had gezwegen, kwam Yussuf terug op de vraag van Gropius: 'De bom was in de aarde ingegraven. Waarschijnlijk hadden ze hem onder de stenen trog verstopt, want dat loodzware ding is in duizend stukken gereten.'
'En hoe is de explosie opgewekt? Wat denkt u? Wat heeft de politie ontdekt?'
Yussuf stopte de envelop met geld die hij zojuist nog op de grond had gegooid in zijn zak en zei: 'Ach, weet u, meneer Gropius, in deze stad leer je met bommen te leven. Ze horen bijna bij het leven van alledag. Een bom waardoor niemand is gedood en die alleen maar materiële zaken beschadigt, is voor niemand interessant. Ik kan me niet herinneren dat ook maar één krant erover heeft geschreven.'
De oude man prikte met zijn wandelstok in de rotsachtige grond alsof hij naar achtergebleven relicten zocht. 'Niets,' zei hij na een tijdje, 'helemaal niets is er van de vondst overgebleven, behalve...'
'Behalve...?' Gropius keek Yussuf vol verwachting aan.
De Palestijn haalde een paar foto's uit zijn binnenzak. Ze waren niet zo best, kiekjes eigenlijk. Toch was er duidelijk een stenen trog op te herkennen met ingekerfde inscripties op de lange kant en, op een andere foto, een verzameling botten, onder andere een schedel, een dijbeenbot en enkele wervels.
'Ik had al zo'n vermoeden,' zei Yussuf en wreef met zijn arm wat zweetvlekken van de foto's. 'Meneer Schlesinger wist niet dat ik deze foto's had gemaakt. U mag ze wel hebben als u wilt, meneer Gropius.'

'Wat? Heeft Schlesinger deze foto's nooit gezien?'
'Nooit. Toen meneer Schlesinger na de explosie het ziekenhuis mocht verlaten, is alles heel snel gegaan. Hij wilde alleen nog maar weg, terug naar Duitsland. Miss Yadin heeft goed voor hem gezorgd. Ze is samen met hem naar Duitsland gevlogen. Ik had niet eens meer tijd om afscheid van hem te nemen.'
Gropius stond daar als verlamd. Hij staarde naar de foto's en zijn gedachten dwarrelden door elkaar heen. Yussufs verhaal was zeker geen verzinsel; het sloot naadloos aan bij alles wat hij inmiddels over Schlesinger te weten was gekomen.
Gropius had geen idee hoe lang hij daar zo had staan peinzen toen de Palestijn hem terugriep naar de werkelijkheid. 'Ik weet dat het allemaal nogal bizar klinkt, maar het is de waarheid zoals ik die heb meegemaakt. De chauffeur staat op ons te wachten. Als u wilt, kan ik u naar uw hotel brengen.'
Toen ze in de auto zaten, overhandigde Gropius de tweede envelop aan de oude man. Yussuf gaf hem de foto's, zeven in totaal.
'Wie heeft deze foto's tot nu toe gezien?' vroeg Gropius.
'Niemand,' zei Yussuf. 'Ik zag niet in waarom ik ze aan iemand zou laten zien, en waarschijnlijk had toch niemand me geloofd.'
Dat klonk logisch. 'En u?' vroeg Gregor omzichtig. 'Ik bedoel, denkt u echt dat het gebeente van Jezus van Nazareth in die stenen trog zat? De vindplaats ligt immers vrij ver van de grafkerk af.'
Er gleed een sluwe grijns over Yussufs gezicht. 'Daarover heeft meneer Schlesinger lang met mij gepraat. Ik moet bekennen dat ik in het begin vooral sceptisch was. Je kunt het zo gemakkelijk zeggen: Dit hier zijn de botten van Jezus van Nazareth. Maar als je nadenkt over de consequenties, dan is die bewering van ongelooflijk groot belang, voor christenen, voor joden en voor moslims.'
'U hebt me geen antwoord gegeven!'
'Meneer Schlesinger zei vaak dat de kans dat Jezus op de plek van de grafkerk is begraven, veel kleiner is dan de kans dat het graf zich ergens anders bevindt. Want de eerste grafkerk kwam pas driehonderd jaar na zijn dood tot stand, nog eens driehonderd jaar later is er een tweede kerk gebouwd en duizend jaar daarna een derde. Wie durft dan nog te beweren dat hij de juiste plaats weet? Aan het einde van de negentiende eeuw begon men voor het eerst te twijfelen. De Britse generaal Gordon beweerde, niet ten onrechte, dat graven zich nooit binnen de stadsmuren bevonden. Maar de grafkerk staat wel binnen de oude muren. Een

iets buiten de stadsmuren gelegen rotsgraf dat de generaal heeft ontdekt, wordt door de anglicaanse kerk nog steeds beschouwd als de plek waar Jezus is begraven. Omdat daar geen bewijzen voor waren, zocht meneer Schlesinger verder en vond ten slotte de stenen trog met de inscriptie. Meneer Schlesinger dacht dat ze authentiek waren, de stenen trog en de botten, en om antwoord te geven op uw vraag, meneer Gropius, ik ook.'
Yussuf liet de chauffeur stoppen voor de entree van het King David Hotel. 'Het zou niet goed zijn als men ons samen zag,' zei hij met een knipoog.
'Maar niemand kent me hier immers!' riep Gropius ontsteld uit.
'O, zegt u dat niet, meneer Gropius. Dit is een vrij klein land, ook al houdt het de hele wereld soms in spanning. Het is voor een vreemde helemaal niet zo gemakkelijk om onopgemerkt te blijven.'
Gropius wist niet goed wat hij daarvan moest denken; maar voordat hij uitstapte, vroeg hij nog: 'Waar kan ik Sheba Yadin vinden?'
De oude Palestijn vertrok zijn gezicht. Eindelijk, om van hem af te komen, antwoordde hij: 'Meneer Contenau heeft me streng verboden om iets over miss Yadin te zeggen, ongeacht wie er naar haar vraagt. Begrijpt u?'
'Contenau?' zei Gropius met luide stem. 'Die Contenau gedraagt zich alsof hij haar voogd is!'
'Niet haar voogd!'
'Maar?' Hij keek Yussuf aan. 'Aha, nu begrijp ik het. Hij heeft Schlesingers plaats ingenomen. Heb ik gelijk?'
De oude man knikte bijna beschaamd.
'Wonen ze samen?'
'Ja, meneer Gropius.'
'En waarom spelen ze verstoppertje?'
Yussuf draaide zich om. 'Ik heb u al veel te veel verteld, meneer Gropius.'
'Zeg het me maar!' riep Gropius ongeduldig.
'Nou ja, nadat meneer Schlesinger Israël had verlaten, probeerden verschillende mensen in contact te komen met miss Yadin. Kennelijk wilden ze via haar bepaalde informatie over meneer Schlesingers handelwijze te pakken krijgen. Toen bekend werd dat meneer Schlesinger dood was, werd miss Yadin echt achtervolgd. Toen werd ze bang. Meneer Contenau heeft me toen opgedragen om miss Yadin af te schermen van onwelkome mensen. Niet bepaald een eervol baantje voor een opgraver die de beenderen van Jezus van Nazareth heeft ontdekt. Vindt u wel, meneer Gropius?'

'Waar is Sheba?' herhaalde Gropius.
'Ze is hier, in Jeruzalem, samen met meneer Contenau. Meneer Contenau heeft een woning in Mea Shearim. Als ik het goed heb, is miss Yadin van plan om morgen naar Europa te vliegen.'
'Weet u waar naartoe, Yussuf?'
'Volgens mij naar Italië, naar Turijn.'
Gropius opende het portier. 'Dank u wel, Yussuf!' riep hij nog. 'U hebt me echt heel goed geholpen!' Toen liep hij snel naar de entree van het hotel.

Nog diezelfde middag boekte Gregor Gropius een vlucht van Tel Aviv via Rome naar Turijn. Francesca reageerde enthousiast toen hij haar opbelde en vroeg of zij hem de volgende dag om twee uur 's middags wilde ophalen van vliegveld Caselle. Er was van alles gebeurd.
Gropius was niet bepaald een ochtendmens; hij had wat tijd nodig om 's ochtends warm te draaien. Maar deze ochtend was hij al om zes uur opgestaan, had zijn koffer ingepakt en bij roomservice een luchtig ontbijt besteld. Daarna was hij met zijn gehuurde Chrysler naar vliegveld Ben Gurion gereden. Hij kwam veel te vroeg op het vliegveld aan, leverde zijn huurauto af en checkte in. Nu wachtte hij gespannen op de komst van Sheba.
Hij had het voordeel dat Sheba hem niet kende, terwijl hij in elk geval een foto van haar had gezien bij haar moeder thuis in Tel Aviv. Gropius begon wild te speculeren over Sheba's reisdoel, Turijn. Hij moest te weten komen wat het meisje in Turijn wilde doen.
In een onoverzichtelijk hoekje van de vertrekhal slurpte Gropius van zijn koffie met zijn ogen op het scherm waarop de vlucht van half elf van Tel Aviv naar Rome werd aangekondigd. Het was een zonnige dag en de vlucht over de Middellandse Zee leek aangenaam te zullen verlopen.
Zou Yussuf hem met opzet voor de gek hebben gehouden? Die gedachte kwam bij hem op toen Sheba twee uur voor vertrek nog niet was gearriveerd. Hij liep zenuwachtig heen en weer toen op het laatste moment Pierre Contenau verscheen.
Gropius moest twee keer kijken, want de jonge vrouw die bij hem was, zag er heel anders uit dan de Sheba die hij van de foto kende. Ze had kort blond haar, geknipt in een brutaal pagekopje, en droeg een elegant broekpak. Vanuit de verte kon Gropius niet goed zeggen of het Sheba wel was. Wat was er aan de hand?

Via de luidsprekers deed een vrouwenstem de eerste oproep voor de vlucht naar Rome. Contenau nam met een tedere omhelzing afscheid van de jonge vrouw. Gropius zag dat hij haar op het laatste moment een bruine envelop gaf die ze in haar jas liet verdwijnen. De vrouw liep naar de handbagagecontrole en Contenau haastte zich naar de uitgang.
Gropius vroeg zich af wat hij zou doen. Had Yussuf hem voor de gek willen houden? Hij nam een besluit, haalde zijn vliegticket tevoorschijn en liep naar de balie waar hij zojuist had ingecheckt.
'Neem me niet kwalijk,' zei hij tegen de grondstewardess met de donkere ogen, 'kunt u me misschien een stoel naast miss Yadin geven? We zijn oude vrienden en kwamen elkaar hier net tegen.'
Met een vriendelijke glimlach pakte de stewardess Gropius' ticket aan en toetste iets in op haar computer. Na een tijdje zei ze: 'Het spijt me, meneer Gropius, het vliegtuig zit vol. Maar misschien kunt u in het toestel zelf proberen met iemand te ruilen. Miss Yadin zit maar twee rijen voor u.'
Gregor bedankte haar. Nu wist hij dat Sheba in het vliegtuig zat. Hij had geen idee wat hij zou hebben gedaan als er naast Sheba wel een stoel vrij was geweest.

13

De Soko van de Münchense recherche onder leiding van Wolf Ingram had ondertussen niet stilgezeten. Officier van justitie Markus Renner had via Interpol een arrestatiebevel afgegeven voor dr. Fichte, die tot een paar dagen geleden nog in Monte Carlo was geweest. Toen de politie daar zijn appartement bestormde, was de vogel al gevlogen. Zijn vliegtuig, de tweemotorige Piper Seneca II, stond op het vliegveld van Nice en werd continu bewaakt.

Bij de inlichtingendienst BND hield men zich voornamelijk bezig met het ontcijferen van de afkorting IND. Men nam aan dat dit bijzonder belangrijk was bij de opsporing van de schuldigen achter het transplantatieschandaal. Iedereen was het erover eens dat dr. Fichte slechts één radertje in het grote geheel was van lieden die profiteerden van het leed van de beter bedeelden. Alle betrokkenen brak het angstzweet uit als ze dachten aan de enorme omvang van de zaak.

Zowel Ulf Peters van de BND als Wolf Ingram van de Soko waren ervan overtuigd dat ze te maken hadden met een gevaarlijke organisatie die ergens, waarschijnlijk zelfs buiten Europa, in het geheim opereerde.

De rechercheurs waren drie dagen bezig geweest met de grafkrans van de door dr. Fichte geopereerde Thomas Bertram met de geheimzinnige afkorting IND erop. Toen pas vonden ze aan de andere kant van de stad de bloemenwinkel waar deze laatste groet was besteld. De eigenares was een naïeve, goedmoedige vrouw die waarschijnlijk tegen haar bloemen praatte. Zij herinnerde zich dat een gedrongen man met donker haar en zwarte kleding de bestelling contant had betaald en ook nog eens een dikke fooi had gegeven. Maar dit hielp de rechercheurs geen stap verder.

Een profiler van het LKA, de recherchedienst van de deelstaat, had een daderprofiel gemaakt, waarmee geen overeenkomst met soortgelijke misdrijven uit het verleden kon worden vastgesteld. En dus bleek ook de databank VICLAS, waarin geweldplegers en seriedaders zijn opgenomen, nutteloos. Nee, de enige concrete uitspraak die de profiler durfde te doen, was: volgens de informatie die we tot nu toe boven water hebben gekregen, hebben we te maken met een absoluut nieuwe vorm van misdaad en met tot nu toe onbekende daders.

Dát dr. Fichte en dr. Prasskov opgepakt zouden worden, was volgens de rechercheurs slechts een kwestie van tijd. Maar Wolf Ingram koesterde

geen enkele hoop. Hij was er al lang van overtuigd dat er achter deze enkele sterfgevallen een netwerk van gewetenloze misdadigers schuilging die een heel ander doel najoegen dan je op het eerste gezicht zou denken. Hij kon het niet bewijzen, maar zijn rechercheursverstand en zijn jarenlange ervaring op Afdeling 13 (Georganiseerde misdaad) vertelden hem dat het motief van deze lui waarschijnlijk heel ergens anders lag dan ze dachten. Maar waar?
Nadat de uit acht man bestaande Soko, de informatie-uitwisseling met het LKA en de steun van de BND de oplossing van de zaak geen stap dichterbij hadden gebracht, had Ingram zijn hoop gericht op de sterkste bondgenoot van alle rechercheurs ter wereld, het toeval. Het is zeker niet de bedoeling om het werk van de recherche te kleineren, maar het is geen geheim dat de meest doortrapte, geraffineerde en kennelijk onoplosbare misdaden – vaak pas na jaren – door het toeval worden opgelost.
Geen toeval was de arrestatie van dr. Fichte op vliegveld Charles de Gaulle diezelfde avond. Fichte had voor zichzelf en Veronique Gropius een nachtvlucht naar Miami geboekt. Hij had gehoopt dat hij in de Verenigde Staten kon onderduiken om op die manier aan strafvervolging te ontkomen. De volgende ochtend werden Fichte en zijn geliefde voorgeleid aan een Parijse rechter-commissaris.

Nog diezelfde dag verscheen er in *Bild* een artikel onder de kop 'Nieuwe ziekenhuismoord na orgaantransplantatie – 42-jarige Berlijnse vrouw overlijdt enkele uren na succesvolle longtransplantatie.'

Tijdens de vlucht van Tel Aviv naar Rome hield Gropius Sheba Yadin continu in de gaten. Hij was ervan overtuigd dat Sheba hem op een nieuw spoor zou zetten. Ondanks alle twijfels die de informatie van Yussuf had opgewekt, drukte zijn verhaal als een steen op zijn maag. Alleen al de mogelijkheid dat Schlesingers ontdekking op feiten berustte, bracht hem van zijn stuk. Hij zag dat zijn handen trilden toen hij stiekem de foto's uit zijn binnenzak haalde om ze voor de zoveelste keer te bekijken. Waarom had hij niet tegen Yussuf gezegd dat hij de negatieven wilde hebben? De foto's waren niet bepaald van goede kwaliteit. Hij dacht er pas aan vlak voordat ze in Rome landden.
Hij had maar krap een uur de tijd voor de aansluitende vlucht naar Turijn en Gropius volgde Sheba vanaf een veilige afstand. Hij wilde er zeker van zijn dat ze zich onbespied waande, want hij wist niet of ze hem tijdens zijn bezoek aan Tell Be'er Sheva niet toch had gezien.

In Turijn stond Francesca hem met haar grijze bestelbus op te wachten voor het vliegveld.
'Ik had niet gedacht dat we elkaar al zo snel weer zouden zien!' riep ze en viel Gregor om de hals.
'Ik ook niet, eerlijk gezegd,' antwoordde hij en keek over Francesca's schouder uit naar Sheba. Hij had Francesca telefonisch al verteld wat er aan de hand was, dat Sheba de minnares was geweest van Schlesinger, dat ze op de hoogte was van het geheim dat Schlesinger zo rijk had gemaakt en dat ze nu waarschijnlijk van plan was om deze wetenschap in geld om te zetten.
Wat Schlesingers ontdekking inhield, daarover had Gropius tot nu toe gezwegen. Toch wist hij dat hij het geheim al snel aan haar zou moeten verklappen.
'Draai je even onopvallend om,' zei Gropius en bevrijdde zich uit Francesca's innige omhelzing. 'Dat meisje in dat donkere broekpak en met dat korte blonde haar is Sheba Yadin. We mogen haar niet uit het oog verliezen.'
Francesca bekeek de jonge vrouw met de arrogante blik waarmee vrouwen naar potentiële rivalen kijken. Toen gaf ze Gropius een arm en nam hem mee naar haar auto. In haar achteruitkijkspiegel zag ze dat Sheba Yadin in een taxi stapte. Ze startte haar auto en begon aan de achtervolging.
Zoals te verwachten was, reed de taxi over de snelweg in zuidelijke richting. Op de Via Cigna liep het verkeer vast en meer dan eens dreigden ze de taxi kwijt te raken. Francesca slaagde er, dankzij haar rijervaring en een beetje roekeloosheid, steeds weer in om vlak achter de taxi te komen.
Bij het station sloeg de taxi de Via Cernaia in en stopte voor hotel Diplomatic, een gebouw van vijf verdiepingen met een bogengaanderij. Francesca parkeerde haar auto aan de overkant van de straat. Samen keken ze toe hoe Sheba Yadin het hotel binnenliep.
'Oké, wacht hier,' zei Francesca. Ze was de auto al uit nog voordat Gregor kon reageren, en verdween in het hotel.
Toen ze ongeveer twintig minuten later terugkwam, keek Gropius bezorgd. Nadat ze zonder iets te zeggen achter het stuur was gaan zitten, gaf ze Gropius een papiertje. Daarop stond: 'Yadin, hotel Diplomatic. Kamer 303, geboekt voor drie dagen. 16.30 uur, ontmoeting signora Selvini, Istituto Professore de Luca.'
'Hoe weet je dit?' vroeg Gropius ongelovig.

Francesca raakte met haar wijsvinger even de huid onder haar linkeroog aan. Door dit overmoedige gebaar schoten ze beiden in de lach.
'Hoe weet je dit allemaal?' vroeg Gregor opnieuw.
Francesca haalde haar schouders op. 'Vergeet niet dat je in mijn beroep af en toe op het randje van de legaliteit balanceert. Toen ik het kamernummer wist, heb ik aan haar deur een telefoongesprek afgeluisterd.'
'Dat dacht ik al,' zei Gropius.
'Wat zeg je?' Francesca keek hem verbaasd aan.
Gropius lachte. 'Ik bedoel dat ik al vermoedde dat Sheba Yadin contact zou opnemen met het instituut van de Luca. We moeten zien uit te vinden wat ze daar wil!'
'Hm.' Francesca omklemde het stuur en staarde voor zich uit. 'Het is misschien een beetje riskant,' zei ze, 'maar als we geluk hebben, kan het lukken.'

Net als bij zijn eerste bezoek aan Turijn boekte Gropius een kamer in hotel Le Meridien Lingotto. Hij vond het te gevaarlijk om hetzelfde hotel als Sheba Yadin te nemen. Tegen vieren nam hij een taxi naar de Corso Belgio en liep café Amoretti binnen. Dit bevond zich in de buurt van de brug over de Po, precies zoals Francesca had gezegd.
Even later en niet ver van de tegenoverliggende rivieroever sloeg Francesca Colella met haar bestelbus de Corso Chieri in. Ze stopte voor de villa waarop nog steeds het bord 'Istituto Prof. Luciano de Luca' hing. Francesca stapte uit en liep heen en weer voor de ingang. Ze had een ouderwets pakje aangetrokken, waarin ze jaren ouder leek. En door haar bril zag ze er streng en serieus uit. Ze wachtte nog niet zo lang, toen een taxi Sheba Yadin afzette.
'Bent u miss Yadin?' Francesca liep haar tegemoet en sprak Engels.
'Ja,' antwoordde Sheba aarzelend.
'Ik ben signora Selvini!' Francesca stak haar hand uit naar Sheba. 'Ik vergat te zeggen dat het beter zou zijn als we elkaar niet in het instituut zouden ontmoeten. Hier in de buurt is een café waar we ongestoord kunnen praten. Dat vindt u toch wel goed?'
Sheba Yadin aarzelde, en Francesca vroeg zich af of ze iets verkeerd had gedaan, of de echte signora Selvini misschien een heel andere stem had. Waarom aarzelde Sheba zo?
Eindelijk, na enige tijd die Francesca een eeuwigheid leek, antwoordde Sheba: 'Nou, goed dan, signora Selvini.'
Terwijl ze in Francesca's auto de Corso Chieri afreden, keek Francesca

Sheba van opzij aan en dacht: Wat een prachtige meid! Sheba bleef voor zich uit kijken, niet zozeer uit verlegenheid als wel omdat ze zo te zien diep nadacht.
Nadat ze een paar minuten zwijgend hadden gereden, arriveerden ze bij het café aan de Corso Belgio waar om deze tijd voornamelijk jonge mensen waren. Gropius zat aan een hoektafeltje met zijn gezicht naar de muur de *Corriere della Sera* te lezen. Francesca leidde Sheba Yadin naar het tafeltje naast het zijne en bestelde twee caffè latte. 'U vindt dat toch wel lekker?' vroeg ze voor de vorm.
Sheba knikte.
Toen er nog steeds geen gesprek ontstond, vroeg Francesca voorzichtig: 'U kende meneer Schlesinger?'
Meteen nadat ze die vraag had gesteld, vroeg Francesca zich af of ze zich daarmee al niet verraden had.
Maar toen antwoordde Sheba: 'Ja, dat kun je wel zeggen. We wilden trouwen.'
Francesca deed verbaasd. 'Dan moet zijn dood u wel heel erg hebben aangegrepen.'
'Ik wil er niet over praten!'
'Dat begrijp ik,' zei Francesca peinzend. 'Weet u eigenlijk dat professore de Luca ook geen natuurlijke dood is gestorven?'
'Ja, zoiets heb ik gehoord. Was u niet degene die me dat aan de telefoon vertelde?'
Kalm blijven, dacht Francesca bij zichzelf en zei toen snel: 'Kan wel zijn, dat weet ik niet meer. Weet u, we zijn allemaal behoorlijk van slag sinds het overlijden van Luciano de Luca.' En nadat ze even had nagedacht en zich realiseerde dat dit voor iedereen gold, zei ze: 'Hij was vaak een tiran, maar toch hielden we van hem als van een vader. Hij was een belangrijk wetenschapper. Maar wat kan ik voor u doen, miss Yadin?'
Sheba omklemde het smalle koffieglas met beide handen, alsof ze zich eraan wilde warmen. Toen boog ze zich over de tafel heen en zei zacht: 'Het gaat om het stukje stof dat Arno Schlesinger door professore de Luca wilde laten analyseren. Ik neem aan dat u daarvan op de hoogte bent. De uitslag van het DNA-onderzoek zou wel eens bijzonder belangrijk kunnen zijn. Schlesinger heeft al een aanbetaling van twintigduizend euro gedaan en door omstandigheden waar ik nu niet op in wil gaan, is het niet meer tot een overdracht gekomen. Om een lang verhaal kort te maken: ik heb de bevoegdheid en ik heb de resterende twintigduizend euro bij me om het analyseobject van u over te nemen.'

Sheba's woorden maakten Francesca onrustig. Zenuwachtig keek ze naar Gropius die aan het tafeltje ernaast met zijn rug naar haar toe zat. Ze zag dat de krant die hij omhooghield, trilde als een grassprietje in de lentewind en daaruit concludeerde ze dat hij elk woord had gehoord. Meteen realiseerde ze zich dat ze zich slecht op deze ontmoeting had voorbereid. Hoe moest ze in vredesnaam reageren? Hoe zou ze Sheba het geheim van het monster ontlokken zonder tegelijkertijd zichzelf te verraden?
Sheba's stem klonk opeens anders toen ze bijna zakelijk zei: 'Ik weet dat u het monster niet bij u hebt, maar misschien kunnen we een nieuwe afspraak maken voor de overdracht.'
Het scheelde niet veel of Francesca was in lachen uitgebarsten, omdat ze opeens moest denken aan de eerste keer dat Gropius en zij elkaar in Berlijn hadden ontmoet. Toen had Gropius geprobeerd iets over de stalen cassette te weten te komen die zíj bij zich had. En net als toen had ze geen idee waar het over ging.
'Ja, natuurlijk,' zei Francesca. 'Ik stel voor: morgen, zelfde plaats, zelfde tijd, als dat u uitkomt.'
'Afgesproken. Dan krijgt u van mij twintigduizend euro in contanten.'
De zakelijke manier waarop er een einde werd gemaakt aan hun treffen, maakte Francesca bang. Haar twijfels of en hoe ze uit deze situatie moest ontsnappen, werden steeds groter. En tot overmaat van ramp vroeg Sheba opeens: 'Kende u Arno Schlesinger eigenlijk?'
Deze rechtstreekse vraag joeg het bloed naar Francesca's gezicht. Was Sheba wantrouwend geworden? Was dat een strikvraag? Als ze nee zei en Sheba wist dat ze elkaar wel hadden ontmoet, zou ze zich verraden. Als ze ja zei, moest ze er rekening mee houden dat Sheba haar vragen zou stellen. Uit pure wanhoop zette Francesca alles op één kaart en antwoordde: 'Nee, helaas niet. Professore de Luca en meneer Schlesinger hebben altijd persoonlijk zaken met elkaar gedaan. Ik kan me niet herinneren dat ik hem ooit heb gezien, hoewel hij wel één of twee keer bij ons op het instituut is geweest.'
'Hij was een geweldige man,' zei Sheba dweperig en met neergeslagen ogen alsof ze haar tranen wilde verbergen. 'Hij was mijn leraar en al tijdens onze eerste ontmoeting ben ik verliefd op hem geworden.'
'Neem me niet kwalijk, maar was meneer Schlesinger niet getrouwd? Volgens mij heeft de Luca dat een keer gezegd.'
'Hij leefde gescheiden van zijn vrouw. Zij begreep hem en zijn beroep niet. Gedurende zijn laatste levensjaar heeft hij meer tijd met mij doorgebracht dan met zijn vrouw. Nee, hij hield alleen maar van mij. Van mij!'

'Bent u archeologe, miss Yadin?'
'Bijbelarcheologe.'
'Interessant. En wat verwacht u van de analyse van het monster, als ik zo vrij mag zijn?'
Het leek wel alsof Sheba zich in het nauw gedreven voelde. Om tijd te winnen nipte ze een paar keer aan haar koffieglas en zonder de ander aan te kijken zei ze: 'Een ingewikkelde zaak, die nog uitgebreid onderzoek zal vergen. Het zou te ver voeren om dat uit te leggen. En ik wil u ook niet vervelen.'
'U verveelt me absoluut niet. Het is altijd interessant om te zien hoe verschillende takken van wetenschap elkaar aanvullen.'
Sheba knikte vriendelijk en keek op haar horloge. Toen zei ze, alsof ze haast had: 'Goed dan, tot morgen, zelfde tijd!' Ze stond op en verliet het café.
Gropius liet zijn krant zakken en draaide zich om.
'Goed gedaan, Francesca!' zei hij met een knipoogje. 'Ik heb een plan. Je weet nu hoe Sheba Yadin praat. Bel signora Selvini op in de Luca's instituut en zeg dat je helaas te laat bent, maar of het goed is dat je morgen om elf uur komt. En dat je dan de ontbrekende twintigduizend euro mee zult nemen.'
Francesca herhaalde wat Gropius had gezegd. Toen pakte ze haar mobieltje en liep naar buiten. Toen ze terugkwam, zei ze: 'Alles is in orde. Morgen om elf uur is de overdracht. Tenminste, áls je het geld hebt.'
'Laat dat maar aan mij over,' antwoordde Gropius en vroeg toen bijna verlegen: 'Signora Colella, hebt u al plannen voor vanavond?'

Na een overvloedig diner in het restaurant van Gropius' hotel, waarbij ze bewust over koetjes en kalfjes spraken, werd Gropius opeens ernstig. Natuurlijk was het Francesca niet ontgaan dat Gregor iets op zijn hart had, maar ze had er niets over willen zeggen. Ondertussen kende ze Gregor al een beetje en wist dat hij wel zou praten als hij dat zinvol vond. Dat hij tot nu toe niets over zijn reis naar Israël had gezegd, stemde haar tot nadenken. Maar toen zei Gropius: 'Kom mee, naar mijn kamer. In de koelkast staat een fles Brunello di Montalcino. Ik moet met je praten.'
Haar eerste gedachte was welke lingerie ze droeg en of die geschikt was voor deze situatie. Francesca droeg een zwart kanten setje van La Perla, dat ze zich eigenlijk niet kon veroorloven, maar na de dood van haar man wilde ze wat dit betreft de schade inhalen.

Toen ze op zijn kamer waren, sloeg Francesca haar armen om Gregors hals en vroeg: 'Heeft signora Schlesinger je onze nacht samen eigenlijk al vergeven?'
Gregor leek geïrriteerd. 'Je weet heel goed dat er niets te vergeven was!'
'Dat bedoel ik toch! Ja of nee?'
Gregor schudde zijn hoofd. 'Daarna hebben we elkaar niet meer gesproken.'
'O, dat spijt me!'
Gropius had de indruk dat ze het wel grappig vond, maar zijn hoofd stond helemaal niet naar grapjes. Hij wilde, moest haar vertellen wat hij van Yussuf vernomen had. Teder maar gedecideerd maakte hij zich los uit haar omarming en bood haar een stoel aan.
Francesca was verbaasd. Ze keek met grote ogen toe hoe Gregor de wijnfles ontkurkte en twee glazen volschonk.
Zonder iets te zeggen en met een ernstig gezicht haalde Gropius een paar foto's uit zijn zak en gaf ze aan Francesca. 'Dat is wat Schlesinger heeft ontdekt en waardoor hij zo rijk is geworden en waar bepaalde mensen nu nog steeds wanhopig naar op zoek zijn. En waarschijnlijk heeft de dood van Schlesinger, de Luca en zelfs de dood van je man hiermee te maken.'
Francesca keek naar de foto's. Wat Gropius haar had verteld, kwam zo onverwachts dat ze niet wist wat ze moest zeggen. Nou ja, een stenen trog met botten erin en een onleesbaar, in steen gebeitelde inscriptie? Maar welk verband zou er moeten zijn tussen deze opgraving en de dood van haar man?
Gropius begreep Francesca's radeloosheid en zei: 'Dat is niet zomaar een vondst, niet zomaar een skelet... dat zijn de botten van Jezus van Nazareth!'
'O ja?' Francesca lachte verlegen, eerst aarzelend en toen harder, tot ze helemaal dubbel lag van het lachen, als een overmoedig kind.
Gregor, die het gevoel had dat hij niet serieus werd genomen, greep haar bij de schouders en schudde haar heen en weer om haar tot bezinning te brengen.
'Sorry, Gregor,' riep ze, nog steeds buiten zichzelf, 'deze Heer Jezus is toch uit de dood opgestaan en zoals hij was ten hemel gevaren? Of vergis ik me nu? Hoe kan Schlesinger dan zijn geraamte vinden?'
'Dat is precies het probleem. Als Schlesinger zijn bewering had kunnen bewijzen, dan zouden de hoge heren in het Vaticaan hun tafelzilver moeten verpatsen en een bijstandsuitkering moeten aanvragen. De onderne-

ming Kerk zou dan in elkaar zijn gestort als de aandelenkoers van een telecombedrijf.'
'Lieve help!' Langzaam maar zeker drong de ernst van de situatie tot Francesca door en begreep ze waarom Gregor zo ongerust was. Ze dacht na en sloeg haar handen voor haar gezicht. 'Maar Schlesinger móét wel een bewijs voor zijn aanname hebben gehad!' riep ze uit. 'Anders hadden ze hem niet vermoord.'
'Klopt helemaal,' beaamde Gropius. 'En er zijn nog meer mensen op de hoogte geweest, de Luca, Sheba Yadin en Yussuf, de Palestijn die me deze foto's heeft verkocht.'
'De vraag is dan waarom Schlesinger en de Luca dood moesten, terwijl die anderen nog leven. Felicia Schlesinger bijvoorbeeld, of jij.'
Gregor fronste zijn voorhoofd. 'Misschien kennen we nu nog maar een deel van de waarheid. Of we weten iets zonder dat we dat weten, iets wat de opdrachtgevers van de moorden nog van nut kan zijn.'
'Dat geldt vooral voor Sheba Yadin.'
'Vooral Sheba Yadin. Het is mogelijk dat het monster in het instituut van de Luca, waarvoor Schlesinger veertigduizend euro wilde betalen, precies hét bewijsstuk is waarmee Schlesinger de identiteit van Jezus van Nazareth kon bewijzen. Maar toch kan ik dat amper geloven.'
Francesca staarde voor zich uit en dacht na. Gropius dacht weer aan hun eerste ontmoeting, in Berlijn. Toen al had haar koelheid, de strenge uitdrukking op haar gezicht, hem gefascineerd. Nu zag ze er precies zo uit toen ze zei: 'Gregor, heb je je eigenlijk wel eens afgevraagd waarom Arno Schlesinger juist in Turijn was?'
Gropius keek Francesca lang aan. 'Om Luciano de Luca, denk ik, en omdat zijn instituut een goede naam heeft!'
Francesca schudde haar hoofd. 'In Europa zijn veel meer instituten die gespecialiseerd zijn in het maken van dit soort analyses. Dat kan niet de reden zijn geweest. En wat de Luca betreft...'
Gropius viel haar in de rede: 'Ik weet echt niet waar je op doelt.'
'Dat zal ik je vertellen. In Turijn wordt het enige tastbare object bewaard dat, als je dat wilt geloven, in een directe relatie staat met Jezus...'
'De lijkwade van Turijn!' Gropius sloeg zichzelf met zijn vlakke hand op zijn voorhoofd. 'Maar dat is toch onzin!'
'Daarover discussiëren serieuze wetenschappers al honderden jaren. Een aantal beweert dat hierin tweeduizend jaar geleden het lijk van een man is gewikkeld. Anderen beweren dat het hier om een geraffineerde ver-

valsing gaat. Maar hoe dan ook is het onmogelijk om de echtheid ervan te bewijzen. Zelfs de kerk, die het meeste belang zou moeten hebben bij de echtheid ervan, beweert niet langer dat Jezus in deze doek is begraven. Er zijn namelijk een aantal problemen!'

'Je lijkt wel een specialist op dit vakgebied. Hoe weet je dat allemaal?'

Francesca lachte. 'Elk kind in Turijn weet, nog voordat het kan lezen en schrijven, bepaalde dingen, over Fiat en over de lijkwade van Turijn. En onder ons gezegd en gezwegen: veel meer hoef je ook niet te weten.'

De Brunello smaakte voortreffelijk en Gropius speelde met zijn wijnglas. 'Eén ding begrijp ik niet,' zei hij en keek peinzend naar het fonkelende wijnglas, 'als zelfs de kerk niet zeker weet of de grafdoek echt is, waarom zou Schlesinger dan veertigduizend euro betalen voor een monster van deze vervalsing? Na alles wat ik inmiddels over Schlesinger te weten ben gekomen, was hij echt geen domme man. Hij was een van de meest vooraanstaande specialisten op het gebied van de bijbelarcheologie. Je mag er rustig van uitgaan dat hij meer wist over het verband tussen deze verdachte linnen doek en Jezus van Nazareth. En daarom vind ik zijn gedrag ook zo vreemd.'

'Klopt. Als specialist op zijn terrein wist hij heel goed wat de analyse van de Luca waard was. Dus kan het hier niet gaan om een stukje van de lijkwade van Turijn. De professore moet Schlesinger iets anders te koop hebben aangeboden, iets wat hij ontzettend belangrijk vond.'

Gropius was geïmponeerd door de kalme en verstandige manier waarop Francesca het probleem benaderde. Hijzelf was opgewonden, aangegrepen zelfs door de draagwijdte en dimensie die deze zaak waarin hij verwikkeld was had aangenomen. De vraag waarvoor Schlesinger zoveel geld aan de professore had geboden, dreef hem bijna tot wanhoop. Hij was maar amper in staat tot een heldere gedachte en dronk zijn glas in één teug leeg.

Francesca had al lang gemerkt dat hij onzeker was, dat hij eraan twijfelde of hij wel de juiste weg was ingeslagen en radeloos was ten aanzien van de volgende stap. En hoewel ze veel van hun samenzijn had verwacht, begreep ze wel dat ze voorlopig geen toenaderingspogingen moest doen. Ze had Gregor nog lang niet opgegeven. Integendeel, door haar onvervulde passie was ze alleen maar vastberadener geworden, en ze vond de situatie op een bepaalde manier zelfs wel opwindend.

'Wat ben je nu van plan te doen?' vroeg ze, alleen maar om de lange stilte te verbreken; ze verwachtte niet echt een concreet antwoord.

Daarom was ze bijzonder verbaasd toen Gregor met vaste stem verkondigde: 'Morgenvroeg zal ik voor het geld zorgen. Daarna ligt de bal bij

jou. Jij gaat morgen als Sheba Yadin naar het instituut van de Luca met het geld en laat je het geheimzinnige stuk stof overhandigen.'
'Meen je dat serieus?' Ze was verrast door zijn plotselinge besluit. Maar ze aarzelde geen seconde, omdat ze voelde dat Gregor haar nodig had. 'Goed dan,' zei ze en stond op. 'Dan zie ik je morgen om tien uur.'

Tegen tien uur de volgende ochtend verscheen Francesca Colella in de foyer van hotel Le Meridien Lingotto. Gregor wachtte al op haar. Hij herkende Francesca niet meteen, omdat ze zich perfect had uitgedost voor deze gelegenheid. Haar bruine haar had ze onder een pruik met lang, zwart haar verstopt, ze had zich zo opgemaakt dat ze er stukken jonger uitzag en ze droeg een rokje dat zeker tien centimeter boven haar knie eindigde. Haar eigen randloze bril, die haar haar gewone ontoegankelijke uitstraling gaf, had ze vervangen door contactlenzen.
'Mijn complimenten!' zei Gropius verbaasd. 'Je ziet er fantastisch uit! Je zou echt denken dat je een Israëlische vrouw bent!'
Francesca wees naar haar ogen. 'Maar langer dan vijf uur kan ik die dingen niet inhouden.'
Gropius knikte haar bemoedigend toe. 'Wees maar niet bang, binnen twee uur is het voorbij.'
Francesca streek met een onzeker gebaar door haar gladde haar. 'En jij denkt dat signora Selvini mijn vermomming niet doorziet? Ik ben immers al eens in het instituut geweest.'
Gropius haalde een grijze envelop met daarin veertig 500-eurobiljetten tevoorschijn en zei: 'Zeker niet. Geld maakt kortzichtig. En verder zie je er zo perfect uit dat ik bijna Sheba tegen je zeg.'
In een rustig hoekje van de foyer namen ze hun plan nog één keer door. Gropius had die nacht bijna niet geslapen en aantekeningen gemaakt. Vanaf het moment waarop hij was begonnen deze zaak op te helderen, had hij een bange, bijna bekrompen manier van denken ontwikkeld en hield hij rekening met elk detail. Vroeger had hij zoiets nooit gedaan. Volgens hun plan moest Francesca, om elk toeval en elk vleugje argwaan voor te zijn, niet met haar eigen auto, maar met een taxi naar de Luca's instituut gaan. Om eventuele achtervolgers af te schudden zou ze zich op de terugweg niet naar het hotel laten brengen waar Gropius logeerde, maar naar het station. Daar was het gemakkelijk om onder te duiken en het gebouw via een zijdeur te verlaten. Zo zou ze ongemerkt naar Gropius' hotel komen, waar ze het kostbare object zo snel mogelijk in de kluis van het hotel zouden deponeren.

Precies om elf uur kwam Francesca bij het instituut van de Luca aan. Zoals altijd maakte de villa een verlaten indruk. Francesca bleef even staan en concentreerde zich. Ze liep in gedachten nog één keer de strategie door die Gropius had bepaald. Toen drukte ze op de bel.
De leeftijd van signora Selvini, een magere vrouw met kortgeknipt rood haar en zwaar opgemaakt, was moeilijk te schatten. Ze kon veertig jaar zijn, maar ook zestig. Hoe dan ook, door haar hoog opgetrokken schouders waardoor haar hals onzichtbaar was, leek ze wat op een heks. Bovendien had ze een schorre, onzeker klinkende stem, zoals vrouwen uit het noorden van Italië wel vaker hebben. In tegenstelling tot Francesca was haar Engels niet geweldig, maar dat kwam de onbekende bezoekster wel zo goed uit.
Hun begroeting verliep een beetje koel en zakelijk, en Francesca kreeg de indruk dat de signora, toen ze haar met half dichtgeknepen ogen bekeek, alleen maar geïnteresseerd was in het geld dat ze had geëist. Daarom zei Francesca: 'Ik heb het geld bij me. Wilt u me eerst het object laten zien?'
De signora trok haar wenkbrauwen op en zei: 'U verwachtte toch niet dat ik dat object hier bewaar, miss Yadin. Zou ik eerst het geld mogen zien?'
Francesca's hart klopte in haar keel. Ze was onzeker geworden, want ze had er vast op gerekend dat de overdracht hier in het instituut zou plaatsvinden. Samen met Gropius had ze alle mogelijkheden besproken, maar hier hadden ze geen rekening mee gehouden. Ten slotte antwoordde Francesca: 'Vertrouwt u me niet, signora? Goed, dan is het ook logisch dat ik u niet helemaal vertrouw. Dus waar is het object?'
Signora Selvini mompelde een paar Italiaanse scheldwoorden die Francesca heel goed verstond en waarvan *puttana*, hoer, nog wel het vriendelijkste was. Op een iets vriendelijker toon zei ze na een tijdje: 'Kom, miss Yadin, mijn oom Giuseppe heeft een antiekwinkel in de buurt van de Academie van Wetenschappen. Daar is dat wat u zoekt.'
Voor het huis, onder een pijnboom, stond een oude Peugeot 504, die zijn beste tijd zeker een generatie terug had gekend. Maar dit donkergroene, verweerde voertuig paste om de een of andere reden wel bij signora Selvini. De rit langs de andere oever van de Po duurde niet lang en verliep in een zwijgen dat alleen werd onderbroken door een paar opmerkingen over het warme lenteweer. Francesca had geen prettig gevoel over de zaak en ze lette goed op waar ze langsreden. Signora Selvini stopte voor een kleine winkel met tralies voor de etalage waarin

allerlei rommel was opgestapeld, zoals een oud hobbelpaard en een levensgrote, verweerde gipsen madonna.
Oom Giuseppe, een kleine man met wit donshaar, was een jaar of negentig, maar correct gekleed en keek hen door dikke brillenglazen aan. Zijn gehoor was niet meer zo goed en signora Selvini moest hard roepen voordat hij begreep dat ze iets uit de kluis wilde halen. En inderdaad, onder alle rommel en meubels zag Francesca een negentiende-eeuwse bruine kluis met decoraties erop geschilderd. Signora Selvini haalde een ouderwetse sleutel met twee baarden uit haar zak, waarmee ze de safe opende. Hieruit haalde ze een envelop van twintig bij dertig centimeter met het opschrift: 'Sig. Schlesinger, Monaco di Baviera.'
Toen Francesca zag dat de andere vrouw aarzelde, draaide ze zich om, want ze had het geld voor de zekerheid in haar ondergoed verstopt. Ze haalde het eruit en vroeg: 'Mag ik de inhoud even zien?'.
'Ja, natuurlijk,' antwoordde signora Selvini op een toon waar enige opwinding in doorklonk. In de envelop zaten twee computeruitdraaien, elk met een korte wetenschappelijke tekst en een streepjescode. Verder nog twee objecten, elk in een plastic hoesje zo groot als een ansichtkaart en verzegeld met het zegel van Istituto Prof. Luciano de Luca. Het ene object leek op de druppel van een waskaars en het andere leek heel vaag op een verkleurd stukje linnen van ongeveer twee bij twee centimeter.
Francesca wist niet goed waarom deze inhoud van waarde kon zijn. Ze kon niet geloven dat voor deze onbenullige relicten mensen werden vermoord en dat haar arme Constantino misschien alleen maar had moeten sterven omdat men dacht dat deze envelop zich in haar huis bevond.
Toen ze het geld aan de signora gaf en in ruil daarvoor de envelop in ontvangst nam, kreeg Francesca hetzelfde weeë gevoel in haar maag als die keer toen ze had ontdekt dat ze nietsvermoedend een Blauwe Mauritius naar Londen had gebracht. Francesca was opeens helemaal in de war en rende de winkel uit, alsof het om haar leven ging, vloog ze over de Via Nizza naar een taxistandplaats en sprong in een van de wachtende taxi's.
'Naar het Meridien,' zei ze buiten adem, Gregors opdracht om een omweg via het station te maken negerend.
In het hotel liep ze in de armen van Gregor die onopvallend in de foyer op haar had gewacht. Opeens viel de spanning van haar af en ze barstte in tranen uit. 'Alles oké,' snikte ze, 'ik heb waar je naar op zoek was.'
Gropius nam de envelop van haar aan en verdween zonder iets te zeggen naar het herentoilet in de kelder. Toen hij weer terugkwam, gaf hij Fran-

cesca met een teken te verstaan dat ze goed werk had verricht en liep naar de kluis van het hotel vlak achter de receptie.
'Wat wil je nu gaan doen?' vroeg Francesca, nadat hij de kostbare envelop had laten opbergen en bij haar in de foyer ging zitten. Ze was nog steeds vermomd en Gropius kon slechts met moeite zijn lachen inhouden. Maar haar vraag echode in zijn hoofd: Wat wil je nu gaan doen? Het verbaasde hem dat hij zo rustig bleef. In plaats van triomfantelijk voelde hij zich neerslachtig, alsof hij een slecht geweten had. Toch had hij zich nergens schuldig aan gemaakt; hij was alleen anderen die iets slechts van plan waren te slim af geweest.
'Ik weet het niet,' zei hij naar waarheid en omdat hij Francesca niet wilde kwetsen door te blijven zwijgen. 'Ik heb nog een paar dagen nodig.'
Van de warrige gedachten die als een meteorietenregen door zijn hoofd stormden, riep de een meer vragen op dan de ander. Een van de dingen die Gropius vooral bezighielden, was de vraag waarom Schlesinger, voor wie de DNA-analyse oorspronkelijk bestemd was, daar zoveel belang aan hechtte. Hij had immers al voldoende materiaal in handen gehad om bepaalde mensen tien miljoen euro af te persen. Waarom dan nog een analyse? Had Schlesinger soms gebluft, had hij alleen maar het gevoel gehad dat hiermee het bewijs voor de identiteit van Jezus van Nazareth zou worden geleverd? Of hadden Schlesinger en de Luca samengewerkt, en was alles niet meer dan een geraffineerd complot? Of had Schlesinger gewoon maar wat botten in de stenen trog gelegd en had de Luca een vervalst DNA-rapport opgesteld?
Alsof Francesca in staat was gedachten te lezen, zei ze opeens: 'Jij wordt gekweld door de gedachte dat je twee slimme oplichters met de naam Schlesinger en de Luca op het spoor bent. Heb ik gelijk?'
'Je hebt gelijk,' beaamde Gropius. 'Waarom denk je dat?'
'Dat was ook míjn eerste gedachte!'
'En waarom zou dat niet kunnen?' Gropius keek Francesca hoopvol aan.
'Schlesinger en de Luca waren beiden gerenommeerde wetenschappers, elk op zijn eigen gebied. Waarom zouden ze zich gaan bezighouden met vervalsingen als de ontdekking daarvan het einde van hun carrière zou betekenen? Nee, volgens mij had ieder van hen één bewijs voor de dood van Jezus van Nazareth. Die bewijzen samen waren onweerlegbaar en daarom moesten ze beiden sterven.'
Gropius keek kritisch bij Francesca's woorden. Met zijn ellebogen op zijn knieën geleund dacht hij na. Ten slotte zei hij: 'Daaruit zou je kunnen concluderen dat ík de volgende ben.'

Ongeveer op dezelfde tijd verliet Sheba hotel Diplomatic en ging naar het café aan de Corso Belgio voor haar afspraak met signora Selvini. Maar de signora kwam niet. Een halfuur en twee caffè latte later kreeg ze het onbehaaglijke gevoel dat er iets niet klopte. Signora Selvini, die ze de vorige dag had ontmoet, had een vreemde indruk op haar gemaakt. Het was haar opgevallen dat de signora behoorlijk zenuwachtig was, in elk geval zenuwachtiger dan zijzelf. Maar ze had aangenomen dat het kwam doordat het om zoveel geld ging.

Dus ging Sheba naar het instituut van professore de Luca. Het was nog dag, maar in een vertrek op de eerste verdieping brandde fel licht. De tuindeur bij de entree stond open en toen ze aanbelde en niemand reageerde, betrad Sheba het terrein en liep naar de ingang. Ze riep en klopte op de voordeur. Ze had een slecht voorgevoel en liep om het pand heen. Het was stil. Het enige wat ze hoorde, was het getjilp van de vogels in de pijnbomen in het park. Sheba hoopte dat ze door een van de drie ramen op de benedenverdieping naar binnen zou kunnen kijken, maar de ramen waren van melkglas dat alle blikken buitensloot.

Aan de achterkant ontdekte Sheba nog een deur, die vroeger de personeelsingang was geweest. De deur stond open; Sheba wilde zich al omdraaien omdat ze het niet vertrouwde. Toch liep ze naar de deur waaruit koele lucht naar buiten waaide.

'Hallo, is daar iemand?' riep ze in het Engels.

Geen antwoord.

De donkere gang was betegeld met paars-witte tegels en straalde de decadente charme van de vorige eeuw uit. Aan de muren hingen gravures van oude stadsgezichten. Het rook er muf. De gang leidde naar twee halve houten deuren met geslepen ramen erin, waardoor je een vervormd beeld kreeg van een salon met oud meubilair.

Sheba klopte aan en deed de deur open. 'Is daar iemand?' herhaalde ze, harder nu. Een staande klok, zeker drie meter hoog en met een koperen pendel, tikte genadeloos de seconden weg. Rechts van haar leidde een houten trap met een gebeeldhouwde leuning naar de bovenverdieping. De versleten treden kraakten toen Sheba naar boven liep. Dat was het laatste geluid dat Sheba Yadin bewust waarnam.

Want toen ze boven aan de trap was gekomen en naar links keek waar in een kamer tl-licht brandde, voelde ze opeens een korte, felle klap in haar nek, alsof ze een stroomstoot kreeg. Ze zakte bewusteloos in elkaar. Ze had het gevoel dat ze, licht als een veertje, in een fel licht werd gedragen en op een koude ondergrond werd neergelegd. Ze voelde nog een prikje in haar rechterarm, een licht, bijna aangenaam steekje; daarna was er alleen nog een witte, ondoordringbare muur. Sheba voelde hoe het leven uit haar lichaam week. Ze kon alleen haar vingers nog bewegen. Met haar laatste krachten en met één vinger maakte ze een teken op de kille ondergrond waar ze op lag. Een koele vlaag rukte haar weg. Toen was het ijzig stil.

Tegen een uur of vijf kwam signora Selvini terug. Sinds de dood van de Luca, die haar sterk had aangegrepen omdat de professore niet alleen haar baas maar ook haar minnaar was geweest, was ze de enige bewoner van de oude villa. Op de bovenste verdieping bewoonde ze teruggetrokken twee kleine zolderkamertjes die uitkeken op het park. Tien jaar geleden had de Luca haar uit een genlaboratorium in Bologna naar Turijn gehaald. Ze had zijn aanbod graag geaccepteerd, omdat de Luca een goede naam had als onderzoeker en ook nog eens interesse toonde in haar privéleven. Tenminste, dat had ze vermoed en het bleek ook zo te zijn. Samen hadden ze het Istituto Professore Luciano de Luca geleid, een gerenommeerde instelling op het gebied van biotechnologie en analytische scheikunde. Tot twee jaar terug in elk geval, toen de professore werd bevangen door een zekere levensangst en zich begon bezig te houden met zaken die op het randje van de legaliteit balanceerden, maar wel veel geld opleverden. Sinds die tijd werd het instituut aan de rechteroever van de Po voor bepaalde kringen een geheime tip.
Signora Selvini schrok toen ze de twee *carabinieri* zag die de entree van het instituut bewaakten.
'Kunt u me misschien uitleggen wat er aan de hand is?' vroeg ze op barse toon.
Een van de beide agenten versperde haar de weg en antwoordde met een tegenvraag: 'Wie bent u?'
'Signora Selvini. Ik woon hier, als u er niets op tegen hebt. Wat is er gebeurd?'
De carabiniere weigerde antwoord te geven, maar zei bars: 'Volg me, signora.'
Verbaasd zag ze dat de politieagent naar de achterdeur liep die zelden werd gebruikt. En toen ze de openstaande deur zag, dacht ze eerst dat er was ingebroken. Dat kwam wel vaker voor in deze buurt.
De politieman bracht haar naar een *commissario* met een gerimpeld gezicht en grijs kroeshaar. Hij stond midden in de salon en praatte in een dicteerapparaat.

'Ik wil allereerst weten hoe u hier bent binnengekomen!' zei signora Selvini nadrukkelijk.
'De deur stond open,' antwoordde de commissario en stak het dicteerapparaat in zijn zak. 'Kunt u zich legitimeren? Mijn naam is Artoli!'
'Ik heet Selvini,' antwoordde de signora en rommelde onhandig in haar handtas, waardoor er een stapeltje geld zichtbaar werd. Na een vluchtige blik op haar legitimatie die hem opeens niet meer zo erg leek te interesseren, zei de commissario ironisch: 'Hebt u altijd zoveel geld bij u, signora?'
'Dat is toch mijn eigen zaak, commissario,' antwoordde de signora kortaf.
'Dat is zeker zo, als het tenminste niet gaat om geld dat illegaal is verdiend en waarover geen belasting is betaald. Maar u kunt me vast wel uitleggen waar dit geld vandaan komt.'
Signora Selvini voelde zich in een hoek gedreven en ging in de aanval: 'Of u vertelt me nu wat er aan de hand is, of u verdwijnt en ik dien een klacht in bij uw meerdere!'
Artoli, de rust zelve, grijnsde en hield zijn hand op: 'Wilt u me alstublieft uw handtas met dat geld overhandigen?'
Wat moest ze doen? Ze vermoedde dat die Sheba Yadin, die ze meteen al had gewantrouwd, haar in de val had gelokt. Ze wist dat ze totaal ongeschikt was voor het soort zaken waar de Luca zich mee bezig had gehouden. 'Ben ik daartoe verplicht?' vroeg ze.
'In dit geval wel, signora.'
'In welk geval, commissario?'
De commissario grijnsde nog steeds. 'U weet natuurlijk niet hoe het lijk van een vrouw in uw laboratorium is terechtgekomen.'
'Welk lijk?'
'Ene Sheba Yadin.'
'Sheba Yadin? Dat kan helemaal niet!'
'Kent u die signora?'
'Ja, ik bedoel nee. Het geld in mijn handtas is van haar afkomstig.'
Ze was nog niet uitgesproken, toen ze zich realiseerde dat ze een fout had gemaakt. Maar het was er gewoon uitgeglipt. Helemaal in de war gaf ze haar tasje aan de commissario en rende de trap op.
Bij de deur van het laboratorium gilde ze. Op de laboratoriumtafel lag, opgebaard tussen glazen, bekers, injectienaalden en elektronische meetapparatuur, een jonge vrouw met kort blond haar, smaakvol gekleed in een beige pakje. Eén voet stak in een donkere pump met hoge hakken; de andere schoen lag op de grond. Haar linkerarm lag langs haar

lichaam, de andere hing gebogen over de rand. Haar ogen waren niet helemaal dicht, waardoor je ze nog kon zien glinsteren.
'Is ze echt dood?' vroeg signora Selvini aarzelend.
De commissario, die de signora achterna was gelopen, knikte.
'En hoe komt ze hier? Wie is het eigenlijk?'
'Dat wilde ik eigenlijk aan u vragen,' antwoordde de commissario en hij liep naar haar toe. 'Ze heet Sheba Yadin. U moet haar toch kennen, want u zei zojuist...'
De signora viel hem in de rede en wreef met haar hand over haar ogen: 'Dat is Sheba Yadin niet. Ik heb vandaag nog met Sheba Yadin gesproken en zij heeft me dat geld gegeven!'
'Kende u signora Yadin al langer?'
'Nee, ik kende haar alleen van naam. De vrouw of vriendin van een archeoloog die bij ons een analyse had laten verrichten. Ik kreeg het geld voor een analyse die we in ons instituut hebben uitgevoerd. Niemand kon hier iets van weten, en niemand anders zou me voor deze analyse zoveel geld hebben betaald. Voor ieder ander was die namelijk waardeloos.'
'U blijft er dus bij dat deze vrouw niet Sheba Yadin is?'
'Dat zweer ik bij de heilige Lorenzo en alle heiligen!'
Toen liet de commissario haar een paspoort zien. Op de pasfoto stond een jonge vrouw met lang donker haar. Maar ook al was de levenloze vrouw op de laboratoriumtafel blond, toch ging het hier duidelijk om dezelfde vrouw. De naam die in Hebreeuwse en Latijnse letters in het paspoort stond, was Sheba Yadin.
'Lieve help,' stamelde signora Selvini en staarde de commissario radeloos aan. Ze was helemaal in de war. 'Lieve help,' zei ze weer. 'Ik begrijp er helemaal niets van.'
'Signora, u moet toch kunnen uitleggen waarom er een dode vrouw op uw laboratoriumtafel ligt, en waarom u precies hetzelfde bedrag in uw handtas hebt als zij: twintigduizend euro.
'Zij heeft...?'
'Twintigduizend euro in haar tas! Als ik het mag zeggen, signora, dat kan, afgezien van het bedrag, zeker geen toeval zijn. Ik begin te denken dat u samen met Sheba Yadin het een of andere zaakje hebt opgezet en de winst evenredig hebt verdeeld. Toen hebt u misschien ruzie met elkaar gekregen, en is signora Yadin het slachtoffer daarvan geworden. Klopt dat?'
Signora Selvini uitte een kreet. 'Nee, nee, nee! Ik heb niets met die moord te maken. Ik ken deze vrouw helemaal niet!'

'U zei toch dat u het geld dat in uw handtas zit van Sheba Yadin had gekregen? Dus hoe zit het dan, signora? Vertel me nu eens eindelijk de waarheid!'
'De waarheid, de waarheid! Ik heb u de waarheid verteld. Ik heb Sheba Yadin in het café aan de Corso Belgio ontmoet, haar twee DNA-analyses overhandigd en in ruil daarvoor twintigduizend euro gekregen.'
'Getuigen?'
'Signora Yadin!'
'Maar die ligt hier en ze is dood!' De stem van de commissario werd onheilspellend luid.
'Dan heeft Sheba Yadin een dubbelgangster...'
'...die u heel simpel twintigduizend euro overhandigt, zonder kwitantie, zomaar.'
'Ja, zo is het gegaan.' Op het gezicht van signora Selvini tekende zich pure vertwijfeling af. Haar ogen werden vochtig; niet van verdriet, maar van woede. Woede omdat ze zichzelf in een schijnbaar uitzichtloze situatie had gemanoeuvreerd.
Een man van de technische recherche in een witpapieren overal met witte rubber handschoenen duwde hen aan de kant. Op bepaalde plaatsen in het laboratorium bracht hij met een penseel en een spuitbus grafietstof aan en nam toen met een transparante kleeffolie vingerafdrukken. Af en toe maakte de man grommende geluiden, waaruit je kon opmaken dat zijn werk resultaat opleverde.
'Commissario!' De man in de witte overal hield opeens een klein wit voorwerp omhoog: een plastic ampul met het opschrift CVP.
'Wat is dat?' vroeg de commissario zonder de ampul aan te raken.
'Een dodelijk insecticide! Voorzover ik weet, zijn er al meer moorden met dit gif gepleegd.'
De commissario draaide zich om naar signora Selvini: 'Komt deze ampul uit uw laboratorium?'
'Wij zijn een biotechnisch laboratorium en geen gifproducent!' zei de signora onwillig en vervolgens: 'Ik begin te denken dat u mij een moord in de schoenen wilt schuiven!'
'Ik wil helemaal niets! Maar misschien mag ik u erop wijzen dat het in eerste instantie moeilijk is u níet met deze moord in verband te brengen. Wat ik tot nu toe van u heb gehoord, spreekt in elk geval meer tegen u dan voor u: een lijk in uw huis, een dode van wie u de naam kent maar de identiteit bestrijdt, een behoorlijk bedrag in uw handtas, evenveel als de dode, en dan wilt u beweren dat u hier niets mee te maken hebt, signora?'

Toen begon de signora te krijsen dat hij een communist was en een maffioso en wat haar in haar opwinding nog meer te binnen schoot. Ze riep met flitsende ogen dat ze vanaf nu geen woord meer zou zeggen en dat ze een advocaat wilde spreken.
Even keek ze naar de man van de technische recherche, toen was ze haar dreigement vergeten en vroeg aan de commissario: 'Hoe wist u eigenlijk dat deze vrouw was vermoord en dat haar lijk hier was?'
'Een anoniem telefoontje naar het hoofdbureau. Een man met een vreemd accent zei dat in het instituut van professore de Luca een dode vrouw lag. Dat soort telefoontjes krijgen we wel vaker en we dachten eerst dat het een kwalijke grap was. Daarom stuurden we hier eerst maar eens een patrouilleauto van de carabinieri naartoe. Die zagen dat alle deuren openstonden en nadat ze de benedenverdieping hadden doorzocht, ontdekten ze de dode hierboven.'
De schouwarts, een jeugdig uitziende slungelachtige man met donker haar dat hij naar voren had gekamd, waardoor hij eruitzag als een Romeinse keizer, was tot dan toe onopvallend aan het werk geweest. Nu pakte hij zijn tas die hij naast de deur van het lab had neergezet en maakte aanstalten om even onopvallend te verdwijnen.
'Wacht even, dottore!' riep de commissario. 'Tijdstip van overlijden?'
'Twee tot drie uur geleden.'
'Doodsoorzaak?'
'Lastig te zeggen. U krijgt mijn verslag voor morgen 17.00 uur. In elk geval vertoont de binnenkant van de rechterarm sporen van een injectie. Of die een oorzakelijk verband heeft met de dood van de vrouw, kan ik pas morgen met zekerheid zeggen.'
Ondertussen was het donker geworden en de man van de technische recherche gebaarde naar de commissario dat het lijk mocht worden weggehaald en naar het forensisch instituut kon worden overgebracht. Twee mannen, de een klein en sterk, en de ander lang en mager, kwamen met een plastic lijkkist en voerden hun opdracht met een onbewogen gezicht uit.
Op de plaats waar het lijk van de dode vrouw had gelegen, ging de man in de witte overal verder met zijn sporenonderzoek. Hij vond twee haren die hij met een pincet in een doorzichtig bewijszakje stopte. Toen hij zeker wist dat er geen verdere stoffen waren achtergebleven, ging hij op zoek naar vingerafdrukken en begon het hele tafelblad te bestuiven. En deed toen een bijzondere ontdekking.
Tussen verschillende vingerafdrukken en onbelangrijke sleepsporen verscheen een duidelijk herkenbaar symbool: drie grote Latijnse letters,

krom en scheef, alsof ze blind en met blote vingers op de tafel waren getekend.

'Commissario, kom eens kijken! Wat betekent dit?'

De commissario kwam dichterbij en las: IND. Hij haalde zijn schouders op en schudde zijn hoofd.

14

In de vaste overtuiging dat hij bijna had achterhaald wat Schlesinger van plan was geweest, had Gropius een onrustige nacht doorgebracht in zijn hotel. Even voor acht uur werd hij gewekt door de telefoon. Gregor dacht dat dit alleen maar Francesca kon zijn. Alleen zij wist dat hij hier was, en slaperig pakte hij de telefoon op.

'Sheba Yadin is vermoord!' riep Francesca opgewonden.

'Wát zeg je!' Gregor ging rechtop zitten en drukte de telefoon dichter tegen zijn oor. 'Sheba?'

'Vermoord! Ze hebben haar lijk gevonden in het instituut van professore de Luca. Ik voel me helemaal niet prettig als ik eraan denk dat ik gisteren nog als Sheba Yadin heb rondgelopen. Hallo, ben je daar nog?'

Gregor staarde voor zich uit in zijn verduisterde hotelkamer; de gordijnen waren nog steeds dicht. Het rook er, net als in elke hotelkamer op de wereld, naar airco, stofzuigers en de damp van de badkamer. En net als in elk hotel op de wereld was het er zo druk als op een station: bagagewagentjes, personeel, luide uitroepen om op te schieten, kletsende kamermeisjes. Nee, dit was geen droom... dit was de werkelijkheid!

'Ja,' antwoordde hij aarzelend. 'Neem me niet kwalijk, ik moet dit eerst even verwerken. Weten ze al wie erachter zit?'

'Signora Selvini is gearresteerd. Maar ze ontkent alles. Ze wordt vandaag voorgeleid voor de rechter-commissaris.'

'Denk je dat zij in staat is iemand te vermoorden? Ik bedoel, jij hebt even met haar gepraat.'

Francesca haalde eens diep adem. 'Wat zal ik zeggen, Gregor, signora Selvini is een heks. Heksen zijn kwaadaardig, maar ze moorden niet, vooral niet op zo'n professionele manier.'

'Wat bedoel je, op zo'n professionele manier?'

'Volgens de kranten is Sheba Yadin overleden door een CVP-injectie.'

'CVP? Dat méén je niet!'

'Ze moest waarschijnlijk dood omdat ze te veel wist. Het verbaast me dat ík nog leef.'

'Ik denk dat die oude heks Selvini onder één hoedje speelt met de orgaanmaffia. Ze wist hoeveel het monster waard was en heeft ons waarschijnlijk een vervalst monster verkocht. Ik denk dat het monster in de hotelkluis gewoon een waardeloos stukje stof is.'

'Denk je dat echt?'
Hij zuchtte gelaten. 'Waarschijnlijk is alles voor niets geweest. We hebben te maken met een organisatie die mijn voorstellingsvermogen te boven gaat. Jij, ik, wij, iedereen die er in de verste verte ook maar enigszins bij betrokken is, wordt misschien wel continu in de gaten gehouden. Deze heren vinden het ongetwijfeld wel grappig dat een naïeve professor, die ethiek en moraal belangrijke waarden vindt, een lachwekkende poging doet om hen voor de gek te houden. Ik begin me zo langzamerhand af te vragen: Waarom? Waarom?'
Francesca voelde dat Gregor nu wel enkele bemoedigende woorden kon gebruiken. Daarom antwoordde ze tegen haar overtuiging in: 'Je mag nu niet opgeven. Je bent al zo dicht bij de oplossing van deze zaak, jóuw zaak. Het gaat om jóu en jóuw leven. En als je wilt, blijf ik je helpen, zo goed ik kan. Ik hou van je.'
Deze onverwachte liefdesverklaring bereikte Gropius in een situatie waarin zijn hoofd overal naar stond, behalve naar een herschikking van zijn gevoelens. Aan de andere kant was hij, door zijn gelatenheid en zwakte, ook wel ontvankelijk voor genegenheid.
'Laten we het daar maar een andere keer over hebben,' zei Gropius, zeker niet afwijzend. 'Begrijp me goed alsjeblieft.'
'Sorry, ik wilde dat helemaal niet zeggen. Het flapte er zomaar uit!' Haar plotselinge uitbarsting had Francesca zelf ook verrast. Nadat ze even had nagedacht, zei ze: 'In de krant staat dat Sheba Yadin gedurende haar doodsstrijd een teken heeft achtergelaten dat waarschijnlijk naar haar moordenaar verwijst. Ze heeft met haar vinger een symbool getekend op het tafelblad waar ze op lag: drie letters, IND. Wat zou dat kunnen betekenen?'
'IND?' Die afkorting kwam Gregor bekend voor. Had dat niet op de creditcard van Rodriguez gestaan, waarmee zijn hotelrekening in München was betaald? Ja, natuurlijk! Nu wist hij het weer. Rodriguez!
'Je hebt gelijk, Francesca,' antwoordde Gregor, 'ik moet het niet opgeven. Ik ben misschien dichter bij de oplossing van deze zaak dan ik dacht. En wat dat andere betreft... Daar kom ik graag nog op terug.'

Gropius nam een douche en liet afwisselend koud en warm water over zijn gezicht stromen alsof hij zijn gedachten wilde stimuleren. En hij bleef maar denken aan Francesca's liefdesverklaring. Maar hij dacht ook aan Felicia Schlesinger. Nog nat, met een handdoek om zijn buik geslagen, trok Gropius de gordijnen van zijn hotelkamer open. Het beloofde

een zonnige dag te worden. Hij liep naar de telefoon en toetste Felicia's nummer in.
Felicia reageerde vrij kortaf en vroeg, vooral uit beleefdheid: 'Waar zit je?'
'In Turijn. Ik kom uit Israël en heb allerlei belangrijk nieuws!'
'Zo.' Haar stem klonk onaangedaan. 'Als het over Arno en zijn avontuurtjes gaat, ben ik niet bijster geïnteresseerd. Dat heb ik je toch al gezegd!'
Gropius voelde wel dat er een onzichtbare muur tussen hen in stond. Door de koele manier waarop Felicia hem al geruime tijd tegemoet trad, begon hij eraan te twijfelen of ze elkaar vroeger echt na hadden gestaan. Natuurlijk, ze waren met elkaar naar bed geweest en Gregor dacht wat dit betreft met waardering aan haar terug. Maar seks en liefde zijn twee verschillende zaken en in tegenstelling tot seks blijft de liefde vaak in het voorstadium steken. Misschien hadden ze hun liefde wel te veel gepland, omdat het hun wel goed uitkwam. Misschien was het beter geweest als ze zich door hun gevoelens hadden laten leiden in plaats van door een idee.
'Er is iets heel ergs gebeurd,' zei Gregor. 'Sheba Yadin is vermoord, hier in Turijn.'
Heel even bleef het stil aan de andere kant van de lijn en toen hoorde hij Felicia zeggen: 'Je verwacht hoop ik toch niet dat ik nu in tranen uitbarst?'
'Natuurlijk niet. Ik vond alleen maar dat je het moest weten.'
'Vermoord?' Het leek alsof nu pas tot Felicia doordrong wat hij eigenlijk had gezegd. 'Hebben ze de dader al te pakken?'
'Nee. Maar wat nog erger is, is dat Sheba Yadin is overleden door een injectie met hetzelfde gif als je man.'
'En wat zegt de politie daarvan?'
'Voorlopig helemaal niets, voorlopig weet de politie niet eens dat er een verband is tussen Sheba's dood en die van de transplantatiepatiënten.'
'Je moet het wel melden.'
'Ja, misschien heb je wel gelijk. En in verband hiermee heb ik een vraag. Weet je ook of Arno ooit de afkorting IND heeft genoemd?'
'IND? Wat betekent dat?'
'Dat zou ik ook graag willen weten. Sheba Yadin heeft die drie letters op een tafelblad gekrabbeld. Waarschijnlijk een verwijzing naar haar moordenaar.'
'Ja natuurlijk! IND! Bij Arno's crematie was er ook een grafkrans met een strik waarop stond: REQUIESCAT IN PACE – IND. – Rust in vrede. Toen heb

ik me twee dingen afgevraagd: wie wist er van de crematie, en wat betekent die geheimzinnige afkorting?'
'Dat heb je nooit verteld!'
'Hoezo? Ik kon toch niet weten dat zo'n onbelangrijke kwestie nog eens belangrijk zou worden? Ik wilde gewoon alle geheimzinnige omstandigheden rondom zijn dood uit mijn gedachten bannen. Ik wilde proberen Arno helemaal te vergeten. Waarom begin je er nu weer over?'
'Sorry, maar zoals het er nu uitziet, zijn Sheba Yadin en Arno door dezelfde organisatie vermoord!'
'Verbaast me niets, waarschijnlijk heeft Arno het geheim waarmee hij die tien miljoen heeft gekregen, aan dat sletje verklapt. Per slot van rekening heeft hij meer tijd met haar doorgebracht dan met mij.'
Felicia's trots was gekrenkt; dat kon je uit elk woord dat ze zei opmaken. Ze haatte de man die haar tijdens hun vierjarige huwelijk schaamteloos had bedrogen. Gropius kreeg zelfs het gevoel dat ze op dit moment alle mensen haatte. Een toestand waarin ze zich dreigde te verliezen.
'Ik begrijp dat je verbitterd bent,' zei Gropius, 'maar je moet proberen je eroverheen te zetten. Arno is dood, jij leeft. En hij heeft je een bedrag nagelaten waarmee je vanaf nu zorgeloos kunt leven.'
Alsof ze Gregors woorden niet had gehoord, vroeg Felicia op de man af: 'En die Italiaanse, die Francesca, is zij bij je?'
'Nee,' zei Gropius nadrukkelijk, 'je moet me geloven!' Hij realiseerde zich opeens dat hij zich verdedigde; daarom voegde hij er onwillig aan toe: 'En als dat wel zo was, had ik jouw toestemming niet nodig. Dat klopt toch, of niet?'
Felicia antwoordde: 'Ja, dat klopt.'
Hun gesprek eindigde abrupt.

De moord op Sheba Yadin was wereldnieuws. Vooral de geheimzinnige afkorting IND die Sheba in haar doodsstrijd op de laboratoriumtafel had gekrabbeld, maakte de tongen los. De BND, die het probleem ook met behulp van dure decoderingsmethoden niet had weten op te lossen, stond opnieuw onder druk.
Wolf Ingram, de baas van de Soko Schlesinger die al maandenlang in het duister tastte zonder concrete resultaten te behalen, benutte de gelegenheid en ging in de aanval. Tijdens een interview met de Italiaanse krant *Stampa sera* onthulde hij dat er mogelijk een verband was tussen de moord op de Israëlische archeologe en de Duitse transplantatiepatiënten. Een buitenkansje voor de boulevardpers in heel Europa.

Eén dag na haar arrestatie werd signora Selvini weer vrijgelaten. Haar advocaat kwam voor het tijdstip van de moord met een keihard alibi dat door twee getuigen werd bevestigd, en betaalde haar borgsom van twintigduizend euro.
Daarentegen werd Gropius in zijn hotel opgebeld door commissario Artoli. Artoli sprak weliswaar geen Duits, maar uitstekend Engels. Hij vertelde Gropius dat deze zijn hotel niet mocht verlaten voor hij er was. Gropius moest een verklaring afleggen in verband met de moord op Sheba Yadin. Gropius had er geen goed gevoel over. Hoe kende Artoli zijn naam en hoe wist hij dat hij in Le Meridien Lingotto logeerde?
Artoli maakte een sympathieke indruk op Gropius; dat had hij niet verwacht. Artoli was uiterst beleefd en begon zijn verhoor, dat plaatsvond in een rustig hoekje van de foyer, met de woorden: 'Het spijt me, meneer, dat ik uw verblijf in Turijn met een onaangename zaak onderbreek.'
Gropius reageerde met: 'Ach, het geeft niets, commissario. Ik weet waar het over gaat. Wat wilt u van me weten?'
'Nou ja.' Artoli wekte de indruk alsof hij alle tijd van de wereld had en boven de dingen stond. In elk geval was de kalmte die hij uitstraalde bijna provocerend. 'Professore,' zei hij met een glimlachje, 'u hebt bij American Express in Turijn twintigduizend euro opgenomen. Kunt u mij vertellen wat u met dat geld hebt gedaan?'
Deze vraag had Gropius absoluut niet verwacht en hij raakte volledig van de wijs. Onwillig antwoordde hij: 'Twintigduizend? Waarom wilt u dat weten?'
Artoli haalde zijn schouders op. Toen Gropius nog geen aanstalten maakte om te antwoorden, legde hij uit: 'De juffrouw aan het loket moest weer aan deze transactie denken toen ze in de krant las dat zowel de dode als signora Selvini dit bedrag bij zich had.'
Gropius voelde zich in een hoek gedreven. Wat moest hij doen? Hij kon onmogelijk de waarheid vertellen! De waarheid was zo absurd dat hij zich daarmee nog meer verdacht zou maken. Nee, hij zou niets zeggen. Niemand kon hem dwingen te vertellen waar zijn geld was gebleven.
'Twintigduizend euro is veel geld, in elk geval voor een gewone commissario. Maar zelfs een professore gaat met dit bedrag op zak geen wandelingetje maken of een winkel in om boodschappen te doen. Dus waar is dat geld gebleven, professore?'
'Ik ben niet verplicht u dat te vertellen!' zei Gropius boos. 'Dat geld heb ik eerlijk verdiend en ik heb er in Duitsland belasting over betaald. Niemand kan er iets tegen doen als ik het in Italië wil uitgeven.'

'Daar hebt u helemaal gelijk in, professore. Maar als u een verklaring aflegt, kunt u zichzelf ontlasten in deze moordzaak.'
'Hoezo ontlasten? Wilt u daarmee zeggen dat u mij verdenkt van de moord op Sheba Yadin?'
'Kende u de dode?'
'Nee.'
'Weet u dat zeker?'
'Ja.'
'Vreemd. Dat is wel heel toevallig. U zit allebei in hetzelfde vliegtuig van Tel Aviv naar Rome. Vervolgens stapt u over in een ander vliegtuig van Rome naar Turijn, en wie zit er ook in dit toestel? Sheba Yadin. En twee dagen later is deze Sheba Yadin dood. Het leven is wel heel vreemd, vindt u niet?'
Gropius keek geërgerd. 'Hoe weet u dat allemaal?'
Met een superieur lachje zei de commissario: 'Italiaanse politieagenten worden weliswaar slecht betaald, maar zijn daarom nog niet dommer dan anderen.' Hij haalde een opgevouwen briefje uit zijn zak en sloeg het open. 'Een fax van het Landeskriminalamt in München! Er staat in dat u destijds met verlof bent gestuurd omdat een patiënt in uw ziekenhuis tijdens een levertransplantatie is overleden door een injectie met CVP. Vreemd, vindt u niet?'
Gropius voelde het bloed in zijn slapen kloppen. Hij dacht dat dit allemaal achter hem lag, en nu begon alles van voren af aan. Hij wreef vertwijfeld met zijn handen over zijn ogen. 'Ja, ik geef toe dat het vreemd klinkt, vreemder dan vreemd zelfs. Toch heb ik niets met die moord te maken, integendeel zelfs.'
'Intégendeel? Professore, hoe moet ik dat opvatten?'
'Ik zat achter Sheba Yadin aan om de moord in mijn ziekenhuis op te lossen!'
'U dacht dat Sheba Yadin die moord had gepleegd?'
'Nee, maar ik dacht dat ze mij op het juiste spoor zou zetten. Sheba Yadin stond in contact met de maffia of met een geheime organisatie.'
De superieure manier waarop de commissario naar hem keek, bracht Gropius bijna tot razernij. Artoli liet duidelijk blijken dat hij hem niet geloofde. In een fractie van een seconde sloegen alle stoppen bij Gropius door. Hij veerde op, sprong over een stoel heen en rende naar de uitgang. Daar versperden twee *carabinieri* hem de weg en hielden hem vast tot Artoli hen had bereikt.
Hij liep hoofdschuddend naar Gropius toe en zei op zijn eigen bedaar-

de manier: 'Tut tut tut, professore, waarom wilde u vluchten als u zich van geen kwaad bewust bent? Nee, dat was niet zo'n goed idee. Ik arresteer u voorlopig op verdenking van moord. U hebt toestemming om een advocaat in de arm te nemen en hoeft vanaf nu geen enkele verklaring meer af te leggen.'
Gropius hoorde Artoli's woorden als vanuit de verte. Toen de commissario hem beval om samen met de carabinieri naar zijn hotelkamer te gaan en wat spullen in te pakken, deed hij dat als in trance. Hij wist later niet meer hoe hij naar zijn kamer en weer terug in de foyer was gekomen. Het enige wat hij zich herinnerde, was Pierre Contenau die opeens tegenover hem stond toen hij geflankeerd door de twee politieagenten uit de lift stapte. Eerst twijfelde hij eraan of het echt wel Contenau was, maar toen hij diens valse grijns zag, wist hij het heel zeker.

Kardinaal-staatssecretaris Paolo Calvi vouwde zijn handen op zijn rug en keek door het hoge raam van bovenaf naar het Sint-Pietersplein. Hij bleef zover bij het raam vandaan dat hij vanaf het plein niet te zien was, want een kettingrokende kardinaal met een Gauloise in zijn linker mondhoek, dat kon natuurlijk niet.
Zijn verslaving had hij te danken aan een open maagzweer die duidelijke sporen op zijn gezicht had achtergelaten. De zestigjarige hoogwaardigheidsbekleder zag er door de rimpels rond zijn ogen en mond uit als een tachtigjarige. De zon wierp een felle lichtstraal in het vertrek dat blauw stond van de rook. De zaal, die was ingericht als een museum met rode vloerkleden, lag precies onder de woonvertrekken van de paus.
Paoli Calvi stond bekend als de sterke man achter de muren van het Vaticaan, tenminste, voorzover je wat de kerkstaat betreft nog van sterkte kon spreken. Als kardinaal-staatssecretaris had hij zich zoveel macht toegeëigend dat zelfs zijn vrienden hem vreesden; hij bepaalde de richtlijnen van de politiek van het Vaticaan. Zijn ondergeschikten fluisterden dat hij heerszuchtig was, een eigenschap van veel klerken die zich hebben opgewerkt in de hiërarchie van de kerk.
Monsignore Antonio Crucitti kwam de rokerige ruimte binnen en wapperde, zolang als de kardinaal-staatssecretaris met de rug naar hem toe bleef staan, de rook voor zijn gezicht weg. '*Laudetur, eminenza*!' riep de monsignore om zijn aanwezigheid kenbaar te maken, en toen voor de zekerheid nog een keer: 'Laudetur, eminenza!' Letterlijk vertaald betekende dit zoiets als: Geloofd zij Jezus Christus, uwe uitnemendheid!, maar niemand die deze begroeting uitsprak dacht daar nog aan.

Calvi draaide zich om, nog steeds met zijn Gauloise in zijn mond, kuchte, zodat de sigaret op de grond dreigde te vallen, en zei zonder omwegen, terwijl hij langzaam naar Crucitti toe liep: 'Ik heb u laten roepen, monsignore...'

De lange Crucitti torende hoog boven de gedrongen kardinaal uit, waardoor deze zijn hoofd moest opheffen. Maar net zoals bij een kerk waarbij de toren slechts een bescheiden rol speelt omdat de belangrijke zaken zich in het schip afspelen, had ook hier de kleine, gedrongen kardinaal Calvi het voor het zeggen.

Crucitti viel hem in de rede: 'Ik weet het', en maakte een hoofdbeweging naar het bureau waarop de belangrijkste kranten lagen. 'Een domme zaak. Die man had nog heel nuttig voor ons kunnen zijn.'

'Hoezo had? Die man zál nog heel nuttig voor ons zijn!' riep Calvi met een hoge stem en zijn kale hoofd liep rood aan.

'Maar ze hebben hem gearresteerd!' Crucitti zette een stap naar achteren. 'De *Messagero* schrijft dat de Duitse professore van moord wordt verdacht!'

'Is er dan bewijs? Is deze... hoe heet hij?'

'Gropius!'

'Is deze Gropius in staat een moord te plegen?'

Monsignore Crucitti, die pas laat tot de kerk was toegetreden en een duister verleden scheen te hebben, hoewel niemand er het fijne van wist, was binnen de muren van het Vaticaan verantwoordelijk voor veiligheidszaken, spionage en antiterrorisme. Crucitti antwoordde: 'Ik heb geen idee. Hoe dan ook, het is een geheimzinnige zaak.'

'Alweer een geheimzinnige zaak! Monsignore, het is uw taak om dit soort zaken te voorkomen. Waarom hebt u professore de Luca niet gewaarschuwd? Dan zou hij nu nog leven en ons van nut kunnen zijn. We kunnen de maffia niet overal voor verantwoordelijk stellen!'

'Eminenza, u weet toch dat het de Luca's eigen schuld is dat hij dood is? Zijn geldzucht heeft hem genekt. Alsof we hem niet genoeg hebben betaald in ruil voor zijn stilzwijgen. "Niemand kan twee heren dienen, want of hij zal de ene haten en de andere liefhebben; of hij zal de ene bewonderen en de andere verachten. Je kunt niet God dienen en de mammon". Zegt de evangelist Mattheus 6 vers 24.'

'Zo, zegt hij dat, de evangelist!'

'Jazeker, eminenza! In elk geval zou de Luca nog in leven kunnen zijn als hij zich niet door de mammon had laten verleiden om te zondigen tegen God en de kerk.'

Kardinaal-staatssecretaris Calvi trok zenuwachtig aan zijn sigaret en liet de rook uit zijn mondhoeken ontsnappen. Hij mompelde: 'U praat als een dorpspriester uit de Abruzzen.'
Crucitti werd rood van woede, een absoluut onchristelijke deugd, en daarom deed de monsignore zijn uiterste best om zijn emoties te onderdrukken.
'Zorg er maar liever voor dat deze Gropius niet doorslaat. Dat mag in geen geval gebeuren. Hebt u me begrepen, monsignore?' zei Calvi met overslaande stem.
'De professore zit in voorarrest, eminenza! Wat kan ik doen?'
'Wat u kunt doen?' riep de kardinaal-staatssecretaris opgewonden, zodat de sigaret uit zijn mond viel en een spoor van as op zijn soutane achterliet. 'U moet deze Gropius uit de gevangenis halen. Hij mag in geen geval worden verhoord. Neem de beste *avvocato* van het land in de arm; neem *dottore* Pasquale Felici. Hij is niet alleen de beste advocaat, maar heeft ook de beste contacten met justitie. Maak de avvocato duidelijk dat het voor ons van het allerhoogste belang is dat deze professore Gropius vrijkomt. Maar vertel hem niet de hele waarheid. Ik kan toch op u rekenen, monsignore?'
Crucitti vouwde zijn handen als in gebed en boog zijn hoofd alsof hij zich voor het altaar bevond. De kardinaal-staatssecretaris was meestal wel gevoelig voor dit gebaar en Crucitti zei onderdanig: 'Eminenza, ik zal doen wat in mijn macht ligt. En in de macht van de Allerhoogste!' en pakte het peukje van de vloer op.
De kardinaal-staatssecretaris vertrok zijn gezicht waardoor zijn rimpels nog beter te zien waren en stak een nieuwe sigaret op. 'Wij begrijpen elkaar,' zei hij kuchend. 'Verzin maar het een of andere verhaal. Zeg maar dat deze professore zich heeft beziggehouden met de gezondheid van Zijne Heiligheid. Duitse artsen hebben een heel goede naam. Maar geef geen enkele reden op waarom wij graag willen dat de professore vrijkomt. En, we eisen van avvocato Felici absolute zwijgzaamheid!'
'Absolute zwijgzaamheid,' herhaalde monsignore Crucitti, 'natuurlijk.'
'Trouwens', kardinaal Calvi wees naar het plafond, 'het zou goed zijn als ze er hierboven niets over hoorden. U weet hoe openhartig Zijne Heiligheid altijd is tegenover buitenlandse diplomaten.'
'Ik begrijp het, eminenza. We zullen zo discreet mogelijk handelen. Laudetur, eminenza, laudetur.'

Rond een uur of tien de volgende ochtend – het kan ook elf uur zijn geweest, want in de gevangenis raak je elk tijdsbesef kwijt – kwam een

van de bewakers bij Gropius. Hij nam hem mee naar een verhoorkamertje zonder ramen. Het enige daglicht kwam door een rij glazen bouwstenen die een handbreedte onder het plafond waren ingemetseld. De vloer bestond uit grijze tegels en de muren waren wit geverfd en kaal. Midden in het vertrek stond een roestvrijstalen tafel met aan elke kant een stoel van hetzelfde materiaal. In de deur waardoor Gropius het vertrek binnen was gekomen, zat een rond raam. Gropius was nog maar net gaan zitten, toen er een man binnenkwam. Hij was elegant gekleed, droeg een antracietkleurig pak, zijn donkere haar was nat en achterovergekamd en hij had een dossierkoffertje met gepoetst koperen beslag bij zich.
Gropius keek de man stomverbaasd aan, omdat hij geen idee had wat er aan de hand was.
'Ik ben dottore Pasquale Felici. Ik ben avvocato en heb opdracht om u hieruit te halen!' zei de voorname man in vloeiend Duits en gaf Gropius een hand. Zijn gezicht stond strak en leek wel wat op een masker, welke indruk nog werd versterkt door de zwarte, rechthoekige hoornen bril die zijn diepliggende ogen omlijstte.
'Gropius,' antwoordde Gropius, 'Gregor Gropius. Mag ik vragen in opdracht van wie u hier bent, dottore?'
'Natuurlijk mag dat,' antwoordde de dottore zakelijk, opende zijn koffertje en haalde er een schrijfblok uit. 'Maar u kunt maar beter niet verwachten dat ik u antwoord zal geven. U wilt hier toch weg, of niet?'
'Ja, natuurlijk. Ik wil alleen graag... Heeft Francesca u gestuurd?'
'Hm.' Felici's gezicht kreeg een norse uitdrukking. 'Om vier uur wordt u voorgeleid aan de rechter-commissaris. Om half vijf bent u een vrij man, tenminste als u het aan míj overlaat om vragen te stellen. U kunt me vertrouwen.'
Waarom eigenlijk niet, dacht Gropius. Iemand die je uit de gevangenis haalt, kan niet zo slecht zijn. Waarom zou ik me daartegen verzetten?
'Goed dan, even recapituleren,' hoorde hij Felici zeggen, 'hebt u Sheba Yadin vermoord?'
'Lieve help, nee!' riep Gropius opgewonden uit.
De avvocato bleef rustig. 'Waar was u op dat tijdstip, dus gisteren tussen drie en vijf uur? En hebt u getuigen?'
'Toen zat ik samen met signora Francesca Colella in een café aan de Corso Belgio. Daarna zijn we naar het centrum gelopen.'
'Goed, heel goed. En wie is deze Francesca Colella, waar woont zij?'
'Ik dacht dat zij u gestuurd had, dottore Felici!'

'Mijn complimenten voor uw combinatievermogen, maar u kunt beter mijn vragen beantwoorden. We hebben niet veel tijd meer.'

Francesca dus niet. Onzeker noemde Gropius haar naam en adres. Felicia maakte aantekeningen. Toen vroeg hij: 'En welke relatie had u met Sheba Yadin?'

Deze vraag kwam niet onverwachts, maar toch moest hij zich beheersen om niet van slag te raken. Hij dacht koortsachtig na en in een fractie van een seconde bepaalde hij een strategie. Nog wel vol gaten en niet goed doordacht, maar er bleef niets anders over, hij móest praten.

'Het zit zo,' zei Gropius omstandig en om nog wat tijd te winnen, 'ik ben chirurg, transplantatiechirurg, en tijdens mijn laatste operatie is er iets gebeurd. Een bekende archeoloog, Arno Schlesinger, stierf na een routinematige ingreep. Uit de sectie bleek dat het getransplanteerde orgaan vergiftigd was met een injectie met een insecticide. Een geheimzinnige zaak, waarvan zowel ik als de politie eerst aannam dat de orgaanmaffia erachter zat. Maar gedurende het onderzoek dat ik zelf heb uitgevoerd, bleek dat Schlesinger een archeologische sensatie in zijn bezit had die voor bepaalde groepen heel belangrijk was. Schlesinger had een minnares, Sheba Yadin, en het lijkt erop dat deze minnares op de hoogte was van dit archeologische geheim. Om enig licht in deze duistere zaak te brengen achtervolgde ik Sheba Yadin naar Turijn. Daar wilde ze in het instituut van professore de Luca een DNA-analyse ophalen. Daar zou ze twintigduizend euro voor moeten betalen.'

Met zijn ogen theatraal naar het plafond gedraaid had dottore Felici naar Gropius' verhaal geluisterd. Toen vroeg hij ietwat ironisch: 'En hoe weet u dat allemaal zo precies, professore?'

'Ik ben nu al vier maanden lang met niets anders bezig dan met deze zaak!'

'Ik begrijp het. Maar is twintigduizend euro niet wat veel voor een genanalyse?'

'Natuurlijk, maar zoals ik al zei ging het hier om een archeologische sensatie!'

De avvocato zei met een superieure grijns: 'Schlesinger dacht zeker dat hij het geraamte van Jezus van Nazareth had gevonden.'

Gropius keek de avvocato stomverbaasd aan. Felici zag er heel kalm uit en had een bevroren lachje op zijn gezicht. Het was onmogelijk om daar iets van af te lezen. Had Felici het onmogelijke zomaar gezegd? Of wist hij meer? Wist hij misschien zelfs alles?

'Waarom vertelt u niet verder?' vroeg de avvocato na een drukkende stilte.

Gropius was onzeker geworden. Hoe zou hij reageren? Toen antwoord-

de hij met een tegenvraag: 'En als dat zo zou zijn? Ik bedoel, als Schlesinger echt de beenderen van Jezus zou hebben ontdekt?'
Felici knikte en dacht na. Eindelijk antwoordde hij: 'Hij zou niet de eerste zijn die deze vergissing maakt. Weet u, in een stenen sarcofaag kun je allerlei namen beitelen. Onder ons gezegd: de vroege christenen namen het in hun radeloosheid niet zo nauw met de waarheid. Het is heel goed mogelijk dat een man in de eerste of tweede eeuw een sarcofaag met de naam van Jezus heeft vervalst en deed alsof die origineel was. Wie zal het weten? En hoe zou je moeten weten of iemand honderd jaar later de botten van iemand anders erin heeft gelegd? In dit geval is er voor alles een eenvoudige verklaring.'
Wat Felici zei, klonk vreemd genoeg alsof hij het uit het hoofd had geleerd, alsof hij zich op deze discussie had voorbereid. Langzaam maar zeker kreeg Gropius het idee dat de avvocato vooral wilde proberen hem van zijn onderzoek af te houden en dat zijn vrijlating maar bijzaak was. Hij werd woedend en antwoordde: 'Maar u vergeet één ding, dottore, de natuurwetenschap is tegenwoordig zo ver ontwikkeld dat het heel goed mogelijk is om de botten van Jezus van Nazareth te identificeren. Tenminste, als er iets beschikbaar is waarvan heel zeker is dat het van Jezus is geweest. Een fractie van een gram zou al voldoende zijn om dit te bevestigen.'
'Ik weet waar u aan denkt, professore Gropius. Aan de lijkwade van Turijn.'
'Die lijkwade bevat bloedsporen, en als het DNA van de botten en het DNA van deze bloedsporen identiek is, is dat het bewijs dat Jezus van Nazareth weliswaar is gestorven, maar in geen geval ten hemel is gevaren, zoals de kerk beweert. Volgens mij wist Sheba Yadin dit en moest ze daarom dood, net als Schlesinger.'
Vreemd genoeg leek de avvocato niet bijzonder onder de indruk van Gropius' woorden. Gregor had verwacht dat Pasquale Felici net zo van slag zou raken als de Palestijn die hem in Jeruzalem met deze ontdekking confronteerde. Maar de avvocato bleef afwachtend.
'U houdt zich nog niet zo lang bezig met de problematiek van de lijkwade van Turijn,' zei Felici op zijn kenmerkende arrogante toon.
'Nee, pas sinds ik probeer de moord op Schlesinger op te lossen, heeft de religie voor mij een bepaalde betekenis. Maar ik ben het nog steeds eens met Sigmund Freud, die eens heeft gezegd dat hij religies wetenschappelijk gezien bijzonder interessant vond, maar gevoelsmatig absoluut niet. Waarom vraagt u dat, dottore Felici?'

'Nou ja, ik wil u niet kwetsen, professore, maar u had eigenlijk moeten weten dat de lijkwade van Turijn een vervalsing uit de middeleeuwen is. Zelfs het Vaticaan geeft dat toe. In 1988 is op initiatief van het British Museum een koolstofdatering gedaan in drie verschillende laboratoria: in Arizona, Oxford en Zürich. Hieruit bleek onomstotelijk dat de lijkwade is geweven tussen 1260 en 1390. Zelfs als we aannemen dat Schlesinger de botten van Jezus van Nazareth heeft gevonden, dan zou het onmogelijk zijn dat te bewijzen.'

De woorden van de avvocato troffen hem als een klap in zijn gezicht. Felici praatte duidelijk en zonder te aarzelen, alsof het de gewoonste zaak van de wereld was. In elk geval zag Gropius geen reden om aan zijn woorden te twijfelen. Toch vroeg hij: 'Dottore, u bent advocaat en geen bijbelarcheoloog. Hoe weet u dat allemaal?'

'Beroepshalve!'

'Wat bedoelt u daarmee?'

'Ongeveer een jaar voor het genoemde wetenschappelijke onderzoek van de lijkwade werd er ingebroken in de Dom van Turijn. De dieven hebben niets van materiële waarde gestolen. Maar toen men de lijkwade onderzocht, zag men dat er rechts onderaan een stukje ontbrak. Met een schaar hadden ze er een halve cirkel, zo groot als de palm van een hand, uitgeknipt. De daders zijn een paar dagen later opgepakt. Hun buit bleef spoorloos. Het waren twee maffiosi, Enrico Polacca en Guido Focarino, twee huurmoordenaars die al jaren werden gezocht. De zaak baarde veel opzien, en ik heb de beide mannen verdedigd. Maar zelfs ik heb niet kunnen voorkomen dat ze levenslang kregen. De officier van justitie kon bewijzen dat de beide mannen twee moorden hadden gepleegd. Daar viel dat gedoe met de lijkwade bij in het niet.'

'En hebben die twee maffiosi verteld in opdracht van wie ze hebben ingebroken?'

'Maffiosi zingen niet, professore. Dat is een ijzeren wet. Ik weet zeker dat het een winstgevend zaakje is geweest. Hun gezinnen wonen goed verzorgd in Vincoli, een klein plaatsje niet ver van hier, de richting van Alessandria op. Maar dat is nu niet van belang. We zien elkaar even voor vieren bij de rechter-commissaris. Ik hoop van harte dat signora Colella uw verklaring kan bevestigen, professore!'

Zoals dottore Felici al had voorspeld, verliet Gropius om kwart over vier het huis van bewaring van Turijn. Francesca was bij hem; dankzij haar getuigenverklaring was hij nu weer een vrij man. De avvocato had

opvallend vlug afscheid van hen genomen en toen Gropius weer vroeg wie zijn opdrachtgever was, maakte hij een afwerend gebaar.
Hoewel zijn gevangenschap slechts één dag en één nacht had geduurd, genoot Gregor Gropius van zijn heroverde vrijheid. Vanuit het zuiden waaide een warm voorjaarsbriesje. Gropius en Francesca liepen hand in hand over de straat waar, nu de winter voorbij was, weer talrijke Vespa's reden.
'Waar denk je aan?' Francesca keek Gregor door haar glinsterende brillenglazen aan. 'Je zit heel ver weg met je gedachten!'
Gregor voelde dat ze hem onderzoekend aankeek, maar wilde haar niet aankijken. Terwijl ze zwijgend naast elkaar liepen, dacht hij weer aan wat ze tegen hem had gezegd. Tot nu toe had hij er niet op gereageerd. Ik hou van je... dat kon je gemakkelijk zeggen, vol overtuiging, maar zonder verplichtingen. Hij had problemen met die vier woorden. Hij was wantrouwig geworden door het leven. Wat wist hij helemaal over Francesca? Dat ze mooi was? Dat haar ongenaakbaarheid hem onweerstaanbaar aantrok? Dat hij zo snel mogelijk met haar naar bed wilde? Dat wist hij allemaal heel goed. Wat hij niet wist, was het antwoord op de vraag: Wie was deze vrouw?
'Trouwens,' zei hij, 'ik wil je nog bedanken voor het feit dat je deze avvocato Felici hebt ingehuurd.'
'Hoe kom je daar nu bij?' vroeg Francesca verrast.
'Je mag het wel toegeven, hoor, het is immers geen schande. Ik betaal je het geld natuurlijk terug.'
Francesca ging voor Gregor staan. 'Pasquale Felici is een van de duurste advocaten van Rome. Hij verdedigt ex-premiers, kardinalen en pornosterren. Ik zou zijn honorarium bij lange na niet kunnen ophoesten. Ik dacht dat jij hem zelf had ingehuurd.'
'Nee hoor.' Gropius schoof Francesca opzij en ze liepen verder. 'Dan vraag ik me toch af wie hem wel betaalt. Advocaten werken immers niet voor niets, en topadvocaten al helemaal niet!'
'Iemand vindt het kennelijk heel belangrijk dat je niet gevangenzit,' zei Francesca en stak haar arm door die van Gregor. 'Wie zou dat kunnen zijn? En waarom zou hij dat vinden?'
Gropius schudde zijn hoofd. 'Het moet iets met Schlesingers dood te maken hebben. Hoewel...'
'Hoewel?'
'Nou ja, tot nu toe leek men er eerder belang bij te hebben dat ik zou stoppen mijn naspeuringen. Gropius in voorarrest zou dat effect hebben

gehad. Waarom zou avvocato Felici me er dus weer uithalen? Vreemd, vind je niet?'
'Meer dan vreemd! Heb je Felici niet gevraagd wie zijn opdrachtgever was?'
'Natuurlijk wel! Ik wilde weten of jíj hem had gestuurd, maar hij gaf geen antwoord. Er klopt hier iets niet.'
Ze dronken een kopje cappuccino in een café in de buurt van het Palazzo Reale. De zon wierp lange schaduwen op de straat. Francesca rilde.

In hotel Meridien kreeg Gropius de kamer die hij de vorige dag had verlaten. Francesca had er begrip voor gehad dat hij alleen wilde zijn. Zij had trouwens toch veel begrip voor zijn gedrag. Dat had hij van het begin af aan weldadig gevonden. In tegenstelling tot Felicia had ze hem nog nooit iets verweten, hoewel hij daar af en toe heus wel aanleiding toe had gegeven. Geen twijfel aan, Francesca was een bewonderenswaardige vrouw.
Terwijl hij zijn colbertje uittrok, dacht hij opeens niet meer aan Francesca. Uit een van de zakken haalde Gropius een papiertje waarop hij drie woorden had geschreven na afloop van het gesprek met zijn advocaat: de naam van de maffiosi in het dorp Vincoli. Met de neus van een speurhond die een bepaalde geur heeft opgevangen en zich door niets van zijn zoektocht laat afleiden, hoopte Gropius dat hij een nieuw spoor zou vinden. Hij vermoedde dat er een direct verband bestond tussen de inbraak in de Dom en de dood van Schlesinger.
Polacca, Focarino, Vincoli. Gropius speelde met het papiertje. Als, zoals Pasquale Felici had beweerd, de twee maffiosi in opdracht van een derde hadden gewerkt – en daar kon je wel van uitgaan –, dan was het interessant te weten wie hun opdrachtgever was. En wat het motief was. Deze geheime opdrachtgever wist vast nog niet dat de vermeende lijkwade van Jezus van Nazareth pas twaalfhonderd jaar na diens dood was geweven. Anders was de diefstal zinloos.
Gropius dacht radeloos na en probeerde feiten met elkaar in verband te brengen die op het oog niets met elkaar te maken hadden. Daarbij liep hij regelmatig tegen een blokkade op, een waarschuwing die zijn hersenen hem gaven: verkeerd spoor.
In elk mens, dacht hij, komen op een bepaald moment masochistische trekjes naar boven. Veel mensen proberen deze met religie te compenseren, anderen maken gebruik van een domina. Jij zoekt je eigen weg, sla die dan ook in.

De telefoon bevrijdde Gropius uit deze zelfopgelegde kwelling.
'Francesca, ben jij dat?' Gropius klonk nogal warrig.
'Had je dan iemand anders verwacht?'
'Nee, nee. Ik ben alleen een beetje in de war.'
'Omdat ze je alweer zo snel vrij hebben gelaten?'
'Dat ook. Maar wat me nog meer bezighoudt, is de vraag sinds wanneer het bekend is dat de lijkwade van Turijn een vervalsing uit de middeleeuwen is.'
Na een lange stilte waarin elk de ander kon horen ademen, zei Francesca lachend: 'Jij stelt gekke vragen!'
'Sorry, maar ik was zo diep in gedachten... Wat is er?'
'Niets,' antwoordde Francesca met de openheid die zo kenmerkend voor haar was. 'Tenminste, ik wilde je alleen maar zeggen dat ik van je houd. Vanmiddag kreeg ik daar de kans niet voor.'
De klank van haar woorden had iets ontroerends, iets wat in tegenspraak was met haar gedistingeerde uiterlijk.
'Ik ben ook dol op jou,' antwoordde Gregor. Zijn onverwachte openheid verraste hem zelf ook. Maar zou hij moeten ontkennen dat Francesca iets bij hem had losgemaakt waar hij zich heftig tegen had verzet, iets wat meer was dan seksuele aantrekkingskracht? Gregor probeerde tevergeefs een einde te maken aan bepaalde gedachten, gedachten die erom schreeuwden de onverklaarbare gebeurtenissen van de afgelopen maanden gewoon te vergeten, de hele zaak te laten rusten, en ergens met Francesca een nieuw leven te beginnen.
Heel lang zei hij niets, zodat Francesca voorzichtig vroeg: 'Gregor, ben je daar nog?'
'Ja, ja,' antwoordde Gropius ontdaan, 'sorry, maar ik ben nogal in de war. Om de een of andere reden is het nu niet het goede moment voor liefdesverklaringen. Ik denk steeds maar aan Schlesingers ontdekking.'
'Je hoeft je niet te verontschuldigen. Integendeel, het was dom van me om je juist nu lastig te vallen met mijn gevoelens.' En zonder overgang zei ze nog: 'Wat de lijkwade van Turijn betreft, daar zijn de experts het niet over eens. Sommigen beschouwen de doek als een vervalsing en anderen beweren dat hij echt is.'
'Dat dacht ik tot nu toe ook, maar avvocato Felici beweerde dat experts tijdens een natuurwetenschappelijk onderzoek in 1988 onweerlegbare bewijzen hebben gevonden dat de lijkwade die in de Dom van Turijn wordt bewaard uit de tijd rond 1300 stamt. Weet je wat dat betekent?'
'Ik kan me er iets bij voorstellen.'

'Signora Selvini heeft ons voor twintigduizend euro een waardeloos stukje stof verkocht.'
Aarzelend en na een lange pauze vroeg Francesca: 'Waarom is Felici daar zo zeker van? Hij is toch advocaat en geen wetenschapper?'
'Felici was verrassend goed op de hoogte, veel te goed naar mijn smaak. Hij kwam met details op de proppen die hij had onthouden nadat hij twee maffiosi heeft verdedigd die in 1987 de Dom van Turijn zijn binnengedrongen en een stukje van de lijkwade hebben weggenomen.'
'Ja, dat kan ik me herinneren. Dat is al lang geleden. De kranten stonden er toen vol van, omdat niemand begreep waarom de gangsters niet de hele lijkwade hadden meegenomen, maar er alleen een stukje hadden uitgeknipt.'
'Is die zaak ooit opgelost?'
'Dat weet ik niet. Eerlijk gezegd was ik toen niet bijster geïnteresseerd in lijkwades. Maar er is één ding dat ik niet begrijp. Als algemeen bekend was dat de lijkwade een vervalsing is, waarom waren er dan zoveel mensen in geïnteresseerd? Waarom waren Schlesinger en anderen dan bereid om zoveel geld te betalen voor een paar vierkante centimeter?'
'Goede vraag. Misschien zouden we meer te weten moeten komen over de onderzoeken aan de lijkwade.'
'In de buurt van de universiteit zit een instelling, de Società di Sindonologia, waar ze alle publicaties over en onderzoeken naar de lijkwade archiveren. Ze geven zelfs een tijdschrift uit, *Shroud Spectrum*. Als ik het goed heb, is die instelling open voor publiek.'
'Wil je morgen met me mee daar naartoe?'
'Heel graag!' antwoordde Francesca.
Gropius had niets anders verwacht.

De Società di Sindonologia stond verstopt in een donker zijstraatje in een huis uit de vorige eeuw, koud en dreigend. Verschillende naamborden boven elkaar gaven aan dat er meerdere instanties in het gebouw waren gehuisvest. In de hal waaide de bezoekers een klamme luchtvlaag tegemoet, die iedereen die het waagde het pand te betreden, deed huiveren.
De Società bevond zich op de eerste verdieping. Op de witgeschilderde dubbele deur prijkte een koperen naamplaat met daarin de openingstijden en de afkorting SdS in een cirkel gegraveerd. Gropius drukte op de bel. Francesca trok vol verwachting haar wenkbrauwen op.
De elektrische deuropener zoemde en bood toegang tot een kale hal. Het was een soort wachtkamer met oeroude houten stoelen van verschillen-

de makelij en een grote ronde tafel met tijdschriften erop. Aan de muur rechts hing een gigantische foto van de lijkwade van Turijn. Het rook er naar vergeeld papier. Geen enkel levensteken verstoorde de eentonigheid, op een waaierpalm na die tussen de beide ramen in stond.
Links stond een deur open waardoor een lange, blank geboende gang te zien was. En omdat niemand zich voor hen leek te interesseren, besloten Gropius en Francesca een beetje rond te kijken. De parketvloer kraakte onder hun voeten en opeens doemde er voor hen uit een donkere zaal op. Aan de ene kant bevond zich een bibliotheek en aan de andere een archief. In het midden stonden twee rijen leestafels met op elke tafel een lamp met een groenglazen kap.
'Wat kan ik voor u doen?' Vanuit de achtergrond hoorden ze een zachte stem. In het duister van de zaal zagen ze een oude man, klein en mager, die achter een oud bureau zat en naar hen keek. Terwijl hij sprak, zwaaide hij met een vel papier. 'Hierop moet u uw naam, adres en de reden van uw onderzoek noteren,' zei hij bevelend. Hij scheen dit heel ernstig op te vatten; kennelijk kreeg hij niet veel bezoek.
Francesca nam deze taak op zich. Onder 'Reden voor onderzoek' vulde ze in: Wetenschappelijke analyse. Toen vroeg ze inzage in krantenartikelen van de jaren 1987 en 1988.
Korte tijd later zette de archivaris twee kartonnen dozen met lades erin voor hen op tafel en knipte de lamp aan. Tevreden liep hij weer naar zijn bureau en wijdde zich aan Francesca's notities.
'Dit zijn zeker driehonderd krantenartikelen per la,' fluisterde Gropius met een walgende blik naar de dozen. 'We mogen blij zijn als we hier voor vanavond doorheen komen.'
Francesca haalde haar schouders op, alsof ze wilde zeggen: Wat moeten we doen? Toen antwoordde ze fluisterend: 'Sindonologen geven nooit op, zelfs niet als het ze dagen kost!'
Gropius hield een lachje in. 'Sindonologen?'
'Onderzoekers van de Sindone, de lijkwade van Turijn!'
'Dat wist ik niet, sorry!'
'Dat is ook niet bepaald een gapend gat in je ontwikkeling. Buiten Turijn en een paar experts op dit vakgebied kent vrijwel niemand deze benaming. In Groot-Brittannië, waar trouwens net zo'n soort society is als deze, worden ze *shroudies* genoemd.'
Toen zag Gropius dat de archivaris bestraffend naar hen keek, omdat de laatste lach in deze zaal al jaren geleden had geklonken. 'Het klinkt ook zo grappig,' zei hij, over zijn archiefdoos gebogen.

Vlak daarna zei Francesca: 'Dit is een procesverslag van september 1987 uit de Romeinse krant *Messagero*. De kop luidt: Wie heeft in de lijkwade van Turijn zitten knippen? Voor de rechtbank in Turijn is het proces begonnen tegen Giorgio M. en Bruno V. – De verdachten hebben bekend dat ze de Dom van Turijn zijn binnengedrongen en voor een onbekende opdrachtgever een stukje uit de lijkwade hebben geknipt. Het vonnis wordt vrijdag geveld. En hier een ander artikel uit de *Corriere della Sera*: Sensationele ommekeer in het lijkwadeproces – Hebben de verdachten twee moorden gepleegd?'

Francesca haalde het ene na het andere krantenartikel te voorschijn. De Franse *Figaro* schreef over deze zaak, net als de Londense *Times*. De Duitse krant *Die Welt* wijdde een halve pagina aan het proces.

Verbaasd ontdekte Gropius dat de namen die avvocato Felici had genoemd, niet overeenkwamen met de namen die in de kranten werden gepubliceerd. Terwijl de andere kranten alleen de initialen van de verdachten gaven, schreef de *Times* dat de verdachten Giorgio Mattei en Bruno Valetta heetten. Ook kwamen ze niet, zoals Felici had beweerd, uit Vincoli, maar uit Zocca, niet ver van Alessandria.

Toen Gregor Francesca hierop wees, fronste ze haar voorhoofd en vroeg: 'Begrijp jij dat? Waarom heeft de avvocato leugens verteld?'

Gropius liet zijn hoofd in zijn handen rusten en dacht na. Toen keek hij Francesca aan en antwoordde: 'Daar is eigenlijk maar één verklaring voor. Kennelijk wilde Felici me heel bewust op een verkeerd spoor zetten.'

'En waarom zou hij dat doen?'

Gregor lachte bitter. 'Wie de opdrachtgevers van Felici ook zijn, ze hebben er aan de ene kant belang bij dat ik doorga met mijn onderzoek en aan de andere kant geven ze me verkeerde aanwijzingen, waarmee ze dat onderzoek verstoren. Dat is toch gek! Ik weet echt niet wat ik ervan moet denken. Trouwens, *Die Welt* schrijft dat de advocaat van de beide maffiosi ene Vittorio Zuccari was. Dus in geen geval Pasquale Felici.'

'Dat klopt met dit bericht in de *Messagero*. Hier heet de verdediger ook Zuccari en niet Felici.'

Gropius schudde verbijsterd zijn hoofd. Hij had aangenomen dat de steradvocaat hem uit zijn voorarrest had gehaald, zodat hij verder kon gaan met zijn onderzoek naar Schlesingers dood. Maar dat leek nu niet meer aannemelijk. Had Felici soms opdracht om hem in de val te lokken? Of was het de bedoeling dat hij, Gregor, Felici en zijn mannen op een spoor zou zetten dat ze zelf niet kenden?

Nadat ze dertig of veertig krantenartikelen hadden bestudeerd en aantekeningen hadden gemaakt, greep Gregor naar zijn hals en zei: 'Ik krijg geen lucht meer. We kunnen maar beter gaan. Als het nodig is, kunnen we altijd morgen nog terugkomen.'
Francesca was blij met Gregors voorstel. Ze had een hekel aan de bedompte lucht die altijd in bibliotheken en archieven hing.
Toen ze buiten waren, vroeg ze: 'Wat wil je nu gaan doen, Gregor?'
'Moet je dat nog vragen?' antwoordde hij. 'Waar ligt Zocca eigenlijk?'

15

Na een rit van een uur in Francesca's auto bereikten ze Zocca, een klein dorpje, eenzaam gelegen in een zijdal tussen Asti en Alessandria. Het dorp lag niet aan de snelweg, en de provinciale weg ernaartoe leek eindeloos.
Zoals in veel dorpen in deze omgeving woonden er in Zocca voornamelijk oude mensen en vrouwen van wie de man in Milaan, Turijn of Alessandria werkte en alleen in het weekend thuiskwam. Ze vroegen de weg aan een oude boer die met zijn trekker aan het werk was op zijn stenige akker. Hij vertelde dat Zocca vroeger tweeduizend inwoners had, drie herbergen en eethuisjes, twee kruidenierswinkeltjes en een openluchtbioscoop. Tegenwoordig was er nog slechts één herberg en één eethuisje en de inwoners moesten naar de supermarkten in Alessandria voor hun boodschappen. De laatste film was al zeker twee jaar geleden vertoond, *Titanic*, en dan ook nog eens een ingekorte versie ervan. Toen ze hem vroegen of hij de familie Mattei of Valetta kende, viel de spraakzame boer opeens stil. Hij verontschuldigde zich, vertelde dat hij niet in Zocca woonde en startte zijn oude trekker.
Helemaal achter in het dal, waar je geen menselijke bewoning meer verwachtte, doemde achter een heuvel Zocca op. Het was niet bepaald schilderachtig gelegen en werd begrensd door een rij gigantische hoogspanningsmasten. Een auto, en dan ook nog eens een onbekende auto, baarde opzien. Toen Francesca op het dorpsplein parkeerde, gingen hier en daar vensterluiken open die zich meteen daarna als vanzelf weer sloten. Op het terrasje voor de *trattoria*, zoals een houten bord boven de ingang vermeldde, stonden een paar plastic stoelen en twee ronde tafeltjes. Gropius en Francesca besloten een biertje te nemen. Al snel kwam er een vriendelijke, in het zwart geklede mama met donker, strak naar achteren gekamd haar het huis uit hun bestelling op te nemen.
Ze leek alle tijd te hebben en toen ze tien minuten later hun biertjes bracht, vroeg ze beleefd wat de gasten naar Zocca had gebracht.
Ze waren op zoek naar ene familie Mattei, antwoordde Francesca, en vroeg of de vrouw hen kende.
Maar dat scheen de signora helemaal niet te bevallen, want haar tot dan toe vriendelijke gezicht betrok opeens en ze vroeg wat zij van de familie Mattei wilden.

Inmiddels was er een jongeman aan het tafeltje naast hen gaan zitten. Hij leek zich voor hun gesprek te interesseren, maar de signora negeerde hem. Ze vertelden dat ze iets te weten wilden komen over ene Giorgio Mattei, die lang geleden door de rechtbank in Turijn was veroordeeld voor moord. En dat ze zich niet voor de moord interesseerden, maar voor de inbraak in de Dom van Turijn.
Toen vertelde de vrouw dat zij de echtgenote van Giorgio Mattei was en van haar, zei ze, zouden ze niets te weten komen. 'Drie euro,' zei ze met een gebaar naar hun biertjes en verdween vervolgens met zware stappen het huis in. De jongeman naast hen grijnsde.
Toen ze hun bier op hadden, legde Gropius drie euro op het tafeltje en ze liepen naar Francesca's auto.
'Dat hadden we natuurlijk kunnen weten,' mopperde Gropius. 'Het was naïef om te verwachten dat de vrouw van Mattei ons de namen zou vertellen van degenen die opdracht tot die inbraak hebben gegeven.'
'Het was in elk geval het proberen waard,' zei Francesca en sprak een meisje aan dat net aan kwam fietsen. Ze vroeg naar de Valetta's.
Het meisje stuurde hen naar een gebouw van drie verdiepingen met een smederij of een garage op de begane grond, vlak achter het dorpsplein. Voor het gebouw lagen verroeste landbouwmachines en oude autoonderdelen opgestapeld. Toen ze bij het huis aankwamen, liep er een man naar hen toe die een overal vol olievlekken droeg.
Francesca vroeg naar Bruno Valetta. Ze zei dat ze een oude vriendin was die Bruno al in geen vijftien jaar meer had gezien. Hij woont hier toch? Bruno? De monteur keek verbaasd en monsterde de bezoekers met samengeknepen ogen. Bruno? Ja, die was een jaar of tien geleden vertrokken, antwoordde de man, naar Engeland of Zweden. Hij had de werkplaats van Bruno overgenomen en sinds die tijd niets meer van hem gehoord.
Hoewel hij niet elk woord had verstaan, begreep Gropius onmiddellijk dat ze ook hier op een muur van stilzwijgen stuitten en dat er vrijwel geen enkele kans was om iets meer te weten te komen over de lijkwade.
'Kom mee,' zei hij berustend en trok Francesca met zich mee. En omdat Zocca nu niet bepaald een plaatsje was waar je je vakantie zou willen doorbrengen, besloten ze terug te keren naar Turijn.
Onder een van de ruitenwissers van Francesca's auto zat een briefje.
'Wat is dat?' vroeg Gropius nieuwsgierig.
Francesca las voor: 'Als u iets over Mattei en Valetta wilt weten, ik wacht op u op de brug over de Tanaro.'
Gropius keek om zich heen. Op het dorpsplein was niemand te zien,

'Wat moeten we daar nu van denken?' vroeg Gregor.
'De Tanaro,' zei Francesca peinzend. 'Dat kan alleen maar die rivier zijn onder in het dal. Ik herinner me een brug, ja! Kennelijk zijn er in dit vervloekte dorp toch nog mensen die iets te vertellen hebben. Kom op, stap in!'
Terwijl ze over de weg vol kuilen naar het dal reden, vroeg Gropius zich hardop af of ze er wel naartoe moesten gaan. Door zijn belevenissen was hij wantrouwig geworden en hij geloofde toch al niet meer dat hun missie zou slagen. Maar omdat de brug nu eenmaal op hun route lag, ging hij ermee akkoord.
Toen ze bij de brug aankwamen, herkende Francesca de jongeman die aan het tafeltje naast hen had gezeten. Hij had zijn Vespa tegen de stenen zijkant van de muur gezet en leunde er zelf ook op, met zijn ellebogen achter zich.
Francesca stapte uit, maar Gropius bleef in de auto zitten.
'Wat wilt u van Giorgio Mattei?' vroeg de jongen op de man af. Hij was een jaar of twintig, droeg een spijkerbroek en een leren jasje, maar zag er wel verzorgd uit. 'Ik hoorde uw gesprek. Misschien kan ik u helpen.'
Francesca keek schichtig om zich heen en gebaarde toen naar Gregor dat hij moest uitstappen. 'Wie ben je en wat weet je over Giorgio Mattei?' vroeg ze aan de jongen. Inmiddels stond Gropius ook bij hen.
'Ik ben Giorgio Mattei,' antwoordde de jongen, 'de zoon van de man voor wie u zich interesseert. Ik vond het beter dat niemand in Zocca weet dat ik met u praat. Weet u, de Mattei's en de Valetta's zijn op een bepaalde manier in de ban gedaan in Zocca. Mijn moeder heeft zelfs haar meisjesnaam weer aangenomen om het verleden te helpen vergeten.'
'En jij?'
'Tja, ik ben nu niet bepaald trots op de naam Mattei, maar hoef me nu ook weer niet te verschuilen. Ze kunnen mij niet de schuld geven van iets wat mijn vader heeft gedaan. Waarom interesseert u zich eigenlijk voor mijn vader? Hij heeft levenslang gekregen en zoals het er nu uitziet, zal hij ook niet eerder vrijkomen. Ik weet waar ik het over heb, want ik studeer rechten.'
Francesca en Gropius keken elkaar verbaasd aan. De situatie was eigenlijk wel grappig. 'Je hebt misschien wel een idee waar het om gaat,' zei Francesca, 'in elk geval niet om de moord waarvoor je vader levenslang heeft gekregen.'
Giorgio schoof zijn onderlip naar voren en knikte. 'U wilt weten wie mijn vader opdracht heeft gegeven om een stukje uit de lijkwade te knippen.'

'Daarom zijn we hier. Dat is belangrijk in verband met een andere kwestie. Weet jij er meer van?'
'Hm.' De jongen hield zich op de vlakte. 'En als dat zo is?' vroeg hij. 'Weet u, mijn studie kost veel geld en u hebt wel gezien dat de trattoria van mijn moeder niet veel oplevert. Ik moet mijn studie bijna helemaal zelf bekostigen.'
'Hij wil geld!' fluisterde Francesca tegen Gropius.
Gropius keek de jongen aan en antwoordde: 'Vraag hem of hij echt de namen van de opdrachtgevers van zijn vader kent.'
Francesca deed dat en de jongen knikte. 'Hij heeft dat aan mijn moeder verteld en zij vertelde het weer aan mij. Voor het geval haar iets zou overkomen en ik ooit de kans zou hebben om deze kennis te gelde te maken.'
'Wat een goede ziel,' zei Francesca ironisch. 'Hoeveel wil je?'
'Tienduizend!'
Gropius verstond wat de jongen zei en greep Francesca bij de arm. 'Kom mee, dat bedrag is absoluut onbespreekbaar.'
Francesca verontschuldigde zich en wilde in haar auto stappen, maar toen riep Giorgio haar toe: 'Signora, als het moet, neem ik ook genoegen met vijfduizend!'
Gropius schudde zijn hoofd. 'Kom, we gaan!'
'Of met vierduizend of drieduizend, maar lager ga ik niet!' jammerde de jongen toen Francesca haar auto startte en gas gaf.
Giorgio sprong op zijn Vespa en ging naast hen op het smalle weggetje rijden. Hij gebaarde dat Francesca het zijraampje naar beneden moest draaien.
Francesca deed dat en Mattei riep: 'Signora, ik ben bereid te onderhandelen. Wat biedt u?'
'Duizend,' zei Gropius tegen Francesca, 'bied hem duizend en geen cent meer. Stop.'
Francesca trapte op de rem. 'Duizend,' zei ze toen beide voertuigen stilstonden.
'Akkoord,' antwoordde Giorgio lachend, alsof hij zelf ook niet had verwacht dat ze akkoord zouden gaan met zijn eerste eisen. 'Maar u mag niemand vertellen van wie u dit hebt gehoord!'
'Dat is goed,' zei Francesca, 'alleen al voor onze eigen gezondheid!'
Terwijl Gropius vijf biljetten van tweehonderd euro uit zijn portefeuille haalde, zette Giorgio zijn Vespa op de standaard en liep naar de auto. 'Mijn vader,' zei hij, 'onderhield zichzelf en zijn gezin in die tijd met onregel-

matige klusjes. Voor een paar duizend lire deed hij bijna alles. Bepaalde lui wisten hem te vinden, maar toen was er nog geen telefoon in Zocca. Op een dag kwam er een man bij ons aan de deur die mijn vader vijf miljoen lire bood als hij hem een plezier wilde doen, zoals hij het uitdrukte. Vijf miljoen, dat klinkt als een vermogen, maar in werkelijkheid was het niet meer dan tweeënhalfduizend euro. Maar toch veel geld voor een man uit Zocca. U weet waarvoor. Logisch dus dat mijn vader geen nee zei.'

'En de naam van die man?' vroeg Francesca ongeduldig.

'Schlesinger, een Duitser. Antonio Schlesinger.'

'Arno Schlesinger?'

'Juist, Arno Schlesinger!'

Francesca en Gropius keken elkaar veelbetekenend aan.

'U bent trouwens niet de eerste die naar mijn vader vraagt,' zei Giorgio. 'Meteen na het proces, dat toen in alle kranten werd verslagen omdat mijn vader na de inbraak in de Dom voor geld een vrouw had vermoord, kwamen hier ook mensen. Die wilden weten of Giorgio Mattei misschien zelf een stukje van de lijkwade had gehouden. Ze boden toen heel veel geld, maar helaas... we hebben het hele huis overhoop gehaald.'

'We zullen dit aan niemand vertellen,' zei Francesca en gaf de jongen de bankbiljetten. 'En veel succes met je studie!'

Ze reden zwijgend terug naar Turijn. Gropius liet zijn gedachten de vrije loop. Als hij alles wat hij tot nu toe over Arno Schlesinger te weten was gekomen op een rij zette, kwam Gropius tot de slotsom dat Schlesinger niet alleen een geniale wetenschapper was, maar ook een dubieuze figuur. Iemand die bezeten was van een idee en alles op alles zette om zijn doel te bereiken. Kennelijk had hij zijn doel ook bereikt. Dat bleek uit zijn banksaldo. Maar dat niet alleen, ook het feit dat hij zo ellendig aan zijn eind was gekomen, leek erop te wijzen dat hij te veel had geweten.

Op de vraag wie bereid was Schlesinger tien miljoen euro zwijggeld te betalen zodat de opstanding van Jezus van Nazareth niet werd weerlegd, was maar één antwoord mogelijk: het Vaticaan. De roomse kerk had voldoende geld om een solist als Schlesinger tot zwijgen te brengen. En er was niets waarmee de kerk meer ervaring had dan met zwijgen. Vergeleken met het enorme belang van Schlesingers ontdekking was tien miljoen maar een schijntje... peanuts.

Het ging Gregor Gropius al lang niet meer om herstel van zijn goede naam, om te bewijzen dat hij het slachtoffer was van criminele acties die buiten zijn verantwoordelijkheid lagen. Gropius wilde, hij móést de mensen vinden die aan de touwtjes trokken. Het was een heuse obsessie

geworden, een drang die hij niet meer kon onderdrukken, zoals een lustmoordenaar hunkert naar vrouwen met hoge laarsjes.
De lenteachtige middagzon legde het heuvellandschap in een gouden gloed en ze waren al halverwege toen Gropius vroeg: 'Kun je even stoppen? Altijd als ik bier heb gedronken, moet ik... Sorry.'
Francesca lachte. 'Mannen hebben het wat dat betreft maar gemakkelijk! Alleen al daarom zou ik heel vaak willen dat ik een man was.'
'Nou, liever niet!' zei Gregor. 'Dat zou heel spijtig zijn voor mij!'
Toen ze een ongeplaveide weg kruisten, stopte Francesca. Zij zette de motor af en Gropius verdween achter een struikje. Vlakbij klonk het gekwinkeleer van vogels en in de verte weerklonk een vreemd, steeds herhaalde hoge toon, alsof een vogel om hulp riep.
Toen Gregor uit de bosjes kwam, leek hij op een bepaalde manier anders. Niet omdat hij opgelucht was, integendeel, hij keek geconcentreerd en gespannen en luisterde naar de geluiden om hem heen.
'Ben je hier al eens eerder geweest?' vroeg hij Francesca.
'Nee, nog nooit, waarom?'
'Zomaar.'
Francesca schudde haar hoofd. Ze werd onzeker door Gregors veranderde houding. Ze keek radeloos toe hoe Gropius over de weg bij haar vandaan liep, bleef staan, om zich heen keek en dan weer doorliep met zijn gezicht omhoog als een wezen van een andere planeet.
Toen hij ongeveer honderd meter had gelopen en niet reageerde op haar roepen, sloot Francesca haar auto af en rende over de hobbelige weg achter Gropius aan.
'Gregor!' riep ze toen ze vlak bij hem was. 'Gregor, wil je me nu eindelijk eens vertellen wat er aan de hand is?'
Gropius draaide zich om. Ze kon wel zien dat hij ver weg was met zijn gedachten. Ze werd bijna bang van de manier waarop hij keek.
'Hier ergens hebben ze me gevangengehouden,' zei hij toonloos, 'die keer dat ze me voor de Luca's instituut hebben ontvoerd. Ik was doodsbang, voor de eerste keer van mijn leven. Ik weet zeker dat het hier vlakbij was.'
Radeloos, omdat ze niet wist hoe ze hierop moest reageren, liep Francesca naar Gropius toe en legde haar handen op zijn schouders. 'Waarom denk je dat, Gregor? Je zei toch dat die lui je bewusteloos hadden geslagen en een zak over je hoofd hadden getrokken?'
'Dat is ook zo! Maar op een bepaald moment ben ik even bijgekomen en toen hoorde ik dit geluid. Ook later nog trouwens, in dat vertrek waar

ze me op die stoel hadden vastgebonden. Hoor je dat?' Gregors stem was opgewonden, en om zijn vraag kracht bij te zetten greep hij Francesca bij haar polsen en hield ze stevig vast.

Francesca kon wel gillen van pijn, maar ze hield zich in omdat ze merkte hoezeer de situatie Gregor aangreep.

Weer luisterde Gropius, met zijn hoofd in zijn nek, naar het klagende geluid. 'Kom mee!' zei hij opeens en trok Francesca in looppas met zich mee. Ze volgden de weg een tijdje, staken een pas omgeploegde akker over en kropen een helling op, achter het klagende geluid aan, tot ze uitgeput en naar adem happend stopten bij een aarden wal.

'Daar!' zei Francesca kreunend en wees naar een gapend gat onder hen, wel honderd meter diep en vijfhonderd meter in doorsnee... een gigantische steengroeve. Op de bodem was een enorme bulldozer druk in de weer. Hij schraapte een hele wagonlading steengruis uit de rotswand en toen hij achteruitreed om zijn lading te lossen, maakte hij een huilend geluid: wie-wie-wie-wie...

Gropius hield Francesca's hand vast. 'Dit geluid zal ik mijn hele leven onthouden,' zei hij krampachtig. Het kostte hem moeite om boven het lawaai van de bulldozer uit te komen.

Vanaf de rand van de steengroeve kon je kilometers ver kijken. Het rotsige landschap leek leeg, zonder tekenen van menselijk leven, op een oeroude boerenhoeve na die op een heuvel stond, verborgen achter zachtgroene struiken.

'Ik denk dat ik weet wat je van plan bent,' zei Francesca.

Gropius knikte zonder zijn blik af te wenden. 'Het is niet helemaal zonder gevaar. Jij kunt maar beter teruggaan naar de auto!'

'Denk je nu heus dat ik je alleen laat gaan?' riep Francesca ontsteld uit. 'Maar we moeten wel opschieten, want over een uur wordt het donker.'

Het verbaasde Gropius niet dat Francesca zo moedig was. Eigenlijk had hij gehoopt, zelfs verwacht dat ze zo zou reageren. Hij zou het nooit toegeven, maar hij was bang. Alleen al de gedachte aan zijn gevangenschap in die eenzame boerenhoeve deed hem huiveren. Francesca mocht niet zien dat zijn handen trilden, daarom stopte hij ze in zijn zak.

'Ben je niet bang?' vroeg hij om zichzelf te bemoedigen.

'Bang? Ach, als je bang bent, ben je tot grootse daden in staat. Kom, waar wachten we nog op?'

De afdaling was zwaar, omdat er vlak bij hen geen weg naar het oude landgoed leidde. Na een wandeling van twintig minuten hadden ze hun doel bereikt. Ze hadden niet besproken wat ze van plan waren en wat ze

tegen de bewoners zouden zeggen. Gropius werd gewoon gedreven door dezelfde onverklaarbare drang die hem al maanden in zijn greep had.
De hoeve bestond uit meerdere gebouwen en ging schuil achter woekerend struikgewas. En hoewel er nog geen bloemen aan zaten, rook Gropius weer dezelfde geur van brem als toen.
Een muur van rode stenen, niet hoger dan twee meter, omgaf de hoeve. Ze zochten de ingang en liepen eromheen. Toen stuitten ze op een weg die, omzoomd door houten elektriciteitspalen, naar de hoeve leidde. De weg eindigde voor een tweedelige houten poort met een kleinere deur erin. Gregor trok stevig aan een ketting met een ijzeren handgreep die naar binnen leidde en vanuit de verte hoorden ze het gedempte geluid van een bel.
Gregor gluurde door de poort van rode, verweerde planken. Op de binnenplaats zag hij een oude, zwarte limousine. In de verte sloeg een hond aan, maar verder waren er geen tekenen van leven.
Gropius trok nog een keer aan de bel, nog harder dan eerst; maar ook nu geen reactie. Ten slotte nam Francesca het initiatief. Ze trok zich met pure spierkracht omhoog tot ze op de muur zat. En nog voordat Gropius begreep wat ze van plan was, was ze al verdwenen. Aan de andere kant van de muur trok ze de grendel voor de kleinere deur weg en liet Gropius binnen.
Nergens een teken van leven. Behalve dan de hond, een zwartbruine pitbull, die met ontblote tanden en een lange ketting achter zich aan slepend op hen af vloog.
'Je hoeft niet bang te zijn,' zei Francesca. 'Ik kan goed met honden overweg.' Moedig en met haar arm uitgestrekt liep ze op de briesende hond af en sprak hem kalmerend toe tot hij jammerend zijn hok in kroop.
'Waar heb je dit soort toverkunstjes geleerd?' vroeg Gropius waarderend.
'Ik ben met honden opgegroeid,' antwoordde Francesca. 'Wees maar niet bang!'
De binnenplaats was aan drie kanten omringd met gebouwen. In het midden stond een in verhouding goed onderhouden woonhuis; de beide andere gebouwen zagen er vervallen uit. De deur van het gebouw rechts stond open.
Met een knikje gebaarde Gropius dat Francesca hem moest volgen. Binnen roken ze een tweehonderd jaar oude muffe lucht. Hun voetstappen weergalmden in het kale vervallen gebouw en ze konden amper iets zien. Er viel een lichtstraal door een half openstaande deur. Gropius

hoorde een klikje en draaide zich om. Francesca had een pistool in haar hand.
'Ben je gek geworden!' siste hij.
Francesca legde haar linkerwijsvinger tegen haar lippen en fluisterde toen: 'Je weet maar nooit!'
Op dat moment kreeg Gropius een vreemd gevoel: deze vrouw met haar ontgrendelde pistool wond hem ongelooflijk op.
'Is hier iemand?' riep Francesca in de onplezierige stilte. En toen er geen reactie kwam, duwde Gregor de deur open.
Voor hen zagen ze een vierkant vertrek met matte ramen. In het midden stond een zware stoel. Aan het plafond hing een kaal peertje. De blauwgroene olieverf bladderde van de muren. Gregor had het gevoel dat hij een elektrische schok kreeg. 'Francesca,' stamelde hij, 'dit is het vertrek waarin ik gevangen heb gezeten.'
'Weet je het zeker?'
'Heel zeker. Ik herken het allemaal.'
'Lieve help!' Francesca hield het pistool met beide handen recht voor zich uit. 'Je snapt toch zeker wel dat we ons nu in een ongelooflijk gevaarlijke situatie bevinden!'
Gropius voelde zich niet goed; hij had het gevoel dat zijn maag zich zou omkeren. Francesca zag hoe bleek hij werd en duwde Gregor naar buiten, waar de pitbull weer begon te blaffen.
'Als er iemand was, waren we al lang ontdekt,' zei Gropius en keek om zich heen. 'Ik wil weten wat hier aan de hand is. En stop nu je pistool weer weg!'
'Zoals je wilt, Gregor,' antwoordde Francesca. Ze klonk een beetje beledigd, maar stopte het pistool onder haar blazer. Toen keken ze naar het woonhuis in het midden.
Drie stenen treden leidden naar een portaal met aan weerszijden een pilaar waarop een kleine loggia rustte. Links en rechts van de voordeur waren drie ramen met tralies ervoor. Zo te zien werden de houten luiken al jarenlang niet meer gebruikt. De onderste verdieping bevond zich voor de helft onder de grond; daarop rustte de eerste verdieping. Het dak, dat iets glooide, zag er net zo uit als de eentonige pannendaken in de omgeving.
De voordeur zat op slot. Er was maar één manier om het huis binnen te komen: ze moesten via de loggia op de eerste verdieping naar binnen en dat was behoorlijk riskant. Ze zouden in de val zitten als ze werden verrast, want de achtermuur had geen ramen en grensde aan de ringmuur.

Gropius had nooit gedacht dat hij het lef zou hebben om ergens in te breken, maar inmiddels was hij woedend geworden; hij wilde meer te weten komen over de mannen die hem ruw in elkaar hadden geslagen en met de dood bedreigd. En daarom aarzelde hij geen moment.
Voor het linkergebouw, een soort schuur met een grote poort erin, stond een oud leeg wijnvat. Gropius rolde het voor een van de ramen van de woning, zette het rechtop en gluurde naar binnen. Toen draaide hij zich om en zei tegen Francesca, die Gregors moed en zelfverzekerdheid vol bewondering had aangezien: 'Kom hier, dit moet je zien!' Hij reikte haar zijn hand.
Francesca klom op het vat. Ze wilde dolgraag weten wat er te zien was in dat gebouw. Francesca had van alles verwacht in dit spookachtige huis, maar wat ze zag verbijsterde haar. Voor hen bevond zich een goed uitgeruste martelkamer, een zakelijk vertrek met verschillende werktuigen die gemaakt leken om pijn te veroorzaken: zwepen, karwatsen met weerhaken eraan, buik- en beengordels met doorns en een houten uitrekbed met rollen aan hoofd- en voeteneinde.
'Als mijn ogen me niet bedriegen,' zei Francesca zonder Gropius aan te kijken, 'dan worden hier mensen gemarteld. Wat zijn dat voor figuren, Gregor? Ik dacht dat de tijd van de inquisitie voorbij was.'
'Ik ook. Maar zoals je ziet, ontdek je steeds weer nieuwe dingen.'
'En waarom juist hier?'
'Dat zou ik ook wel willen weten,' antwoordde Gropius en keek schuin omhoog naar de loggia boven de entree.
Francesca zag waar hij naar keek en zei: 'Je bent toch zeker niet van plan...'
'Jawel. Ik móét uitvinden wat hier gebeurt.'
Met één sprong stond Gropius weer op de grond en stak zijn armen uit naar Francesca.
De poort in de schuur was alleen maar dichtgetrokken. Toen ze hem openden, sloeg hun de stank van muf hooi tegemoet. Achterin zagen ze een oude, in elkaar gestorte ladderwagen zoals de boeren in deze omgeving die vroeger gebruikten om het hooi naar binnen te rijden. Daarop lag een houten ladder die er weliswaar niet bepaald degelijk uitzag, maar de enige mogelijkheid bood om op de loggia te komen.
Samen droegen ze de ladder naar buiten en terwijl Francesca de hond weer kalmeerde, verwijderde Gropius met zijn blote handen het spinrag. De ladder reikte maar amper tot aan de loggia, maar Gregor die als eerste naar boven ging, klom in één keer over de balustrade. Francesca volgde hem en deed hetzelfde.

Zoals te verwachten was, was de toegang naar de loggia van binnenuit afgesloten. Door de ramen zagen ze een soort hal met naar twee kanten een gang. Gropius keek heel even naar Francesca en ging toen met zijn rug naar het raam staan. Hij boog zijn rechterarm, stootte kort maar krachtig tegen het glas en de ruit versplinterde.
'Waar heb je dat geleerd?' vroeg Francesca waarderend.
Gropius lachte edelmoedig: 'Op de gangsterschool!' Hij verbaasde zich over zijn eigen onverschilligheid. Hij stak voorzichtig zijn arm door het kapotte raam en ontgrendelde de deur van binnenuit. 'Pas op!'
Francesca ontgrendelde haar pistool en toen liepen ze samen met huis binnen. Het duurde een tijdje voordat hun ogen aan de schemering waren gewend. In de sombere gang aan hun linkerkant zagen ze zes deuren, drie aan elke kant. Elke kamer was identiek ingericht: een tafel, een stoel, een bed, allemaal van ruw hout, het bed zonder matras of kussen, met alleen een wollen deken erop.
'Comfort vinden ze hier niet zo belangrijk,' fluisterde Francesca. 'Merkwaardig, vind je niet?'
Gregor haalde verbijsterd zijn schouders op. Hij had geen idee wat hij van deze schamele inrichting moest denken. Het had allemaal wel iets ascetisch. Monniken in de middeleeuwen, dacht Gropius, hebben misschien wel zo geleefd, monniken of aanhangers van een perverse religie die zelfkastijding en lichamelijke pijn als vervulling zien van het menselijk bestaan.
Toen ze naar de andere kant van het huis liepen, zei Gropius: 'Er schijnen mensen te zijn die dit prettig vinden.'
'Wat? Waar heb je het over, Gregor?'
'Ascese en zelfkastijding!'
'Bedoel je dat de martelwerktuigen die we beneden hebben gezien niet bedoeld zijn om anderen pijn toe te brengen, maar zichzelf? Denk je dat onze vrienden hier zichzelf kastijden?'
'Ik weet het niet. De methode is in elk geval niet nieuw en nog altijd wijd verbreid. Al in het Oude Testament droegen de Israëlieten het cilicium, een boetekleed van kriebelig geitenhaar, op hun blote huid. En de roomse kerk heeft deze vorm van zelfkastijding in de middeleeuwen geperfectioneerd. Er waren ordes van boetelingen die onderbroeken of kousenbanden droegen waarin doorns waren geweven.'
Francesca grinnikte. 'Je maakt je daar vrolijk over, Gregor!'
'Helemaal niet. Pijn is een van de fundamenten van het christelijk geloof. Denk alleen maar aan het vagevuur, waar schuldbewuste mensen

een deel van hun zonden wegbranden. God, als er al zoiets bestaat, kan zoiets pervers niet hebben verzonnen.'

Aan de andere kant van het trappenhuis bevonden zich een smerige eetkamer met een tafel en acht stoelen, een keuken met een ijzeren fornuis en verschillende voorraadkamers met conserven en voorraden, voldoende om de volgende zondvloed te overleven. Een van deze ruimten werd gebruikt voor de geneeskundige verzorging, tenminste, zo leek het. Maar toen Gropius de inrichting beter bekeek, deed hij een angstaanjagende ontdekking: de op het oog medische instrumenten bleken folter- en moordinstrumenten te zijn. Een draagbare elektrocardiograaf, zoals ze wel in ambulances worden gebruikt, was gekoppeld aan een transformator met een hoge frequentie. Met behulp van de aangesloten elektroden kon je een mens binnen een paar seconden naar het hiernamaals sturen. Een middelgroot ziekenhuis kon een maand toe met de hoeveelheid sets van operatie-instrumenten en injectienaalden in originele verpakking. En de voorraad narcotica, opiaten en gevaarlijke giffen was voldoende om een middelgrote stad voor eeuwig te laten inslapen.

CVP! De naam van dit insecticide sprong hem vanaf tientallen verpakkingen van honderd cc tegemoet. En in één klap kwam alles weer terug: de dood van Schlesinger, Fichtes criminele rol bij de orgaantransplantaties, de dodelijke slachtoffers in de Duitse ziekenhuizen, de dood van de Luca en die van Sheba, en niet in de laatste plaats zijn eigen ontvoering, waarbij men hem met hetzelfde pesticide had bedreigd. Heel duidelijk een samenzwering! Maar welk verband bestond er tussen de aanslagen met CVP en de zoektocht naar het bewijs dat Jezus niet ten hemel was gevaren?

Alle denkbare verbanden leken hoogst onwaarschijnlijk, absurd en vergezocht. En toch moest er sprake zijn van één onzichtbare hand die aan alle touwtjes trok; een wezen dat in het geheim werkte en letterlijk over lijken ging. Waar lag de sleutel? Op dit soort momenten wenste Gropius dat hij nooit begonnen was aan zijn pogingen om de zaak Schlesinger uit te zoeken, dat hij alles aan de politie had overgelaten. Maar tegelijkertijd zei een inwendig stemmetje dat hij dichter bij de oplossing was dan ooit tevoren.

Was dit hier, deze verlaten boerenhoeve die zo te zien een paar perverse priesters onderdak bood, het commandocentrum? Gropius schudde zijn hoofd. Onmogelijk! Maar misschien was er hier een spoor, een aanwijzing die hem verder kon helpen. Hij dacht aan Rodriguez die tijdens hun eerste ontmoeting in Berlijn had gezegd dat hij geen enkele kans maakte om de zaak op te helderen.

'Met wie ben je aan het praten, Gregor?'
Gropius schrok op. 'Ik?' Hij was zo diep in gedachten geweest dat hij in zichzelf was gaan praten. 'Sorry, ik probeer weer eens orde in de chaos te scheppen.'
'En lukt dat?'
Gropius antwoordde niet. Hij was veel te verward.
In het halfdonker liepen ze de trap af naar de begane grond en kwamen daar in een kaal kantoor: tegen de muur een eenvoudige boekenkast, ervoor een oude keukentafel die als bureau werd gebruikt en tegen de muur ertegenover nog een tafel die als aflegruimte diende. Verder stonden er een ouderwetse typemachine, een computer en een telefoon met een antwoordapparaat dat, aan het model te zien, al zeker twintig jaar oud was.
Wat dit kantoor anders maakte dan welk kantoor ook was het feit dat hier geen ordners, dossiers of andere paperassen lagen. In de boekenkast stonden geen boeken; er lag alleen een stapel spierwit papier op de tafel, klaar voor gebruik. Het leek alsof de bewoners hun best hadden gedaan om elk spoor uit te wissen.
'Begrijp jij dat?' vroeg Gropius zonder een antwoord te verwachten.
Francesca was ondertussen met de computer bezig. 'Volgens mij,' zei ze, nadat ze druk van alles had ingetypt, 'werkt dit ding nog op stoom.' Wantrouwig volgde ze een kabel die de computer met een telefoonstekker verbond.
Gropius knikte waarderend: 'In elk geval beschikken de heren over een internetaansluiting.'
Francesca was als een gek met het ouderwetse apparaat bezig. In tegenstelling tot Gregor kon ze heel goed overweg met dit duivelse apparaat. Ze zei: 'Als ze deze computer hebben gebruikt, dan hebben ze ook sporen achtergelaten.'
Gefascineerd keek Gropius toe hoe Francesca met de computer in de weer was. Hij was altijd in de gelukkige omstandigheid geweest dat hij dit werk kon delegeren. De vaardigheid om een e-mail te schrijven en die aan elk gewenst adres op deze aardbol te verzenden, vergeleek hij altijd met Einsteins relativiteitstheorie, waarbij het ook ging om iets heel simpels, als je wist hoe het zat.
'Bedoel je dat er een manier is om de elektronische correspondentie op het beeldscherm zichtbaar te maken?' vroeg Gropius voorzichtig. 'Als ik zo om me heen kijk, ga ik ervan uit dat ze de sporen op internet net zo zorgvuldig hebben verwijderd.'

Francesca bleef doorgaan met haar werk en antwoordde zonder op te kijken: 'Professore, u kunt u beter concentreren op uw werk als chirurg. U hebt kennelijk geen enkele kennis van elektronische media. Er is slechts één probleem... Maar dat kan ik ook oplossen, als je me rustig de tijd geeft.'

'En wat is het probleem?'

Francesca was te zeer verdiept in haar bezigheden om op Gregors vraag te reageren. Opeens stopte ze en herhaalde: 'Er is slechts één probleem. Ik heb het wachtwoord nodig om in te kunnen loggen en de e-mails op te roepen. Ten minste drie letters, maximaal tien.'

'Drie letters?' Gropius hoefde niet lang na te denken: 'IND.'

'IND?' Francesca typte de letters in, meer voor de grap of om Gropius een plezier te doen dan vanuit de overtuiging dat Gregor gelijk had. Meteen daarna uitte ze een zachte kreet. Ze keek Gregor aan en staarde toen weer naar het beeldscherm.

'Wat is er, Francesca?'

Francesca kon het niet geloven. 'Hoe komt het dat jij het wachtwoord van deze lieden kent?' Ze wist niet wat haar overkwam en haar eerste gedachte was: Gregor speelt een smerig spelletje, hij speelt met deze gangsters onder één hoedje. Instinctief greep ze naar haar blazer waar ze het pistool had verstopt.

Gropius bespeurde haar onzekerheid en vroeg, ook onzeker: 'Wil je daarmee zeggen dat het wachtwoord klopt?'

'Ja, dat wil ik,' antwoordde Francesca met een hoog stemmetje. 'In elk geval geeft de computer me nu toegang tot alle ontvangen en verzonden e-mails van de afgelopen tien dagen.'

'Toen je zei dat je een codewoord nodig had van tussen de drie en tien letters, dacht ik opeens aan die geheimzinnige afkorting die ik tijdens mijn naspeuringen meer dan eens ben tegengekomen. De hotelrekening in München is zelfs betaald met een zakelijke creditcard op naam van IND.'

Francesca vond Gregors uitleg behoorlijk vergezocht; in elk geval was die niet voldoende om haar wantrouwen helemaal weg te nemen. Er waren maar twee mogelijkheden: of Gropius vertelde de waarheid, of hij had zichzelf per ongeluk verraden. Dan was hij een geweldige acteur, maar ook een domkop. Geen van beide mogelijkheden leek op hem van toepassing.

Ze durfde zich niet verder in deze vraag te verdiepen, en drukte op 'Laatste ontvangen bericht'. Meteen verscheen er een tekstblok met een Italiaanse tekst. Gropius fronste zijn voorhoofd.

'Wat staat daar?'
'Dit bericht is vier dagen oud.'
Francesca wees met haar wijsvinger naar de tekst:

De zegen van de Allerhoogste uit Barcino. Volgend doel van onze actie: Milaan. Werkwijze bekend. Wachten op bericht voltooiing. Want het is beter voor u, dat één uwer leden verloren ga en niet uw gehele lichaam in de hel geworpen worde. IND.

Francesca en Gropius keken elkaar een hele tijd zwijgend aan. Ten slotte vroeg Francesca: 'Wat betekent dat? Dat klinkt allemaal heel heilig.'
'Heilig?' Gropius grijnsde verlegen. 'Eerder duivels! Als ik me niet vergis, is dit een nieuwe opdracht in de orgaantransplantatiezaak!'
Terwijl Gropius de tekst overschreef in zijn zakagenda, begon op de binnenplaats de pitbull te blaffen. Francesca liep naar het raam. De schemering was ingevallen. Toen ze met haar blik de weg volgde die naar het dal leidde, zag ze twee koplampen van een auto trillend de berg op komen.
'Er komt een auto aan! We moeten weg!' riep ze halfluid. Toen zette ze de computer uit, en ze renden naar de bovenverdieping. Daar verlieten ze het gebouw op dezelfde manier als ze binnen waren gekomen.
Tijdens hun vlucht hadden ze voordeel van de invallende duisternis. Vanaf een veilig afstandje zagen ze vier mannen uit een limousine stappen en door de poort verdwijnen. Toen liepen ze over de akker terug naar de plaats waar Francesca haar auto had laten staan. Ze zeiden bijna niets tegen elkaar. En als ze wel iets zeiden, gingen het over niets bijzonders. Uitgeput en smerig, omdat ze regelmatig waren gestruikeld, kwamen ze na een wandeling van een uur eindelijk bij de auto aan. Tijdens de rit terug naar Turijn pakte Gropius zijn aantekenboekje. In het schijnsel van de binnenverlichting las hij steeds maar weer de tekst van de e-mail. Daarna dwaalde zijn blik weer af naar de lichtbundel die de weg voor de auto bescheen. De radio speelde discomuziek, onderbroken door reclame. Ze waren alleen met hun gedachten. Francesca kon maar niet geloven dat Gregor het wachtwoord zomaar uit zijn hoge hoed had getoverd. En Gropius probeerde opnieuw een verband te vinden tussen de moorden en de genetische sporen van Jezus van Nazareth.
In de verte doken de lichtjes van Turijn al op, toen Francesca opeens zei: 'Als ik me niet vergis, staat de zin over het lichaam dat in de hel geworpen wordt, in het evangelie naar Mattheus.'

Gropius keek Francesca van opzij aan. 'Hoe weet je dat?'
Francesca lachte. 'Wij Italianen kennen de bijbel nu eenmaal. Niet zo moeilijk, we verlenen immers gastvrijheid aan de plaatsvervanger van de Allerhoogste. En markante zinnen zoals deze onthoud je nu eenmaal. Maar als je wilt, kan ik *don* Roberto wel bellen, die kent de vier evangelisten uit het hoofd.'
'Ik wil nog liever weten waar de zegen van de Allerhoogste echt vandaan kwam; met andere woorden, de afzender van de e-mail. Barcino, dat klinkt als een stad in Italië.'
Francesca schudde haar hoofd. 'Nooit van gehoord!'
Gropius wilde iets zeggen, maar Francesca hield hem met een gebaar tegen. Toen zette ze de radio harder voor het avondnieuws.
Gregor begreep niet wat de nieuwslezer zei, maar Francesca werd bleek. De nieuwslezer was nog maar amper uitgesproken toen ze de radio uitdeed. 'In het ziekenhuis van Milaan,' zei ze haperend, 'is een patiënt na een orgaantransplantatie vermoord. Waarschijnlijk met een injectie met gif. De politie denkt dat de dader een medewerker van het ziekenhuis is en heeft een speciaal recherchebijstandsteam samengesteld.'
Ze hadden de helder verlichte toegangsweg naar Turijn bereikt en de hoge straatlantaarns wierpen met regelmatige tussenpozen felle lichtbundels de auto in. Gropius had zijn aantekenboekje nog steeds opengeslagen op zijn schoot liggen. Toen hij zijn hoofd boog, viel er een lichtstraal op zijn notitie: 'Volgend doel van onze actie: Milaan.' Hij snakte naar adem.

16

Gropius was in een slecht humeur toen hij de volgende ochtend de ontbijtzaal van hotel Le Meridien betrad. Hij had net zo slecht geslapen als de nachten ervoor. Toen Francesca hem voor zijn hotel had afgezet, hadden ze overhaast afscheid genomen. Ze zouden rond het middaguur met elkaar bellen.

Hij ging in gedachten verzonken aan een leeg tafeltje zitten, bestelde thee met melk en haalde zoals gebruikelijk twee croissants met marmelade bij het buffet. Gropius zat mismoedig op zijn broodje te kauwen en keek om zich heen naar de weinige andere gasten in de ontbijtzaal. Opeens stond er een voorname, in het zwart geklede heer bij zijn tafeltje die hem vriendelijk goedemorgen wenste. De man sprak Duits met een Italiaans accent en was bijna twee meter lang.

Hij stelde zich met een lichte buiging voor: 'Crucitti. Mag ik bij u aan tafel komen zitten?'

Hoewel hij liever in alle rust had willen ontbijten, wilde Gregor niet onbeleefd zijn. Daarom antwoordde hij met een uitnodigend gebaar: 'Neemt u plaats alstublieft, signore, mijn naam is Gropius.'

'Dat weet ik,' zei Crucitti fijntjes glimlachend, 'dat weet ik.'

Gropius keek de man verbaasd aan en vroeg zich af of hij hem wel goed had verstaan.

Maar deze zei: 'U kent mij niet, professore, maar wij kennen u maar al te goed!'

'Hoe moet ik dat opvatten? Wie zijn "wij"?'

Crucitti draaide met zijn ogen. 'De Romeinse curie,' antwoordde hij ten slotte. Zijn stem had iets verwijtends, alsof het een slechte zaak was als iemand zijn naam niet kende.

'Dat moet u me eens uitleggen,' zei Gropius geïnteresseerd. 'Het zal u wellicht verbazen te horen dat ik uw institutie de rug heb toegekeerd toen ik zoveel kerkbelasting moest betalen dat ik een eigen bisschop had kunnen nemen.'

'Dat geeft helemaal niets,' zei Crucitti met een zuur lachje. 'Ik hoop dat avvocato Felici naar volle tevredenheid voor u heeft gewerkt, professore!'

Gropius voelde het bloed uit zijn gezicht wegtrekken. De situatie kon niet grotesker zijn: hij zat op het spoor van iets dat de curie en het Vaticaan compleet op hun kop kon zetten, en dan stuurden juist die hem een

topadvocaat die hem uit zijn voorarrest haalde. Hij schudde zijn hoofd en vroeg ongelovig: 'Wilt u daarmee zeggen dat de Romeinse curie zich heeft ingespannen om mij vrij te krijgen?'
Weer lachte Crucitti schijnheilig en hij antwoordde op zalvende toon: 'De kerk staat altijd aan de kant van de onschuldigen. Wij weten dat u Sheba Yadin niet hebt vermoord.'
'Weet u dat wel zeker, signore?'
'Zegt u liever *monsignore*! Maar om antwoord te geven op uw vraag: ja, heel zeker!'
'Dan mag ik u zeker wel vragen, mónsignore, wat u van mij wilt?'
Crucitti bestelde koffie en antwoordde: 'Hebt u gehoord dat er in het ziekenhuis van Milaan een moord is gepleegd?'
'Ja, natuurlijk. En hoezeer het me ook spijt voor die patiënt, toch komt dat me niet slecht uit. Volgens mij is dit een bewijs te meer voor mijn eigen onschuld. We hebben hier te maken met een criminele organisatie die handelt uit ons onbekende motieven. Daarom is het helemaal verkeerd om artsen verantwoordelijk te stellen voor deze moorden. En dat is dan ook de reden dat ik me al maandenlang bezighoud met mijn rehabilitatie!'
'Dat is heel logisch, professore; maar duikt u er niet veel te diep in? Zo loopt u de kans dat u zelf in de klauwen van deze organisatie terechtkomt.'
'Dat, mónsignore, is mijn eigen afweging. Maar zoals u ziet, leef ik nog en ik ben ervan overtuigd dat dit ook nog een tijdje het geval zal zijn.'
'Hoe het ook zij, ik heb de opdracht om u het volgende mee te delen: het Vaticaan heeft er belang bij dat u uw kennis niet aan de politie meedeelt, maar aan de Romeinse curie. Dat is ook de reden waarom wij ervoor hebben gezorgd dat uw verblijf in de gevangenis zo kort mogelijk is geweest.'
'U bent te goed,' zei Gropius, 'echt veel te goed. Maar u kunt er zeker van zijn dat men mij ook zonder uw bemiddeling al snel zou hebben vrijgelaten. Als ik u goed begrijp, verwacht u nu van mij een tegenprestatie.'
Crucitti haalde met een theatraal gebaar zijn schouders op. Zoals de meesten van zijn soort was de monsignore een slecht acteur.
'Tegenprestatie?' Hij keek geschokt. 'De apostel heeft al gezegd: degene die de mindere slechts een beker water aanreikt, die zal niet komen om zijn loon.'
'En dat betekent?'
'Dat betekent dat we geen tegenprestatie van u verlangen, professore, omdat we ervan overtuigd zijn dat u uit uzelf uw dankbaarheid zult tonen.'

Gropius was even sprakeloos door de brutaliteit van de monsignore. Ondertussen merkte hij dat Crucitti onzeker om zich heen keek, alsof hij werd gevolgd of alsof hij het onplezierig vond om samen met hem gezien te worden. Ten slotte dronk hij in één teug zijn kopje koffie leeg – zonder suiker of melk – en zei: 'Het is schitterend weer vanochtend. Zullen we een wandelingetje maken? Het praat gemakkelijker tijdens het lopen. Bovendien hebben de muren zoals bekend oren.'
Gropius wilde al zeggen: Luister eens, ik zie geen enkele reden waarom wij samen een wandeling zouden moeten maken! Maar toen kreeg zijn nieuwsgierigheid de overhand en hij begreep wel dat de kans om te kletsen met een afgezant van de Romeinse curie nu niet bepaald iets alledaags was. Bovendien had hij geen plannen voor deze ochtend en daarom zei hij: 'Waarom ook niet, mónsignore, laten we maar gaan.'
De Via Nizza – het hotel is gevestigd op nummer 262 – is niet bepaald een van de fraaiste straten van Turijn, en Gropius en Crucitti wandelden naar het centrum. Ze liepen een eindje zwijgend naast elkaar met hun handen op de rug. Gregor vond het niet gepast om opmerkingen over het weer of over andere onbelangrijke zaken te maken. Opeens, alsof hij zijn gedachten nu op een rij had, zei de monsignore: 'We hoeven onszelf niets wijs te maken, professore. We weten allebei waar het om gaat. Het zou kinderachtig zijn om eromheen te draaien.'
Gropius wist niet waar hij op doelde. Hoe moest hij reageren? Daarom besloot hij de monsignore niet tegen te spreken. 'Dat klinkt verstandig,' zei hij nietszeggend.
Op de brede toegangsweg naar het centrum maakte het verkeer veel lawaai en een vrachtwagen blies hun een zwarte walm in het gezicht. 'Ik wil niet verhelen,' ging Crucitti verder, 'dat het Vaticaan bereid zou zijn veel geld neer te leggen voor het Golgotha-dossier van Schlesinger. En zoals u weet, zijn wij niet de enige geïnteresseerde partij. Dat beïnvloedt de prijs natuurlijk. Dat hoef ik u niet uit te leggen.'
Er schoten duizenden gedachten door Gregors hoofd. Feiten en theorieën die hij in de afgelopen maanden had bedacht, begonnen te wankelen. Maar hij probeerde rustig te blijven. 'Dus u gelooft dat ik dat dossier van Schlesinger in bezit heb?'
Crucitti reageerde ontstemd: 'Ik verwacht heus niet dat u me vertelt waar u het hebt verstopt. En u weet waarschijnlijk al lang dat wij u al een hele tijd in de gaten houden en dat onze mensen daarbij regelmatig slaags raken met de tegenpartij die u ook niet uit het oog verliest. Ik moet u complimenteren, professore. U pakt het heel slim aan. Bij de CIA

zouden ze hun handen mogen dichtknijpen als u een van hun spionnen was.' De monsignore lachte om zijn eigen slechte grapje.
Gropius vroeg zich alleen maar af: blufte deze monsignore? Om hem uit de tent te lokken zei Gropius op een spottend toontje: 'Mónsignore, ik begrijp niet waarom u zoveel drukte maakt om die lijkwade. U weet toch zeker dat het een middeleeuwse vervalsing is? Een analyse van dit object bewijst helemaal niets. Waarom windt u zich allemaal zo op?'
Crucitti bleef staan en keek Gropius van opzij aan. 'Professore, u bent een intelligent iemand. Het is beneden uw niveau om u van den domme te houden. Alsof u niet weet dat we het helemaal niet hebben over de lijkwade die in de Dom van Turijn wordt bewaard.'
'Ach,' zei Gropius alleen maar en liep door.
De monsignore wist niet of hij moest geloven dat de professore zo onwetend was of maar deed alsof. Na een tijdje zei hij: 'Ik weet dat u geen archeoloog bent zoals Schlesinger, maar toch bent u al een hele tijd met dit probleem bezig. En voorzover wij weten, hebt u niet alleen Schlesingers bewijs in handen, maar ook zijn inside-information. Dus waarom voert u hier een toneelstukje op?'
'Ik voel me gevleid, mónsignore, maar vergeet niet dat ik slechts een paar maanden de tijd heb gehad om me in deze materie te verdiepen, terwijl Schlesinger zich er zijn halve leven mee heeft beziggehouden. Natuurlijk weet ik waar het om gaat, maar de details...'
Crucitti haalde eens diep adem en liet de lucht door zijn neus weer ontsnappen. 'Toen er in 1987 in de Dom van Turijn was ingebroken en een stukje van de lijkwade van onze Heer was gestolen, heerste er een chaos in de curie. Tegenwoordig mag je dit gewoon hardop zeggen: de voorganger van kardinaal-staatssecretaris Paolo Calvi was niet berekend op zijn taak. Hij realiseerde zich niet hoe gevaarlijk die schijnbaar onbelangrijke diefstal van dat lapje stof was. Ook toen Schlesinger een paar maanden later een onderhoud had in het Vaticaan en vertelde dat hij het wetenschappelijke bewijs kon leveren dat onze Heer Jezus niet ten hemel was gevaren, nam men hem niet serieus en weigerde men in te gaan op zijn eisen. Natuurlijk, Schlesinger was een chanteur, maar wat is nu tien miljoen vergeleken met de mogelijke gevolgen! Zoals te verwachten was, bleek al snel iemand anders bereid voor Schlesingers ontdekking tien miljoen op tafel te leggen: een geheimzinnige onbekende, eerst nog wel tenminste. Deze was slim genoeg om de curie per jáár het oorspronkelijk gevraagde bedrag zwijggeld af te persen. Toen dit Zijne Heiligheid ter ore kwam, vluchtte hij eerst in een zevendaags gebed

zonder onderbreking. Ondertussen zag hij het licht en besloot de kardinaal-staatssecretaris te vervangen door Paolo Calvi, die mij aannam als assistent. In alle bescheidenheid: ík was degene die op het idee kwam om de lijkwade, die zonder enige twijfel de originele wade was waarin onze Heer is begraven, te vervangen door een middeleeuwse vervalsing en deze vervalsing het daaropvolgende jaar wetenschappelijk te laten onderzoeken. Met de alom bekende uitkomst uit 1988 hoopte ik voor eens en voor altijd een einde te maken aan de praktijken van eventuele chanteurs. Maar ik heb me vergist.'

Gropius zweeg; hij wist niet wat hij moest zeggen. Het idee dat de secretaris van de kardinaal-staatssecretaris hem inwijdde in dit duistere geheim leek zo absurd, dat hij aan zijn eigen verstand begon te twijfelen. Crucitti's verhaal sloot weliswaar naadloos aan bij zijn eigen naspeuringen, maar toch bleven er nog talloze vragen onbeantwoord. De belangrijkste was: waarom vertelde Crucitti hem dit allemaal?

Ook de monsignore zweeg opeens. Hij liep voor zich uitstarend door en bewoog zijn onderkaak heen en weer alsof hij de woorden die hem op de tong lagen wilde stukbijten. Gropius meende zelfs te zien dat er zweetdruppels op Crucitti's neus stonden, zozeer wond zijn eigen verhaal hem op. Ten slotte zei hij: 'Wat loop ik nu te kletsen, dat wist u immers allemaal al!'

'Nee hoor, ik ben niet zo goed op de hoogte als u denkt. Maar nu begrijp ik veel meer, al blijven er nog heel veel vragen onbeantwoord. Bijvoorbeeld wie Schlesinger heeft vermoord, en de Luca en Sheba Yadin?' Gropius keek Crucitti onderzoekend aan.

Deze werd verlegen onder Gregors blik, maar meteen daarna had hij zichzelf weer in de hand en zei zelfverzekerd: 'Moge de Heer u uw slechte gedachten vergeven. Te denken dat de Romeinse curie opdracht tot moord zou hebben gegeven, dat is toch absurd, professore!'

'Vindt u dat? Toch hadden ze alle drie iets te maken met de onthulling van het geheim van Jezus van Nazareth. Of anders geformuleerd: er zijn nu drie insiders minder!'

'Professore!' riep Crucitti verbolgen uit. 'Als het al zo was dat het Vaticaan alle insiders zou vermoorden, dan zou u – vergeef me dat ik het zo bot zeg – toch boven aan de lijst staan. En dan zou men mij niet hebben opgedragen met u te onderhandelen.'

'Helemaal niet, mónsignore! Zo lang het Golgotha-dossier in mijn bezit is, zult u mij geen haar krenken. Dat weet ik zeker. Want u moet er rekening mee houden dat de moord op mij automatisch bepaalde verwikkelingen in gang zet die onvermijdelijk leiden tot de onthulling van een gigantisch schandaal.'

'Professore, daar mag u niet eens aan denken! Dat zou voor een derde van de mensheid een ramp betekenen!'

'Zeer zeker. Hoewel het idee om de theologie dwars te zitten ook wel verleidelijk is.'

Crucitti begon duidelijk zenuwachtig te worden. 'Dat kunt u niet doen!' riep hij buiten zichzelf. 'Wilt u twee miljard mensen elke hoop ontnemen? Wij allen leven immers alleen maar van de hoop. De hoop op geluk, de hoop op liefde, de hoop op rijkdom, macht en invloed, de hoop op het eeuwige leven.'

Gropius knikte zwijgend en zei toen: 'Maar als de curie niet achter deze moorden zit, wie dan wel?' Terwijl hij sprak, had Gropius gemerkt dat er op een veilig afstandje een limousine achter hen aan reed. Gregor werd onrustig. Die keer in Berlijn, waar alles was begonnen, werd hij ook door een donkere auto gevolgd. Nu voelde hij dat het koude zweet hem uitbrak en dat hij bang werd; de angst drukte als een ijzeren klem op zijn borst.

'Vraagt u dat maar aan de tegenpartij,' hoorde hij Crucitti zeggen die nu zelfverzekerd en gelaten leek.

Verward vroeg Gropius: 'En wie is de tegenpartij?'

De monsignore zweeg. Na een paar stappen zei hij: 'Ik heb al te veel gezegd. Denk eens over ons aanbod na. Wat de tegenpartij u ook aanbiedt, wij bieden u meer. Alstublieft, mijn visitekaartje. U kunt me altijd bellen. Laudetur Jesus Christus!'

Gropius bekeek het visitekaartje.

Dat korte ogenblik benutte Crucitti om in de zwarte auto te stappen die langs het trottoir stond. De auto, het nieuwste type Mercedes, reed razendsnel in de richting van het centrum.

Toen Gropius weer in zijn hotel aankwam, wachtte Francesca al op hem. Met beide handen pakte ze teder zijn rechterhand. 'Gregor! Gelukkig! Ik heb geprobeerd je te bellen, maar toen je niet opnam, begon ik me zorgen te maken. Ik raakte in paniek en ben hier zo snel mogelijk naartoe gereden.'

Francesca wendde haar hoofd af, maar Gregor wist dat haar ogen vochtig waren. Nog niet zo lang geleden had hij deze reactie niet van haar verwacht. Francesca had zich tegenover hem steeds hooghartig en zelfverzekerd, soms zelfs arrogant gedragen, en hij had gemeend – terugdenkend aan hun eerste ontmoeting – dat ze een koele vrouw was die

elke situatie aankon. Kort geleden echter had hij gemerkt dat Francesca tegenover hem van houding was veranderd.
'Mag ik mijn hand weer terug?' vroeg hij lachend.
Francesca, die zich nog steeds aan hem vastklampte, liet hem los en zei: 'Na alles wat we gisteren hebben meegemaakt, moet je dat wel begrijpen. Ik was echt bang dat jou iets was overkomen.'
Juist nu, na de verontrustende ontmoeting met de afgezant van het Vaticaan, was hij bijzonder gevoelig voor Francesca's tederheid. Hij was helemaal op! Maar Gropius was niet iemand die dat aan een vrouw zou bekennen. Daarom antwoordde hij schijnbaar gelaten, alsof het angstzweet hem niet nog maar een paar minuten geleden was uitgebroken: 'Ach, ik had alleen maar een onverwachte ontmoeting tijdens het ontbijt en we hebben even een ochtendwandelingetje gemaakt.'
Francesca keek Gregor eens goed aan. Ze vermoedde dat deze bezoeker iets te maken kon hebben met de vorige dag en Gropius raadde wat ze dacht. Hij schudde zijn hoofd. 'Je raadt het toch niet,' zei hij. 'Een afgezant van de Romeinse curie!' Gropius gaf Francesca Crucitti's visitekaartje.
'Monsignore Antonio Crucitti' stond er in mooie antiqualetters met eronder een telefoonnummer.
'En wat wilde de monsignore?'
'Het Golgotha-dossier.'
'Dan wil je me zeker ook wel vertellen wat dat is?'
Gropius trok zijn mondhoeken naar beneden. 'Eerlijk gezegd weet ik dat ook niet zo precies. Maar waarschijnlijk bevat dit dossier bewijzen dat Jezus in Jeruzalem is begraven en in geen geval, zoals de kerk beweert, ten hemel is gevaren! Tot nu toe dacht ik dat Schlesinger die stukken al had verkocht. Waar kwam anders die tien miljoen euro vandaan die op zijn bankrekening staan? Eén ding is in elk geval zeker: Schlesinger heeft zijn kennis niet aan de curie verkocht. Crucitti gedroeg zich alsof ik de documenten in mijn bezit had, en hij heeft me meer geboden dan de tegenpartij... wie hij daar ook mee bedoelde.'
'Het lijkt wel alsof het Vaticaan een machtige concurrent heeft!'
'Dat lijkt niet alleen maar zo. Het Vaticaan, dat heeft de monsignore openlijk toegegeven, wordt gechanteerd door een bepaalde organisatie. Maar wie aan de touwtjes trekt, daar wilde hij niets over kwijt. Waarschijnlijk die figuren rond Rodriguez. Ik weet het niet, ik weet helemaal niet meer wat ik moet denken...'
Francesca nam Gregor bij de hand en duwde hem naar het achterste deel van de foyer. Een eindje weg van de drukte van degenen die het hotel

verlieten en zich inschreven, de reisleiders en bagagedragers die de foyer in een jaarmarkt veranderden, zei ze: 'Weet je nog, de tekst van die e-mail in de eenzame boerenhoeve?'
'Natuurlijk!' Gropius haalde zijn aantekenboekje uit zijn jaszak. 'Die tekst heb ik meerdere malen gelezen en ik twijfel er niet aan of dat is de opdracht voor de moord in het ziekenhuis in Milaan.'
'Ben je niet van plan om naar de politie te gaan?'
'Voorlopig niet. Commissario Artoli zou toch niet willen geloven onder welke omstandigheden we die hoeve hebben gevonden. En om eerlijk te zijn kan ik hem dat niet eens kwalijk nemen. Later misschien.'
Francesca knikte. Ze staarde naar de tekst van de e-mail in Gropius' aantekenboekje. 'Trouwens, ik heb met pater Roberto gesproken. Dat is een slimme man en die wist meteen dat het ging om de bijbeltekst uit Mattheus 5 vers 29. En wat de zegen van de Allerhoogste uit Barcino aangaat, die komt uit Barcelona. Barcino is de Latijnse naam voor Barcelona!'
Gropius stond erbij alsof hij verlamd was. 'Natuurlijk! Waarom heb ik dat niet eerder bedacht!' riep hij uit. Hij dacht dat hij dichter bij zijn doel was dan ooit tevoren, hij kon het nu niet opgeven. Hij had immers het adres van Rodriguez.
'Ik zie aan je neus,' zei Francesca ondeugend, 'dat je naar Barcelona gaat. Neem je mij mee?'
Gregor nam Francesca in zijn armen en keek haar lang aan; toen zei hij zacht: 'Je weet hoe gevaarlijk deze mensen zijn en ik wil je niet onnodig in gevaar brengen. Ik vlieg vandaag nog naar München, pak schone kleren in en neem morgen het eerste toestel naar Barcelona. Als je over twee dagen nog niets van me hebt gehoord, moet je de politie inschakelen.'
'En de envelop in de hotelkluis?'
'Die neem ik mee. Waarschijnlijk is de inhoud waardeloos en heeft signora Selvini ons alleen maar met een vervalsing opgescheept, maar je weet maar nooit. Misschien blijkt hij toch nog heel belangrijk te zijn.'
Alsof ze bang was hem te verliezen drukte Francesca zich onstuimig tegen Gregor aan. Even konden ze elkaars warmte voelen, en ook al liet hij het niet blijken, Gropius wist dat hij zo snel mogelijk naar deze vrouw zou terugkeren.
'Mag ik je dan ten minste naar het vliegveld brengen?' vroeg Francesca.
Gropius knikte.

17

Barcelona. Veel mensen vinden dit een van de mooiste steden ter wereld. Gropius had de stad graag onder andere omstandigheden willen leren kennen. Hij had veel van de wereld gezien, maar was nog nooit in Barcelona geweest. Jammer eigenlijk, dacht hij tijdens de rit van een halfuur van vliegveld El Prat naar de Plaça de Catalunya in het centrum. Maar toen werd hij weer overweldigd door de herinnering aan die walgelijke pater Ramón Rodriguez. Hij móést hem vinden, sterker nog, hij moest te weten zien te komen voor wie de man werkte en wie zijn handlangers waren. Want Gropius was er inmiddels zeker van dat Rodriguez niet in zijn eentje werkte, maar voor een gevaarlijke organisatie die letterlijk over lijken ging.
Zijn eerste aanknopingspunt was een briefje met het adres Carrer Caralt 17; niet bijster veel om een Europese samenzwering op het spoor te komen. Maar in de afgelopen vier maanden had Gropius een speurzin voor criminele zaken ontwikkeld. Hij wist al lang dat hij zeker niet de hoofdrolspeler in dit afschuwelijke drama was, zoals hij eerst had gedacht. Nee, hij was per ongeluk in deze zaak gerold waar hij slechts zijdelings mee te maken had, maar die voor hem ongelooflijk belangrijk was geworden.
De ziekenhuisdirectie had hem een brief gestuurd waarin hij werd opgeroepen met ingang van 1 maart weer aan het werk te gaan. Onder voorbehoud van de definitieve oplossing van de zaak, stond erbij. Maar Gregor had dit geweigerd met het argument dat hij pas weer aan het werk kon als er geen enkele twijfel meer bestond omtrent zijn verantwoordelijkheid en hij volledig was gerehabiliteerd.
Dr. Fichte, de hoofdarts van Gropius, was na zijn arrestatie in Parijs samen met Veronique uitgeleverd aan de Duitse justitie en had een uitgebreide bekentenis afgelegd. Hij bestreed echter stellig dat hij iets te maken had met de dood van Schlesinger en met de andere moorden. Gropius wist dan ook zeker dat hij zijn eigen onderzoek zou voortzetten.
Hij was volledig in de ban van het gebeurde. En zelfs als hij had overwogen zijn onderzoek te staken, zou dat onmogelijk zijn geweest. Gropius werd door een innerlijke drang aangespoord deze misdaad op te lossen, die inmiddels duidelijke tekenen van een samenzwering vertoonde.
Op een steenworp afstand van de Plaça de Catalunya lag hotel Ducs de Bergara. In dit schilderachtige pand met een jugendstil-foyer en -trap-

penhuis nam Gropius een kamer. De vriendelijke dame bij de receptie zag er zo Spaans uit dat ze wel Carmen móést heten, hoewel ze deze nationaliteit waarschijnlijk bruusk zou hebben afgewezen met de verzekering dat ze Catalaanse was. Carmen had hem een *habitación exterior*, een kamer met uitzicht, aanbevolen; zeker geen slechte keuze. Nu zat Gropius in een gemakkelijke, met grijze stof beklede stoel en vroeg zich af hoe hij het geheim van Ramón Rodriguez kon ontrafelen.
Natuurlijk was Gropius bang. Hij wist maar al te goed waartoe Rodriguez en zijn mensen in staat waren, en hij wist ook dat ze altijd dan en daar opdoken waar je ze het minst verwachtte. Hij hoopte maar dat ze hem in het hol van de leeuw niet zouden verwachten. Voor de zekerheid had hij daarom ook geen rechtstreekse vlucht naar Barcelona genomen, maar was eerst naar Genève gevlogen. Daar had hij een ticket gekocht naar Barcelona, alsof hij daar pas had besloten naar Spanje te vliegen.
Een, weliswaar oplosbaar, probleem was dat Gregor geen woord Spaans en – wat in deze stad nog belangrijker was – geen woord Catalaans sprak. De vriendelijke receptioniste had hem verwezen naar het aan de Plaça de Catalunya gelegen toeristenbureau. Daar zouden ze een Duitssprekende gids voor hem regelen.
Nog geen uur later, Gropius zat op zijn kamer en was een beetje ingedommeld, ging de telefoon. Een jonge stem meldde zich in perfect Duits: '*Bon dia*! Ik heet Maria-Elena Rivas en ik ben uw gids voor Barcelona. Ik wacht op u in de hal. U kunt me herkennen aan mijn rode kleren.'
Maria-Elena zag je inderdaad niet over het hoofd. Ten eerste omdat ze een opvallend rood pak droeg en ten tweede omdat ze ongelooflijk knap was. Ze droeg haar donkere haar in een vlecht en was zeker niet langer dan één meter zestig. Haar leeftijd was moeilijk te schatten, een jaar of vierentwintig. Toen Gregor haar vroeg hoe het kwam dat ze zo goed Duits sprak, vertelde ze dat ze germanistiek studeerde, maar nog nooit in Duitsland was geweest.
Gropius had er lang over nagedacht hoe hij zijn gids moest vertellen wat hij wilde zonder het achterste van zijn tong te laten zien. Maar toen Maria-Elena nergens naar vroeg, liet hij het er vooreerst maar bij.
'Dat is niet zo'n beste straat,' zei Maria-Elena toen hij haar het adres van Rodriguez opgaf. Ze voegde er verontschuldigend aan toe: 'Als ik dat mag zeggen.'
Gropius lachte in zichzelf en zei: 'Het is ook geen vriend, hoor, die ik probeer te vinden! Eerder het tegenovergestelde, begrijp je?'
Het meisje tuitte haar lippen en zei alleen maar: 'O.'

De Carrer Caralt lag in een westelijke voorstad en Maria stelde voor om de metro en de tram te nemen, omdat dat veel sneller zou gaan dan met een taxi. Gropius vond dat prima en ze stapten op de Plaça de Catalunya op de metro. Ze namen lijn 1 tot aan de Plaça de Sants en stapten daar over op tramlijn 5 richting Cornellà. Ergens in het westen, waar de huizen er oud en vervallen uitzagen, stapten ze uit.
Ze liepen een minuut of tien langs straten die geflankeerd werden door puincontainers en autowrakken, en kwamen bij de straat van hun bestemming. De huizen waren zeker honderd jaar oud, in elk geval leek dat zo. Enkele stonden in de steigers en andere leken bestemd voor de sloop.
Een paar tieners met een donkere huid en shirts van FC Barcelona voetbalden op straat en het lawaai dat ze produceerden, galmde tussen de gevels van de gebouwen van meestal vier verdiepingen.
'*Pot ajudarme, sisplau*?' riep Maria-Elena tegen de jongens. 'Kunnen jullie me helpen?'
De jongens kwamen om de onbekenden heen staan en bekeken hen minachtend. Gropius vond het maar niks. In gedachten rekende hij uit hoeveel contant geld hij op zak had en bedacht opeens dat hij de telefoonnummers om zijn creditcards te blokkeren niet bij zich had. Toen gebeurde er iets onverwachts.
De gids had nog maar net gevraagd naar huisnummer 17 of de jongens keerden hun de rug toe. Slechts een van hen, de jongste, wees naar een smal pand met lege raamopeningen en een verkoolde gevel.
Gropius en Maria-Elena keken elkaar vragend aan. Het werd stil op straat. De voetballers waren spoorloos verdwenen. Toen hij dichterbij kwam, kon Gropius het huisnummer 17 boven de voordeur ontcijferen. Dit pand was al jaren geleden afgebrand en wachtte nu op de slopershamer.
'Is het mogelijk dat uw... vijand... nog meer vijanden had?' vroeg Maria-Elena, die zich als eerste herstelde.
'Bedoel je brandstichting?'
Het meisje draaide zich om. 'Die jongens reageerden nogal vreemd, vindt u niet?'
Gropius vond de sfeer op straat bedreigend, hij wist niet precies waarom. Toen hij om zich heen keek, leek het wel alsof er achter vieze ramen en grijze gordijnen nieuwsgierige gezichten verdwenen. Alleen een oude, in het zwart geklede vrouw in het huis aan de overkant was openlijk nieuwsgierig en keek naar hen door een open raam.
'Wie zoekt u?', riep ze keihard over de lege straat.

'Kent u ene Ramón Rodriguez?', vroeg Maria-Elena. 'Die zou hier op nummer 17 hebben gewoond.'
Het oudje beweerde dat ze die naam nog nooit had gehoord, en ze woonde hier al dertig jaar, en het huis was afgebrand, brandstichting zeiden ze, de bewoners waren vertrokken. Toen deed ze haar raam zo heftig dicht dat Gregor dacht dat de ruit zou springen.
'Het spijt me dat het niet is gelukt,' zei het meisje toen ze weer in de tram zaten. 'Maar om in Barcelona een Ramón Rodriguez te vinden is ongeveer net zo lastig als in München een Peter Müller. Dit is niet bepaald een weinig voorkomende naam, begrijpt u?'

Het was naïef geweest te geloven dat Rodriguez hem in München zijn echte adres had gegeven. Gropius was doodmoe toen hij weer bij zijn hotel aankwam. Hij baalde ervan dat hij zich door Rodriguez voor de gek had laten houden. Hij wilde zijn woede uiten en belde Francesca; hij wilde dolgraag haar stem horen.
Eigenlijk wilde hij haar vertellen dat hij haar erg miste, dat hij aan haar gezelschap gewend was geraakt. In plaats daarvan vertelde hij haar in detail over de zoektocht naar het adres van Rodriguez en dat deze hem om de tuin had geleid.
Francesca luisterde geduldig. Toen hij uitverteld was, zei ze: 'Probeer het eens in de haven.'
'Niet eens zo'n slecht idee,' zei Gropius geamuseerd.
'Ik meen het echt!' zei Francesca. 'Ik moet je iets vertellen.'
'Ik luister,' zei Gropius.
'In die eenzame boerenhoeve bij Asti, toen we die geheimzinnige e-mail uit Barcelona bekeken en dat huis overhaast verlieten, heb ik iets meegenomen: de cassette uit het antwoordapparaat. Dat was ik vergeten je te vertellen.'
'En heb je die afgeluisterd?'
'Ja, maar eerst wist ik niet wat ik ermee moest. Het enige wat je hoort, is iemand die opgewonden iets in het Spaans zegt. Maar hoe vaker ik ernaar luisterde, hoe meer ik begon te denken dat die stem wel eens van Rodriguez kon zijn. Don Roberto, die ik het bandje ook heb laten horen, dacht dat het geen Spaans was, maar Catalaans. De letterlijke vertaling is: Gerardo, u vermoordt me! Haal me hier alstublieft uit. *In nom...* De laatste woorden zijn niet te verstaan. Daarna hoor je een andere stem en dan houdt het gesprek opeens op. Het klinkt als een hulpkreet met op de achtergrond een scheepshoorn en krijsende meeuwen.'

Gregor zweeg. Hij bleef lang zwijgen, want hij wist niet wat hij daarvan moest denken. Voor hem was het bericht op het antwoordapparaat een vergelijking met drie onbekende grootheden. De afzender was onbekend, evenals de ontvanger, en waar het over ging was ook niet duidelijk.
'Weet je wel zeker dat het Rodriguez' stem was?' vroeg Gregor na een lange pauze.
'Wat is zeker? Zoals ik al zei, ik heb zijn stem pas herkend nadat ik het bandje een paar keer had afgeluisterd.'
'En waarom denk je dat het telefoontje uit Barcelona afkomstig is?'
'Ik moet toegeven dat het een vermoeden is, maar ook weer niet helemaal uit de lucht gegrepen: Rodriguez spreekt Catalaans, zegt don Roberto. En er zijn maar zes miljoen mensen die Catalaans spreken, onder andere in Andorra, in Alghero op Sardinië, op de Balearen en in de kuststrook tussen Perpignan en Alicante, maar vooral in Barcelona. En omdat de e-mail met de opdracht voor de moord uit Barcelona kwam, is mijn vermoeden dat dit telefoontje daar ook vandaan kwam niet zomaar van de hand te wijzen.'
'Slimme meid! Mijn complimenten!'
'O, dank u wel, signore! Altijd tot uw dienst.'
Nu pas realiseerde Gropius zich dat Francesca hem hier in Barcelona heel goed kon helpen. En dat niet alleen, hij had haar al drie dagen niet gezien en kreeg last van ontwenningsverschijnselen. Waarom wilde hij niet toegeven dat ze, na hun aanvankelijke botsingen, dol op elkaar waren?
'Ik wou dat ik je had meegenomen naar Barcelona,' zei hij plompverloren.
'Bedoel je soms dat je me mist?'
'En als ik nu eens nee zeg?'
'Dan zou ik je wurgen zodra ik de kans krijg. Maar als je wilt, neem ik morgen het eerste het beste vliegtuig naar Barcelona.'
'Zou je dat doen? Heb je eigenlijk wel tijd?'
'Ach, je moet doen wat belangrijk is. Ik hou van je!' Toen verbrak ze de verbinding.
Later, toen hij in zijn hotelkamer over de dingen nadacht, kwam hij tot de conclusie dat hij Francesca schandalig had behandeld. Ik wou dat ik je had meegenomen, had hij gezegd, en Francesca had daarop gereageerd met: Ik hou van je! En hij? Verdorie, waarom kon hij zich niet over zijn angst heen zetten? Waarom vond hij het zo moeilijk om zijn gevoelens de vrije loop te laten?

De volgende ochtend, Gropius kwam net uit bad en stond in zijn badjas voor het raam van de zonnige stad te genieten, ging de telefoon. Het was Francesca.
'Goedemorgen, dit is uw vrolijke servicedienst. U wilde toch gewekt worden?'
Gropius schoot in de lach. Hij was nog te slaperig om ad rem te reageren en vroeg: 'Waar ben je?'
'Op vliegveld El Prat in Barcelona.'
'Wát?'
'Ja, ik ben al om vijf uur opgestaan; er was alleen een rechtstreekse vlucht. En nu ben ik hier.'
'En ik ben nog niet eens goed wakker.'
Francesca lachte. 'Je weet wat Napoleon heeft gezegd: Vier uren slaapt de man, vijf de vrouw en zes de idioot.'
'Wat is eigenlijk de overtreffende trap van idioot?'
'Daar wil ik niet verder op ingaan. Vooral niet op zo'n mooie dag als vandaag.'
'Ik haal je op!' zei Gropius enthousiast.
'Niet nodig, hoor, mijn bagage zit al in de taxi. In welk hotel zit je?'
'Ducs de Bergara, in de Calle Bergara, vlak bij de Plaça de Catalunya.'
'Ik ben er over een halfuur. Kusje!'
Nog voordat Gregor iets terug kon zeggen, had Francesca het gesprek al beëindigd.
Haar besluitvaardigheid en de vanzelfsprekendheid waarmee ze haar plannen uitvoerde, bleven Gropius verrassen. En inderdaad, precies dertig minuten later stopte de taxi van Francesca voor het hotel.
Ze vielen elkaar om de hals alsof ze elkaar al een jaar niet hadden gezien.
'Als jij het goed vindt,' zei Gropius, terwijl een hotelbediende zich met haar bagage bezighield, 'ik heb mijn kamer omgeboekt naar señor en señora Gropius.'
Francesca keek verbaasd. 'Dat klinkt als een huwelijksaanzoek!'
'Het spijt me, ik ben nóg bezet.'
'Dat is altijd zo,' lachte Francesca. 'De beste mannen zijn of al getrouwd of homoseksueel.'
'Wacht maar af,' zei Gregor. 'Wacht maar af.'
Toen ze op de kamer waren, begon Francesca haar bagage uit te pakken. Wat dat betreft verschilde ze niet van andere vrouwen die voor een tweedaags uitje hun halve leven met zich meeslepen. Nu pas had Gropius de rust om Francesca eens beter te bekijken. Ze droeg een beige broekpak

dat haar figuur heel goed deed uitkomen, en schoenen met hoge hakken; maar dat was niet de reden dat ze er anders uitzag.
'Waar is je bril?' vroeg Gropius verbaasd.
Francesca wees naar haar bruine handtas. 'Ik heb nu contactlenzen. Soms is een bril gewoon lastig.'
'Wanneer bijvoorbeeld?'
Francesca sloeg haar koffer met een luide klap dicht. Ze ging met haar handen in haar zij voor Gregor staan en zei: 'Bij het liefdesspel bijvoorbeeld.'
Gropius keek vanuit zijn stoel naar haar op. Francesca kon hem met een paar woorden, met een gebaar, gek maken.
Zoals nu bijvoorbeeld.
Zonder iets te zeggen stak hij zijn rechterhand naar haar uit. Bedreven trok Francesca zijn hand tussen haar benen en maakte een snorrend geluidje. Ze perste haar dijen zo stevig tegen elkaar dat het pijn deed aan zijn hand. Maar Gregor genoot van die lichte pijn en deed geen moeite om zijn hand terug te trekken. Opgewonden keek hij toe hoe Francesca de knoopjes van haar jasje openmaakte, tot haar borsten als rijpe perziken in zijn richting vielen.
Hij voelde zich een verlegen puber terwijl hij daar zat en de verleidelijke trucjes van deze opwindende vrouw over zich heen liet gaan... hij kende zichzelf niet terug. Als verlamd keek hij naar elke beweging die ze maakte en hoe ze, met alleen haar schoenen nog aan, zijn riem begon los te maken. Toen haar hand in zijn broek gleed en ze hem vastgreep, uitte hij een onderdrukte kreet.
'Ik verlang naar je, ik verlang naar je,' fluisterde Gregor helemaal opgewonden.
Gregor deed zijn ogen dicht toen Francesca zijn penis begon te strelen, om zich aan zijn gevoelens over te geven. Wat een vrouw!, was het enige wat hij dacht. Toen hij voelde hoe Francesca op hem ging zitten, hoe hij diep in haar binnendrong, verdween elke heldere gedachte.
Ze hielden zich beiden een bijna eindeloos moment in. Het was onverdraaglijk mooi. Gropius durfde zich niet te verroeren om deze toestand van opperste lust vast te houden. Hij wist niet hoe lang dit euforische moment had geduurd toen Francesca opeens met twee, drie heftige bewegingen abrupt een einde aan die toestand maakte. Er liep een stroomstoot door zijn lichaam, zo heftig dat het even zwart werd voor zijn ogen. Toen hij weer bijkwam, lagen ze teder in elkaars armen.

Nadat ze samen hadden ontbeten, besloten ze naar de haven te rijden. Gregor vond het een vrij belachelijk idee, maar deze ochtend zou hij Francesca tot aan het einde van de wereld hebben begeleid. De kans om Ramón Rodriguez toch nog te vinden was volgens hem één op een miljoen.
Bij de Columbus-zuil stapten ze uit hun taxi en gingen te voet verder. Ze liepen doelloos langs de Moll de la Fusta en keken naar de zeilschepen en de jachten die in het glinsterende water voor anker gingen. Francesca haalde de cassetterecorder uit haar handtas en luisterde voor de zoveelste keer naar het bandje met de stem van Rodriguez.
Gropius schudde zijn hoofd. 'Dat telefoongesprek kan overal wel zijn gevoerd, daarginds in de overslaghaven of hier in de jachthaven.'
Alsof ze hoopte dat ze een verborgen aanwijzing zou ontdekken, drukte Francesca de recorder tegen haar oor en speelde het bandje nog een keer af.
Bij de pier, waar cruiseboten en grote jachten lagen aangemeerd, viel één schip heel erg op. Gropius wist niets van de christelijke zeevaart, maar dit schip had enorme afmetingen en was ouder dan alle andere boten in de haven. Bovendien leken er geen passagiers of manschappen aan boord te zijn. Slechts twee gewapende bewakers bewaakten de loopplank.
Het sneeuwwitte schip was zeker vijftig jaar oud en van hout, maar zag er goed onderhouden uit. Toen ze er dichter bij waren gekomen, zagen ze een bestelbusje met de tekst: Verduras – Hernán Jimenez. Er werden kisten met groente en fruit uitgeladen en aan boord gebracht.
Ze wilden zich net weer omdraaien en teruglopen, toen Gropius bleef staan. Op de boeg van het schip stond een bijzondere naam: IN NOMINE DOMINI.
'Latijn!' mompelde Gregor en keek Francesca afwezig aan. 'Dat betekent: in de naam des Heren.'
'Een ongewone naam,' zei Francesca. 'Zelfs in het superkatholieke Italië heten schepen Leonardo da Vinci of Michelangelo of Andrea Dario en als het moet ook wel Santa Lucia of Santa Maria. Echt een heel ongewone naam.'
Gropius keek weer naar het schip en zei: 'De beginletters van die drie woorden!'
'IND,' mompelde Francesca toonloos.
'IND,' herhaalde Gregor ongelovig. Hij had op het punt gestaan om die vervloekte zoektocht naar het geheimzinnige, het onbekende, het onoplosbare op te geven. En nu dook er onverwachts een eerste aanwijzing op naar de mannen die aan de touwtjes trokken.

IND, in de naam des Heren. Dat klonk, als hij de gebeurtenissen van de afgelopen maanden de revue liet passeren, als een duistere dreiging. Maar wat waren dat voor mensen die zich 'in de naam des Heren' tot dergelijke daden lieten verleiden? Sterker nog, ze in gang zetten?
'Kom!' Gregor pakte Francesca's hand en liep met haar naar de loopplank. Maar nog voor ze daar waren, kwamen de beide in het zwart geklede bewakers hen met de armen over elkaar tegemoet. Ze droegen elk een revolver in een holster, een gummiknuppel en, duidelijk zichtbaar, een verdovingspistool dat elke aanvaller met een stroomstoot van tienduizend volt bewusteloos kreeg.
'Prachtig schip!' Gregor probeerde een praatje te maken met de bewaker, maar een van hen maakte een afwijzend gebaar en riep in het Engels: 'Ga weg!'
'Al goed,' antwoordde Gropius en trok Francesca met zich mee. 'Met die twee kunnen we maar beter geen ruzie maken.'
Ondertussen was het bestelbusje met groente en fruit leeg en de chauffeur reed met huilende motor over de pier.
'Wacht even!' zei Gropius, haalde zijn aantekenboekje uit zijn zak en noteerde het opschrift van het bestelbusje: Verduras – Hernán Jimenez. Francesca keek hem vragend aan.
'Volgens mij,' legde Gregor uit, 'kan deze señor Jimenez ons meer vertellen over dat geheimzinnige schip.'
'Wat ben je van plan?'
'Jimenez een bezoekje brengen.'
'Maar je weet niet eens waar hij woont!'
'Daar zijn telefoonboeken voor! Bovendien kan Maria-Elena ons helpen.'
'Maria-Elena?'
'De gids die me gisteren ook al heeft geholpen om Rodriguez te zoeken.'

Maria-Elena Rivas vond de groentehandelaar in de wijk Ribera. Er zijn veel winkeltjes in deze wijk, die afgesloten is voor auto's en niet ver van de haven ligt. Om niet al te veel opzien te baren besloot Gropius Francesca in het hotel achter te laten. Hij wilde Jimenez alleen met zijn tolk Maria-Elena opzoeken.
Hernán was een kleine, vriendelijke man met donker kroeshaar. Maar toen hij hoorde dat de Duitser informatie wilde over de eigenaar van de In Nomine Domini, werd zijn gezicht ernstig en afwijzend en hij vroeg: 'Bent u van de politie?'

'Nee, hoe komt u daar nu bij?' vroeg Gropius. 'Ik ben gewoon op zoek naar een goede bekende die Rodriguez heet. Volgens mij zit hij op dat schip.'
'Waarom gaat u er dan niet naartoe en vraagt u het gewoon?'
'Die mensen zijn nu niet bepaald mededeelzaam.'
Toen lachte Jimenez en zei: 'Daar hebt u niet helemaal ongelijk in, señor. Ze zijn daar allemaal een beetje vreemd, dragen witte kleren en eten streng vegetarisch. Daar heb ik natuurlijk niets op tegen, dat begrijpt u. Wat me minder aanstaat, is dat ze allemaal een beetje anders zijn... u begrijpt me wel. Je ziet maar zelden het gezicht van iemand. Maar één keer kwam ik benedendeks een angstaanjagende man tegen, een potige kerel met een mismaakt gezicht. Toen hij mij zag, draaide hij zich om en verdween in een van de vele hutten.'
'Hoeveel mensen zijn er aan boord van de In Nomine Domini?'
'Lastig te zeggen. Als ik afga op wat ik aflever, een man of honderd, honderdvijftig.'
'En waarom vroeg u of ik van de politie was, señor Jimenez?'
'Waarom?' De groentehandelaar haalde zijn schouders op. 'Er klopt iets niet met die gasten. Ze accepteren geen vrouwen, geen vragen en hebben geen naam, alleen geld. Geld hebben ze genoeg. Elke levering wordt contant afgerekend. En als het schip twee of drie dagen in de haven heeft gelegen, vertrekken ze weer voor twee tot drie weken.'
'Maar u hebt u toch wel afgevraagd aan wie u uw groente verkoopt?'
'Ach,' zei Jimenez geïrriteerd. 'Ik vraag de klanten die hier in de winkel komen ook niet naar hun werk of hun overtuiging als ze een kilo tomaten kopen. Maar volgens mij is het een sekte. En nu moet u me verontschuldigen, ik moet voor de avond nog een tweede bestelling afleveren.'
Hij verdween haastig in zijn achteraf gelegen opslagruimte.
Het schip en de opvarenden oefenden een magische aantrekkingskracht op Gropius uit. Een inwendig stemmetje probeerde hem over te halen de In Nomine Domini eens beter te bekijken. Maar hoe?
Ze liepen al over de Calle Sombrerers om op de Via Laietana een taxi te nemen, toen Gropius opeens een inval kreeg. Hij maakte zijn tolk duidelijk dat ze nog even terug moesten.
De groentehandelaar leek niet verbaasd toen Gropius en Maria-Elena terugkwamen. Hij luisterde gelaten naar Gregors plan. 'Zo, zo,' zei hij. 'U wilt me dus helpen met uitladen; helemaal geen slecht idee. Ik ben alleen bang dat de bewakers wantrouwig zullen worden als u daar in uw nette kleren aankomt.'

'Ik zal natuurlijk passende kleding aantrekken,' zei Gropius. 'Wanneer vertrekken we?'
'U moet hier om vijf uur zijn,' zei Jimenez die het wel leuk leek te vinden, 'maar het is beter als u alleen komt.'
Het was niet gemakkelijk om Francesca ervan te overtuigen dat ze beter in het hotel kon blijven. Na alles wat ze met Rodriguez had meegemaakt, was ze bang en ze wilde Gregor niet alleen laten vertrekken. Eindelijk zag ze in dat ze samen amper kans zouden zien om op het schip te komen en dat het risico dat ze dan ontdekt werden veel groter zou zijn.

Hernán Jimenez herkende Gropius bijna niet toen deze even voor vijven de opslagruimte binnenliep. Gregor droeg een blauwe werkbroek en een versleten wit jasje, die hij op de vlooienmarkt Els Encants Nous op de Plaça de les Glòries op de kop had getikt. Alleen zijn goede schoenen pasten niet erg goed bij zijn afgedragen plunje.
Een uur later arriveerde het bestelbusje met het opschrift Verduras bij de pier en reed stapvoets naar de In Nomine Domini die helemaal achteraan lag. Anders dan die middag, toen er op het schip amper iemand te zien was geweest, heerste er nu bedrijvigheid aan dek. En behalve Jimenez waren er nog drie andere leveranciers die hun waren aan boord brachten.
Gropius dacht dat het schip zeker vijftig meter lang was. Behalve het bovendek waren er twee benedendekken met kleine ronde patrijspoorten, de helft van ondoorzichtig glas en de rest witgeverfd. Wat Gregor vooral opviel, was de grote hoeveelheid antennes en de satellietschotels boven de commandobrug. Die contrasteerden nogal met het eerbiedwaardige oude uiterlijk van het schip.
De loopplank werd goed bewaakt. Toen Gropius de eerste kist met komkommers aan boord wilde brengen, werden hij en zijn vrachtje grondig gecontroleerd. Ook Jimenez, die de bewakers toch kenden, mocht pas doorlopen nadat ze hem hadden gefouilleerd.
Het laadluik in de buik van het schip was smal. Daarachter was een donker platform met links en rechts twee smalle gangen die naar de boeg en de achtersteven leidden. 'Mysterious,' – geheimzinnig – zei Jimenez die een steekwagentje met drie op elkaar gestapelde groentekisten voor zich uit duwde. Gropius liep achter hem aan met een kist op zijn linkerschouder, zoals hij het andere havenarbeiders had zien doen. De bedompte lucht, de stank van diesel en het lawaai van de generatoren zorgden voor een beklemmende sfeer.

Koel- en voorraadruimtes lagen in de boeg en boden genoeg ruimte voor levensmiddelen waarvan honderd passagiers plus bemanningsleden een paar maanden konden leven. Meer dan tien keer liepen Gropius en Jimenez van het laadluik naar de voorraadruimtes. Gropius prentte elke deur in zijn geheugen, opende er af en toe eentje en kreeg zo een beeld van het geheel.
Ook benedendeks was er een bewapende, in het zwart geklede bewaker, maar deze nam zijn werk veel minder serieus dan de bewakers die bij de loopplank stonden. En dus bedacht Gropius tijdens het slepen van de kisten een plan dat hij, nog voordat de laatste kisten op hun plek waren, uitvoerde.
Zonder dat Jimenez het merkte, verdween hij in de linnenkamer aan het einde van de gang. Hierin lagen stapels witte lakens, tafelkleden en beddengoed. Een grijze zak met vuil wasgoed was maar halfvol en Gregor zag kans erin te klimmen.
Later wist hij niet meer hoe lang hij in die zak had zitten wachten; één keer dacht hij dat hij Jimenez hoorde roepen. Hij durfde zijn zelfgekozen gevangenis pas te verlaten toen er een luid gebrom door het schip trok dat het geluid van de generatoren overstemde.
Door een van de drie patrijspoorten die aan de buitenkant met olieverf waren besmeerd, zag hij vaag dat de lichten van de pier in beweging kwamen. Dat kan toch niet, dacht Gropius. Jimenez had gezegd dat het schip pas morgen zou uitvaren. Tevergeefs krabde Gropius over het beschilderde glas. Hij kreeg de patrijspoorten niet open. Hij zat in de val!
Hij hoorde harde stemmen op de gang. Wat moest hij doen? Voor het geval hij iemand tegen zou komen en meteen als verstekeling werd ontmaskerd, trok Gropius zijn kleren uit en verwisselde ze voor een witte broek en een wit jasje waarvan er tientallen in de linnenkamer lagen. Toen opende hij de deur op een kiertje en tuurde naar de gang.
Gropius had er niet over nagedacht wat hij zou doen als hij iemand tegenkwam. Hij wist alleen maar dat hij van boord wilde!
Zonder adem te halen en voorzichtig alle kanten opkijkend kwam hij via een smalle houten trap aan dek. In de beschutting van de kajuit probeerde hij zich te oriënteren. Het schip was al zeker vijfhonderd meter bij de pier vandaan en voer naar het zuiden. In een andere situatie zou hij hebben genoten van het uitzicht, de verlichte schepen en de lampjes aan de oever, maar nu had hij geen oog voor het panorama dat de stad bij avond bood. Hij overwoog of hij van boord zou springen om naar de

wal te zwemmen, maar toen hij zich over de reling boog en de gorgelende boeggolf zag, verwierp hij dat idee.
Als verdoofd, niet in staat een beslissing te nemen, wankelde Gropius langs de reling naar het achterdek. Midscheeps, precies onder de commandobrug, straalde er helder licht uit de ramen van een kajuit. Gregor kroop gebukt langs de borstwering en kwam zonder dat iemand hem had opgemerkt op het achterdek. Hij ging op een stapel dik touw zitten en sloeg vertwijfeld zijn handen voor zijn gezicht.
Je hebt wel vaker in een uitzichtloze situatie gezeten en daar ben je ook uitgekomen, probeerde hij zichzelf moed in te spreken. Tevergeefs. In werkelijkheid was hij ontzettend bang, net zoals toen in die eenzame boerenhoeve in de buurt van Asti. Hij kon zich heel goed voorstellen wat die figuren met hem zouden doen. En het was nergens gemakkelijker om je van een lijk te ontdoen dan op volle zee.
Gropius had geen flauw idee waar de In Nomine Domini naartoe voer, en eigenlijk interesseerde hem dat ook helemaal niet. Toen hoorde hij vanuit de kajuit een kreet. Onder de bescherming van een reddingsboot sloop Gregor naar het raam en tuurde naar binnen.
Wat hij zag, had iets spookachtigs. Op een soort troon met een hoge rugleuning zat een in het wit geklede, afschuwelijk verminkte man. Zijn gezicht was onherkenbaar door littekens en verbrande huid. Zijn gewaad leek op een soutane en was van zijn hals tot aan zijn voeten dichtgeknoopt. Een stukje bij hem vandaan zat een halfnaakte, deerniswekkende persoon geknield op een houten krukje; zijn bovenlichaam zat vol striemen en bloedende wonden. De man had handboeien om. Een kerel in zwarte kleren sloeg de arme man met een korte zweep met ijzeren kogels eraan. Dat gebeurde zonder zichtbare agressie, alsof iedereen die bij dit gruwelijke tafereel betrokken was, ermee instemde.
Na een paar minuten kwam er een einde aan de marteling met een vreemd gebaar: de in het wit geklede man stond op en maakte met zijn rechterhand een zegenend kruisteken; daarna leidde de in het zwart geklede beul zijn slachtoffer de kajuit uit. Toen zag Gropius het gezicht van de kleine gedrongen man, en ook al hing zijn lange donkere haar in slierten voor zijn gezicht, toch herkende Gropius hem meteen: Ramón Rodriguez.
Gropius snakte naar adem. Hij voelde zich beroerd. Rodriguez! Tot nu toe had hij de man als gevaarlijk beschouwd, maar nu had hij medelijden met hem.
De lichtjes aan de horizon waren al lang verdwenen en de In Nomine Domini voer nog slechts op halve kracht. Gropius vroeg zich af hoe hij

de nacht zou doorbrengen. De reddingsboten vooraan – in totaal waren er tien aan boord – leken hem het veiligst en Gropius haalde bij de eerste boot het touw los waarmee het geteerde zeildoek was vastgebonden. Er was maar een kleine kans dat ze hem in een reddingsboot zouden ontdekken; in elk geval een kleinere kans dan wanneer hij de nacht ergens benedendeks zou doorbrengen. Morgen, dacht Gropius, morgen kijk ik wel verder.
Gropius had moeite met inslapen doordat de planken van de reddingsboot zo hard waren. Daarbij kwam de onzekerheid over de vraag wat deze lieden zouden doen als ze een verstekeling vonden. En als ze doorhadden wíe er bij hen aan boord was geslopen, dan, dacht Gropius, was zijn leven geen cent meer waard.
Zijn kleren! Terwijl hij onrustig lag te soezen, dacht hij opeens aan de oude kleren die hij in de linnenkamer had achtergelaten. Als ze die vonden, zou er zeker een zoekactie op touw worden gezet. Hij moest ze ophalen.
De kajuit waarin dat afschuwelijke tafereel had plaatsgevonden, lag nu in het donker. Gropius sloop via dezelfde weg terug en vond zijn kleren in de linnenkamer op precies dezelfde plek als waar hij ze had neergelegd. Haastig rolde hij ze op tot een bundeltje en hij wilde net teruggaan, toen hij uit de deur ertegenover gejammer hoorde. Hij wist dat het dom was, maar opende toch de deur op een kiertje en gluurde naar binnen. Binnen brandde een fel licht.
In tegenstelling tot de spaarzaam verlichte gang was de cel van binnen helder verlicht. Op de grond zat jammerend en met zijn rug tegen de met bloed besmeurde wand van de kajuit Ramón Rodriguez. Zijn rechtervoet was vastgeketend. De zware ijzeren ketting verleende hem amper twee meter bewegingsvrijheid. Gropius deed de deur achter zich dicht.
Rodriguez keek Gropius apathisch aan en staarde toen weer voor zich uit. Een plastic emmer die in de hoek stond, verspreidde een afschuwelijke stank. Op een bord op de vloer lag oud brood.
'U bent de laatste die ik hier had verwacht,' kreunde Rodriguez opeens en zonder op te kijken. Zijn stem klonk zwak. 'Hoe komt u op dit schip?'
Gropius negeerde die vraag en vroeg: 'Wat is hier eigenlijk aan de hand? Waarom wordt u zo toegetakeld?'
'Ze zullen me doodmaken,' stamelde de man, 'morgen, overmorgen, als ik al niet eerder ben gecrepeerd!'

Er liep een plakkerig mengsel van zweet en bloed over zijn bovenlichaam en hij wreef met zijn onderarm over zijn ogen. Toen zei hij zacht: 'Ik heb het niet vrijwillig gedaan, weet u. Maar toen ik begreep wat hier aan de hand was, was het al te laat.'
'Wat hebt u niet vrijwillig gedaan?' vroeg Gropius voorzichtig.
'U dag en nacht geschaduwd! Dat was in opdracht van de hoogste bazen, begrijpt u. En als je eenmaal bij deze orde hoort, is er geen weg meer terug. Je krijgt een opdracht, en als je je niet aan de regels houdt, heb je je leven verspeeld.'
'Over welke orde hebt u het?'
'Over de orde In Nomine Domini, IND, wist u dat niet?'
'Nee, dat wist ik niet.'
'Hoe bent u hier dan terechtgekomen? U bent toch professor Gropius?' Rodriguez keek moeizaam op.
'Ja, dat klopt. Maar het zou te veel tijd kosten om uw vraag te beantwoorden. Vertel me liever hoe u in deze afschuwelijke situatie terecht bent gekomen. Misschien kan ik u helpen.'
'U mij helpen? Waarom zou u dat doen? Na alles wat er is gebeurd. Maar ik heb u gewaarschuwd, toen in Berlijn, weet u nog? Waarom bent u toen niet gestopt?'
'Dan zou ik nu niet hier zijn!'
'Ik weet zeker dat dat beter voor u was geweest. Waarom loopt u hier trouwens nog steeds vrij rond?'
'Omdat ik hier officieel helemaal niet ben. Ik ben eigenlijk een verstekeling.'
'Wilt u daarmee zeggen dat u zonder dat iemand dat heeft gemerkt op dit schip bent gekomen?'
Gropius knikte.
'U geeft het ook nooit op,' zei Rodriguez waarderend.
'Niet als mijn goede naam op het spel staat. Maar eerlijk gezegd ben ik hier ook niet helemaal vrijwillig. Ik ben op dit schip geslopen om meer te weten te komen over degenen die de touwtjes in handen hebben bij deze orde en heb toen helemaal niet gemerkt dat het schip vertrok. En nu ben ik, eerlijk gezegd, doodsbenauwd. Waar varen we eigenlijk naar toe?'
'Waar naartoe? Dat maakt toch niks uit! Dit schip legt nergens aan en dwaalt als de Vliegende Hollander over de Middellandse Zee. Een verdomd goed idee om aan alle naspeuringen, alle wetten en alle belastingambtenaren te ontsnappen. Vindt u niet?'

Rodriguez wenkte Gropius dichterbij en fluisterde: 'Twee deuren verderop staat een oude kluis, net zo oud als dit schip. Daarin ligt vijftig miljoen euro. De orde heeft namelijk geen bankrekening. Officieel bestaat ze helemaal niet, weet u.'
Onder andere omstandigheden zou Gropius hebben gedacht dat Rodriguez een beetje zat op te scheppen, maar één blik op de gemartelde man, die de indruk wekte alsof hij al afscheid van het leven had genomen, was genoeg om elke twijfel aan de kant te schuiven.
'En waar komt al dat geld vandaan?' vroeg Gropius.
'Tja, wat denkt u! Er is maar één instelling op de wereld die dergelijke bedragen ongemerkt heen en weer kan schuiven, en dat is het Vaticaan.'
'Maar het Vaticaan financiert deze orde toch niet uit christelijke naastenliefde!'
'Uit naastenliefde? Laat me niet lachen! Nee, uit drang tot zelfbehoud. Kardinaal-staatssecretaris Calvi geloofde tot voor kort dat de orde In Nomine Domini het Golgotha-dossier in bezit had en dus kon bewijzen dat het de botten van de Heer Jezus zijn die tot nog niet zo lang geleden in een stenen trog voor de muren van Jeruzalem lagen.'
'En waar is dat Golgotha-dossier echt?'
'Moet juist ú dat vragen?' Rodriguez keek hem wantrouwend aan. 'Mazara zegt dat ú dat dossier na de dood van Schlesinger in bezit hebt gehad om een tweede keer geld te kunnen incasseren.'
'Waarom juist ik?'
'U bent de enige die in contact stond met alle insiders.'
'Maar ik heb dat dossier niet. Misschien heeft Schlesinger het meegenomen in zijn graf.'
'Dat weet God, maar ook die zal het niet zeker weten. Die Schlesinger was een geraffineerde vent. Hij verkocht slechts onvolledige bewijzen van zijn ontdekking aan Zijne Heiligheid Giuseppe Mazara, kennelijk met als doel zijn leven veilig te stellen. Hij dacht waarschijnlijk dat hij zou worden vermoord als hij alle bewijzen prijsgaf.'
Gropius keek verbaasd. 'Wie is in vredesnaam Giuseppe Mazara?'
'De voorganger van kardinaal-staatssecretaris Paolo Calvi. Calvi en Mazara waren allebei lid van de curie en werden daar bittere vijanden. Calvi was jaloers op Mazara vanwege zijn functie, dat wist iedereen. Hij dacht dat hij een betere kardinaal-staatssecretaris zou zijn en verkondigde regelmatig dat Mazara een zwakkeling was die de kerk alleen maar schade berokkende. Op een dag, op de weg van Castel Gandolfo naar Rome, raakte de dienstlimousine van Mazara in een slip, knalde tegen

een boom en ging in vlammen op. Mazara ontsnapte ternauwernood aan de dood, maar had zware verbrandingen. Hij moest zijn functie opgeven. Ten slotte verdwijnt hij uit het Vaticaan en duikt pas een jaar later weer op... als chanteur van zijn opvolger kardinaal-staatssecretaris Paolo Calvi. Vanaf dat moment heeft Mazara Calvi feitelijk in zijn greep. Begrijpt u nu waarom Mazara alles op alles zet om Schlesingers dossier in handen te krijgen?'
'Jazeker. Maar die Mazara...'
'U hebt gelijk, die is gek!' Rodriguez liet Gropius niet uitpraten. 'Hij schijnt vroeger een knappe kop geweest te zijn, maar na zijn auto-ongeluk vertoont hij duidelijke tekenen van waanzin. Hij wenst als stichter van de orde met Uwe Heiligheid te worden aangesproken. Mazara schijnt een open, liberale man te zijn geweest, maar inmiddels is zijn karakter helemaal veranderd. Zijne Heiligheid is een aartsconservatief geworden, een reactionair, een sadist. Hij doet net alsof hij zondige priesters opneemt en hen op het rechte pad zet, maar in werkelijkheid misbruikt hij hen voor zijn lage instincten en laat hen "in de naam des Heren" martelen en moorden.'
'Zondige priesters? Dat moet u me uitleggen.'
Rodriguez haalde zijn schouders op. 'Mensen zoals ik. Ik was een plattelandsgeestelijke in een dorpje bij Granolers, totdat mijn pad werd gekruist door een lerares. Een bekoorlijk, goddelijk wezen, vol affectie en liefde in haar grote boezem, u begrijpt me wel. Ik wilde haar niet opgeven, en vervolgens werd er een genadeloos automatisme in gang gezet dat eindigde met een beroepsverbod. Maar waar kan een uit zijn ambt ontheven priester van leven?'
'Ik begrijp het. En later viel u bij Zijne Heiligheid in ongenade.'
'Juist. Toen ik Francesca Colella voor het eerst zag, dacht ik weer terug aan mijn grote liefde. Zij had me al lang geleden verlaten en signora Colella was gewoon haar evenbeeld. Ik probeerde haar onbeholpen het hof te maken, maar dat mislukte. Ik bedronk me en moest door mijn medebroeders tot rede worden gebracht. Mazara duldt geen uitwassen. Hij beschouwt het leven als boetedoening.'
'Boetedoening waarvoor?'
'Voor de zondigheid van de mens. De mens, zegt Mazara, is niet voor zijn plezier op de wereld, maar om de wil van God te vervullen. Het is niet de wil van God om te genieten van het leven. Het leven van een mens kunstmatig verlengen is een misdaad. Voor een ieder is voorbestemd wanneer zijn einde is gekomen. Daarom is hij ook tegen bloed-

transfusies, orgaantransplantaties en maatregelen die het leven verlengen. Dat is, zegt Mazara, allemaal tegen de wil van God.'
'Hebt u dan ook Francesca's man Constantino vermoord?'
'Ik niet persoonlijk, maar de orde In Nomine Domini.'
'En Sheba Yadin?'
'Zij wilde de orde afpersen met de kennis die Schlesinger haar had toevertrouwd. Met de Luca was dat precies zo.'
Gropius was zo boos dat hij even stilhield. Na een tijdje zei hij: 'En Arno Schlesinger? Wie heeft hem gedood?'
'Ja, Schlesinger! Hij is ternauwernood ontsnapt aan die aanslag in Jeruzalem. Misschien was het niet eens de bedoeling dat hij daardoor zou omkomen. Het ging het Vaticaan er in eerste instantie om de botten van onze Heer Jezus uit de weg te ruimen.'
'Het Vaticaan? Wilt u daarmee zeggen dat niet uw organisatie, maar het Vaticaan die aanslag in Jeruzalem heeft gepleegd?'
'Ja, dat is zo. U mag niet al het kwaad in deze wereld toeschrijven aan de orde In Nomine Domini. Er zijn nog meer dan genoeg andere slechte mensen. Hoe dan ook, staatssecretaris Paolo Calvi respectievelijk zijn secretaris Crucitti heeft een Palestijnse commando-eenheid opdracht gegeven om het "probleem" met een kneedbom uit de wereld te helpen. Een nogal dom plan, zoals later ook wel zou blijken.'
'Omdat Schlesinger die aanslag overleefde?'
'Niet alleen daarom. Hoe moest Calvi weten of Schlesinger de bewijzen die hij in zijn bezit had, niet ergens had gedeponeerd, zodat ze nog eens gepubliceerd konden worden? Want Schlesinger had natuurlijk al lang een paar botten apart gelegd en die op een onbekende plek bewaard.'
'Dus in feite hebben Calvi en Crucitti de dood van Schlesinger op hun geweten?'
Rodriguez schudde heftig met zijn hoofd. 'Waarom zou ik liegen? De orde In Nomine Domini heeft inmiddels in heel Europa aanhangers, door de roomse kerk ontslagen priesters die moeite hebben om het hoofd boven water te houden. Ze gehoorzamen Mazara klakkeloos, zonder dat ze hem ooit hebben gezien, zonder te weten waar hij zich eigenlijk bevindt. En om hun boetvaardigheid te bewijzen doen ze zelfs dingen die niemand hun heeft opgedragen.'
Nog terwijl hij sprak, zakte Rodriguez krachteloos in elkaar. 'En laat me nu maar met rust. Ik heb alles verteld.' Alsof het leven uit hem was geweken, staarde Rodriguez niets ziend voor zich uit.
Gropius hoorde voetstappen op de gang die zich weer verwijderden. Hij

had dringend behoefte aan frisse lucht en deed heel voorzichtig de deur van de kajuit open. Met zijn kledingbundeltje onder zijn arm bereikte hij in een paar stappen de trap naar het bovendek.
Het was al ver na middernacht en hij ademde de koude zeelucht diep in. Alles wat Rodriguez hem had verteld, had hem verontrust en de uitzichtloze situatie waarin hij zich bevond naar achteren gedrongen. Gebukt liep Gropius naar de reddingsboot en glipte onder het zeildoek. Ondanks het feit dat de zee kalm was, hoefde hij niet aan slaap te denken. Er tolden te veel gedachten door zijn hoofd. Op het laatst was er één vraag die overheerste: hoe zou de waanzinnige Mazara reageren als hij zich overgaf? Tot nu toe had de aanname dat hij, Gropius, het Golgotha-dossier in zijn bezit had hem voor een erger lot behoed. Maar nu, nu Mazara en zijn mensen waren ontmaskerd, nu hij zich in het hol van de leeuw had gewaagd, moest hij vrezen dat deze gek onvoorspelbaar zou reageren. Hij pijnigde zijn hersens in een poging een uitweg te vinden, maar zonder resultaat.
Bang luisterde hij naar de monotonie van onbekende geluiden, toen hij opeens op het dek snelle voetstappen hoorde. Voorzichtig schoof Gropius het zeildoek een stukje opzij. In het donker zag hij drie mannen in overal die op drie verschillende plaatsen op het schip bezig waren. Een vierde stond, lang en mager, op de boeg van het schip, met een machinepistool in de aanslag.
Eerst begreep Gropius niets van de handelingen van de mannen, die doelbewust, alsof ze dit al honderden keren hadden gedaan, aan het werk waren. Een dof, bijna onhoorbaar gerommel bracht Gropius ertoe naar de donkere zee te kijken waar dat ondefinieerbare geluid vandaan kwam. Heel even dacht hij de omtrek van een speedboot te zien die op een afstand van ongeveer tweehonderd meter naast het schip voer. Wat had dat te betekenen?
Hoe langer het duurde, hoe onrustiger de bewaker met het machinepistool werd. Uiteindelijk begon hij, met zijn wapen van links naar rechts zwaaiend, voor de kajuitopbouw van het schip heen en weer te lopen. Op een paar stappen van de reddingsboot waarin Gropius zich had verstopt, bleef hij staan. Hij fluisterde een onverstaanbaar commando tegen zijn mannen. Toen draaide hij zich opeens om. Gropius keek recht in de loop van het machinepistool. Eigenlijk kon de man hem niet hebben gezien, maar Gropius klom in panische angst en met zijn armen omhoog uit zijn schuilplaats. Hij hoorde een kil klikje toen de onbekende man zijn wapen ontgrendelde. Met gesloten ogen wachtte Gropius

op de inslag van de kogels in zijn borstkas. Hij stond daar, bewegingsloos en niet in staat iets te voelen. Dit, dacht hij, is het einde.
Waarom haalde hij de trekker niet over? Gropius wachtte, wachtte een eeuwigheid, wenste dat het eindelijk voorbij was. Waarom schoot die man niet?
Aarzelend opende hij zijn ogen en keek in een bekend gezicht.
'Prasskov, jij?'
De vroegere vrienden stonden een hele tijd zwijgend tegenover elkaar. Prasskov was niet minder geschokt dan Gropius. Gropius vond als eerste zijn stem weer terug.
'Wat is hier eigenlijk aan de hand?' fluisterende hij met een dun stemmetje. Hij hoopte dat Prasskov niet zou merken dat hij over zijn hele lichaam stond te trillen. 'Ik dacht dat je plastisch chirurg was in plaats van een gangster,' voegde hij eraan toe.
Inmiddels had ook Prasskov zich hersteld van hun onwaarschijnlijke ontmoeting. Toonloos antwoordde hij: 'Zoals je ziet, sluit het een het ander niet uit. Maar wat heb jij met deze broeders te maken?'
'Niets, helemaal niets,' antwoordde Gropius, 'ik wilde alleen te weten komen welke orde zoveel mensen heeft vermoord.'
Prasskov grijnsde vals. 'Dan kunnen we samenwerken! Wij zijn hier om voor eens en voor altijd een einde te maken aan hun praktijken. Deze broeders zijn slecht voor de zaken.'
'Wat bedoel je daarmee?'
Met zijn machinepistool in de aanslag draaide Prasskov zich voorzichtig om zijn as en bekeek ondertussen elk hoekje van het schip. Ten slotte antwoordde hij gelaten: 'Het aantal transplantaties is dramatisch teruggelopen. De mensen zijn bang voor verziekte organen. Veel potentiële orgaanontvangers sterven liever een natuurlijke dood dan aan een vergiftigd donororgaan. En dat betekent: minder vraag naar organen. En minder vraag heeft op de vrije markt lagere prijzen tot gevolg... een heel eenvoudig rekensommetje. En daarom zal dit schip binnen een paar minuten door een stuk of zes explosieve ladingen naar de bodem van de zee verdwijnen.'
'Explosieve ladingen? Hebben jouw mensen springstof aangebracht?'
'Goed geraden, collega. En er is geen mens die een traan zal laten om een van deze kerels. Mijn jongens zijn door de branche, de KGB, opgeleid.'
Gropius keek Prasskov lang aan. Ondanks het duister zag hij de boosaardige gezichtsuitdrukking van de man. Opeens viel hem iets in: 'Prasskov, is het mogelijk dat het pakketje aan Felicia Schlesinger, dat *míj* bijna heeft gedood, ook van jou afkomstig was?'

Heel even keek Prasskov onzeker, maar toen antwoordde hij spottend: 'Wat denk je wel, Gropius, zoiets zou ik nooit doen. Hoewel, je zou het wel hebben verdiend. Per slot van rekening heb je mijn zaken in de soep laten lopen.'
Toen hief Gropius zijn beide vuisten en sloeg buiten zinnen op Prasskovs borst. 'Jij misselijke klootzak!'
Prasskov draaide zich blasé om en liet het aan twee van zijn mannen over om de razende Gropius tot rede te brengen. Ze draaiden zijn armen op zijn rug.
'Luister eens, bokskampioen!' zei Prasskov met geheven wijsvinger. 'Voordat je op onschuldige mensen begint in te beuken, moet je eraan denken dat we vroeger samen golf hebben gespeeld!'
Met een zacht fluitje verzamelde hij zijn mannen, van wie er één een signaal gaf met zijn zaklamp. De speedboot draaide langszij, en Prasskov en zijn mannen lieten zich via een touw dat aan de reling was bevestigd naar beneden zakken. Nog voordat Gropius kon reageren, gaf de snelle boot gas.
Gropius had het gevoel dat hij flauw zou vallen. Hij sloot zijn ogen. Dat was het dan, dacht hij. Het kon elk moment gebeuren, de grote knal. Dan was het allemaal afgelopen. Hij dacht niet meer na, voelde niets meer; hij bevond zich in een soort schemertoestand.
Daarom hoorde Gropius ook niet het geluid van een motor die vanuit het westen dichterbij kwam. Pas toen iemand zijn naam riep, ontwaakte hij uit zijn verdoving en opende zijn ogen.
'Gropius!'
Hij keek over de reling naar beneden.
Prasskov stond op de achtersteven van de speedboot en zwaaide wild met zijn armen. 'Kom op, spring! Dit is je laatste kans!'
Op het achterdek van de In Nomine Domini gingen lampen aan. Het lawaai had de manschappen gewekt.
Gropius dacht niet lang na, hij zwaaide over de reling en sprong in één keer op de boeg van de speedboot. Zijn rechterbeen deed pijn, maar toen hij de dreunende motor hoorde, klonk dat als een bevrijding.
De boot gooide zijn boeg op de golven. Het water knalde tegen de speedboot. Prasskov stuurde en Gropius klemde zich vast aan de zitbank achterin. Het lawaai van de motoren maakte elk gesprek onmogelijk.
Plotseling draaide de man naast Prasskov zich om. Hij had een kastje met een korte antenne in zijn handen en zag er heel kalm uit. Prasskov riep iets tegen hem en de man met de zender maakte een heftige beweging.
Op datzelfde moment verlichtte een enorme explosie de zee tot aan de

horizon. Gropius staarde helemaal overstuur naar de schokkende vuurbal in de verte. Vlammen schoten omhoog.
Prasskov slaakte een overwinningskreet en liet de speedboot nog harder gaan. De vlammen achter hen wisselden van kleur, het lichte geel veranderde in dieprood alsof het een gloeiende klomp ijzer was. Na een paar minuten, de speedboot had al zeker twee mijl afgelegd, werden de vlammen opgeslokt door het duister.
Terwijl de boot naar een onbekende bestemming raasde, daagde in het oosten de grauwe ochtendschemering. Gregors schedel dreunde van de harde klappen van de boot op de golven. Prasskov stond gebukt achter het stuur van het razende vaartuig. Op het radarscherm naast hem was een felgroen beeld te zien.
Na een uur doemde de kust op, eerst een diffuus oplichtend streepje en toen een lijn met duidelijke contouren: Barcelona.
Toen ze de pier van de jachthaven tot op een halve mijl waren genaderd, liet Prasskov de boot langzamer varen en gaf het roer over aan een van zijn mannen. Toen klom hij over de rugleuning van de achterste bank naar Gropius. Gregor zei niets. Hij wist niet wat Prasskov van plan was en liet het willoos over zich heenkomen toen deze hem – hij had nog steeds de witte kleren van de orde aan – bij zijn kraag pakte en uitriep: 'Deze is voor jou, ellendige klootzak!'
Gropius voelde een vuistslag tegen zijn kaak, hij struikelde en verloor heel even het bewustzijn, maar toen hij op zijn rug in het ijskoude water terechtkwam, kwam hij al snel weer bij.
De motoren brulden en de boot voer snel in de richting van de kust.
Gropius was geen slechte zwemmer, maar de golven en het ijskoude water maakten het hem moeilijk. Spontaan wilde hij zijn kleren uittrekken, maar toen schoot hem te binnen dat hij naakt niet zo'n goed figuur zou slaan als hij uit het water kwam. Dus zwom hij met zijn kleren aan naar de kust.
Ongeveer halverwege kwam er een vissersboot naar hem toe die hem aan boord nam. De schipper, een oude Catalaan die maar een paar woorden Engels sprak, gaf hem zijn mobiele telefoon en Gropius toetste Francesca's nummer in.
'Waar ben je?' vroeg Francesca buiten zichzelf. 'Ik heb de halve nacht geen oog dichtgedaan en was net van plan om naar de politie te gaan.'
'Niet nodig,' antwoordde hij. 'Het is al goed als je me ophaalt bij de jachthaven en droge kleren meeneemt. Een visser heeft me zojuist uit zee opgevist.'

Francesca zweeg even van schrik. Toen zei ze: 'Ik kom er meteen aan, Gregor. Is verder alles in orde?'
Gregor lachte luid, hij lachte zelfs zo luid dat de visser hem bezorgd aankeek. 'Ja, alles is in orde,' antwoordde hij.

18

Ze waren pas laat in de nacht met het laatste toestel vanuit Barcelona naar München teruggekeerd en uitgeput in bed gevallen. Nu, het was al bijna middag, zaten ze te ontbijten. Gropius keek de post door die zich tijdens zijn afwezigheid had opgestapeld.

'Dat heb ik zelfs na drie weken vakantie niet,' zei Francesca die naar hem zat te kijken, 'alleen belangrijke mensen krijgen zoveel post. Ik denk...'

'Wat denk je?'

'Nou ja, het moet toch leuk zijn om zoveel brieven te krijgen. Nieuws van belangrijke mensen, uitnodigingen voor diverse gelegenheden...'

Gregor viel haar in de rede: 'Rekeningen en reclame! Het meeste kan meteen in de prullenbak.' Ze lachten.

De afgelopen dagen hadden ze samen doorgebracht.

Zijn hart was een verdomd trage spier, dacht Gropius, maar hij wist nu eindelijk heel zeker dat Francesca de juiste vrouw voor hem was.

Na de verschrikkelijke gebeurtenissen in Barcelona wilden ze eerst een paar dagen in een hotel in de bergen doorbrengen om een beetje te ontspannen voordat Gropius definitief zou besluiten wat hij nu verder wilde doen. Francesca had hem duidelijk gemaakt dat ze hem de komende tijd niet uit het oog zou verliezen en dat had Gregor zeker niet als een bedreiging opgevat.

Opeens stokte hij tijdens het doornemen van zijn post.

Francesca zag de spanning op zijn gezicht en vroeg voorzichtig: 'Is er iets aan de hand?'

Gregor aarzelde even en gaf Francesca toen een kaart die hij zojuist uit een envelop had gehaald.

Francesca las zachtjes voor: 'Dr. Anatol Rauthmann en Felicia Schlesinger nodigen u ter gelegenheid van hun verloving uit voor een receptie op 10 maart in hotel De Vier Jaargetijden.'

'Komt een beetje onverwachts,' mompelde Gregor.

Francesca gaf hem de kaart terug en keek hem lang aan. 'Je hebt van haar gehouden, nietwaar, en zij ook van jou.'

'Gehouden?' Gropius schudde zijn hoofd. 'Vaak brengt het lot de wegen van twee mensen samen, en dan denk je om bepaalde redenen dat je voor elkaar bestemd bent. Later realiseer je je dan met verbazing dat je alleen maar van die situatie hebt gehouden en niet van die persoon.'

'En dat was zo'n situatie?'
'Ja, volgens mij wel.'
'En hoe zit dat bij ons?' Francesca keek Gregor met vaste blik aan.
Gregor pakte haar hand en drukte er een kus op. 'Ik hou van je,' zei hij zacht.

Felicia had voor de receptie in De Vier Jaargetijden ongeveer vijftig mensen uitgenodigd, voornamelijk vrienden en kennissen uit de kunsthandel, plus enkele bekende kunstverzamelaars die Gropius niet kende. Francesca had voor deze gelegenheid bij Lanvin in de Maximilianstrasse een crèmekleurig geplisseerd cocktailjurkje van crêpe de Chine gekocht en stelde met haar verschijning de hoofdpersoon bijna in de schaduw.
Zoals verwacht verliep de begroeting tussen de beide vrouwen gereserveerd, maar Gregors gelukwensen kwamen uit zijn hart. Even stonden Gregor en Felicia zwijgend tegenover elkaar. Toen zei hij: 'Het lot is soms grillig', en drukte Felicia verstolen een kus op haar wang.
Anatol Rauthmann knikte instemmend: 'Als u me tijdens onze eerste ontmoeting toen bij de Tegernsee had voorspeld dat we elkaar ter gelegenheid van onze verloving weer zouden ontmoeten, zou ik u waarschijnlijk voor gek hebben verklaard, professor!' Ondertussen keek hij verliefd naar Felicia.
Gropius glimlachte. Hij had Rauthmann een vreemde vogel gevonden die had verklaard dat hij met de wetenschap was getrouwd. Nu stond er een vlotte man tegenover hem die afscheid had genomen van zijn oudemannenbaardje en een elegante witte smoking droeg. 'Ik ben heel blij voor u,' zei Gropius. 'Felicia is een prachtvrouw.'
'Dat vind ik ook,' antwoordde Rauthmann. 'Nu wilt u natuurlijk weten hoe we elkaar beter hebben leren kennen. Ik ben verschillende dagen bij Felicia geweest om de wetenschappelijke erfenis te sorteren. De eerste drie dagen heb ik uiterst geconcentreerd gewerkt, maar opeens was ik niet meer in staat mijn werk voort te zetten. Toen ik Felicia vertelde welke gevoelens ik voor haar had, zei ze dat het bij haar net zo was. Best wel een gek verhaal.'
Terwijl Francesca door een half dozijn mannen werd omringd, trok Gregor Felicia terzijde en vertelde haar wat er de laatste weken allemaal was gebeurd. Maar zijn informatie bleek hem meer van slag te brengen dan Felicia. Gropius kreeg zelfs de indruk dat ze hem niet helemaal geloofde.
'Luister,' zei ze toen Gropius uitverteld was, 'voor mij is de zaak Schle-

singer al lang afgesloten. Deze man heeft me ontzettend bedrogen en dat hij is vermoord, is alleen maar het logische gevolg van al zijn stiekeme gedoe.'
'Je kunt het hem dus niet vergeven?'
'Nee. Een man die me vier jaar lang heeft bedrogen niet. En dat geld, die tien miljoen?' vroeg ze hem op de man af.
'Die zijn van jou. Degenen die ze terug hadden kunnen eisen, liggen nu op de bodem van de zee, ergens tussen Barcelona en Majorca, of ze zijn door de haaien opgegeten.'
Felicia hief haar champagneglas en bracht een toost uit: 'Op de haaien!'
'Op jullie!' zei Gregor. Toen vroeg hij: 'Heeft Rauthmann tijdens het schiften van Arno's erfenis geen aanwijzingen voor zijn duistere praktijken gevonden?'
'Voorzover ik weet niet. Maar de politie heeft onlangs iets ontdekt: Arno's oude Citroën DS21. Die betekende alles voor hem. Arno had die auto in een parkeergarage in de buurt van het ziekenhuis gezet. Wie weet waarom. De parkeergarage eiste dertienhonderd euro parkeergeld van mij. Ik kon niets anders doen dan betalen.'
Gregor dronk zijn glas in één teug leeg. 'En waar is de auto nu?'
Felicia lachte spottend: 'In de pers van de sloper, in één keer één meter kleiner. Ik kon dat oude kreng niet meer zien.'
Gropius kreeg opeens een idee. 'Wanneer was dat?' vroeg hij zacht maar dringend. 'Ik bedoel, wanneer is de auto opgehaald?'
'Ik weet het niet precies, een dag of twee, drie geleden. Hij is vanuit de parkeergarage naar de sloper gebracht. Dat heeft me alles bij elkaar ook nog eens vijfhonderd euro gekost. Maar ik zweer je, Gregor, dat was de laatste euro die ik voor Arno heb uitgegeven!'
'En naar welke sloper is de auto gebracht?' vroeg Gregor opgewonden.
'Welke sloper?' Felicia's stem klonk ongeïnteresseerd. 'Ergens in het oosten van de stad. Adebar of zoiets. Waarom vraag je dat? Die auto is niets waard, vervallen, net als Arno.'
'Wat het soms Adebar Oude Metalen?'
'Ja, dat was het. Maar neem me niet kwalijk, op een dag als vandaag zijn er misschien wel interessantere gespreksonderwerpen dan het slopen van auto's.'
Gregor verontschuldigde zich en zocht tussen de gasten naar Francesca.

De volgende ochtend was Gropius al bij het aanbreken van de dag stilletjes uit bed geslopen. Uit angst zich toch nog een keer te blameren had

hij Francesca niets over zijn plan verteld. Natuurlijk was het haar wel opgevallen dat hij de vorige avond opeens zo onrustig was geworden, maar ze wilde hem niet lastigvallen.
Nu reed Gropius in oostelijke richting over de Wasserburger Landstrasse. Hij hoopte maar dat de slopers hun werk nog niet hadden gedaan. Misschien reed hij er wel helemaal voor niets naartoe. Het was maar een idee, net zo absurd als het meeste wat hem de afgelopen maanden was overkomen.
Even na het begin van de werktijd om zeven uur, het was zojuist zachtjes gaan regenen, reed Gropius met zijn terreinwagen door de ijzeren poort met het bord 'Adebar Oude Metalen'. Aan weerszijden van de onverharde weg lagen de autowrakken hoog opgestapeld. Aan het einde ervan verrees een gigantische autopers. Daarvoor stond een dragline op vier spinachtige poten veel lawaai te maken. Hij had een gigantisch grote grijper die met één greep een auto kon vastklemmen, optillen, opzij zwaaien en in de pers laten vallen.
Gropius stopte en stapte uit zijn auto. Het terrein was spookachtig leeg. Geen mens te zien, alleen boven in de cabine was tussen de ruitenwissers door af en toe het gezicht van de machinist te onderscheiden.
Met zijn hand boven zijn ogen zocht Gropius naar Schlesingers DS21 die, dacht hij, wel zou opvallen tussen honderd andere oude auto's. Eerst keek hij naar de in een rij staande autowrakken die op hun roemloze einde stonden te wachten. Toen keek hij omhoog, waar precies boven zijn hoofd een auto naar de pers werd gezwaaid.
De Citroën!
Gropius uitte een kreet in de hoop dat de machinist hem zou horen. Maar die ging onverdroten door met zijn werk. Gropius zwaaide met zijn armen, sprong wild gesticulerend op en neer en wees met zijn rechterarm naar de auto in de grijper. Tevergeefs. In paniek greep Gregor naar een stuk metaal dat op de grond lag en gooide dat naar de cabine van de gigantische dragline. Gregor schrok zelf van de knal die zijn worp veroorzaakte. Het glas versplinterde en de scherven vielen als een hagelbui naar beneden.
De machinist keek geschrokken naar beneden. Hij begreep niet wat er was gebeurd. Aan de grijper zwaaide de Citroën heen en weer. Gropius riep naar de man.
Vloekend en tierend klom de man via de smalle ijzeren ladder naar beneden. Het lukte Gropius maar amper om de man uit te leggen dat er volgens hem belangrijke papieren in de auto zaten die in de grijper hing. Pas

toen hij de man verzekerde dat hij de aangerichte schade zou vergoeden, was de machinist bereid de Citroën weer op de grond te zetten.
De grijparmen hadden zich door de autoramen naar binnen geboord en de bekleding van de stoelen kapotgescheurd. Waar moest hij zoeken? Het handschoenenvakje was leeg, ook onder de voorstoelen lag niets. Onder de achterbank evenmin. De klep van de kofferbak klemde. Hij kreeg hem pas open met een breekijzer. Het reservewiel was verwijderd. In plaats van de bekleding lagen er vuile krantenpagina's in de kofferbak. Gropius wilde net teleurgesteld ophouden met zoeken, toen hij een krant opzij schoof.
'Dat is niet waar!' mompelde hij ongelovig. 'Dat kan niet waar zijn!' Voor hem lag een grijs dossier, smerig en onooglijk. Hij keek er even in en wist dat hij had gevonden waar hij al zo lang naar op zoek was.
Het ging harder regenen en Gropius gaf de machinist zijn visitekaartje. Toen liep hij naar zijn terreinwagen.
Dikke regendruppels kletterden als projectielen op het autodak en verhinderden elke heldere gedachte. Gropius zag dat zijn handen trilden toen hij het dossier opensloeg en erin begon te bladeren. Wat hem meteen opviel waren twee DNA-analyses met identieke streepjescodes en verschillende data, ondertekend door Prof. Luciano de Luca. Daaronder, in folie, lag een vergeeld stukje linnen, zo groot als een handpalm en halfrond. In een ander stukje folie zat een botsplinter, amper langer dan een lucifer, met een etiket erop: 'Zitbeen – Jezus Nazarenus * 0,33'.
Zitbeen? In gedachten zag Gropius iets wat een maand of vijf geleden was gebeurd: samen met Felicia had hij een geheime safe geopend die Schlesinger had gehuurd in een Weense bank. De inhoud ervan, waarschijnlijk een ivoren hoefijzer, had hen teleurgesteld, omdat ze niet wisten wat ze ermee moesten. Natuurlijk, dacht Gropius, dit zogenaamde hoefijzer was dus een stukje van het zitbeen van Jezus van Nazareth. Schlesinger moest het, voordat de zaak in Jeruzalem opgeblazen werd, hebben meegenomen. Rodriguez had op het laatst zoiets geopperd. Dit bot en de bloedresten op de originele lijkwade van Turijn waren voldoende om, met behulp van DNA, onomstotelijk te bewijzen dat Jezus van Nazareth een mens was zoals hijzelf.
Gropius sloeg het dossier weer dicht. Zijn hart klopte in zijn keel. Hij startte de motor en deed de ruitenwissers aan. De autowrakken voor hem begonnen om te vallen, hun omtrekken vervloeiden tot golvende lijnen. Was dat de regen op de voorruit die dit effect veroorzaakte, of was hij gek aan het worden? Gregor wist het niet. Hij schakelde en gaf gas.

Heel langzaam reed Gregor naar de uitgang, voorzichtig om plassen en oude stukken ijzer heen. Wat er toen gebeurde, gaf Gregor het gevoel dat hij een rol speelde in een film. Bij de ingang reed een limousine met donkere ramen op hem af. De ingang was smal, zo smal dat Gregor naar rechts uitweek en bleef staan om de zwarte Mercedes te laten passeren. Toen de beide auto's op dezelfde hoogte waren, stopte de limousine. Het achterraam werd opengedraaid. Door de regenlucht was het zo donker dat Gropius de inzittenden niet kon onderscheiden. Na alles wat hem de afgelopen tijd was overkomen, verwachtte Gregor de loop van een machinepistool naar buiten te zien steken. Hij bleef als verlamd zitten.

Maar in plaats van een dodelijk wapen zag hij een zwart attachékoffertje voor het raam verschijnen. Eén hand opende de sloten en klapte het deksel open. In verwarring keek Gregor naar de twee rijen geldbundels met paarse 500-eurobiljetten.

Hij wist later niet hoe lang hij daar roerloos had gezeten. De onzichtbare sloot de koffer met het geld en stak hem naar buiten. Gropius draaide zijn raampje naar beneden en nam de koffer aan. Als gehypnotiseerd overhandigde hij het dossier.

Pas toen hij over de Wasserburger Landstrasse naar de stad reed, realiseerde Gropius zich wat hij had gedaan. Hij had er geen spijt van. Hij had zich laten leiden door een inwendig stemmetje.

Toen hij weer thuis was, zette hij het koffertje met geld in de hal. Het duurde een tijdje voordat hij Francesca had verteld wat er bij de sloperij was gebeurd.

'En wat hebben ze je voor dat dossier betaald?' vroeg Francesca nadat ze een hele tijd had nagedacht.

'Ik heb geen idee,' antwoordde Gropius naar waarheid. En met een geforceerd glimlachje zei hij: 'Je mag het wel natellen!'

Francesca haalde het koffertje op en zette het op Gregors bureau.

'Zoveel geld heb ik nog nooit gezien!' zei ze verbaasd en begon een van de bundels geld te tellen.

'Ik ook niet,' zei Gregor.

Francesca snakte naar adem. 'Lieve help, dat is tien miljoen euro!'

Gregor knikte: 'Genoeg om een nieuw leven te beginnen!'

Diezelfde dag nog belde Gropius Felicia op.

'Kun jij je onze reis naar Wenen nog herinneren?' vroeg Gregor zonder omwegen.

'O ja,' antwoordde Felicia, 'een heel plezierige herinnering. Maar waarom bel je me echt?'
'De inhoud van de kluis in de bank!'
'Wat is daarmee?'
'Dat was geen ivoren hoefijzer!'
'Maar?'
'Een stukje bot van Jezus van Nazareth!'
'Ach,' antwoordde Felicia, alleen maar 'ach'. Toen bleef het heel lang stil. Gropius had ondanks de reikwijdte van zijn bericht niets anders verwacht. Na een hele tijd vroeg hij voorzichtig: 'Je hebt die kluis toch nog niet opgedoekt?'
'Dat was ik wel van plan,' antwoordde Felicia, 'maar ik had geen tijd. Wil jij hem niet met inhoud en al van me overnemen? Je weet er vast wel een bestemming voor.'
'Felicia, weet je eigenlijk wel wat je zegt?'
'Natuurlijk.'
'Ik moet je namelijk nog iets vertellen. Schlesingers Golgotha-dossier is gevonden. Het lag in de kofferbak van de Citroën.'
Eerst begon Felicia te lachen, maar ze werd al snel weer serieus. Ze antwoordde: 'Gregor, ik wil met deze hele zaak niets meer te maken hebben, hoor je? Neem dat dossier en dat bot en verbrand alles of, nog beter, sla er wat geld uit. Maar laat mij erbuiten. En nog iets: Anatol Rauthmann mag hier niets over horen. Begrijpen wij elkaar?'
'Ja,' antwoordde Gregor kortaf.

Gregor en Francesca vroegen zich af wat ze met die tien miljoen euro zouden doen. Ze konden het geld niet thuis bewaren, dat was veel te riskant. Ten slotte besloten ze het in een doos te stoppen en bij de Hypovereinsbank een kluisje te huren waar ze beiden bij konden. Nadat ze dat hadden geregeld, gingen ze in een chic restaurant in het centrum dineren. Maar Gregor zag er moedeloos uit.
'Ik begrijp je niet,' zei Francesca, 'je kunt toch tevreden zijn over de afloop!'
'Vind je dat?'
'Je weet nu wie de touwtjes in handen hadden. Dat wilde je toch weten? En zelfs jij kunt de orgaanmaffia niet verslaan. Als Prasskov van het toneel zou verdwijnen, zou iemand anders zijn plaats innemen.'
'Dat is wel zo,' zei Gregor, 'maar ik weet nog steeds niet wie Schlesinger heeft vermoord. We weten alleen wie er aan de touwtjes trokken!'

Francesca keek Gregor van opzij aan. 'Gregor, je bent gek, je richt jezelf nog eens te gronde! Hou er nu eindelijk eens mee op!'
Het was voor het eerst dat Francesca tegen hem in opstand kwam, en Gregor vroeg zich af of het de moeite wel waard was om hun liefde op het spel te zetten. Hij had al bijna besloten het erbij te laten en de politie de hele zaak te laten oplossen, toen hij na een doorwaakte nacht 's ochtends door de telefoon werd gewekt.
Wolf Ingram, de baas van de Soko Schlesinger, deelde hem mee dat zijn zaak, zoals hij het uitdrukte, een sensationele wending had genomen. Hij zou om half tien voor de ingang van het ziekenhuis op hem wachten.
Toen Gropius op de afgesproken tijd bij het ziekenhuis aankwam, werd hij opgewacht door Ingram en twee collega's die in burger waren, maar bij nader inzien wel een wapen droegen. Ingram vertelde Gropius in steekwoorden dat er in het westen van de Middellandse Zee een jacht met een- tot tweehonderd man aan boord was gezonken. Waarschijnlijk hadden de eigenaren van het schip, een obscure sekte, zichzelf opgeblazen. De naam van het schip was In Nomine Domini... afgekort IND.
Gropius deed zijn best om zich te beheersen. 'En om me dat te vertellen laat u me hier naartoe komen?'
'Natuurlijk niet,' antwoordde Ingram boos. 'U kent de ruimtes en het personeel van dit ziekenhuis het beste. U moet ons helpen de man te vinden die verantwoordelijk is voor de dood van Schlesinger.'
'U denkt toch zeker niet dat de moordenaar nog steeds in het ziekenhuis is?'
'Ja, dat denken we wel. Onze profiler heeft goed werk verricht. Hij kwam tot de conclusie dat de moordenaar een sektelid moest zijn, iemand die niet uit haat of hebzucht moordt, maar vanuit een bizarre overtuiging. Hij moordde 'In Nomine Domini' – in de naam des Heren – zoals het schip heette dat in de Middellandse Zee is vergaan en dat de centrale van de orde was.'
'Pater Markus!' mompelde Gropius. 'De ziekenhuispriester.'
Ingram knikte. 'U kent hem! Wat is dat voor man?'
'Ach, wat is kennen. Hij doet zijn werk, net als iedereen. Een kapucijner monnik met een enigszins onduidelijk verleden. Daar heb ik me nooit voor geïnteresseerd. Hij zou geschikt zijn voor een dergelijke daad, alleen al omdat hij op grond van zijn functie toegang heeft tot elke afdeling.' Gropius wist nog heel goed hoe hij de geestelijke na de dood van Schlesinger uit de intensive care had weggejaagd.
'Waar vinden we deze pater Markus?'

'Hij heeft een kamer in het souterrain.'
'Goed, waar wachten we dan op?' Ingram gaf Gropius en zijn mannen een teken om hem te volgen.
Op de deur aan het einde van de lange gang zat een bordje met de tekst 'P. Markus'. De deur zat op slot.
Gropius riep zijn naam, maar ook na heftig kloppen kwam er geen reactie. Ingram gooide zijn volle honderd kilo tegen de deur aan. Het hout versplinterde en de deur sprong open. Binnen was het donker. Ingram liep met getrokken wapen voetje voor voetje naar binnen en deed het licht aan, een koude, helle tl-buis aan het plafond.
Het vertrek was ongeveer drie bij vier meter en er stonden een divan, een oude kast en een afgedankt bureau. Midden in de kamer stond een versleten leunstoel. Daarin zat, schijnbaar slapend, pater Markus. Zijn linkermouw was omhooggeschoven. Op zijn arm en zijn gezicht waren donkere vlekken te zien. In zijn rechterhand hield hij een injectienaald geklemd.
Ingram keek Gropius aan alsof hij wilde zeggen: Dat heb jij gedaan!
Aarzelend liep Gropius naar de in het zwart geklede man toe en voelde zijn pols. Toen legde hij zijn wijs- en middelvinger tegen de halsslagader en schudde zijn hoofd. 'Exitus!' zei hij zacht. 'Is misschien gisteren al gebeurd.'
Op het bureau stond een plastic flesje met het opschrift CVP.
'Het insecticide dat in Schlesingers lever is geïnjecteerd.'
Ingram knikte en deed de deur van de oude klerenkast open. 'Ongelooflijk,' mompelde hij. Hij had verwacht oude kleren en misschien een paar stichtelijke boeken te vinden, maar in het versleten meubelstuk stond een supermoderne computer.
'Bij de politie moeten we genoegen nemen met oudere apparatuur,' mopperde Ingram en zette de computer aan. Binnen een paar seconden werd er een programma opgestart. In een venster stond dat er een e-mail in de Inbox zat.
Ingram drukte op 'Openen'.
De computer vroeg om een wachtwoord.
'IND,' zei Gropius. 'In Nomine Domini.'
Ingram keek wrevelig, maar toetste toen toch de code in. Meteen daarna verscheen op het scherm de volgende tekst:

Arno Schlesingers orgaan werd door mij vergiftigd met een CVP-injectie. Ik beken dat ik op dezelfde manier het leven van Thomas Bertram heb beëindigd die ik in

Praag geestelijke bijstand heb verleend. Ik heb dat niet uit moordzucht gedaan, maar vanuit de oprechte overtuiging dat de mens zich niet aan de wil van God mag onttrekken en het leven niet kunstmatig mag verlengen. Ik heb het gedaan 'In Nomine Domini'.

'Hoe komt het eigenlijk dat u het wachtwoord wist, professor?' vroeg Ingram zonder zijn blik van het beeldscherm af te wenden.
Gropius keek ernstig. 'Zou u me geloven als ik u vertel dat het een goddelijke ingeving was?'

Levensteken

Een paar dagen later werd de Soko Schlesinger opgeheven. De officier van justitie beëindigde het onderzoek tegen Gregor Gropius. Tegen dr. Fichte werd een aanklacht ingediend wegens lidmaatschap van een criminele organisatie. Veronique Gropius ging verrassend genoeg akkoord met de scheiding zonder verdere eisen te stellen. Felicia Schlesinger en dr. Rauthmann hebben tot op de dag van vandaag nog niet besloten te trouwen. Rauthmann woont en werkt nog steeds in Berlijn en Felicia heeft een kantoor in New York geopend waar ze met veel succes haar beroep van kunstmakelaar uitoefent.
In heel Europa zijn tot nu toe zeventien priesters gearresteerd die hebben bekend lid te zijn van de orde In Nomine Domini. Hoe velen van hen uit overtuiging moordenaar zijn geworden, wordt nog onderzocht. Ondanks uitgebreide naspeuringen is Interpol er nog niet in geslaagd dr. Prasskov te arresteren. Er zijn aanwijzingen dat Prasskov in Rusland is ondergedoken en daar is vermoord.
En Gregor Gropius en Francesca Colella?
Hoewel hij van alle verdenkingen is vrijgesproken, heeft Gropius zijn beroep niet hervat. Hij heeft de verschrikkelijkste maanden van zijn leven nog steeds niet verwerkt en dat is ook de reden dat hij in Tivoli zijn verhaal aan mij vertelde, móést vertellen. Ik weet niet of de veertien uren die we samen in hotel San Pietro hebben doorgebracht hem hebben geholpen. Ik hoop het. Gropius leek in elk geval opgelucht toen hij uitverteld was. Zoals hij bekende, had hij zijn aantekeningen uit München gehaald om zijn belevenissen zelf op papier te zetten, maar had toen van het ene moment op het andere besloten ze aan mij te geven.
Gropius is nog maar heel af en toe in München. Het grootste deel van het jaar is hij samen met Francesca op zijn landgoed met honderd olijfbomen in de buurt van Velletri. Ik heb al een hele tijd niets meer van Gropius gehoord. Het laatste levensteken van hem was een pakje. Inhoud: een hoefijzervormig verweerd stukje bot. De envelop, die de geldzuchtige signora Selvini voor twintigduizend euro verkocht, bevatte een vervalsing, wat Gropius niet bijzonder verraste. Wat er in de cassette zat die Francesca Colella in opdracht van professore de Luca naar Berlijn heeft gebracht, blijft een geheim dat de professore heeft meegenomen in zijn graf.
Waar het Golgotha-dossier zich bevindt, daar zwijgt Gropius over. Hij

weet waarom. Waarschijnlijk berust het samen met de echte lijkwade van Turijn in de geheime archieven van het Vaticaan. Net zoals veel andere dingen die kennelijk nooit hebben bestaan.